KB177952

소걸음으로 천리를 가다

정수일 옥중편지
소걸음으로 천리를 가다

초판 1쇄 발행 • 2004년 10월 1일
초판 14쇄 발행 • 2021년 9월 21일

지은이 • 정수일
펴낸이 • 강일우
편집 • 강일우 김종곤 이성혜
미술·조판 • 윤종윤 정효진 신혜원 한충현
펴낸곳 • (주)창비
등록 • 1986년 8월 5일 제85호
주소 • 10881 경기도 파주시 회동길 184
전화 • 031-955-3333
팩시밀리 • 영업 031-955-3399 편집 031-955-3400
홈페이지 • www.changbi.com
전자우편 • human@changbi.com

ⓒ 정수일 2004
ISBN 978-89-364-7097-5 03810

＊이 책 내용의 전부 또는 일부를 재사용하려면
   반드시 저작권자와 창비 양측의 동의를 받아야 합니다.
＊책값은 뒤표지에 표시되어 있습니다.

牛步千里

(정수일 옥중편지)

소걸음으로 천리를 가다

정수일 지음

창비

편지글을 엮어내며

　편지란 제때제때에 소식을 알리거나 용건을 적어 보내는 글로서 공개하지 않는 것이 상례인데, 이러한 상례를 어겼으니 못내 당혹스럽다.

　옥살이란 막히고 닫힌 세상에서 다람쥐 쳇바퀴 돌듯하는 단조롭고 호젓한 일상의 반복이지만, 살다보면 옥담 너머의 사람들, 특히 가까운 사람들과 대화를 나누거나, '마음의 소식'(마음에 품고 있는 생각)을 알리고 싶은 충동을 가끔 받곤 한다. 잊혀가던 추억이나 향수, 즐기던 명시나 잠언, 뜨락의 한포기 풀이나 꽃, 두둥실 떠 있는 달, 흘러가는 시간, 송구영신 등 극히 예사로운 일들이 이러한 충동의 계기가 되는 것이 또한 옥살이다. 그래서 종종 편지를 쓰게 되는데, 쓰고 나면 심란하기도 하지만, 후련하기도 하다. 이것이 아마 옥중편지만의 속성인 듯싶다.

　여기에 실린 편지는 보낸 편지의 전부가 아니고 그 일부이며, 내용도 '마음의 소식'을 알리고자 했던 것이 주종을 이룬다. 잠깐의 옥살이에 무슨 넋두리가 그렇게도 지루한가 싶기도 하며, 충동의 계기마다 토출(吐出)한 것이어서 각설(却說)로 말머리를 돌릴 정도로 따분한 장광설을 요량없이 늘어놓기도 하였다. 그래서 출소 직후부터 편지를 묶어내라는 주위의 권유가 있었지만 응하지 않았다. 출간을 앞둔 이 싯점에도 망설임은 여전하다.

4

이렇게 편지글로서도 허술한 데가 있어 여러가지로 머무적거리다 감히 책으로 엮어내놓는 것은 남들의 궁금증에서 자신을 자유로워지게 하고, 읽는이들에게 조금의 얻음이라도 있었으면 하는 기대에서다. 더불어, 편지를 쓰는 과정은 겨레의 다시 하나됨에 뜻을 두고 기꺼이 수의환향(囚衣還鄕)해 진작 내세웠던 '시대와 지성, 그리고 겨레'라는 삶의 화두를 한번 점검해보고, 우보천리(牛步千里)의 슬기도 터득하는 기회였음을 자긍해본다.

지면이 제한된 데다가 생각나는 대로 끼적거린 글이라서 막상 책으로 엮자고 보니, 자구는 물론 내용이나 엮음새를 가심질하면서 첨삭하지 않을 수 없었음을 밝혀두는 바이다. 특히 소략한 내용에 대한 이해를 돕고 생각을 완결하기 위해 필요한 해석이나 설명을 가했으며, 몇곳에는 추기(追記)를 붙이기도 하였다.

감옥은 한낱 외로움과 괴로움의 공간만은 아니고, 서로의 사랑과 믿음, 연대를 확인하고 굳히는 공간이기도 하다. 그곳에 있는 동안 여러가지 혜려를 베풀어주신 주위 여러분들 모두에게 진심으로 깊은 감사를 드린다.

짓궂은 옥바라지에 노고를 아끼지 않은 집사람에 대한 고마움과 위로는 '글로 쓰기에는 너무 모자라다'는 말 한마디로 대신하고자 한다. 이러저러한 미흡함과 걱정을 깊이 헤아리면서 책을 잘 꾸미려고 최선을 다한 창비 편집진 여러분과 귀중한 사진을 제공한 이시우 선생께 깊은 사의를 표하는 바이다.

분단의 아픈 시대를 살아가는 한 지성인이 남긴 글로 읽어주기를 바란다.

2004년 8월 15일 출옥 네 돌에 즈음해
무쇠막 집에서 정수일

차례

제2부 ◉ 새끼 줄로 나무를 베다 __ 대구교도소에서

제3부 ● 세월은 사람을 기다려주지 않네 __ 대전교도소에서

제 1부

청년들아, 나를 딛고 올라라

서울구치소에서

40년 학문인생

1996. 9. 14.

당신은 가끔 까치울음에 어설픈 새벽잠을 깬다고 했소. 잠속에서도 희소식을 기다리는 당신의 그 애타는 마음을 까치가 헤아려주었으면 해서겠지. 그러고 나면 또 휘영휘영한 하루가 시작되겠지.

오늘은 나의 학문인생에 관해 좀 이야기할까 하오. 사실 나는 어릴 적부터 학업에서만큼은 누구에게도 뒤지려 하지 않으면서 학문에 깊은 뜻을 두었소. 어차피 세계는 학문에 의해 지배되고, 인간이 동물과 다른 점은 바로 학문을 갖고 있다는 것이라는 그 시절의 소박한 판단에서였지. 중국에서 25년간, 북한에서 15년간, 해외에서 10년간, 남한에서 12년간이라는 드라마틱한 인생여정을 걸어오면서 한순간도 손에서 책을 놓아본 일이 없었소. '역마살'이 끼어 이곳저곳을 누비다보니 맞다든 읽을거리란 실로 다양했소. 포연이 자욱한 알제리 사막의 벙커 속에서 촛불을 켜놓고 밤을 지새우면서 아프리카 탐험기를 탐독하던 그날이 지금도 아름다운 독서의 추억으로 남아 있소. 한가지 아쉬운 것은 그 손때 묻은 책들이 지금 내 곁에 없다는 사실이오. 책은 언제나 인생의 동반자이고, 책 속에 길이 있는 법이오.

어떻게 보면 상아탑 교실이나 연구실에서 안온하게 학문의 길을 걸어온 처지는 아니었지만, 나름대로 학문적 비전을 세우고 부단히 도전해왔소. 무언가 하나라도 일구어 후세에 남겨놓아야겠다는 의욕과 선진국들을 따라잡고 뛰어넘어 앞서야겠다는 오기도 생겨, 시간만 있으면 말 그대로 학문에 잠심몰두(潛心沒頭)했소. 이에 따른 약간의 성과는 나로 하여금 학문의 심연 속으로 자꾸자꾸 더 깊이 빠져들어가게 하고, 그 천착(穿鑿)으로 일로매진케 했소.

학문인생 40년을 돌이켜보면 나는 아직 별로 이루어놓은 것이 없소. 그러나 분명한 것은 최근 몇년을 기해 바야흐로 그 열매를 익혀가고 있다는 사실이오. 좀 변명 같기는 하지만, 동분서주하던 그 시절에는 조용히 앉아서 학문에 임할 겨를도 별로 없었거니와, 학문이란 왕왕 오랜 담금질끝에 대기만성(大器晚成)하는 터라서, 이때까지 그것을 방편으로 삼아오기도 했소. 기구한 인생여정만큼이나 다양한 학문적 연마를 거쳐 종착한 나의 학문영역은 크게 '문명교류학'과 '아랍-이슬람학' 두 분야요.

문명교류학 분야에서는 당면하여 한민족의 대외교류사를 구명하고 문명교류사를 학문적으로 정립하는 것이오. 우선, 우리 겨레의 대외교류사를 조명함으로써 세계 속에서의 한민족의 위상을 역사적으로 고증하는 것이오. 이를 위해 박사논문 「신라·아랍-이슬람제국 관계사 연구」와 저서 『신라·서역교류사』(단국대출판부 1992)를 비롯해 「한국불교 남래설」「한국복식과 서역복식 간의 공통요소」「이드리시 세계지도와 신라」「혜초의 서역기행과 8세기 서역불교」 등 10여편의 논문에서 학계 최초로 고대 한반도의 대서방(서역) 교류관계를 구명했소. 그중에는 ① 통일신라와 서역 간의 문물교류상 ② 일본 및 서구학자들의 신라관련 왜곡기술에 대한 시정 ③ 우리나라(신라) 이름이 기재된 세계 최초의 지도(1154) 발견 ④ 혜초·고선지 등 선현들에 대한 새로운 역사적 평가 ⑤ 씰크로드의 한반도연장 등 일련의 새로운 논제들을 제기하고 학문적 해답을 주었소.

우리 겨레의 대외교류사를 밝히는 데서 당면한 연구과제는 씰크로드가 어떻게 한반도로 이어졌는가 하는 문제요. 왜냐하면 이 문제가 해명되어야 교류의 루트와, 그를 통한 교류의 가능성과 현실성 및 그 실태가 입증되기 때문이오. 일본사람들은 이미 10년 전에 씰크로드의 한 간선인 해로를 일본에까지 연장해서 국제학계의 공인까지 받아놓았는데, 우리나라 학계는 아직 미동도 없는 형편이오. 그래서 나는 앞의 학위논문과 논저들에서 이 문제를 학문적으로 제기한 후 1995년부터 약 3년간 집중 연구하기로 계획했소. 문제는 과학적인 논증을 제시해 국제학계의 인정을 받는 것이오.

이러한 의도에서 나는 금년 2월 중국 상해(上海) 복단(復旦)대학에서 열린 '담기양(譚其驤) 선생 탄생 85주년기념 국제학술대회'에서 「고대 한·중육로초탐(古代韓中陸路初探)」이라는 논문을 발표해 씰크로드의 한 간선인 오아시스육로가 고조선시대부터 한반도까지 연장되었다는 설을 주장했는데, 이것이 연구자들의 공감을 얻었고 학술지에 게재하기로도 했소. 이어 5월에 황해를 횡단하는 선상에서 개최된 '장보고 대사 해양경영사연구 국제학술대회'에서 발표한 「남해로의 동단——고대 한·중해로」라는 논문에서는 씰크로드의 한 간선인 해로가 중국을 거쳐 한반도까지 이어졌다는 사실을 고증했소. 이 글을 좀더 다듬어 7월 18일 중국 북경대학에서 열리는 세계역사지리학대회(공식 초청받음)에서 「고대 한·중해로초탐(古代韓中海路初探)」이라는 논문을 발표하여 해로의 한반도연장설을 국제적으로 공인받으려고 했는데, 구금되는 통에 그만 무산되고 말았소. 본래 계획으로는 내년에 씰크로드의 다른 한 간선인 초원로(草原路, 스텝로)의 한반도연장문제를 정리하여 국제학술회의에서 발표하려고 했소. 이렇게 되면 씰크로드와 한반도의 관련문제, 즉 연장문제는 일단 초보적인 학문적 정립이 이루어지는 셈이지. 참으로 뜻깊은 일이 아닐 수 없소.

한민족의 대외교류사 연구와 관련해서 계획으로는 고대편인 앞의 저서 (『신라·서역교류사』)에 이어 속편으로 중세편인 『고려·서역교류사』와 근세편인 『조선·서구교류사』를 집필하려는 구상하에 사료를 수집해왔소. 고대편은 이미 일본 토오호오쇼뗑(東方書店)과의 출판계약에 따라 일본어 초역이 끝났고, 중국 항주(杭州)대학 사학과의 황시감(黃時鑑) 교수(동서교류사를 전공하였고 나와는 북경대학 같은 학번)로부터도 중국어로 번역·출판하겠다는 약속을 받은 바 있소. 그밖에 한국의 고승 30인의 평전 출간을 기획하고 있는 한 불교서적 전문출판사와도 그 첫번째 인물로 한국의 첫 세계인인 혜초(慧超) 스님의 평전을 내년 말까지 쓰기로 하고 계약금까지 받았는데, 이 역시 무위로 돌아가고 말았소. 안타깝기 그지없소.

우리 겨레의 대외교류사 연구와 관련해 한가지 하고자 하는, 아니 반드시 해야 할 일은 혜초를 비롯한 선현들의 진취적인 '세계정신(世界精神)'을 밝히고 그 맥을 짚어보는 것이오. 흔히 서양인들의 무지나 비하로 인해 우리가 그 무슨 가당찮은 '은둔국(The Hermit Nation)'으로 세계에 비쳐졌을 뿐만 아니라, 우리 자신도 그런 것쯤으로 스스로 비하하고 있는데, 그 부당성은 아마도 내가 천착하려고 하는 개방적인 대외교류사의 역사적 전개과정과 더불어 우리 선현들의 진취적인 '세계정신'을 살펴봄으로써 비로소 실상이 드러나게 될 것이오. 그럴 때 우리는 이 자랑찬 민족사의 외연(外延)에서 오는 민족적 긍지와 자부를 피부로 느끼게 될 것이오. 그러나 솔직히 말해서, 속으로 재량(裁量)은 하고 있으나 여태껏 손은 못 대고 있소. 굵직한 선에서 보면, 혜초를 필두로 조선시대 중기의 지봉(芝峰) 이수광(李晬光)과 말기의 혜강(惠岡) 최한기(崔漢綺) 및 구당(矩堂) 유길준(兪吉濬)으로 이어지는 선현들의 세계에로의 지향성은 가위 시대의 선구자, 시류의 선봉장이라 일컬어 전혀 하자가 없을 듯하오.

짧지 않은 나의 학문인생에 관해서는 아무래도 한 번의 편지에는 다 쓸 수 없기 때문에 오늘은 여기까지로 줄이고 다음 편지에 계속하겠소. 조금은 딱딱하고 메마른 이야기 같지만, 어차피 학문은 나와 운명을 함께하는 일이라서, 학문을 떼어놓고는 나를 말할 수가 없지 않소? 그래서 이렇게 대강이나마 훑어보게 되오.

요즘 당신의 건강이 말이 아닌 것 같소. 면회실의 작은 투명창 너머로 희미하게 보이는 당신의 얼굴색이 그렇게 창백할 수가 없소. 끼니도 거르고 잠도 설치니 그럴 수밖에 없겠지. 여린 당신의 마음씨로 이 모진 세파를 헤쳐나가자니 정녕 힘에 부칠 수밖에 없겠지. 이제 나에게 있어서 당신은 인생의 반려자에 더해 후견인까지 되었소.

이즈음 나는 새삼 아내가 소중하다는 인생진리를 절감하고 있소. 아내의 소중함을 전하는 명구 몇가지가 떠오르는구먼. '좋은 아내를 갖는 것은 제2의 어머니를 갖는 것과 같다' '좋은 아내는 남편이 탄 배의 돛이 되어 그 남편을 항해시킨다' …… 그리고 옛날 영어에는 아내를 '피스위버(peace-weaver)', 즉 '평화(행복)를 짜는 사람'이라고 했소. 이렇게 보면 아내는 진정 모든 행복의 제조사이고 인도자인 것이오. 이처럼 소중한 존재인만큼 당신에게 의당 보답해야겠는데…… 아무쪼록 몸조심하오.

추기(追記)

담기양은 상해 복단대학 사학과 교수를 지낸 현대 중국의 대표적인 역사지리학자이다. 그는 1980년대 초 「역사상의 중국과 중국역대강역」이란 글 등을 발표해 이른바 '통일적 다민족국가론'의 이론적 기틀을 마련했다. 이 이론의 핵심은 역사적으로 오늘날의 중국 판도 안에 있던 모든 국가나 민족은 중국에 귀속된다는 '귀속론'이다. 그의 이론에 근거해 요즘 중국측은 고구려나 발해가 중국에 신속된 지방정권이라고 주장한다.

학문의 초야를 일구어

1996. 9. 17.

하늘은 푸르름을 더해가며 높아만 가고 있소. 여기 청계산(淸溪山)기슭에도 아침저녁으로 싸늘함이 감돌고 있소. 가을이 성큼 다가섰소. 환절기요. 건강에 각별히 유의해야 할 때요. 옛말에 이르기를 "슬기로운 자는 물을 좋아하고, 어진 자는 산을 좋아한다〔智者樂水 仁者樂山〕"라고 했소. 나는 '슬기로운 자'도 아니고 '어진 자'도 아닌데, 어찌어찌하여

산 속에 들어오게 되었소. 기왕 들어왔으니, 맑은 내〔川〕가 흐른다는 청계산을 수련의 도량으로 삼고 흔쾌히 '요산자(樂山者)'가 될 것이오. 감옥을 암자로 삼고 말이오.

오늘도 나의 학문세계에 관해 이야기하겠소. 오늘은 먼젓번 편지에 이어 문명교류학, 특히 그중에서도 당면하게는 문명교류학의 학문적 정립문제에 관해 이야기하려고 하오. 교류사의 정립이 이루어져야 그 바탕 위에서 종국적으로는 문명교류학이란 새로운 학문을 과학이론적으로 개척할 수 있는 것이오. 나의 학문적 최종과녁은 바로 그것이오.

사실 문명교류학은 국제화시대의 도래와 더불어 절박하고도 중요한 학문으로 인지되어가고 있는 새로운 학문분야요. 그러나 우리나라에서는 아직도 거의 미개척학문이오. 나는 단국대에서 5~6년 전부터 학부에 '동서문화교류사'란 과목을 개설하고 강의를 해왔소. 그러다가 금년에는 새로이 학부에 '동서문화의 이해'란 과목을 신설했는데, 시대가 시대이니만치 수강 열의가 대단했소. 아직 우리나라 대학이나 연구기관에서 문명교류학을 정식교과목으로 설강(設講)하고 전공자를 양성한 예는 없었소. 내가 지금도 뿌듯하게 생각하는 것은 지난해부터 단국대 대학원 사학과 과정에 전공자들을 배양하기 위해 '문명교류사 연구'란 과목을 개설했다는 사실이오. 지금 이 과정에는 나를 따라 문명교류학을 전공하겠다고 들어온 원생이 박사과정에 2명, 석사과정에 3명이나 있소. 그런데 지도교수란 사람이 이 꼴이 되니 그들이 얼마나 실망했겠소. 가슴이 미어지는 죄책감을 느끼오.

이러한 교육사업과 함께 동서문명의 이해를 도모하기 위해 그동안 발표했던 글들을 모아 지난해에 『세계 속의 동과 서』(문덕사)란 에쎄이집을 출간했소. 그리고 문명교류학의 학문적 정립을 위해서 학술지 『역사학계』에 「동서교류사의 학문적 정립」(1994)이란 글을 발표하여 학문적 정립의 필요성과 방법론을 제시했고, 「서역고(西域考)」 「비너스상(像)과 동서교류」 「동서상이(相異)의 역사적 연원」 「'대진경교유행중국비' 비문고(大秦景教

사랑하는 당신에게,

학문은 우리를 더러 가면서 성숙시켜 주고 있으며, 여기 정계는 지금에도 과열되어 오고 있는데 ... 가슴이 술렁거리는 것은, 친정기오 건혀 ... 오늘도 나 자신 ...에 자라하여 서투하겠소. 만져 서번째 편지(9.14)에서는 나의 ... 연구영역이 크게 동서교류 ... 사와 수양 - 여성과 한자이며, 동서교류사 분야는 한반도 지역까지 ... 구연과 동서교류 ...

流行中國碑 碑文考)」 등 10여편의 관련논문을 잇따라 발표했소.

특히 지적하고자 하는 것은, 3년간에 걸쳐 개괄서『고대문명교류사』집필을 완료했다는 사실이오. 총 11장(약 500쪽)으로 구성된 이 책은 선사시대부터 기원전후시대까지의 고대 동서간의 문명교류상을 체계적으로 개괄했소. 내가 알기로는 이웃 일본이나 중국에서도 아직 이런 유의 책이 나온 바가 없다고 하오. 초고는 컴퓨터에 입력까지 해놓고, 금년 8월말 전에 완성된 원고를 넘겨주어 연말 전에 출간하기로 출판사와 약속까지 했는데, 이제는 물건너가고 말았소. 욕심 같아서는 학계를 위해 가급적 이 책이라도 출간했으면 하는데, 그저 안타깝기만 하오. 학문, 특히 인문과학은 활자화되어 출간했을 때만이 의미가 있는 법이오. 계획으로는 이 저술에 이어 속편으로『중세문명교류사』(사료는 거의 수집)와『근현세문명교류사』를 속간하려고 했소. 문명교류사의 첫 고전인 19세기 영국 동양학자 율(H. Yule)의『중국으로 가는 길』(*Cathay and the Way Thither*)도 번역하려고 했는데, 착수하지는 못했소. 나는 이러한 저술활동을 필생의 연구과제로 설정하고 준비해왔는데, 이제 중도하차냐, 아니면 계속 굴러가느냐 하는 기로에 놓이게 되었소. 이 싯점에선 그저 학문의 한 초야(草野)를 일구려 했다는 일말의 긍지로 자위하고 아쉬움을 달랠 뿐이오.

다음으로 내가 관심을 가져온 분야는 아랍·이슬람학이오. 1952년에 북경대학 동방학부에 입학해서 아랍어를 배우기 시작했고, 이어 55년에 이집트 카이로대학 인문학부에 유학을 갔으니, 아마 한국사람치고는 내가 제일 먼저 아랍어를 배우고 아랍세계에 유학한 사람이 아닌가 생각하오. 좀 외람된 이야기지만 63년에 북한에 돌아와 평양국제관계대학과 평양외국어대학 동방학부 아랍어학과(강좌)를 이끌어가면서 아랍어와 아랍·이슬람역사 및 문화를 강의한 것도 남한에 비하면 이른 때라고 보오. 비록 출판되는 것까지는 보지 못했지만 내가 아랍어학과장 재직 당시 집필을 시작한『아조사전』(아랍어·조선어 사전)은 우리나라에서의 첫 아랍어·한국어

사전으로 일찍이 남한에도 전해졌지.

남한에 와서는 한국외국어대 통역대학원 아랍어과와 명지대 대학원 아랍어과, 부산외국어대 아랍어과에 출강한 바 있고, 단국대에서는 교양과목으로 아랍어강좌를 개설하여 6년간 아랍어를 가르쳤소. 그간 아랍어 교육에서 한가지 자부를 가지는 것은 한국에서는 처음으로 컴퓨터(매킨토시)를 이용한 아랍어문자로 『기초아랍어』(단국대출판부 1995)를 집필·출간한 것이오. 그리고 올해 말까지 근대 이슬람운동에 관한 연구서를 공동으로 집필하기로 계약을 체결했고, 한국이슬람학회의 몇분과 함께 이슬람경전 『꾸르안』(al-Quran)을 완역하고, 『이슬람사전』도 편찬할 계획을 세우고 있었소. 그리고 장차 이븐 칼둔(Ibn Khaldun)의 『역사서설』이나 이븐 바투타(Ibn Baṭūṭah)의 『여행기』, 마쓰우디(al-Mas'udi)의 『황금초원과 보석광』 등 역사와 문화, 사회학에 관한 아랍어고전 4~5권도 번역하기로 관련출판사와 이야기가 오갔소. 한편, 한국에 관한 귀중한 중세 아랍어문헌들은 이미 적지않게 수집하여 연구에 이용하고도 정리·집성하지 못한 것이 마음에 걸리오.

돌이켜보면 해놓은 일보다 하지 못한, 그래서 하려고 한 일이 몇갑절 더 많은데, 갇힌 몸이 되었으니 과연 나의 학문인생은 이로써 끝장난다는 말인가. 내가 학문에 그토록 심취·몰입하지 않았던들 이다지도 미련과 집착에 차 울부짖지는 않을 것이오. 꿈으로 흘려보내자니 너무나 아쉽고 한스럽소. 내가 너무나 과욕을 부려서 옥황상제가 벌을 내려서인가, 요마(妖魔)가 시샘을 부려서인가. 참으로 인생이란 무상하오. 그러나 나는 자신을 거듭 가다듬으면서 결코 절망과 실의의 늪에 빠지지는 않을 것이오. 어차피 이땅에서 누군가는 이러한 학문을 일구어내야 하기에, 나로서의 봉사와 책임을 가능한 한 다해야 하지 않겠소? 당신에게 중언부언(重言復言)하지만, 일천하나마 내가 가지고 있는 하나의 밑천인 학문으로 이 시대를 살아가는 지성답게 이 겨레를 위해 마지막으로 봉사하고 싶은 것이 지금의 내 심정이오. 뜻이 있는 곳에는 길이 생기는 법이라고 했소.

번거로운 옥바라지도 마다하지 않고 나의 기호까지 헤아려 옷가지와 먹을거리를 넣어주는 당신의 지성에 목이 메곤 하오. 아픔을 묵묵히 새기면서 격려하고 보살펴주는 당신의 그 자애롭고 너그러운 모습에서 나는 힘과 용기를 얻고 있소. 유대인의 생활규범서인 『탈무드』(*Talmud*)에는 "아내를 무단히 괴롭히지 마라. 하느님은 아내의 눈물방울을 세고 계시니까"라는 충언(忠言)이 있소. 이는 나를 두고 하는 말 같소. 부디 몸조심하오. 어려운 때일수록 자기 관리를 잘해야 하오. 자기와의 싸움에서 이기자면 첫째도 건강이고 둘째도 건강이오.

무위의 낙과가 될 수 없다

1996. 9. 29.

한가위 보름달이 가을하늘에 두둥실 걸려 있으련만 볼 수가 없구면. 그저 어스름만이 작은 철창 밖으로 무심히 스쳐지나가고 있을 뿐이오. 예년 이맘때쯤이면 으레 우리 함께 남해 바닷가 정든 고향집에 찾아갔을 텐데, 올해는 당신도 이 불초한 사람 때문에 어른들을 찾아뵙지 못하고, 이 즐거워야 할 날에 홀로 쓸쓸히 빈방을 지키고 있겠지.

요즘 당신의 얼굴이 말이 아니게 해쓱해졌소. 거친 세파에, 그것도 일시에 너무나 엄청난 파고에 휩쓸리다보니 그럴 수밖에 없겠지. 이제 당신은 내조뿐만 아니라, 외조까지도 도맡아 하게 됐으니 시름인들 얼마나 많겠소. 이를 감당해내려면 갑절의 건강이 요구되오. 건강해야 밝은 사고가 나오고, 삶의 의욕이 생기며, 모든 것을 감내할 수가 있소.

지금이야말로 그 어느 때보다도 우리의 뜻과 지혜를 한데 모아야 할 때요. 10월이면 재판심리가 열리게 될 것이오. 나는 의젓하게 임할 것이오. 어쩌겠소, 현실은 아무리 냉엄해도 현실이니까. 차분하고 의연한 마음으로 희망을 갖고 대처해야 하지 않겠소. 나는 당신의 무언 속에서, 또 당신의 그 지성찬 옥바라지에서 당신의 마음과 뜻을 그대로 읽고 있소.

민수(처제의 아들, 초등학교 6학년)가 추석길에 고향에 함께 가자고 기다리다가 나에 관해 듣고서는 하루종일 슬픔에 잠겨 있었다는 이야기를 듣고 마음이 퍽 무거웠소. 천진난만한 어린 가슴에 얼마나 큰 못이 박혔으면 그러했겠소. 평소 내가 이모부라고 만날 때마다 교양을 준답시고 애를 닦달질만 했는데, 세상이 왜 이런가 하고 얼마나 실망이 컸겠소. 제발 그애들의 세상에서는 이러한 비극이 재연되지 말아야 할 것이오. 경정(처제의 딸)이와 민수의 그 귀여운 모습들이 눈앞에 삼삼하오. 민수 아빠와 엄마의 그 정다운 얼굴들도 그립소. 그저 미안할 따름이오. 모두들 무사하기를 마음속 깊이 기원하고 또 기원하오.

전번 편지에서 나는 문명교류학과 아랍·이슬람학의 두 학문분야에서 초야의 개척자란 일말의 자위로 그나마 못다한 안타까움을 달랜다고 이야기했소. 사실 해놓은 것보다는 하려고 계획하고는 하지 못한 것들이 더 많소. 나는 이 시대가 절박하게 요구하는 학문에 심취·몰입하여 '백과(百科)'를 넘나들면서 되도록 넓고 깊게 앎을 추구하려고 했는데, 이제 수인의 신세가 되었으니 자칫 학문과 멀어지지나 않을까 걱정되오. 그러나 나는 결코 학문의 총림(叢林)에서 무위(無爲)의 낙과(落果)가 될 수는 없소. 어차피 생명이 다하는 날까지 나는 학문과 더불어 살아가야 할 사람이니까.

내가 이렇게 학문에 목숨을 걸고 아득바득하는 데는 이유가 있소. 특히 '문명교류학'이라는 새 학문의 초야를 일구어내겠다고 작심한 데는 그럴 만한 근거가 있소. 알다시피 적어도 지난 두 세기 동안 '문명화 사명'을 자처해온 유아적(唯我的)인 '서구문명 중심주의'가 인류의 문명사를 제멋대로 재량(裁量)하고 농단해왔소. 우리 동양을 비롯한 기타 지역은 이른바 '주변문명'이니 '저급문명'이니 하는 치욕과 소외 속에서 숨을 죽이게 했소. 지금까지 저 유구한 아메리카대륙(이른바 '신대륙')을 문명교류와 씰크로드 논단(論壇)에서 제외시킨 것이나, 우리를 '은둔국'으로 비하시킨 것이나, 모두 이러한 편견과 폐단에서 비롯된 것이오. 모든 문명이 마치 서방으로부터 동방으로 '일방통행'한 것처럼 사람들을 현혹시켜왔소. 한때 온갖 문명 '서래설(西來說)'이 난무했지. 그 잔영은 지금도 이곳저곳에서 어슬렁대고 있소. 그래서 아직까지도 '선진서양'이니 '후진동양'이니 하는 고루한 편견이 마냥 '불변의 궤적(軌跡)'으로 비쳐지고 있는 형편이오. 이것이야말로 역사에 대한 편단(偏斷)이 아닐 수 없소.

차제에 '서구문명 중심주의'와 관련해서 꼭 한번 짚고 넘어가야 할 문제가 있소. 나는 아랍·이슬람학을 연구하는 과정에서 서구인들의 오만을 더더욱 실감했소. 우리의 '서양사' 책들을 한번 펼쳐보오. 동서고금의 서양사 책들이 다 그러하듯이 그 서술체계를 보면, 으레 고대편에는 '오리엔트'(이집트와 메소포타미아)를, 중세편에는 '이슬람세계'를 앉히고 있으나, 근현대편에는 아예 자리가 없소. 그 덩치 큰 고대와 중세의 아랍·이슬람세계가 근현대에 들어와서 갑자기 지구상에서 사라졌거나, 아니면 유럽에서 '이탈'해서 그러한 것일까? 더욱이 근현대에 와서 유럽인들은 아랍·이슬람세계를 제멋대로 깔고 앉아 주인행세를 하면서도 왜 '아닌보살'할까?

따지고보면 이유는 자명하오. 고대 오리엔트가 찬란할 때 유럽인들은 나뭇잎으로 앞을 가리고 동굴에서 살았으며, 중세 이슬람문명이 꽃필 때 유럽은 암흑 속(암흑시대)에서 허덕이고 있었던 것이오. 이것이 중세까지 유럽의 곧이곧대로의 자화상이었소. 그렇게 추하고 뒤처진 유럽을 오리엔트와 이슬람의 이름을 빌려 선진으로 둔갑시키려는 것이 바로 그 숨은 의도인 것이오. 그렇다면 근현대사에서는 왜 슬그머니 빼버렸을까? 아마 이때에 이르러 아랍·이슬람세계가 '별볼일 없는' 세계로 전락했기 때문일 것이오. 이것이야말로 '달면 삼키고 쓰면 뱉는' '좋을 때는 제 것이고 나쁠 때는 나 몰라라 하는' 자기중심적이고 아전인수격인 독선과 오만의 극치라 아니할 수 없소. 진작 사라져야 할 이러한 독선과 오만, 왜곡된 역사서술 체계가 아직까지도 버젓이 살아있다는 데 대해 개탄을 금할 길 없소. 이제 '서양사를 어떻게 할 것인가'의 논제에 방아쇠를 당길 때가 왔다고보오.

문명사에 대한 상식이라도 가지고 있다면, 적어도 역사를 왜곡하려는 저의가 없다면, 다음과 같은 자명한 사실에 수긍할 것이오. 즉 근세에 와서 서양 기술문명이 앞질러나가고 있는 것은, 동양문명보다 후에 네쌍스(naissance, 탄생)했지만 운좋게도 먼저 르네쌍스(renaissance, 재탄생·부흥)의 문에 들어섰기 때문이오. 그러나 이것은 어디까지나 역사에서의 일시적인 부침(浮沈)현상일 뿐, '영원한 현실'은 될 수가 없소. 긴 안목에서 보면 역사는 엎치락뒤치락하면서, 앞서거니 뒤서거니 하면서 발전하는 변증법적 과정인 것이오. 이것이 바로 문명사의 전개에 대한 온당한 '균형감각'인 것이오. 이러한 '균형감각'이 깨져서 나타나는 일시적인 부상(浮上)에 오만해서도 안되며, 일시적인 침체에 소침해서도 안되는 것이오.

바야흐로 '후진동양'은 15세기의 서양 르네쌍스가 아닌, 21세기의 동양 르네쌍스를 맞이하고 있소. 노자(老子)가 기원전 6세기에 "큰 직선은 굽는다"라고 한 말이 20세기의 아인슈타인에 의해 과학적으로 증명되어 유클리드기하학에 수정이 가해지게 되었소. 아인슈타인이 동양철학에서 이미 움터온 상대성이론(相對性理論)과 양자론(量子論)을 발견함으로써 소크라테스가 시작하고 갈릴레이와 뉴턴이 완성한 인과율(因果律)이나 결정론 같은 서양철학의 기반은 이제 크게 흔들리고 있소. 일부에서는 이미 산산조각이 났다고 하오. 서양인들이 그렇게 경원시하던 동양의 인본주의(人本主義)도 지금 막 그들의 마음을 파고들어가고 있소.

이렇게 보면 20세기의 가장 큰 세계사적 의미는 하나가 된 세계 속에서 '벙어리 대화'만을 해오던 동과 서가 서로 만나서 나눔을 시작했다는 것이오. 이제 그 만남과 나눔, 그리고 확대는 피할 수 없는 역사의 추세요. 이러한 추세하에서 지난날의 편견을 극복하고, 오늘의 흐름을 이어가게 하기 위해서는 서로의 호혜적인 넘나듦이나 주고받음을 확인하고 구명하며 촉구하는 학문으로서의 문명교류사를 반드시 연구해야 하는 것이오.

다음으로, 좀 거시적인 안목에서 나는 문명교류학의 학문적 정립에 뜻을 두었던 것이오. 돌이켜보면, 인류역사는 인간사회가 제기하는 갖가지 문제에 대한 해법을 모색하고 그것을 실천해나가는 과정이라고 할 수 있소. 종교로서 선을 가려내고, 철학으로서 인간의 의식을 순화하며, 생산으로서 부의 축적을 목표로 삼고 그 실현을 시도해왔소. 이를테면 선·정의·자유·평등·청정·복리 같은 인간의 보편적 가치를 이상으로 추구해왔소. 그리고 그 논리적 틀로서 수많은 학설과 주의주장이 안출(案出)되었고, 그 실천방도와 보장대책으로서 각종 제도와 규범이 마련되었던 것이오.

그러나 역사적 경험에서 알 수 있듯이 그 어느 것 하나도 서로가 격폐(隔閉)된 세계 속에서 시·공간을 초월한, 그리고 보편타당한 해법으로 기능하지는 못했소. 특히 20세기에 들어와 미증유의 세계대전을 두 번씩이나 겪은데다가 냉전까지 겹치다보니 종래의 해법에 대한 회의론(懷疑論)이 일면서 새로운 대안 모색에 나서지 않을 수 없게 되었소. 그 대안의 하나가 바로 문명과 그 교류인 것이오. 왜냐하면 문명과 그 교류만이 모든 문제 해결의 공통분모로 작용하여 인류의 보편적 가치를 창출하고 인류의 공생공영을 보장할 수 있기 때문이오. 나는 여기서 인류의 비전(vision)을 찾고 있소. 이것이 내가 주장하는 이른바 '문명대안론(文明代案論)'이오. 이 논리에 대한 연구는 앞으로 심화시켜야 할 것이오.

일견하여 내가 내세우는 지향은 거창할 수도 있고, 그 실천은 전인미답(前人未踏)의 길일 수도 있소. 그러나 나는 평범한 내 학문인생에서 그 지향의 당위성을 거듭 확인·검증하고 있소. 그럴수록 신심이 더욱 굳어지고 있으며, 그 결과물을 생산하려는 욕망에 불타고 있소. 확언컨대, 그 욕망은 명이 다하는 날까지 줄곧 이어질 것이오. 이것이야말로 '시대의 소명에 부응'한다는 내 삶의 화두 그 자체이기도 한 것이오.

당신은 내가 시를 좋아하는 걸 알고 명인들의 시집 여러 권을 들여보내 주었지. 잘 읽고 있소. 당신은 어느 때인가 내가 써준 서투른 시 한두 수를 아직 간수하고 있다고 하는데, 아마 그때 무슨 예사롭지 않은 시상이 떠올랐나보오. 역시 흥에 겹거나 심란할 때는 시 몇구절을 읊조리는 것이 제법 처방이거든. 오늘도 창공에 휘영청 떠 있는 한가위 둥근달이 나를 마냥 내려다보는 것만 같아 도무지 잠을 이룰 수가 없던 차에, 지난 석달 동안 우리 서로가 망연자실 속에 잊음(잊어줌)과 기다림(기다려줌)이라는 딜레마를 피할 수가 없었던 요요(擾擾)한 일이 상기되어 이 한가위 깊은 밤에 '잊음과 기다림'이란 애틋한 단상(斷想)이 다시 떠오르오. 그 단상은 시작(詩作)으로 엮었으나, 글로 써서 보낼 수는 없소.

나는 당신에게 인고의 쓰라림을 더이상 안겨주지 않기 위해 "나를 잊어주오"라고 단장(斷腸)의 절규를 한 바 있었지. 그러나 당신은 '기다림'으로 '잊음'을 멀리하겠다고, 정녕 기담(奇譚) 같은 큰 사랑으로 화답해왔소. 사실 하염없을 기다림이란 그 자체가 그리움이고 외로움이며 괴로움이 아니겠소? 당신은 이 모든 것을 운명으로 받아들이고 단호하게 '기다림'을 택했소. 내가 받아 안기에는 너무나 고맙고 벅차며 죄송스럽기만 하오. 오늘 우리가 애절하게 이야기하는 잊음이나 기다림은 우리의 운명적 만남에서 온 몸부림이 아니겠소. 이제 우리는 기다림으로 그 몸부림을 잠재우며, 만남의 그날을 위해 서로의 뜻과 지혜를 하나로 모아야 할 것이오. 오로지 당신의 용단과 슬기, 희생에 의해 딜레마의 터널은 일단 벗어난 것 같소. 물론 우리 앞에는 기다림이라는 더 길고도 침침한 터널이 가로놓여 있기는 하지만 말이오.

몇분의 만남을 위해 한나절을 보내고, 이것저것 마음을 써야 하는 짓궂은 옥바라지가 퍽 힘겹지? 무엇을 자꾸 사들여보내지 마오. 이제부터는 한푼이라도 아껴써야 하지 않겠소? 그 역시 우리의 새로운 시련이 될 것이오. 이달이 지나면 단풍의 10월, 낙엽의 11월이 찾아오겠지. 마음을 크게 먹고 휴식도 하며 미래도 설계하오. 부디 몸조심하오.

겨레의 품으로

1996. 10. 14.

　　　　먼 산봉우리에 단풍빛이 아련하오. 다가가 만져볼 수도 없고, 가까이에서 그 아름다움을 만끽할 수도 없는 처지에서 그저 어렴풋이 눈가에 비쳐볼 뿐이오. 우리나라의 단풍은 그야말로 자연경색(自然景色) 중의 절경이오. 그러나 오색찬연한 단풍의 아름다움이나 영롱함은 오로지 자유인만이 감지할 수 있는 미감이오. 세상의 멋은 자유인만의 향유물임을 절감하오. 그래서 자유가 소중하고 억제는 지탄을 받는가보오. 이제 단풍이 지면 낙엽이 우수수 떨어지고, 그러면 금세 눈발이 번뜩이면서 세상은 얼어붙기 시작하겠지. 그러나 그것으로 세상이 끝나는 것이 아니고, 그 속에 바로 새봄이 잉태되어 있는 것이오. 인생도 마찬가지요.

　당신은 구치소에서 며칠간 '휴가'를 받고 집에 온 나를 반가이 맞이하는 꿈을 꿨는데, 바로 이튿날 아침에 내 편지를 받았다고 했소. 진정 꿈은 꿈이로되, 그 편지가 무슨 영감이 되어 당신에게 꿈을 전한 것 같소. 그 꿈은 당신의 그 절절한 바람과 심경 그대로이겠지.

　영어(囹圄)생활의 고요함은 자꾸 무언가 지난날을 돌이켜보게 하는구면. 그래서 오늘은 내 인생을 지배해온 심령이자 신명인 겨레 사랑의 민족주의 인생관에 관해 좀 이야기해볼까 하오. 인간은 어차피 '환경의 작품'이기 때문에 처한 환경에 지배되는 이데올로기가 사상과 신념의 칸막이가 되지 않을 수 없는 것이오. 내가 걸어온 길을 냉정하게 돌이켜보면, 내가 감히 떳떳하게 단언할 수 있는 것은 겨레 사랑의 민족주의가 그 근원적인 칸막이이자 나의 심령이었다는 사실이오.

이러한 심령은 애당초 망국의 설움에서 비롯된 것이오. 우리 집안은 선친이 일곱살 때인 기미년(1919) 독립운동의 와중에 일본놈들에게 쫓겨 함경도 명천(明川)의 고향땅을 등지고 설한풍 휘몰아치는 북간도(지금의 중국 연변)로 건너가 백두산자락의 깊은 오지에서 화전민(火田民)으로 극빈한 타향살이를 해왔소. 일본놈들은 그것도 모자라서 그곳까지 쫓아와 온갖 행패를 부렸지. 이른바 '집단부락'을 만들어놓고는 약간 반일기운만 보여도 집을 불사르고 집단학살을 서슴지 않았던 것이오. 내가 시골 소학교에 들어갔을 때는 성도 '요시다께(善竹)'라고 바꿔야 하는 등 일본놈들의 노화교육(奴化敎育)을 강요받았소. 모든 것이 나라 잃은 탓이었지. 그러나 마을사람들은 꿋꿋했소. 불타버린 터전에 다시 집을 세우고 물심양면으로 항일의 일선을 도와나섰소.

다름아닌 내 마을, 내 집에서 일어나는 세찬 항일의 기운은 어린 마음에도 나라와 민족의 소중함을 깨닫게 했지. 광복 후 1950년대 초반(중·고등학교 시절)까지 연변에 살던 우리는 한국(조선)국적을 가지고 한민족으로 살아왔소. 그런데 어느날 갑자기 동북지방에 거주하는 한국인(조선인)만 중국국적으로 이적(移籍)시킨다는 중국측의 일방적인 조치가 취해져서 결국 그때(북경대학 시절)부터 중국의 한 소수민족인 '조선족'으로 되어버렸던 것이오. 이것은 '중화사상'의 현대판인 '한화(漢化)정책'의 산물이라고 봐야 마땅할 것이오. 아직은 사고의 미숙기에 처해 있었지만, 이러한 조처는 도무지 납득할 수가 없었소. 그러나 한창 미래의 꿈에 부풀어 향학열에 불타던 시절이어서 이러한 속절과 앙금을 가슴 한구석에 묻어둔 채 여념없이 대학공부와 유학을 마쳤소. 그러고 나서는 최소한의 염치라도 차려야겠다

이집트 교육부차관(앞줄 왼쪽에서 두번째)과 중국 유학생들이 1957년 10월에 찍은 기념사진.
앞줄 왼쪽에서 세번째가 필자. 중국의 호남교육출판사가 펴낸 『카이로대학(開羅大學)』에 있는 사진.

는 일념에서 5년간 중국외교부와 모로코주재 중국대사관에서 열의를 다해 봉직했소. 그러다가 기회가 오자 1963년에 드디어 조상의 뼈가 묻혀 있는 고국땅 북한에 돌아왔소.

이역땅 중국에서 살아가는 30년간 나는 한시도 내가 당당한 한국인이라는 것을 잊어본 적이 없었으며, 종당에는 고국에 돌아가 헌신하고야 말겠다는 심지를 줄곧 굳혀왔소. 나는 중화인민공화국이 성립된 후 실시한 제1회 '전국통일시험'에 합격해 최고학부인 북경대학에 입학했으며, 중국 국비장학생 제1호로 카이로대학에 유학하기도 했소. 그리고 여러가지 특전을 누리면서 외교관이란 양양한 전도도 보장받았소. 초대 한국주재 중국대표인 서(徐)씨는 북경대학 동방학부 아랍어과의 후배이고, 현 중국대사인 장(張)씨도 역시 같은 학부 조선어과와 외교부의 후배요. 당시 중국외교부 내에는 나만큼 여러개의 외국어를 구사하는 외교관이 별로 없어서 촉망을 한 몸에 모은 바도 있었소. 지금쯤 카이로대학 유학후배들은 모두가 중국관부의 고위직에 있을 것이오. 외람되지만 자화자찬하는 듯한 넋두리를 좀 늘어놓았소. 그후의 나 자신을 이해시키는 데 필요하지 않을까 해서요.

오늘의 속된 말로 표현하자면 부와 명예를 다 거머쥘 수 있는 가도를 거침없이 달리고 있었음에도 불구하고 나는 그 모든 것을 주저없이, 후회없이 단념하고 고국에 돌아왔소. 굳이 내가 그렇게 한 것은 지성인으로서 시대와 역사 앞에 지닌 민족적 사명을 다하기 위해서라는 것을 나는 환국을 신청하면서 중국측에 떳떳이 밝혔던 것이오. 나의 순수한 마음과 결백한 의지를 모를 바 없는, 또 이해 못할 바도 아닌 중국당국이지만, 공들여 양성한 사람을 순순히 놓아줄 리가 만무한 것도 당연하다면 당연한 일이 아니었겠소? 그들의 거듭되는 만류는 '협애한 민족주의자'니, 해직이니, '하방(下放, 공장이나 농촌으로 추방)'이니 하는 위협으로까지 이어졌소. 어떻게 보면 '눈 감고 아웅하는' 격이지. 그러나 나는 그러한 위협에 추호의 동요도 없이, 후퇴도 없이 정면으로 맞받아나갔소.

나는 환국의 당위성과 절박성을 당당히 설파하면서 석달 동안 중국 국무원 및 외교부 고위당직자들과 10여차례 면담을 했소. 말이 면담이지 실은 치열한 설전이고 투쟁이었소. 그러던 끝에 당시 제1부총리 겸 외교부장인 진의(陳毅)와의 최후담판에서 마침내 합법적으로 중국국적을 탈퇴하고 환국할 수 있다는 승인을 얻어내는 데 성공했소. 그는 근엄한 표정으로 자초지종을 묻고 나서 이미 결심한 듯 "쑤이니밴(隨你便, 마음대로 하라)"이라고 퉁명스레 한마디 하고는 두꺼운 색안경 너머로 한참 물끄러미 쳐다보는 것이었소. 순간 십년 묵은 체기가 한꺼번에 사그라지는 것만 같았소. 나는 중국정부의 배려와 은혜에 고마움을 표하면서 영원히 잊지 않고 보답하겠다고 하고는 그의 건승을 기원하기도 했소. 엄하기로는 사자와 같다고 소문난 원수(元帥)의 눈가에는 어느새 가느다란 미소기가 어렸소. 그는 자리에서 일어나면서 내 손을 끌어다 잡고는 내 앞길을 축원해주었소.

1963년 4월 오매에도 그리던 조국의 품, 겨레의 품에 안겼소. 파릇파릇

봄기운이 감도는 조국의 산천은 나를 반겨 맞아주었소. 북녘에 돌아와서도 애국애족의 초지(初志)는 변함이 없었소. 아니, 말이 아닌 행동으로 옮겨야 하는 현실이고 보면, 그러한 뜻은 더더욱 절박하기만 했소. 도약하던 60년대 초의 북녘은 나의 지적 기여를 절실히 필요로 했소. 개인의 전도(前途) 같은 것은 아예 묵살하고 떠나온 터라서 초지만 실천할 수 있는 일자리라면 가리지 않았소. 평양에 도착한 후 환국자들을 관리하는 '교포사업총국'에 제출한 나의 사업지망란에는 "첫째도, 둘째도, 셋째도 조국통일성업에 이바지하는 어떠한 일"이라고 내가 하고픈 일을 밝히고, 또 요청했소. 그것은 1천여년 통일민족사에 오점으로 남아 있는 이 국토분단과 민족분열의 비극을 우리 세대에 꼭 종언(終焉)하고자 하는 일관된 초지에 서였소.

이러한 나의 뜻에는 남과 북이 따로 없었소. 남도 내 나라이며, 남녘동포들도 나와 같은 핏줄을 이어받은 한겨레요. 내 나라, 내 겨레를 통틀어 아는 데는 북만으로는 모자랐소. 반드시 남도 함께 알아야 했소. 고유가치관을 비롯해 우리 겨레에 대한 나의 바른 앎은 남녘에서의 삶이 있음으로 하여 비로소 그 성숙이 가능했다고 나는 감히 말하오. 그리고 통일운동으로의 차출은 나의 일관된 초지와도 부합되었소. 드디어 나는 남에 왔소. 평양에서 서울까지 오는 데는 근 10년 2개월(3,700여일)이란 오랜 세월이 걸렸소. 그것도 돌고 돌아서 말이오. 두 곳 사이의 거리를 약 200km로 치면, 매일 약 54m의 거리를 주파한 셈이오. 승용차로 두세 시간 달릴 거리를 말이오. 이것이 바로 오늘의 서글픈 분단현실이오.

남녘에 와서 나의 이러한 겨레 사랑의 마음은 더욱 절절해졌다고 역설적으로 말할 수 있소. 외국인으로 위장행세하면서도 언제 어디서나 이곳도 바로 내 사랑하는 모국의 품이라는 일념을 저버린 적이 없었소. 마음으론 전혀 낯선 곳이 아니었소. 우리가 함께 여기 산천을 누빌 때면 늘 우리의 금수강산을 세상에 더없는 으뜸 강산으로 자랑했고, 그 품속에서 영글어온 우리 겨레의 유구한 역사와 찬란한 문화를 역설했지. 낙동강 철길을 지날 때면 중학시절 조명희의 소설 「낙동강」을 읽을 때의 그 격정이 마냥 새로워지곤 했소. 낙동강의 그 유장한 흐름, 파란만장한 애환의 삶을 살아온 우리 겨레의 역사를 고스란히 안고 유유히 흐르는 낙동강, 그 강은 압록강이나 두만강, 청천강이나 대동강, 한강이나 영산강과 다를 바가 없소. 낙동강가에 탯줄을 묻은 주인공 성운이와 로사가 그리던 그날의 꿈은 이 강들 모두에서 피어날 꿈이었소.

길가는 사람은 저마다가 나의 부모형제자매였소. 나는 대학에서 강의하면서 한국에 관해 이야기할 때면 '한국'이라는 제3인칭을 쓰지 않고 꼭 '우리나라'라는 제1인칭을 쓰곤 했소. 그랬더니 어느날 한 학생이 의아한 표정을 지으면서 "교수님은 한국분이십니까?"라고 물어온 적이 있었지. 눈망울이 초롱초롱한 젊은 학생들은 모두가 나의 혈육이고, 이 나라 이 겨레의 대들보들이지. 그들이 있기에 우리의 미래는 밝은 것이오.

'초록은 동색'이라, 남이건 북이건 간에 우리는 한 핏줄을 이어받은 한 겨레인 것이오. 다 같이 단군조상의 후예들이오. 몇년 전 어느날 늦은 밤에 올림픽출전권을 따내기 위한 한·일 간의 축구경기를 텔레비전으로 관전하다가, 우리 한국팀이 격전끝에 이기자 나도 몰래 곤히 잠든 당신을 두드려 깨워 기쁨을 함께 나눈 일이 기억나오. 우발이라고 하기에는 너무나 해석이 되지 않는 이런 유의 일들이 자주 있었을 것이오. '위장(僞裝)'이란 절제를 넘어 왜 이러한 일들이 저도 모르게 일어났을까? 이 모든 것은 한 겨레라는 원초적 잠재력의 무의식적 발산이고 소이연(所以然)한 조건반사였을 것이오. 오늘은 여기까지 쓰고 다음 편지에 계속하겠소.

지난번 재판정에 방청온 손교수의 수심 낀 얼굴을 보는 순간 가슴이 뭉클하고, 그의 이해와 아량에 정말 고마웠소. 손교수께 인사를 전해주오. 가을이 깊어가는 때 몸조심하오. 당신에게는 많이 먹고 많이 자고 적게 마음 쓰는 것이 보약이오.

민족사의 복원을 위해

1996. 10. 15.

안겨오는 것은 한 조각에 불과한 가을하늘이지만 유난히도 높고 창창하오. 마냥 거울 같소. 그러나 저 하늘도 비바람을 머금고 있기에 언제나 저렇게 맑을 수만은 없지. 마찬가지로 인생도 영욕을 함께 머금고 있기에 언제나 밝을 수만은 없는 것이오. 그래서 공자는 "하늘에는 헤아릴 수 없는 비바람이 있고, 사람에게는 아침저녁으로 화와 복이 있다〔天有不測風雨 人有朝夕禍福〕"라고 했소. 이것은 하늘의 섭리에 빗댄 인생의 길이기도 한 것이오. 내 삶의 길이 바로 그러했다고나 할까.

전번 편지에서는 나의 초지일관된 '겨레관'과 그 실천의 일단에 관해 어설피 회고했소. 무슨 거창한 이론을 뇌까리기보다는 평범한 일상에서 나타난 이야기들을 두루 엮어댔소. 오늘은 이러한 초지가 나의 학문세계에 어떻게 투영되었는가에 관해 이야기하려고 하오. 당신도 곁에서 지켜봤지만, 나는 정말로 신명을 바쳐 학문에 몰입해왔소. 지금에 와서 모든 사실이 밝혀지고 나니, 어떤 사람들은 내가 따로 하는 일이 있었는데, 어떻게 그토록 학문에 심취할 수 있었을까 하고 의문을 던진다고 하오. 그럴 법도 하지. 사실 그저 자리나 잡고 타먹는 녹으로 편안히 소일이나 하려고 했더라면 어차피 분초를 아껴가는 그러한 '자해적'인 각고(刻苦)를 스스로 감수하지는 않았을 것이오. 돌이켜보면 그 원동력은 학문으로라도 이 시대에 부여받은 사명을 다하려는 의지였소. 이러한 의지는 민족사에 무언가 남겨놓고픈 개인적 의욕을 촉발하고 북돋아주기도 했소. 이렇게 나는 내 삶에서 대의명분과 개인적 의욕을 대립이나 모순이 아닌, 합일과 조화로 승화시키면서 그것을 하나의 에너지로 모아갔소.

그리하여 나는 학문 연구의 촛점을 민족사의 복원에 맞추고 그 과녁을 향해 나름대로 정진해왔소. 원래 남한에 와서 단국대 대학원 박사과정에 편입할 때는 학위논문 주제를 '극동에서의 이슬람전파사 연구'로 잡았소. 그러나 1985년 카이로에 가서 신라에 관한 귀중한 아랍문헌 기록들을 발굴함에 따라 주저없이 거의 마무리에 들어간 이 주제를 버리고, 어렵지만 한민족의 대외교류사에 새 지평을 열 수 있는 새로운 주제로 '신라·아랍-이슬람제국 관계사 연구'를 택했던 것이오. 나는 더없는 자긍심을 가지고 이 학위논문을 완성한 데 이어 1992년에는 『신라·서역교류사』를 펴냈소. 이 논문과 저서를 비롯한 그 이후의 일련의 논저들에서 나는 우선 지난 시기 우리 민족사를 비하하거나 왜곡한 외국학계, 특히 일본학계의 오류에 가차없이 메스를 들이댔소. 일례로 일본학계에서 아전인수격으로 신라에 관한 아랍문헌 기록을 자기 나라에 관한 기록이라고 오도한 것을 낱낱이 까밝혔소. 이로써 나는 지금도 신라의 진취적 외연상(外延像)을 복원하는 데 미력이나마 일조를 했다고 감히 자부하는 바이오. 역사의 복원은 늘 의로운 자의 몫으로만 남는 법이오.

사실 우리의 민족사에는 세계에 내놓고 자랑할 만한 위인들이 적지 않소. 그렇지만 불초한 후손들이 제구실을 다하지 못하다보니 제대로 밝혀지지 못한 것이 수두룩하오. 한국의 첫 세계인인 신라 고승 혜초(慧超)는 8세기 중엽 동양사람으로서는 처음으로 오늘의 이란지방까지 역방(歷訪)하고 동서양학계에서 공히 진서로 평가받는 불후의 현지견문록 『왕오천축국전』을 남겨놓았소. 실로 스님은 거룩한 문화사절이고 교류의 선구자였소. 같은 시기 고구려인의 후예인 고선지(高仙芝)는 세계 전쟁사상 나뽈레옹보다도 더 위대한 전적을 쌓은 희세(稀世)의 맹장으로서 우리 겨레의 기상을 만방에 떨쳤던 것이오. 그러나 우리는 여태껏 그들의 평전은 물론이거니와 변변한 연구논문 하나 내지 못했소. 혜초의 여행기의 경우, 역주서 하나 내지 못했소. 부끄러운 일이오. 이에 나는 도전장을 내고 몇가지를 밝혀냈소.

한가지 가까운 예를 더 들면, 올해 2월 상해 복단(復旦)대학에서 열린 국제학술대회에 참가한 기회에 중국 화중(華中)사범대학 역사학과의 한 교수로부터 무한시(武漢市) 부근에서 신라왕자의 묘와 사적비가 발굴되었다는 이야기를 전해 들었소. 금시초문이었소. 그 시대 신라와 중국 간의 관계를 밝혀내는 데 의미가 있는 유적이라고 판단되었소. 그래서 7월 중순 북경대학에서 열리는 '세계역사지리학대회'에 논문 발표 차 참석하게 된 기회를 타서 사비(私費)로 현지를 탐방하기로 그 교수와 시간약속까지 해놓았소. 그런데 검거되는 바람에 아쉽게도 그 일은 그만 무산되고 말았소.

내가 최근에 씰크로드의 한반도연장문제를 집중적으로 연구하고, 그 결과를 국제학술대회에 내놓아 국제학계의 공인을 얻으려는 노력의 저의는 바로 민족사의 복원에 있소. '세계 속의 한국'은 단순히 오늘의 캐치프레이즈(catch-phrase)가 아니라, 역사 속에 엄존한 사실임을 입증하고 이로써 민족의 자부와 긍지를 드높이려는 것이 내 본의인 것이오. 이때까지 서구인들의 눈에 비친 우리나라는 맹랑하게도 '은둔국'의 모습이었소. 우리네 식자들까지도 그저 그런가보다 하고 무넘하게 넘겨버리고 있소. 그것이 가당찮은 누명이고 치욕임을 깨닫지 못하고 있는 안목이 그저 안타까울 뿐이오.

일찍이 통일신라시대부터 저 멀리 아랍나라들과 줄곧 내왕이 있었고 문물을 교류해왔소. 고려시대에는 그 규모가 더욱 확대되어 적지않은 회회인(回回人, 무슬림)들이 우리와 이웃하면서 이땅에서 함께 살았소. 그런가 하면 중세 아랍지리학의 태두인 이드리씨(al-Idrisi)가 1154년에 제작한 세계지도에는 분명히 동방 일각에 '신라'가 자리하고 있소. 우리나라의 이름이 기재된 첫 서방 세계지도이지. 이러한 역사적 사실은 우리나라가 결코 '은둔국'이 아닌, 세계 속에서 세계와 더불어 살아가는 열린 나라였음을 실증해주는 것이오. 큰 갓을 눈두덩까지 눌러쓴 채 세상을 알지도, 세상에 알려지지도 않은 호젓하고 닫힌 '은둔국'으로 오도되다보니 우리 한국은

1996년 2월 상해 복단대학에서 열린 '담기양 선생 탄생 85주년 기념 국제학술토론회'에서 씰크로드육로의 한반도 연장에 관한 논문을 발표했다.

마치 절해고도에서 세상과 동떨어져 사는 나라로 비쳐졌소. 따라서 문명 교류의 통로인 씰크로드가 이곳까지 와닿았을 리가 만무하다는 것이 지금까지의 통념이었소. 통념이란 지난날의 허섭스레기에서 생길 수도 있다는 점에 유념해야 한다는 걸 역사는 우리에게 가르쳐주고 있소.

역사의 여명기에는 명함도 들이대지 못하던 일본은 오히려 10여년 전에 씰크로드의 한 간선인 해로가 일찍이 일본까지 이어졌다는 주장을 내놓고, 이제 국제학계의 공인까지 거의 받고 있는 상황이오. 일본으로 이어졌다는 그 바닷길은 사실상 우리나라의 남해안을 거쳐간 것인데도 우리 학계는 그간 묵묵불응(默默不應)이었소. 그래서 내가 최근에 이 문제를 집중적으로 연구하여 그 결실을 막 보고 있던 참인데, 그만 이런 꼴이 되고 말았으니 실로 개탄스러운 일이 아닐 수 없소. 이제 누군가는 이 일을 제대로 밝혀내야 할 것이오.

나는 금년 초에 있던 국제학술대회에서 고조선과 삼국시대에 이미 씰크로드의 육로(오아시스육로)가 한반도까지 이어졌다는 초유(初有)의 논문을 발표했소. 이때 대회참가자 중 중국동북사, 특히 고대 한·중관계사 연구의 권위자라고 하는 손진기(孫進己)씨가 '중화사상'과 대국패권주의 역사관에서 출발해 나의 논지에 대해 반론을 제기했소. 그래서 나는 여러가지 사료를 예증으로 제시하면서 그와 논쟁을 벌였소. 그의 논점은 오아시스육로의 한반도연장에는 이의가 없으나, 고조선과 평양으로 천도하기 이전까지의 고구려 경내의 육로를 고대 한국의 오아시스육로라고는 간주할 수가 없다는 것이었소. 왜냐하면 그 두 나라는 중국에 속한 변방국가들이기 때문이라는 것이오. 최근 중국학계의 편단에서 나온 그의 고집은 이만저만이 아니었소.

헤어지면서 그는 나더러 "당신은 외국학자인데, 왜 한국학자들도 언급하지 않는 이 문제를 다루면서 굳이 씰크로드의 연장론을 주장하는가?" 하며 의심스런 눈초리로 물어보기에, 나는 그저 계면쩍게 웃으면서 "바로 내가 외국학자이기 때문에 더 객관적일 수도 있지 않겠는가"라고 앙칼진 화답을 했소. 그러면서 나는 그에게 '서로 일치하는 것은 취하고, 다른 것은 남겨놓는다'라는 중국어의 '구동존이(求同存異)'란 성구를 인용하여 이론(異論)이 있는 부분은 앞으로 함께 연구해나가자고 제의했소. 그 역시 말로는 흔쾌히 받아들였소. 사실 이것은 일찍부터 한·중 간에 있어왔던 미묘한 '역사전쟁'의 한 발로에 불과한 것이오. 나는 경험을 통해 이 '전쟁'의 자초지종뿐만 아니라, 그네들의 속내도 너무나 잘 꿰뚫고 있소. 이 '전쟁'은 어제오늘만의 일이 아니라, 앞으로도 계기마다 재연될 것이오. 우리는 이에 대비해야 하오. '임전태세'를 갖추고 있어야 하오. 기회가 닿으면 나도 분전할 것이오. 그래서 우리의 민족사에 점철된 오염을 말끔히 가셔내고 바로잡아놓을 것이오. '많이 일치하는 것은 취하고 조금 다른 것은 남겨둔다(求大同 存小異)'나 '서로 일치하는 것은 취하고 다른 것은 취소한다(求同克異)' 같은 말은 한낱 허공에 뜬 대의명분일 뿐, '조금 다른 것은 남겨둔다'거나 '다른 것은 취소한다'는 것은 자못 기대하기가 어렵게만 보이오. 적어도 가까운 시기 내에는 말이오.

나는 늘 민족사의 전환기를 살아가는 우리 세대에게는 민족사를 바로잡아놓아야 할 시대적 사명이 주어져 있다는 것을 자각하고, 우리 민족의 유구한 역사와 찬란한 문화를 계속 빛내야 한다는 논지를 누누이 강조해왔소. 지난해에 펴낸 수필집 『세계 속의 동과 서』, '광복 50주년기념 뉴욕국제평화대회'에서 발표할 예정이던 논문 「한민족의 고유가치관」, 그리고 같은 해 말 석달 동안 문화일보의 칼럼란 '글밭'에 발표한 글들의 처처(處處)에서 이 점이 뚜렷하게 나타나고 있소. 앞으로도 나는 이 맥만은 꿋꿋이 이어갈 것이오.

흔히들 '가장 민족적인 것이 가장 세계적인 것'이라고 말은 그럴듯하게 하지만, 실은 '세계적인 것'만을 솔깃해하는 오늘의 세태에서 자칫 '민족적인 것'이 고리삭은 개념으로 소외될 수가 있소. 아니, 이미 그 조짐이 역력하게 나타나고 있소. 남이야 어떻든, 이제 나는 내가 찾아낸 진리대로, 겨레에 더 충실하고 그와 더불어 영원히 삶을 같이할 것이오.

중국 전국시대 제(齊)나라에 왕촉(王蜀)이라는 사람이 있었는데, 제나라가 이웃 연(燕)나라에게 망하자, "충신은 두 임금을 섬기지 않고, 열녀는 두 남편을 맞지 않는다〔忠臣不事二君 烈女不更二夫〕"라는 유명한 말을 남기고 자살했다고 하오. 나는 이제 '겨레를 충실히 섬기어 민족사를 빛내어가겠소〔忠事民族 以輝其史〕.' 마치 충신이나 열녀처럼 말이오. 부디 지켜보기 바라오.

이방어(異邦語)의 여신에 사로잡히다

1996. 10. 21.

요즘같이 나 자신을 돌이켜보는 명상의 시간을 가져본 적은 일찍이 없었소. '지나간 일로써 오늘을 알 수 있다(往者所以知今)'라고 했으니, 오늘은 당신이나 주위에서 못내 궁금해하는 한가지 점, 즉 내가 어떻게 하여 여러가지 외국어를 알게 되었는가 하는 '지나간 일'에 관해 대강 더듬어보겠소. 법정에서도 궁금증 이상으로 어떤 '법적 효험'을 기대했는지는 몰라도 변호사께서도 이 점에 관해 심문한 바 있소. 무슨 자랑거리는 아니고, 남들의 궁금함이나 달래주고 또 후학들에게 유용한 경험이나 물려주고 싶어서 심문에 고지식하게 답했고, 오늘도 이렇게 몇자 적어보오. 내 인생역정의 한 단면을 짐작해보는 일도 되겠지. 거듭 강조하지만, 무슨 자랑거리는 아니오.

내가 중국에서 태어나 자랐지만 아이러니하게도 난생 처음으로 접한 외국어는 중국어가 아니라 일본어였소. 광복 전 소학교에 입학하면서부터 일본어로 교육을 받았고, 광복 후 고등학교와 대학 시절에도 일본어서적을 늘 곁에 두고 읽었소. 특히 남한에 온 후에는 여러차례 일본에 자료 구입차 다녀왔소. 일본어로 씌어진 참고서적들이 많아 여전히 일본어와 인연을 맺고 있소. 다음으로 고급중학교에 들어가면서 중국어와 러시아어를 동시에 배우게 되었소. 당초 중국어는 별로 필요없는 과목으로 선택되었으나 졸업을 1년 앞두고 '전국통일시험'을 통해 중국대학에 진학할 수 있는 전망이 열리면서 그야말로 사활을 걸고 중국어 학습에 집중했소. 낯선 중국어교과서들을 통째로 외워댔지. 다행히 중국어로 치러진 시험에 합격하여 북경대학에 진학했고, 그후 중국외교부와 재외공관에 봉직하면서 중국어는 익힐 만큼 익혔소. 서방어와의 첫 접촉은 러시아어인데, 역시 고급중학교 때부터 배우기 시작했소. 대학 때는 소련(러시아)고문이 상주하고 러시아교재를 채택할 정도였으니 자연히 러시아어를 손에서 놓을 수가 없었소. 그러다가 북녘에 돌아오니 러시아어가 중국보다 훨씬 더 보편화되어 교수참고서가 대부분이 러시아어원전이었으며, 우리가 편찬한『아조사전』(아랍어·조선어 사전)도 아랍어·러시아어 사전을 저본(底本)으로 삼았던 것이오.

영어와의 인연은 고급중학교 졸업 무렵 북경대학에 진학하기 위해 자습을 한 데서부터 시작되는데, 대학에 들어가서는 수강을 통해 기초를 닦았소. 북경대학은 내가 입학한 해(1952)에 연경(燕京)대학과 합치면서 시내의 사탄(沙灘)에서 북경 서교(西郊)의 지금 자리로 옮겨갔소. 그곳 북경대학 교사는 허름한 붉은색 벽돌집들이었소. 그러나 거기서 현대 중국을 호령하는 숱한 위인들, 정치가들뿐만 아니라 학자들도 배출되었소. 이에 반해 연경대학은 국민당 상층자녀들을 위해 세운 미국식 대학이었소. 그래서 대학 내에서는 영어가 통용되고 있었지. 그후 유학을 간 이집트는 장기간 영국의 식민지로 있던 나라라서 그때까지만 해도 대학교육제도는 영국의 것을 그대로 따르고 있었으며, 영어가 거의 공용어로 쓰이고 있었소. 남한에 오니 학위 취득과 교수 및 학문 연구에서 영어는 필수였지. 아무튼 이러저러한 환경이 영어를 가까이할 수밖에 없게 했던 것이오.

아랍어는 대학시절 필수 수강과목이었고, 그 덕분에 중국의 첫 국비장학생으로 카이로대학 인문학부에 유학하게 되었으며, 유학을 비롯해 3차례에 걸쳐 10여년간 아랍땅에 몸을 담아야 했소. 중국 외교사상 해외 파견대사(모로코주재 중국대사)의 신임장을 아랍어로 작성하고 통역하기로는 내가 아마 처음이었을 것이오. 북녘에 돌아와서는 대학에서 아랍어 교육을 담당하면서 국가적으로 제기되는 아랍어 통역이나 출판사업에도 깊숙이 간여했소. 남한에 와서는 몇년간 KBS 국제방송국 아랍어반에서 아랍어 방송원고를 작성했소. 그리고 부산외국어대 아랍어과와 한국외국어대 통역대학

1959년 4월 모로코주재 중국 초대대사의 신임장 봉정식에서 통역을 맡았다.
사진 속에 있는 국왕은 현 국왕의 할아버지다.

원 아랍어과, 명지대 대학원 아랍어과에 출강하고, 단국대에서 『기초아랍어』를 출간해 교양과목으로 아랍어를 가르치기도 했소. 게다가 '아랍인' 출신으로 행세까지 했으니, 수십년간 아랍어는 나의 '분신역할'을 해왔다고 해도 과언이 아니오.

카이로대학 유학시절에 아랍·이슬람학 고전을 좀 공부해보려고 했는데, 알고보니 그런 고전 연구의 선구자는 독일학자들이었소. 그래서 독일 여교수로부터 독일어를 수강함과 동시에 많은 고전 연구자료들을 넘겨받기도 했소. 강의실은 기자(Giza)에 있는 피라미드 곁 그녀의 별장이었소. 대여섯 명의 수강생들이 찾아가면 커피를 비롯해 꼭 독일식 음식을 대접하던 일이 지금도 기억에 남소. 게르만식 근면함과 소박함, 엄격함이 깊은 인상으로 남아 있소. 내가 사사(師事)한 카이로대학 고고학과 파크리(Fakhri) 교수의 부인도 독일인이었는데, 그녀로부터도 같은 인상을 받았소. 아마 그것이 게르만족 특유의 민족성이 아닌가 생각하오. 유감스럽게도 그후에는 독일어를 접할 기회가 별로 없었소. 없었다기보다 소홀했다고 하는 것이 더 적절한 표현인 것 같소.

정말로 향학열에 불타던 유학시절에는 아랍어와 어족은 다르지만 많이 뒤섞인 페르시아어에도 도전했소. 한 기숙사에 몇몇 이란유학생들(모두 나이 지긋한 대학원생)이 함께 살고 있어 매일같이 접촉하곤 했지. 나를 아우처럼 사랑해주는 그들이 그렇게 너그럽고 친절할 수가 없었소. 방학에는 함께 그들의 고향에 다녀오기까지 했소. 페르시아어 단어의 근 4할은 아랍어와 어근이 같아서 몇달간 이란친구들과 어울리다보니 웬만한 말들은 주고받을 수가 있게 되더군. 참, 나로서도 신기한 일로 기억되고 있소. 그래서 한 학기쯤 테헤란대학에 유학할 것을 제의했으나 승낙을 얻지 못했소. 페르시아는 유구한 문화전통을 간직하고 있는 나라로서 고대 중앙아시아나 서아시아를 연구하려면 페르시아어가 필수인데, 어학공부를 더 심화시키지 못하고 중단한 것이 지금도 못내 아쉬움으로 남아 있소. 동서문명교류사의 천착에 뜻을 두면서부터 고대에 그 교량역할을 한 페르시아문명을 필히 연구해야 한다는 것을 절감하니 페르시아어 공부를 다시 시작해야겠다는 생각이 굴뚝 같소.

유학을 마치고 중국외교부에 돌아와서는 서아시아 및 아프리카사(司)에 연구관으로 발령을 받았는데, 담당지역은 알제리를 비롯한 북아프리카였소. 알다시피 이 지역은 오랫동안 프랑스의 식민지(알제리는 무려 132년간)로 있었기 때문에 프랑스어가 거의 공용어로 통용되고 있었소. 특히 알제리에 대한 사업이 예견되는 상황에서 프랑스어 습득이 급선무였소. 그래서 외교부가 주관하는 야간외국어 연수반에서 1년간 프랑스어를 신나게 배웠소. 1959년 초 모로코주재 중국대사관을 개설하면서 그 지역과의 사업이 본격화되니, 예측대로 프랑스어를 모르고서는 대외활동이 전혀 불가능했소. 1980년대 초 튀니지대학 사회경제연구소 연구원으로 있을 때가 프랑스어 재활의 좋은 기회였소. 그후에는 프랑스어와 인연을 맺을 기회가 더이상 찾아오지 않았소. 프랑스어는 매력있는 언어로 내 머리에 각인되어 있소. 프랑스인들이 모국어를 그토록 사랑하고 지키려 하는 이유를 충분히 이해할 수 있소.

1960년대 초 북아프리카에서 활동할 때 행운이었던 것은 에스빠냐어와도 접촉하지 않을 수 없는 호기가 찾아들었다는 사실이오. 당시 톤자(탕헤르)를 중심으로 한 모로코북부는 여전히 에스빠냐 통치구역으로서 지중해나 알제리로 가려면 이곳을 지나가는 길이 첩경이었고, 또 그곳에 체류하면서 해야 할 일들이 있었기 때문에 자연히 에스빠냐인들과의 접촉이 불가피했소. 게다가 호기심도 있고 하여 기회를 놓치지 않고 에스빠냐어를 한두 자씩 익혀나갔소. 다행스러운 것은 에스빠냐어가 프랑스어와 어휘나 어법에서 유사성이 많은데다가, 라틴어계통 언어 중에서는 발음이나 문법이 비교적 간단하고 규칙적이어서 습득이 상대적으로 쉽다는 점이었소. 프랑스어로 씌어진 교재와 사전을 이용하니 일거양득의 효과가 있었소.

지천명(知天命)을 바라보던 나에게 이방어(異邦語)의 여신(女神)은 연신 두 개의 올가미를 던졌소. 애꿎다는 느낌이 앞섰지만 운명이라고 여겨 받아들이니 그 나름대로 신명이 나더군. 1982년 말레이대학 이슬람아카데미 교수로 임명되니 말레이어를 멀리할 수가 없었소. 주변천지가 말레이인들이라 귀동냥도 적지않게 되더군. 거의 때를 같이해 필리핀의 공식어인 타갈로그어를 배우지 아니하면 안되었던 일은 한편의 드라마 같기도 하오. 여느 나라도 마찬가지지만 필리핀국적을 얻자면 타갈로그어를 얼마쯤은 알아야 한다는 것이 법으로 규정돼 있소. 그래서 필리핀국적을 취득하는 것이 가능하다는 것을 예측한 6개월 전쯤부터 수도 마닐라에서 격일로 주간과 야간에 타갈로그어 연수원을 뻔질나게 드나들었소. 면접날 마닐라 출입국관리소에서 시험관인 판사는 타갈로그어로 성장과정과 출입국관리법에 관해 이것저것 테스트하는 것이었소. 더듬거리는 대답을 듣고는 한두 번 머리를 갸우뚱하다가 '오케이'란에 인정사인을 하는 것이었소. 그제서야 나는 안도의 긴 한숨을 속으로 삼키고 말았소.

이렇게 보면 한국어를 포함해 동양어 7종과 서양어 5종, 모두 12종의 언어와 씨름을 해본 셈이오. 돌이켜보면 자율적일 때도 있었고 타율에 마지못할 때도 있었으며, 자의반 타의반의 선택일 때도 있었소. 이제 문명교류학의 학문적 정립에 천착하려면 앞으로 산스크리트를 비롯해 두세 개의 고전어를 더 배워야 할 것 같소. 아무튼 육십평생 녹록찮은 이방어의 여신에 사로잡혀 그 유혹에서 자유로울 수가 없어 댓가를 톡톡히 치렀던 것만은 사실이오. 어찌보면 이것은 한 인간에게 있어서 비운이기도 하고, 또 행운이기도 하겠지. 이 모든 것은 그 시절의 나의 꿈과 더불어 시작된 기구한 인생여정과 관련되는 일일 것이오. 나의 어릴 때 꿈은 세계를 주유(周遊)하면서 그 속내평을 샅샅이 훑어보는 것이었소. 그래서 필생의 전공분야는 아니지만, 또 별다른 재간도 없지만 필수의 보조수단으로서 외국어에 대해 각별한 욕심과 열정을 가져왔나보오.

물론 동분서주하면서 부대끼는 세파 속에서 그 딱딱하고 무미건조한 이방어들을 닦느라고 시간과 정력을 많이 소모했고, 또 세월이 가고 환경이 바뀌니 쓰지 않아 녹이 끼고 잊혀진 것도 있소. 그러나 예정된 일이었고, 또 일단 부딪쳐서는 운명으로 받아들여 신명을 다했기 때문에 추호의 후회도 없소. 오히려 투자하고 진력한 만큼의 결실을 거둬들여 나의 귀중한 지적 자산으로 간수하고 있다는 점에서 큰 보람을 느끼고 있소. 사실 외국어는 아는 만큼 득이 되는 법이오. 세계로의 지평이 넓어지고 있는 오늘의 현실에서는 더더욱 그러할 것이오.

내가 외국어 학습에서 얻은 나름대로의 몇가지 경험을 정리해보면, 우선 외국어란 알면 아는 만큼 유익하다는 것을 자각하여 취미를 가지고 꾸준히 해야 하고, 둘째로 배울 기회와 환경을 능동적으로 적극 활용해야 하며, 셋째로 정독(精讀)과 다독(多讀)의 결합 등 유효한 학습방법을 터득해

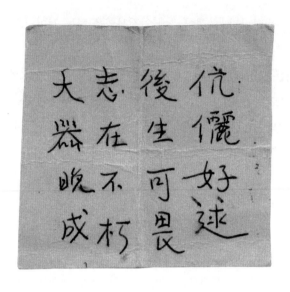

은사 김원모 교수께서
써준 사자성구.

야 한다는 것이오. 이것은 외국어 공부에 골몰하는 후학들에게 하고 싶은
조언이기도 하오. 곰곰이 생각하면 일리를 발견하게 될 것이오.

어제 은사이신 김원모 교수께서 격려차 써보내신 사자성구는 퍽 감명
깊었소. 기억하건대 투명창 너머로 본 사자성구는 이러했소.

금실이 좋은 배필에 伉儷好逑
후학이 크게 뛰어나 後生可畏
심지가 썩지 않으니 志在不朽
대기만성할지어다 大器晚成

나에게 힘을 보태주는 훌륭한 글귀요. 언제나 넓은 아량으로 변함없는
혜려(惠慮)와 지도를 아끼지 않으시는 교수님과 사모님께 나의 고마움과
더불어 기대에 어긋나지 않겠다는 마음가짐도 함께 전해주오.

매번 면회를 마치고 무거운 발걸음에 실린 당신의 축 처진 뒷모습을 투

명창 너머로 지켜볼 때면 마음이 그토록 쓰라릴 수가 없소. 독수공방, 홀로 집안일 챙기기, 새로운 생업 구하기, 짓궂은 옥바라지…… 처음 닥쳐보는 이 모든 지긋지긋한 일들이 당신에게는 이루 헤아릴 수 없는 괴로움이고 외로움일 것이오. 그러나 당신은 그 모든 것을 가슴 한구석에 묵묵히 가라앉힌 채 내색 한번 하지 않고 늘 밝은 표정으로 오히려 나를 위로하고 독려하고 있소. 그것이 더없이 고맙고, 또 그럴 때면 힘이 샘솟소.

현인들은 "괴로움은 즐거움의 어머니다〔苦者樂之母〕"라고 했소. 그러면서 괴로움을 탓만 하지 말고 도리어 감사하라고 했소. 왜냐하면 삶 속에는 괴로움과 즐거움이 늘 뒤섞여 있고, 악이 우리에게 선을 일깨워주듯 괴로움은 우리에게 즐거움을 예고해주기 때문이지. 우리가 언제 어느 역에서 즐거움의 열차를 함께 탈는지……

날씨는 늦가을로 치닫고 있소. 부디 건강하오.

어머니와의 마지막 만남

1996. 11. 16.

한기가 제법 밀려오고 창가에는 성에가 끼기 시작하오. 어느덧 겨울이 성큼 다가왔소. 오늘은 어쩐지 설레임을 억누르지 못해 새벽 일찍 자리를 박차고 일어나 여느 때와 같이 면벽(面壁)했소. 이른 새벽의 고요 속에 눈을 지그시 감고 오늘을 더듬어봤소.

오늘은 음력 시월 초엿새, 바로 내 생일이오. 누구에게 오늘이 내 생일이라고 말해본 지도 어언 스무 해가 넘었소. 운명의 장난이라고나 할까, 그동안 나 아닌 다른 인간체로 행세하다보니 이름도, 생일도, 부모도, 형제도 몽땅 다른 사람의 것으로 꾸며대야만 했지. 몇달이 지나서야 지금은 좀 귀에 익었지만, 처음 얼마 동안은 누가 제대로 된 내 이름 석자를 불러도 도무지 실감이 나지 않았소. 멍멍하기도 하고 이상야릇하기도 했소.

그동안 당신은 그 허구의 '생일'이나마 잊지 않고 어김없이 챙겨주었소. 그럴 때면 나는 어설픈 표정을 감추지 못했으련만 그런대로 허겁지겁 받아들이곤 했지. 그런가 하면 간혹 진짜 생일을 잊지 않고 맞을 때면 겉으로는 아닌보살하지만, 내심 누군가의 축하를 받고 싶었소. 생일이라고 기억할 때면 그렇고, 그나마도 훌쩍 잊어버리고 지날 때가 다반사였소. 참으로 드라마에나 있을 법한 이야기요.

당신은 이날을 잊지 않고 오늘 면회를 와서 자그마한 투명창 너머로 축하를 건네주었소. 밥 한그릇 지어주지 못한다고 눈시울을 붉히면서 말이오. 비록 축배도 없고 축하의 노래도 없었지만, 그것은 진정 당신의 마음속 깊은 곳에서부터 우러나온 따뜻하고 진심 어린 축하였소. 일전에 당신이 차입한 사발라면 한 컵으로 오늘 아침 자축의 '향연'을 만끽했소. 그저 홀로의 자축이었소. 원래 축하란 상대방에 대한 배려일진대, 자축은 결코 축하가 아니지. 그저 허울이고 자기위안일 따름이오.

인간이란 생태적으로 자연에 대해 이기적인가보오. 자연의 섭리를 필요에 따라 이렇게도 해석하고 저렇게도 돌려붙이니 말이오. 오늘 아침 날이 휘엄휘엄 밝아오자 나는 언제나처럼 철창 너머로 뒤뜰에 피어 있는 한 그루의 들국화를 물끄러미 바라보았소. 서리가 뿌옇게 내려앉은 잔디 속에서, 간밤의 찬바람도 마다하지 않은 양 여전히 그 청순한 자태를 드러내고 있었소. 미풍에 약간 요동하면서 마냥 되찾은 내 생일을 축하해주는 성싶었소. 이렇게 오늘의 국화는 나에게 정겨워만 보였소. 그러나 간혹 꼭같은 국화임에도 야릇한 교태를 뽐내면서 자유로이 흐느적거리는 것이 마치 갇혀 있는 내 신세를 비웃기라도 하는 것 같아 못내 얄밉기도 하고 시샘마저 느낄 때가 있소. 그런데 오늘은 나에게 그 뜻이 다르게 안겨왔소. 서리와 찬바람을 맞으면서도 조금도 구김새없는 그 깨끗함과 강인함이 그토록 의젓할 수가 없소. 그것으로 나를 반겨주고 믿어준다고 생각하니 나에게는 축하 이상의 의미로 다가왔소. 같은 국화를 놓고 어제 오늘의 생각이 이렇게 다를 수가 있을까. 이것이 아마 인간의 부질없는 변덕이고 자연에 대한 오만인가보오.

오랜만에 되찾은 이날을 맞고보니 양친생각이 더욱 간절하오. 부모님은 극히 평범한 분들이셨소. 그 '평범'이란 구차한 살림이지만 참되게 삶을 살아가는 이 나라의 모든 아버지·어머니의 모습 그대로란 뜻이오. 그래서 부모님에 대한 사랑과 존경은 이 나라의 모든 아버지·어머니에 대한 사랑과 존경으로 이어지는 것이오. 그러나 그 평범 속에서도 부모님께서는 분명히 남다른 '비범함'을 간직하고 계셨던 것이오. 그 '비범함'이란 '평범함' 이하의 구차함 속에서도 그 이상의 참된 삶을 살아온 것이라고 나는 감히 말하오.

아버지는 3대독자로서 5살 때 할아버지를 여의고 반신불수인 증조할아버지의 슬하에서 자랐소. 7살 때인 1919년 일본놈들이 3·1독립만세를 트집잡아 고향마을을 불살라버리자 청상과부가 된 할머니의 손에 이끌려 설한풍 휘몰아치는 북간도(北間島, 지금의 중국 연변)의 한 산간벽지에 이르렀소. 아버지는 산 속에서 불을 질러 땅을 일구어가는 화전민(火田民)으로 잔뼈가 굵었소. 성가(成家)한 다음에도 한평생 촌부로 고생만 하시다가 자식들의 덕도 별로 보시지 못한 채 일찍이 세상을 뜨고 말았소.

아버지는 성미가 몹시 과묵하고 술 한잔 안 드시는 강직하고 고지식한 분이셨소. 무슨 일이라도 남을 탓하는 법 없이 혼자서 훌훌 해치우는 분이셨소. 아버지는 집안의 화목을 특별히 강조하셨소. 내놓고 말씀하신 기억은 없지만, 아버지가 내심 내세우신 가훈은 '집안이 화목하면 모든 일이 잘되어간다'는 '가화만사성(家和萬事成)'이 아니었나 싶소. 나는 아버지와 어머니 사이에 말다툼 한번 오가는 것을 보지 못했소. 우리 형제들은 부모님에게 매 한대 맞지 않고 자랐소. 아버지는 무학이지만 자식들을 공부시켜보겠다는 의욕과 열성만은 대단하셨소. 어머니 역시 마찬가지였지. 70여호 되는 마을에서 유독 우리 집에만 윗방에 서당을 차려놓고 한 20리 떨어진 풍락동(豐樂洞)이란 곳에서 '구학선생'을 모셔다가 마을아이들에게 천자문을 가르쳐주도록 하셨소. 선생의 숙식은 우리 집에서 전적으로 책임지는 것이었소. 어려운 살림에 쉬운 일은 아니었지. 덕분에 나는 소학교 입학 전에 천자문을 비롯해 적지않은 한자에 눈귀가 밝을 수 있었소.

어머니는 아주 부지런하고 정이 많으며 알뜰살뜰한 분으로 소문이 자자했소. 구차한 살림에 바깥일도 많이 곁들면서도 집안살림을 알뜰하게 꾸려나가셨소. 집안은 늘 정갈하고 흐트러짐이 없었소. 흙벽의 초가집이었지만 부엌과 떵대(선반)는 언제나 반들반들 윤기가 돌고 있었소. 음식솜씨도 이만저만이 아니었소. 어머니가 지으신 한여름의 가지순대와 한겨울의 동치미는 이 세상 어디에서도 맛볼 수 없는 일품절품이었소. 자식들에 대한 어머니의 사랑은 각별하였소. 이날을 맞으니 어릴 적 어머니의 그 사랑과 정성이 새삼스러워지는구면. 내가 나서 자란 고장은 무서운 산골이라서 주식은 조밥이나 보리밥에 감자가 전부였소. 명절음식이래야 차조로 빚은 떡이고, 평시에 색다른 음식이라면 잡곡을 섞은 기장밥이 고작이었소. 경사진 다락밭이 대부분인데다가 실오리 같은 개천이 하나 흘러가니 물이 부족하여 논밭은 일구어낼 수가 없어서 평소에 쌀밥은 구경도 못했지.

그러다가도 식구들의 생일이 오면 자상하신 어머니는 꼭 10여리 떨어진 5일장에 가서 3~4배의 조나 7~8배의 감자를 주고 입쌀(맵쌀)을 바꾸어다가 생일아침에 조나 기장을 반반쯤 섞은 밥을 지어주곤 하셨소. 간혹 여기에 곁들어 닭 한 마리가 밥상에 오르기도 했지. 아버지 생신이면 영락없이 고마에(고등어)나 명태 자반이 장만되곤 했소. 동해의 어촌에서 태어나셔서 그런지 아버지는 해산물을 퍽 즐겼소. 주로 겨울철에 함경도 사람들이 고등어나 명태, 소금 같은 것을 가지고 간도에 와서 오곡과 바꾸어가곤 했지. 이때 어머니는 꼭 생선을 몇마리 구해서 처마 밑에 덩그러니 매달아 말렸다가 초여름 아버지 생신에 별미의 자반을 손수 만들어 대접하곤 하셨소. 철부지 그 시절에도 그 모성의 베풂과 그 자애의 온정이 그렇게 아름다워 보일 수가 없었소. 물론 아버지는 혼자 드시지 않고 내내 찬그릇을 밀어놓으시니, 맏아들인 내 몫이 제일 컸던가보오. 우리네의 정답고 화목한 삶의 한 단면이지. 이렇게 소박하면서도 단란한, 손은 구차하나 마음만은 넉넉한 삶이야말로 참 삶이 아니겠소. 그 삶은 언제나 내 삶의 불씨로 남아 있소.

아버지가 일찍이 세상을 떠나신 후 어머니를 마지막으로 뵌 것은 지금으로부터 30년 전인 1967년 2월의 어느 추운 날이었소. 중국과 북한 간의 내왕이 자유롭지 못했기 때문에 어머니가 두 나라의 변방지대에서만 통용되는 '임시도강증(臨時渡江證)'을 발급받아 변방도시인 회령(會寧)에 오셨다는 급전을 받고 나는 그곳으로 달려갔소. 먼 친척집에서 모진 풍상에 찌들어 백발이 성성하신 어머니의 거칠거칠한 손을 잡았을 때, 편히 모시지 못한 자식의 불초를 눈물로 반성했소. 이제 모시고 살면서 못다한 효도로 늘그막이라도 편히 보내시게 하리라 마음속으로 다짐하면서 이틀간의 마지막 만남을 마쳤소. 두만강다리를 걸어 넘으시면서 자꾸자꾸 뒤만 돌아보시면서 무거운 발걸음을 겨우 떼시던 구부정한 파파늙은이의 뒷모습…… 어머니의 흰 머리수건 자락이 다리 건너 저쪽에 펼쳐진 흰 눈바다 속에 묻혀버릴 때까지 나는 우두커니 서서 지켜만 봤소. 아니, 볼을 타고 흘러내리는 눈물이 마냥 차디찬 얼음덩어리로 내 가슴을 지지누르고 있었소. 1km쯤 떨어진 강 건너편에서는 어머니를 맞으러 온 막내동생이 무어라 소리지르며 모자를 벗어 휘젓고 있었소. 사실 이 다리를 건너 60리쯤 가면 내가 나서 자란 그곳, 그 집에 닿을 수 있는 것이오.

이것이 어머니와의 마지막 만남이 되리라고는 꿈에도 상상치 못했소. 그후 근 30여 성상(星霜) 어머니를 찾아뵙는 것이 여의치않아 차일피일 미루어왔소. 그간 해외를 동분서주하면서 중국땅을 여러번 넘나들었지만 공인이라는 신분이 번번이 어머니께로의 내 발길을 가로막았소. 그래도 연수(延壽)하시기만 하면 언젠가는 찾아뵐 날이 있을 거라는 한가닥 희망만을 안고 스스로를 위안하면서 불효를 견디어왔소. 지금쯤 생존해 계시는지. 올해 연세가 86세이고 보면, 아직 생존해 계실 법도 한데. 이제 자식으로서의 불효막심을 후회한들 무슨 소용이 있겠소. 당신도 부모님이 앉아계실 때 자식으로서의 효도를 다해야 하오. 효도는 모든 선의 으뜸이라고 했소. 효도는 우리 동양인의 미덕 중의 미덕이오. 말은 쉬우나 실행이 어려운 것이 또한 효도요. 자칫 조상에 대한 효도를 개인사로만 치부할 수 있는데, 결코 그렇지 않소. 미덕으로서의 효도와 나라에 대한 충성은 동전의 양면이오. 그래서 충효사상은 하나의 전일체(全一體)이지 이분체(二分體)가 아니오. 동양인치고 우리 한국인만큼 충효에 반듯한 사람들은 없소. 그것이 우리만의 또하나의 자랑이오.

요즘 당신은 퍽 분주하지. 이것저것 챙겨야 할 일들이 겹겹할 것이오. 원래 내성적이고 누구에게 무엇을 청탁하는 것을 싫어하는 성격의 소유자인데, 이제 이 세파 속에서 그 본연을 넘어서 움직여야 하니, 마음고생 또한 이만저만이 아닐 것이오. 당신도 말했다시피 세상살이란 그렇게 단순하지 않소. 매사에 엄벙덤벙하지 않는 신중한 당신이기에 안심은 되지만, 그래도 때로는 뜻밖의 일에 부딪쳐 황황할 적도 없지 않을 것이오. 더구나 당신은 외로이 모든 일을 감당해야 하니까 힘들고 답답하고 껄끄러운 일들이 적지않겠지.

이제 우리 모두는 최선을 다했으니 '진인사대천명(盡人事待天命)'일 수밖에 없지 않겠소. '길은 밟으면 나는 법'이니, 우리 서로가 슬기와 힘을 모아 한걸음 한걸음 밟아나갑시다.

너그럽고 검소하게

1996. 11. 23.

　　　　오늘 우리는 투명창 너머로 서로의 눈짓과 무언의 마음으로 이날을 기리는 뜻을 주고받았소. 느닷없이 내리는 초겨울비가 우리를 축하해준다고 당신은 말했지. 그렇소, 하늘은 결코 무심치 않나보오. 아니, 그러기를 못내 바라고 있는 것이 아니겠소? 예년 같으면 꽃 한송이로라도 서로의 표시가 있었으련만, 오늘은 그럴 수가 없었구면. 어떠한 유형(有形)의 표시도 허용되지 않으니 말이오. 중요한 것은 표시나 허용이 아니라, 마음과 뜻이오. 마음과 뜻에 무슨 허울이 필요하겠소.

　오늘은 반공일(半空日), 즉 절반 쉬는 날이오. 그러나 당신에게는 쉬는 날이 따로 없는 성싶소. 오전에 한두 곳에 들렀다가 오후 4시경에 면회를 왔으니, 이 하루도 종일 뛰어다니며 일해야 하는 완공일(完工日)인 셈이지. 당신의 그 정성이 정말 고맙기도 하지만, 나로서는 여간 죄송스럽지 않소. '남자는 결혼하고 나면 죄가 늘어난다'라는 속담이 있소. 이 말은 남자란 결혼하면 남편으로서, 가장으로서, 그리고 얼마 안 있다가는 아버지로서 짊어져야 할 책무가 그만큼 크고 많은데, 그것을 제대로 해내기란 쉽지 않으므로 늘 사명감과 더불어 죄책감을 느끼지 않을 수 없다는 뜻으로 풀이되겠소. 그러나 오늘의 내 처지를 놓고보면 당신에 대해선 그 이상의 의미가 있는 것 같소. 남편으로서 부실한 점이 너무나 많았소. 늘 책 속에 파묻혀 있다보니 집안일은 뒷전으로 밀어놓고 당신에게만 짐을 지웠지. 모든 것이 자책으로 주마등처럼 뇌리를 스쳐지나가오.

　동서고금을 막론하고 결혼은 인륜이라고 하지만, 그 해석은 각기 다르오. 인륜으로 보면 사람이 생겨서 처음 맺어진 것이 부부관계이고, 그 다음으로 부자관계와 형제관계가 이어지는 것이오. 그래서 부부관계는 인생과 인류의 원초적 관계이고 일심동체라고 말하는 것이오. 19세기 독일의 유명한 소설가 장 파울(Jean Paul)은 아내가 없는 남자는 몸체가 없는 머리이고, 남편이 없는 여자는 머리가 없는 몸체라고 부부간의 일심동체를 비유했소. 『구약성서』의 창세기에 보면 하느님은 잠들어 있는 아담의 갈빗대를 하나 뽑아 여자를 만들었다고 하오. 잠에서 깨어난 아담은 그 여자를 보고 "내 뼈에서 나온 뼈요, 내 살에서 나온 살이로구나" 하고 외쳤다고 하오. 이리하여 아담부부는 어울러 한몸이 되고 인간의 조상이 되었다고 하오. 이것은 우리 동양철학에서 사람이 있은 후 부부가 처음 있고, 그 다음에 부자와 형제가 있다는 부부의 인류본원설(人類本源說)과 맥락을 같이하는 이야기라 하겠소.

이렇게 이성간의 결합, 즉 결혼이 인생의 원초이고 씨앗임에도 불구하고 역사에는 엉뚱하게도 이른바 결혼의 '폐단'을 운운하면서 그 당위성을 놓고 왈가왈부, 이론이 분분했소. 결혼 부정관이나 혐오관, 독신주의가 그 대표적인 사례라고 하겠소. 초기 기독교는 결혼을 부정하고 독신주의를 권장했소. 사도 바울은 음행이 성행하니 할 수 없이 남녀가 결합하기는 하는데, 최선책은 약혼녀와도 결혼하지 않는 것이라고 했고, 초대 기독교교회가 낳은 위대한 사상가이자 신학자인 아우구스티누스(A. Augustinus)는 부부간의 쾌락은 '용서 가능한 죄악'이며, 여성의 영혼은 소중하나 그 육체는 '적으로 여겨 증오해야 한다'고 하며 부부관계나 결혼을 죄악시했소. 다행히 루터(M. Luther) 같은 종교개혁가들에 의해 결혼이 긍정시되고 성서적 의도가 복원되어 '독신주의'가 부정시되었으니 망정이지, 그렇지 않았던들 그 세계는 '결혼 없는' '부부 없는', 그야말로 생존도 낭만도 없는 '황무지세계'로 남아 있게 되었을 것이오.

17세기 영국의 시인이자 비평가인 드라이든(J. Dryden)은 결혼이 과연 7가지 성스러운 일의 하나인지, 아니면 7가지 큰 죄악의 하나인지 확실치 않다고 그 호오(好惡)에 의심을 표했는가 하면, 러시아의 문호 도스또예프

스끼(F. M. Dostoevskii)는 결혼은 모든 자랑스러운 혼의 "정신적 죽음"이라고 혐오했소. 그럼에도 그들 모두는 기혼자였으니, 위선자들이라고 해야 할지, 도무지 그 속내를 알 수가 없구면. 그러나 세상사는 그 일면만은 아니었소. 그 반대편에서 정반(正反)의 세상사를 조화시켜주기도 했소. 괴테(J. W. von Goethe)는 "결혼생활은 모든 문화의 시작이며 정상(頂上)이다"라고 결혼을 전혀 다른 시각에서 신성시했소.

문제는 이 인류의 원초적 관계로서 당연시되는 결혼과 부부관계를 어떻게 이루고 어떻게 가꾸어나가는가 하는 데 있는 것이오. 괴테가 신성시한 결혼생활이란 한마디로 금실 좋은 부부간의 생활이라고 할 수 있소. 흔히 금실이 좋아 이루어지는 부부간의 행복을 '금실지락(琴瑟之樂)'이라고 하오. 결혼식 때 주례가 흔히 하는 구두선(口頭禪)이지. 그렇다면 어떤 것이 금실 좋은 부부관계일까? 그것은 서로가 이해하고 존중하며, 서로가 화목하고 협조하는, 그래서 서로가 가정과 사회에 대한 책임을 다하는 그러한 관계라고 나는 믿소. 이러한 관계의 기조는 돈이나 영화가 아니라 마음과 뜻, 즉 심지(心志)인 것이오. 서로의 심지가 통할 때, 부부간의 대화나 관계에서는 불평·비난·잔소리·타발(탓)·위협·강요·처벌·배척·조건부 같은 언짢은 언행은 삼가게 되고, 대신 이해·격려·신뢰·지지·경청·수용·존중·타협·용서 같은 화기애애한 언행만이 오갈 것이오.

이성이 결합하면 가정을 꾸리게 마련이오. 우리 역시 그렇지. 비록 우리는 아직 두 사람뿐이지만 한집에서 모여사는 한 식구(食口)인 것이오. 식구란 한 솥에서 만들어진 음식을 함께 나누어 먹는 사이라는 뜻이오. 당신이 지은 한솥밥을 함께 먹었으니 우리는 한 가정의 한 식구이지. 가정은 인간의 보금자리이고 사회의 기층세포인 것이오.

함께 있을 때는 몰랐는데, 막상 이렇게 떨어져 있고보니 가정의 참뜻과 그 소중함을 새삼 음미하고 되새김질하게 되오. 그러면서 그동안 비록 명문으로 내걸지는 않았지만, 은연중 내가 추구해왔던 가정 운영철학, 즉 가훈(家訓)을 곰곰이 짚어봤소. 그것은 '서(恕, 너그러움)'와 '검(儉, 검소함)'이란 두 글자로 압축되오. 풀이하면, 서로가 너그럽게 대하여 편안하게 지내며, 살림을 검소하게 꾸려 넉넉함을 얻는다는 뜻이오. 다시 한문투로 옮기면 '유서즉정평 유검즉용족(惟恕則情平 惟儉則用足)', 즉 '오직 너그러우면 불평이 없고, 오직 검소하면 살림이 넉넉해진다'라는 말이 되겠소. 우리가 지난 시기에 이대로 했는가는 불문에 붙이고, 이제부터라도 이대로 실천했으면 하오. 당신도 쾌히 받아들이리라 믿어 의심치 않소. 여기에는 가족으로서의 관계를 어떻게 설정하고, 또 가정을 어떻게 꾸려나가야 하는가 하는 실용철학이 담겨 있소. 가훈다움이라 믿소.

돌이켜보면, 그동안 우리는 얼굴 한번 붉혀본 적이 없었지. 물론 서로가 좀 고집스러운데다가 굼뜸과 성급함이 어울리다보니 사소한 일에서 티격태격한 일은 없지 않았지. 탓은 내 켠에 더 있었소. 지금은 그것도 아름다운 추억으로 남아 있구먼.

오늘은 우리의 결혼기념일이라서 그런지 이렇게 결혼과 가정에 관해 난데없는 넋두리를 늘어놓았소.

사형을 구형받고서

1996. 12. 4.

초겨울 추위가 이렇게 매섭기로는 서울에 와서 처음 당하는 것 같소. 예년 같으면 한달 후인 정월초에나 있을 법한 추위요. 한나절 기온도 0℃를 밑도니 예사롭지 않구먼. 올겨울엔 동장군의 엄습이 이만저만이 아니라고들 하오. 영어(囹圄) 속의 무지렁이 같은 우리 약골들을 혼내

줄 심보인가보지. 그러나 기왕 모든 것을 각오한 터라 별로 개의치 않소. 그저 모든 것을 천연스럽게, 그러나 수동이 아니라 능동으로 받아들일 뿐이오. 냉방이지만 방안에서는 냉수를 끼얹어 마찰하고 바깥에서는 러닝셔츠 바람으로 운동을 하면서 추위에 맞서고 있소. 햇볕이 나면 그마저 벗어던지고 일광욕으로 살가죽을 태우오. 그런데 애꿎게도 요즘은 해님이 몸을 사려서 그런지, 아니면 스산한 먹구름이 심술을 부려서 그런지 햇볕이 통 나지를 않소. 요즘처럼 따사로운 햇볕의 고마움을 느껴본 적은 일찍이 없었소.

당신도 알다시피 나는 평소 아침에 가벼운 조깅을 거르지 않고 해왔소. 그러나 이렇게, 그야말로 극기에 가까운 겨울운동을 의지적으로 해본 적은 없었소. 그것은 두말할 나위도 없이 건강을 유지하기 위해서이지. 오늘 내가 염두에 두는 건강이란 단순한 생명의 연장을 위한 건강이 아니라, 생명이 유지되는 그날까지의 유한적(有限的)인 건강을 말하오. 오로지 이 천금 같은 건강을 위해 나는 오늘도 냉수욕을 하고 '인동(忍冬)'훈련을 하면서 책도 읽고 글도 쓰고 있소. 그리고 이 모든 것에 소요되는 물리적 에너지도 그런대로 충당하고 있소. 요컨대 오늘도 여느 때와 진배없이 정상적인 일상을 이어가고 있다는 말이오. 왜 내가 느닷없이 '정상'을 강조하는지 당신은 금세 짐작할 것이오. '요즘'이란 이 제한된 시간이 내 인생의 전 여정에서 그 상대적 길이가 얼마만큼이나 될는지는 아직 가늠할 수가 없지만, 아무튼 비상(非常), 어쩌면 최비상의 한토막임에는 틀림없는 것 같소.

지난주(11월 28일)에 나는 법정에서 사형이란 극형을 구형받았소. 물론 생에 대한 인간본연의 애착으로 보면, 불운이라고나 할까 비명이라고나 할까 하는 이런 식의 운명이 없었으면 좋으련만, 인과율(因果律)로 따지면 항변의 여지가 없는 귀결일 수도 있는 것이오. 물론 나도 보통인간으로서, 더욱이 이 싯점에 이르러서까지도 못한 일을 너무나 많이 남겨두어 아쉬워하는 미련의 인간으로서, 또 이 시대, 이 겨레를 위해 무언가 더 남기고 싶은 의욕이 간절한 대망(待望)의 인간으로서, 생을 더 연장하고 싶은 마음, 아니 그 이상의 절규마저 어찌 없겠소. 그러나 인생의 도리 앞에서는 스스로가 수긍하고 대범해져야 하는 법이오.

인생이란 유한한 것이오. 어차피 누구나 다 맨손으로 이승에 왔다가 빈손으로 저승에 가게 마련이오. 그런데 그 유한에는 자연의 섭리에 순응하는 자연순응적(自然順應的)인 유한과 인위적으로 조작된 인위조작적(人爲操作的)인 유한의 두 가지가 있소. 대체로 인간은 자연순응적인 유한에서 그 생을 마감하는 것이오. 이것을 보통 운명이라고 하오. 그러나 드물게는 인위적으로 조작된 유한에 생을 맡기는 경우도 있소. 이 경우를 가리켜 비명(非命)이라고 하오. 인간에게는 운명이니 비명이니 하는 것이 그다지 중요한 문제가 아니오. 인간의 삶에서 진짜 중요하고 유의미(有意味)한 것은 어떻게 유한, 그것도 극히 짧은 유한 속에서 무한을 살고, 또 그것에 대비하는가 하는 것이오.

유한과 무한은 상대적 개념인 동시에 인과적 개념이기도 하오. 유한 뒤에는 무한이 계속되는 것이오. 유한 뒤의 무한이란 어떤 시간적 개념이라기보다는 차라리 철학적 개념으로 이해하는 것이 더 논리적인 것 같소. 인간은 너나없이 이승에서의 유한한 삶에서 무언가 남겨놓으려고 아득바득하오. 아무리 가긍(可矜)한 사람이라도 자기뿐만 아니라, 자기 뒤에 올 사람을 위해 무언가 만들어내고 남겨놓으려고 하오. 이것은 무시할 수 없는 인간의 본능이며 상정(常情)이라고 말할 수 있소. 그런데 이성과 혜안을 갖춘 사람일수록 좀더 높은 차원에서 남을 위해, 뒷사람을 위해 무언가를 창조하고 업적을 쌓아올리려고 하는 것이오. 따라서 자연순응적이건 인위조작적이건 간에 이들의 유한한 삶이 끝난 뒤에는 무엇인가 남아 있게 마련이오. 그 '무엇'은 클 수도 있고 작을 수도 있소. 그래서 그것을 기리는 시·공간은 다를 수밖에 없는 것이오. 만일 한 인간의 삶이 부덕과 '자기(自己)'만으로 일관되었다면, 그의 유한한 삶 뒤에는 별로 남은 것이 없어서 그저 허무만이 무한(無限) 노릇을 하게 될 것이오.

　사람들은 흔히 자신의 유한에 관해서는 별로 개의치 않고 살아가오. 설혹 유한이 예정되어도 개의치 않은 척하면서 말이오. 그것은 공연한 불안과 두려움에서 탈출하려는 인간의 자제심리(自制心理) 때문이겠지. 그렇지만 인위적으로 유한이 조작되었을 때, 인간은 과연 어떻게 대응해야 하는가? 물론 흔한 경우는 아니지만, 나는 지금 막 이 질문에 직면하고 있소. 답은 간단하오. 이 유한을 그나마도 값있게 매듭지음으로써 무한에 대비하는 것이오. 그래서 나는 드라마 같은 내 기구한 인생역정을 곰곰이 되돌아보면서 이제 남은 '작은 유한'을 무엇으로 채울 것인가에 골몰(汨沒)하고 있소.

　수인(囚人)인 나에게 남아서 짜낼 수 있는 밑천이라곤 일천하나마 학문밖에 없으니, 그것으로 무언가 하나라도 남겨놓고 싶은 것이 지금의 내 심경이오. 무언가 남겼을 때, 나는 이 유한 후의 무한 속에서 마치 망망대해의 일엽편주(一葉片舟)로나마 남아 있게 될 것이 아니오? 나는 지금 이 '작은 유한'을 별로 의식하지 않고(의식하려 하지 않는다는 것이 적절한 표현일 것이오) 마냥 '큰 유한' 속의 그날들처럼 오늘을 보내고 내일을 살아갈 것이오. 다만 시간의 제한이란 긴박감이 없지는 않지만, 의연하고 차분하게 대응해나갈 것이오. 일찍이 충무공 이순신 장군은 병사들에게 결전을 독려하면서 "죽는다고 생각하면 살고, 산다고 생각하면 죽는다〔必死卽生 必生卽死〕"라는 유명한 말을 남겼소. 경우가 달라서 적절한 비유 같지는 않지만, 요체는 신심과 용기를 가지라는 뜻이겠소.

　이제 며칠 있으면 선고의 날(12월 12일)이오. 당신이나 나, 그리고 주위의 여러분, 우리 모두는 '할 수 있는 일을 다 했으니' 이제는 그저 '천명을 기다릴' 수밖에 없소. 당신에게는 모든 것이 너무나 충격적이지. 그러나 오늘도 당신은 면회를 와서 그러한 내색은 좀처럼 하지 않고 오히려 나를 위로하고 격려해주기만 했소.

나는 요즘 당신을 보면서 부드러움이 결코 약함만은 아니고, 그것이 강해질 때는 더 강하다는 유강법칙(柔強法則)을 새삼 터득하고 있소. 부디 건강하오.

마(魔)의 2주

1996. 12. 16.

느닷없이 기승을 부리던 초겨울 추위는 한풀 꺾여서 요즘은 예년 날씨로 돌아갔소. 사방에서 엄습하는 한파에 에워싸여 쪼들리다가 풀려나니 더 포근하게 느껴지오. 좋기는 한데, 날씨의 변덕이 건강에 해롭지나 않을까 걱정되오.

구형에서 선고까지의 지난 2주간(11. 28~12. 12)은 나의 인생역정에서 실로 특기할 만한 순간이었소. 극형에서 15년형으로의 과도(過渡)가 이루어졌으니. 형질(刑質)로 보면 죽음을 당하는 것과 살아남는 것 사이에는 차이가 있겠지만, 삶의 가치로 보면 그게 그것이 아니겠소. 굳이 내 논리에 맞추어보면, 생의 인위조작적 유한에서 자연순응적 유한으로 복귀한 셈이고, '작은 유한'이 '큰 유한' 앞에서 머리 숙인 격이 되겠지. 아무튼 나는 그 기간을 '마(魔)의 2주'라고 이름을 붙여보오. '마'를 인간의 죽음에 겨냥할 때 누구에게나 '마'의 계기가 있게 마련이지만, 그것은 자연순응적인 유한 속에서 일어나는 극히 짧은 순간에 불과하지. 그러나 형(刑)에 얽매인 '마'는 인위조작적인 유한 속에서 맞게 되는 비교적 긴 시간으로서 흔히들 고통의 연속기라고 하지.

그러나 나는 크게 개의치 않았소. 시간을 앞당겨야 한다는 촉박감에서 아예 구형 같은 것은 저만치 밀어제치고 해오던 번역(『중국으로 가는 길』)에만 부심전념(腐心專念)했소. 이 책의 26절부터 39절까지가 바로 이 '마의 2주' 동안에 엮어낸 것이오. 이것은 계획대로의 정상진도였소. 이 14개절의 갈피 속 그 어드메에 혹여 '망령(亡靈)'에 실성한 흔적이 묻어나 있지 않은지. 집필할 때만큼은 모든 잡념이 사그라지오. 어쩌면 운명의 기로에 선 한 수인에게 이것은 다행스러운 일일는지도 모르겠소.

며칠 전 선고장에서 재판장은 "피고인은 소설 같은 인생"을 살아온 사람이라고 선고의 모두(冒頭)를 떼더군. 나는 그 말에 이의(異意)를 달지 않소. 누군가는 나더러 "드라마 같은 인생을 살아온 사람"이라고도 했소. 그 말이 그말이오. '마의 2주', 실로 나의 '드라마 같은 인생'에서 또하나의 드라마 같은 장면이 재현된 셈이오. 어쩌면 가장 극적인 장면이겠지.

짧다면 짧고 길다면 긴 이 드라마의 엮음새 속에서 출연한 하나의 작은 장면을 당신에게 이야기하지 않을 수 없소. 선고 전날 오후 검찰에서 갑자기 부른다고 하기에 엉겁결에 출두했소. 법정이 아니라 검찰청이었지. 한 달 남짓 매일 '출퇴근'하다시피 한 곳이라서 낯설지는 않았지만, 때가 때이니만치 여러가지 상황을 예견하면서 나름대로 마음을 다잡으려고 했소. 그러나 가슴은 좀처럼 누그러들지 않더구먼. 낯익은 검사와 사무관이 오랜만에 나타났소. 그런데 뜻밖에도 몇년간 심혈을 기울여 집필한 『고대문명교류사』원고가 입력된 컴퓨터와 일부 복사된 원고를 내 앞에 놓는 게 아니겠소? 나는 실로 어안이 벙벙했소. 당신도 알다시피 이 책은 내가 문명교류사의 학문적 정립을 위해 집필한 것으로 1996년 원고를 컴퓨터에 입력해놓고 한 출판사와 그해 연말까지 출판하기로 약속까지 한 책이오. 그런데 그해 7월에 내가 검거되는 바람에 무산되고 말았지. 더구나 원고가 입력된 컴퓨터는 해체되어 몰수되었을 것이고, 그렇게 되면 이 책은 영영 증발할 것으로 판단해 늘 허탈감과 아쉬움을 금하지 못해왔소.

그러다가 어느날 법정심문에서 우연히 이 미완의 책 문제가 제기되기에 나는 서슴없이 학계나 후학들을 위해 필요한 이 책만은 건져보고 싶다는 간절한 소망을 토로했소. 비록 법정에 선 피고인이지만, 학문에 웃고우는 한 학자의 절규에 가까운 심경이 검사나 변호사의 폐부를 감응시켰나보오. 그래서 10여일 전 나에게 사형을 구형한 바로 그 담당검사가 사무관을 시켜 몰수된 그 컴퓨터본체를 도로 찾아다가 입력된 원고를 출력하고는 그 내용을 확인하기 위해 나를 부른 것이오. 그 원고에 수갑이 꽁꽁 채워진 손길이 닿는 순간, 나는 짜릿한 전율을 느꼈소. 그런가 하면 가슴속 깊은 곳에서는 뜨거운 것이 뭉클했소. 증발된 것으로만 여겨왔던 그 땀이 배고 손때 묻은 작품이 되살아난다는 감격으로, 그리고 학문이 귀히 여겨져야 한다는 그 예지 앞에서 종시 흥분을 가라앉힐 수가 없었소. 자고로 학문을 존중하는 민족은 개명한 민족이라고 했소. 실로 오래간만에 맛본 쾌기(快氣)였소.

이 비장한 현실, 마냥 도(道)를 사이에 두고 법(法)과 지(智, 슬기)가 냉엄하게 상충하면서 갈등하고 조화하는 드라마의 한 장면, 바로 그것이었소. 무릇 인간사란 무상과 이변의 협연(協演)으로 새옹지마(塞翁之馬)를 연출해내는가보오. 몇시간 동안 뒤죽박죽이 된 원고를 가까스로 정리해놓았소. 검사는 형이 확정되면 담당변호사를 통해 원고를 집으로 돌려보내겠다고 했소.

이제 나에게 남아 있는 밑천이라고는 학문밖에 없으니 그것을 잘 유용해야 하지 않겠소. 그래서 우선 가장 현실성 있는 실천의 첫걸음으로 지난 시기 발표했던 논문들을 한데 모아 책으로 엮어봤으면 하오. 이를테면 논문집(혹은 논총)인데, 이러한 책은 학회의 일회성배포물이나 선학의 회갑기념 선물쯤으로 가볍게 여기는 우리 학계의 풍토에서 출간한다는 것은 그리 쉬운 일은 아닐 것이오. 그러나 학문의 진주는 논문에서 캐낸다는 사실을 감안할 때, 전문성을 띤 논문집은 학문 연구에서 특별한 값어치가 있는 것이오. 값어치가 있는 이상, 해볼 만한 일이지. 더구나 내가 처한 현실의 여건에서 학계와 후학들을 위해 당장 할 수 있는 일은 이 일밖에 없으니 더더욱 그렇소. 이 점을 깊이 헤아리고, 다음과 같은 논문들을 수집해 들여보내주오. 모두 별책이나 단행본(논총)으로 나왔고, 또 거개가 집에 보관되어 있으니 수집이 가능할 것이오. 논문제목과 발표한 곳 및 연도, 그 호수와 형태 등을 기억나는 대로 적어 보내니 참고하기 바라오.

① 「대식고(大食考)」, 단국대 대학원 학술지, 198*.(별책)

② 「회회고(回回考)」, 단국대 사학과 사학지 *호.(별책)

③ 「서역고(西域考)」, 단국대 사학과 사학지 *호.(별책)

④ 「한국불교 남래설 시고」, 단국대 사학과 사학지 *호.(별책)

⑤ 「고선지(高仙芝)의 서정(西征)」, 『차문섭박사회갑논총』, 단국대 사학과.(별책, 단행본)

⑥ 「비단의 서전(西傳)」, 『장충식박사회갑논총』, 단국대 사학과.(별책, 단행본)

⑦ 「혜초의 서역장행(壯行)」, 연세대 동방학지 *호, 199*.(별책)

⑧ 「신라에 대한 중세 아랍인들의 지식」, 한국외대 중동학회 학술지 *호, 199*.(단행본)

⑨ 「임란(壬亂)에 대한 중국학계의 인식과 평가」, 동서사학회 발표문, 1994.(논문집, 원고)

⑩ 「이드리시 세계지도와 신라」, 『신라문화』 *호, 신라문화연구원 1994.(단행본)

⑪ 「혜초의 서역기행과 8세기 서역불교」, 『정신문화』 *호, 정신문화연구원 1995.(별책)

⑫ 「비너스상과 동서교류」, 『문화론』 하나, 한양대 민족학연구소 1995.(단행본)

⑬ 「민족학의 학문적 정립(?)」, 한양대 민족학연구소 학술지(?), 1994(?).(단행본, 원고)

⑭ 「종교민족학의 학문적 정립(?)」, 한양대 민족학연구소 학술지(?), 199*.(단행본, 원고)

⑮ 「이슬람의 여성관」, 명지대 인문과학연구소 학술지, 1995.(단행본, 원고)

⑯ 「동서상이의 역사적 연원」, 동서사학회 논문집 1, 1996.(단행본, 컴퓨터 입력)

⑰ 「한국관계 서양서적의 서지학적 종관」, 국제한국학회 발표문, 1995.(논문집, 원고)

⑱「고대 한·중육로초탐」, 상해국제학술대회 발표문(중국어, 영어), 1996.(논문
집, 컴퓨터 입력)

⑲「남해로의 동단──고대 한·중해로」, 장보고국제학술대회 발표문, 1996.(논문
집, 원고)

⑳「'대진경교(大秦景敎)유행중국비' 비문고」, 『김문경교수정년기념논총』
1996.(단행본, 원고)

㉑「한국인의 고유가치관」, 뉴욕국제학술대회 발표예정문, 1995.(원고)

㉒「고대동방기독교의 동전」, 『이홍종박사회갑논총』, 1996.(원고, 컴퓨터 입력)

㉓「한국미술의 서역적 요소」, 아트지 *호, 1995.(단행본)

㉔「이슬람문화」, 서울시교육연수원 교사연수강의안, 1994~.(원고, 별책)

㉕「글밭」 칼럼 7편, 문화일보, 1995. 10~1996. 1.(원고)

'구슬이 서말이라도 꿰어야 보배'라는 말이 있소. 흩어져 있는 논문들을
한 책으로 묶어보고 싶소. 거듭 강조하지만, 학문의 진주는 논문에서 캐내
거든. 학자의 학설이나 주장은 거개가 그의 논문을 통해 세상에 알려져서
평가받게 되는 것이오. 그래서 학문을 제대로 아는 학자들은 논문 쓰기와
읽기를 중시하는 것이오.

이 논문들은 내가 개척코자 하는 문명교류학이라는 새 학문의 이모저모
를 다루고 있으며, 겨레의 역사적 위상을 복원하는 데 촛점을 맞춘 내 학
문 연구의 일단을 여실히 보여주고 있소. 따라서 이 글들을 '동서교류사
연구'란 제하에 한 책으로 엮었으면 하오. 우선 흩어져 있는 논문들을 한데
모아 2부씩 복사해주오. 출판문제는 차후에 논의하기로 합시다.

그럼, 내내 몸 성히 세모를 보내기 바라오.

추기(追記)

기억에 의존했기 때문에 논문제목과 발표한 지면, 시간 등에서 맞지 않는 것이 더러
있었다. 이 25편의 논문들은 2002년에 출간된 『문명교류사 연구』에 대부분 실렸다.

연마끝에 이룬 복이 오래 간다

1996. 12. 23.

　　　　세모가 다가오고 있소. 이제 이레만 있으면 1996년은 우리에
게 작별의 마지막 손짓을 하면서 영원히 역사의 뒤안길로 사라질 것이오.
먼 훗날, 역사의 연대기 속에서 이 해는 어떠한 해로 밑줄 그어지게 될는
지. 이 해를 살아온 모두는 이 해가 뭇사람이나 자신의 삶에서 무엇으론가
추억되기를 기대하면서 송구영신(送舊迎新)할 것이오. 그렇소, 1996년은
나나 당신의 인생역정에서 실로 추억 이상의 생생한 삶 그 자체로 길이 남
아 있을 것이오. 흔히들 세모가 되면 '다사다난(多事多難)'으로 한해를 되
돌아보는데, 이 구두선(口頭禪) 같은 낱말로 우리의 올해를 헤아리기에는
너무나 얄팍하고 모자람이 있는 것 같소.

　비록 우리는 갈라진 세상 속에서 이 해를 마무리하지만, 나는 좀더 냉철
하고 객관적으로 지난 한해를 되돌아보려고 하오. 분명 희비고락(喜悲苦
樂)이 뒤엉키고 버림과 얻음이 뒤섞인 한해였소. 당신이나 나나 상반기에
는 그나마도 여러가지 푸른 꿈에 부풀어 있었지. 나는 두 번이나 국제학술
대회에 참석하여 우리 역사를 제자리로 돌려놓을 수 있는 초유(初有)의 논
문들을 발표해 국제적인 호응을 얻었고, 필생을 걸고 시작한 문명교류사
집필의 첫 권을 완성했소. 당신은 또 당신대로 여구일심(如舊一心)으로 직
장을 지키고 가사를 챙기면서 숙원인 제집 마련을 눈앞에 그리고 있었지.
모든 것이 뜻대로 되어가는 성싶었소.

　그러나 7월에 접어들면서 우리는 모진 세파에 휩쓸리게 되었소. 구금과
형 선고라는 격랑은 우리의 항진(航進)에 역풍을 몰아오고, 마냥 조난을
예고한 듯했소. 그러나 우리는 그 격랑에 침몰하지 않고, 그 역경에 굴하

지 않았으며, 그 조난을 피해 항진을 계속해왔소. 자고로 군자는 "천운이 역경으로 다가오더라도 순종하고 받아들인다[天運逆來順受]"라고 했소. 나는 이제 그 대의와 명분을 실천에 옮기려고 하오. 물론 역경에 대한 순종이라서 일거에 거침없이 이루어질 수는 없지만, 그 과정 자체가 '군자'가 되는 자아도야(自我陶冶)라는 것을 깊이 자각하고, 그 대의와 명분을 기꺼이 좋을 것이오. 인간이란 요람에서 무덤에 갈 때까지 끊임없이 역경과 격돌하면서 자신의 인격적·도덕적 성숙도를 높여가는 존재요. 이 격동의 시대를 살아가는 우리야 더욱 그러하지.

세상만사는 다 정(正)과 반(反)의 공존과 상호작용을 통해 역동적으로 존재하고 변화·발전하는 법이오. 개개인의 삶인들 예외가 될 수 없소. 그래서 사람들은 '최악의 사태가 최선의 결과로 이어질 수 있다'는 변증법을 믿고, 역경, 심지어는 단두대 앞에서도 의연해지는 것이 아니겠소. 내가 비록 법정에서 단죄되고 영어의 몸이 되어 자유를 박탈당했지만, 오늘을 당당하게 살아갈 수 있는 것은 바로 이 도리를 믿고 좇기 때문일 것이오.

나는 이제 내 본연으로 돌아온 기분이오. 비록 갇힌 몸이지만 실로 오랜만에 되찾은 생일에 당신의 축하도 받아봤소. 물론 지난날도 그러했지만, 지금은 더더욱 간절하게 모든 산천초목이 내 것, 내가 위해야 하는 것으로 한품에 뜨겁게 안겨오고 있소. 아무리 원심력이 커진 국제화시대라 해도 내 땅, 내 겨레가 제일 소중하고 우선이오. 이 소중함을 간직하고 그대로 실천한다는 것이 얼마나 의젓하고 보람찬 일이오? 이 점에서 당신은 나와 공감일 것이오.

한때나마 우리는 '잊음'과 '기다림'이란 딜레마에 시달리기도 했지. 그러나 당신의 너그러운 아량으로 인하여 이 딜레마의 터널에서 무사히 빠져나올 수가 있었소. 사람들은 이 사실을 쉬이 믿으려 하지 않을 것이오. 왜냐하면 그 사실이 이 시대의 '초범사(超凡事, 평범한 일이 아님)'로 여겨지고 있기 때문이지.

당신은 지난 넉달 동안 이틀에 한 번 꼴로 면회를 왔소. 모든 뒷바라지 가운데 옥바라지가 가장 힘겹고 지겹다고 하오. 그것은 아마 수감자의 그 늘진 얼굴과 대면해야 하고, 모든 것이 제한 속에서 진행되어야 하며, 도움과 위로의 끝이 멀게만 느껴지기 때문일 것이오. 상대가 장기수인데다가 푼돈을 아껴써야 하는 형편일 경우는 더욱 그럴 것이오. 이 경우가 바로 우리 경우라 하겠소. 그러나 당신은 이렇다 할 내색 한번 하지 않고 초지일관 이 청계산자락의 내 우거(寓居)를 찾아주고 있소.

우리의 한해를 되돌아보면, 필시 괴로움과 즐거움, 또 괴로움 속에서의 즐거움 같은 것이 서로 설레설레 엉켜 있음을 발견하게 되오. 홀로보다 엉켜 있음은 늘 좋은 법이오. 그래야 삶에서 균형이 잡히니까. 물론 우리에게는 더 그러하겠지만, 다른 사람들에게도 마찬가지로 이것이 바로 자기 삶에 대한 긍정적이고 진취적이며 낙천적인, 그래서 가치있는 성찰과 회고가 될 것이오. 성인들은 "괴로움과 즐거움이 서로 연마하는데, 연마끝에 복을 이루면, 그 복이 오래간다[一苦一樂相磨練 練極而成福者 其福始久]"라고 했소. 이 명언은 우리의 1996년, 한해의 삶이 지녔던 의미를 한마디로 응축시켜주고, 우리의 미래를 예단해주는 성싶소.

오늘은 묵은해를 보내는 송구(送舊)이야기만 하고, 다음번에 새해를 맞는 영신(迎新)이야기를 해볼까 하오. 부디 '일락(一樂)' 속에 송구영신하기 바라오.

우리의 1996년이여, 역사 속으로 안녕히!

소걸음으로 천리를 가다

1997. 1. 1.

우리 함께 새해 1997년, 정축년(丁丑年)을 축하합시다. 해마다 보신각의 은은한 타종소리를 벗삼아 묵은해를 보내고 새해를 맞이했건만 올해는 그렇지 못하오. 송구영신의 아쉬움이나 즐거움을 함께한 간밤의 멜로디나 축배도 꿈에서나 그려봤소.

여기 청계산기슭에도 새해의 아침은 영락없이 밝아왔소. 사실 그 '밝음'이란 한낱 곡두에 불과했소. 때아닌 겨울비가 새벽부터 오전 내내 내리다 보니 해돋이는커녕(애당초 해넘이는 볼 수 없는 곳) 햇빛 한 오리 구경 못했소. 음산한 반나절이었소. 새해의 첫날, 맑은 공기에 묵은 티를 훌훌 털어버리고 싶어하는 여기 갇힌 사람들의 마음에 등을 돌린 하늘이 야속하기만 했소. 그러다가 정오를 넘기면서는 진눈깨비로 변하고, 진눈깨비는 다시 눈송이로 변하더군. 다행히 늦게나마 흙빛 물판 위에 오붓이 내려앉은 새하얀 눈은 그나마도 새해의 축복이었소. 어드멘가 있을 당신에게 내리는 새해의 축복이기를 바랐소.

지금은 늦은 밤이라서 철창 밖에서는 설한풍이 차가운 겨울밤의 고요를 깨뜨리며 윙윙거리오. 감방 안에서조차 희끄무레한 입김이 모락모락 피어오르는 것을 보니, 기온이 급강하한 것 같소. 그러나 때아닌 비와 진눈깨비를 걷어내고 산천이 흰 눈으로 청정해진다고 생각하니 내 마음은 금세 맑아지고 새해맞이 기분이 떠오르오. 그래서 싸늘히 언 손을 입김으로 훅훅 녹여가면서 이렇게 새해의 첫 편지를 쓰오.

때가 세모라서 전번 편지에는 묵은해를 보내는 송구(送舊)에 관해 이야기했소. 오늘은 새해를 맞는 첫날인만큼 영신(迎新)에 관해 말하는 것이 적시적격이 아니겠소. 사실 송구와 영신은 서로 맞물리고 이어가는 것이기

ⓒ이상하

소걸음으로 천리를 가다.

에 한 사슬에 묶인 두 고리라고 말할 수 있소. 그러나 그 크기나 자리매김은 같을 수가 없소. 원래 인간은 본능적으로 새것을 추구하고 새것에 기대를 걸고 살아나가기 때문에 영신에 더 큰 의미를 부여한다고 말할 수 있소.

범상찮은 인생여정의 한토막을 엮어갈 이 한해에 우리는 과연 무엇을 어떻게 해야 할 것인지 그림을 그려봐야 하겠지. 하는 일이 구태의연하거나 단순한 반복 내지는 정지, 심지어 후퇴여서는 절대 안될 것이오. 영신답게 무언가 새것을 새롭게 일구어나가야 할 것이오. 솔직히 말해서, 지금 이 처지에서 나나 당신은 자칫하면 삶에서 백해무익한 반복이나 정지, 후퇴의 악몽에 시달릴 수 있소. 그러나 우리가 이로부터의 결연한 탈피를 다짐하고 있는 이상, 영신이 영신다워질 것이라고 나는 믿어 의심치 않소.

올해는 정축년, '소의 해'요. 한때 황황할 수밖에 없었던 우리에게 이 '소의 해'는 시사하는 바가 크다고 하겠소. '소걸음으로 천리를 가다〔牛步千里〕', 즉 꾸준한 노력으로 성과를 이룬다는 이 성어를 반추(反芻)하고 음미하면서, 우리는 이제 충격과 비탄에서의 허둥거림을 그만두고 황소처럼 묵직하고 침착하게 앞만 내다보면서 걸어나가야 할 것이오. 하나하나를 새로이 출발하고 새로이 쌓아간다는 심정과 자세로 과욕이나 성급함을 버리고 천릿길에 들어선 황소처럼 쉼없이, 조금도 쉼없이, 오로지 앞을 향해 한걸음 한걸음 나아가야 할 것이오. 그럴 때 우리의 믿음, 우리의 의지, 우리의 희망, 우리의 모든 것이 참말로 '소가 밟아도 깨지지 않게〔牛踏不破〕' 굳건히 다져지고 꿋꿋해질 것이오.

새해도 그렇고, 앞으로 우리가 가야할 길 또한 멀고도 험난할 수 있소. 그렇지만 이러한 '우보천리(牛步千里)'의 매진정신과 '우답불파(牛踏不破)'의 반석의지만 견지한다면 길은 우리를 위해, 우리에게로 뚫리게 될 것이오. 우리는 어차피 이 길만을 따라 걸어가면서 맡겨진 일들을 하나하나 이루어가야 할 것이오. 언필칭 길이라면, 제아무리 험난해도 트이고 끝도 있게 마련이오.

내가 구속되는 바람에 당신은 20여년간 다니던 직장도 그만둘 수밖에 없었겠지. 짐작컨대 자신의 비탄도 비탄이거니와 남들의 매서운 눈초리는 당신의 가슴에 차디찬 얼음덩어리를 얹어놓았을 것이오. 그러나 당신은 그 모든 것을 묵묵히 용케 감내하고 있소. 인간의 의지와는 상관없이 현실은 항시 냉엄하오. 현실을 겸허하고 냉정하게 받아들이기만 하면 그 타결 방도는 생기게 마련이오. 그런데 현실은 시시각각으로 변하오. 변하는 현실에 적응하는 것이 바로 인간의 슬기요.

내 문제는 가까스로 대세가 잡혔으니 '하늘의 명을 기다릴〔待天命〕'뿐이고, 이러저러한 애끊는 일들은 냉엄한 현실로 받아들여 삭여넘기면 될 것이오. 여기 걱정은 더이상 하지 마오. 이제 당신은 외로이 세대주노릇을 해야 하니 갈수록 가사의 짐이 무거워질 것이오. 아무튼 모든 일을 마음 편하게 처리하오. 당신에게 일전 한푼 보태줄 수 없는 이 가긍한 신세에서 가사니 뭐니 하면서 논하는 것 자체가 부질없고 찜찜한 일 같구먼. 그동안 우그러지고 주름잡혔던 사회생활도 정상으로 되돌려놓으시오. 상심에 우울해 하지 말고, 신심에 용기를 내며, 작심에 뜻을 이루기 바라오. 그러나 이 모든 것에 우선하는 것은 건강 보전이오. 당신이 건강할 때 나도 건강하고, 우리의 앞날도 건강해진다는 것을 늘 명심하기 바라오.

나는 나대로 이 한해를 뜻있게 보내겠소. 부처님은 열반 전에 "모든 것은 덧없으니 게으르지 말고 부지런히 정진하라〔諸行無常 不放逸精進〕"는 마지막 말을 남겼소. 세상이 실로 무상함을 절감한 나로서는 비록 영어의 몸이지만 최선을 다해 정진할 것이오. 무위도식이나 허송세월은 나를 괴롭힐 뿐이오. 일각을 천금으로 여기고 한순간 한순간을 값있고 뜻있게 보내겠소. 늘 자성자수(自省自修)하는 마음으로 일상을 절도있게 꾸려나가고 시간을 잘 안배하여 효용하며 건강 유지에도 유념하겠소.

욕심 같아서는 여건이 허락하는 대로 연내에 전번 편지에 부탁한 논문 집을 묶어내고, 지금 진행중에 있는 고전(율의 『중국으로 가는 길』) 번역을 끝내고 출간까지 했으면 하오. 여기에 더해 이미 탈고하여 출판사에 넘기기로 했던 『고대문명교류사』까지 출간한다면 그야말로 금상첨화가 되겠지. 비현실적인 과욕일는지는 몰라도, 영신에 즈음한 작심쯤으로는 생각해볼 만한 일이 아니겠소? 그러자면 당신의 수고는 물론, 곁에서의 도움이 있어야 할 텐데, 차차 연구해봅시다.

바깥에서는 찬바람이 여전히 기승을 부리오. 한기는 거의 무방비상태에 있는 감방을 사정없이 엄습하고 있소. 그 속에서 새해 첫날밤의 고요는 고요대로 이곳 사람들의 꿈을 싣고 깊어만 가고 있소. 찬바람과 어둠, 그리고 고요가 걷히는 내일의 해돋이를 기다리면서, 새해에는 우리 모두에게 만복이 깃들기를 마음 모아 기원하는 바이오.

학문에서의 허와 실

1997. 1. 12.

정축년, 소의 해에 우리는 '우답불파(牛踏不破)'의 굳건한 의지를 가다듬고 '우보천리(牛步千里)'의 몇걸음을 내딛었소. 새해벽두라서 으레 덕담으로 밝은 이야기, 희망찬 이야기만을 나눠야 하는데, 오늘은 또 한가지 그늘진 이야기를 하지 않을 수 없어서 마음이 몹시 무겁소. 하지만 제때제때에 삭일 것은 삭이고 사그라지게 할 것은 사그라지게 하는 것이 이 시각을 살아가는 우리의 마음을 평안케 하는 하나의 방편이 될 수 있으니 이해해주오.

지난 세모(12월 30일) 때, 그러니까 지난해의 마지막 면회 때, 당신은 처음으로 내 앞에서 눈물을 보였소. 단국대 대학원에서 나의 박사학위를 취소한 사실을 전하면서 말이오. 나도 찍찍거리는 감방 안의 스피커를 통해 어렴풋이 알고 있던 터라 애써 내색하지 않으려고 했지. 그러나 나도 모르게 무언가 밖으로 내비치는 것이 있었던 모양이지. 당신은 어느새 나의 심경을 읽고서는 한참만에 말문을 열면서 눈가에 물빛을 보였소. 나는 나대로 당신의 그 아픈 심정을 헤아렸지만 무어라 위로의 말을 건네야 할지 통 갈피를 잡지 못하고 망설이기만 했소. 당신은 오히려 나를 위로해주었소. 내가 비애나 허탈, 실의의 늪에 주저앉을까봐 말이오.

사실 그 학위 취득에는 당신의 정성과 내조가 그대로 깃들어 있고, 바로 그 결실이기도 한 것이오. 학위를 받던 날 당신이 안겨준 축하의 꽃다발과 그날을 기념해 함께 찍은 사진은 가장 소중한 추억으로 영원히 내 기억 속에 남아 있을 것이오. 사실 스피커에서 학위 박탈소식을 처음 들었을 때 나는 내 귀를 의심하지 않을 수 없었소. 학문은 어디까지나 학문인데, 설마 그럴 수가 있겠는가 하고 반신반의했소. 그러나 다음날 신문기사는 그것이 사실임을 전해주었소. 어안이 벙벙했지만 자중해서 그것을 현실로 받아들였소. 동서고금의 역사에는 학문이 죽탕당하는 일이 가끔 있었으니 말이오. 그러나 학문은 결코 죽지 않고 살아남는 법이오. 그렇다고 학위 취소로 인해 내 학문이 죽탕당했다거나, 당하게 될 것이라는 뜻은 아니오. 왜냐하면 내가 그것을 믿지 않기 때문이오. 내 학문에 관한 한, 취소나 박탈은 결코 허용되지 않을 것이라고 나는 자신하오. 그만큼 나는 당당하게 학문을 해왔소.

학위는 학문 성취의 한 징표이자 증서이기 때문에 진짜 학문하는 사람들은 그것을 따내기 위해 피타는 노력을 마다하지 않는 것이 사실이오. 그리고 일단 따낸 후에는 그것을 지키고 빛내기 위해 학문 연구에 배가의 노력을 경주하는 것도 사실이오. 이것이 학위가 갖는 의미라면 의미겠소. 당신도 곁에서 지켜봤지만 나 역시 예외는 아니었소.

'설마'는 순간의 허망이었소. 내 인생드라마의 극성(劇性)을 높여주는 또하나의 무상함이오. 나는 그날 당신에게 이런 말을 남긴 것으로 기억하오. "가슴 아픈 일이지만 현실로 받아들이고 더 분발해야지"라고. 아마 이 이상 더 이성적인 대응자세는 없을 것이오. 앞으로 또 어떠한 일이 돌발할는지는 예단할 수 없으나, 이제 우리는 충격 앞에서 자제하고 인고하며 응수하는 지혜를 어느정도 터득하고 노하우를 쌓아가고 있지 않소? 지혜란 다름아닌 이성이오. 신화에 보면 신이 동물과는 달리 인간에게 부여한 독특한 재능이 바로 이성이라고 했소. 이성, 이것이야말로 만난(萬難)을 극복하는 묘약이오. 그래서 현자(賢者)는 난관의 고비마다에서 '이성을 잃지 말자' '이성으로 돌아가자'라고 울부짖기까지 하는 것이 아니겠소?

당초 그 소식을 듣는 순간, 나는 엉겁결에 '형설(螢雪)의 공(功)'이 일시에 여지없이 무너지는 허탈감을 느꼈소. 옛날 중국 동진(東晉)에 차윤(車胤)과 손강(孫康)이란 가난한 두 어린이가 있었는데, 차윤은 반딧불〔螢〕빛으로, 손강은 흰 눈〔雪〕빛으로 고생고생하면서 공부하여 후에 크게 성공하였다고 하오. 그래서 '형설의 공'이라고 하면 노력과 고생 끝에 이룬 공을 말하는 것이오. 이해하기에 따라서는 노력과 고생 끝에 이룬 공이라야 진정으로 값진 공이란 뜻으로도 풀이되오. 어쨌든 두 사람은 1,500여년이 지난 오늘에까지도 되새길 만한 교훈을 남겨놓았소. 나와 이 두 면학자(勉學者) 사이에는 긴 시간의 차를 넘어서, 적어도 어려움 속에서 공부했다는 점에서는 비겨지는 바가 있는 것 같소.

나는 중학교시절까지 궁벽한 두메산골에서 자라다보니 전기는커녕 등잔기름도 없어서 내내 '등'이라는 희미한 막대불을 켜놓고 공부했소. 말린 삼나무대(지름 0.8cm, 길이 1.5m 가량)에 낟알 겨와 들깨를 볶아 차지게 이긴 살을 덧붙여 만든 일종의 불부치개요. 방바닥에서 30cm 가량 높게 설치한 등꽂이에 걸쳐놓고 불을 붙이면 직경 1m 내에서만 글씨가 겨우 보이고, 30분에 한 대씩 갈아야 하오. 매캐한 연기가 코를 찌르고 두세 시간 지나면 콧구멍 안에 그을음이 다닥다닥하지. 지금은 상상도 할 수 없는 일이오. 밝기가 호롱불 반쯤밖에 안되니, 반딧불이나 흰 눈빛에 비해 별반 나을 바 없는 그 막대불빛을 빌려 나는 내 학문의 씨앗을 뿌려놓았소. 그 씨앗이 싹트고 자라서 열매를 맺음으로써 비로소 미공(微功)이나마 이루어 놓을 수가 있었던 것이오.

형설의 주인공들이 대성하여 공을 쌓을 수 있었던 것은 '널리 배워서 뜻을 독실히 하였기[博學而篤志]' 때문이었소. '널리 배움'과 '뜻의 독실'은 서로를 보완해주는 변증법적 관계인 것이오. 널리 배워야 뜻이 독실할 수 있고, 또 뜻이 독실할 때 널리 배울 수 있는 것이오. 학문에서 이것은 하나의 인과율이자 정률(定律)인 것이오. 나는 이 점을 내 학문인생에서 깊이 터득하고, 그 실천에 학문의 방향타를 돌렸소. 특히 뜻이 독실할 때 배움이 넓어지고 깊어진다는 도리를 체험을 통해 깨닫게 되었소. 그 깨달음은 어제와 오늘은 물론, 내일도 내 학문 연구의 원동력이 될 것이오. 감히 말하건대, 민족사의 복원이나 겨레의 위상 정립, 새 학문의 개척 같은 반듯하고 독실한 뜻이 세워지지 않았던들, 나는 학문에 입문조차 하지 못했을 것이오. 내가 옥중에서 몇권의 책을 쓰기로 작심한 것도 바로 그 뜻에서 온, 그 뜻을 위해서인 것이오. 사실 뜻을 독실히 하지 않으면 배움이란 그 자체가 어렵거니와, 설혹 무엇을 배웠다손 치더라도 그것은 한낱 하찮은 모래성에 불과한 것이오.

배움이란 하나의 옥돌이 다듬어져 값진 그릇이 되는 과정과 같다고 말할 수 있소. "옥은 다듬지 않으면 그릇이 되지 못한다[玉不琢不成器]"란 바로 이를 두고 하는 말이오. 거친 자연옥을 다듬다보면 쪼개질 것은 쪼개지고, 닳아질 것은 닳아지며, 떨어져나갈 것은 떨어져나가게 마련이오. 학인(學人)의 배움이나 학문 연구를 옥을 다듬질[玉琢]하는 과정으로 볼 때, 학위 취득은 그 다듬질의 어느 한 성숙도에 대한 표지일 뿐, 완성을 의미하는 것은 아니오. 그리고 학위 취소는 그 이유야 어떻든 간에 그러한 표지의 말소로서 다듬질의 한 부산물쯤으로 치부하면 될 것 같소. 그것으로 결코 다듬질은 끝나는 것이 아니오. 요체는 결국에 가서 '그릇이 되는 것〔成器〕'이오. 더 분발해서 그릇이 되라는 채찍으로 받아들이면 될 것이오. 그 이하도 그 이상도 아니오.

단, 확언코자 하는 것은, 학위논문만은 학자적 양식을 가진 나의 피타는 노력의 결실이며, 학문적인 하자는 없을 것이라는 사실이오. 이것만으로도 나는 감히 자긍심을 잃지 않고 있소.

원래 학문의 본질과 가치는 '허(虛, 형식·겉치레)'에 있는 것이 아니라 '실(實, 내용·실속)'에 있는 것이오. '실'이 알찰 때 '허'는 스스로가 머리를 숙이고 예를 갖추어 다가오는 법이오. '허'가 떨어져나갔다고 해서 '실'이 문드러지는 법은 없소. 그래서 '허'에 너무 집착해서는 안되는 것이오. 황차 그것이 없어졌다고 해서 과민할 필요는 없소. 나는 '박학이독지(博學而篤志)'와 '옥탁성기(玉琢成器)'의 참뜻을 '우보천리'의 황소처럼 거듭거듭 반추하면서 더욱 분발하고 용진(勇進)할 것이오. 당신도 나의 이러한 뜻을 헤아리고 더이상 상심하지 말기를 바라오.

지금은 연중 가장 추울 때니 부디 몸조심하오. 내내 안녕히.

스승과 제자가 한 포승에 묶여

1997. 1. 20.

먼발치에서 청계산마루에 띄엄띄엄 깔려 있는 흰 눈을 바라보노라니 문득 2년 전 이맘때 일이 떠오르오. 설악산의 설경을 구경하려고 우리는 속초에 머물고 있었지. 철을 따라 단장을 달리하는 설악산이 그즈음은 문자 그대로 '눈의 산', 겨울의 산이었지. 옛적부터 설악은 청신한 동해와 더불어 세상의 속된 일에 지친 인간들을 끌어안아 몸과 마음을 깨끗이 씻어주고 생기를 돋우어주는 명소 중의 명소요. 그래서 사람들은 즐겨 이곳을 찾곤 하지.

그러나 나는 매번 설악을 찾을 때면 설악과 한줄기에서 쌍봉을 이루고 있는 우리의 명산, 저 금강산의 천하절경을 생각하고, 설악과 금강의 앞바다에서 갈림새 없이 일렁이는 저 동해의 만리창파를 뇌리에 그리곤 했소. 분단에서 오는 아픔이라고 할까, 이별에서 오는 향수라고 할까, 설악에 가기만 하면 금강이 떠오르고 동해가 한가슴 가득 안겨오곤 했소.

그날은 아침부터 함박눈이 내리기 시작했지. 날씨로 봐서는 먼 길을 갈 수 없다고들 했소. 그러나 나의 욱다짐으로 우리는 고성의 통일전망대를 향해 떠났지. 간밤에 내린 눈까지 합쳐 온통 새하얀 눈바다였소. 눈은 길을 완전히 묻어버렸소. 겨울길손들은 다들 어디론가 피난가고, 이 담 큰 '모험가들'만이 으쓱대면서 길을 나섰지. 길은 온통 눈 속에 파묻혀, 반쯤 드러난 양켠 가로수를 표지 삼아 '길 없는 길'을 시속 20~30km의 속도로 더듬거렸지. 가는 길에는 몇번이고 차가 웅덩이에 미끄러져 빠졌고, 오는 길에는 갑자기 체인이 끊어지는 바람에 차가 휘영청 도랑창에 박히기도 했지. 다행히 길 가던 군용차에 의해 간신히 구조되었지만 참으로 아찔한 순간의 연속이었소.

몇시간 만에 가까스로 도착했으나 갑작스러운 폭설로 관광이 중단되어 버려서 통일전망대는 못 갔었지. 그래도 오고 싶고 보고 싶던 곳이어서, 설한풍이 휘몰아치는 나지막한 언덕 위에 올라서서 북쪽으로 눈길을 뻗으니 마냥 설원(雪原)의 언저리를 연상케 하는 능선을 따라 쭉 늘어선 분계선 철책만이 앙상한 모습을 그대로 드러내고 있었소. 그날따라 철책이 더욱 스산하게 느껴졌소. 멀리 금강산의 눈 덮인 뫼뿌리들이 아련히 안겨왔소. 어느 때인가 그 끝자락 동해 바닷가에서 지척에 있는 이곳을 내려다보던 그날의 광경이 삼삼히 떠올랐소. 한나절이 훨씬 지나서야 우리는 허기를 달래며 다시 험한 귀로에 올랐지.

당신은 얼마 전 면회와서 내가 왜 그때 그러한 모험에 가까운 행차를 강행했는지를, 또 왜 그렇게 자주 서울근교 통일로를 찾아 산책했는지를 이제서야 이해하게 됐다고 했소. 그렇소. 그즈음 당신은 나의 진정한 속내를 감지조차 할 수가 없었겠지. 전망대도 그렇고, 통일로도 그렇고, 나는 거닐 때마다 허리 잘린 이 강토의 비운을 절감하면서 어떻게 하면 하루빨리 이 불행을 끝장낼 것인가에만 골몰하고 고민을 거듭했소. 일찍이 독일의 철학자 니체도 "얼마나 깊게 고민할 수 있느냐 하는 것이 인간의 됨됨이를 거의 결정한다"라고 했소. 인간, 특히 지식인이란 '환경의 작품'으로서 피조물이고 수동적인 존재이기는 하지만, 일단 의식만 트이면 시대와 역사에 대한 소명감에서 오는 충정과 이상을 안고 현실과의 엇갈림으로 인한 갈등과 고민, 번뇌를 겪게 되면서 지성으로 성장하는 것이오.

법정에서도 진술했지만, 나는 분단비극의 체험자로서, 산 증인으로서, 그리고 오늘은 또 그 희생자로서 이 나라, 이 겨레의 운명과 전도에 관해 많은 고민과 사색을 거듭했으며 때로는 번뇌에 몸부림치기도 했소. 특히 이곳 남한에 와서 이러한 고민과 사색은 뼈에 사무치도록 절박했소. 세상에는 많고많은 나라와 민족이 있지만 우리처럼 1천년을 넘게 오랫동안 하나로 살아온 국가나 민족은 별로 없소. 이것이 우리의 자랑이고 보람이며 저력이오. 또 우리의 삶 그 자체인 것이오. 그래서 우리는 하루빨리 두 동강난 이 강토를 다시 하나로 이어놓아 막혔던 피와 얼이 다시 소통하도록 해야 할 것이오.

우리는 영원히 하나의 나라, 하나의 겨레로, 삼천리 금수강산의 당당한 주인으로 1천여년의 그 휘황찬란했던 통일민족사를 그대로 이어나가야 할 것이오. 누가 뭐래도 이 땅은 우리가 나서 자라고 묻힐 보금자리이고 묏자리이며, 이 겨레는 우리가 안겨 숨쉬는 따뜻하고 넓은 품이오. 이 시대에 와서 불초한 우리가 이 자랑찬 민족사를 불신과 반목, 이산과 이질로 얼룩지게 하였으니 뼈를 깎아 자괴하고 머리숙여 회심하면서 어서 빨리 그 일탈(逸脫)을 바로잡아야 할 것이오. 이것이 이 시대를 사는 우리, 특히 지성인들이 가다듬어야 할 자세이고 간직해야 할 양심이며 옮겨야 할 행동이라고 나는 굳게 믿소.

근간에 학계에서는 물론, 여론에서까지 이른바 '민족문제'가 심심찮게 거론되고 있소. 논란 속에 궤변도 적지않은 것 같소. 이 문제는 민족통일이라는 우리의 지상과제와 직결되기 때문에 우리에게는 중차대한 문제이며 거대담론일 수밖에 없소. 차제에 그 기본출발점인 민족의 개념에 관해서만 간단히 밝혀놓고자 하오. 우리말에서 겨레란 한 조상에게서 태어난 자손들이란 뜻이오. 이에 비해 민족은 언어·지역·혈연·문화·역사 등의 객관적 요소들과 민족의식이란 주관적 요소를 공유하여 결합된 인간공동체를 말하오. 그러나 혈연을 중시하는 우리의 전통사회에서 혈연이 민족 구성의 여타 요소들과 밀접한 상관성이 있다는 점에서 왕왕 겨레와 민족은 하나의 개념으로 쓰이고 있소.

민족학에서는 민족 구성의 주·객관적 요소들을 두루 갖춘 민족을 대자적(大自的) 민족이라 하고, 주관적 요소, 즉 민족의식이 결여된 민족을 즉자적(卽自的) 민족이라고 하오. 우리의 민족사를 비롯한 세계 민족사의 전개에서 알 수 있듯, 즉자적 민족은 사실상 반신불수로서 제구실을 못하는 민족이오. 주관적 요소에서 가장 중요한 것은 민족 구성원들이 상호일체감과 연대성을 발휘하여 민족공동체를 수호·발전시키려는 공동체 지향의식이오. 바꾸어 말하면, 하나로서 함께한다는 마음가짐이오. 민족은 우리 시대의 엄연한 실체요. 민족 사랑이나 민족공동체 지향의식 같은 보편적 가치는 시대가 변해도 달라질 수 없는 것이오. 고리삭아서 버려야 할 것은 이러한 보편적 가치가 아니라 민족배타주의나 우월주의, 허무주의 따위인 것이오. 세상이 제아무리 '초민족' '초국가'를 표방한다고 해도 아직은 한낱 허상이고 가설에 불과하오. 적어도 인류가 차별없이 공존공영하는 이상적인 문명시대를 열 때까지는 나라와 겨레라는 실체가 엄존하고 그에 대한 사랑과 헌신이 요구될 것이오. '민족' 하면 무턱대고 진부한 개념으로 치부하는 세태에서 민족의 참된 의미를 한번 짚어보는 것은 대단히 유의 미한 일 같소. 토정(吐情)하다보니 어느새 좀 딱딱한 글이 되어버렸구려.

이만 휴제(休題)하고, 나는 격세된 이곳에서도 분단의 아픔을 뼈에 사무치게 느끼고 있소. 며칠 전 한 학생과 한 포승에 묶여 법정에 출두한 일이 있었소. 그는 다름아닌 내가 몸담았던 단국대 경영학과 2학년에 재학중인 ㅎ군이었소. 내 수업을 들은 바가 있어 나를 한눈에 알아봤소. 한 연승(連繩)에 10여명이 일렬로 묶였으니 줄은 꽤 길었소. 앞에 선 그가 맨 뒤에 선 나를 보고 머리숙여 인사를 하면서 되돌아서려고 했으나 포승과 감시가 허용할 리 만무했소. 출정대기실에서도 우리는 떨어져 있을 수밖에 없었소.

학생들은 대체로 공안관련범(나 같은 사람은 공안사범)들이라서 요식형 출정심리는 몇분 걸리지 않아 금방 끝나오. 그러나 사안이 사안인만큼 나는 언제나 맨 마지막에 출정해서 장시간의 심리를 받다보니 학생들과 함께 돌아오는 경우는 거의 없소. 그날도 마찬가지였소. 그 학생은 대기실을 나서면서 한구석에 수갑을 찬 채로 앉아 있는 나의 입에 목을 축이라면서 알사탕 한 알을 기어이 넣어주는 것이었소. 구치소에서는 당과류로 몇가지 알사탕과 과자를 파는데, ㅎ군은 아마 긴장을 달래려고 알사탕 몇알을 가지고 온 모양이었소.

순간 나는 목이 메었소. 나는 수감된 학생들을 만날 때마다 입버릇처럼 말하곤 했소. "남북에 있는 우리 기성세대가 제구실을 못하다보니 자네들이 이렇게 고생하네"라고. 그날도 나는 내놓고 말할 수 없는 환경이라서 입속으로 이 말을 되뇌면서 사라져가는 그의 뒷모습을 지켜봤소. 그는 문지방에 다가서자 가까스로 몸을 돌리면서 "교수님, 건강하십시오"라고 연신 머리숙여 인사를 보내주었소.

교수와 학생, 스승과 제자가 한 포승에 묶이는 이 희유(稀有)의 비정한 현실! 사도(師道)나 사표(師表)가 깡그리 증발된 이 답답한 현실! 분명 이것은 우리만의 비극이고 아픔이오. 그 원인을 제공한 분단이 없었던들, ㅎ군과 같은 우리의 사랑스러운 젊은이들은 철창을 모르고 활보하면서 이 나라 미래의 역군으로 구김없이 자라날 것이 아니오. 내가 법정에 출두할 때 몇번인가 가르쳤던 대학원생들이 방청석에 앉아 있는 것을 발견했소. 나는 일부러 그들의 눈길을 피했소. 내가 검거되는 통에 학부나 대학원에 개설된 교류사관련 교과목은 폐강되었소. 갓 출범한 '교류사호'는 타수(舵手)를 잃자 곧바로 난파되고 말았소. 함께 승선한 원생들은 부득불 중도하선하여 표류할 수밖에 없게 되었소. 방청온 원생들이 바로 그네들이오. 담당교수로서 그들에 대한 죄책감이란 이루 형언할 수가 없소. 법정진술 중 이 대목에서 나는 그만 자책에 눈시울을 붉혔소.

한스러운 분단의 비극과 불행은 제구실을 하지 못한 나 같은 기성세대가 업보(業報)로 감수함으로써 그것으로 족하고, 더이상 우리의 후대들에게 전가되지 말았으면 하는 것이 내 절절한 소망이오. 바로 그 소망 때문에 나는 그 시절에 양양한 전도나 영화 같은 나에게 차려진 모든 혜택을 주저없이 버리고 나름대로 험한 가시밭길을 택했던 것이오. 한편, 내 학문연구에서도 분단은 걸림돌이 되고 있소. 씰크로드의 한반도연장이라는 역사상을 복원하는 것이 나의 당면한 주연구과제인데, 분단현실은 연구의 진전을 어렵게 만들고 있소. 자존을 지켜온 민족이나 나라치고 분단을 극복 못한 것은 이제 우리밖에 없소. 겨레의 체통을 생각해서라도 분단국의 오명을 하루빨리 씻어버려야 할 것이오. 분단이 지속되는 한, 그 누구도 우리를 우러러보지 않을 것이오. 우리 역시 그 누구에게도 자신을 자랑할 자격이 없는 것이오.

오늘이 절기로는 대한이오. 추위가 막바지에 접어들었소. 그러나 변덕스러운 요즘 날씨가 어떤 기승을 부릴는지는 하늘만이 아는 일이오. 아무쪼록 마음 편히 보내오.

눈밭에 그려본 인생의 파노라마

1997. 2. 1.

유난히 추웠던 올 겨울도 이제 추위가 한풀 꺾인 것만 같소. 하기야 봄을 알린다는 입춘이 며칠 남지 않았으니 그럴 수밖에 없겠지. 그러나 늦겨울도 겨울은 겨울인지라 어제에 이어 간밤에도 제법 눈이 많이 내렸소. 당신은 어제 눈발을 맞으면서 면회를 와서는 내가 눈을 좋아한다는 덕담으로 위로의 말 절반, 아쉬움의 말 절반을 건네주었지. 그렇소. 나는 눈을 퍽 즐기오. 그것은 아마 이른 겨울부터 온통 눈천지가 되는 그런 고장에서 나서 자란 탓도 있겠지만, 눈만 보면 상쾌함 이상의 어떤 영감이나 사색을 새롭게 얻곤 하기 때문일 것이오. 그런 나에게 오늘의 눈은 또 다른 경지(境地)를 펼쳐주었소.

이곳에서는 오전·오후로 나누어 릴레이식으로 운동을 하는데, 다행히도 나는 오전의 첫 순서였소. 운동장이래야 몇평 안되는 칸막이공간이오. 극히 제한된 시간 내에 이 공간을 이용하는 데서 가장 중요한 것은 햇볕이오. 주벽이 높다보니 해가 중천에 떠 있어야 햇볕을 쬘 수가 있소. 이곳 사람들에게 햇볕은 곧 영양소이고, 냉한 속의 따사로움이며 행운이오.

오늘따라 밖으로 잠금쇠가 달린 철문을 열고 들어서니 땅바닥은 새하얀 백포를 펴놓은 것만 같았소. 대지에 사뿐히 내려앉은 백설은 눈이 부시도록 반짝이고 있었소. 티끌 하나 없는 태초의 설경을 연상케 했소. 자연의 아름다움과 순수함, 그리고 숙연함 그 자체였소. 나는 그 앞에서 걸음을 멈추고 망설였소. 이제 그 자연을 무참히 짓밟는다고 생각하니 발걸음이 떨어지지 않았소. 그러나 나 역시 생태적으로 자연에 대한 '잔인성'을 공유한 인간이기에 그 '망설임'은 일순의 위선에 불과했소.

나는 '눈의 자연'을 유린하면서도 자연에 대한 인간의 하찮은 자존심이라고나 할까, 편린의 양심이라고나 할까, 눈에 대한 인생의 의미와 인생에 대한 눈의 덕(德)을 새삼스레 되새겨봤소. 본래 인생이란 크든 작든, 희미하든 또렷하든, 여하불문하고 어딘가에 그 나름의 족적을 남겨놓게 마련이오. 바로 오늘 여기 백포의 눈마당에 찍힐 나의 발자국처럼 말이오. 정말로 눈에 찍힌 첫 자국처럼 모든 흔적이 투명하기만 하다면 저지른 일에 대한 구차한 시비나 변명은 소용이 없을 것이오. 또 그렇기만 하다면 역사학이나 고고학에서 이른바 고증을 위해 당하는 번거로움이나 감정시비는 애당초 사라질 것이오. 이렇게 보면 자국(흔적)이란 오늘로 이어진 어제이고, 내일로 이어질 오늘이기도 하오.

사람마다 인생의 여로에서 남겨놓은 족적은 천차만별이오. 그 족적은 저마다의 영욕(榮辱)을 입증하는 증좌(證左)이기도 하오. 나는 이 사실을 형상적(形象的)으로나마 한번 체험해보고 싶어서 눈 위에 여러가지 모양새의 발자국을 찍어보기로 했소. 바른 걸음거리로 찍은 발자국은 걸음나비가 고르고 온당하며 걸음의 리듬을 다시 확인하기에도 자신이 있었소. 분수에 맞는 제걸음으로 땅에 든든히 발을 붙이고 '우보천리(牛步千里)'하는 인생의 행보가 남긴 족적이 바로 이에 해당되겠소. 한마디로 바르고 온당한 족적이오.

다음은 두 발을 비꼬면서 걸으니 몸이 중심을 잃고 휘청거리면서 찍어놓은 자국은 헝클어만 지고, 얼마 가지도 못했소. 실타래 같은 인생은 순리대로 풀어가면서 살아야지, 역리로 비꼬아가면서 살면 그 인생의 행보는 늘 불안하고 뒤틀리며 단명일 수밖에 없다는 경고겠지. 이어서는 종종걸음을 쳤더니 발자국이 겹쳐서 형체를 분간할 수 없음은 물론, 금세 숨이 차올랐소. 삶에서 지혜와 요령을 잃고 서두르다가 어느새 황황히 도착한 인생의 종착점에서 되돌아보면 어슴푸레한 흔적뿐, 허탈할 수밖에 없는 그 모습이겠지. 이를테면 비뚤어지고 허망한 족적이오.

그 다음엔 걸어갔던 길에서 뒷걸음질쳐봤소. 발자국의 걸음나비나 방향이 맞을 리 없어 얼마쯤 남아 있던 발자국마저도 짓뭉개지고 말더군. 역사와 시대의 흐름에서 뒷걸음질치면 어렵사리 남겼던 족적마저도 가뭇없이 사라지고, 공들여 쌓았던 탑도 일시에 무너진다는 이치겠지. 그리고 이 걸음에서 멈춰서기만 해도 남들은 줄곧 앞을 향해 전진하기 때문에 그것은 곧 상대적으로 뒷걸음질이 되는 것이오. 그래서 인생에서의 후퇴나 답보는 자멸이라고들 하는 것이오. 요컨대 퇴보와 침체의 족적이오.

마지막으로 뛰어서 발자국을 찍어봤소. 보폭이 넓고 빠르기는 하지만, 자국을 많이 남겨놓을 수가 없을 뿐만 아니라 배열이 성기고 가쯘하지 않았소. 그리고 바닥이 밋밋한 신발이라서 미끄러져 실족할 뻔도 했소. 오기나 자기 비하에 찬 인생에서 이른바 '도약'이 독려되기는 하지만, 그것은 어디까지나 독려일 뿐, 실행에서는 튼튼한 도약대가 있어야 하는 것이오. 인생에서 무모와 과욕은 '실족'을 자초하오. 인생은 순간의 멀리뛰기나 높이뛰기가 아니라, 한발짝 한발짝 나아감이고 한계단 한계단 오름인 것이오. 뜀뛰기 발자국은 이것을 교훈으로 가르쳐주고 있소. 결국 이것은 허영과 무모의 족적이오.

이렇게 나는 눈의 캔버스(canvas) 위에 인생의 파노라마를 그려봤소. 그러곤 한켠에 서서 그것을 유심히 들여다봤소. 순간, 그 속에서 내 인생의 발자국이 서서히 현현(顯現)되고 있었소. 내 발자국은 드라마의 얽음새처럼 얽히고 설켜 있었소. 바른 걸음, 비꼰 걸음, 종종걸음, 뛰기 등 걸음새가 이것저것 뒤섞여 있었소. 단, 뒷걸음질만은 나와 인연이 멀더군. 그러다보니 족적의 모양새나 걸음나비, 걸음리듬이 각양각색이더군.

흔히들 행적이 묘연할 때를 '눈 속에 남겨진 기러기발자국〔雪中鴻爪〕'에 비유하오. 눈 위에 찍어놓은 기러기발자국은 눈이 더 오거나 녹으면 금세 없어져서 찾아볼 수 없다는 뜻이오. 마찬가지로 내일이면 그 눈의 캔버스는 자취를 감추고 내가 그려놓은 인생의 파노라마는 묘연해질 수밖에 없겠지. 그러나 나는 좀더 확연하고 영원할 족적을 인생의 캔버스에 그려넣기로 작심하고 바른 걸음으로 운동장을 다시 한번 돌면서 새롭게 발자국을 찍어나갔소.

이것이 상서로운 눈에 대한 인생의 한 의미라면, 인생에 대한 눈의 덕(德) 역시 분명 있을 텐데, 그것은 과연 무엇일까? 자연을 그토록 무자비하게 혹사하고 학대하는 오늘의 인간으로서 자연의 은덕을 말한다는 것은 어찌보면 이율배반적인 후안무치(厚顔無恥)라고 할 수도 있소. 그러나 인간은 어차피 자연의 혜택을 받아야만 살아갈 수 있는 존재이기에 싫든 좋든 간에 인간에 대한 자연의 덕을 한번쯤은 생각해볼 필요가 있는 것이오.

눈은 차디찬 동토 속에 떨면서 웅크리고 있는 생명을 보호해주는 '대지의 이불'이오. 눈이 없었던들 동토 속의 생물은 한풍에 상처입고 한기에 동사하고 말 것이오. 그런가 하면 눈은 종당에 물이 되어 생명수를 저장해주고, 따라서 이듬해의 풍년을 예비해주는 것이오. 그래서 눈은 풍년과 부유의 상징이라고 하는 것이오. 또 눈이 오면 세상은 일시에 희디흰 일색으로 단장함으로써 만물의 차별이나 차등이 없어져 온 세상을 문자 그대로 평등귀일(平等歸一)하게 만드오. 말하자면 만민평등, 만상귀일의 실현자인 셈이오. 뿐만 아니라 눈이 오면 불던 광풍도 멎고 말지. 그러면 세상은 고요하고 평온해지며 화목해지오. 게다가 눈송이는 공기 속의 먼지를 말끔히 가셔주니 세상이 청정해지고 마음이 상쾌해지기도 한다오.

이렇듯 눈은 인간에게 덕 많은 보물이오. 그래서 우리 동양에서는 눈이 오기를 고대하다가 첫눈이 내리면 상서로운 일이라 하여 '서설(瑞雪)'로 경하해 마지않는 것이오. 어떤 곳에서는 초설(初雪)축제까지 벌이기도 하오. 이것은 인간에 대한 자연의 혜택과 덕을 귀히 여기며 자연을 경외하고 자연과 친화하는 우리 동양인들 특유의 지혜로운 자연관이고 우주관이오. 그러나 이에 반해 서양인들은 눈이 만물을 덮어버린다는 외향적인 피해의식에만 사로잡히다보니 눈을 '허무'나 '공허', 그리고 '냉정'과 '비정'의 상징으로 여겨 멸시하고 멀리하는 것이오. 심지어 증오하기까지 하지.

이와 같이 같은 눈이라는 자연에 대한 동·서양인들의 시각과 감수, 철학은 사뭇 다르며 대조적이오. 아무튼 우리는 우리의 체질에 맞는 동양문명의 자양분을 먹고 살아왔으니만큼 우리 식으로 자연의 덕을 감사하게 생각해야 할 것이오. 그러면서 자연을 사랑하고 아끼면서 자연과의 조화를 이루어나가야 할 것이오. 언뜻 봐서 자연은 무한한 것 같지만, 자연도 유한한 것이오. 우리는 숙명적으로 조물주가 마련한 유한한 자연, 그것도 우리에게만 한정된 자연 속에서 자연이 베푸는 혜택을 누리면서 살아갈 수밖에 없는 것이오. '유한'은 가치의 대명사요. '유한'에서 지혜가 생기고 개변(改變)이 일어나며, 궁극에는 세상이 바뀌어가는 법이오.

쓰다보니 설적(雪跡)과 설덕(雪德)에 관한 장황설이 되어버렸소. 모두 인생과 관련된 메씨지이니 때를 맞추어 한번쯤 짚어보는 것도 의미가 있을 법하오. 입춘에 이어 구정도 다가왔소. 아무쪼록 명절을 유쾌히 보내기 바라오.

46년 만에 올린 감방의 설날차례

1997. 2. 16.

우리의 전통으로 보면 요즘은 한해의 벽두라고 하겠소. 입춘과 설날, 그리고 대보름까지 겹쳐 있는 때라서 한해를 맞을 채비와 더불어 명절을 맞는 흥겨움이 이어지는 때이지. 1년 24절기 중에서 입춘은 첫 절기로서 묵은해를 보내고 새해를 맞는 분기점이라고 할 수 있소. 그래서 선인들은 "한해의 계획은 봄에 있다〔一年之計在於春〕"라고 하였고, 이에 대응시켜 "일생의 계획은 부지런함에 있다〔一生之計在於勤〕"라고 했소. 일생을 설계함에 있어서 근면을 기조로 하고 방법으로 하며 목표로 삼는다는 뜻이겠소. 게으름을 피우면서도 허영과 일확천금을 노리는 일장춘몽과는 양립할 수 없는 차원 높고 끈끈한 우리 조상들의 인생관을 그대로 보여주고 있소.

이즈음에 나는 어릴 적 이맘때를 회상하곤 하오. 한해의 시작이라 마을에서 글깨나 아는 집 문짝이나 담벽에는 으레 봄을 알리고 경하하는 춘축대련(春祝對聯)이 세로나 갈지자로 이리저리 나붙곤 하지. 기억나는 대련 중에는 입춘대길(立春大吉, 봄을 맞아 크게 길하라), 건양다경(建陽多慶, 밝고 경사로운 일이 많아라), 수여산 부여해(壽如山 富如海, 산처럼 장수하고 바다처럼 부유하라) 등 여러가지 축원과 소망을 담은 호탕한 글귀들이 있소. 우리 집에는 글 아는 사람이 없어 자필(自筆)할 수 없으니, 이웃에 부탁해 쓴 대련을 무슨 신주단지 모시듯 정중히 받아가지고 으쓱대며 돌아오던 일이 지금도 눈에 선하오.

우리는 이러한 축복 속에서 조상전래의 훈훈한 자양분을 섭취하면서 나고 자랐건만, 세속의 풍진(風塵)에 찌들다보니 자기도 모르게 어느새 본래의 얼과 혼, 그리고 미풍양속을 잃고 만 것 같소. 나 역시 예외가 아니라, 이번 설만큼은 나 자신을 확인하는 계기로 삼고 싶었소. 말이 아닌 행동으로 말이오.

나는 어릴 적에 보아온 그대로 음력 섣달그믐날 자정에 감방에서 홀로 조상들께 차례를 올렸소. 차례상은 상이라고 말할 수 없이 조촐했지만 마음만은 더할 나위 없이 넉넉했소. 어릴 적 할머니는 자정이 되어 차례를 지낼 때면 꼭 잠이 든 나를 깨워 참가시키셨소. 그때마다 할머니는 내가 집안의 장손이므로 가계의 전례(傳禮)를 소중히 여기고 그대로 이어가야 한다는 훈시를 빼놓지 않으셨소. 그러시면서 차례상의 갖춤새라든가 차례를 지내는 방법 등을 세세히 가르쳐주셨소. 할머니는 전례를 대단히 중시하는 분이셨소. 구차한 살림에도 조상들의 제사나 식솔들의 생일은 늘 앞장서서 챙기곤 하셨소.

　내가 차린 차례상에 오른 제수라고 해봐야 고작 사과 한 알, 마른 오징어 한 개, 과자 세 닢, 그리고 정화수(초저녁 급수시간에 받아두었던 냉수) 한 컵이 전부였소. 상이 없으니 밥풀로 이어붙인 편지지 몇장을 바닥에 펴놓고 상으로 삼았소. 전통제례로 보면 그야말로 엉망진창이지. 홍동백서(紅東白西, 붉은 과일은 동쪽에 흰 과일은 서쪽에)니, 조율시리(棗栗柿梨, 대추·밤·곶감·배 순서로)니, 어동육서(魚東肉西, 생선은 동쪽에 육류는 서쪽에)니, 두동미서(頭東尾西, 생선의 머리는 동쪽에 꼬리는 서쪽에)니 하는 차례상 진설법은 아예 상상도 할 수 없는 일이고 보면, 그저 수십년이 지난 오늘에 와서 그나마도 잊지 않고 한번 되새겨보는 것만도 족하게 생각했소. 번다한 제례이지만, 거기에는 우리 조상들의 슬기가 깃들어 있소. 그래서 번거롭다고 역정 부리지 말고 잘 새겨두어야 할 것이오.

　말할 수 없이 변변찮지만 그 뜻만은 이를 데 없이 당찬 이 제수는 당신이 영치해준 것들이오. 그렇게 보면 차례상은 당신이 차려준 거나 다름이 없소. 나는 조상들이 묻혀 있는 북녘을 향해 세 번 큰절을 올렸소. 이것이 얼마만의 일인가? 내가 마지막으로 부모님과 함께 설날차례를 올린 것이 고급중학교 졸업해인 1952년으로 기억되니, 꼭 45년 만의 일이오. 이 기나긴 세월 동안 나는 거의 전례를 잊고 살아왔소. 불효막심하게도 선친의 기일조차 알지 못하며, 산소에 성묘 한번 가본 적이 없소.

　그러던 내가 왜 갑작스레, 그것도 집이 아닌 감방에서 홀로 상 아닌 상을 차려놓고 예를 갖추었을까? 아마 잘 믿어지지 않을 테지만, 이에 대한 답은 본연의 나로 돌아가기 위해서요. 조상도 알고 겨레도 아는 그 본연으로 말이오. 이것은 나 자신에 대한 확인이기도 했소. 조상의 은덕을 잊지 않고 기리는 것은 우리의 미풍양속이오. 나의 아버지, 나의 할아버지…… 그 조상 선대가 있었기에 오늘의 내가 있는 것 아니겠소?

　우리의 조상은 늘 어디선가 우리를 굽어살피고 있으며, 죽음과 삶은 생활 속에 간격 없이 공존해 있다는 것이 우리네의 전통적 생사관이오. 부모가 죽으면 그것으로 자식과의 관계가 끊어지는 것이 아니라, 이때부터 새로운 차원의 관계가 시작되는 것이오. 지금은 거의 다 사라졌지만, 자식은 부모 사망 후 3년상이라 하여 조석으로 생전과 똑같이 상식(上食)을 올리지. 이때 부모의 영혼은 생시와 다름없이 자식들의 정성을 받는 것으로 여겨지오. 그래서 제삿상에 올리는 음식은 생전의 취향에 따르는 것이오. 3년상이 끝나면 기제사(忌祭祀)라 하여 해마다 기일에 제사를 지내는 법이오. 물론 이것은 유교에서 비롯된 제례이지만, 그 수용태도는 사뭇 다른 것이오. 유교에서는 제(祭)를 단순히 인륜으로서의 효의 연장으로 보지만, 한국인들은 조상숭배사상과 결부해 신앙적인 제사관으로까지 승화시켰던 것이오.

이러한 우리만의 생사관을 제대로 이해하지 못해서 '잘되면 자기탓, 못되면 조상탓'이란 고약한 발상이 생겨난 것이오. 우리 조상들은 생전과 꼭같이 자손들을 자애로이 보살펴주지, 결코 해를 입히거나 잘못을 저지르게 하지는 않소. 그래서 잘못된 것이 있다면 그것은 전적으로 자신 때문이지 결코 조상탓은 아닌 것이오.

'나무가 밑둥이 있고 물이 원천이 있듯이〔木本水源〕' 우리에게도 이땅에 깊이 뿌리박힌 본원(本源)이 있는 것이오. 그러한 본원이 있기에 오늘 우리는 싱싱한 나무로 자라고 있으며, 도도한 물줄기로 흘러가고 있는 것이 아니겠소? 그리하여 우리는 절대로 그 본원을 저버리거나 무시해서는 안 되오. 이러한 상념 속에 바야흐로 나 자신을 하나하나 확인하고 그 본원으로 회향한다고 자부하니 심지가 한결 든든해지오.

요즘 시류에 영합해서라고나 할까, 아니면 자기 부정적인 허무나 무지의 소치라고나 할까, 아무튼 우리의 미풍양속을 무턱대고 진부한 것으로 치부하여 부정하는 폐단이 적지않게 나타나고 있소. 그러다보니 구역질나는 형형색색의 '양치장(洋治粧)'이 판을 치는 지경에까지 이르렀소. 차마

눈 뜨고 볼 수 없는 목불인견(目不忍見)의 추태가 곳곳에서 혀를 날름거리고 있소. 안타까운 일이 아닐 수 없소. 물론 현실에 거추장스러운 것은 알맞게 고쳐나가야 하겠지만, 이럴 경우에도 어디까지나 바탕은 우리의 것이오. 우리의 것이란 다름아닌 우리 겨레의 실체를 지탱케 하는 구심적인 우리의 전통, 문화, 말과 글, 풍습, 강산을 말하는 것이오. 이것이야말로 우리가 누려야 할 삶의 진국인 것이오. 나는 설날차례라는 우리의 고유제례를 오래간만에 치르면서 이 점을 더더욱 실감하고 그 참뜻을 새삼 곱씹어봤소.

절기는 입춘이 지난 지 열흘이나 되지만, 여전히 기온은 영하에 머물고 한기가 녹록치 않소. 아무쪼록 보일러를 제때 가동해 실내의 온도를 유지하오. 냉방 속에서의 자해적인 '동고(同苦, 어려움을 함께함)'는 제발 그만두오. 입춘가절에 좋은 구상도 하고, 여러분께 새봄의 문안도 전해주오.

판결받은 '학문적 열정'

1997. 3. 2.

며칠 새 가랑비가 두세 번 내리더니 한기를 한겹 걷어낸 것 같소. 어느새 봄기운이 완연하오. 가늘고, 성기고, 보드레하게 내리는 봄의 보슬비는 겨우내의 한산한 마음을 마냥 보듬어서 차분히 가라앉혀주는 것만 같소. 파리해진 생물을 겨울잠에서 깨워주는 활력수이기도 하지. 퇴창에 사르르 내려앉았다가는 고여서 물방울이 되어 똑똑 떨어지는 그 소리에 귀를 기울이고 있노라니 문득 지난해 이맘때 일이 떠올랐소.

지난해 2월 25일, 나는 중국 상해 복단(復旦)대학에서 열린 '담기양(譚

其驤) 선생 탄생 85주년기념 국제학술대회'에서 「고대 한·중육로초탐」이란 논문을 발표했소. 그날 그곳에는 하루종일 봄비가 내렸소. 절기가 서울보다 앞서서인지 제법 굵은 빗줄기가 창밖에서 협연(協演)해주고 있었소. 담기양은 중국 교통사 연구의 대가로서 많은 학문적 업적을 남긴 학자요. 후학들이 그의 업적을 기리기 위해 국제학술대회를 주최했던 것이오. 교통사는 문명교류사, 특히 씰크로드와 관련이 깊기 때문에 나에게는 연구의 지평을 넓히고 국제학계와 교류를 하는 하나의 기회였소. 대회에는 세계 여러 나라에서 온 저명한 학자들이 백여명이나 참석했소. 한국에서도 역사편찬위원회 위원장을 비롯해 다섯 분의 학자가 나와 동행했소. 나는 이 학술대회 참가를 내 학문인생에서 뜻있는 하나의 계기로 기억에 담고 있소. 그것은 내 학문적 숙원을 풀어나가는 첫 실마리였기 때문이오.

당신도 알다시피 나는 인류가 바야흐로 서로 오가고 어울리며 주고받아야 살아갈 수 있는 이 시대의 소명에 부응코자 문명교류학이라는 새 학문 분야의 개척에 필생을 걸고 나름대로 열과 성을 다 바쳐왔소. 그런데 이러한 학문 연구는 어디까지나 겨레의 위상 정립에 촛점을 맞추는 것이 나의 일관된 학문적 소신이었소. 그리하여 나는 문명교류학의 전반적인 천착과 더불어 '세계 속의 한국'이었음을 고증·확인하기 위해 씰크로드의 한반도 연장문제를 연구의 급선무로 정하고, 최근 연간 거기에 몰입해왔소.

지금까지의 통념은 동서문명교류의 대동맥인 씰크로드(오아시스육로, 해로, 초원로)가 동쪽으로는 중국까지 와서 멎었다는 것이오. 이렇게 되면 우리는 문명세계와 동떨어진 꼴이 되며, '세계 속의 한국'이 아니라 '세계 밖의 한국'으로 남게 되는 것이오. 이러한 통념에 편승해 서구사람들은 우리를 가리켜 '은둔국'이라고 비하했던 것이오. 그들의 눈에 비친 한국은 큰 갓을 눈두덩까지 푹 눌러쓴 채 세상을 알지도 못하고, 세상에 알려지지도 않은 호젓하고 닫힌 나라였소.

사실 말 같지 않은 이 말을 처음 쓴 사람은 조선조 말엽 일본 토오꾜오

대학 교수로 재직중이던 미국인목사 그리피스(W. E. Griffis)요. 고종(高宗) 때 한국에 처음 온 이 벽안의 이방인은 한국의 여러가지 이채로운 풍물에 그만 어안이 벙벙했소. 중국의 '속국'이나 낙후한 '주변국'쯤으로만 알고 있던 그에게 찬란하고 독특한 한국문화는 실로 의외가 아닐 수 없었소. 그래서 돌아가서 저 유명한 『은둔의 나라, 한국』(*Corea, the Hermit Nation*, 1882)이란 책을 써냈소. 세상을 등지고 어디엔가 숨어 살아온 한국을 이제야 발견했다는 뜻에서였소. 좋게 보면 이것은 그의 무지의 소치이고, 직시하면 그의 오만한 사안(斜眼)에서 비롯된 것으로서 분명 우리에게 씌워진 누명인 것이오. 그럼에도 불구하고 우리는 그 실체를 잘 모른 나머지 그네들의 말이니 의당 그러려니 하고 넘겨버리고, 무슨 '아칭(雅稱)'으로까지 오인해왔으니……

그런가 하면 일본은 또 일본대로 우리더러 '쇄국'이니 '후진국'이니 하면서 주제넘게 얕잡아봤소. 우리가 건네준 문명의 자양분을 먹고서야 비로소 소생한 일본이 마치 고대에 우리를 지배한 것처럼 역사를 조작하기까지 했소. 그들은 우리나라에 대한 중세 아랍인들의 이상향적인 묘사를 아전인수격으로 자기들에 대한 묘사로 뒤바꿔놓는 어처구니없는 위작(僞作)도 서슴지 않았소. 이에 비해 우리 학계는 여전히 일본 식민사관의 잠꼬대에서 벗어나지 못한 채 응분의 목소리를 내는 데 주저해왔소. 너무나도 무골호인(無骨好人)의 얌전만을 피워왔소. 역사의 여명기에는 물론, 근세에까지도 우주천지에 명함 한번 제대로 내밀어본 적이 없는 일본은 약삭빠르게도 10여년 전부터 씰크로드의 한 간선인 해로가 중국을 거쳐 바로 일본에까지 연장되었다고 주장하기 시작하더니, 지금은 거의 국제학계의 공인을 얻기에 이르렀소.

사실 일본학계가 내세우는 주장의 근거를 따져보면 우리와는 비교가 안될 정도로 빈약하오. 그럼에도 그들은 그것을 기묘하게 활용하고 있소. 씰크로드의 연장문제 하나만 보더라도, 우리나라에는 그것을 입증할 수 있는 매장유물이나 지상유물이 수두룩하오. 그러나 일본의 경우는 그러한 유물은 전혀 없고 고작 쇼오소오인(正倉院)에 소장된 외래선물이나 교역품뿐이오. 8세기 중엽 쇼오무(聖武)천황이 죽자 황후가 주로 서역으로부터 선물로 받았거나 상인들이 싣고 들어온 문물들을 나라(奈良) 토오다이지(東大寺)창고인 쇼오소오인에 기증해 보관하도록 했던 것이오. 그것이 오늘날 '세계 속의 일본'을 실증하는 역사적 증거물로 버젓이 이용되고 있는 것이오. 이러한 일본에 비해 우리는 퍽 유리한 처지에 있음에도 불구하고 따라잡기는커녕 저만치 뒤처져 있는 형국이니, 그것이 안타깝소.

법정심문에서도 밝혔지만, 이러한 제반 사실 앞에서 나는 정말로 민족적 자괴와 수치를 느끼오. 그럴 때면 나라도 할 일을 해야겠다는 오기가 굴뚝같이 일어나곤 하오. 여기서의 오기는 야비한 시샘이 아니라, 분발심이며 경쟁심이오. 그래서 그것은 분명 내 학문 연구의 한 추동력으로 기능하고 있는 것이오. 상해 국제학술대회에서 발표한 내 논문은 이러한 오기와 분발심의 한 발현이라고 말할 수 있소. 논문의 요지는 씰크로드 육로가 중국까지만 와닿았다는 지금까지의 통념을 깨고 우리 한반도까지 이어졌으며, 따라서 경주가 씰크로드 육로의 동쪽 끝이라는 내용이오. 씰크로드의 한반도연장설을 국제학술대회에 상정하고 학계의 동조를 얻은 것은 이것이 처음이오.

내 논문에 대한 코멘트를 맡은 중국의 저명한 역사지리학자인 상해 복단대학의 왕(王)교수와 프랑스 동양학자(프랑스과학원 북경대학 상주연구원. 이름은 기억 못함)는 논지에 대해 긍정적으로 평가하고 찬성을 표시했으며, 항주(杭州)대학 한국문화연구소 소장인 황시감 교수도 큰 관심을 보이면서 이후의 공동연구를 제의했소. 1994년 황교수가 동국대 초청으로 서울에 왔을 때도 여러가지 학문적 견해를 나눈 바가 있고, 그는 돌아가면서 내가 쓴 『신라·서역교류사』를 중국어로 번역하겠다고 약속했소. 그러나 그 결과가 어떠한지는 알 길이 없구먼. 또한 복단대학에서 열린 국제학술대회

1996년 5월 '장보고 대사 해양경영사연구 국제학술회의'에서
씰크로드해로의 한반도 연장에 관한 논문을 발표했다.

조직위원회로부터 내 논문을 대회 명의로 발간하는 학술지에 싣겠다는 통
보를 지난해 5월 받았는데, 검거되는 바람에 학술지를 받지 못했소.

　민족사의 복원과 관련해 씰크로드의 한반도연장설은 자못 의미가 큰 과
제인 것이오. 나는 지난해 2월의 상해 국제학술대회와 5월의 '장보고 대사
해양경영사연구 국제학술대회'에서 각각 미흡하지만 씰크로드의 육로와
해로의 한반도연장문제를 논급하여 국제학술계의 일정한 공인을 얻었으
며, 나로서도 자신감을 가지게 되었소. 그러나 초원로의 한반도연장설은
끝내 발표할 기회가 차려지지 않고 말았소. 내년쯤 국제학술모임에서 이
문제도 다루기로 계획하고 있었는데, 검거되는 바람에 무산되고 말았소.
참으로 안타깝고 한스럽기 그지없소. 우리 민족사의 복원과 전개를 위해
서는 누군가가 꼭 이 일을 떠맡아야 할 것이오. 선학이 못다한 일은 후학
이 바통을 넘겨받아 이루어내는 법이오.

상해 국제학술대회에서 사상초유의 논문을 발표한 날을 뜻깊게 기리고자 나는 문명교류학의 제1호 고전격인 영국 동양학자 율(H. Yule)의 저서 『중국으로 가는 길』(*Cathay and the Way Thither*) 제1권(총 4권 중 총론격) 번역을 지난해 10월 25일에 시작하여 '마(魔)의 2주'를 겪으면서 올해 2월 25일까지 꼭 네 달 만에 끝냈소. 200자 원고지 약 2천매 분량의 이 고전 번역서가 후학들에게 길잡이가 되고 학계에 일조가 된다면 더없는 보람이겠소.

나는 민족사의 복원에 촛점을 맞춘 학문 연구를 나에게 주어진 시대적 사명으로 간주하고 나름대로 잠심몰두해왔소. 이 점이 법적으로도 확인되어서인지 원심판결문은 "개인적으로 정세분석 보고 이상으로 학문 연구에 가치를 두었고, 이러한 피고인의 행위가 단순히 자신의 신분을 위장하기 위해서라기보다는 자신의 학문적 열정에 따른 것임을 알 수 있다"라고 내 학문 연구를 나름대로 판정하였소. 앞으로 더 세차게 이러한 학문적 열정을 불태워나갈 것이오.

청년들아, 나를 딛고 올라라

1997. 3. 9.

흔히들 춘생추살(春生秋殺)이라고 하오. 뜻인즉, 봄기운은 화창하여 만물을 소생시키고, 가을기운은 엄숙하여 만물을 고사시킨다는 것이오. 겨우내 비껴갔던 몇오리 햇살이 오후에 잠깐이라도 뙤창에 스며드니 방안의 냉기가 한결 가시는구먼. 철따라 봄이 오는 듯싶지만 대지를 밟아보지 못하니 정녕 만물이 소생하는지 감지할 수 없던 차에, 당신의 밝은 색 옷에서 오는 봄을 느꼈소. 이제 화창한 봄날, 만물이 소생하는 춘생지절(春生之節)이 바야흐로 무르익을 것이오.

그런데 뜻밖에도 때아닌 서리가 내려 마치 만물이 고사하는 추살지절(秋殺之節)의 산산한 기운이 내 가슴속에 감돌고 있소. 그것은 당신이 그제 면회를 와서 내가 대학원에서 지도하던 원생들의 딱한 처지를 전해주면서부터이오. 물론 나도 늘 걱정하고 있던 일이지. 내가 이 꼴이 되니 몇몇 원생은 아예 대학원등록을 포기했고, 어떤 원생은 외국유학을 계획하고 있으며, 그런가 하면 구금되어 있는 나에게 가끔 찾아와서 계속 지도를 받고파 하는 원생도 있다고 하니 얼마나 가긍스럽고 개탄스러운 현실이오? 법정심문에서도 나는 향학의 푸른 꿈을 품고 찾아온 원생들에게 학업중단이라는 실망과 허탈을 안겨준 데 대해 이루 말할 수 없이 송구스럽다는 심경을 실토했소. 그때 방청석에는 바로 그 원생들이 앉아 이 빚진 스승의 심경을 지켜보고 있었소.

사실 나는 내가 몸담았던 단국대 사학과를 우리나라에서 문명교류학 연구의 본산으로 만들 원대한 구상을 안고 석·박사과정의 원생들을 받아들여 첫 전문연구인력을 양성하고 있었소. 문명담론이 시대의 화두로 떠오르고 있는 이때에 '문명교류학'이라는 새로운 학문을 개척한다는 긍지와 자부 속에 모두들 신명이 나서 열심히 배우고 있었지. 그러다가 졸지에 중도하차격이 되었으니 그들의 실망인들 얼마나 크겠소. 이제 어렵사리 마련해놓았던 대학에서의 교과목이 폐강되고 뜻을 두었던 전공자들도 뿔뿔이 흩어지려 하니, 이 나라에서 이 새로운 학문의 개척과 연구의 운명은 과연 이것으로 끝장난다는 말인가. 약간의 씨앗이라도 뿌려놓았으니, 그들 속에서, 아니면 그 누구에 의해서라도 이 학문은 반드시 개척되어야 하며, 또 그렇게 되리라 나는 믿고 싶소. 이 초야(草野)의 학문이 화창한 봄기운을 받아 순이 돋고 꽃이 피어 그 어느날엔가 알찬 열매를 맺기를 간절히 또 간절히 기원하는 바이오. 씨앗은 썩지만 않으면 언젠가는 움트는 법이오.

나는 그네들을 가르치고 지도해온 교수로서 못다한 일들에 대해 크게 회한을 느끼면서 새삼 사도(師道, 스승의 도리)와 사표(師表, 스승의 좌표)에 관해 곰곰이 사색해보곤 하오. 어차피 인생이란 누군가의 스승에 의해 성장하고, 또 누군가의 스승으로서 도리를 다해야 하는 것이오. 학문적으로나, 도덕적으로나 스승이 갖는 의미는 실로 막중한 것이오. 2천여년 동안 쫓기고 흩어지고 하는 처절한 유랑생활(Diaspora)을 해온 유대인들이 그 모진 역경 속에서도 자기 민족의 동질성을 악착같이 지켜오다가 드디어 오늘에 와서 아랍인들의 심장부에 이스라엘이란 민족국가를 건설하게 된 비결은 오로지 알찬 교육(학문과 도덕 교육)에 있으며, 그 교육은 '랍비'라는 사도와 사표가 뚜렷한 강골의 스승들이 시종여일(始終如一) 선도해왔다는 것이 부정할 수 없는 역사적 사실이오.

우리에게도 랍비 같은 겨레의 출중한 스승들이 있었지만, 솔직히 말해서 그들처럼 사표의 전통을 세우는 데는 모자람이 없지 않았소. 역사의 굴절을 딛고 겨레의 비상을 꿈꾸는 이 시대에는 이러한 랍비 같은 스승이 절실히 필요한 것이오. 나는 몇년 전 스승의 날을 맞아 모 일간지의 칼럼란에 짤막한 글을 쓴 바 있소. 팔순을 바라보는 노스승을 모시고 하늘 오르기보다도 더 어렵다는 중국 사천(四川)의 '촉도장정(蜀道長征)'에 나선 한 제자의 아름다운 소행을 내용으로 한 글이오. 그 글의 내용은 대충 이렇소.

스승이란 자신의 삶을 일깨우고 이끌어주는 분이다. 스승의 가르침과 이끄심이 있기에 사람은 자라고 사회는 발전한다. '하루 스승 백년 어버이〔一日之師 百歲之父〕'라는 말은 스승의 가르침이 얼마나 소중하고 영원한가를 일러준다. 스승이 이루어놓은 업적은 제자가 이어받게 마련이다. 스승의 업적이 크면 클수록 제자의 도약대는 그만큼 높아진다. 그러나 제자는 스승의 업적과 가르침에만 안주해서는 안된다. 스승은 학덕으로 제자가 걸어갈 길을 앞에서 닦아주지만, 그 어느 땐가는 길옆에 비켜서서 제자의 추월을 지켜보게 된다. 추월하는 그 싯점에서 스승은 스승으로서의 보람을 만끽하게 된다. 왜냐하면 그래야 길은 더 멀리 이어지고 학문이나 사회는 발전하기 때문이다. 오늘의 제자는 스승을 사표로 삼아 내일의 스승으로 자라난다. 사표가 스승의 숙명일진대, 스승은 사표다워야 할 것이다.

그해 단국대 사범대의 한 동료여교수는 이 글이 하도 마음에 들어 책상머리에 붙여놓고 사도를 되새긴다고 하면서 오늘의 사도와 사표에 관해 나와 유익한 이야기를 나누었소. 그런데 뜻밖에도 이 한 편의 글이 큰 사회적 물의를 일으켰다는 데 대해 실로 대경실색하지 않을 수 없었소. 지난해 중학교 1학년 2학기 개정판 국어교재에 이 글이 실렸는데, 필자가 나라는 것이 알려지자 이 글이 삭제되었다고 하오. 수십만부가 찍혀나간 교재를 부랴부랴 뜯어고친다는 것은 언필칭 '소동'이라 아니할 수 없을 것이오. 정말로 민망스럽기 짝이 없소. 부디 큰 피해가 없었기를 바라오.

스승은 사표로서의 사명을 자각하고 사도에 일념할 때 진정으로 제자를 아끼고 사랑하며, 또 바로 그렇기 때문에 엄하게 요구하고 편달하는 것이오. 그 속에서 스승 자신도 사표의 됨됨을 자성하면서 제자와 함께 정진하는 것이오. 스승과 제자 간의 원융(圓融, 원만한 융통)은 가장 고상한 학덕이고 창조의 원동력이기도 하오.

『소설 동의보감』에 나오는 스승 유의태와 수제자 허준의 사제관계야말로 사실 여부를 떠나 우리의 사제사(師弟史)를 수놓은 한떨기 아름다운 꽃이오. 당대의 명의 유의태는 운명을 앞두고 제자 허준에게 사람의 병을 고치려면 신체의 내부를 알아야 하니 자신의 시체를 해부해보라는 한 장의 유서를 남겨놓소. 허준은 스승의 시체 앞에 무릎을 꿇고 앉아 스승을 따라 의로운 의원의 길을 걸어갈 것을 피눈물로 맹세한 다음 스승의 시체에 칼을 대오. 당시는 인체 해부가 국법으로 엄금되어 있어서 스승은 남몰래 깊은 산골에서 죽음을 택하고 거기로 제자를 불렀던 것이오.

그곳이 밀양의 천황산 얼음골이오. 오뉴월 삼복에는 얼음으로 덮이고 겨울에는 오히려 더운 물이 흐른다는 전설의 계곡이지. 허준은 스승의 해박한 의술과 지고한 인술, 그리고 살신성인의 정신으로 훈육되었기에, 절해고도의 유배지에서도 민족의학의 보고인 『동의보감』을 찬술할 수가 있었소. 제 나라의 풀 한 포기, 나무 한 그루까지 사랑하고, 그것에 바탕해서 의술을 연마한 민족애, 병들고 고통받는 민초에 대한 무한한 애정과 헌신, 바로 이러한 사랑과 정신이 있었기에 허준은 드디어 우리 겨레의 의성(醫聖)으로 추앙되어 청사(靑史)에 큰 발자국을 남겨놓게 되었던 것이오. 정말로 그 스승에 그 제자요.

나는 학창시절에 중국 근대문학의 거장인 노신(魯迅)의 작품을 즐겨 읽었소. 그는 중국인의 민족적 각성과 선진에로의 길을 밝힌 선각자였기에, 청년들의 비상을 독려하는 "청년들아, 나를 딛고 오르거라"라는 유명한 말을 남겨놓았소. 그러면서 그는 "나는 소와 같다. 먹는 것은 풀뿐인데, 짜내는 것은 젖과 피"라고 자신의 일편단심 헌신성을 비유했소. 청년을, 후진을, 제자를 그토록 귀히 여기고 그들에게 미래를 맡겼기에, 노신은 자진하여 그들의 등받이가 되고, 자신은 '풀'을 먹으면서도 그들에게는 '젖'과 '피'를 짜주는 소가 된 것을 보람으로 느끼는 그러한 참된 사표를 솔선해서 세워주었던 것이오.

나는 아직 사도나 사표를 뜻대로 펼쳐보지 못했고, 또 지금은 마음대로 운신할 수 있는 처지도 못되지만, 후학들이 앞으로 도약할 수 있는 발판과 딛고 뛰어오를 수 있는 등받이가 되어, 그들이 약진하고 비상하여 학맥을 이어가고 이 나라의 동량(棟樑)으로 무럭무럭 자라기를 간절히 기대하오. 그럴 때 나는 선학으로서 보람을 느끼고 긍지를 가지게 될 것이오.

춘생을 만끽하면서 명랑하게 이 한봄을 보내기 바라오.

바른 길을 가르치는 글

1997. 3. 23.

평생을 두고 요즘처럼 편지를 자주 써본 적은 일찍이 없었소. 못했던 이야기, 미루어오던 이야기, 하고 싶던 이야기…… 두루 겹치다보니 때로는 무슨 장광설(長廣舌)인 듯하여 스스로 움츠리기도 하오. 그러나 청계산기슭의 이 고요한 인간도량에서 내내 무언선(無言禪)으로만 지낼 수는 없고, 가끔 내 인생살이에 관해 무언가 당신에게 이야기하고 싶고, 또 당신을 통해 누군가에게 알리고 싶으며, 그리고 이렇게 되면 훗날 이 시대를 살아온 한 지성인의 삶을 통해 격동하는 이 시대의 한 단면이 알려질 수도 있지 않을까 하는 충동이 일다보니 이렇게 본의 아닌 장광설을 늘어놓게 되는구려. 이 점, 양지하기 바라오.

무언가 생각나는 그대로를 더 많이 이야기하고픈 욕망에서, 때로는 격정에서, '마음의 혀'이며 '지혜의 쟁기'라는 펜을 스스럼없이 마구 놀려대고 있소. 그래서 그 '혀'의 영상이자 녹화이며, 그 '쟁기'의 제품이기도 한 편지가 하나둘 이어서 띄워지게 되오. 아마 이와 유사한 동기 때문에 자고로 연인들간에는 물론, 가족친지나 지우동료들 사이에서 오가는 편지는 한낱 안부나 소식을 전하는 음신(音信)엽서에만 그치지 않고 사랑과 우정, 신의와 약속, 학문 교류의 징표와 매체로 상당한 의미가 부여되었나보오. 그래서 사람들은 그것을 모아 책으로 엮어내기까지 하고, 추억으로 남길 가보로 세전(世傳)하기도 하는 것이오. 개중에는 특이하게도 '누구의 옥중편지'라는 제목으로 편지를 묶은 책이 나와 사람들을 의외로 크게 감동시키는 경우가 종종 있소.

왜 그럴까? 나는 요즘 그 까닭을 실감하고 있소. 그것은 '옥중편지'야말로 갇혀 있는 한 인간이 그만의 명상 속에서 자기가 답파(踏破)해온 길을 돌아보고, 오늘을 성찰하며, 내일을 설계하는 절절한 글로서, 그것을 통해 상대(수신자)와의 이해나 신뢰를 두터이 할 수 있는 유일한 기회이고 매체이기 때문일 것이오. 또한 그 속에는 감옥이란 별세계와 옥고(獄苦)란 특수소재가 함께하고 있기 때문이기도 할 것이오. 그런데 편지도 결국은 글쓰는 작업이라서 어느정도 엮는 재간이 필요한 것이오. 이를테면 서간문체라는 것이 있어 일정한 글쓰기 틀과 기법을 요하는 것이오. 지금 나는 그 습작에 임하고 있는 셈이오. 생각나는 대로 쓰는 것이 편지라고는 하지만, 막상 생각을 글로 옮기자니 뜻대로 되지 않는구먼. 물론 천직이 학문연구이다보니 글쓰는 일을 면할 수는 없었고, 또 따로 글쓰는 일에 어지간한 흥미는 갖고 있었소. 어설프기는 하나 그동안 여러 간행물에 발표한 잡글들을 모아 수필집을 펴낸 바도 있지만, 편지쓰기는 그와 사뭇 다르오.

당신도 감을 잡았겠지만, 나는 젊어서 시작(詩作)에 뜻을 두었소. 왠지는 몰라도 시가 그저 좋았소. 거친 세파 속에서 낭만적인 시작의 꿈은 실현될 수 없었지만, 꿈이 영영 사라진 것은 아니었소. 가끔 시상(詩想)에 겨워 몇줄 구사하기도 했소. 황송하게도 김교수가 법정증언에서 이 점을 언급하더구먼. 아마 당신에게 남긴 서투른 자작시 한두 수를 염두에 두고 하신 말씀 같았소.

한가지 뿌듯한 기억은 몇년 전 한글순화운동가 한 분이 내 글에 대해 꼼꼼히 내려준 평가요. 그는 당시 내가 여러 간행물에 게재한 글들을 빠짐없이 챙겨서는 일일이 시정과 평가까지 가해서 우편으로 붙여주곤 하였지. 그러곤 한 일간지에 우리나라 현역 문필가들 중에서 제대로 된 표준한글문장을 쓰는 사람을 몇몇 골라냈는데, 외람되게도 내가 그중에 끼어 있었지. 잘해서라기보다 격려하는 뜻에서였겠지. 그분은 우리의 아름다운 한글이 어지럽혀지는 데 대해 크게 걱정을 하면서 교직에서 정년한 후 아무런 보수도 받지 않고 자진하여 한글순화운동에 발벗고 나섰다고 했소. 이런 분이야말로 명실상부한 애국애족의 선구자요. 이러한 선구자가 많아질 때, 이땅의 사람들은 그만큼의 혜택을 받아 번영을 누리게 될 것이오. 그러한 분에게 회신 한번 하지 못한 것이 못내 미안하고 후회스럽소. 글을 손질할 때마다 그분 생각이 나오.

돌이켜보면, 오늘에 와서 그나마도 글이라고 끄적거릴 수 있게 된 것은 그 시절에 익혀서 마련한 그 조그마한 밑천 때문이 아닌가 싶소. 내가 나서 자란 고장은 워낙 반일민족독립운동이 세차게 일어나던 곳이라서 광복이 되자마자 우리글로 된 책들이 봇물터지듯 쏟아져나왔소. 갓 중학생이 된 나는 학교공부는 대충대충 때우면서 닥치는 대로 한글책을 읽어나갔지. 그토록 목말라 하던 우리글이라서 그랬는지는 몰라도, 아무튼 뇌리에 쏙쏙 입력되곤 했소. 글을 깨치지 못한 마을 어른들이 늘 옛이야기나 소설 같은 것을 들려달라고 부탁했기에 자주 야학이나 모임에서 읽어드리기도 하고, 읽은 것을 발표하기도 했소. 그러다보니 자연히 우리글을 많이 읽게 되었소. 깊이 공부했다기보다는 널리 섭렵한 거지.

반딧불 같은 등불 밑에서 새벽닭이 홰를 칠 때까지 읽었던 그 애틋한 소설들과, 소에게 풀을 뜯기면서 소 잔등에 앉아 읊조렸던 그 목가적인 시편들 속에 갈무리된 언어와 사상, 철학이 수십년을 전전긍긍 살아오는 동안 마르지 않는 샘으로, 여로(旅路)의 양식거리로, 발돋움의 발판으로 남아 나를 지탱해주었소. 그 시절의 독서가 없었던들 오늘의 글쓰기는 결코 상상할 수 없었을 것이오. 아랍속담에 "어릴 적 공부는 돌 위의 새김질과 같다"라고 했소. 돌에 새긴 글자가 쉬이 마모되지 않고 오래 남아 있는 것처럼, 어려서 공부한 것은 잊혀지지 않고 살아남아 있게 된다는 뜻이오. 젊어서 배운 것은 마치 백지에 먹물이 스미듯 뇌리에 각인되어 세월의 풍상에도 오래도록 지워지지 않는 법이오. 젊어서 공부를 많이 하라고 당부하는 이치가 바로 여기에 있는 것이오.

요즘 당신이 좋은 읽을거리를 많이 들여보내주어 정신적 자양분을 톡톡히 채우고 있소. 사실 감옥 밖에서는 이일 저일에 쫓기다보니 소설 같은 것을 읽을 여유가 별로 없었소. 그러나 지금은 사정이 다르오. 할 수 없었던 일은 할 수 있으나, 할 수 있었던 일은 할 수 없는 것이 아이러니하게도 오늘의 현실이오. 그러다보니 '가불가(可不可)'를 똑바로 가려내는 것이 하나의 지혜로운 선택이 되고 말았소. 신라의 대문호 고운(孤雲) 최치원(崔致遠)은 "할 만한 일을 할 수 있을 때 하라〔爲可爲於可爲之時〕"는 의미심장한 명언을 남겼소. 할 만한 일이라고 해서 할 수 있는 여건이 조성되지 않았는데도 무턱대고 하는 것은 일종의 모험으로서 필패(必敗)를 자초하는 것이오. 역으로 할 수 있는 여건이 갖추어졌는데도 안하는 것은 무골충의 나태나 유기(遺棄)로서 만사에 성공을 기대할 수가 없는 것이오.

지금이야말로 책을 많이 읽을 수 있는 절호의 기회라고 생각하오. 재충전의 호기로 삼고 글공부를 한번 단단히 해볼 작정이오. 10년이면 강산도 변한다는데, 10년쯤 공부하면 무언가 달라지는 것이 있겠지. 원래 나는 한 10년간 고대·중세·근세의 문명교류사를 집필하면서 인류가 수천년 동안 서로 어울려온 교류의 역사를 하나의 장편서사시에 담아 말년에 내 못다한 '문학인생'의 맺음으로 삼으려고 했는데…… 실현되겠는지. 여건이 주어지겠는지. 또 힘에 부치는 과욕은 아닌지. 지금은 그저 머릿속에 먼 산 그림 같은 희미한 영상이, 그러나 때로는 불꽃 같은 강렬한 시상이 맴돌고 있을 뿐이오.

문학은 예능이라서 천부적 재능을 무시할 수는 없소. 그러나 역시 일종의 학예(學藝)수업이니만큼 노력과 연마가 절대적으로 필요한 것이오. 이를테면 '문학수업'이란 것이 있지 않소. 이러한 수업을 쌓자면 많이 읽고 많이 써봐야 하는 것이오. 그런데 이보다도 더 중요한 것은 생활 속의 체험이오. 생활이 없는 문학은 마른 나무와 같이 무미건조하고 읽혀지질 않소. 결국 무용지물이지.

이렇게 보면 글을 쓴다는 것이 결코 쉬운 일은 아니오. 누군가가 이런 말을 했소. 글쓰는 일은 "연속적으로 난산(難産)을 하는 정신적 임신"이라고. 글쓰는 일이 그만큼 어렵고 신중하다는 뜻이오. 이 말은 무릇 오랜 임신끝에 힘든 산고를 겪고 출산한 글, 즉 공을 들여 갈고 다듬어 지어낸 '바른 길을 가르치는 글〔文以在道〕'만이 '다시 읽히는' 진짜 글이라는 뜻이 되겠소.

그럼, 이만 줄이오.

인생은 갈아엎기

1997. 3. 31.

올해는 청명과 한식, 그리고 식목일까지 하루(4월 5일)에 겹쳤구먼. 청명은 문자 그대로 맑고 밝은 날로서 봄이 어지간히 무르익어감을 뜻하고, 한식은 보통 청명 당일이나 다음날로서 조상의 산소를 찾아 제를 올리고 겨우내 흐트러진 묘에 떼를 입히는 사초(莎草)를 하는 등 성묘하는 날이오. 이날에 나무를 심어 조상이 물려준 이 강산을 더욱 푸르게 가꾸어나가는 것은 후손들로서는 참으로 뜻있고 보람찬 일이 아닐 수 없소. 아마 이 편지는 그날쯤에 당신에게 가닿을 것 같소. 흔히들 말하는 춘삼월이요, 만춘(晩春)이요 하는 것이 바로 이 청명과 한식이 들어 있는 달을 놓고 하는 말인데, 양력으로는 4월이 되지.

이달에 땅에는 씨앗이 뿌려지고, 나뭇가지에는 파릇파릇 잎새가 새로 돋아나고, 동실동실 망울졌던 꽃봉오리는 일시에 방긋 터져 갖가지 화사한 꽃들이 만개하게 되지. 따스한 동남 훈풍에 실려 유채꽃을 시작으로 진달래꽃이며 철쭉꽃이 마치 계주하듯이 한라산에서 백두산까지 꽃바다물결을 이루는 우리의 대지야말로 언필칭 금수강산이오. 저 백두산 근처 삼지연(三池淵) 못가에 눈길 모자라게 두터운 진홍색 주단천으로 펼쳐진 진달래 꽃밭은 한마디로 황홀경이오. 우리의 삼천리 강산은 문자 그대로 산명수려(山明水麗)한 천혜의 강산이고, 우리는 복받은 사람들이오. 이 천혜와 시복을 우리는 다함없는 행운으로 여기며, 그것을 오늘까지 지켜온 우리네 조상들에게 고마워해야 할 것이오.

우리가 춘삼월을 예찬하는 것은 그저 날씨가 쾌청하고 꽃이 피는 인간에 대한 자연의 온유나 은정(恩情) 때문만은 아니오. 또 이 절기가 화사한 겉차림에 나들이나 즐기기에 안성맞춤이기 때문은 더더욱 아니오. 우리가 이 만춘지절(晩春之節)을 예찬하고 아끼는 것은 이즈음에 우리 인간이 삶의 씨앗을 뿌리기 때문이오.

신동엽(申東曄) 시인은 "4월은 갈아엎는 달"이라고 격조를 토로한 바 있소. 시인이 뜻한 바가 무엇이든지간에, 나는 그 뜻을 씨앗을 심기 위해 땅을 갈아엎는 것으로 이해하고 싶소. 어릴 적 이맘때 아버지가 시퍼렇게 날이 선 보습을 끼운 가대기(쟁기)를 소에 메워 채찍을 이리저리 휘저으면서 겨우내 잠자던 밭을 갈아엎어 이랑을 지어나가시던 밭갈이모습이 마치 어제일같이 눈앞에 선히 떠오르오. 비록 지치고 고달픈 소작살이에 이마에는 벌써 깊은 홈이 패어 조로(早老)가 역력했지만, 땅을 갈아엎고 씨앗을 뿌리는 아버지가 그렇게 대견스럽고 존경스러울 수가 없었소. 그 갈아엎는 땅이 제집땅이 아니고, 또 산비탈의 메마른 땅이지만, 갈아엎음에서 오는 훈훈한 땅김을 맡으면 무언가 생기를 느끼고 어느새 가슴이 후련해지기만 했소. 땅은 역시 우리의 보금자리기에 그러했겠지. 그럴 때면 나도 쟁기를 잡고 한바탕 땅을 갈아엎고픈 충동을 격하게 받곤 했소.

자연의 섭리에 따라 봄철에 땅을 갈아엎는 것은 오로지 씨앗을 심기 위해서이지. 겨우내 음기밖에 받지 못해 굳어지고 핏기 빠진 땅을 갈아엎으면 봄의 싱싱한 양기가 땅을 녹녹하게 하고 기름기 돌게 해주지. 그 속에 씨앗을 파묻기만 하면 음양의 조화로 서서히 싹이 트고 뿌리가 내려 곡식이 자라게 되오.

인생도 땅의 '갈아엎기'와 흡사한 법칙으로 살아나가는 것이 아닌가 하오. 늘 구각(舊殼)에서 벗어나 거듭 새로워야 하는 것이 참 인생이니, '갈아엎기'야말로 진정한 삶의 도(道)라 할 것이오. 그래서 끊임없이 양기를 받아들여 음지에서 화석처럼 둔해진 머리와 마비된 수족을 회생시키면서 뿌려놓은 씨앗에서 새싹을 키우고 보듬어 그 열매를 거둬들이는 것이 결국 인생의 여정이 아니겠소?

'갈아엎기'를 사회현상에 확대적용하면 이른바 '혁명'으로 표현되오. 온갖 낡은 것을 뒤집고 새것을 세워 사회를 변혁하는 것이 바로 혁명일진대, 여기서는 '갈아엎기'의 이치가 더욱 극명해지지. 그래서 사회혁명은 땅의 '갈아엎기'나 인생의 '갈아엎기'보다 더 어렵고 더 많은 우여곡절을 겪게 되는 법이오. '낡은 것'이 제아무리 발악해도 종당에는 '새것'에 짓눌리고 마는 것이 사회발전의 법칙이오.

그런데 엄청난 결과를 가져오는 자연계의 씨앗은 신통하게도 다 작은 것이 특징이오. 흔히들 작은 것을 '무슨무슨 씨'에 비유하지. 씨의 공통점은 작다는 데 있소. 애당초 작아야 뿌리고 파묻기가 쉬워서일까? 우주만물은 작음에서 큼이 오고, 그래서 생존하고 성장하게 되는 것이오. 작음을 큼으로 키우는 것이 자연과 인간이 할 바라고 조물주는 가르치고 있소. 식목일에 굳이 어린 묘목을 심어야 할 소이연(所以然)이 바로 여기에 있다고 하겠소. 작은 씨앗에서 그에 비할 수 없이 큰 열매가 맺어지며, 한 알의 씨앗에서 수천수만개의 새로운 씨앗이 생겨나는 법이오. 낙락장송(落落長松)으로 자라는 소나무의 씨는 쌀알크기의 5분의 1도 채 안되고, 몇백년을 살아남아 아름드리로 크는 느티나무의 씨는 이파리 뒤에 붙어 보일까 말까 하다고 하오. 씨는 작지만 옹골차기에 낙락장송이 되고 느티나무로 자라는 것이오.

동서고금을 막론하고 인간은 자연의 '갈아엎기'에서 씨앗이 갖는 의미와 이치를 터득하고 그것을 자신의 삶에서 구현코자 해왔던 것이오. 그 이치가 그토록 가당하기에 초자연, 초인간의 힘과 가르침을 빌려 신앙으로까지 승화시켰소. 이슬람교의 경전 『꾸르안』에는 알라(하느님)에게 제물을 희사하는 것을 한 알의 '밀알'에 비유한 은유적인 표현이 있소. 해석은 다소 엇갈리지만, 경전 속의 다른 내용을 인용해서 이렇게 해석하는 것이 중론이오. 즉 한 알의 밀알에서 일곱 개의 이삭이 패고, 한 이삭에 백 알의 낱알이 달려 풍성해지는 것과 마찬가지로 알라는 희사하는 자에게 몇백배로 보상해준다는 뜻이라고 하오. 다른 종교의 경전에서도 이와 비슷한 표현은 얼마든지 찾아볼 수 있소. 땅을 갈아엎고 심은 한 알의 씨앗에서 엄청난 결과가 나온다는 자연의 섭리를 빌려 인간의 삶을 독려한 대목이지.

일단 다부지고 알찬 씨가 골라져 땅에 뿌려진 후에는 어떤 농사꾼에 의해 어떻게 가꾸어지는가에 따라 가을철에 수확의 정도가 결정되는 법이오. 그것은 철두철미하게 인과율의 작동과정이지. 식물이 생성하는 순리대로 땀흘려 애지중지 가꾸면 그만큼의 수확과 결실이 있게 되고, 반대로 가꾸기를 게을리하면 또한 그만큼의 댓가를 치르게 마련이오. 자연은 추호의 에누리도 없이 인간에게 엄정하오.

인생도 마찬가지라고 하겠소. 어차피 인생은 '무(無)'에서 응보의 '유(有)'로 있다가 다시 본연의 '무'로 돌아가는 법이오. 그리고 이러한 인간은 그 일시적인 '유'를 '무'로서 뒤따라오는 후세에게 넘겨주는 생노사(生老死)의 과정을 필히 겪어야 하는데, '무'에서 '유'로의 과도는 단연코 작은 씨앗을 심고 키워 결실하는 과정인 것이오. 이 과정은 하나의 연속적인 과정일 수도 있고, 때로는 진퇴를 거듭하는 우여곡절일 수도 있소. 그 과정은 또한 크건 작건 간에 끊임없이 자신을 갈아엎는, 즉 자아혁신의 과정이기도 하지. 요체는 옹골찬 씨앗과 같은 군은 의지와 단단한 인생설계를 갖고, 불로소득의 일확천금을 노리는 '얄팍한 계략을 버리고 우직함을 지키는〔辟計持愚〕' 인내와 '도끼를 갈아 바늘을 만드는〔磨斧爲針〕' 끈기로, 심어놓은 씨앗의 의지와 설계를 실현해나가야 한다는 것이오.

이 춘삼월에 나는 거듭 갈아엎는 심정으로 한결 새로워진 씨앗을 마음 한복판에 굳건히 심어 키워나가려고 하오. 당신도 이제 겨우내의 움츠림을 갈아엎고 화창한 이 만춘지절에 무언가 새로운 씨앗을 심어 알차게 한 해를 가꾸어나가기 바라오.

그간 나 때문에 동분서주하고 짓궂은 옥바라지에 여념이 없다보니 하루도 편히 쉬지 못하였지. 실로 힘겨운 나날들이었지. 20여년간 쌓인 노돈(勞頓)의 피로를 풀기는커녕, 오히려 고독과 번민으로 그 피로를 가중하고만 있으니 말이오.

짐작컨대 당신은 지난 한해 동안 그저 여름은 찜통더위로만, 가을은 우수수 낙엽으로만, 그리고 겨울은 또 설한풍으로만 세 계절을 계절답지 않게 보내고 나서 이제 가까스로 봄철을 맞고 있겠지. 부디 이 한 계절만이라도 시름을 털고 본연의 맑고 밝음을 만끽하기 바라오. 이제쯤은 으레 여유가 차려져 유유자적(悠悠自適)해야 할 당신이 때 넘긴 '직장'에 나간다는 것을 생각할 때마다 나는 걷잡을 수 없는 죄책감에 사로잡히곤 하오. 아무쪼록 마음 편하고 힘겹지 않은 일터가 마련되기를 마음속 깊이 기원하는 바이오. 내내 몸 성히 잘 있소.

참된 나

1997. 4. 18.

비록 몇오리 안되지만, 뙤창에 스며드는 따사로운 햇살에 세포가 나른히 풀려 졸음을 부추기는 춘곤(春困)이 밀려드는 것을 보니, 춘색이 어지간히 짙어가는 것 같소. 겹겹이 둘러싸인 주벽이나 철창도 이 춘곤이나 춘색만은 막아내지 못하오. 그러나 곳이 곳이니만큼 봄의 아지랑이라든가 푸르름 같은 것은 여태껏 별로 느껴보지 못하고 있소.

그러나 인간, 그것도 갇혀 있는 인간의 느낌과는 상관없이 '춘화추월(春花秋月)'이라, 어김없이 봄은 봄대로 꽃처럼 아름답고 화창하며, 또 가을은 가을대로 달처럼 맑고 시원해지는 법이오. 그래서 봄을 희망과 소생의 계절이라 하고 인생의 한창인 청춘기를 봄에 빗대기도 하오. 그런데 이러한 인생의 희망과 소생, 청춘은 미구(未久)에 그저 저절로 피어나는 것이 아니라 마음을 써야 하니, '봄에는 시름이 있고 가을에는 사색한다〔春愁秋思〕'라고 하는가보오. 아마 당신이나 나나 올봄처럼 '봄의 시름'에 시달려본 적은 일찍이 없었을 것이오. 그런가 하면 '춘풍추우(春風秋雨)'라, 봄바람이 잦아들면 여름이 오고, 가을비가 지나가면 겨울이 오듯이 세월은 흘러흘러 봄의 시름은 걷히고 가을의 사색은 무르익어갈 터, 이것이 바로 흐트러짐없는 대자연의 순환을 좇는 인간의 변화하는 삶이지.

이렇듯 봄과 가을의 대련(對聯)은 천혜의 네 계절 속에서 살아가는 우리만이 간직하고 만끽할 수 있는 인간과 자연 간의 멋진 조화를 대변해준다고 할 수 있소. 봄의 시름이건, 가을의 사색이건, 결국은 인간의 마음이 아니겠소? 마음, 그 실체와 의미는 과연 무엇일까? 나는 요즘 새삼스럽게 그것을 음미해보고 있소. 마음먹기에 따라 우주만물에 대한 감수와 대응이 사뭇 달라지게 마련이지. 신라의 대덕고승 원효(元曉)는 "마음이 생기면 이에 따라 여러가지 법이 생기고, 마음이 없어지면 이에 따라 여러가지 법이 없어진다〔心生卽種種法生 心滅卽種種法滅〕"라는 유명한 말을 남겼소. 여기서의 '법'이란 삶의 길이나 방법, 삶의 진리나 도덕, 인간의 행실 등을 말한다고 하겠소.

근간에 우리가 다같이 통절하게 경험하고 있는 사실은 이를 여실히 입증하고 있소. 나는 가끔 '작심(作心, 마음을 단단히 먹음)'으로 나의 마음가짐을 표현하고 있소. 돌이켜보면 우리가 그동안 형언하기 어려운 아픔의 터널을 그나마도 슬기롭게 빠져나올 수 있었던 것은 오로지 희망과 소생의 봄을 향한 우리의 '작심' 때문이 아니었겠소? 이러한 마음가짐이 없었다면, 우리는 절망과 좌절의 늪에 빠져 헤어나지 못했을 것이오.

요즘 불교관련서적을 두루 섭렵하다보니 마음에 관해 새삼 더듬어보게 되오. 읽고 나서 사색에 잠겨보지만 아직은 감성에 불과하고 지성까지는 요원하오. 그렇지만 모름지기 마음의 세계를 넓혀가고 있는 것만은 사실이오. '우주만유는 오직 마음으로 이루어진다〔宇宙萬有 一切唯心造〕'라는 것은 불교의 근본이오. 불교에서 견성오도(見性悟道)한 부처와 그렇지 못한 속인(俗人)의 근본차이는, 전자는 사물을 '마음으로 보고〔心見〕', 후자는 '눈으로 보는〔眼見〕'데 있다고 하오. 속인의 눈은 다만 대상을 비출 뿐이고 실제로 보는 것은 아니며, 오직 마음으로 볼 때만이 실체를 있는 그대로 꿰뚫어볼 수 있다는 것이오. 불자들이 기도하고 용맹정진하는 것은 모두가 이러한 마음을 갖기 위한 것이겠지.

그런데 그러한 마음은 탐욕과 집착에 사로잡힌 '헛된 나〔忘我〕'를 버리고 '참된 나〔眞我〕'를 되찾을 때만이 비로소 간직할 수 있는 것이오. 인생에서 '헛된 나'가 주인이 되고 '참된 나'가 종이 되면, 그것은 허깨비인생에 지나지 않고, 그 반대일 때만이 진정한 의미에서의 자기 인생, 참된 인생인 것이오. 내가 근 50년 만에 처음으로 지난 설에 이어 이번 한식날 아침에도 정화수 한 그릇을 떠놓고 조촐하나마 조상께 차례를 올린 것은 나 자신에 대한 확인, 나 자신에로의 회귀, 한마디로 '참된 나'를 되찾기 위함이었소. 아직은 유토피아적 가설 같지만, 너나가 다 '참된 나'를 찾기에 애쓴다면 우리 사회는 서로의 앙금이 가라앉은 그야말로 청정한 사회가 될 것이오.

이 시각 '참된 나'를 찾는 내 마음의 도량은 여기 청계산기슭이오. 청계산, '맑은 시내가 흐르는 산'이란 뜻이오. 서울의 남쪽 관문을 지키는 산으로서 여기에는 청계사(淸溪寺)라는 절이 있소. 어떤 인연이라고나 할까, 당신도 기억하겠지만, 지난해 초여름 우리는 처제와 함께 여기 청계산 주봉 밑에 자리한 그 아담하고 정갈한 절을 찾은 적이 있었지. 옛날부터 이 절은 한양(서울) 남방의 왕사(王寺)로서 귀중한 불전들을 많이 인쇄했다고 하오. 특히 이 절은 근대 한국불교의 대덕선사인 경허(鏡虛) 스님의 발자국이 찍혀 있는 곳으로 이름나 있소. 그는 아홉살의 어린 나이에 동진출가(童眞出家)하여 이 절에서 5년간 수양했소. 스님은 일찍이 득도돈오(得道頓悟)하여 완전히 자유자재한 성인으로서 전국 팔도강산을 누비면서 숱한 화제를 뿌렸지. 그는 속세를 초탈하였기에 자신을 "풀끝의 이슬"로, "바람속의 등불"로 비유하면서 괴로운 영화와 명예를 깡그리 떨쳐버리고, 스스로 구름과 학을 벗삼아 여생을 보내기로 하고 마음을 깨끗이 비웠다고 하오. 이렇게 마음을 비웠기에, 그는 영웅호걸이나 백만장자라 할지라도 모두가 황천객신세를 면할 수 없을진대, "북망산(北邙山) 아래서 누가 너이고 누가 나이더냐"라며 속인들의 무모한 아귀다툼을 질타하였던 것이오.

이렇게 성인들의 눈에 비친 세상과 인생은 누구에게나 똑같이 덧없고 평등하며 자유자재한 것이오. 동양이건 서양이건 성인들이 보는 세상과 인생은 다 그러한가보오. 중세 아빌라(Avila)의 성녀 테레사(Teresa)는 "인생은 낯선 여인숙에서의 하룻밤"이란 그럴듯한 말을 남겼소. '낯선 여인숙'이기에 '제 것'이라는 아집을 버리고 서로가 예와 도를 지키면서 공손하고 화합해야 하고, '하룻밤'이기에 쓸데없는 탐욕이나 허영을 버리고 유한(有限)한 삶을 보람있게 보내다가 떠날 때는 미련없이 훨훨 털고 떠나야 하겠지. 이렇게 보면 인간들이란 그 '낯선 여인숙'에서 만나 '하룻밤'을 함께 보내는 합숙과객(合宿過客)에 불과하오. '풀끝의 이슬'이건, '바람 속의 등불'이건, '북망산의 황천객'이건, '낯선 여인숙에서의 하룻밤'이건 진정 '참된 나'의 마음가짐만 있다면, 이 모두를 초연하게 받아들이게 될 것이오.

오늘은 느닷없이 일장춘몽 비슷한 넋두리를 늘어놓았소. 해몽은 당신에게 맡기오. 부디 길몽으로 해석하기를 바라오. 그리고 쓰다보니 한자투가 적지않게 섞였구먼. 우리 동양철학의 감칠맛은 한자 속에 묻어 있지 않소? 뜻글자인 한자야말로 사용에서 남다른 묘미가 있지. 게다가 한자는 우리 전통문화의 중요한 표현수단이고 전승매체로서 수천년간 우리의 전통을 지켜준 '파수꾼'이기도 하오. 물론 한글은 세상에서 가장 아름다운 우리만의 글로서 최선을 다해 살찌워나가야 하겠지만, 우리말 가운데 7할 이상을 차지하는 한자(일명 국한문)는 사실상 우리말, 우리글로 굳어졌다고 봐야 할 것이오. 따라서 어느 한 기점을 설정해 칼로 두부 자르듯 한자를 우리글에서 싹둑 잘라내는 인위(人爲)는 일종의 무모한 모험이며, 결코 그렇게 잘라질 수도 없는 일이오.

사실상 한자와 한글은 상부상조의 관계에 있소. 한자만 잘 알면 거기서 좋은 우리글이나 말을 만들어낼 수도 있는 것이오. 그런데 어느날 갑자기 이른바 '한글세대'가 튀어나와 한자가 소외를 넘어 우롱까지 당하고 있으며, 한자를 좀 쓰면 '곰팡스럽다'느니, '유식의 과시'라느니 하며 백안시하니 참으로 안타깝소. 한자가 아직까지 문명의 향상에 걸림돌이 되고 있지 않는 한, 굳이 서둘러 '추방'할 필요는 없지 않소? 여전히 한자를 쓰고 있는 이웃나라들의 실례가 이를 말해주고 있소.

작금의 사태는 전통과 현대의 단절위기라고 하겠소. 나는 이 단절을 막고 전통과 현대를 소통시키는 징검다리역할을 하고파 이렇게 한자를 스스럼없이 의도적으로 쓰고 있소. 징검다리를 넘어선 사람들이 한자 가운데 무엇을 어떻게 선택하는가 하는 것은 그들의 자의에 맡겨 인위가 아닌, 관행에 따라 자연히 이루어지게 될 것이오.

한가지 부탁은, 전번 편지에도 썼지만, 내가 그동안 발표했던 학술논문들을 계속 수집해달라는 것이오. 가능하면 한 권으로 묶어보려고 하오. 그럼, 수고해주오.

민들레 송(頌)

1997. 4. 27.

여기 청계산자락의 고요 속에서 적적함이 없지는 않지만, 늘 자연과 인생을 넘나들면서 그 의미를 골똘히 훑다보노라면 나도 모르게 전혀 새로운 것에 눈귀가 밝아지고 마음이 트이게 되는 경우가 있소. 그래서 가끔 고요가 심신을 닦는 도량으로 승화되는가보오. 그렇지만 괴괴한 감옥의 분위기는 그 속에 갇혀 있는 사람들로 하여금 때로는 기괴망측한 상념에 빠지게 하기도 하고, 때로는 예사로운 일에 신들린 듯 몰입해 무엇을 건져내게 하기도 하오.

옛날 프랑스의 한 감옥에 샤니(Shani)란 젊은이가 갇혀 있었소. 그는 어느날 돌로 포장된 뜨락을 거닐다가 돌틈에서 순이 비스듬히 돋아오른 야생화 삐치올라(Picciola) 한 포기를 발견하게 되오. 신기하게 느낀 그는 매일같이 그 꽃나무의 생태를 유심히 관찰하고서는 그것을 빠짐없이 검댕으로 만든 잉크를 뾰족한 나뭇가지에 찍어 자신의 손수건에 깨알같이 적어놓곤 했소. 그러면서 자기에게 차려진 약간의 식수와 땔감을 아껴서는 정성스레 그 꽃나무에 물을 주고 보호책을 만들어 애지중지 키워나갔소. 그런데 잘 커가던 나무가 그만 돌에 끼어 더 자라지 못하고 시들기 시작하는 것이었소. 그러자 그것을 가슴 아파한 샤니는 손수건에 그 사연을 적어 왕에게 보냈소. 마침 그것을 받아본 왕비는 그의 소행이 하도 기특하고 가상스러워 그 돌을 파헤쳐 삐치올라가 제대로 자라도록 명하고, 샤니를 즉각 출옥시켰다고 하오. 자연에 대한 인간다움을 전한 애틋한 이야기요.

샤니는 폭풍전야에 꽃이 피었다가 접혀지는 등 기묘한 현상을 처음 알게 되면서 자연의 신비에 매혹되었을 뿐만 아니라, 자연을 오로지 정복대상으로만 간주하고 여지없이 짓뭉개는 인간의 살벌한 오만과 잔인함을 자

ⓒ이영숙

민들레, 세상에서 가장 흔하고 수수한 것이 가장 아름답다.

성하기도 했소. 샤니와 삐치올라를 한낱 설화 속의 인물과 꽃으로만 읽어오던 나는 이제서야 그 참뜻을 알기에 이르렀소. 아마 적막한 감옥이라는 같은 공간이 오랜 세월의 시차를 넘어 우리들 사이에 공감대를 이루게 한 결과이겠지. 비록 감옥이라는 격폐(隔閉)된 특수공간이지만, 그 속에도 우주만사의 진리가 그대로 고스란히 온축(蘊蓄)되어 있소. 다르다면 감옥 속이 좀더 처절하다는 것뿐이오.

여기 철살이 촘촘히 박힌 뙤창 너머로 눈에 안기는 손바닥만한 뒤뜨락은 나와 자연의 접지(接地)요. 나는 요즘 고요가 가져다주는 이 범상찮은 접지에서 자연의 비범한 섭리를 피부로 체험하고 있소. 거기에 제멋대로 널려 있는 소담한 일곱 포기 민들레가 자연의 비범과 그 속에 투영된 인생의 진리를 말없이 진솔하게 가르쳐주고 있소. 만가지 꽃풀 속에서 아무런 교태도 부리지 않고 다소곳이 서서 새봄을 알리고 나비를 청하는 민들레는 자연의 섭리를 가장 또렷이 따르기에 유약하면서도 끈기 있는 강골의 꽃풀이오.

돌이켜보면, 고향마을의 양지바른 언덕에 이른봄부터 오붓이 피어나는 민들레를 그저 하찮은 들풀로만 넘겨보다가 중학교시절 식물학교과서에서 그 실체를 처음 알게 되었소. 깃모양의 잎사귀를 가진 다년생 풀로서 잎 사이에서 나온 줄기끝에 노란 꽃이 피며, 그 말린 뿌리를 포공영(蒲公英)이라고 하는데, 한약방에서 위염이나 소화불량증 따위의 치료약재로 쓰인다는 것쯤의 상식이나 얻었던 것이오. 그후로는 오만가지 내로라하는 기기괴괴(奇奇怪怪)한 꽃들 속에 파묻히다보니, 이 흔하고 그래서 천하게까지 비쳐진 민들레는 내 눈과 마음의 꽃자리에서 거의 소외되어버렸던 것이오.

그러나 명상의 요람인 이 '청계산의 고요'는 나와 민들레 사이에 새삼스럽게도 새로운 연(緣)을 지어주었소. 명상과 고요는 인간을 자연 속으로, 자연을 인간 속으로 끌어들이고, 서로를 조화시켜주는 장인 듯싶소. 그래서 명상의 끝에 돈오(頓悟)가 일어났다고 하는 이야기를 가끔 듣곤 하지. 그런데 이러한 명상은 고요 속에서 이루어지는 것이 상례라서 사람들은 명상을 위해 고요한 유곡(幽谷)을 찾아 떠나는가보오. 명상과 고요에 잠기다보면, 비록 예사롭고 미미한 일일망정 자연 속에서 일어나는 모든 것이 사람의 눈과 귀를 밝게 해주며, 그 과정에서 자연과 인생에 관한 그 무엇을 새롭게 깨닫게 되는 것이오.

며칠 새 나는 낮이면 거의 한 시간 간격으로 뒤뜨락에서 하염없이, 그 누구의 손길도 닿지 않으나 나에게 자연의 섭리와 인생의 도리를 누누이 묵시해주는, 아니 낱낱이 천명해주는 그 몇포기의 민들레를 실성한 사람처럼 물끄러미 바라보곤 하오. 그 실성은 현혹에서 오는 것이고, 그 현혹은 무언가를 도렷도렷 밝혀주는 그 미묘에서 비롯된 것이오.

아침 해뜰 무렵까지는 그저 파릇파릇한 이파리에 어찌보면 앙상하기까지도 한 10~15cm 길이의 갸름한 줄기만 보이고, 꽃봉오리는 도대체 맺혀 있는지를 분간할 수 없소. 해가 떠서 대지에 온기가 감돈 지 한 시간쯤 지나면 감춰졌던 꽃봉오리가 자태를 드러내기 시작하지. 여기는 응달이라서 햇볕이 들기 시작하는 낮 11시경까지는 꽃봉오리가 누런 줄무늬를 띤 자그마한 다반형(茶盤形)으로 변하다가 일단 햇살이 비쳐들면 급기야 꽃술을 드러내면서 노르스름한 꽃잎이 사방으로 퍼지기 시작하오. 햇볕이 가장 강한 오후 2시경에는 꽃잎이 샛노란 물감을 담뿍 뒤집어쓰면서 금세 풀포기를 화사하게 단장해주오. 햇살이 걷히면 다시 꽃잎은 안으로 오므라들다가 석양녘에는 신통히도 새벽녘의 그 꽃봉오리모양으로 원상복귀하오. 겉보기엔 원상복귀이지만, 실은 눈에 띄지 않는 변화의 연속일 것이오.

밤새 어둠속에서는 그 자태를 고이 감추고 있다가 새날이 되면 또 이러한 황홀경을 반복하곤 하오. 이렇게 생물이 일주야(一晝夜)를 주기로 되풀이하는 변화를 일주변화(一晝變化)라고 하오. 20~30분씩 꼼짝 안하고 붙어서서 한 포기의 꽃봉오리를 줄곧 응시하다보면 내 시야를 뚫고 뇌리에 꽃이파리가 펴지고 오므라지며 색깔이 변해가는 영상이 그려지는 것이오. 흡사 돋보기를 대고 속에 있는 그림을 돌리면서 들여다보는 요지경(瑤池鏡)을 연상케 하오.

자연의 그 오묘하고 심원한 섭리와 위력 앞에 나도 모르게 숙연해지오. 그러면서 이러한 섭리와 위력을 무시하는 우리 인간이 얼마나 야속하고 무례한가를 뉘우치게도 되오. 이러한 섭리와 위력을 한치의 드팀도 없이 선명하게 대변해주고 있는 저 민들레를 흔하고 수수하며, 다른 꽃들처럼 아양을 떨며 요요(嫋嫋)하지 않다고 하여 업신여기고 하찮게 봐서는 결코 안될 것이오. 겉보기에는 나약하고 다소곳하기만 한 저 민들레야말로 위대한 진리를 설파하는 대자연 그 자체인 것이오. 기실 세상에서 가장 흔한 것이 가장 귀중하고, 세상에서 가장 수수한 것이 가장 아름다운 법이오. 광야에서 설한풍을 맞으며 거칠게 자란 초목이라야 끈질긴 생명력을 지닐 수 있는 것이오. 이것이 민들레가 가르쳐주는 교훈이고 진리요. 이제 민들레는 가장 아름다운 꽃으로 내 가슴속에 자리매김하게 되었소. 민들레 같은 인생, 그것이 아름답고 값진 인생인 것이오.

꽃은 그 특유의 아름다움과 색깔, 향기와 조화로 인해 미와 번영, 사랑과 낙천, 미래와 성공의 상징으로 각광받고 있소. 그래서 꽃을 '기쁨과 슬픔의 반려자'라고 하는가보오. 기쁠 때는 축하해주고, 슬플 때는 위로해주는 것이 꽃이고보면 그럴 법도 하지. 그래서 꽃에 대한 인간의 염원은 그토록 절절한가보오. 만해(卍海) 한용운(韓龍雲) 선생은 「벚꽃을 보며, 옥중에서〔見櫻花有感, 獄中作〕」라는 한시에서 옥에 갇혀 꽃과 멀어지게 된 애절한 심정을 이렇게 토로하고 있소.

지난 겨울의 꽃 같던 눈   昨冬雪如花
올봄의 눈 같은 꽃   今春花如雪
눈과 꽃 모두 허망뿐이니   雪花共非眞

연기된 법정선고일을 이틀 앞두고 시를 읊으며 꽃을 그려보니 마음이 한결 가라앉고 여유가 생기오. 부탁컨대, 늘 꽃을 가까이하면서 고독을 달래고 낭만도 찾아보오. 그럼, 내내 안녕히.

두견주로 생일축배를

1997. 4. 30.

당신의 생일을 마음속 깊이 축하하오. 달력이 없어 신문지상에 적힌 날짜를 미루어보니 당신의 생일이 양력으로 5월 8일이구면. 생일 전에 이 엽서가 가닿기를 바라오. 기리는 날이 있다는 것이 수인(囚人)에게는 어찌보면 고통을 더해주는 일인 것 같소.

기쁨은 함께하면 배로 늘고, 슬픔은 함께하면 반으로 준다고 하오. 인생에서 늘 함께할 수 있는 사람은 일심동체로서 동고동락하는 부부가 아니겠소? 바로 이 '함께' 때문에 사랑은 '가장 달콤한 기쁨'이기도 하지만, 동시에 일단 '함께'가 파기되어 헤어져야 할 때면 사랑은 곧 '가장 처절한 슬픔'이며 '반(半)죽음'의 아픔이 된다고 누군가가 이야기했소. 생일 같은 가절(佳節)에 서로 함께할 수 있을 때, 그 사랑의 기쁨은 배로 부풀어질 것이오. 축하에 이은 애절한 토정(吐情)이오.

생일은 자신의 존재를 확인하는 날이오. 인간이 세상에 태어난 날이 곧 생일일진대, 이날부터 인간은 비로소 그 존재, 적어도 생물학적 존재를 인정받고, 개인의 역사(인생)가 시작되오. 그리고 삶의 여정에서 해마다 맞는 생일은 그해에 그가 생을 누리고 있다는 징표이면서 그의 사회적 존재를 더불어 인정받게 해주는 증좌(證左)인 것이오.

생일은 또한 자신의 성장을 헤아리는 척도이기도 하오. 적어도 장년기까지는 인간의 육체적·정신적 성장은 나이에 정비례하게 마련이오. 그리고 나이에 따라 인간에게 주어지는 일도 달라지는 법이오.『예기(禮記)』에 보면, 사람이 태어나서 열살은 어리니 배워야 하고, 스무살은 약(弱)이라 하여 갓, 즉 관(冠)을 써야 하고, 서른살은 장(壯)이라 하여 아내를 둬야 하고, 마흔살은 강(强)이라 하여 벼슬을 해야 하며, 쉰살은 애(艾)라 하여 관청과 정사에 참여해야 하며, 예순살은 기(耆)라 하여 일을 시킨다고 했소.

공자도 자기의 정신적 성장과정을 회고하면서 열다섯살에 학문에 뜻을 두었고[志于學], 서른살에 자립[立], 마흔살에 불혹(不惑), 쉰살에 지천명(知天命), 예순살에 이순(耳順)하였다고 했소. 불혹은 나이 마흔살에 달해서야 세상일에 미혹되지 않았다는 말이오. 그래서 마흔살을 '불혹지년(不惑之年)'이라고 하지. 지천명은 나이 쉰살에 이르러 하늘의 명을 비로소 깨달았다는 말이오. 이순은 '육십이이순(六十而耳順)'에서 나온 말로서, 생각하는 것이 원만하여 어떤 말이라도 들으면 곧 이해가 된다는 뜻이오.

이와같이 인간은 대체로 생일을 기점으로 한 나이를 가늠자로 하여 자신이 할 수 있는 일과 해야 할 일을 거의 숙명적으로 배정받게 되는 것이오. 그런가 하면 나이를 기준으로 하여 인간의 성장정도, 특히 정신적 성장정도를 평가받기도 하지.

생일은 또한 은혜를 기리는 날이기도 하오. 오늘의 나를 낳아 애지중지 키워주신 부모님의 은혜에 감사하는 날이 바로 일년에 한 번 있는 생일날인 것이오. 우리 풍습에 생일날에 미역국을 먹는 것은 어머니의 산고를 되새겨 그 노고를 잊지 않고 기리며 감사한다는 뜻이 담겨져 있지. 올해 당신의 생일은 어버이날과 겹쳐서 부모님의 은혜를 기리는 뜻을 갑절 깊게 하는 것 같소. 사실 은혜는 말로만 기려서는 안되고, 행동으로 보답해야 하는 것이오.

이토록 생일은 자신의 존재를 재확인하고 자신을 있게 한 부모님의 은혜를 기리는 날이며, 자신의 성장을 헤아리는 가늠자이기도 하오. 그래서 필시 경사스러운 날로 여겨 너나없이 축하를 보내고 받는 것이오. 축하는 선물과 더불어 이루어지는 것이 상례이고, 생일과 같이 뜻깊은 날의 축하는 더더욱 그러하지. 비록 이러한 날을 맞았지만, 갇혀 있는 신세이고보니 아무것도 선물할 수 없구려. 그저 마음속의 축하뿐이오.

생각끝에 한가지 묘안이 떠올랐소. 당신도 알다시피 집에는 몇년째 이맘때가 되면 우리가 조금씩 장만해놓은 두견주(杜鵑酒, 진달래술)가 있지 않소? 동서, 처제와 함께 그것으로 축배를 들어주오. 내가 보내는 생일 축하주로 알고 말이오.

오래간만에 그제 출정길에 남태령고개를 넘으면서 보니 어느덧 초록이 완연하고 진달래는 이제 끝물에 와 있더군. 진달래는 우리 삼천리 금수강산 방방곡곡을 아름답게 수놓는 우리의 나라꽃이오. 그 소담스러운 자태에다가 그윽한 향기까지 풍겨나는 진달래야말로 우리에게는 천혜의 복꽃이오. 진달래는 우리에게 이중삼중의 복을 안겨주고 있소. 예로부터 서양인들은 술을 하느님이 인간에게 하사한 '가장 귀중한 선물'이라고 했소. 왜냐하면 인간이란 '술에 취해야 비로소 진실을 말하니까[醉中眞談].' 인간들이 얼마나 위선에 차 있었으면 이러한 속담까지 나돌았겠소. 목구멍이 근질거리니 술얘기는 이만 합시다.

기실 나는 이 진달래꽃으로 술담그는 법을 어릴 적 할머니한테 배웠소. 과묵하고 부지런한 할머니는 무슨 비방인 양 늦봄이면 거르지 않고 꼭 으늑한 뒷산에 홀로 가서는 양지쪽에서 해맑게 자란 진달래꽃(함경도 사투리로는 천지꽃)을 가려 따다가는 누룩 같은 발효제를 넣어 두견주를 빚곤 하셨소. 땅 속에 묻어 한두 해가 지난 것으로 허약하신 아버지게 한 잔씩 따라주시던 할머니의 그 자애로운 모습이 지금도 눈앞에 선하오. 그후로는 진달래만 보면 할머니가 생각나고, 할머니가 그렇게 정성들여 빚던 두견주가 머리에 떠오르곤 했소.

당신의 생일에 붙여 느닷없이 두견주 얘기를 곁들였소. 이것이 삶의 낭만이 아니겠소? 이 낭만 속에는 분명 사랑과 믿음이 깃들어 있는 것이오. 역으로 사랑과 믿음이 있기에 이러한 낭만이 비로소 가능한 것이오. 소설 『레미제라블』(Les Misérables)로 잘 알려진 19세기 프랑스 낭만주의의 대표작가 빅또르 위고(Victor Hugo)는 "인생에서 최고의 행복은 사랑을 받고 있다는 확신이다"라고 말한 바 있소. 그렇소, 내가 누구의 사랑을 받고 있다고 확신할 때, 나는 외롭지 않고, 괴로움을 감내할 수 있으며, 나아가 미래의 꿈을 키워나갈 수 있는 것이오. 이것이 이 축하엽서의 맺음말이오. 부디 그 뜻을 깊이 새겨주기 바라오.

다시 연기된 항소심선고일을 하루 앞두고 두견주의 축배로 우리 서로의 마음을 달래봤소. 정축년의 춘삼월도 푸른빛이 짙어가는 저 산너머에서 가물거리고 있소. 환절기요, 부디 몸조심하오.

나를 뛰어넘을 후학이 되라

1997. 5. 12.

치차(齒車, 톱니바퀴)처럼 한치의 드팀도 없이 돌고 도는 자연은 그저 신기하고, 그 이치가 오묘할 따름이오. 꽃피는 춘삼월은 어느덧 가뭇없이 사라지고, 우거진 나무가 그늘을 드리우고 초록의 풀잎새가 향기를 뿜는 녹음방초(綠陰芳草)의 계절, 여름이 다가왔소. 겨우내 추위에 움츠렸던 몸이 화사한 봄철을 맞아 크게 기지개를 켜면서 원기를 돋우어 왔소. 그것이 오래도록 이어지기를 바랐지만, 인간의 의지나 욕망과는 무관하게 봄은 홀연히 자취를 감추고 산천초목은 제법 푸른 옷으로 갈아입기 시작하는구려.

그러나 여름은 여름대로 나에게 또다른 의미로 다가오고 있소. 먼발치에서나마 푸르러가는 산마루를 바라보면서 가로세로로 철살이 촘촘히 박힌 뙤창 틈으로 풀내음을 한껏 들이키니, 춘삼월보다 초하 4월(음력)의 자연이 한결 묵직하고 무언가 무르익어감을 느끼게 하며, 나에게 더 가까이 다가와 있는 성싶소. 그래서 초여름을 '녹음과 방초가 꽃보다 더 나은 때〔綠陰芳草勝花時〕'라고 일컫는가보오. 양력으로 5월인 이 달은 가절(佳節)이오. 아예 '가정의 달'로 정해져서 어린이날, 어버이날, 스승의 날, 성년의 날 같은 경사스러운 날들이 줄을 잇고, 거기에 부처님 오신 날까지 겹쳐 있으니, 실로 그 이름에 걸맞은 가절이라 하겠소. 가절은 기쁨이나 반가움만의 절기가 아니라, 되새김의 절기이기도 하오.

이즈음에 나는 뜻깊은 일 한가지를 술회하게 되오. 그것은 지난해 5월 16일, '장보고 대사 해양경영사연구회'가 주관한 국제학술대회에서 「남해로의 동단―고대 한·중해로」라는 논문을 발표한 일이오. 전날 우리는 전남 완도(莞島)에서 배를 타고 해상왕 장보고가 주름잡았던 해로를 따라 8일간 중국과 일본의 여러 유적지들을 두루 순방했소. 뒤늦게나마 후손의 불초를 회심하고 선현의 얼을 되살려 기리려는 항정(航程)이어서 자못 의미심장하고 진지했소. 더욱이 항해선상에서 열린 국제학술대회는 잊혀진 민족사의 한장을 복원하는 계기였을 뿐만 아니라, 해양국으로서 우리의 새로운 발돋움을 예시하는 한 계기이기도 하여 퍽 뜻이 깊었소.

내가 발표한 논문의 요지는 고대 한·중 간의 해로를 구명함으로써 씰크로드의 3대 간선 중 하나인 해로의 동쪽 끝이 지금까지의 통설처럼 중국의 동남해안이 아니라, 한반도라는 사실(史實)을 논증하는 것이었소. 나는 최근 연간 씰크로드의 한반도연장문제를 당면한 주요 연구과제로 설정하고, 그 천착에 진력해왔소. 그러면 왜 그것이 나의 주요 연구과제로 설정되고 긴요할 수밖에 없는가? 한마디로 그것은 '세계 속의 한국'이라는 우리 민족의 역사적 위상을 하루빨리 복원·정립하고 한층 드높이기 위한 것이기 때문이오.

지금까지는 동서교류의 대동맥인 씰크로드의 3대 간선(초원로, 오아시스 육로, 해로)이 동쪽으로는 중국까지만 이어졌다는 것이 통설로 되어왔소. 그렇게 되다보니 우리는 일찍부터 세계와 동떨어진 절해고도에서 살아온 '은둔국'이었다는 누명을 거의 숙명처럼 뒤집어쓰게 되었던 것이오. 약삭빠른 일본사람들은 벌써 10여년 전부터 얼토당토않게 우리를 제쳐놓고 해로의 동쪽 끝을 자기 나라로까지 끌어당겨놓았소. 그런데 우리 학계는 지금까지 과문(寡聞)에다가 묵묵부답으로 일관하고 있소. 참으로 안타깝고 부끄러운 일이 아닐 수 없소. 내가 법정심문에서도 진술했고, 당신도 곁에서 지켜봤겠지만, 이에 대해 나는 민족적 자괴를 통감하고, 그 해결이 나에게 주어진 시대적 사명임을 자각하여 이를 악물고 잠을 설쳐가면서 연구에 잠심몰두해왔고, 급기야 약간의 성과를 거두었소.

그 학술대회에서 나의 논지는 긍정적 평가를 받았소. 그러나 나는 이에 만족하지 않고 이것을 공론화하여 국제학계의 인정을 받으려는 목적(이런 인정을 받아야 학문적 권위가 섬)으로 논문을 보완해 지난해 7월 18일 북경대학에서 열린 세계역사지리학대회에서 발표하기로 했소. 그러나 대회의 공식초청을 받고 논문의 마무리작업을 하다가 검거되는 바람에 그만 무산되고 말았소. 그때 내 책상 위에는 작업중이던 원고와 사료들이 수북히 쌓여 있었지. 이제 그것들이 주인을 잃은 폐지로 내동댕이쳐지지나 않았는지 못내 걱정이 되오.

이러한 걱정과 아쉬움 속에서도 그나마 일말의 자위가 되는 것은 씰크로드의 한반도연장이라는 학문의 초야를 어렵사리 일구어놓았다는 사실이오. 역시 지난해 2월 중국 상해에서 있었던 국제학술대회에서는 씰크로드육로의 연장선상에서 고대 한·중육로의 실재를 입증함으로써 씰크로드육로와 해로의 한반도연장문제는 일단 초보적인 낙착을 본 셈이오. 나로서는 숙원이던 '세계 속의 한국'이란 대명제의 장엄한 선포였기에 한량없이 가슴이 뿌듯했소. 그리고 이에 대한 국제학계의 긍정적인 반향은 나를 더더욱 고무·격려해주었소. 본래 계획대로라면 내년쯤 미제(未濟)로 남아 있는 초원로의 한반도연장문제를 가지고 국제학술모임에서 일견식(一見識)을 피력하기로 되어 있었소. 그러나 유감천만하게도 그것은 이제 가망이 없게 되었소.

이 모든 것은 문명교류학의 학문적 정립을 위한 기초작업이었소. 다가오는 21세기는 교류가 절체절명의 생존전략이 되는 문자 그대로의 국제교류화시대가 될 것이오. 교류만이 인류가 그토록 염원해왔고, 또 염원하게 될 공생공영의 대안과 비전을 제시해줄 수 있을 것이오. 이러한 인류문명의 전환기를 3년 앞둔 이 싯점에서 누군가는 이 미룰 수 없는 절박한 학문적 과제를 풀어주어야 할 텐데, 마음만 조급해지는구면.

돌이켜보면, 나는 한때 내 학문의 요람으로 자리잡았던 단국대 사학과를 우리나라에서 문명교류학 연구와 교육의 산실로 만들려고 강의를 개설하고 후진들을 양성하기도 해왔소. 지금 모든 것이 막혀버린 막막한 처지에서 허탈감이나 불안감이 없지는 않지만, 그래도 나는 내가 사랑하고 아끼며 기대하는 제자후학들에게 굳은 믿음을 보내오. 그들이 한가닥 희망 속에서 매번 법정에 나와 나에게 연민의 정을 보내고 있는 것을 목도할 때마다 나는 지도교수와 선학으로서의 자책과 중압감을 금하지 못했소. 그들은 우리의 미래이며 이 나라의 역군이오. 그들의 그 유정(有情)의 소행과 학구적 열의가 그토록 갸륵하고 기특하며 희망적이기에, 나는 내 모든 것을 그들에게 송두리째 넘겨주고 심어주고픈 마음이 실로 간절하오. 이것이 그들에 대한 나의 응분의 갚음이 아니겠소? 나아가 이것이 바로 내가 그토록 염원하고 그 실현을 위해 신명을 다 바쳐온 일, 문명교류학이라는 학문의 씨앗이 싹트고 뿌리내려 꽃을 피우고 열매를 맺게 하는 일이라고 확신하오.

나는 이제 그들이 도약하는 발판이 되어 그들이 앞으로 멀리 뛰어가는 모습을 자랑스럽게 지켜보고 싶고, 나는 이제 그들이 내 어깨를 딛고 하늘 높이 비상하는 웅자(雄姿)를 우러러 바라보고 싶으며, 나는 이제 한 알의 씨앗과 한 홉의 밑거름이 되어 그 속에서 그들이 발아하고 개화하여 알찬 결실을 맺게 될 성공을 진심으로 미리 축원하고 싶소. 일천하나마 내가 평생을 바쳐 갈고닦아온 학문의 모든 것이 그들의 도약과 웅비, 성공에 이바지하여 그들이 하루속히 나를 훨씬 뛰어넘어 이 나라 학문의 당당한 역군이 된다면 나에게는 그 이상의 보람이 없겠소. 『소설 동의보감』에서 성의(聖醫) 허준을 키워낸 은사 유의태는 이렇게 말하였소. "선배란 무엇인가? 그건 후학으로서 점령하고 뛰어넘을 목표여야 하리. 그게 첫째일세. 나를 뛰어넘을 후학이 아니고서야 무슨 재미로 눈여겨볼 재미가 있겠는가"라고. 그렇소. 후학이 선학을 뛰어넘을 때만이 선학으로서의 보람이 있고, 후학으로서의 할 바를 다한 것이며, 이로써 학문은 앞으로 나아가게 되는 것이오. 여기에 진정한 선학다움이 있는 것이오.

이러한 보람과 긍지 속에서 나는 또 나대로 새 힘을 얻어 '마음의 고삐를 놓지 않고 더욱 정진할〔不放逸精進〕' 것이오. 나는 이것이야말로 이 시대의 진정한 사표(師表)라고 믿소. 15일은 스승의 날이오. 이날에 부쳐 내가 하고 싶은 말은 바로 이것이오. 원생들에게 내가 보내고 싶은 말이 이것이라고 전해주오. 부디 몸 성히 잘 지내오.

옥중 좌우명 — 수류화개(水流花開)

1997. 6. 8.

　　　　　이제 절기는 막 여름에 접어들었소. 옛날 우리네 조상들은 초여름인 이 음력 5월을 '깐깐 5월'이라고 했소. 말인즉 몹시 힘들고 더디게 지나가는 5월이란 뜻이오. 농경사회에서 묵은 곡식은 다 떨어지고 보리는 아직 여물지 않아 식량이 어려울 때가 바로 이 5월이니, 하루가 이틀맞잡이로 힘들고 더디게 느껴질 수밖에 없었겠지. 그래서 이 넘기 어려운 고비를 보릿고개 혹은 춘궁기(春窮期)라고 했던 것이오.

　　지금은 세월이 어지간히 달라져서 그 궁함을 몸소 체험할 수가 없거니와, 그 속절도 헤아리기가 힘들 것이오. 그러나 우리는 결코 그때를 잊어서는 안될 것이오. 왜냐하면 그때가 있었기에 오늘이 있고, 또 언제 그런 때가 다시 돌아올지도 모르기 때문이오. '올챙이 적 생각은 못하고 개구리 된 생각만 한다'라는 속담이 있소. 어렵게 지내던 옛적을 생각하지 않고 잘된 때에 호기만 부린다는 뜻이겠소. 누구나 새겨들어야 할 유익한 교훈이오. 어차피 인생도 자연이나 사회와 마찬가지로 보릿고개 같은 시련의 고비에 부딪칠 수 있다는 경고의 메씨지이기도 하지. 아울러 마음에 대비의 기둥만 튼튼히 세워놓으면 어떠한 시련의 고비도 너끈히 넘겨버릴 수 있다는 깨우침의 메씨지이기도 하오.

　　문제는 그러한 고비를 어떻게 슬기롭게 극복하는가 하는 것이오. 자칫 실의나 허탈에 빠져 자포자기하거나 나태해질 수도 있으며, 또한 마냥 '깐깐한 5월'로만 느껴 짜증만 부리고 초조해질 수도 있는 것이오. 그러다가 갈팡질팡 세월을 헛되이 보낼 수도 있지. 나는 내 인생에서 또하나의 '보릿고개', 정말 깐깐할 수도 있는 오늘의 이 '춘궁기'를 어떻게 현실로 받아들이고 감내해나갈 것인가를 곰곰이 생각하고 있소. 감옥에서의 나날들보다 더 지루한 게 또 어디에 있겠소? 허송세월해도 무위도식해도 변명할 필요없는 무풍지대에서 자기를 재발견하고 스스로에게 도전장을 던진다는 것은 쉬운 일이 아니오. 무언가 새롭고 파격적인 각성과 설계, 인고의 행동이 요망되니까.

나는 결코 세월을 허망하게 소일(消日)할 수가 없소. 일각을 천금으로 여기고 더욱 분발해야 하는 것이 지금의 내 운명이고 내가 치러야 할 몫이오. 지난 몇달 동안 나는 이러한 신념과 실천으로 줄기차게 나 자신의 재발견을 시도했소. 그 과정에서 그래야 하고, 또 그럴 수 있다는 귀중한 경험과 교훈을 얻었소. 그러면 과연 그 무엇이 나로 하여금 이렇게 허송(虛送)을 불허하고 자신의 재발견을 시도하며 스스로에게 도전하도록 하고 있는가? 그 잠재적 동력은 무엇인가? 그 버팀목은 무엇인가?

물론, 나는 오늘의 이러한 처지나 환경을 예견하지 않은 바는 아니었지만, 막상 닥치고보니 처음에는 좀 당황하기도 했소. 그도 그럴 것이 다산(茶山)이 말한 것처럼 아무리 어떻다고 해도, 결국 "감옥이란 지상의 지옥〔獄者陽界之鬼府〕"이니까. 일단 그 속에 묻히면, 어떻게 나 자신을 지탱해 나갈 것인가에 대한 사색, 차라리 고민으로 표현하는 것이 더 적절한, 그러한 심란(心亂)에 빠지게 될 것이오. 처음 얼마 동안은 매일같이 이리 불려다니고 저리 끌려다니다보니 제대로 된 사색이나 고민을 할 겨를이 없었소. 그러다가 '나들이'가 좀 뜸해지고, 이곳 생활에도 점차 적응되어가자 마음이 차분히 가라앉으면서 새 환경에 걸맞은 일상을 설계하기 시작했소. 그 요체는 자칫 깐깐하고 시들먹해질 수밖에 없는 이 일상, 그것도 한두 해가 아니라, 어쩌면 끝이 안보일 수도 있는 이 핍박된 일상에 생기를 불어넣어 꿋꿋이 버티면서 차려진 몫을 다 해나가야 한다는 것이오.

그러자면 절체절명의 정신적 지주와 행동의 나침반이 필수인 것이오. 그러한 지주와 나침반을 나는 일상의 좌우명(座右銘)에 대입시켜봤소. 좌우명, 그것은 늘 자리 옆에 갖추어두고 독려와 자성의 잣대나 채찍으로 삼는 격언을 말하는 것이오. 적어도 문명인이라면 좌우명 하나쯤은 가지고 있는 것이 본색이지. 그런데 이러한 좌우명은 평생 하나일 수도 있지만, 특수한 환경에 처했을 때는 그에 적중되는 좀더 구체적이고 실천적인 좌우명이 필요할 수도 있는 것이오. 지금 내가 맞닥뜨린 감옥이라는 낯설고 탐탁찮은 환경에서 꼭 필요한 것은 후자 같은 좌우명이오. 궁리끝에, 그리고 몇달 동안의 검증을 거쳐 마침내 좌우명으로 찾아낸 것이 바로 '수류화개(水流花開)'요.

'물이 흐르고 꽃이 피다'라는 '수류화개'는 지극히 평범한 표현이고 너무나 당연한 자연현상이오. 그러나 그 '평범'과 '당연' 속에 언필칭 좌우명이라 할 법한 깊은 뜻이 담겨져 있소. 내 나름대로 그 상징적인 뜻을 요약하면, 삶이란 언제 어디서나 늘 물이 흐르고 꽃이 피듯이 팍팍하지 않고 싱싱하게 이어져서 알찬 열매를 맺어야 한다는 것이오. 이 영감은 중국 송대의 시인 황산곡(黃山谷)의 다음과 같은 유명한 시구에서 얻은 것이오.

구만리 푸른 하늘에   萬里靑天

구름 일고 비 내리네   雲起雨來

빈산에 사람 하나 없어도   空山無人

물은 흐르고 꽃은 피네   水流花開

언뜻 보면 시인은 그저 구름이 끼고 비가 오며 산속에서 물이 흐르고 꽃이 피는 자연의 섭리나 현상을 꾸밈없이 담담하게 구사한 것 같소. 그러나 거기에는 심오한 시의(詩意)가 온축되어 있소. 세상이 비바람으로 난세가 되거나, 인적이 없는 적막한 곳에 격세되어도 인생은 흐르는 물처럼 맑고 깨끗하며, 피는 꽃처럼 낙천(樂天)하고 결실하여야 한다는 멋진 인생철학과 슬기가 담겨져 있다고 나는 풀이해보오. 그래서 나는 '공산무인'의 신세일망정 '수류화개'를 감히 내 좌우명으로 삼은 것이오. 물은 흐르지 않고

최북이 그린 「초옥산수(草屋山水)」.

고여 있으면 썩어서 변질하고 악취가 나며, 꽃은 피지 않으면 꽃이라 할 수 없고 열매를 맺을 수가 없는 것이거든. 실로 평범 속에 비범이 고여 있소. 이것이 바로 시 속의 철학이고, 철학 속의 시인 것이오. 철학 없는 시는 시가 아니고, 시 없는 철학은 철학이 아니오.

한줄기 맑은 물이 개천을 빠져나와 강에 들어갔다가 종당에는 망망대해로 흘러들어가듯이, 인생에서도 늘 그 무엇인가가 살아서 숨쉬고 움직이며, 커지고 뭉쳐져서 조금이라도 보태지는 새것이 생겨날 때만이 하루하루의 삶이 지겹지 않고 무료하지 않는 법이오. 또한 토실토실한 꽃망울에서 꽃잎이 터져나와 향기를 뿜다가 열매나 씨앗을 남겨놓듯이, 인생에서도 간단없는 노력으로 무언가 하나씩 이루어나간다면, 비록 시련 속에 있다 하더라도 삶에서 보람과 의욕이 생기고 내일의 희망이 안겨오게 마련이지.

누덕누덕 기운 옷을 입고 구름처럼 떠다니고 물처럼 흘러다니는 운수납자(雲水衲子)인 한 스님이 외진 산 속에 마련한 자신의 거처를 '수류화개실(水流花開室)'이라고 이름하면서 나름대로의 '수류화개관'을 피력한 글을 읽은 적이 있소. 픽 흥미있는 글이었소. 너나없이 '수류화개'를 명제로 깊이 간직하고 그대로 살다보면 삶은 필히 메마르거나 구겨지지 않고 넉넉해질 것이오. 이것이 바로 삶에서의 비관이 아닌 낙관이고, 염세가 아닌 낙천이오. 감옥 같은 역경은 물론이거니와 다른 환경 속에서도 이치는 마찬가지일 것이오.

이 스님의 '수류화개관'은 아마 앞선 선사(禪師)들의 그것에서 영감을 얻은 것이라 짐작되오. 알다시피 조선 말의 유명한 초의(艸衣)선사는 선(禪)과 차(茶)를 일치시켜 '선다일여(禪茶一如)'로 다도(茶道)를 주창한 대덕고승이었소. 그는 자신이 직접 가꾼 차를 당대의 거성 추사(秋史)에게 보내주곤 했소. 이에 추사는 이런 시를 써보냈다고 하오.

고요히 앉은 자리엔 차가 절반 줄어도 향기는 여전하고   靜坐處茶半香初
신묘한 작용이 일 땐 물이 흐르고 꽃이 피어나누나   妙用時水流花開

워낙 어려운 시구라서 제대로 옮겨놓았다고 장담할 수는 없소. '선다일여'의 경지에 이른 초의 선사가 좌선하면서 향기 그윽한 차를 마시면 그 오묘한 작용으로 인해 세상은 물이 흐르고 꽃이 피듯 맑아지고 새로워지며 아름다워진다는 뜻이 담겨져 있는 것 같소. 그렇다고보면 앞에서 황산곡이 말한 '수류화개'의 뜻과 맥을 같이한다고 봐야 할 것이오. 그래서 '수류화개'는 회화나 서예에 자주 등장하는 주제어가 되기도 하오.

갇혀 있는 사람이 감히 '수류화개' 운운하는 것이 어쩌면 마이동풍(馬耳

東風) 같은 소리로 들릴지도 모르겠소. 그러나 나는 이 말이야말로 옥살이
하는 사람들이 한번쯤 되새겨볼 만한 명제라고 생각하오. 그래서 그것을
하나의 '영어문화(囹圄文化)'로까지 승화시켰으면 하는 기대도 해보오. 그
렇게만 된다면 '교도'가 따로 필요없을 것이오.

   끝으로, 한가지 부탁은 차제에 화초 가꾸기에 관심을 가져달라는 것이
오. 본래 화초 가꾸기, 특히 분재는 일종의 고상한 예술이오. 심신의 수양
에도 퍽 좋다고들 하오.

홀로 있을수록 함께 있다

1997. 6. 29.

         정축년, '소의 해'도 어느덧 반쪽이 떨어져버렸소. 시간의 흐
름은 상상을 초월할 정도로 빨라지고 있소. 세월의 흐름을 유수(流水)에
비기는 것은 이제 진부한 표현이 돼버린 지가 오래요. 화살에 빗대던 것이
엊그제 같은데, 요즘은 그것도 부족해서 '초음속'에 견준다고 하오. 이렇게
과대포장도 마다하지 않는 인간은 시간의 흐름에 멋대로의 날개를 달아주
고 있소. 공전과 자전에서 오는 시간의 바뀜이나 흐름이야 만고불변이겠
지만, 세상사가 하도 빨리 변하다보니 정물(靜物)인 시간이 그 변화의 대
체어가 된 셈이지.

   언제부터인가 인간들은 시간의 흐름에 지레 겁부터 집어먹다보니 조급
하고 어설프게 허둥대는 행동들을 자기도 모르게 수없이 저지르고 있소.
더욱이 반도인(半島人)이라서 그런지, 우리는 무모하리만치 '빨리빨리'로
시간만을 재촉하는 '시간몰이꾼'의 전형이 돼버렸소. 그런가 하면 분명 제

가 안하거나 못한 일을 버젓이 말 못하는 시간탓으로 돌리는 '시간탓꾼'이 되기도 했소. 이러한 변태를 치유하는 처방은 우직한 우보천리(牛步千里)일 것이오. '느림이 곧 빠름'이고 여유가 태만이 아니라는 의식전환이 필요한 싯점이오. 시간의 노예가 아니라, 그 주재자가 될 때 이러한 전환은 비로소 가능할 것이오.

아무튼 시간이란 인간의 주관과는 관계없이 인간의 삶과 가치를 냉엄하게 재량(裁量)하면서 흘러가는 객체인 것만은 사실이오. 바로 그 속에 우리의 지난 한해가 자리하고 있소. 이제 며칠만 있으면 내가 영어의 몸이 된 지 꼭 1년이 되는 날(7월 3일)이오. 나는 구태여 그날과 그 이후의 오늘까지를 누누이 되새김질하고 싶지는 않소. 과거는 영원한 정지로서 좋든 싫든 간에 사실 그대로 인간의 기억 속에 남아 있게 마련이오.

지난 1년은 격세된 고립과 적막 속에서 제대로의 자아를 검증하는 나날들이었소. 누구와 함께 있을 때는 부분적인 나밖에 존재하지 않기 때문에 자신을 제대로 발견할 수가 없소. 그러나 홀로 있을 때는 면벽(面壁) 같은 일이 자주 일어나(0.75평밖에 안되는 비좁은 방에선 앉아 있는 것 자체가 면벽이오) 잊혀지고 잃어버렸던 자신의 모습을 원형 그대로 하나하나 비춰보고 점검해보게 되오. 그것은 자신에 대한 재확인과 성찰의 과정이기도 하오. 그런데 부분이 아닌 전체로서의 나 자신을 돌이켜보고 미래를 설계하는 이러한 과정은 출발부터가 고립된 홀로가 아닌, 남들 속의 홀로로 시작되고 진행되어가고 있는 것이오. 요컨대 절해고도에서가 아니라 남들과의 어울림과 견줌 속에서 자신을 점검해보고 미래를 설계하게 되는 것이오.

나는 이날 이때까지 남들을 떠난 나 홀로를 생각해본 적이 없소. 오늘의 '홀로'는 오히려 그들과 더 가까워지게 하고 있소. 그러한 가까움이야말로 내 마음에서 가끔 일어나는 허전함과 외로움을 몰아내고, 나에게 힘과 용기를 북돋아주고 있소. '홀로 있을수록 함께 있고' '홀로 있을수록 넉넉하고 충만하다'라는 도인들의 말이 역설(逆說)이 아닌 참된 도리임을 새삼 깨닫게 되오. 이것도 하나의 오도(悟道)이고 수양임에 틀림이 없소.

그간 나는 당신에게 보낸 편지에서 세상살이에 관한 내 나름의 생각들을 두루 토로했소. 난생 처음 있는 일이오. 더욱이 사랑이니 부부니 가정이니 하는 사사로운 일에 관해서는 여태껏 별로 생각마저 해본 적이 없소. 어떻게 보면 이제서야 뒤늦게 모자랐던 인생수업을 하는 셈이오. 과시 만학도(晩學徒)라 하겠소. 인간만이 요람에서 무덤으로 가는 전 노정을 쉼없는 수업과 수양으로 채움으로써, 비로소 만물의 영장이 되는 것 아니겠소?

지난 한해를 되돌아보는 데서 무엇보다 중요한 것은 인생살이와 더불어 학문에 대한 나의 집념과 구상을 재확인한 것이오. 나의 삶은 천직으로서의 학문 연구와 불가분의 관계에 있소. 이제부터는 더더욱 그러할 것이오. 그래서 평생을 걸고 다듬어온 학문의 길과 그 내용을 한번 쭉 훑어보고, 다시 한번 미래를 구상하기도 했소. 그 구상 속에는 내가 나름대로 개척하고 있는 학문분야(문명교류학)를 후학들이 이어가기 바라는 기대도 들어 있소. 이것은 이 시대를 맞은 학계를 위해 필요하고 유익한 일이라고 믿어서이오.

이러한 믿음이 헛되지 않기 위해서는 나부터 더욱 분발하고 정진해야 한다는 것이 내 다짐이오. 그간 나는 분초를 아껴가며 수십권의 책을 독파했고, 문명교류학의 첫 고전격인 율(H. Yule)의 영문고전『중국으로 가는 길』한 권을 번역했소. 비록 갇혀 있는 몸이지만 넓은 학문의 바다에서 일시적인 좌초에 침몰될 수는 없다는 것이 내 확고부동한 소신이오. 나에게 중도하차란 있을 수 없소. 어떠한 역경 속에서도 학문에 일로매진할 것이오.

나는 분단비극의 체험자로서 내가 살아온 인생여정을 가끔 되돌아보곤 하오. 그럴 때마다 내가 자신하는 것은 내 삶의 근본동력과 대의는 겨레사랑의 민족주의라는 사실이오. 이것이 없었다면 나는 지금과는 다른 운명의 길을 걸어왔을 것이오. 감히 말하거니와, 나는 시대나 겨레를 떠나서

나 자신을 생각해본 적이 없소. 그것이 내가 받은 세뇌(洗腦)의 핵이고, 내 성장의 자양분이며, 내 항정(航程)의 방향타였소. 고등법원에 제출한 상고이유서에서 나는 충정과 이상, 그리고 현실 사이에서 고뇌하고 몸부림치는 분단시대의 한 민족적 지성인으로 나 자신을 감히 자리매김했소. 그리고 법정에서 나는 분단비극을 우리 세대에 종언하고 통일조국을 후대들에게 물려줌으로써 자랑찬 우리의 천년 통일민족사가 하루빨리 그대로 이어져가기를 간절히 바란다는 숙원으로 내 최후진술을 마감하기도 했소. 이것은 영원히 불변할 나의 굳은 신념이오.

늘 홀로가 아닌 남들과 함께 있다는 마음의 자세를 가지기 바라면서.

바다 같은 너그러움으로

1997. 7. 27.

연일 폭염이 기승을 부리고 있소. 연중 가장 더운 혹서의 계절이라서 그렇겠지만, 곳이 곳이니만치 여기는 그 폭염이 더 심하게 느껴지오. 나는 더위에 약한 체질인가보오. 조금만 움질거려도 땀벌창이니 말이오.

이럴 때면 자연히 시원한 바다가 생각나고 그리워지는구려. 해마다 이맘때면 우리는 어디론가 바닷가를 찾아 훌쩍 떠나곤 했지. 바다, 우리네 바다, 동해의 검푸른 만경창파, 남해의 정갈한 백사장, 서해의 황금노을, 어딜 가나 소복이 늘어선 바닷가의 다복솔밭, 바다의 훈풍에 화사하게 피어나는 해당화…… 문득 지금은 가볼 수 없는 저 동해 원산(元山)의 명사십리(明沙十里)가 떠오르오. 문자 그대로 티없이 맑고 부드러운 모래가 장장 10리나 펼쳐져 있는 환상의 모래톱이지. 또 내 고향 명천(明川)의 앞바다는 명산 칠보산(七寶山)과 어울려 실로 천하의 비경을 이루고 있지. 해금강(海金剛)은 또 해금강대로 얼마나 빼어난가. 모두가 꿈에 그려보는 내 나라의 땅과 바다요. 우리 강산은 어디를 가나 절경이고 비경이오. 선경(仙境)이 따로 없소. 이것은 해동성국(海東盛國)에 태어난 우리에게만 주어진 천혜이고 특전이오.

이즈음 우리네 바다는 더위를 식혀주고 땀을 훔쳐주면서 후줄근하게 지친 우리의 몸에 생기를 북돋아주는 고마운 공간이오. 하기야 바다에서는 물리적 동작으로서의 해수욕과 더불어 눈에 보이지 않는 해기욕(海氣浴)까지도 만끽할 수 있으니 십분 그럴 수가 있는 것이오. 해기욕이란 바닷가에서 맑고 신선한 공기를 듬뿍 마시며 훈훈한 바닷기운을 온몸에 쐬는 일종의 기후요양법이고, 바다와 같이 넓고 깊은 뜻을 심어주는 수양법이기도 하오. 이렇게 보면 해기욕이야말로 일년 내내 심신을 골고루 다듬어주고 굳건하게 해주는, 그야말로 인간에 대한 바다다운 기백이고 은전이라고 말할 수 있소. 이것은 바다가 그 속에 품고 있는 온갖 보물보다도 더 값진 것이오.

그래서 바다는 넓은 도량과 깊은 웅심, 굳은 의지와 합심귀일(合心歸一, 마음을 하나로 합침) 같은 지고의 가치로 인간을 감응시키고 훈육(薰育)하는 곳이오. 바다와 같이 너그러운 마음으로 포용하고 용서하라는 해용(海容)과 해서(海恕) 같은 고인격가치(高人格價値)나, 바다와 같이 굳건히 신의를 지키기를 맹세한다는 해서산맹(海誓山盟) 같은 고도덕가치가 바로 바다의 그 웅장한 모습에서 비롯된 것이오. 이러한 해용과 해서, 해서산맹의 인격과 도덕성을 지닌 군자가 나라를 다스릴 때, 비로소 바다에 파도가 일지 않는 것처럼 백성이 태평해지고 나라가 성세를 맞는다고 하여 이를 '해불양파(海不揚波)'에 비유하오.

지구표면적의 70% 이상을 차지하는 바다의 평균깊이가 3,800m나 되다보니, 그 깊음을 '바다같이 깊은 사랑 또는 은혜'로 비기는 것은 너무나 당연한 일이지. 한모금의 샘물이 실오리 내(川)가 되고, 줄줄이 내가 모여 한 줄기 강이 되었다가는 급기야 모든 강물이 한바다 속에 흘러들어가는 귀일(歸一)은 인간과 자연의 섭리 그대로를 대변하고 있는 것이오. 불교에서는 우주의 모든 것을 깨닫는 부처의 지혜를 마치 바다의 풍랑이 잔잔하여 삼라만상을 있는 그대로 나타내는 것에 비유해 '해인(海印)'이라고 하오. 경남 합천의 가야산에 자리한 해인사(海印寺)는 바로 그러한 지혜의 도량이자 본산이란 뜻이 되겠소.

바다, 우리네 바다, 참 정겹고 예지로운 대명사요. 그래서 바다는 무한한 동경의 대상이고 우리가 지켜내야 할 경역(境域)이오. 이순신 장군의 『난중일기(亂中日記)』에 나오는 격조 높은 시 한 수가 생각나는구면.

> 바닷가 가을빛은 짙어가는데
> 추위에 놀란 기러기떼 진을 쳤구나
> 나라 위한 근심으로 뒤척이는 밤
> 싸늘한 새벽달이 활과 칼을 비추네

우리네 바다를 지키신 장군이 바닷가 진중(陣中)에서 읊은 격정 어린 시구요. 우리네 용맹스러운 수군은 바닷가에 난공불락의 진을 치고, 그 진두에서 일편단심 애국애족의 충정에 불타는 장군은 '나라 위한 근심'으로 밤을 지새면서 승전출진(勝戰出陣)의 시각만 기다리고 있소. 이것이 이 나라의 바다와 강토를 지켜온 우리네 선조들의 만고에 빛날 기백이었소.

우리 인간 저마다가 해용·해서·해서산맥, 그리고 합심귀일과 해인의 지혜를 깊이 터득하고 실천해나간다면 인간세상은 그야말로 해불양파의 이상낙원이 될 것이오. 너무나 유토피아적인 상상일는지는 모르지만, 적어도 그것이 인간에게 주는 바다의 메씨지일 것이고, 인간이 바라는 지향점임에는 틀림이 없을 것이오.

바다, 바닷가, 생각만 해도 시원하고 기운이 솟는데, "추위에 놀란 기러기떼 (…) 싸늘한 새벽달" 하고 한 수 되뇌어보니 땀벌창은 어느새 간데온데없고, 흥이 나서 단숨에 쓰다보니 바다이야기로 이렇게 장광설이 되었구면.

요 며칠 동안은 그동안 해오던 역주서 『중국으로 가는 길』 필사작업을 마무리해야 하는데다가 상고심선고와 폭염까지 겹치다보니 심신이 녹초가 돼버렸소. 어제 오늘 쉬고 나니 좀 개운하오. 앞으로도 이러한 겹겹중압이 되풀이될 수 있을 것이오. 아니, 어쩌면 그것의 연속일 수도 있겠지. 어차피 감옥은 감옥이니까.

요즘은 무덥고 찌든 일상에서 바다로 탈출하는 때이지. 모든 것을 훌훌 털고 바닷가에 한번 다녀오오. 그래도 묻어 있는 것이 있다면 바다 속 깊이 깡그리 묻어버리고 돌아오오.

세상에서 가장 강한 것은 애정

1997. 8. 22.

자연의 변화에 대한 방비책을 제대로 갖출 수 없는 곳이라서 그런지, 계절의 바뀜에 무척이나 민감해지는구려. 특히 악천후에는 지레 겁부터 먹게 되오. 이제 겨우 한 해, 네 계절만을 겪어봤으니 그럴 법도 하겠지. 더 부딪치고 조련이 거듭되어 촉각이 둔해지면 악천후가 마냥 호천후(好天候)로도 받아들여질 테지.

절기로는 내일이 처서(處暑)요. 글자 풀이를 하면, 더위가 걷힌다는 뜻이오. 그래서 그런지 후텁지근한 기운은 어디론가 밀려가고, 밤이면 제법 서늘한 초가을바람이 창살로 솔솔 스며들고 있소. 처서 보름 전에 오는 입추는 비록 '가을에 들어섬'이라고는 하지만, 여름의 막바지에 기승을 부리는 늦더위에는 오금을 펴지 못하기가 일쑤지. 올해도 마찬가지요. 그러나 처서는 처서답게 여름을 몰아내고 가을을 불러온 듯싶소. 여름내 푸르싱싱하게 자라던 오곡백과는 이제 가을빛을 받아 영글어가고(이곳에서 이것은 그저 상상일 뿐), 하늘은 한결 높고 청정해지고 있소. 참으로 자연의 섭리란 오묘하기 그지없소. 자연은 자연 그대로의 원리에 따라 움직이면서 우주의 삼라만상을 한품에 안아 키워주기 때문에 경망스럽게 쫄랑대는 인간과는 달리, 늘 그토록 대범하고 담담하며 여유작작한 것 같소.

당신은 몇번이고 올해 여름이 유난히도 덥다고 했소. 그런가 하면 지난 겨울에는 또 겨울대로 유별나게 춥다고 했소. 정말로 전에 없이 지난겨울은 추웠고, 이 여름은 더웠을까? 사실 나는 으레 추워야 할 곳, 더워야 할 곳에 몸이 던져졌다고 생각해서 그런지, 게다가 추위나 더위를 갈무리하고 있는 자연과의 맞댐이 극히 제한적이어서 그런지는 몰라도, 나로서는 그 '유별남'을 별로 느끼지 못하고 지냈소. 물론 지난겨울의 동장군이 좀 매섭기는 했지만 말이오. 여기서 분명한 것은 순수한 기온의 높낮이에서 오는 당신의 판단이라기보다는 이곳에서 내가 겪는 추위와 더위를 일심동체의 마음으로 걱정하고 동고동락의 아픔으로 받아들이다보니 실제의 자연기온을 더 심하게 느꼈다는 점이오. 따지고보면 이러한 '체감온도'는 지난 1년 동안 당신이 기울인 온정과 정성에 따라 오르내린 가변(可變)온도, 그 자체일 것이오.

오늘은 당신이 낯설고 으슥한 이곳을 처음 찾아온 날로부터 꼭 1년이 되는 날이오. 그간 당신은 모든 아픔을 가슴속 깊이 묻어둔 채 내 마음에 부담이 될 말은 한마디도 한 적이 없소. 모든 것을 묵묵히 홀로 삭이고 참고 견디면서 기다리고, 또 내·외조 모든 일을 도맡아하고 있소. 그간 외압과 유혹, 냉소인들 얼마나 많았겠소? 그러나 당신은 그러한 내색을 전혀 내비치지 않았소. 당신은 내 앞에서 단 한번(학위가 취소됐다는 것을 전할 때)을 빼고는 눈물을 보인 적이 없소. 손에 수갑을 차고 두 팔이 포승에 묶인 채 마주앉은 그 삼엄한 첫면회에서도 눈물을 보이지 않았지. 그러나 면회를 마치고 돌아가면서 흐느꼈다는 이야기를 전해들었소.

서양에는 "사랑의 고통은 다른 모든 쾌락보다 훨씬 감미롭다"라는 말이 있소. 듣기에 퍽 낭만적인 이 말을 실감하기란 사뭇 어려운 일이오. 누구나가 체험할 수 있는 일은 아니지. '고통'이 '감미롭다'는 이 이율배반적인 말을 해석하기란 간단치 않을 것이오. 당신이야말로 이 말의 화신이라 믿고 싶소. 고통을 쾌락과 감미로움으로 삼는 것은 오로지 훈훈한 애정이 흠뻑 배어 있는 사람에 한해서만 가능한 일이오. 이것은 고통끝에 낙이 있다는 '고진감래'와 맥을 같이하는 말이 되겠소. 따지고보면 '고진감래'도 오로지 애정이 있을 때만이 가능한 것이오. 여기서의 애정이란 이성간의 사랑 말고도 일에 대한 애착도 뜻하는 것이오. 문제는 애정의 힘이 얼마나 강한가에 있지. 애정의 힘은 '고통'과 '감미로움'을, '고진'과 '감래'를 정비례율(正比例律)로 묶어놓는다는 데 있소. 이를테면 고생이 큰 만큼 즐거움도 크다는 뜻이 되겠소.

『탈무드』에는 이런 말이 있소. "이 세상에는 12가지의 강한 것으로 돌·쇠·불·물·구름·바람·인간·공포·술·잠·죽음·애정이 있는데, 돌은 쇠에 의해 연마되고, 쇠는 불에 녹으며, 불은 물에 꺼지며, (…) 이렇게 서로가 서로를 이기다가 죽음이 남아서 죽음이 가장 강한 것처럼 보인다. 그러나 죽음도 애정에게 죽음을 당함으로써 결국 애정이 세상에서 가장 강하다"는 것이지. 세상에서 가장 강한 것이 애정일진대, 그것이 있는 한 투명창이 아니라 무명창(無明窓)이나 철창이 서로를 가로막고 나선들 마음과 마음은 그 장벽을 뚫고 상통할 것이오. 이를 두고 심심상인(心心相印)이라고 하오.

이젠 옥바라지에 너무 신경을 쓰지 마오. 여기도 사람이 사는 동리고 보면 나름대로의 생활이 있소. 없으면 없는 대로, 모자라면 모자라는 대로 살아가는 재미도 있구면. 이제는 환경에도, 생활에도 어지간히 익숙해졌소. 비록 다람쥐 쳇바퀴 돌 듯 반복되는 일상이지만, 꾸미기에 따라 그 '쳇바퀴'를 하루하루 모나게 굴러가게 할 수 있다는 것이 내가 얻은 경험이오. 그래서 나온 것이 '수류화개(水流花開)'란 좌우명이오.

이제부터는 14세기의 세계적 대여행가 이븐 바투타(Ibn Baṭūṭah)가 쓴 여행기의 아랍어원전을 우리말로 완역하고 역주하는 메모작업에 매달리려고 하오. 이 여행기의 완역본은 프랑스어본 외에는 아직 없는 것으로 알고 있소. 완역만 해낸다면 가위 유의미한 학문적 기여라 할 수 있을 것이오.

배고프면 밥먹고, 곤하면 잠잔다

1997. 9. 7.

바둑판만한 뒤뜨락에 햇빛이 비스듬히 스며들었소. 햇빛을 받은 쪽에 있는 몇그루의 민들레에는 노란꽃이 피어 하늘거리고 있지만, 응달쪽에 있는 몇그루는 꽃망울만 터뜨려놓고 햇빛이 다가오기만을 기다리고 있소. 햇빛만 받으면 금세 꽃잎이 방긋 피어날 성싶소. 간발의 차이지만 자연은 이렇게 냉철하고 분명하오.

지난봄 어느 편지엔가 내가 저 흔한, 그래서 더 귀하고 사랑스러운 민들레의 생리에 관해 관찰한 바를 적어 보낸 기억이 나오. 흔히들 꽃은 한철이라고 하지만, 민들레만은 봄과 여름에 이어 이 초가을까지도 철을 가리지 않고 그대로의 일주(日周)변화에다가 연속 꽃을 피우고 있소. 민들레야 말로 시공을 초월한 늘꽃이오. 옆자리에서 교태를 뽐내는 철꽃들의 단명을 비웃기라도 하듯이 말이오. 견물생심(見物生心)이란 '실물을 보면 마음이 동한다'는 말인데, 철창 밖으로 저 늘꽃을 지켜보노라면 어느새 그 소박함과 생명력에 부러움 같은 것이 내심 생겨나오.

지금도 '민들레'라고 말하면 별맛이 안 나지만, 고향사투리로 '무슨들레'라고 하면 어쩐지 정감이 돌고 그 시절이 선히 떠오르오. 이것이 날 때부터 익혀온, 그래서 몸에 흠뻑 밴 사투리의 매력인가보오. 아마 당신이 박경리의 소설 『김약국의 딸들』을 읽는다면 그 속에 나오는 경남지방 사투리에서 무언가 구수한 맛과 멋을 느낄 거요. 어릴 적 나는 두메산골에서 자랐소. 농사철만 되면 하루종일 밭일을 마치고 난 아버지는 소먹이 깔(꼴)을 베시고 어머니는 '무슨들레'를 캐서 한짐 가득 지고 이고 돌아오셨지. 나는 곁에서 이것저것 아버지와 어머니의 일손을 거들어주곤 했지. '무슨들레'는 좋은 돼지먹이요. 살림이 구차한 때라서 집짐승의 먹이는 주로 들판에서 자라는 풀들이오. 그 시절에는 그저 민들레가 흔하고 짐승먹이로 쓰이니 좋은 풀쯤으로만 여기고, 그 깊은 뜻 같은 것은 미처 헤아리지 못했소. 회상컨대, 분명한 것은 온 식구가 민들레처럼 꾸밈없는 수수한 삶을 끈질기게 살아왔다는 사실이오. 그토록 째지게 궁핍해도 민들레 같은 순수함만은 잃지 않았지.

그런 촌뜨기였던 내가 고등학교시절을 기점으로 하여 그 '무슨들레'의 땅을 떠나면서부터는 세진(世塵)에 점철되어 법정에서 판사가 말했다시피 '소설 같은 인생' 역정을 걷게 되었소. 범부(凡夫)들에게는 있을 수 없는 기행(奇行)도 마다하지 않았지. 돌이켜보면 그러한 기행 속에서 얻은 것도 많지만 잃은 것도 없지 않은 것 같소.

흔히들 이러한 범상찮은 운명을 비유해 '새옹지마(塞翁之馬)'라고 하오. 옛날 중국의 변방 요새지[塞]에 사는 한 늙은이[翁]에게 한 필의 말이 있었소. 어느날 그 말이 국경 너머로 도망쳤다가 얼마 후 준마 한 필을 달고 왔으니 불행 중 다행이었지. 그런데 아들이 이 준마를 타다가 낙마해 다리가 부러지는 불행을 당했지만, 오히려 그 바람에 전쟁터에 끌려가 죽음을 당하는 걸 면하게 되었으니 이 또한 전화위복이 된 셈이지. 이렇게 인간사나 인간의 운명은 무상한 길흉화복의 연속과 엇바뀜 속에 있다는 것이 이른바 '새옹지마'란 성어의 뜻이오. 어쩌면 인생의 축도이기도 하지. 서양인들의 인생살이도 이와 진배가 없는데, 그 표현은 좀 다른 것 같소. 『돈끼호떼』의 저자 세르반떼스(M. de Cervantes)는 인간의 "운명은 물레방아처럼 돌고돈다"라고 했소. 이 말에서의 '돌고돈다'는 것은 단순한 순환이나 제자리걸음을 뜻하는 것이 아니라, 길흉화복의 엇바뀜을 빗대어하는 말이오. 이것은 길할 때도 흉에 대비하고, 흉할 때도 길을 믿으라는 인생철학이기도 하오.

인간이란 어차피 '환경의 작품'이라, 환경의 지배를 받다보면 자기의 운명을 자기 마음대로 주체 못하는 때가 종종 있게 마련이오. 그래서 종종 평범(平凡)을 넘어선 비범(非凡)에 도전하게 되는가보오. 문제는 자세요. 고사에 이르기를 "오로지 용덕용행(庸德庸行, 평범한 덕행)만이 본성을 온전히 가꾸어 화평을 불러온다〔完混沌而召和平〕"라고 했소. 어쩌면 맞는 말인지도 모르겠소.

사실 모든 진리는 평범 속에 있는 법이오. 우리가 상식을 강조하면서 '상식 밖의 일'을 나무라는 이유가 바로 여기에 있소. 성인들은 말하기를 "참맛은 다만 담백할 뿐이고, 덕 높은 사람은 다만 평범할 뿐이다〔眞味只是淡 至人只是常〕"라고 했소. 맛 가운데서 가장 담백한 것은 물맛이오. 다른 모든 맛은 사람마다 즐기는 바가 다르고 싫증이 날 때도 있지만, 물맛만은 바로 그 담백함 때문에 모든 사람들이 언제 어디서나 변함없이 즐기고 있으니, 그 맛이야말로 참맛이 아니라고 할 수 없소. 그런가 하면 덕 높은 지인은 자기의 존재를 애써 남에게 알리고 '빼어남'을 자랑하지 않고, 처세가 극히 평범하여 우쭐대는 일이 결코 없는 것이오. 그래서 노자는 "군자는 성대한 덕을 지니고도 용모는 어리석은 것 같다"라고 말했나보오.

불교의 선종(禪宗)에는 "배고프면 밥먹고, 곤하면 잠잔다"라는 경구(經句)가 있소. 너무나 당연하고 명약관화(明若觀火)한 말이지만, 그 속에는 곱씹어 되새겨야 할 깊은 뜻이 담겨져 있소. 쓸데없는 양념을 치지 않은 담백하고 순수하고 평범한 삶이 진짜 삶이라는 도리를 설파하고 있소. 사실 이러한 삶을 살아갈 때만이 여유가 생기고 평온이 유지되는 것이오. 또한 이 경구는 모든 일은 순리를 따라야 한다는 깨우침이기도 하오. 순리대로 하면 성공하고, 억지를 부리면 실패하게 마련이오. 인생에서 억지논리는 금물이오. 크고 작은 일에서 역리(逆理)를 고집하다가 망하는 것을 우리는 심심찮게 보고 있소.

이제 며칠 있으면 햅쌀로 송편을 빚고 조상께 차례를 올리며 한가위 보름달을 맞는 우리네 즐거운 명절 추석이오. 시름을 털어버리고 즐거이 명절을 보내기 바라오.

달에 관한 단상

1997. 9. 16.

휘영청 한가위 보름달의 월색을 만끽할 수는 없어도, 아련한 월파(月波, 달그림자가 비치는 물결)에 손등이라도 한번 적시기를 기대했는데, 그만 거품으로 돌아가고 말았소. '올리와'인가 뭔가 하는 태풍이 태평양에서 몰아닥쳐오는 바람에 말이오. 올해 들어 열아홉번째 태풍이고보면 이제 태평양도 별로 '태평'스럽지 못한 바다가 돼서 꽤 소란스러워보이오.

45억년 전에 만들어진 지구에 무언가 심상찮은 변화가 서서히 일어난다고 들 하오.

그러나 제아무리 악스럽게 휘몰아쳐도 그저 허허공공(虛虛空空)의 이 한 귀퉁이에 잠시 마뜩찮은 구름 한조각을 덮어놓았을 뿐, 만월은 만월대로 저 창창한 하늘가 어디에 두둥실 떠있을 것이오. 그것이 이 밤 우리 모두가 마음속에 그리는 보름달이 아니겠소? 그래서 나는 이 캄캄한 야삼경(夜三更)을 월삼경(月三更, 달이 뜬 한밤중)이나 월명야(月明夜, 달 밝은 밤)로 자리바꿈시켜 은은하고 천연한 달빛과 달빛물결에 마냥 넋을 잠그고 있는 것이오. 정말로 베토벤(L. Beethoven)의 「월광곡(月光曲)」같은 야곡(夜曲)이 간절한 밤이오.

천문학적으로 보면 달은 지구의 위성으로서 꼭 한달에 한번씩은 지구의 주위를 빙빙 돌면서 태양과 지구의 관계를 참 오묘하게도 조절해주고 있소. 태양에 대한 달의 위치가 어떠한가에 따라서 지구에서 본 달의 모양새가 초승달〔新月〕이니 보름달〔滿月〕이니, 그리고 상현(上弦)이니 하현(下弦)이니 하는 식으로 달라지지. 이 모양새에 따라 우리가 사는 지구의 밤이 '캄캄한 밤'인가 '달밤'인가 하는 것까지 결정되오. 이러한 '조화'를 부리다보니 달은 인간에게 때로는 신비로운 존재로, 때로는 동경의 대상으로 안겨오는 것이오. 그래서 달을 빗댄 갖가지 기담과 미담이 생겨나고, 숱한 시인들에게 시상의 날개가 돋게 하는 것이오.

더욱이 자연을 소중히 여기고 자연과의 어울림을 삶의 철학으로 승화시킨 우리 동양인들, 특히 우리 한국인들은 늘 달을 상서로운 영물로까지 여기면서 거기에 온갖 진선미의 상징성을 부여하였소. 아름다운 얼굴 가운데서 '월용(月容, 달같이 환하게 생긴 얼굴)'이 단연 으뜸이고, 전설로는 월궁(月宮) 속의 선녀 항아(姮娥)가 절세의 미인이라고 하오. 사람의 행동거지에서 아주 점잖은 태도와 모습을 '달처럼 밝고 꽃처럼 아름다움〔月態花容〕'에 비유하오. 그런가 하면 훌륭한 문장을 칭찬하여 '달과 별처럼 빛나

© 이상학

한가위 보름달 월색을 만끽할 수는 없어도,
아련한 월파에 손등이라도 한번 적시기를 기대했다.

는 문장〔月章星句〕'이라고도 하오. 이렇게 달은 우리의 마음속에 늘 아름다운 모습으로 떠 있소.

어릴 적에 너나없이 부르던 '달아 달아 밝은 달아'의 동요 속에 나오는 계수나무는 사실인즉 하나의 상상이고 상징에 불과하지, 결코 달 속의 실물은 아니지 않소? 얼마나 사람들이 달을 동경했으면 그 속에 계수나무가 있다고 미루어 생각하면서 그것을 옥도끼로 찍어내고 금도끼로 다듬어내 무언가 진기한 것을 만들고 싶어했겠소? 그런데 아이러니하게도 지구상에는 그 상상을 낳게 한 나무가 실제로 존재하고 있소. 동양의 계수(桂樹)와 서양의 월계수(月桂樹)가 바로 그것이오. 그렇지만 녹나무과의 같은 수종인데도 동양의 계수는 향기를 뿜는 껍질인 계피(桂皮)로 인간에게 유용한 향료를 제공해주지만, 서양의 월계수는 그 가지나 잎으로 테를 틀어 승자의 징표로 월계관이나 만드는 데 쓰이고 있소. 달 속의 '계수나무'가 인간에게 베푸는 천은도 이렇게 동서양이 서로 다른가보오. 이것이 바로 문명의 차이인 것이오. 그저 차이일 뿐, 우열은 아니오.

오래간만에 월색을 더듬다보니 문득 월하노인(月下老人)에 관한 전설이 떠오르는구려. 중국 당나라 때 위고(韋固)라는 늙은 총각이 장가를 못가 허둥대다가 여행길에서 우연히 달빛 아래에 앉아 있는 한 늙은이(저승에서 온 신비스런 노인)의 신력(神力)으로 태수의 예쁜 딸과 결혼했다는 이야기요. 그래서 부부의 인연을 맺어준 사람을 '월하노인'이라고 하지. 나는 노인의 신력이라기보다 차라리 달의 신력으로 해석하고 싶소. 왜냐하면 인간의 마음속에 달은 항시 아름다움과 원만함, 그리고 동경으로 자리하고 있기 때문이오.

8월 추석은 달이 연중 가장 둥글고 밝은 날이오. 그래서 추석과 둥근달은 동의어나 다름없소. 추석은 땀흘려 가꾼 오곡백과가 무르익어 가장 즐거운 때에 맞는 전통명절이오. 나는 오늘 아침에 이 비좁은 독거감방에서 조상께 조출한, 그러나 정성을 모아 차례를 올렸소. 당신이 들여보낸 몇가지 식품과 수도(하루 세 번 30분씩 시간제로 물이 나오는 수도)에서 선참으로 뽑은 정화수 한 그릇을 차려놓고 북녘을 향해 절을 올렸소. 상이래야 땅바닥에 깐 신문조각이오. 홍동백서(紅東白西) 같은 차례법은 애당초 좇을 수가 없었지만, 불효막심을 자성하면서 큰절을 하고 또 했소. 지난 구정과 한식에 이어 이번이 세번째요. 나 자신을 확인하고 나 자신에로의 회귀를 위한 자정의 표출이기도 하지.

지난번 면회에서 당신은 나더러 송편을 빚어봤냐고 물었지. 내가 못해봤다고 대답하자 당신은 좀 의아해하더군. 그러나 내 인생역정을 알고나면 이해가 갈 것이오. 나는 내 인생의 3분의 2를 추석이 없는, 추석을 외면해야 하는 환경에서 보냈소. 그렇다고 마음속에서 지워버린 것은 아니었소. 거기에 어릴 적 내 고향에서는 비록 추석을 고유명절로 즐겁게 쇠기는 했지만, 워낙 척박한 고장에 가난한 살림이라서 명절을 제대로 쇨 수가 없었소. 떡붙이라곤 차조를 메로 쳐서 만드는 누르끄레한 '찰떡'이 고작이었소. 부잣집 잔치에 가서나 인절미나 시루떡 같은 것을 구경했소. 추석음식으로 달의 모습을 본떠 만든 송편은 있었는지 없었는지 기억조차 안 나오.

한가위는 우리의 민족적 정취가 흠뻑 젖어 있는 우리만의 명절이오. 어떤 이는 우리의 한가위를 미국의 추수감사절에 곧잘 비교하는데, 이것은 실로 어불성설이오. 왜냐하면 그 역사적 유래나 내용이 서로 판판 다르기 때문이오. 우리 한가위의 역사는 신라 유리왕(儒理王) 때부터이니 근 2천년을 헤아리오. 이날에 우리는 조상의 은덕을 기리고, 그에 보답하기 위해 차례를 올리고 벌초와 성묘를 하는 것이오. 그러나 미국의 추수감사절은 그 역사가 4백년도 채 안되거니와, 명절이라고 기리기에는 꺼림칙한 점도 없지 않소. 추수감사절은 17세기 초엽에 영국청교도들이 북아메리카에 이주하여 원주민들을 몰아내고 첫 농사를 지은 해에 추수한 곡식에 칠면조를 잡아놓고 하느님께 감사한 일에서 유래된 것이오. 그렇다보니 날짜도 가을이 아닌 11월의 어느 날로 잡고 있지. 굳이 까밝힌다면, 이 추수감사절이란 것은 토착 인디언들을 몰아내고 그들에게서 빼앗은 땅에 농사를 짓게 보살펴준 하느님께 감사한다는 뜻의 명절인 셈이오. 그렇다면 이 명절이야말로 적어도 그 절반은 '감사답지 못한 감사'로 얼룩진 감사절이라고 말해야 옳을 것이오.

고요만이 감도는 월삼경에 달과 한가위에 관한 단상을 몇줄 적었소.

우리만의 단풍

1997. 10. 5.

어느덧 추삼삭(秋三朔, 음력 7~9월)의 막달에 접어들었소. 여기 나지막한 청계산자락을 메운 숲에도 얕은 연둣빛에 불그스레한 반점이 간간이 드러나고 있는 것으로 보아 정녕 가을은 깊어만 가고, 산야는 단풍으로 옷을 갈아입을 채비를 서두르고 있는 것 같소. 지금쯤 저 설악은 단풍으로 막 불타고 있겠지.

내가 가끔 청계산 자락이니 마루니 하는 얘기를 하는데, 물론 이곳이 산기슭에 자리하고 있어서 하는 소리이지만, 사실은 산자락이나 산마루를 아무 때나 볼 수 있는 것은 아니오. 하루에 단 한 번만 볼 수 있으니, 그것은 밖에 나가는 운동시간(한 시간) 때이지. 또 본다고는 하지만 극히 제한된 시계 내에서의 일이오. 운동장은 높은 주벽으로 둘러싸여 있는 터라서 가까운 곳은 아예 시야에 들어올 수 없고, 적어도 10여리의 먼 곳부터가 자연의 모습으로 눈에 비치는 것이오. 이를테면 자연과의 만남에서조차도 제한적일 수밖에 없는 처지요.

단풍은 우리 겨레가 받아안은 천혜의 신비스럽고 황홀한 대자연의 파노라마요. 9월 초 성산 백두산에서 피어오르기 시작한 단풍은 백두대간을 주름잡아 하루에 수십km씩 남하하여 묘향산, 금강산, 설악산, 지리산을 물들이고 나서 마지막으로 바다 건너 한라산까지 잇따라 감싸주지. 그 조화가 또한 신비로워, 하루에 약 50m씩 산마루에서 산자락으로 내리 단장을 해주지. 이렇게 단풍은 우리 강산을 온통 울긋불긋한 가을산유화로 물결치게 하고 있소. 그것도 마치 불타는 꽃으로 입체적 퍼레이드를 펼치듯 말이오. 이것은 봄철에 펼쳐지는 진달래의 퍼레이드와 더불어 우리만이 누릴 수 있는 대자연의 장관이오. 그래서 우리는 우리 강산을 자랑스러운 금수강산이라 일컫는 것이오.

누군가가 우리의 단풍을 3홍(紅)에 비유했소. 산을 불지르고 있으니 산홍(山紅)이요, 계곡을 붉게 물들이고 있으니 수홍(水紅)이요, 바라보는 사람의 얼굴을 발그스레 달아오르게 하니 인홍(人紅)이라는 거지. 참 근사한 묘사요. 물론 식물학적으로 보면 대기의 변화에 따라 나뭇잎의 엽록소가 분해되어 엽황소(葉黃素)로 변하거나, 또는 화청소(花靑素)가 붉게 변한 것이 단풍임에는 틀림이 없어서 우리와 비슷한 기후를 가진 다른 나라에도 나름대로의 단풍이 있기는 하오. 그런데 그네들의 단풍은 이 딱딱하고 고지식한 자연의 변화규칙만큼이나 도식적이고 단조로우며, 그저 일순의 깜짝쇼에 불과하오.

그러나 우리의 단풍은 전혀 차원을 달리하는 것이오. 우리의 단풍은 그 색조가 추색(秋色)에 걸맞게 산뜻하면서도 온후하고 다채로울 뿐만 아니라, 그 퍼짐이 또한 율동적이어서 우리에게 남다른 추흥(秋興, 가을의 흥취)을 안겨주고, 자연의 신비를 가르쳐주고 있소. 이런 단풍의 멋이야말로 우리가 아니고서는 언감생심(焉敢生心) 그려낼 수가 없는 화폭이고 멜로디요. 그래서인지 우리의 단풍을 외국말로 그대로 옮겨놓기란 거의 불가능하다고 하오. 예컨대, 영어로 옮긴다면 'turn red'(붉게 되다) 'be tinged with red'(붉게 물들다, 붉은색을 띠다) 따위가 고작인데, 도대체 여기에 우리의 신묘하기까지 한 단풍의 멋이 배어 있다고 할 수 있겠소? 단풍은 실로 우리의 소중한 물적·지적 자산이고 자랑거리가 아닐 수 없소. 세상 어디에 가봐도 이렇게 멋진 자연풍광은 찾아볼 수 없소.

우리는 해마다 이맘때면 반드시 계절행사처럼 명산을 찾아 단풍나들이를 다녀왔지. 나는 이제 두 해를 거르게 되었고, 앞으로 또 몇해 몇번을 더 걸러야 할는지? 지금은 도무지 헤아릴 수가 없으니 차라리 바람을 접는 것이 마음 편할 것 같소. 그렇지만 그때 누렸던 그 멋과 맛을 좀더 만끽할 걸 하는 후회가 드는 건 어쩔 수 없구려.

추흥을 더해주는 데는 단풍과 함께 추수(秋水, 가을의 맑은 물)나 천고마비(天高馬肥)라는 말이 있소. 지금은 어디라 할 것 없이 인위적인 공해로 인해 사철을 가리지 않고 산천이 오염돼가고 있지만, 본래는 일년 중 가을물이 가장 맑다고 하오. 그래서 맑고 깨끗한 얼굴을 '추수'에 비유하기도 하지. 근심이나 걱정, 슬픔이나 아픔이 없었던들, 인간은 원초적으로 이 해맑은 추수의 얼굴을 하고 있었을 것이오. 그렇게 되면 인간은 흐르는 가을물처럼 심신이 맑고 깨끗하여 항시 청춘이고 행복하여 정말로 '수류화개'의 삶을 살아갈 것이오.

그리고 우리는 흔히 가을을 천고마비의 계절이라고들 하오. 뜻인즉, '하늘이 높고 말이 살찌는' 가을이라는 것인데, 하도 귀에 익은 말이라서 그저 그런가보다 하고 무심히 넘겨버리지. 그러나 그 어원을 따지고보면 우리의 가을과는 아귀가 맞지 않는 말이오. 옛날에 흉노인들이 중국의 북방을 자주 침범해오던 시절, 당나라 시인 두보(杜甫)의 할아버지가 흉노와의 싸움에 출정하는 친구에게 시를 한 편 써주었는데, 그중에 "가을 하늘 높으니 변방의 말 살찌네〔秋高塞馬肥〕"라는 구절이 있었소. 이 말이 후에 '천고마비'로 와전되었다고 하오. 초원에 사는 흉노인들은 가을철이면 말을 살찌워서는 겨울 준비를 위해 타고 달려와서 노략질을 일삼곤 했던 것이오. 그래서 그가 이렇게 읊었다고 하오. 이렇듯 본래 흉노인들이 '맑게 갠 가을날에 살찐 말을 타고 쳐들어오는 것'을 묘사한 글귀인 천고마비는 가을이라는 계절의 상징어가 아니었소.

그러나 그 고사성어를 견강부회(牽强附會)적으로 받아들인 우리네 선인들은 나름대로 우리의 가을풍경에 짜맞추어 그 뜻을 '하늘이 맑고 모든 초목이 결실하는 풍요로운 가을철'을 일컫는 말로 변조했던 것이오. 결국 원래의 뜻과는 한참 멀어지게 되었소. 중국사람들조차 별로 쓰지 않는데다가 말도 많이 기르지 않는 우리나라지만, 이 말은 어느새 가을철의 상징어로 둔갑해버렸소. 나는 이 말을 들을 때마다 한번쯤 자성해보곤 하오. 남의 것을 무턱대고 받아들이다보니 뜻도 제대로 알지 못하고 어설프게 마구 써대는 이런 유의 말들이 적지않다는 것에 자괴마저 느끼오. 특히 고사성어 같은 것은 특정 지역의 사회풍토를 반영해 만들어진 고유의 것이므로 모든 지역에서 한결같이 통용될 수가 없는 것이오. 단풍이 그러하듯이, 우리에게는 우리의 삶에 걸맞은 우리만의 것이 따로 있게 마련이오. 물론 고사성어를 비롯해 남의 좋은 것은 받아들일 수도 있지만, 이 경우에도 통째로 삼켜서는 안되고 우리의 실정에 맞게 덜 것은 덜고 고칠 것은 고쳐가면서 받아들여야 하는 것이오.

각설하고 추흥으로 다시 돌아오면, 우리의 가을이야말로 단풍처럼 아름답고 추수처럼 맑고 오곡백과가 무르익는 풍요로운 계절이오. 그러나 천지조화로 말하면 이것도 잠시일 뿐이오. 이제 얼마 안 있어 바람[秋風]에 단풍이 지고, 서리[秋霜]에 초목이 기죽고, 삭풍(朔風)에 하늘이 무겁게 가라앉고, 물[秋水]에 얼음이 끼면 추흥은 가뭇없이 사라지고 '쓸쓸한 가을기운[悲秋之色]'만이 감돌 것이오. 그때가 되면 추흥은 한낱 회심으로만 남고, 겨울이라는 새로운 도전의 안내를 받게 되겠지. 이것이 바로 자연의 흐름이오. 가는 인생, 오는 인생, 인생도 아마 그런가보오.

아무쪼록 때를 놓치지 말고 단풍나들이를 다녀오오.

자유에의 사랑은 감옥의 꽃

1997. 10. 25.

사흘 전, 꼭 한달 만에 법정에 출두하면서 대자연과의 만남이 있었소. 비록 달리는 호송차에서 철사로 촘촘히 엮은 동전닢만큼의 유리창문을 간신히 뚫고 바라본 자연이지만, 그렇게 반가울 수가 없었소. 며칠 전까지만 해도 저 멀리 청계산마루에서 울긋불긋한 반점만을 희미하게 드러내던 단풍이 어느새 여기 평평한 안양거리에도, 나지막한 남태령고갯길에도 온통 노랗고 빨간 물감으로 듬뿍 칠한 듯 짙게 내려앉았소. 한나절의 햇빛을 받아 반짝이는 단풍잎은 마냥 황홀경으로 눈부시기만 했소.

해마다 맞이하던 단풍가절이건만 이렇게 문자 그대로 3홍(紅)으로 불타는 단풍의 아름다움을 느껴본 적은 일찍이 없었소. 당장 그 속에 파묻혀 뒹굴면서 그 내음을 만끽하고픈 격정을 억누를 수가 없었소. 이런 마음이 간절할수록 어쩐지 단풍은 나를 외면하면서 그저 교태스럽게 나를 노려보고, 그 품에서 나를 자꾸 떠밀어내는 것만 같았소. 그러나 이것은 한낱 자기도취적인 환각에 불과하지. 너무나 가까이하고픈 충동에서 오는 환각 말이오.

나무는 결코 인간을 멀리하거나, 인간 앞에서 뽐내는 법이 없소. 아무 욕심 없이 묵묵히 서서 열매를 맺어서는 인간에게 선사하고, 새들에게 보금자리를 마련해주고, 곁에서 꽃이 화사함을 자랑해도 시샘할 줄 모르고 담담하며, 폭풍우가 불어닥쳐도 의젓이 맞서고, 한여름이면 발치에 그늘을 드리워 지친 길손들을 쉬어가게 하고, 가을이면 또 가을대로 오색단풍으로 사람의 마음을 수놓아주는, 그러한 갖가지 음덕(陰德)을 베풀어주는 것이 바로 나무요. 이럴진대, 내가 나무 앞에서 환각으로나마 버림과 고독을 느끼게 된 것은 결코 그 속으로 자유로이 다가갈 수가 없었기 때문이지. 양손에 수갑이 2중으로 채워지고 두 팔이 꽁꽁 묶인 채 쏜살같이 달리는 호송차의 고정좌석에 부동정좌해야만 하는 피수(被囚)에게 자유는 한낱 꿈이지. 일말일순의 자유만 있었던들, 나는 단풍 속에 내 몸을 던졌을 것이오.

자유, 그것이 얼마나 소중하고 간절한가! 유명한 독일시인 하이네(H. Heine)는 이렇게 말했소. "자유에의 사랑은 감옥의 꽃이니, 감옥에 갇혀보아야 비로소 자유의 가치를 알 수 있다"라고. 정말로 실감나는 명언이오. 그러면 '자유의 가치'란 과연 무엇인가? 황금빛 단풍이 찬연한 안양의 은행나무거리를 스치듯 지나가면서 나는 문득 "자유는 한번 싹트면 엄청난 속도로 자라는 나무다"라고 한 미국의 초대대통령 워싱턴(G. Washington)의 말이 떠올랐소. 바로 무럭무럭 자라는 나무와 같다는 데 자유의 가치가 있는 것이오.

인간은 자유로울 때만이 나무처럼 의젓하고 당당하게 삶의 새싹을 틔우고, 삶의 가지를 펼치고, 삶의 꽃을 피워 종당에는 열매를 따게 되는 것이오. 비록 그 과정에 우여곡절이 따르고, 그 결과가 여의치않더라도 자유로웠다면, 그것은 그 나름대로의 가치와 보람이 있는 삶인 것이오. 그래서 누군가가 "사슬에 묶여서 똑바로 걷는 것보다 자유로운 상태에서 비틀거리며 걷는 쪽이 훨씬 더 낫다"라고 말했나보오. 진정 내가 육체적 불구가 되어 비틀거려도 자유롭기만 했다면 결코 은혜로운 자연에 대해 '배신감'을 느끼지는 않았을 것이오.

이렇게 사흘 전 자연과의 만남에서 느닷없는 감흥을 맛보았다면, 오늘은 또다른 만남의 그날을 아름다운 추억으로 그려보오. 오늘은 우리의 첫 만남이 있은 지 꼭 열번째 해가 되는 날이오. 그날도 남산에는 막바지단풍에 한두 잎 낙엽이 지기 시작했지. 당신이 바바리코트를 걸쳤던 것으로 미루어 그날은 좀 쌀쌀한 날씨였지 싶소. 만남은 언제나 일회적이고 반복되지 않지만, 추억은 그렇질 않소.

십년이면 강산도 변한다고 하오. 우주만물의 하나하나를 떼어놓고 보면 그 변함에는 생성과 도태가 함께하고 있지만, 총체적으로 보면 생성의 연속인 것이오. 왜냐하면 도태는 새로운 생성을 낳기 때문이지. 이것이 만유(萬有)의 변증법이오. 단풍이나 낙엽의 생성과 도태라는 자연의 섭리는 그때나 지금이나 다를 바가 없지만, 오늘의 단풍이나 낙엽이 그날의 단풍이나 낙엽과 꼭 같을 수는 없소. 이것이 바로 불변 속의 변화이고, 변화 속의 불변인 것이오. 문제는 변하지 말아야 할 것이 변하고, 변해야 할 것이 변하지 않는 데 있소.

삶의 반려로서의 우리의 만남과 사랑, 믿음은 강산이 한번 변한다는 십년을 지내왔지만, 또 그 속에서 모자람도 있었고 시련도 겪었지만, 결코 호락호락 변하지는 않았소. 오히려 더 다져지고 굳건해졌다고 나는 감히 자부하오. 그 주역은 당연히 당신이오. 나는 그저 조역, 그것도 부실한 조역이었을 뿐이오.

원래 인생이란 만남에서 시작되고 만남에서 끝나는 만남의 과정인 것이오. 인간과의 만남을 떠나서는 인생 자체가 무의미할 뿐만 아니라, 있을 수도 없는 것이오. 그런데 이러한 만남은 일기일회(一期一會), 즉 일생에 단 한번밖에 없는 인연인 것이오. 똑같은 만남이란 두번 다시 없다는 뜻이겠소. 그래서 그 만남 하나하나를 소중히 여기어 헛되이 하지 말며 깊이 간직하고 오래도록 기려야 하는 것이오. 그중 사랑으로 이어진 만남은 행복과 창조의 만남이기에 더더욱 그러하오. 그래서 행복한 만남은 부르지 않아도 찾아오며, 밀어내면 밀어낼수록 더 가까이 다가온다는 말이 나온 것 같소.

만남이 단 한번밖에 없는 인연이라고 한다면, 분명 그것은 운명으로 지어지는 일이라고밖에 달리 해석할 수 없소. '운명' 하면 흔히들 신에 의한 예정(豫定)이나 정명(定命), 어쩔 수 없는 숙명쯤으로 생각하기 일쑤인데, 결코 그렇지 않소. 우리가 운명이라고 하는 일에는 반드시 어떠한 원인이 전제되어 있소. 세상만사에 우연이란 있을 수 없소. 말하자면 운명은 인과율(因果律)의 수동적 산물인 것이오. 불교의 인과응보(因果應報)는 이에 상응하는 개념이겠소. 따라서 운명은 얼마든지 능동적으로 개척하고 바꾸어나갈 수 있는 것이오. 프랑스작가 빅또르 위고는 "운명은 화강암보다 단단하지만, 사람의 양심은 운명보다 더 단단하다"라는 유명한 말을 남겼소. 비록 보기에는 운명이 화강암보다 더 단단하여 도저히 가공할 수 없을 것 같지만, 세상에는 운명보다도 더 단단한 양심이라는 것이 있어서 운명쯤은 능히 마음대로 요리할 수 있다는 뜻이 되겠소. 운명의 주인은 어디까지나 나 자신이오. 그렇소, 참된 양심으로 살아갈 때 운명은 초연하게 길을 비켜설 것이오. 운명의 멍에에 짓눌려 가쁜 숨만을 몰아쉴 것이 아니라, 양식과 용기를 가지고 새로운 운명에 끊임없이 도전해야 할 것이오. 운명은 족쇄가 아니라, 개척을 위해 존재하는 것이오.

만남이 인연이고 운명이라면, 새로운 만남을 위한 헤어짐도 인연이고 운명일 수밖에 없을 것이오. 만남과 헤어짐을 이야기할 때, 흔히 "태어난 자는 반드시 죽게 되고, 만나면 헤어지게 된다[生者必滅 會者定離]"라는 불가의 말을 곧잘 인용하곤 하오. 만나면 헤어지게 된다는 '회자정리'는 어디에나 집착함이 없이 늘 구름과 물처럼 살아서 움직이는 운수납자(雲水衲子, 납자는 누덕누덕 기운 헌옷을 걸치고 다닌다는 뜻에서 불승을 가리킴)에게는 토를 달 수 없는 당연지사이지만, 보통사람에게도 만남의 연속이 곧 인생이라고 할 때, 새로운 만남을 위해 헤어지는 것은 어쩔 수 없는 필연인 것이오. 헤어져야 새로운 만남이 있으니까. 만남과 헤어짐은 한 사슬 속의 두 고리에 불과하오. 이 또한 오묘한 변증법이오. 이러한 도리를 단순화하거나 견강부회적으로 해석하여 일상의 분쟁이나 배신, 심지어 이혼 같은 것을 합리화하는 것은 실로 어불성설이 아닐 수 없소.

늘 만남을 새로이 하여 그날의 만남을 더욱 빛내야 할 것이오. 내내 안녕히.

유종의 미

1997. 11. 23.

얇은 어둠이 아직 대지를 갈무리하는 이른 새벽에 나는 잠에서 깨어났소. 불현듯 일어나는 설레임을 가까스로 가라앉히며 만추의 새벽기운에 잦아들었소. 제법 한기가 느껴지오. 그도 그럴 것이 절기로는 어제가 소설(小雪)이었으니까. 소설은 어림잡아 가을의 끄트머리이고 겨울의 문턱이오. 헌데 소설날 난데없이 비가 내렸으니 자연의 혼미라고 할지, 세월의 변조라고 할지, 아무튼 이만저만한 변태가 아니오. 근년에 가끔 있는 일이지.

그러나 제아무리 변태를 부려도 시간은 시간대로 분초를 헤아리며 흘러가고 있소. 그래서 우리는 오늘 또 한번 쌍숙쌍비(雙宿雙飛, 함께 자고 함께 난다. 즉 부부란 뜻)의 첫발을 내딛던 그날을 맞게 된 것이오. 제주도의 허니문 나들이가 눈앞에 선하오. 이른 아침 설레임이 일어난 까닭이 바로 여기에 있소.

어느덧 새날이 희끄무레 밝아오고 있었소. 숲속에 스며드는 새벽빛에 단잠을 깬 참새 몇마리가 오늘도 어김없이 창가에 찾아와 지절거리다가 내가 깨어난 것을 확인하고는 어디론가 날아가버렸소. 하루도 거르지 않고 아침마다 찾아와 인사해주는 저 천사 같은 참새가 그토록 귀엽고 사랑스럽고, 또 고마울 수가 없소.

참새가 자리를 뜨고나면 나도 모르게 눈길이 닿는 곳은 뒤뜨락에 옹골차게 서 있는 한 그루의 국화요. 요즘은 이렇게 참새의 새벽인사를 받고, 국화와 눈맞춤을 하는 것으로 내 하루가 시작되오. 참새의 지저귐은 기상 멜로디이고, 국화와의 눈맞춤은 기상신호인 셈이지. 자연은 순수하고 질박하며 가식이 없소. 사람이 자연을 외면하면 외면했지, 자연은 사람을 외면하지 않고 늘 한품에 안아 반가이 맞아주고 있거든.

봄과 여름에는 몇포기의 민들레와 벗하다가 가을에 접어들면서는 국화와 줄곧 벗삼아 속삭이고 있소. 거친 들에서 갖은 풍상을 겪으면서 어엿하게 자라는 화초야말로 자연의 섭리 그대로를 실토해주고 있는 성싶소. 이 한 떨기 국화는 가을내내 싱싱한 노란꽃 여남은 송이를 소담스레 피우고 있소. 일시 녹음방초와 난만(爛漫)을 뽐내며 흐늘거리던 오색화초는 이제 가뭇없이 그 교태를 감추어버렸건만, 저 국화만은 벌써 몇번이고 서리와 눈까지 맞아가면서도 여태껏 저렇게 싱그럽고 화사하게 연신 꽃망울을 터뜨리고 있소.

고사에 '열흘의 국화(十日之菊)'라는 말이 있소. 국화는 음력 9월 초아흐레가 한창인데, 그 다음날인 열흘만 돼도 이미 한물간다는 뜻으로서, 이미 때가 늦었다는 것을 말하는 성구(成句)요. 그러면서 이 말에는 조금만 늦어도 결국 늦은 것이라는 뜻을 강조하는 뉘앙스가 있소. 음력 9월 초아흐레면 양력으론 10월 중순께요.

나는 초가을부터 저 국화의 꽃핌을 줄곧 지켜봤소. 하루에도 몇번씩 눈여겨보곤 하지. 말로는 10월 중순이 '한창'이라고 하지만, 그때가 지난 지한 달이 훨씬 넘었는데도 저렇게 싱싱하고 의젓하니, 도대체 언제가 '한창'이고, 언제가 시들먹한 때인지 종시 알아차릴 수가 없구면. 신기로운 것은 또한 눈서리를 맞고 영하의 삭풍에도 꽃모습이 그대로임은 물론이거니와, 꽃송이나 가지가 조금도 흐트러짐이 없이 담찬 자세로 꿋꿋이 서 있다는 사실이오.

정말로 국화야말로 백화(百花) 중에서 유종의 미를 장식하는 꽃 중의 꽃이라는 것을 새삼스레 느끼게 되오. 그래서 국화를 일컬어 부귀공명을 바라지 않고 오로지 덕만을 쌓고 도만을 닦는 은군자(隱君子, 은거한 군자)라고 했던가? 또 그러기에 국화는 귀중한 약재나 양조(釀造), 향료 같은 데 널리 쓰이는 기특한 귀화(貴花)라고 했던가? 그러나 뒤늦게 홀로 피어, 그것도 남보다 장수하여 자연의 세례를 더 많이 받는다 해도 보기에 사뭇 쓸쓸하고 애처로움이 전혀 없지는 않소. 그렇지만 역설적으로 바로 여기에 국화의 매력과 우리에게 주는 메씨지가 있는 게 아닌가 싶소. 외롭게 풍상을 이겨내면서 유종의 미를 거두는 모습이 얼마나 장하오.

'유종의 미'란 한번 시작한 일은 끝까지 잘 마무리하여 훌륭한 결과를 얻는다는 뜻이오. 오늘을 맞아 국화가 우리에게 주는 유의미한 메씨지가 바로 그것이오. 격랑이 일렁이는 항로에서 사랑과 믿음의 조타를 튼튼히 잡고 국화답게, 국화의 꿋꿋함과 의젓함, 생명력으로 일로항진한다면 우리는 인생의 피안(彼岸)에서 바라던 유종의 미를 거두게 될 것이오.

격동의 나뽈레옹시대를 산 프랑스작가 스땅달(Stendhal)은 "사랑에는 오직 사랑하는 사람을 행복하게 하는 법칙 하나밖에 없다"라고 했소. 이 말에는 두 가지 큰 뜻이 담겨져 있다고 풀이할 수 있겠소. 하나는, 이러한 법칙, 즉 사랑하는 사람을 행복하게 하는 법칙대로 행동할 때 진정한 사랑이 이루어질 수 있다는 사랑의 요인이고, 다른 하나는, 이러한 법칙대로 사랑을 가꾸어나가야 한다는 사랑의 독려인 것이오. 기왕 법칙이라면 여기에는 지킴과 어김 양자택일밖에 없으니, 나는 '범법자'일 수밖에 없구면……

누군가가 "성공적인 결혼이란 매일 함께 개축해야 하는 건물과 같다"라고 말한 바 있소. 십분 지당한 말 같소. 결혼이란 완공된 건물이 아니라 주춧돌이나 놓은 애벌집으로서, 일단 서로가 입주해 살면서 하나하나 다듬고 고치고 단장함으로써 건물의 완공에 이르게 된다는 뜻이겠소. 서로가 서로를 행복하게 하는 '사랑의 법칙'이 지켜질 때, 백년대계의 집은 비로소 지어지고 백년해로의 길은 드디어 탄탄히 트이게 될 것이오.

인간, 특히 불우한 인간에게 기릴 수 있는 날이 있다는 것은 퍽 다행스러운 일이오. 그것이 단순한 어제의 회상이나 반추가 아니라, 오늘의 활력소가 되고 내일의 희망으로 번질 때, 그 의미는 더욱 크다고 하겠소. 우리는 기려야 할 그날들을 늘 소중히 간직하고 뜻있게 맞이해야 할 것이오.

겨울이 서서히 다가오고 있소. 난방도 제대로 가동하고 식사도 제때에 챙겨 겨우내 건강에 만전을 기하기 바라오.

지성인의 인생패턴

1997. 12. 19.

정축년도 가물가물 역사의 뒤켠으로 사라져가고 있소. 한해를 보내면서 흔히들 '다사다난(多事多難)했다'는 말로 그해를 결산하곤 하지. 어쩌면 틀 없이 복잡다단한 오늘을 자유분방하게 살아가는 사람들에게는 이 말이 별 하자가 없겠지. 그러나 나에게는 그렇게 번다한 일에 어려움이 많고 분주한 해는 아니었던 것 같소. 그저 다람쥐 쳇바퀴 돌 듯 끝도 밑도 없는 일상을 반복만 했으니 말이오. 이런 의미에서 나에게는 '다사다난'이 아니라 '일사일난(一事一難)', 좀더 나아가면 '일사다난(一事多難)'의 한해라고 해도 무방할 것 같소.

이제 며칠이 지나 26일에 최종선고가 내려지면 이 '일사일난'도 세모와 더불어 일단 마무리될 것이오. 연거푸 벌어진 재판이 일년내내 지겹기까지 한 '일사일난'의 굴대로서 나를 휘저어놓았으나 이제는 종지부를 찍을 때가 되었나보오. 돌이켜보면 의아하게도 나의 이 '일사일난'이 도리어 당신의 '다사다난'을 가중했소.

우리는 '소의 해' 벽두에 다짐한 대로 묵묵히 우보천리(牛步千里)하여 나름대로 행사극난(行事克難, 일을 진행하고 어려움을 극복함)하면서 오늘에 이르렀소. 이 소걸음의 자국마다에는 당신의 지성과 헌신의 땀방울이 흥건히 스며 있소. 그것이 아니었던들 우리의 소걸음은 진작 머뭇거렸거나 휘청거렸을 수도 있었을 것이오. 그리고 '우보천리'야말로 옥살이를 하는 사람들의 걸음걸이일 수밖에 없다는 경험도 했소. 모든 것이 마음대로 될 수 없고, 급하다고 해서 되는 일이 없는 곳이고보면, 마음을 다잡고 매사에 느긋해질 수밖에 없는 것이오. 문제는 느긋함이 자칫 게으름의 원인 제공이 될 수 있다는 점이오. 느긋할 수밖에 없는 환경에서 게으름을 예방하고 무언가 이루어내는 방도는 오로지 우직하게 우보천리하는 것밖에 없소. 잔꾀에 한눈팔지 않고 속성(速成)에 현혹되지 않으면서 쉼없이 뚜벅뚜벅 걸어가는 길밖에 다른 길은 없소. 이렇게 값진 메씨지와 영감을 안겨주는 '소의 해'에 옥살이 첫해를 보냈다는 것은 나로서는 행운이 아니었나 생각하오.

인간이란 어차피 '환경의 작품'일 수밖에 없을진대, 개인의 가치나 위상은 시대적 환경과 그 제약 속에서 구체적으로 판가름나게 마련이오. 나 역시 예외가 아니오. 이러한 인식하에서 나는 법정최후진술에서도 언명했지만, 나 스스로를 '분단시대의 민족적 지성인'으로 감히 자리매김하고 있소. 분단은 우리의 1천년 통일민족사에서 가장 치욕스러운 비극이오. 분단이라는 이 '불청객'이 7천만 우리 겨레에게 안겨주는 불행과 고통은 이루 다 헤아릴 수 없소. 분단비극의 체험자이고 산 증인인 나는 이 민족적 불행과 고통을 그 누구보다도 뼈저리게 느껴온 사람이오. 나는 자진해서 그 불행과 고통을 제거코자 몸부림쳐왔소. 그 댓가가 아무리 가혹해도 나는 그것을 감내하고, 또 그것으로 자부하오. 오로지 역사만이 그 댓가를 엄정하게 산출하고 평가할 것이오.

내가 감히 이럴 수 있는 것은, 또 감히 이렇다고 말할 수 있는 것은, 내가 마르지 않는 민족의 피와 얼, 혼을 불변의 것으로 간직하고 있기 때문이오. 이것이 없었다면 오늘의 나는 존재하지 않았을 것이오. 설혹 그것에 하자가 있었더라면 내 인생에는 그만큼의 상쇄(相殺)가 따랐을 것이며, 나

ⓒ 양시우

이 한 해는 다사다난(多事多難)이 아니라 일사다난(一事多難)의 해였다.

는 지금의 이 길이 아닌 다른 길을 걸어왔을 것이오. 이 길이 가시밭길이고 기구한 운명의 험로였지만, 나는 결코 후회하지 않소. 그것은 내가 백번 옳다고 믿고 원해서 택한 길이기 때문이오. 오늘의 나를 있게 한 겨레 사랑의 민족주의는 지난날과 마찬가지로, 이제 새로운 삶의 저변에서 나를 앞으로 이끌어주는 견인력과 밀어주는 원동력으로 변함없이 계속 작동할 것이오.

나는 스스로를 '민족적 지성인'이라고 거듭 확인하면서, 지성인이란 과연 어떤 사람이어야 하는가에 관해 일찍부터 탐구해왔고, 급기야는 단안(斷案)을 내렸소. 물론 이 단안이 완벽하다고 잘라서 말할 수는 없소. 내 나름의 단안으로는, 지성인이란 시대적 사명을 깊이 자각하고 미래지향적인 이상 속에서 시대와 사회의 발전을 위해 실천적 기여를 하는 지식인을 말하는 것이오. 따라서 지성인은 순수 객관적 지식만을 소유하고 전달하는 지식인(혹은 식자識者)과는 엄연히 구별되는 사람이오. 동서고금의 지성사를 훑어보면, 무릇 지성인이라고 하는 사람들의 인생역정에는 무언가 공통점이 있다는 사실이 발견되오. 지성인들은 예외없이 당대, 특히 격동기에 시대의 소명에 부응하여 국가와 겨레, 사회에 헌신하려는 충정에서 출발, 미래를 지향하는 숭고한 이상을 품고 그 실현을 위해 여의치않은 현실과 실천적으로 조우하게 되오. 그러다가 대체로 그 현실의 냉대나 버림을 받고 한동안 묻혀버렸다가 올곧은 후세에 의해 비로소 제대로 된 역사적 평가를 받게 되오. 요컨대 충정―이상―조우―역사적 평가가 지성인 공유(共有)의 인생패턴이라고 말할 수 있을 것 같소.

우리 겨레의 지성사에서 지성인의 비조(鼻祖)라고 할 수 있는 일례로 통일신라 말엽의 고운(孤雲) 최치원(崔致遠)을 들 수 있소. 그는 12세(868)의 어린 나이에 상선을 타고 중국에 유학하여 18세가 되던 해에 과거에 급제하고는 벼슬에 기용되오. 그러면서 출중한 학문으로 중국에서 명성을 떨치고 중직에 오르기까지 하오. 그러나 그는 오로지 신라인이라는 동인의식(東人意識)과 애국애족의 충정을 변함없이 굳게 간직하고 있었기에 중국에서의 양양한 전도를 미련없이 버리고, 대부분의 서화자(西化者, 중국에 귀화하는 자)들과는 달리 당당한 동귀자(東歸者, 신라로 귀국한 자)로 29세(나도 이 나이에 귀국함)에 결연히 오매에도 그리던 고국땅 신라로 돌아오오.

환국 후 최치원은 기울어가는 신라의 국운을 만회하려는 일념에서 개혁방안인 '시무십여책(時務十余策)'을 건의해 구국의 의지를 불태우게 되오. 그러나 그것이 제대로 채택·시행될 리가 만무했고, 오히려 그로 인한 모함으로 변방의 외직으로 쫓겨나게 되오. 이러한 말세적 현실을 직시한 고운은 이제 신라는 황엽(黃葉)처럼 시들어가고, 그를 대신해 새 나라가 청송(靑松)처럼 푸르싱싱 일어날 것이라는 예단을 안고 가야산에 피신·은거하오. 거기서 그는 만년에 주옥 같은 명문들을 남기고 홍류동계곡에서 우화등선(羽化登仙, 몸에 날개가 생겨 하늘로 올라가 신선이 됨)의 전설로 이승을 영영 하직하고 마오.

이렇게 고운은 냉엄한 현실과의 조우에서 우국충정에 불타던 자신의 이상을 끝내 실현하지 못하고, 수많은 고뇌와 몸부림을 거듭하다가 자취없이 격변기의 역사무대에서 사라졌지. 그러나 슬기로운 후세들에 의해 그는 우리나라 중세사상의 지평을 연 대사상가로, '동국문종(東國文宗)'이라는 으뜸가는 대문장가로 평가되고 추앙을 받고 있는 것이오. 10여년 전 해인사(海印寺)에 찾아갔을 때, 가야산입구에 있는 제시석(題詩石)이라는 석벽에 새겨진 그의 「등선시(登仙詩)」를 감명 깊게 읽었는데, 그 시구가 문득 뇌리에 떠오르는구려.

첩첩산 호령하며 미친 듯 쏟아지는 물소리에   狂賁疊石吼重巒

사람의 소리 지척에서도 분간하기 어렵네   人語難分咫尺間

시비하는 소리 귀에 들릴까 항시 두려워   常恐是非聲到耳

짐짓 흐르는 물 온 산을 에워싸게 했노라   故敎流水盡籠山

시대의 선구자이자 출중한 지성인이며 시인인 고운의 고독과 고뇌가 배어 있는 처절하면서도 필세(筆勢)가 호방한 명(名)시구요. 음미할수록 가슴에 와닿는 것이 더 절절하오. 1천여년 전 우리네 지성인들이 답파한 인생역정이 거울처럼 비쳐오면서, 오늘로의 그 이음이 그렇게 신통할 수가 없음을 새삼 실감하오.

한해를 마감하는 싯점에서 이렇게 나 자신을 다시 한번 가늠하고 확인해보는 것도 자못 의미가 있는 것 같소. 게다가 평시 간직하고 있던 뜻있는 시 한 수를 읊조리고 나니 마음도 한결 후련하오. 이래서 시를 '영혼의 촉매제'라고 일컫는가보오.

이것으로 정축년 송구(送舊)의 유종의 미를 삼으려 하오.

호랑이의 꾸짖음

1998. 1. 1.

　　오늘은 무인년(戊寅年) '호랑이해'가 열리는 첫날이오. 우리 함께 새해를 경하해 맞이합시다. 이곳 청계산자락에는 해돋이에 맞추어 서설(瑞雪), 그것도 함박눈이 한 시간쯤 내렸소. 뒤뜨락에 말없이 오붓이 쌓인 희맑은 눈은 마냥 새해의 축복을 품고 하늘에서 내려온 선녀의 희디흰 드레스가 대지에 사뿐히 펼쳐진 것만 같소.

　　눈은 겨우내 땅속에 웅크리고 있는 생명을 감싸주고 지하수를 저장해 풍년을 기약하며 온 세상을 청렴결백하게 만드는 자연의 조화로서, 그 덕이 이만저만하지 않소. 첫눈이지만 뜻있는 날에 내리는 눈을 서설(복눈)이라 하여 반겨 맞는 것이 늘 자연을 아끼고 사랑하며 고마워하는 우리 동양인들의 자연에 대한 마음씀씀이인 것이오. 그래서 눈을 곧잘 아름답고 귀한 옥에 비유해 옥부용(玉芙蓉, 아름다운 연꽃)·옥설(玉屑, 옥가루)·옥진(玉塵, 아름다운 티끌)·옥설(玉雪, 백옥같이 희고 깨끗한 눈)이라 하고, 눈덮인 산을 옥산(玉山)이라고도 하지. 이것은 눈이 만물을 덮어버린다고 하여 눈을 허구나 몰인정에 빗대고 흰 마약의 은어로까지 남용하고 비하하는 서양인들의 자연에 대한 경박한 작태와는 너무나 대조적이오. 북방의 눈고장에서 나고 자란 나에게 눈은 각별한 정감을 불러일으키곤 하오. 지금쯤 고향 마을은 온통 눈속에 파묻혀 있을 것이오. 실로 이 아침을 맞아 내리는 저 애애한 백설로 인해 일어나는 마음의 설레임이란 이루 형언할 수가 없구려.

　　오늘은 양력으로 정월 초하루요. 영어에서 정월, 즉 'January'란 말은 로마신화의 야누스(Janus)신에서 유래된 것이라고 하오. 이 신은 앞뒤에 얼굴이 있는데, 하나는 과거를, 다른 하나는 미래를 보는 쌍면신(雙面神)이라고 하오. 그래서 해가 바뀌어 앞뒤가 갈라지는 1월의 신이 된 것이오. 그럴싸한 신의 선택인 것 같소. 굳이 동양적인 표현을 빌린다면 묵은해를 보내고 새해를 맞는 '송구영신(送舊迎新)의 신'이라고 말할 수 있을 것 같소. 정월, 그중에서도 초하루는 지난해를 가장 가까이에서 돌이켜볼 수 있고, 새로 다가오는 해는 가장 멀리서 전망하면서 첫걸음을 떼는 출발점이 되는 날이오. 전번 편지에서는 '송구'에 즈음해 '야누스'의 얼굴로 과거(지난해)를 돌아봤소. 그렇다면 '영신'인 이 싯점에서는 으레 '야누스'의 얼굴로 미래(새해)를 조망해야 할 것이오.

마침 새해는 '호랑이해'요. 12지(支) 하나하나가 다 그러하듯이 '호랑이해'가 갖는 의미도 자못 심장하오. 그 의미만을 충분히 터득하고 그대로 실행에 옮기기만 한다면 이 한해도 잘 넘어가고, 우리의 인생여로에서 무언가 남겨놓는 것이 있는 한해가 될 것이오. 마치 지난 '소의 해'에 '우보천리'하여 무언가 남겨놓은 것이 있었던 것처럼 말이오.

우리 겨레에게 호랑이는 여러가지 뛰어난 상징적 의미를 부여하는 영물이오. 두려워서 피하고 멀리 있는 소외된 맹수가 아니라, 우리와 가까이, 우리 속에 함께 있는 영물인 것이오. 악과 불의를 물리치는 산신령과 방위신, 우렁찬 포효와 날쌘 놀림에서 보여주는 용맹과 힘, 빼어난 지혜와 늠름한 기상, 그러면서도 용의주도한 처사…… 이 모든 것으로 하여 호랑이는 단연 '산중왕(山君)'과 '산중호걸'로 우뚝 자리하고 있는 것이오. 이러한 영물적인 기상과 기백은 예로부터 우리 민족 고유의 상징으로 알려져왔소.

세상에는 8종의 호랑이가 있지만, 백두산 호랑이를 비롯한 우리나라 호랑이는 세상에서 제일 용맹스럽고 의젓하다는 정평이 나 있소. 나는 현재 가장 흔한 인도·중국·동남아시아 호랑이를 여러 곳에서 많이 봤는데, 우리네 호랑이와는 그 기상에서 비견이 되지 않고, 더욱이 인간과의 관계에 부여된 상징성이 우리와는 전혀 차원을 달리하고 있소. 이것이야 어디까지나 창조주의 뜻이겠지. 우리나라의 지형과 지세는 신통히도 머리와 꼬리를 치켜들고 네 발을 벌려 금세라도 도약하려는 용맹무쌍한 호랑이를 닮

오윤의 「무호도」.

은 꼴이오. 누가 봐도 그 심상찮은 강토의 형상에 경탄하지 않을 수 없지.

　바로 이 때문에 한때 요사스러운 일본사람들은 겁에 질리고 강샘에 심보가 뒤틀린 나머지, 우리 땅의 도도한 호랑이형상을 연약한 고양이나 토끼 형상으로 악의적인 비하를 꾀했던 것이오. 그러나 하늘의 뜻으로 마련되고 다져진 우리의 강토와 호랑이기상은 누구의 얄팍한 농간에도 휘말리지 않고, 빛바래지도 않고, 그 씩씩함과 꿋꿋함을 그대로 이어왔던 것이오. 1,100여차례 크고 작은 외세의 침략에도 끄떡없이 1천여년의 통일민족사를 굳건히 지켜올 수 있었던 비결은 바로 이러한 호랑이기상에 있다고 할 것이오. 단군신화에도 호랑이가 등장하는 것으로 미루어보면 우리는 가위 '호랑이민족'이라 말할 수 있지.

　그러기에 우리의 민속과 설화, 속담, 그리고 여러가지 작품에서 호랑이가 긍정적인 영물로 등장하는 경우가 적지않소. 오늘 어느 일간지에서 호랑이에 관한 몇가지 민화를 봤소. 그중에서 가장 마음에 드는 것은 호랑이가 춤추는 목판화 「무호도(舞虎圖)」(오윤 작)였소. 무자(舞者)인 호랑이의 전체구도는 우리나라 지형의 형상이고, 그 익살스럽고 전신에 조화스럽게 힘이 튕기는 춤사위는 겨레의 하나됨을 강조하고, 허리 잘린 겨레가 다시 하나됨을 비원하는 화신으로 호랑이를 등장시키고 있소. 언뜻 보면 하찮은 것 같은 이 자그마한 그림 앞에 나는 오래도록 눈길을 멈춰세웠소. 호랑이 등뼈같이 튼튼했던 우리 강토의 허리가 어이하여 그리 쉬이 두 동강 났단 말인가! 도대체 있을 수 없는, 또 있어서는 안될 비통한 일이 우리 세대에 와서 일어났구나 하고 생각하니, 실로 자괴와 자책을 금할 길이 없었소. 신령 앞에 씻을 수 없는 불초와 죄를 저질렀으니 말이오.

　자자손손 기천년 동안 온갖 풍상 속에서도 굳건히 지켜오던 호랑이기상에 한때나마 이상이 생긴 셈이지. 이제 우리는 더이상 우리를 보우해주는 신령 앞에서 허겁지겁할 수야 없지. 문득 연암(燕巖) 박지원(朴趾源)의 『열하일기』에 실려 있는 「호질(虎叱, 호랑이의 꾸짖음)」이라는 단편소설이 생각나오. 어느날 밤 산중에 사는 큰 호랑이가 부하들과 함께 먹이를 찾아 정지읍(鄭之邑)이란 마을에 내려오오. 이때 이 마을에 사는 도학자 북곽(北郭)은 열녀표창까지 받은 이웃의 동리자(東里子)라는 청상과부와 밀회하고 있었소. 과부에게는 성이 각각 다른 아들이 다섯이나 있었는데, 이들이 북곽을 여우의 둔갑이라 믿고 몽둥이를 휘두르며 뛰어드니 북곽은 황급히 도망치다가 그만 똥구덩이에 빠지고 마오. 구린 것을 뒤집어쓰고 겨우 기어나오자 그 앞에 호랑이가 입을 벌리고 서 있기에 혼비백산한 북곽이 머리를 땅에 조아리며 살려달라고 애걸하니, 호랑이는 그의 위선을 크게 꾸짖고 휙 가버리오. 그런 줄도 모른 북곽은 날이 샐 때까지 엎드려 있었다고 하오.

　다 아는 내용이지만, 호랑이가 인간의 무엇을 나무라고 꾸짖었으며, 그 현실적 의미는 무엇인지 한번 되짚어볼 필요가 있어서 누누이 그 내용을 이야기했소. 연암은 위선적인 북곽과 동리자를 내세워 양반유생들의 부패한 도덕관념을 신랄하게 풍자했소. 결국 도덕과 인격이 높다고 소문난 양반 북곽은 여우 같은 간상배이고, 온몸에 똥칠한 더러운 패물이며, 끝까지 위선과 허세를 부리는 이중적 허풍꾼인 것이오. 수절의 열녀로 표창까지 받았다는 동리자에게는 성이 각각 다른 아들이 다섯이나 있는데 그것도 모자라서 북곽과도 통정하고 있으니, 그녀 역시 얼마나 간사하고 위선적인 패물이오. 정말로 통렬한 풍자요. 「호질」은 「허생전」과 함께 연암의 풍자소설 중 쌍벽을 이루는 유명한 작품이오. 위선과 허세로 점철된 이 세상을 살아가는 사람들이 한번쯤 읽어볼 만한 작품이오. 그 뜻을 음미하고 자신의 삶과 결부해 성찰한다면 그야말로 금상첨화겠지.

　또한 분단현실을 살아가는 우리에게 '호랑이의 꾸짖음'의 의미는 과연 무엇일까? 그것은 우리, 특히 나와 같은 기성세대가 나라와 겨레의 갈라짐을 자초했다거나, 막지 못했다거나, 다시 하나됨을 위해 제구실을 하지 못했다거나 하는 데 대한 엄한 꾸짖음으로 받아들여지는 것이오. 이 싯점에서는 적어도 '호랑이의 꾸짖음'을 두려워하고, 죄책감쯤은 느껴야 할 것이오. 호랑이의 용맹과 호방함, 지혜와 기상으로 잘린 허리를 한시 급히 이어, 이땅 위에 '비원(悲願)의 무호도'가 아닌 '경하(慶賀)의 무호도'가 다시 그려져야 할 것이오. 이 길에서 '호랑이해'인 올해에는 어느 한곳이라도 물꼬가 트여 갈라터진 호랑이의 등살에 한오리의 혈맥이라도 다시 통했으면 하는 것이 나의 간절한 소원이오.

무인년 '호랑이해'가 바야흐로 밝아오고 있소. 호랑이는 무척 용맹하고 몸도 우람하지만, 행동할 때면 거의 소리를 내지 않으며 몸을 낮추고 침착하게 타산한 후에라야 목표를 향해 돌진하는 등 지혜가 넘치고 용의주도한 영물이오. '소의 해'인 지난해는 우직한 '우보천리'의 황소걸음으로 답파했다면, '호랑이해'인 올해는 그 걸음에 이어 '호보만리(虎步萬里, 씩씩한 걸음으로 만리를 감)'의 걸음으로 주파해야 할 것이오. 갈 길은 아직 멀고머니 '호보만리'하는 용기와 슬기가 절대 필요할 것이오.

새해에 즈음해 모두에게 만복이 깃들기를 마음속 깊이 기원하오.

인고 속의 '씰크로드학' 구상

1998. 2. 1.

이상기후의 난동으로 무슨 큰 변이라도 일어날 듯 모두들 수선을 떨지만, 아직은 이땅에서 으레 갈 것은 가고 올 것은 오는가보오. 소삽한 세밑추위는 꽤 독했소. 어느날 아침의 기온은 8년 만에 최저라고 하더군. 그러나 그것도 어차피 한 고비에 불과하고, 어느새 한기는 한풀 꺾인 성싶소. 정말 갈 것은 가고 올 것은 오고 있소.

설한풍 휘몰아치는 북간도땅에서 나서 자란 나는 겨울이나 눈에는 꽤 길들여진 편이어서 남한땅에 와서는 여기 추위도 추위인가 하고 하찮게 여긴 것이 사실이었소. 그러던 내가 어느새 추위에 소심하고 휘청거리며, 그 엄습을 감당 못한 나머지 급기야는 귀와 손, 심지어 콧등까지 얼어터지고 말았소. 추위에 무방비상태로 노출될 수밖에 없는 이곳 환경도 환경이려니와, 추위에 대한 나의 자만도 한몫 한 것 같소. 만사에 자만은 금물임을 다시 한번 깨달았소. 자연의 시련 앞에는 불패의 장수가 따로 없는 것 같소.

　겨울은 인간에게 인고를 강요하는 계절이기도 하오. 봄, 여름, 가을 내내 푸르싱싱하고 풍성하던 산천은 겨울을 맞아 삭막하고 앙상해지오. 우리의 지성사에서 큰 족적을 남긴 최치원에게는 겨울의 인고를 달랜 감동적인 이야기 한 토막이 있소. 그는 중국땅에서 좀더 큰 포부를 실현코자 말직을 그만두고 어느 산속 추운 객사에서 열심히 시험공부를 하고 있었소. 그의 방에는 눈 온 뒤의 매서운 찬 바람이 스며들어 물이 꽁꽁 얼고 붓이 말라버렸소. 그러나 그는 외로운 등불에 그림자를 벗하면서 3년간 침묵 속에 인고에 인고를 거듭하여 마침내 뜻을 이루는 봄볕을 맞게 되오. 고운의 삶에도 이렇게 언 붓을 입김으로 녹이면서 글을 써야 했던 가필(呵筆)의 인고와 침묵의 곡절이 있었소.

　무릇 인생이란 늘 길흉화복을 엇바꾸어가는 새옹지마일진대, 자율적이건 타율적이건 간에 역경이 없을 수가 없소. 문제는 그 역경을 어떻게 인내하면서 극복하여 순경(順境)으로 돌려놓는가 하는 것이오. 이를테면 전화위복이지. 여기에 인간의 최대 지혜가 있다고 하겠소. 고사에 이르기를 "역경에 처하면 주위가 모두 침(針)이고 약인지라, 자신도 모르게 절조(節操)를 닦고 행실을 바르게 하는 데 힘쓰게 된다"라고 했소. 뜻인즉, 사람이 불우한 일을 당하게 되면 그로부터 오는 고난과 시련이 자기 수양과 단련의 계기가 되어 스스로 꿋꿋한 기질을 기르고 참된 행실을 닦게 된다는 것이오. 참으로 실감나는 명언이오.

뜻있는 선현들이 그 어떤 역경 속에서도 절차탁마(切磋琢磨, 옥 따위를 갈고 닦는 것처럼 도덕과 학문, 기술을 힘써 닦는다)하고, 마부위침(磨斧爲針, 도끼를 갈아 바늘을 만들 듯 아무리 어려운 일이라도 끈기있는 인내로 노력하면 성공한다)해온 불요불굴의 정신과 의지, 실천은 늘 나에게, 특히 오늘의 나에게 값진 귀감이 되고 있소. 중국의 사서(史書) 중의 사서라고 하는 『사기(史記)』의 저자 사마천(司馬遷)은 적국 흉노에게 투항한 사람을 변호한 죄로 극형에 버금가는 중형인 궁형(宮刑, 생식기 절단형)을 선고받고 감옥에서 갖은 천대와 수모를 받으며 3천년 중국역사를 갈무리한 대작을 써냈고, 손자(孫子)는 발의 근육을 도려내는 무지한 형을 받고 유명한 『손자병법(孫子兵法)』을 펴냈으며, 서백(西伯)과 한비자(韓非子)는 각각 갇힌 몸으로 불후의 명작 『주역(周易)』과 『한비자』를 지어냈소. 서양에도 이러한 예가 수두룩하오. 중세시대 세계 2대 여행가의 한 사람인 마르꼬 뽈로(Marco Polo)도 감옥에서 세계적 여행기 『동방견문록』을 구술했소.

우리네 선현들도 이에 못지않은 본보기를 남겨놓았소. 다산(茶山) 정약용(丁若鏞)은 유배생활 18년간에 무려 500여권에 달하는 책을 써냈소. 이것은 동서고금에 그 유례를 찾아볼 수 없는, 그야말로 우리네 선현만이 해낼 수 있는 기적이오. 그는 너무 오래 앉아서 글을 쓰다보니 엉덩이가 짓뭉개져 할 수 없이 벽에 선반을 매달고 일어서서 썼다고 하오. 우리나라 근대 지성사의 여명을 연 선진실학자 다산은 구태의연한 세도정치세력에 의해 "멋 모르고 천주교도들을 쫓아다니며 부회뇌동(附會雷同)한 정신적 방황자" "나약한 비겁자"로 무고하게 치죄(治罪)되어 기나긴 유배생활을 하게 되오. 그러나 그는 결코 굴하거나 실의에 빠지지 않고 시대의 거장으로서 역사와의 대화를 계속하였소.

다산은 아들에게 보낸 편지에서 그가 유배지에서 쓴 학문서적들을 모아서 책으로 엮어 정리할 것을 간곡히 부탁했는데, 그 이유는 자신에 대한 후세들의 정확한 판단을 기하기 위함이라고 했소. 그의 선견지명대로 그가 유배지에서 남긴 주옥 같은 저서들이 있었기에 비로소 후대에 와서 그에 대한 정확한 역사적 평가가 내려지게 되었음은 물론, 19세기 전반에 전개된 우리나라의 진실된 역사가 복원될 수 있었소. 유배지에서 보낸 다산의 말년은 우리에게 시사하는 바가 크다고 하겠소. 한마디로 '다산식 전범(典範)'을 세워놓은 것이오.

이렇듯 조선시대의 유배지는 학문의 산실역할을 하였소. 퍽이나 신기하고 아이러니한 일이지. 그렇다면 오늘의 감옥은 어떠한가? 과연 '학문의 산실역할'을 해본 적이 있는가? 또 할 수 있는가? 대답은 거의 부정일 수밖에 없을 것이오. 왜냐하면 아직은 그러한 전례를 찾아볼 수 없기 때문이오. 물론 개별적인 '옥중저서' 같은 것이 없지는 않지만, 다산처럼 일대를 풍미하는 학문세계를 감옥 안에서 펼쳐놓은 사람은 아직 없소. 감옥은 그저 감옥일 뿐이오. 비록 어렵기는 하지만, 오늘의 감옥이라고 해서 '학문의 산실'이 되지 말라는 법은 없지 않소? 그 여하는 옥살이하는 사람들의 자세에 달려 있소.

겨우내 나는 엄동설한의 인고 속에서 묵묵히 하나의 학문적 구상을 무르익혀가고 있소. 그 구상이란 한마디로 '씰크로드학'의 학문적 정립이오. 어느 편지에서도 이야기했지만, 원래 계획으로는 2000년 초까지 '문명교류사'에 관한 개설서 세 권(고대편, 중세편, 근현대편)을 마무리한 후 그 내용을 응축해서 이론적 원리를 밝힌 '씰크로드학'이라는 전혀 새로운 학문을 정립해보려고 했소. 이것은 육체적으로 자유의 몸이 되어 학문의 총림(叢林)을 마음대로 오갈 수 있을 때의 계획이었소. 그러나 지금은 처지가 달라졌소. 다량의 참고자료를 필수로 하는 개설서 같은 것은 갇혀 있는 지금의 여건에서는 집필이 도저히 불가능한 것이오. 그렇지만 '씰크로드학'은 내가 일찍부터 그 뼈대와 얽음새를 구사(構思)해왔기 때문에 여기에 얼마간의 살(자료)을 붙이기만 하면 물건이 될 수 있을 것이오. 게다가 작금 씰크로드에 대한 관심이 새로운 파고(波高)를 맞고 있는 상황에서 그 연구는 더이상 미룰 수 없는 절박한 과제로 다가오고 있소. 그래서 '씰크로드학'의 정립에 먼저 손대기로 작정했소.

'씰크로드학'은 문명교류사의 핵심이자 이론적 기초인 것이오. 문명교류가 미증유로 확산되고, 그것이 인류의 숙명적인 생존전략으로 부상될 새로운 세기를 앞두고 학계가 씰크로드 연구에 관심을 돌리는 것은 당연한 귀결이오. 그리하여 유네스코(국제연합교육과학문화기구)는 1987년부터 1997년까지 10년간 '씰크로드의 종합연구: 대화의 길(Integral Study of the Silk Roads : Roads of Dialogue)'이란 제하에 국제적 규모의 '씰크로드 탐험'을 진행했소. 여기에는 우리나라를 포함해 15개 나라가 참가했소. 당초 나도 우리나라 주관방송사인 MBC와 함께 동참한다고 해 취재기획까지 세웠는데, 유감스럽게도 '외국인'이란 이유로 그만 제외되었소. 이 계획은 지난해까지 끝내기로 돼 있었는데, 어떤 결과가 나왔는지 자못 궁금하오. 우리나라의 경주와 일본의 나라(奈良)에서 해상씰크로드 탐험에 대한 중간점검을 했는데, 그 성과는 별로 시원치 않은 것으로 알려지고 있소.

120여년 전 씰크로드의 실체가 추인(追認)된 이래 꾸준한 연구가 진행되어 적지않은 성과가 쌓였지만, 지침이 될 만한 이론과 학문적 규범 및 과학적 연구방법이 결여된 탓으로 아직은 유사접근에만 머물고 있소. 워낙 어려운 학문이라서 그런지, 근간에는 연구의 난맥상을 보이면서 저조의 기미까지 나타나고 있소. 한마디로 '씰크로드학'이란 이름에 걸맞은 학문적 정립은 여태까지 미완의 과제로 남아 있소. 이 분야에서 선두주자로 인정되고 있는 일본마저도 몇년 전(1994)에야 '씰크로드연구중심'을 개설해 본격적인 연구에 돌입했소.

바야흐로 인류는 서로의 어울림과 주고받음으로만 생존의 길을 보장받을 수 있는 교류확산시대를 맞고 있소. 이러한 교류의 통로인 씰크로드에 관한 학문, 즉 '씰크로드학'이라는 새로운 국제적 학문을 정립·창출하는 파롯파롯 버석이 움트는 봄철에 학업에서도 春意를 만끽하고 있겠지. 전번 편지에서는 '실크로드학'이란 새 학문을 정립하려는 나의 의도에 관해 '서론'을 결론에 이루기로 하였네. 사실 그간 유네스코를 비롯한 국제기구와 여러 나라에서 실크로드를 중심한 교류사에 관해 적지 않은 연구를 해왔지만, 아직도 학문적으로 정립한 전례는 없는 걸로 알고 있네. 그와 달리 전후 실크로드 연구에 가장 많이 투자한 일본도 지난 93년에야 나후(奈良)에 실크로드학 연구센터를 설립하고 본격적인 연구에 들어왔었다. 비록 우리도 이 방면에서 '후진의 처지'에 있으나 '고류 활세기'의 주역이 되려면 이제부터라도 분발해야 할 거네. 오늘은 전 번에 이어 '서론'으로서 제1장. 실크로드학의 정립'에 관해 이야기 하겠는데, 내용은 '1절. 실크로드학의 개념', '2절. 실크로드학의 내용', '3절. 실크로드학의 의의'네.

1절. 실크로드학의 개념. / 실크로드학의 정의. 실크로드학이란 실크로드라는 환지구적 통로(環地球的通路)를 통해 진척된 문명간의 교류를 인문·사회 과학적 방법으로 연구하는 학문이다. 실크로드학의 연구대상은 문명교류이론을 비롯하여, 문명교류의 통로인 실크로드의 개척과 변천, 이 통로를 통한 문명교류의 역사적 여건과 물질 및 정신문명의 고류(交流)를 인적내왕, 그리고 문명교류에 미친 역사적 전거 등 여러 분야를 포함한다. / 인류문명은 자생(自生)과 모방(模倣)에 의해 탄생하고 발달하며 동북해진다. 자생성은 문명의 내재적이고 구심적인 속성으로 문명의 보편성(普遍性)과 가변성(可變性)을 규제하고, 모방성은 문명의 외연적이고 원심적인 속성으로서 문명의 전파성(傳播性)과 수용성(受容性)을 결과한다. 따라서 자생성과 모방성은 문명의 2대 속성인 동시에, 그 발생·발달의 2대 요소이기도 하여, 서로는 상보상조의 관계에 있었다. 그 어느 하나의 결여나 마큼은 기필코 문명의 침체나 기형을 초래하고 만다. / 문명의 모방은 그것이 창조적인 모방이건 기계적(답습적)인 모방이건 간에 문명간의 고류를 통한 전파와 수용과정에서 현실화된다. 그리하여 고류는 모방에서 나란 문명의 발달을 촉

22×10

안 수 만 印
주소. 수빈. ○○

대학원생들에게 하려고 한 '씰크로드학' 편지강의.
그러나 발송이 불허되었다.

것은 더이상 미룰 수 없는 시대적 요청인 것이오. 이러한 요청에 부응하자면 무엇보다도 먼저 학문적 자질을 갖춘 전문학자가 필요하오. 지금까지 '씰크로드학' 정립이 미제의 과제로 남아 있게 된 주요 원인 중 하나가 바로 이러한 전문학자의 결여라고 나는 생각하오. 명실상부하게 문명교류사나 씰크로드를 연구하려면 서양이나 동양뿐만 아니라, 양쪽의 교량역할을 해온 중근동(中近東, 중동과 근동지역) 아랍을 제대로 알아야 하는 것이오. 그런데 지금까지는 주로 동양학 연구자들에 의해서만 연구가 진행되다보니 연구에서 기형화나 편파성을 면치 못하게 되었던 것이오.

그러나 나는 이 세 쪽을 두루 섭렵한 사람으로서, 필요한 학문적 자질을 어느정도 갖추고 있다고 감히 자부하오. 바로 이것이 나로 하여금 이 어려운 학문의 바다에 뛰어들게 한 주요인인 것이오. 그것이 아니었다면, 나는 이 학문과 인연을 맺는 데 크게 주저했을 것이오. 물론 중요하고도 새로운 국제적 학문이라는 데서 매력을 느낀 것도 사실이오. 게다가 이제 우리도 학문, 특히 인문학분야에서 남을 뒤따를 것만이 아니라, 무언가 남보다 앞서는 것도 있어야겠다는 시대적 사명과 오기도 생겨나, 그 시대의 유배지가 아닌 이 시대의 감옥 안에서 인고의 구상을 무르익혀가고 있는 것이오. 절차탁마하고 마부위침하는 정신과 의지로 뻗친다면 능히 해낼 수 있을 것이라고 나는 자신하오.

'씰크로드학'을 잉태해온 이 세기가 저물기 전에 그 탄생의 고고지성(呱呱之聲)을 울려야 할 텐데…… 이것은 이 분야의 학문을 하는 사람들의 한결같은 소망일 것이오.

추기(追記)

원래 '씰크로드학'의 구상은 감옥에서 계획한 '편지강의'가 그 발단이다. 본인의 구금으로 인하여 단국대 대학원에 개설된 '동서문화교류사 연구'과목이 폐강되어 교류사 전공희망자들의 수강이 불가능하게 되었다. 담당교수로서 자책하면서 그들에게 교류사의 핵심인 '씰크로드학'에 관해 한 달에 두 번쯤 편지로라도 전수해주고 싶었다. 어떻게 해서든 갓 닻을 올린 '문명교류사'를 피안까지 가닿게 하기 위해서였다. 그리하여 박사과정에 있는 전공수강생인 배군에게 이러한 구상과 취지를 담아 띄운 첫 편지에 '씰크로드학'의 서론부분을 적어 보냈다. 1주 후인 1998년 3월 29일에는 '씰크로드의 개념'(1장 1절)에 관해 적어 보냈으나 발송이 불허되었다. 그리하여 '편지강의'는 단 한번으로 그치고 더이상 이어질 수가 없었다. 어차피 누군가에 의해 언젠가는 학문적 정립이 이땅에서 이루어져야 했기 때문에 미래를 기약하고 편지쓰기 대신에 연구메모작업에 돌입하여 수감기간 중에 완성하였다.

중국의 국비유학생 1호

1998. 3. 22.

며칠간은 봄기운이 완연하더니만 어제부터 갑자기 꽃샘추위가 찾아와 기온이 영하로 뚝 떨어졌소. 옥살이를 하다보면 조그만 기후변덕에도 민감해지오. 하늘이 심술이나 부리지 않나 해서 말이오. 이 꽃샘추위만 해도 그렇소. 기실은 '갑자기'가 아니라, 으레 올 것이 온 것이오. 늘 꽃필 철을 앞둔 이맘때면 꽃샘추위가 한두 차례 찾아오곤 하니까.

왜 이렇게 진작 사라져야 할 추위가 느닷없이 '샘'을 부릴까? 인간에 대한 자연의 짓궂은 '샘'일까? 꽃샘추위를 한문투로는 '화투연(花妬娟)'이라고 하오. 뜻인즉, '꽃의 아름다움을 (추위가) 시샘한다'는 것이오. 정녕 형상이나 자취가 없는 추위가 꽃을 시샘한다는 말일까? 나는 결코 자연을 그렇게 무정한 옹춘마니로 보고 싶지는 않소. 오히려 얼마 동안 따스함 속에서만 고스란히 움터온 유약한 꽃나무에 추위를 보내 더 튼실하게 자라도록 단련시키고, 그래서 그 시련을 이겨낸 꽃망울에서만 실하고 옹골찬 꽃 잎을 드러내게 하려는 자연의 웅심깊은 사려가 아닌가 하오.

사람들은 뜻도 모르고 이 꽃샘추위를 빈정대어 '춘래불사춘(春來不似春, 봄은 왔으나 봄같지 않다)'이라는 푸념을 곧잘 늘어놓곤 하지. 좋게 보면 이것 은 자연에 대한 인간의 응석이나 바람 같은 것이라고 하겠으나, 달리 보면 자연에 대한 인간의 무지와 멋쩍은 옹색함이라 아니할 수 없소. 남을 시기 하고 시샘하는 데 이골이 난 인간이 질박하고 대범한 자연을 '인간식'의 색 안경으로 흘겨보다보니, 일리가 있어 찾아온 이 꽃샘추위를 무슨 '악의의 시샘'으로 얼토당토않게 곡해하는 것이라 하겠소. 현인들은 우주만상은 진 리를 그대로 보여주는 글자 없는 책과 같다고 했소. 우리는 자연의 거룩하 고 심오한 섭리를 곰곰이 생각하면서, 거기에서 삶의 지혜를 터득해야 하 는 것이오. 인생에도 분명 삶을 더 보람있게 해주는 '꽃샘추위' 같은 '불사 춘'이 있으니까 말이오.

바로 35년 전(1963) 이맘때 나는 꽃샘추위 속에 출렁이는 압록강을 건너 오매에도 그리던 고국땅에 돌아왔소. 그날의 감격을 되새기노라니 문득 그날이 있기까지 있었던 일들이 주마등처럼 뇌리를 스쳐지나가오. 마침 며칠 전 신문에서 요즈음 중국에서 고 주은래(周恩來) 총리의 탄생 100주 년을 성대히 기념한다는 소식을 읽었소. 이에 내 인생의 한 토막에서 이 시 대의 위인인 그와 맺었던 여러가지 인연이 잊지 못할 추억으로 떠올랐소.

1955년, 내가 북경대학 4학년 때였소. 그해 4월 인도네시아 반둥에서 첫 아시아-아프리카 정상회의가 성공리에 열렸는데, 중국에서는 주은래 총 리가, 이집트에서는 나쎄르(Nasser) 대통령이 참석했소. 아직 외교관계도 없는(그때까지만 해도 이집트는 대만과 외교관계를 유지함) 두 나라 정상의 만남 이었지만, 양국간의 관계를 개선하기 위한 첫걸음으로 문화교류를 진행하 는 데 대한 합의가 이루어졌소. 사회주의 중국과 자본주의 이집트 사이에 서 일어난 하나의 이변이었소. 주총리의 능란한 외교솜씨가 가져온 결과물이었지. 이것이 내가 주은래와 맺게 된 인연의 싹이었소. 비록 이 싹은 후일 역인연(逆因緣)을 면치 못했지만, 40여년이 지난 오늘날까지도 한때의 아름다운 추억으로 남아 있는 것만은 사실이오.

이 합의에 따라 당시 나쎄르를 수행한 이집트 종교부장 바쿠리는 나쎄르의 밀명을 받고 반둥회의가 끝나자마자 비공식적으로 북경에 왔소. 방문목적은 중국에 이슬람이 있는가, 아랍-이슬람을 공부하는 학생들이 있는가 등의 실태를 알아보려는 데 있었소. 어느날 갑자기 흰 질바브(아랍인들의 겉옷)를 입은 건장한 바쿠리가 수업 참관을 한답시고 우리 학급에 찾아왔소. 마침 아랍어 공부시간이라서 그는 아랍어로 이것저것 말을 건네는 것이었소. 학급 학생이래야 고작 5명뿐이었소. 우리가 그런대로 묻는 대로 대답하자 내심 대견해하는 모습이었소. 그는 북경시내에 있는 이슬람사원도 돌아보면서 중국에 이슬람이 살아 있고, 또 아랍어를 공부하는 학생들도 있다는 현실을 확인하고 돌아갔던 것이오. 몇달 후 두 나라간에는 유학생을 교환한다는 '문화의정서'가 체결되기에 이르렀소. 그에 따라 우리 학급에서 두 명이 뽑혀 그해 겨울 이집트유학의 길에 오르게 되었소.

나는 중화인민공화국이 성립되어 3년도 채 안된 1952년 여름에 처음으로 실시된 '제1차 전국통일시험'에 응시, 합격하여 북경대학 동방학부에 입학했소. 연변 조선족학생 가운데서 북경대학 입학자는 단 2명뿐이었소. 당시 동방학부는 외교일꾼을 양성하는 것이 주 교육목적이었소. 그래서 교과목도 그러한 목적에 따라 편성되고, 학급도 소수의 정예학생들로 꾸려졌는데, 나를 제외한 우리 학급의 급우 4명(2명은 상해, 1명은 개봉, 1명은 해남도 출신)은 모두가 중국인민해방군 총정치부에서 추천한 군인출신 학생들이었소. 당시 학부 졸업생은 빠짐없이 적재적소에 기용되었소. 중국의 서울주재 1, 2대 대사와 이번에 새로 임명된 외교부장은 모두가 나의 동방학부 후배들이오. 모두들 일류대학에서 공부하고 양양한 전도가 보장된다는 데 대해 큰 자부심을 안고 정말로 열심히 공부했지.

유학을 떠나기 전날 밤 주총리(1957년까지 외교부장 겸직)가 우리를 자금성 총리실로 불렀소. 고등교육부장과 외교부부장 조리(助理, 차관보 격)가 동석했는데, 석상에서 주총리는 우리가 유학생으로 파견되게 된 경위를 회고하면서 우리가 중국의 '국비유학생 1호'라고 격려해주었소. 왜냐하면 그때까지만 해도 소련을 비롯한 동구의 사회주의국가에는 그 국가들의 지원으로 유학생을 파견하고 있었지만, 사회체제가 전혀 다른 자본주의국가에 국비로 유학을 보내는 것은 우리가 첫 경우였기 때문이오. 주총리는 외교관계도 없는 나라에 우리를 보내는 것이 못내 걱정이 되어서인지 여러가지 구체적인 배려를 해주었소. 엄하면서도 자상한 분이었소. 특히 내가 조선족임을 알고서는 더 친절을 베푸는 것이었소. 사실 그는 한국에 특별한 관심을 가진 중국지도자 중 한 사람이었소. 외교관을 꿈꾸던 그 시절, 그는 분명 내가 흠모하고 선망하는 귀감이었소.

1958년 유학을 마치고 돌아와 중국외교부에 근무할 때 통역관계로, 그리고 모로코주재 중국대사관을 신설하는 일, 알제리 독립전쟁을 지원하는 일 등으로 인해 몇차례 그와 만난 적이 있소. 그러나 아이러니하게도 바로 그때, 별로 미련으로 남아 있지 않은, 그저 하나의 에피쏘드에 불과한 일이 일어났지. 외교부 내 같은 부서에 주총리가문의 아가씨가 있었는데, 주변(인사담당관)에서 나에게 혼담건의가 있었소. 대사관 신설을 위해 모로코로 떠나기에 앞서 매듭을 짓자는 압력도 가해졌소. 그러나 나는 결코 받아들일 수가 없었소. '언젠가는 조국으로!'라는 신념의 기둥을 일찍부터 가슴속 깊이 박아놓아서 이족(異族)과의 이성문제는 전혀 고려 밖이었기 때문이오. 그것은 결코 생각의 좁음에서 오는 편단만은 아니고, 오히려 그 폭을 넓힘에서 오는 결단이었다고 나는 지금도 감히 자부하오. 인간관계로 보면 그것은 어쩌면 주총리와의 순인연(順因緣)이 역인연으로 반전하는 계기이기도 하였지. 참으로 인간관계란 예측불허하며 오묘하기도 하오.

그후 나는 북아프리카의 열사를 3년간 헤집고 다니다가, 일단 그곳 일이 마무리되자 조국으로의 귀환을 작심하고 외교부에 돌아왔소. 외교부의 거듭된 만류와 심지어 '하방(下放, 농촌이나 공장으로의 추방)'하겠다는 협박까지 받으면서도 초지일관하게 '조국으로!'의 결심을 굽히지 않았소. 마지막 수단으로 주총리에게 장문의 탄원서를 보내고 면담을 요청했소. 탄원서의 핵심은 귀국의 당위성을 강조한 것인데, 그 당위성의 요체는 민족분단의 극복에 헌신하려 한다는 것이었소. 그랬더니 며칠 후 직접상관인 제1부총리 겸 외교부장 진의(陳毅)가 나를 만나주면서 두 손을 꼭 잡고 환국 탄원을 공식인준한다고 했소. 전형적인 무장(중국 8대 원수 중 한 명)인 냉엄한 그였지만, 얼굴엔 온정의 빛이 흐르고 있었소. 그 이후로는 더이상 주은래 총리를 만날 수가 없었소. 이역에서 들려오는 것은 그가 그 무지막지한 문화대혁명의 소용돌이에 휩싸여 고초를 겪는다는 소식과 얼마 후 서거했다는 비보였소. 그리고 오늘은 그의 탄생 100주년을 기념하는 행사 이야기를 전해듣고 있소.

내가 오늘 한 개인과의 인연을 이렇게 새삼스레 회고하는 것은 나 자신을 다시 한번 그림으로 확인해보고 싶어서요. 인생이란 단순하게 가감승제(加減乘除)식으로 계산되는 것이 아니라, 밑그림을 바탕으로 하여 여러 가지 채색을 조화해 그림을 그리는 것과 같은 것이오. 나는 중국에서 태어나서 최고엘리뜨들만을 양성하는 일류대학을 나와 첫 국비유학생이라는 영예까지 지니고 모두의 선망의 대상인 외교관으로서 부러울 것 없는 전도가 약속되어 있었소. 사실 중국외교부에서 나처럼 외국어를 많이 구사하는 사람도 드물었소. 한때 유엔산하 전문기구의 요원으로 추천을 받기도 했으나 '미래'를 생각해 거절한 바도 있소. 한마디로 순풍에 돛을 달고 양양자득(揚揚自得)할 수가 있었소.

그러나 나는 이 모든 것을 미련없이 버렸소. 아무것에도 연연하지 않았소. 오로지 '조국으로!'의 길만을 택했소. 이것은 통일이라는 시대적 소명에 충실코자 결심한 분단시대의 한 민족적 지성인인 나 스스로가 택한 떳떳한 길이었소. 추호의 후회도 없는 올곧은 길이었소. 나는 인생관이 영글어가던 그 시절부터 체험을 통해 겨레의 소중함과 민족이 모든 것에 우선한다는 것을 통감했소. 더욱이 지난날 우리 겨레의 영광됨에 비추어볼 때, 이 시대의 분단은 더이상 감수할 수 없는 민족최대의 비극이고 치욕임을 피부로 느껴왔소. 주은래 총리라는 한 위인과의 인연이나, 이역에서의 그 어떤 영화도 '겨레의 품으로!'라는 나의 마음을 다잡거나 눅잦힐 수는 결코 없었던 것이오. 이에 대해 나는 오늘도 무한히 자긍하고 있소.

이제 꽃샘추위가 지나가면 봄은 우리 앞에 성큼 다가설 것이오. 그러면 백화(百花)는 오동통한 꽃망울을 하나둘씩 터뜨리겠지.

위공(爲公)

1998. 4. 12.

뒤뜨락에 핀 노란 민들레꽃 몇송이를 내려다보면서 봄을 읽고, 만개했을 벚꽃의 흐드러짐을 그려보고 있소. 춘화추월(春花秋月)이라, 봄은 꽃이고 가을은 달이라 하였거늘, 가냘프고 애잔한 저 몇송이 들꽃으로나마 나는 봄의 품에 안긴 기분이오. 먼산에 아른거리는 희읍스레한 아지랑이를 바라보면서야 나는 봄의 약동을 조금씩 느끼고 있소. 이 약동 속에서 우리는 2년 동안이나 무거운 발걸음으로 걸어오던 길고 침침한 터널의 한 굽이에 드디어 서게 되었소. 이제 모든 법정재판은 마무리되고 형이 확정되었으니까 말이오.

그동안 당신은 너무나 많은 노고를 치렀소. 형언할 수 없는 아픔을 가슴속 깊이 묻어두고 자신의 모든 것을 희생하면서 오로지 옥바라지에만 전념

해왔소. 동서와 처제의 혈육의 정도 나에게는 큰 힘이 되어주었소. 껄끄러운 변호를 맡아 수고하신 박원순 변호사님과 김한수 변호사님, 지성 어린 배려를 베풀어주신 김원모 교수님을 비롯한 주위의 여러분, 사제동행(師弟同行)의 의리를 지켜준 여러 제자들, 이들 모두에게 나의 진심에서 우러나온 고마움을 전해주오. 이들 모두의 은고를 영원히 잊지 않을 것이오.

그간 초심(지방법원)과 2번의 항소심(고등법원), 2번의 상고심(대법원)을 거쳐 이제 최종적인 법정판결이 내려졌소. 이제는 모든 것이 판가름났으니 아쉬움이 남더라도 툭툭 털고 새 출발을 해야 할 것이오. 숨가쁘게 터널의 한 굽이를 지나왔으니, 다리쉼이나 좀 하면서 지나온 길을 잠깐 되돌아보고, 앞으로 갈 길을 새로이 설계해봐야겠소.

그간 당신에게 보낸 편지에서나, 법정진술에서도 누누이 밝혔지만, 나는 젊음에 불타던 그 시절부터 오로지 분단극복을 우리 세대가 기필코 수행해야 할 시대적 사명으로 자각하고 모든 것을 뒤로 한 채 지금으로부터 꼭 35년 전에 고국에 돌아왔소. 환국 후 분단시대의 민족적 지성으로서의 양식을 지키려고 드팀없이 나의 길을 걸어왔소. 누가 뭐라고 해도 내 심령의 근본은 나라 사랑과 겨레 사랑, 나라 위함과 겨레 위함이오. 나는 모든 면에서 민족우선주의를 지향했소. 이것은 나의 신념이고, 이 신념은 예나 지금이나 변함이 없소. 그렇다고 나는 민족배타주의자나 협애한 민족주의자는 절대 아니오. 여러 민족이 창조한 각이한 문명들간의 교류사를 전공하는 학자로서 나는 그 누구보다도 민족이나 문명에 관해 그 외연성(外延性)과 원심력(遠心力)뿐만 아니라, 그 내재성(內在性)과 구심력(求心力)까지 이론적·실천적으로 천착하고 있다고 감히 자부하는 바이오. 내가 시종일관 추구하는 신념은 이러한 민족의 내재성과 외연성을 유기적으로 조화한 건전한 민족주의요. 이것은 시대의 소명과 정신에 부합하는 합리적인 민족주의이기도 한 것이오.

나는 일찍부터 이 시대를 살아가는 우리가 인생관의 좌표를 무엇으로 어떻게 세울 것인가에 대해 깊이 고민해왔소. 고등학교시절까지는 기차 한번 타보지 못한 시골뜨기였지만, 워낙 반일독립투쟁이 드세게 일어나고 선각자들이 많이 활동하던 고장에서 나서 자라다보니 유년시절부터 천방지축으로 이것저것 보고 듣고 읽곤 했소. 고전·사화·전기·소설·시집이라면 닥치는 대로 얻어서는 밤새워가면서 읽었지. 생소한 정치학이나 사회학 같은 서적도 마다하지 않았소. 고급중학교 때 수학 과대표를 맡았던 걸로 미루어 수리에도 별로 둔하지는 않았던 것 같소. 그러면서 청춘의 꿈을 키웠고 지적 세계에 한걸음씩 다가서기 시작했지.

그러다가 북경대학에 들어가니 거기는 말 그대로 별천지였소. 볼거리, 읽을거리가 지천에 깔려 있어서 지적 욕구를 충족시키기에는 부족함이 없었소. 게다가 학생신분이지만 격변기의 여러가지 사회운동에도 몸을 담아 세상사도 읽기 시작했소. 특히 겨레 사랑에서 나와 뜻을 같이하는 지인학우들과의 인생담론은 서로의 눈을 크게 뜨게 했소. 기억하건대, 대학 3학년 때의 설날인 것 같소. 나는 그들에게 보내는 연하장에 '위국헌기위지고(爲國獻己爲至高)'라는 칠언구(七言句)를 적어 보냈소. 뜻인즉, '나라를 위해 자기를 바치는 것이야말로 가장 숭고한 일이다'라는 것이오. 조금은 거창한 교설 같았지만, 사실 이것은 당시 타향살이에서도 나라와 겨레를 잊지 않고 미래를 설계하던 우리 열혈청년들의 한결같은 지향이자 인생의 좌표였던 것이오. 그들 속에는 이러한 숭고한 이상을 몸으로 실천한 지사들이 적지않았소. 그후 우리는 늘 이 말을 주고받으면서 초지를 다져나갔소.

그때부터 '위국헌기위지고'는 나의 넋과 얼에 무쇠기둥으로 버텨선 인생관의 좌표였소. '시대의 소명에 따라 지성의 양식으로 겨레를 위해 헌신한다'라는 내 삶의 화두도 결국은 이 좌표를 축으로 삼고 받침대로 하여 구사된 것이고, 지금의 옥살이에 '수류화개(水流花開)'란 좌우명을 붙인 것도 결국은 이 대좌표의 한낱 날줄에 불과한 것이오. 예수가 십자가를 걸머지고 하늘로 올라갔다면 나는 이 좌표를 움켜잡고 땅속으로 들어갈 것이오.

예로부터 제 이름 석자라도 쓸 줄 아는 사람이면 으레 호(號) 하나쯤은 가지는 것이 상례로 알려져왔지. 그도 그럴 것이 나이들었거나, 더욱이 어른대접을 받는 사람의 이름을 함부로 부르는 것은 불경스러운 일로 간주되어왔으니까. 그래서 아칭(雅稱)격으로 '호'란 것이 생겨났나보오. 그래도 나는 여태껏 그까짓 것은 무시해왔소. 전혀 생각해본 적이 없소. 그런데 이곳에 오니 지체 있는 요수(僚囚) 몇분이 호가 무엇이냐고 다그쳐 묻기에 없다고 하니, 의아해하면서 이것저것 지어주기까지 하는 것이었소. 조금 언짢은 일이기는 했지만 그제서야 호를 만들 생각이 나더군. 본의아니게 가명이 회자(膾炙)되는 마당에, 그것을 상쇄하기 위해서라도 호 하나쯤은 필요할 것 같았소.

궁리끝에 젊은 시절부터 내 인생의 좌표로 삼아왔던 그 칠언구에서 찾아보기로 했소. 그래서 처음 찾은 것이 '위국(爲國, 나라 위함)'이었소. 그러나 너무나 거창하고 직설적이며 딱딱한 감이 들어서, 은은(隱隱)하고 부드러우면서도 그 '위함'의 대상이 시대정신에 걸맞게 넓혀져서 좀더 보편성을 띠어야겠다는 생각이 들었소. 그래서 '위공(爲公, 남을 위함)'으로 바꾸기로 했소. '공(公)'자에는 10여가지 뜻이 있지만, 그 첫째는 『중용(中庸)』에서 언급하듯이 '평분무사(平分無私)', 즉 공변되어 사사로움을 버린다는 의미요. 요컨대 '공'은 '사(私)'의 대칭개념으로서 '나'나 '개인'이 아닌 '남'이나 '여럿'이란 뜻이오. 『서경(書經)』에도 '이공멸사(以公滅私)', 즉 '공으로 사를 멸하라' 했으니, 말인즉 '공을 위해 사를 버리라'는 것이오. 이것은 '위국헌기(爲國獻己)'와 꼭같은 맥락의 말이오.

결국 '공'은 '불사(不私)'이고 '사'는 '불공(不公)'인 것이오. 아울러 '공'에는 나라나 민족도 당연히 포함되어 있는 것이오. 황차 우리는 나라와 겨레 문제를 우선 과제로 풀어나가면서 글로벌시대의 남의 나라와 민족 문제도 함께 풀어주어야 하기 때문에 '공'의 개념도 이러한 시대정신에 걸맞게 확대되어야 할 것이오. 여기에 더해 작금 서방의 개인주의가 독버섯처럼 퍼져 사회의 공적 윤리도덕이 허물어지고 있는 이때, '불사(不私)'의 공공의식을 고양하는 것은 또하나의 시대적 소명이 아닐 수 없소. 그렇게 보면 '위국(國)헌기위지고'를 '위공(公)헌기위지고'로 고쳐 부르는 것이 좀더 가당한 것 같소. 이를테면 '공' 개념의 발전적 확대라고 말할 수 있을 것이오. 물론 이 두 칠언구의 본질적 내용, 즉 '내가 아닌 남을 위한다'는 대의명분에는 별 다름이 없소. 따라서 앞으로 굳이 호를 만든다면 '위공(爲公)'으로 할 작정이오. 한두 번이라도 불려질 계기가 있을는지.

밖에는 새싹을 움트게 할 봄비가 촉촉이 내리고 있소.

주어진 길을 걸어가리

1998. 4. 19.

바깥세상이라고 보이는 것은 뙤창에 비낀 조각하늘과 바둑판만한 뒤뜨락밖에 없소. 그것으로만 자연의 거창한 꿈틀거림을 어림잡아 더듬어야 하니 자못 야속하기만 하오. 그래서인지 절기에 대한 감각은 바깥세상보다 늘 한 템포 늦어지오. 내가 봄이 한창이라고 느끼는 지금, 아마 바깥의 봄은 저만치 무르익어 난숙해진 막바지가 아닐까 하오. 아무튼 아직 봄인 것만은 틀림없겠지. 봄에 살고픈 마음에서 자꾸 그렇게 믿고 싶소.

자고로 '봄은 시름의 계절이고 가을은 사색의 계절'이라고 했소. 봄이 오면 한해의 농사일을 걱정해야 하니 시름이 생길 수밖에 없었겠지. 때마침 나도 근 두 해나 끌어오던 법정재판이 끝나서 앞으로의 일을 걱정해야 하니, 이 또한 '춘수'가 아니겠소? 그러나 이러한 시름이나 걱정은 어디까지나 새봄을 맞아 미래를 새로이 꿈꾸기 위함이므로 결코 소극적이거나 부정적이지 않고 적극적이고 긍정적인 걱정이고 시름인 것이오. 그런가 하면 가을은 또 가을대로의 상념이 있게 마련이오. 봄날에 씨앗을 뿌리고 여름내 땀흘려 가꾼 보람으로 가을철에 넉넉한 결실을 거두어들일 때면 자연히 지내온 일들에 대한 술회의 사색에 잠기게 될 것이오. 또한 농한기인 겨울을 앞두고 보낼 일을 사색하게도 될 테지. 아무튼 봄과 가을은 할 일들을 두고 머리를 써야 하는 계절이오.

마냥 봄의 시름을 달래주려는지 뒤뜨락엔 며칠 전만 해도 몇송이밖에 보이지 않던 민들레가 오늘따라 스무 송이도 넘게 노란꽃을 소담스레 드러내놓고 있소. 이제 한 주만 지나 당신의 생일날쯤 되면 민들레꽃이 한뜨락 가득 피어날 것 같소. 미리 그날을 축하하오. 가장 흔하고 소박하고, 그래서 가장 아름답고 값진 저 들꽃의 축하를 감사히 받아주오.

영어(囹圄)의 신세에서 당신의 생일을 두번째로 맞는구려. 지난해에는 우리가 함께 몇년 전에 담가둔 두견주를 당신의 생일선물로 삼았지. 올해에는 내 마음에 늘 고이 간직해온 시를 한 편 선물로 보내오. 내 가슴팍에 늘 한 홉의 샘물로 고여 있는 그 시편은 다름아닌 윤동주(尹東柱)의 유명한 「서시(序詩)」요.

> 죽는 날까지 하늘을 우러러
> 한점 부끄럼이 없기를.
> 잎새에 이는 바람에도
> 나는 괴로워했다.
> 별을 노래하는 마음으로
> 모든 죽어가는 것을 사랑해야지.
> 그리고 나한테 주어진 길을
> 걸어가야겠다.

오늘 밤에도 별이 바람에 스치운다.

내가 윤동주를 존경하고 그의 시를 사랑하는 데는 나와 동향이라는 각별한 이유가 하나 더 있소. 우리 모두는 북간도(지금의 중국 연변)에 흘러간 유랑민의 자손들이오. 그가 나서 자란 마을은 명동촌(明東村)이라고 하는데, 내가 나서 자란 명천촌(明川村)과는 얼마 떨어져 있지 않소. 두 마을은 행정적으로 지신구(智新區, 여기의 면에 해당)에 속해 있었소. 명동촌은 일찍이 해외 독립지사들의 활동거점으로서 그곳에는 북간도에 간 조선인들이 세운 첫 중학교인 명동중학교가 있었소. 이 학교는 시인의 외삼촌이 주축이 되어 세운 것으로 기억하고 있소. 작고한 '늦봄' 문익환 목사는 시인과 한마을에서 같이 자란 급우였소.

독립운동의 새싹들이 움터가는 데 지레 겁을 먹은 일본놈들은 이 명동중학교를 다짜고짜 불살라버렸소. 그후 그곳에서 약 30리 거리에 있는 용정(龍井)에 그 후신으로 은진(恩眞)중학교가 세워졌소. 이 학교는 윤동주의 모교요. 그래서 그 교정자리에 그의 동상이 세워져 있다는 기사를 읽은 적이 있소. 나의 큰 매부도 이 중학교를 다녔소. 시인은 은진중학교를 중퇴하고 평양 숭실중학교로 전학했으나, 이 학교가 일본놈들에 의해 폐교되자, 다시 용정에 돌아와 이번에는 광명중학교에 편입하여 중학과정을 마치게 되오. 광복 전 용정은 재만(在滿) 조선인들의 제2의 고향이기도 한 북간도의 중심지로서 은진중학교를 비롯해 4개의 중학교가 있었는데, 내로라하는 재목들을 적지않게 배출했소. 그 전통을 이어받아 광복 후에는 여기에 연변(북간도) 유일의 고급중학교가 생겨났는데, 나는 이 학교의 제2기 졸업생(약 220명)이오. 이처럼 용정은 나에게 꿈을 키워준 고장이오.

용정, 하면 금세 떠오르는 것이 저 유명한 「선구자」라는 노래요. 그 시절 교가처럼 불러오던 그 노래가 근 50년이 흘러간 지금도 내 영혼에 깊은

명동촌에 있는 윤동주 시인의 생가.

여운으로 남아 있소. 다행히 이곳에 와서도 여러번 그 노래를 들었고, 또 어느 잡지에서는 연변을 다녀온 한 여행가의 글에서 노래가사를 한번 읽을 수가 있었소.

> 일송정 푸른 솔은 늙어늙어 갔어도
> 한줄기 해란강은 천년 두고 흐른다
> 지난날 강가에서 말달리던 선구자
> 지금은 어느 곳에 거친 꿈이 깊었나
>
> (…)
>
> 용주사 저녁종이 비암산에 울릴 때

사나이 굳은 마음 길이 새겨두었네
조국을 찾겠노라 맹세하던 선구자
지금은 어느 곳에 거친 꿈이 깊었나

1930년대 초반에 지은 힘차고 정열적인 노래요. 일송정·해란강·용주사·비암산, 이 모두가 나에게는 너무나도 다정한 이름이고, 익숙한 곳들이오. 조국을 찾겠다는 강인한 투지와 개척정신을 지닌 선구자들이 말을 타고 해란강변을 달리는 그 씩씩한 모습이 눈앞에 선히 떠오르오. 윤동주는 바로 이러한 고장에서 선구자의 정기를 타고 나서 자랐소.

여기서 한가지 짚고 넘어가야 할 것은 이「선구자」의 작사자와 작곡가에 대한 평가문제요. 내가 구체적으로 연구한 바는 없지만, 그들이 훗날 만주에서 친일행각을 벌였다는 이야기를 들은 바가 있소. 그들의 이러한 반민족적 반역행위는 마땅히 역사의 준엄한 심판을 받아야 할 것이오. 그러나 이 노래만큼은 1930년대 초 용정을 중심으로 한 간도일원에서 세차게 벌어지던 반일구국투쟁의 모습을 그런대로 그려내고 있으며, 또한 어린 시절 내가 야학이나 학교에서 귀에 익게 불렀던 노래라서 한번 상기해 봤소. 인생은 새옹지마이고, 역사에는 정면교사(正面敎師)와 더불어 반면교사(反面敎師, 나쁜 본보기로서의 사람이나 일)도 있는 법이오. 역사의 찌꺼기는 말끔히 가셔내야 하오.

윤동주는 천재적인 민족시인이오. 그는 소학교시절에 벌써 동시를 썼고, 중학교 때부터는 본격적으로 잡지에 발표를 했소. 연세대의 전신인 연희전문 문과를 졸업하고 일본에 유학가서는 영어를 전공하면서 계속 주옥같은 시를 발표하오. 그러던 그가 일본유학시 몇몇 학우들과 함께 독립운동을 했다고 하여 이른바 '사상범'에 걸려 2년형을 선고받고 후꾸오까(福岡)형무소에 수감되어 옥고를 치르게 되오. 그러다가 애석하게도 광복을 6개월 앞두고 갑자기 병고로 옥사하오. 그의 나이 29세. 시신은 용정의 한

동산에 묻혔소.

내가 그의 시를 처음 접한 것은 고급중학교 때였소. 시인이자 국어 담당 교사인 서헌(徐憲) 선생이 시인의 생애와 작품들을 가르쳐주었소. 그중에는 「서시」도 끼어 있었던 것 같소. 특이한 것은 윤동주는 작품마다에 꼭 쓴 날짜를 명기하곤 했소. 시인의 면밀함이지. 연세대 한국어학당 연줄로 서울에 온 나는 도착한 다음날(1984년 4월 30일) 곧바로 연세대에 찾아갔소. 뜻밖에도 교정에서 고향선배 윤동주의 시비를 발견했소. 너무나 감개무량했소. 이튿날 남몰래 장미 한 송이를 들고 시비를 찾아가 헌화만 슬쩍하고 돌아섰소. 그후 연세대에 갈 때마다 한번도 놓치지 않고 시비를 찾아가 한바퀴 돌아보곤 했소. 때로는 꽃송이만 드리고, 때로는 「서시」가 새겨진 비문을 속으로 몇번이고 되뇌기도 했소.

차제에 고급중학교의 은사이신 서헌 선생을 한번 회고해보려고 하오. 훤칠한 키에 미남형의 선생은 이름날린 시인이었을 뿐만 아니라, 배구실력도 수준급이었고, 글씨 또한 명필이었소. 나는 선생의 교무실이나 사숙(私宿)에 자주 찾아가 시작(詩作)을 지도받으면서 선생으로부터 많은 책들을 빌려 봤소. 선생은 늘 친절하게 가르쳐주셨소. 1951년 고급중학교 2학년 때라고 기억되는데, 중화인민공화국 창건 두 돌에 즈음해 내가 축시를 썼소. 썼으면 얼마나 잘 썼으련만, 선생은 몇군데를 고쳐서 국어시간에 학급(4학급)마다 들어가셔서는 그 서투른 '시'를 친히 읊는 것이었소. 그리곤 교내게시판에 올려놓기까지 하셨소. 선생의 기대와는 달리 나는 문학의 길이 아닌, 다른 길로 들어섰소. 그래도 선생은 나를 대견스럽게 떠나보내셨소. 선생이 계셨기에 나는 인생에서 '시'라는 별미를 맛볼 수가 있었소. 시간은 반세기를 훌쩍 넘었소. 지금쯤 생존해 계시는지. 그리운 선생의 모습이 눈앞에 선히 떠오르오.

가끔 '하늘을 우러러' 지난날을 돌이켜보면 모자란 일, 못다한 일이 너무나 많소. 그러나 시인이 간절히 읊조리듯, 이제부터라도 더 분발해 정말로 '죽을 때까지 하늘을 우러러 한점 부끄럼이 없는' 그러한 삶을 살아갈 것이오. 그러자면 '주어진 길'을 꿋꿋이 걸어가는 것뿐이오. 나에게 '주어진 길'이란, 시대의 소명을 받들고 지성의 양식으로 겨레에 헌신하는 한 지성인으로서 걸어왔던 바로 그 길이오. 그 길밖에 다른 길은 없었고, 또 없소.

역사에는 시대의 애타는 부름에 호응코자 흔쾌히 가시밭길을 택하고 스스로 고난의 십자가를 짊어졌던 아름다운 사람들이 적지않소. 그것은 그 누군가가 가시밭길을 걸어가고 고난의 십자가를 짊어져야만 비로소 시대와 역사의 수레바퀴가 앞으로 굴러갈 수 있기 때문이오. 나는 비록 기로(耆老)의 인생, 흔히들 표현하는 '여생(餘生)'에 접어들었고, 지금은 갇혀 있는 몸이지만, 내가 달리 선택할 수 없었던 이 '주어진' 한길의 연장선상에서 학문이면 학문, 그리고 무언가 겨레에 이바지되는 일로 생을 마치려고 하오.

오늘은 고향선배의 시 한 편을 읊어보았소. 시란 늘 얼과 마음, 생기와 희망, 열과 빛, 정과 의지를 아울러 발산하고 응축시키기도 하면서 삶의 정서를 극대화시켜주는 영물이오. 여기에 시의 묘미와 매력이 있소. 그래서 아마 시쓰기가 접어버린 지 오래 된 그 시절의 꿈이었나보오. 시의 묘미와 매력은 늘 나를 유혹하고 있소. 막상 적막과 정태(靜態)만이 감도는 이 닫힌 세상에 몸 담고보니, 그 율동적인 묘미와 매력을 더더욱 절감하게 되오.

이제 재판도 끝났으니 내가 여기 청계산도량을 하직할 날도 얼마 남지 않았소. 여기서의 면회도 몇번 안 남은 것 같소. 인생에서 왕복기차표를 발행하는 법은 없소. 순간순간이 지나면 모두가 과거로 되어 다시는 돌아오지 않소. 여기 청계산기슭에서 투명창을 사이에 둔 우리의 2백여회나 되는 만남도 서서히 과거로 흘러가고 있소. 그러나 청계산초목은 결코 무심치 않을 것이오. 그 푸르름으로 늘 우리의 앞길을 지켜줄 것이오.

제2부

새끼줄로 나무를 베다

대구교도소에서

새끼줄을 톱 삼아 나무를 베다

1998. 5. 27.

아직은 제철이 아닌데도 불볕더위니, 열대야니 하는 지긋지긋한 말들이 자주 들려오고 있소. 불청객인 엘니뇨의 여파로 올여름에는 평균기온이 평년보다 2~3°C 가량 더 높은 고온현상이 나타날 것이라고 하오. 이에 따라 농작물피해는 물론이거니와 생태계에도 혼란이 일어나서 사람의 생체리듬마저 깨지면서 발병도 불가피할 것이라고 하오. 무시무시한 소리요. 아무튼 심상찮은 조짐이니 잘 대비해 무사히 넘겨야 할 것이오.

당신에게 지난 두 해의 여름은 평상기온에 '마음의 더위'를 더하다보니 예상되는 올여름의 엘니뇨더위에 결코 못지않은 '폭염의 여름'이었지. 그래도 당신은 슬기롭게 헤쳐나갔소. 이제 '마음의 더위'가 한결 가셨으니, 고약한 엘니뇨가 제아무리 기승을 부린다고 하더라도 대수롭지 않겠지. 더위엔 당신이 나보다 강한 편이지. 천만다행스러운 일이오. 그러나 무시는 하지 마오. 만사에서 무시는 안일을 자초하고, 안일은 파탄을 결과하는 법이오. 유비무환(有備無患)은 바로 이런 경우를 두고 하는 말이오.

이곳 대구는 분지라서 여느 곳보다 더위가 심하다고 들었소. 벌써 그것을 체감하오. 그러나 아직은 괜찮소. 더우면 더운 대로 사는 것도 하나의 지혜요. 이곳으로 이감온 지도 어느덧 3주가 되었소. 감옥이야 그것이 그것이겠지만, 산천이 다르고 사람도 바뀌었으며 미결수에서 기결수로 넘어갔으니 생활이 전과 똑같을 리는 없겠지. 그러나 차츰 익숙해지고 있소. 이제 이곳은 또다른 인생 도야의 도량이오. 도량이니만큼 정말로 '새끼줄을 톱 삼아 나무를 베는[繩鋸斷木]' 의지와 끈기를 가지고 정진해야 할 것이오. 비록 여리고 하찮은 새끼줄로라도 꾸준히 나무를 베다보면 결국 나무는 베어지게 마련인 것이오. 질기고 차진 끈기를 요할 때 흔히 쓰는 표현이지.

해를 거듭하면서 옥살이를 하는 데서 필요한 것은 이러한 끈기라고보오. 자칫 시간이 흘러감에 따라 반복되는 일상에 지겨워지고 식상하여 끈기를 잃고 게을러질 수가 있지. 고사에 이르기를 "몸은 수고롭게 하지 않으면 게을러져서 허물어지기 쉽다〔形不勞則怠惰易弊〕"라고 했소. 몸을 '수고롭게 하지 않는다'라는 말은 곧 '노력하지 않는다'라는 뜻이 되겠소. 여러가지 깨우침을 엮은 프랑스의 한 잠언집(箴言集)에 이와 통하는 적절한 비유가 하나 있소. 즉 게으름을 '레모라'라는 고래에 비유하고 있소. 이 고래는 아무리 큰 배라도 가지 못하게 막아선다고 하오. 그래서 바닷사람들은 폭풍우보다도 이 고래를 더 무서워하는데, 이 '레모라'가 바로 우리 마음속에서 걷잡을 수 없는 훼방을 놓아 사람을 무너뜨리는 게으름이라는 것이오. 재미있는 비유 같소.

사실 사람의 정신세계에서 가장 악착스럽고 집요한 것 중의 하나가 바로 게으름이란 요물이거든. 일단 게으름병에 걸리기만 하면 마음에 녹이 슬고 육체에 좀이 생기는 법이오. 게으름은 마약처럼 당초에는 정신을 혼미하게 하다가 점차 육체로 퍼져서 급기야는 전신을 마비시키고 허물어버리는 것이오. 그리고 게으름은 자신의 게으름으로만 끝나지 않고 옆사람까지 그 게으름의 텃밭으로 유인하는 것이오. 그래서 흔히 예사롭게만 여기던 이 게으름이 마침내는 '레모라'로 변모하여 자신과 함께 타인까지 잠식해버리는 어마어마한 화근이 되고 마는 것이오. 알고보면 게으름은 어지간한 병폐가 아니오.

게으름이란 결국은 의지의 나약함에서 오는 것이오. 셰익스피어(W. Shakespeare)는 "우리의 육체가 정원이라면 우리의 의지는 그 정원을 가꾸는 정원사"라는 유명한 말을 남겼소. 정원사가 변변치 못하면 정원이 제대로 가꾸어질 리가 만무한 것처럼, 의지가 게으름 같은 질병에 감염되어

나약해지면 육체가 파리해질 수밖에 없는 것이오. 그래서 선현들은 노력하지 않으면 게을러져서 육체가 허물어진다고 했나보오. 게으름의 반대는 부지런함이오. 토끼 같은 약삭빠른 게으름이 아니라, 거북이 같은 우직한 부지런함이야말로 성공의 열쇠이고 목표로의 지름길인 것이오. 에디슨(T. Edison) 같은 천재적 발명가도 "천재는 1퍼센트의 영감(inspiration)과 99퍼센트의 땀(perspiration)으로 이루어진다"라고 단언했소. 흔히들 천재의 비밀은 천부적인 두뇌(영감)에 있다고 생각하는데, 사실은 두뇌보다는 땀, 즉 노력에 있다는 것이오.

나는 자신만의 세계를 가지는 독거(獨居)의 공간에서 일상의 단조로운 반복에서 쉬이 올 수 있는 게으름이나 느즈러짐을 새삼 경계하게 되오. 또한 아직 갈 길이 멀고 해야 할 일도 많으니 부지런함과 땀으로 거듭 자신을 채찍질하게 되오. 오로지 이렇게 할 때만이 매일매일 무언가 한가지라도 성취하여 늘 물이 흐르고 꽃이 피듯 발랄하고 생기돌게 생활해나갈 수가 있을 것이오.

5월도 이제 며칠 남지 않았소. 이달은 명실상부한 '가정의 달'로서 어린이날, 어버이날, 스승의 날 같은 정겹고 훈훈한 날들이 줄줄이 이어져 있소. 돌이켜보면 그 어느 것 하나 제대로 챙기지 못했소. 미안하고 한스럽기만 하오.

'가죽코 짚신'에 깃든 자애

1998. 6. 14.

때 이르게 장마가 찾아왔나보오. 밤새껏 내리꽂히던 장대비가 어지간히 숨을 죽이기는 했지만 아직 멈추지는 않는구려. 낮게 드리운 먹구름이 여태껏 가탈을 부리는 것으로 보아 쉽게 갤 것 같지는 않소. 벌써 이틀째요.

바깥세상에서야 날씨의 변덕에 곧잘 신경을 쓰기도 하고, 생활의 리듬을 조절하기도 하며, 변덕 뒤의 정상 같은 것을 기대해보기도 하지. 그러나 이곳 생활에서는 그런 것이 무의미하고 또 허용도 되지 않으니 자연이 부리는 조화나 변덕을 그저 덤덤히 스쳐보낼 수밖에 없소. 자칫 이러한 덤덤함이 고질적인 성벽(性癖)으로 굳어지지나 않을까 사뭇 걱정되오. 사실 자연에 대한 덤덤함보다는 인간사, 내가 아닌 다른 사람의 인간사에 대한 담담함이 더 걱정되는 현실이 내 눈앞을 배회하고 있소.

지난밤 자정에 프랑스에서 열리고 있는 월드컵 축구대회에서 우리나라와 멕시코의 첫 대결이 있었지. 축구팬 그 이상인 내가 바깥에 있었더라면 아마 밤을 지새워가면서 제딴에 흥분했을 것이오. 그러나 나는 그 시각을 고즈넉이 잠으로 때울 수밖에 없었소. 이제 모든 시끌벅적한 인간사가 마냥 높은 주벽 너머의 '딴세계'로만 담담히, 그리고 나와는 무관한 일로 비쳐오는 것만 같소. 무슨 일에 감질이 생겨도 그냥 묵묵히 홀로 새겨야만 하는 것이 지금의 내 처지이고보면 당연히 그럴 수밖에 없겠지. 사실 나는 이러한 자연에 대한 덤덤함과 인간사에 대한 담담함을 어쩔 수 없는 현실로 받아들이면서도, 한편으로는 이율배반적으로 그것을 아쉬움으로 개탄하고 애써 털어버리려 하고 있소. 그것은 내 인생역정에서 자연과 인간사는 항시 나와 함께하면서 삶과 앎을 가르쳐주고, 또 앞으로도 그렇게 될 수밖에 없기 때문일 것이오.

이 시각에 지구상의 뭇사람들을 들볶는 축구라는 조그마한 인간사 하나만 봐도 나와는 결코 무관치 않소. 더욱이 요즘 축구는 나에게 한낱 옛추억으로만 남아 있지 않고 현실의 삶으로 다시 인연을 맺고 있으니, 참 신통한 일이지. 이곳에 와서는 운동시간이면 몇몇 요수(僚囚)들과 어울려 자그마한 뜨락에서 농구나 족구 같은 운동으로 몸을 담금질하고 있소. 흘러간 40여년 세월의 길이로 가늠한다든가, 또 지금의 절룩다리질환(인대파열과 신경마비증)으로 봐서는 도무지 어림없는 일이지만, 그래도 이 나이에 나름의 운동쎈스를 되살려 의외의 근골(筋骨)을 과시하고 있는 셈이오. 이것은 아마도 그 시절에 축구로 싹틔운 운동배아(胚芽)가 여태껏 잠재해 기능하고 있기 때문이 아닌가 하고 생각하오.

각설하고 실토하면 나는 대학시절에 꽤 한다 하는 축구선수였소. 대학동기들(물론 중국인들)더러 나를 회상하라고 하면 아마 '곱슬머리 5번'을 빼놓지 않을 것이오. 그것은 내가 대학축구팀에서 맡은 포지션이 '5'번이었으니까. 지금과는 달리 당시 축구 운영은 2-3-5체제로서 5번은 오늘의 미드필더(당시는 3명)인 중간포지션이오. 그때나 지금이나 이 자리는 공수를 겸해서 맡는 중요한 자리요. 내 체격과 기량이 그 자리를 감당할 수 있다고 하여 내내 지정되다시피 했소. 당시 대학생들에게는 매일 한시간씩 문화체육활동이 교과과정으로 의무화되어 있어서 누구나가 한가지 이상의 활동에는 참가하게 되어 있었소. 기량이 제대로 갖추어져야 할 뿐만 아니라, 학업성적 또한 좋아야 선수에 선발될 수가 있었지.

경기는 대체로 일요일에 진행되었는데, 우리 북경대학 축구팀은 북경을 중심으로 한 화북(華北)지역(당시는 아직 전국규모의 리그전 같은 것은 없었음)에서는 굴지의 강팀이어서 경기가 자주 있었소. 학생들은 물론, 식당취사원을 비롯한 대학직원들 모두가 열렬한 팬이었소. 몰려다니며 응원하는 것이 정말 가관이었지. 선수라는 자부심도 대단했소. 넓은 운동장을 활개치며 누비던 젊은 그 시절이 아름다운 추억으로 남아 있소.

이렇게 대학시절의 축구이야기를 끄집어내니 자연히 어린 시절의 공차기가 삼삼히 떠오르오. 나는 어릴 때부터 공차기를 무척 즐겼소. 척박한 시골이라서 학교체육시간에나 겨우 가죽공을 차볼 뿐, 그 외에는 헌 천뭉치를 삼끈이나 가죽끈으로 얼기설기 묶은 '뽈'(공)이 고작이었소. 물에 젖기나 하면 후줄근해져서 무게가 갑절이나 나가지. 큰 돌멩이만 대충 추려낸 모래밭을 운동장 삼아 굴리다보니 몇번 못가서 공은 걸레조각이 돼버리기가 일쑤지. 일요일이나 농한기인 겨울철이 오면 마치 출정하는 용사마냥 으쓱대면서 이 마을 저 마을 찾아가서는 같은 또래들과 시합을 벌였는데, 때로는 참외나 살구, 옥수수튀밥이나 해바라기씨 같은 먹거리를 놓고 내기시합을 하기도 했지.

그런데 제일 큰 문제가 신발이었소. 아무리 새것이라도 짚신은 몇번 공차기에 부대끼기만 하면 금세 거덜이 나버리거든. 돌뿌리라도 잘못 걷어차는 날에는 그 자리에서 문드러져버리고. 그래서 고안해낸 것이 짚신코에 가죽을 덧대는 이름하여 '가죽코 짚신'이라는 것이오. 오늘의 축구화인셈이지. 무시로 갈아야 하는 이 '축구화'를 아버지와 어머니가 번갈아가면서 마련해주셨소. 평상시에는 신지 않고 아껴두었다가 공차기할 때만 따로 챙겨서 신곤 했지. 나는 다른 친구들보다 좀 드센 편이어서 '축구화'가 빨리 해지곤 했소. 그렇지만 두 분께서는 나무라거나 꾸지람하시는 일이 별로 없으셨소.

겨울이면 꽁꽁 얼어붙은 '가죽코 짚신'을 부뚜막에 올려놓았다가는 새벽 일찍 말끔히 고쳐주시던 당신들의 그 애틋한 모습이 지금도 눈앞에 선하오. 때로는 그 참뜻을 제대로 헤아리지 못하고 그저 당연한 일로만 여겼지. 그러다가도 같은 일로 친구들이 부모님께 꾸지람을 들었다는 소리를 들을 때면 그제서야 당신들의 남다른 사랑을 느끼곤 했소. 그렇다면 으레 얌전해져야 하는데도 오히려 더 세차게만 놀았소. 이것이 바로 어린이의 천진난만이고 자식의 응석부림이라고 할진대, 그 무례함을 오히려 귀엽게만 여기시고 장하게만 받아들이시던 당신들의 그 웅심이야말로 지금인들 어찌 다 헤아릴 수 있겠소? 당신들의 그 깊고 질박한 자애가 없었더라면 나는 그만 개천에 묻혀버린 범부의 신세를 면치 못했을 것이고, '가죽코 짚신'에나 만족하는 저변의 인생에 머물고 말았을 것이오.

고급중학교 때는 한창 향학열에 불타다보니 운동은 거의 뒷전으로 밀어놓았소. 대학에 들어와서도 처음에는 그런 꼴이었으나, 앞에서도 말했듯이 운동이 의무화되자 내친김에 '끼'가 되살아났던가보오. 40~50여년 전 그 시절에 종작없이 덤벙대던 일이 지금에 와서 그 효험이 재발하리라고는 꿈에도 생각 못했소. 여타 예능과 마찬가지로 운동이 운동을 낳는가보오. 이를테면 운동신경이라는 유전인자가 시간을 초월해 작동을 멈추지는 않는가보오. 그래서 우여곡절의 인생역정에서도 기회만 생기면 운동을 즐겨왔던 것이오.

그러나 요즘만큼 운동의 절실함을, 어쩌면 살아남는 데의 필수로까지 느껴본 적은 일찍이 없었소. 이때까지는 운동이 한낱 육체적 단련이나 취미 내지는 선택에 머물러 있었다면, 지금은 사활이 걸린 정신적 청정제와 육체적 보강제가 되었으니 그럴 수밖에 없겠지. 운동할 때만은 모든 잡념이 깡그리 덜어지고 그야말로 심신을 새롭게 하는 정신적 신진대사가 이루어지거든. 그래서 일과 중 제일 기다려지고 아끼는 시간이 바로 운동시간이오. 정말로 운동시간만큼은 일각이 천금이오. 비록 제한된 시간이지만, 그 시간만큼은 나도 남들과 한하늘을 이고 사는 자유인으로 돌아가서 창공으로 비상하는 기분에 사로잡히지.

우송한 책 여덟권은 받았소. 그밖에 '세계지도첩'도 한 권 필요하오. 한 가지 특기할 것은, 지난 4일자로 당신이 지난해 2월 말에 들여보낸 『국어대사전』(총 2,349면)을 처음부터 마지막까지 빠짐없이 한번 쭉 훑어본 일이오. 도대체 내가 우리말을 얼마나 아는가를 시험해보고도 싶고, 또 좋은 글이나 책을 써내자면 우리말을 더 많이, 더 잘 알아야 하기 때문에 지난해 3월 26일부터 약 433일간 표제어를 중심으로 매일 아침 첫 일과로 약 40분간 5~6면씩 한자한자 체크하면서 읽었소. 생소하거나 필요한 어휘들은 꼭꼭 점을 찍어 표시하거나 다른 책 행간에 메모하였다가 밤에 취침 전 한번씩 복습하곤 했소. 말하자면 사전을 통째로 공부한 셈이오. 이런 식의

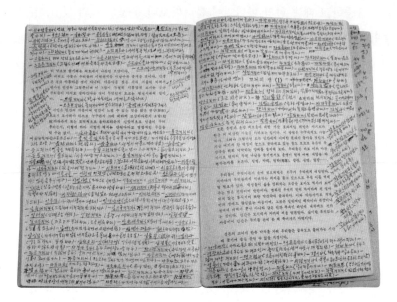

국어사전에서 만난 낯선 우리말을 보던 책의 여백에 적어가며 복습했다.

공부는 학생시절에도 몇번 경험했소. 좀 따분했지만 영락없이 고진감래를 실감하고 있소. 보기에 따라서는 미련한 짓이라고 하겠지만, 나는 결코 그렇게 생각지 않소. 경험은 나에게 긍정만을 일깨워주었소.

  이제 장마도 시작되고, 장마가 끝나면 또 한여름 더위가 한껏 기승을 부릴 테니 건강에 각별히 유의하기 바라오. 소문난 대구 찜통더위가 막무가내로 다가오고 있소. 올 테면 오라지.

'생의 시계'는 멈춰세울 수 없다

1998. 7. 6.

　　여기는 연일 호우성 장맛비에다가 불청객 열대야까지 엄습해서 종일 눅눅하고 후덥지근하오. 우리나라에서는 보통 장마가 끝나는 이 달 20일경에나 열대야가 찾아오는 법인데, 올해는 느닷없이 보름 이상이나 앞당겨온 셈이오. 이것 역시 엘니뇨의 영향 때문이라고 하오. 그놈의 엘니뇨가 무슨 요물단지이기에 인간은 물론, 천고불변의 자연마저도 그토록 심한 곤혹을 치르게 하는지 통 모를 일이오.

　　열대야는 분명 기상이변임에는 틀림이 없소. 낮에는 더울 대로 덥다가도 밤이 되면 그런대로 기온이 내려가 더위를 식혀줌으로써 또하나의 '밤의 은전'을 베풀어주는 것이 상도(常道)이나, 그렇지 않으니 결국 '이변'이 아닐 수가 없소. 이렇게 열대야 그 자체가 상도를 벗어난 이변인데다가 올해처럼 찾아드는 시기마저도 예사롭지 않으니, 그야말로 이변 중의 이변이오. 사실 이러한 이변은 어제오늘 처음 당하는 일은 아니고, 엘니뇨를 몰랐을 때에도 일어난 일이기에 크게 겁먹고 호들갑을 떨 것까지는 없지. 어쩌면 자연현상이란 인간의 의지나 감지와는 무관하게 내밀히 일어나는 이러한 이변의 연속이고 작용이며 결과일는지도 모르지. 따라서 그것을 있는 그대로 받아들이고 천연덕스럽게 대처해나가는 것이 인간본연의 자세일 것이오. 기왕 열대야가 하나의 이변이라면, 그것은 비상(非常)과 곤혹의 상징이 아닐 수 없소. 그러나 모든 일은 일단 알고나면 불안이 가시고 대처방도도 생기는 법이오.

　　인간사도 마찬가지요. 누구나 다 '인생의 열대야'를 겪을 수가 있소. 다만 예정된 장마 뒤의 열대야인가 아니면 불의에 장마와 더불어 들이닥친 더 지긋지긋한 열대야인가, 또는 때를 앞당긴 것인가 아니면 늦춰진 것인가 하는 등 정도나 시기에만 다소 차이가 있을 뿐이오. 인생에서 열대야처럼 돌발하는 비상이나 곤혹의 도전을 현실로 인정하고 슬기롭게 응전해나가는 것이 또한 인간본연의 자세이고 슬기인 것이오. 내가 갇힌 신세가 되어 넘을 수 없는 높다란 주벽을 사이에 두고 세상과 등지고 있는 것도 다름아닌 인생살이에서의 '열대야'라 할 수 있소. 나는 지금 막 30°C의 고온 속에서 창살을 후려치는 빗물로 내 마음의 꽃나무에 촉촉이 물을 주어 꽃이 망울지고 피게 하고 있소. 이를테면 '수류화개'요.

어느 시인이 몇년 동안 수감생활을 하는 한 지인의 감옥살이를 빗대어 '잃어버린 시간'이니, '멈추어선 생의 시계'니 하고 쓴 시 구절을 읽은 적이 있소. 그렇소. 흔히들 생각하는 것처럼 갇혀 있고 묻혀 있는 이곳 생활을 통틀어 삶의 '정지'나 '소외', '허송세월' 등으로 편단(偏斷)하면, 이 시인과 같은 비명을 지르고 비관을 토할 수밖에 없게 되겠지. 그러나 나는 절대로 그렇게 생각하지 않소.

시간은 우리가 어디에 있든지 관계없이 '그림자만 남기고 미래의 영원으로 날아가는 화살'이오. 시간에는 궁전과 감옥이 따로 없고, 얻음과 잃음이 아예 예정되어 있는 것도 아니오. 시간은 누구에게나 똑같이 주어지고, 누구나가 욕심껏 소유하고 지배할 수 있는 것이오. 다만 그 씀씀이에 따라 시간이 남겨놓는 그림자(흔적)가 다를 뿐이오. 그 어디에서건간에 시간의 소중함을 망각하고 헛되게 보낸다면 그것은 곧 '잃어버린 시간'이 될 것이며, 따라서 그 시간은 이렇다 할 그림자 하나도 남겨놓지 못할 것이오. 그렇게 되면 가뜩이나 짧은 인생이 시간의 낭비에 의해 더욱 짧아질 수밖에 없을 것이오.

우리 속담에 '일각천금(一刻千金)'이란 말이 있소. 극히 짧은 시간이라도 귀하기와 아깝기가 천금과 같으니, 시간을 소중히 여기고 아껴쓰라는 뜻이오. 서양에도 '시간은 돈이다', 아랍에도 '시간은 금이다'라는 말이 있소. 이에 관한 재미있는 에피쏘드가 하나 있소. 미국의 독립선언문을 기초한 유명한 문필가 프랭클린(B. Franklin)은 그가 경영하는 서점에 손님이 찾아와서 책값을 깎아달라고 말할 때마다 오히려 책값을 더 비싸게 부르곤 했다고 하오. 한 손님이 바가지를 씌우며 놀린다고 화를 내자 프랭클린은 그에게 "시간은 돈보다 더 귀중한 것인데, 괜한 말로 시간을 소비했으니 책값에 시간비를 가산해야 할 게 아닙니까?"라고 대답해 따끔히 오금을 박았다고 하오. '시간비', 그것은 시간이 곧 돈이고 금이라는 뜻이 되겠소.

원래 시간은 무한(無限)하지만, 인간의 활동영역에서는 항시 유한(有限)으로 작용하면서 인간에게 귀함을 '강요'하는 것이오. 그 '강요'는 이른바 시간과의 '경쟁'에서, 시간과 닦달질하면서 가까스로 이루어지지. 바꾸어 말하면 인간은 시간과의 '경쟁' 속에서, 또 그것을 통해서 시간의 귀함을 체험하는 것이오. 흔히들 시간을 '앞당기다'라는 말을 쓰는데, 이것은 시간과의 '경쟁'에서 시간을 '압축'(혹은 단축)한다는 말과 일맥상통하오. 물론 무한한 시간은 4차원의 객관적 존재로서 그 유한이라는 것이 인위적인 설정이기는 하지만, 그렇다고 60분이 30분으로, 하루가 8시간으로, 1년이 3개월로 압축될 수야 결코 없지. 다만 같은 시간 내에 보편치보다 더 많은 일을 했을 때, 찬사로 혹은 격려조로 시간을 '앞당겼다'느니, 시간을 '단축했다'느니 하는 말을 쓰는 것이 동서고금의 상례이지. 반대일 경우는 자성이나 질타의 의미에서 시간에 '뒤떨어졌다'느니, 심지어 시간과 '거꾸로 간다'느니 하는 말을 쓰게 되오. 바로 이 때문에 인간은 시간과의 경쟁에 적극적이고 생산적인 의미를 부여하는 것이오.

그런데 문제는 시간과는 '경쟁다운 경쟁'을 해야 한다는 것이오. '경쟁다운 경쟁'이란, 한마디로 합리적인 목적을 달성하기 위해 주·객관적 여건에 알맞은 경쟁을 한다는 말이오. 일상에서 비록 목적은 그럴듯하지만(간혹 엉뚱하기도 함), 주관적인 능력이 부족한데다가 객관적인 여건마저 미비한데도 아랑곳하지 않고 시간과의 '경쟁'레이스에 들어섰다가 패배를 당하는 경우를 가끔 발견하게 되오. 내 개인사에도 이러한 경우가 없지 않았거니와, 국가대사에서도 이런 일이 일어난 것을 나는 직접 경험한 바 있소. 개인사는 그렇다손 치더라도, 국가대사일 경우는 그 피해와 후유증이야말로 천추의 한을 남기게 되오.

1950년대 말 내가 중국외교부에 근무할 때, 중국은 이른바 '대약진(大躍進)'을 한답시고 기고만장했소. 30년 내에 100여년 동안에 걸쳐 이룬 영국의 공업수준을 따라잡는다는 것이었소. 언필칭 100년을 30년으로 '압축'하는 시간과의 '경쟁'이었소. 물론 불가능한 일만은 아닌 성싶었소. 해방된 수억 중국인민의 후진에서 탈피하려는 욕망과 투지는 이해하고도 남음이 있었소. 문제는 과정이오. 그 '경쟁'에서 가장 중요한 것은 강철 생산이라고 하여, 우리는 낮에는 사무실에 나가 일을 보다가도 해가 지면 북경 장판을 돌아다니면서 파철을 주워다가는 외교부 뒷마당에 자체로 만들어놓은 소형용광로에 집어넣어 풍구질하면서 녹이고 또 녹여댔소. 그러면 강철이 되는 줄 알았거든. 이런 식의 '약진'은 모든 경제부문에서 시도되었지. 역사가 보여주다시피 이러한 무모한 '약진'은 결국 전진은커녕 퇴보만을 결과했고, 급기야는 여러가지 사회문제와 정치문제를 야기해 이른바 '문화대혁명'의 뇌관이 되고 말았소. 유한한 시간과의 '경쟁' 속에서 시간의 귀함을 역설적으로 체험한 일례였소.

나는 옥살이를 이태째 하면서 역시 곳이 곳이고, 때가 때이니만치 시간이 귀중하고 절박하다는 것을 더더욱 절감하면서 분초를 쪼개 석음(惜陰, 시간을 아낌)을 실천하고 있소. 자칫 허송세월하기 일쑤인 이곳 생활에서는 시간의 의미를 새삼 음미하고 가다듬을 필요가 있다는 것이 내 경험이오. 물론 바깥세상에서야 하고 싶은 일에 시간을 최대한 자유로이 활용할 수 있지. 하지만 그곳 생활이라고 해서 '잃어버린 시간'이 없는 것은 아니지 않소? 문제는 어디선가를 불문하고 나름대로의 씀씀이오. 비록 이곳 생활이 여건에서는 여의치않다고 하더라도 주어진 시간을 선용(善用)만 한다면 결코 시간을 허무하게 잃게 되지는 않을 것이오. 나는 훗날 오늘의 이 시간이 '잃어버린 시간'이 아니었다고 감히 말할 수 있게 되기를 내심 기대하고 또 다짐하오.

같은 맥락에서 나는 오늘의 이 삶을 '멈춰선 생의 시계'라고 생각하지 않소. 바깥세상에서의 삶을 분침(分針)이라고 할 때, 이곳 생활은 초침(秒針)에 견주어볼 수 있겠소. 왜냐하면 이곳 생활은 훨씬 세세하게 헤아려져야 하기 때문이오. 분침의 움직임으로 시침(時針)이 돌아가 삶이 헤아려지듯, 초침의 움직임으로도 결국은 분침과 시침을 돌려서 같은 삶을 이어갈 수 있게 하는 이상, 이곳에서의 삶이 어찌 '멈춰선 생의 시계'가 될 수 있단 말이오? 그럴 수야 없지. 물론 정지관(停止觀)이나 소외감에 함몰되어 초침의 움직임마저 포기한다면 '생의 시계'는 멈춰설 수밖에 없겠지. 그래서 나는 내 나름대로 간단없이 자그마한 초침을 정성스레 움직여나가고 있소. 언제 어디서나, 어떤 환경 속에서도 내 '생의 시계'는 결코 멈추어설 수 없기에……

호우성 장맛비에 뒤엉킨 IMF의 '열대야' 속에서 살아가기란 여간 힘들지 않고, 직장을 찾기란 더욱 어려워졌다고들 하오. 부디 모든 일에서 과욕을 부리지 말고 안성맞춤하게만 하기 바라오. 전번 면회왔을 때 영치한 책 세 권과 영치금, 그리고 우송한 책 일곱 권도 다 받았소. 감사하오.

겨레의 꽃, 해당화

1998. 8. 3.

이제 며칠 지나면 말복의 더위가 기승을 부릴 법도 하지. 우리말에 '더위를 먹다[伏暑]'라는 말이 있소. 삼복지간에 잘못 설치다가는 복더위에 혼쭐이 날 우려가 있으니 조심하라는 경계의 말이겠소. 그러나 절기로는 말복 전에 입추가 끼었으므로 기분상으로라도 가을이 연상되니 복더위가 좀 식는 감이 드오. 모든 일은 마무리가 중요하니 늦더위에 각별히 유의해야 할 것이오.

정말로 세월은 쏜살같이 저 멀리 미지의 피안으로 치닫고 있소. 벌써 8월이오. 서양에서는 8월을 일러 'August'라고 하지. 이 말은 기원을 전후한 시기의 유명한 로마황제 아우구스투스(Augustus, '존엄하다'라는 뜻, 본명은 옥타비아누스)를 기리는 의미로, 그의 이름에서 따왔다고 전하오. 바로 이 달에 그는 이집트를 함락하고 번거롭던 내란을 평정했던 것이오. 이를 계기로 그는 황제가 되었소. 그래서 오늘날까지도 서양인들은 8월을 '행운의 달'로 삼고 있소. 세상만사는 동전의 양면과 같소. 위가 있으면 아래가 있고, 좌가 있으면 우가 있고, 양이 있으면 음이 있고, 행운이 있으면 불행이 있는 법이오. '이집트의 함락'이 로마인들에게는 행운과 즐거움을 안겨다주었을지는 몰라도, 이집트인들에게는 불행과 고통을 들씌워놓았을 것이오. 아무튼 행운이 인간 모두의 염원인만큼, 이달이 우리 모두에게 '행운의 달'이 되기를 기원해 마지않소.

이맘때가 되면 모두들 바다로 산으로 피서를 떠나는데, 우리도 예외가 아니었지. 바다가 인간의 삶과 정서에 부여하는 의미란 대단히 큰 것이오. 3면이 바다인 우리나라에서 바다는 자고로 삶의 터전이고 활무대였소. 일렁이는 만경창파, 훈훈한 바닷바람, 지평선 너머에서 안겨오는 해돋이와 저녁노을의 황홀경, 바닷가의 백사장과 다복솔밭…… 우리네 바다에서 펼쳐지는 이 모든 장관은 그리움으로 반추되어 내 마음을 한없이 설레게 하오. 게다가 요즘은 '금강산 관광'이란 꿈에 부풀어보기도 하오. 저 해금강의 천하절경과 원산 앞바다의 명사십리(明沙十里), 명산 칠보산이 굽어보는 내 고향 명천의 오붓한 어촌마을…… 그 언젠가 꿈이 아닌 현실에서 만나보기를 학수고대할 뿐이오.

바닷가 하면 나에게는 잊혀지지 않는 한가지 추억이 있소. 나는 어릴 적부터 '남해의 해당화'란 말을 마냥 동화 속의 그림처럼 간직해왔소. 그것은 단순한 꽃이 아니라 겨레의 상징이었기 때문에 더더욱 그러했소. 남한땅에 첫발을 들여놓은 그해(1984), 목포에서 부산에 이르는 남해 바닷가를 두루 누비면서 은근히 해당화를 찾았으나 눈에 띈 것은 이미 야생화가 되어버린 초라한 모습의 꽃이었소. 내가 그리던 해당화는 그렇게 가냘프게 하늘거리는 유약한 꽃이 아니었건만, 서양의 갖가지 서푼짜리 잡화에 밀려 의젓했던 '겨레의 꽃'이 빛을 잃고 버림받는 현실이 너무나도 안타까웠소. 사실 실의마저 느꼈소. 그러다가 다음해 이맘때 거제도의 해금강에 들렀는데, 거기서 우연히 해당화다운 해당화를 난생 처음 만났소.

해금강 바닷가에서 옛 모습 그대로의 해당화가 소붓이 자라서 예쁜 꽃망울을 터뜨리고 있는 것을 보는 순간, 나는 한걸음에 달려가 꽃망울에 볼을 비비고 또 비벼댔소. 짙은 연분홍색 꽃잎에 노란 꽃술, 아련한 향기…… 나는 그만 그 수려함과 향훈(香薰)에 도취되고 말았소. 거제도의 해금강, 금강산의 해금강을 빼닮았다고 하여 붙여진 이름, 과연 그럴 만했소. 하기야 영생불사를 꿈꾸던 진시황(秦始皇)이 수천의 동남동녀(童男童女)를 보내와 불로초를 찾던 곳이라고 하니, 예로부터 명소 중의 명소가 아니었겠소? 세상 어디에 불로장생하는 영약이 있으련만, 굳이 이곳을 지목한 것은 그만큼 영검스러운 선경이라서 그러했겠지. 그래서 이곳에서만 이 '겨레의 꽃'임을 세세연년 전해주는 해당화가 모진 풍상 속에서도 세상의 먼지를 털고, 본연을 잃지 않은 채 저렇듯 정겹게 영생하는 것이 아니겠소?

해당화는 5~7월 사이에 모래밭이나 산기슭 등 우리나라 대부분의 해안, 특히 남해 바닷가에서 피는데, 8월에 들어서면 노랗고 빨간 열매가 탐스럽게 익어가오. 원래 해당화는 그 청초하고 아늑하며 아련한 멋으로 우리 겨레의 전통정서를 우아하게 장식해왔던 꽃이오. 그래서 섬마을에 시집온

© 이미화

남해 바닷가에서 해당화가 소붓하게 자라 꽃망울을 터뜨리고 있는 것을 본 순간,
한걸음에 달려가 꽃망울에 볼을 비비고 또 비벼댔다.

새색시의 고운 마음씨를 이 꽃에 비기기도 하지.

지금은 곳을 가리지 않고 양인들이 멋져하는 장미가 마구 뿌려져 있지. 이곳 옥사주변에도 수인들의 그늘진 마음을 달랜답시고 여러 그루의 장미가 심어져 있소. 꽃이 한창일 때 눈여겨보면 색깔이 전혀 조화없이 일색으로만 붉다 못해 검붉게까지 비쳐지는데, 이러한 장미를 볼 때면 나는 가끔 거제도의 그 해당화를 떠올리곤 하오. 같은 장미과에 속하지만 이 칙칙하고 생경하며, 자극적이고 원색적인 서양장미에 비해 우리네 해당화는 사뭇 맑고 부드러우며 담백하고 아늑한 것이오. 장미의 본고장은 유럽의 발칸반도인데, 그중에서도 이름난 곳은 '장미의 나라'라고 불리는 불가리아요. 그 나라에 두세 번 가봤지만 솔직히 말해서 장미의 아름다움이나 멋을 느끼기란 나로서는 정서불급(情緒不及)이었소. 최상의 장미는 검은 장미라고 하니까 우리의 정서에 맞을 리가 만무하지.

맑음과 부드러움, 담백함과 그윽함, 이것이 우리 겨레만의 고유한 정서와 얼이고, 삶의 빛깔인 것이오. 제아무리 세상에 '지구제국'이 튀어나오고 영어가 '공용어'로 둔갑한다(물론 그럴 수는 없지)고 해도 우리의 삼천리 금수강산에는 그러한 정서와 얼, 삶이 그대로 진국으로 남아 있어야 할 것이오. 또 단언컨대 그럴 수밖에 없을 것이오. 그러나 그렇지 못한 현실이 못내 아쉽고 한스럽소. 굴러온 장미가 박혀 있는 해당화를 몰아내는 형국에다가, 당뇨병에 좋다고 하여 이 소중한 '겨레의 꽃'을 뿌리째 마구 뽑아치운다니 한심하기 그지없소. 그러다보니 해당화는 이제 멸종위기에 직면했다고 하오. 그러나 다행히도 우리에게는 이 꽃을 지켜나가려는 나라 사랑, 겨레 사랑의 어엿한 파수꾼들이 생겨나고 있소. 동해 바닷가 어느 곳에서는 그네들이 수십킬로미터의 해변가에 정성스레 해당화를 심고 가꾸어나간다고 하오. 세상만사는 늘 이러한 의로운 파수꾼들이 있기에 바른 길을 잃지 않는가보오.

생각나는 꽃이야기를 하나 덧붙이면, 본래 꽃은 자연의 아름다움이나 신비를 상징하기도 하지만, 인간은 그 청아하고 향기로운 꽃을 통해 자신의 깨끗하고 아름다운 마음을 표현하기도 하는 것이오. 현인들은 "아름다운 꽃이나 풀빛은 대도(大道)를 보여주는 문장이 아닌 게 없다〔花英草色 無非見道之文〕"라고 했소. 색색의 아름다운 꽃을 보노라면 마음이 맑아지고 화평해지기도 하며, 희비고락의 정감이 스스로 일어나기도 하여 급기야는 인간을 바른 길로 이끌어주는 거룩한 문장을 짓게 한다는 뜻이 되겠소. 화초가 곧 문장이 되고, 문장이 곧 화초를 상징하는 셈이지. 거제도 해금강에 피어난 그날의 해당화를 그려보는 순간, 현인들의 이 명언을 다시 한번 되새겨보면서 내 삶, 특히 이곳의 삶에서 꽃이 갖는 의미와 상징성이 한 격조 높아졌음을 느끼고 있소.

지금은 피서철이오. 피서에는 바닷가가 제격이지. 모든 시름을 일렁이는 파도에 미련없이 말끔히 실어보내고 홀가분한 기분으로 새 출발선에 서기를 바라오.

새하얀 눈밭에 찍는 발자국

1998. 8. 14.

갑자기 먹장구름이 밀려오더니 천지를 진감(震撼)하는 우레소리와 더불어 일시에 댓줄 같은 빗줄기가 사정없이 내리꽂히고 있소. 또 한번 '게릴라식' 호우가 기습해온 셈이오. 벌써 세 달째 짓궂은 호우에 시달리다보니 이제는 그저 그런가보다 하고 넘겨버리오. 지겨움도 한계가 있는가보오. 연일 바깥에서 일어나는 물난리소식을 읽고는 걱정뿐이오. 집이 한강가에 있는 터라서 혹여 강물이 넘쳐나지나 않았는지? 전번 편지에 피서를 권했는데, 피서갔다가 어디서 무슨 봉변이나 당하지 않았는지, 이것저것 근심이 떠나지 않소.

아무래도 신명(神明)이 크게 진노한 모양이오. 하늘이 뚫렸다면 한두 곳이 뚫리는 것이 상례였는데, 올여름만은 이러한 상례가 전혀 무시되었나 보오. 번갈아가면서 이쪽저쪽이 휑하니 뚫려서는 치고박고 하는 이른바 '게릴라식' 호우가 때와 장소를 가리지 않고 마구 후려갈기니 말이오. 우려하던 기상이변이 현실로 다가왔나보오.

제일 큰 걱정은 농사요. 벼가 하루 동안만 물속에 잠겨도 소출이 15%나 준다고 하니 말이오. 더구나 요즘은 한창 벼이삭이 팰 때라서 일조량이 최대한 필요한데, 해님은 어디에 숨어버리고 먹구름만 노닐고 춤추니 하늘이 원망스럽기만 하오. 원래 우사(雨師, 비를 맡은 신)와 풍백(風伯, 바람을 맡은 신)은 우순풍조(雨順風調)라, 농사가 잘되도록 때를 맞추어 비를 내리게 하고 고르롭게 바람을 불게 하는 신명들인데, 지금은 그 본연을 버린 성싶소. 아마 무언가 인간들이 하는 짓이 못마땅해서 화를 내고 벌을 내리는 것이 아닌가 싶소. 하기야 인간들이 물불을 가리지 않고 제멋대로 산을 파헤치고 물길을 돌리거나 가로막으며 하늘에 대고 함부로 악취를 뿜어대니 신명이 노할 법도 하지. 천하의 큰 근본이 농사라는 것은 하늘이 내린 천리(天理)로서, 그것을 위해 우순풍조해왔는데, 이제 인간이 그 '근본'을 업신여기고 망각하고 있으니 하늘인들 아니꼬울 수밖에 없겠지.

만물의 생성을 풀이하는 오행의 운행에서 보면, 수생목(水生木)이라, 물은 나무를 도와 살게 하고, 수극화(水剋火)라, 물은 불을 이긴다고 했소. 그런데 어찌된 영문인지 물이 나무를 살게 하기는커녕, 수소의 가공할 위력을 악용해 어마어마한 폭탄을 만들어 나무는 물론 사람까지도 해치고 있소. 또 물이 불을 이기는 것이 아니라, 수화상극(水火相剋)이라 물과 불이 서로 용납 못하고 원수가 되어 아귀다툼을 하고 있으니, 이것이야말로 만고의 진리를 어긴 어처구니없는 비리비행(非理非行)이 아니겠소? 그러니 참다못한 수신(水神, 물을 맡은 신)이 수마(水魔, 물귀신)를 인간세상에 보내 무모한 인간들을 톡톡히 혼쭐내는가보오. 또한 수천(水天, 불교에서 서방극락을 지키는 신)조차도 우리의 서쪽, 중국 양자강에서 밀려오는 하찮은 저 기압조차도 막아내지 않는 것 같소.

이렇게 인간의 고약한 짓으로 인해 산수가 다 진노하고 벌을 내리다보니 '슬기로운 사람은 물을 즐기고, 인자한 사람은 산을 즐긴다[智者樂水 仁者樂山]'는 낭만은 이제 옛말이 되어버렸소. 산수를 사랑하지 않고, 그래서 산수가 노했는데, 어떻게 그것을 즐길 수 있단 말이오? 이 모든 악과(惡果)는 오늘을 살아가는 말세적 '지자(智者)'나 '인자(仁者)'들이 무모하게 부리는 객기와 만용의 자업자득임을 명심해야 할 것이오.

인간은 늘 자연 앞에서 겸허해야 하며, 꽃 피고 물 흐르는 자연의 일상에서 도(道), 즉 세상을 올바르게 알고 살아가는 도리를 배우며, 자연의 섭리에 어긋남이 없어야 하는 것이오. 봄에 씨앗을 뿌려 싹이 트고 가지가 솟아나 여름내 땀흘려 가꾸면 꽃이 피어 가을에 열매를 따게 되는, 이 자연의 범상한 진리가 자연보다 훨씬 복잡다단한 인간사에서 하나의 도와 길잡이가 되어 인간의 삶을 이끌어간다는 사실을 나는 거듭 체험하고 있소.

며칠 전 이박사 내외가 여기를 다녀갔소. 그의 땀과 정성이 흠뻑 밴 박사학위논문을 받았을 때, 나는 너무나 반가웠소. 외국에서 막 돌아온데다 몸도 불편한데, 먼 길을 마다않고 내외가 함께 찾아주어 정말 고마웠소. 그가 나를 스승으로 여기며 논문을 보내왔지만, 사실 나는 그에게 베풀어준 것이 별로 없소. 있다면 그가 대학원에 다닐 때 개별지도나 가끔 해주고, 아랍어에 천착하려면 아랍현지에 가서 배워야 한다는 등 몇가지 연구방향에 관해 조언한 것뿐이오. 그가 쓴 논문을 읽고 크게 만족했소. 기대했던 '진짜배기 아랍어'를 터득한 연구자의 논문이오. 그의 학자적인 진지함과 노력을 그대로 보여주고 있소. 또 애들을 키우고 가정을 꾸려가면서 남편의 학업을 뒷바라지한 현처의 노고와 깊은 사랑도 논문의 갈피마다에서 그대로 감지되오. 다시 한번 진심으로 축하한다고 전해주오.

내가 그토록 반갑고 흐뭇한 것은 그가 학문의 꽃을 곱게 피웠기 때문만은 아니고, 역시 자연의 섭리에 따른 인간의 삶과 앎의 도(道)대로 나와 인간적·학문적 인연을 맺고 있기 때문이기도 하오. 무릇 올해의 열매는 전해의 씨앗에서 따온 것이고, 전해의 열매는 또 그 전해의 씨앗에서 따온 것이오. 이러한 자연의 전승관계를 학문에 적용하면 이른바 학맥(學脈)이 되겠소. 학문에서 학맥은 핏줄이오. 좀 외람된 이야기 같지만 나는 우리나라(남북한)에서 아랍·이슬람 연구의 선두주자라고 감히 자부하오. 지난 40여년간 비록 전공분야는 아니지만 타의반 자의반으로 남북을 오가면서 그 연구의 끈을 한시도 놓아본 적이 없소. 미력하지만 이 나라에서의 아랍·이슬람학 정착에 일조를 했다고 나는 또한 감히 자긍하오. 뿌린 씨는 거듭거듭 열매를 맺어 이제 아랍·이슬람 연구의 기틀이 마련되었다고 말할 수 있소. 이런 맥락에서 이박사와 같은 훌륭한 후학이 배출되었다는 것은 이 나라에서 아랍·이슬람 연구의 학맥을 이어가는 데 실로 경하할 만한 일이 아닐 수 없소. 이 점에서 선학인 나로서는 사뭇 마음 든든하고 자랑스럽기만 하오.

자고로 사자상승(師資相承)이라, 스승이 제자에게 학문을 이어 전하고, 사제동행(師弟同行)이라, 스승과 제자가 한마음으로 연구해나가야 한다고 했소. 스승이란 자신의 삶과 앎을 일깨워주고 이끌어주는 분이오. 스승의 가르침과 이끄심이 있기에 사람은 자라고 사회는 발전하는 법이오. '하루 스승은 백년 어버이다〔一日之師 百歲之父〕'라는 말은 스승의 가르침이 얼마나 소중하고 영원한가를 일러주오.

이치는 명백한데, 걱정되는 것은 선학으로서 행여 빗나가고 흐트러진 걸음을 걸어 제구실을 못하지나 않을까 하는 것이오. 스승과 선학의 이러한 행보를 심려해 조선시대의 서산대사(西山大師)는 다음과 같은 유명한 시 한 수를 남겨놓았소.

눈 위의 발자국이 곧 길이다.

새하얀 눈밭을 걸어가니	踏雪野中去
그 걸음 흐트러져서는 안되리	不須胡亂行
내 오늘 찍어놓는 발자국	今日我行跡
뒷사람들 따라 걸을 것이니	遂作後人程

해석이 제대로 되었는지? 크게 어긋나지는 않았을 것이오. 한시(漢詩) 해석은 운이나 장단을 맞추기가 여간 어렵지 않소. 이 시는 김구 선생께서도 액자에 써넣어 방에 걸어놓았다고 하오. 참으로 뜻깊은 명시요.

그렇소, 학문의 새하얀 눈밭에 선학이 찍어놓은 발자국을 후학은 따라가게 되지. 그래서 선학은 발자국을 제대로 찍어놓아야 하는 것이오. 물론 후학은 따라가다가도 선학을 앞질러서 새로운 발자국을 찍어놓고, 그래서 그가 또 뒷사람의 선학이 되는 법이오. 선학이 이루어놓은 업적은 후학이 이어받게 마련이오. 선학의 업적이 크면 클수록 후학의 도약대는 그만큼 더 높아지게 되지. 그러나 후학은 선학의 업적에 안주만 해서는 안되오. 선학은 학덕으로 후학이 걸어갈 길을 앞에서 닦아주지만, 그 어느 땐가는 길옆에 비켜서서 후학의 추월을 지켜보게 되는 것이오. 추월하는 그 싯점에서 선학은 선학으로서의 큰 보람을 만끽하게 되는 것이오. 왜냐하면 그래야 길이 더 멀리 이어지기 때문이오.

이렇게 '선(先)－후(後)－선(先)'의 상승순환으로 학문은 맥을 이어가면서 더 높이, 더 멀리 지평을 넓혀나가는 법이오. 맹자는 군자의 세 가지 즐거움 중 하나로 '천하의 영재를 얻어 교육하는 일'을 꼽았소. 영재다운 후학과 제자를 둔다는 것은 선학과 스승으로서야 더없는 즐거움이고 긍지가 아니겠소? 그런데 이러한 즐거움과 긍지를 지니려면 스승은 진정 사표(師表)다워야 하는 것이오. 이를테면 제자와 뭇사람들의 모범이 될 만한 지식과 도덕을 갖춘 사람이 되어야 하는 것이오. 선학과 스승은 늘 사표의식(師表意識)을 가다듬고 있어야 할 것이오.

바야흐로 씰크로드학을 비롯한 문명교류학의 학문적 정립을 구사하면서, 이 학문의 새하얀 눈밭에 찍어놓게 될 내 발자국을 조심스럽게 조망하오.

뭇별 속의 보름달

1998. 9. 6.

절기로는 모래가 흰 이슬이 내린다는 백로(白露)요. 이슬은 순정이나 깨끗함이기도 하지만 슬픔이기도 하지. 그래서 '이슬 맺힌 눈'은 슬픔에 겨운 눈물을 뜻하오. 더웠던 공기가 식어서야 이슬이 맺히는 법이니, 이제 여름의 더위는 어디론가 아스라이 사라지고 가을의 서늘함이 살며시 스며들고 있소. 그렇게 변덕스럽고 심술궂던 하늘도 어쩌다 제법 점잖음을 되찾은 성싶소. 아침저녁으로 산산한 바람이 창가를 스치고 하늘도 푸르름을 더해가고 있소. 정녕 가을은 어김없이 또 찾아오는가보오.

오늘은 일요일이오. 오늘따라 이곳 날씨는 유난히도 쾌청하오. 자그마한 뙤창을 뚫고 안겨오는 시계 내의 조각하늘에는 구름 한점 없구려. 근래에 흔치않은 광경이오. 신통히도 주말마다 날씨가 찌푸려 나들이꾼들의 기분만을 잡쳐놓더니 말이오. 주말이 따로 없는 이곳 생활과는 무관하겠지만, 그래도 모진 세파를 헤쳐가느라 지쳐 있는 그대들——당신을 포함해서——을 생각하면 주말쯤이야 날씨라도 쾌적해 흥을 돋우어주었으면 하는 것이 내 바람이고 심경이거든. 어디론가 달려가서 대자연의 향훈을 가슴 뿌듯하게 맡고 은택에 감응하면서 내일에로의 힘과 슬기를 새로이 충전하기를 못내 바라오.

당신이 이곳에 왔다 가는 날이면 늘 무사귀가를 염려하는 마음이 가라앉지 않고 있소. 우리 사이에는 그런 염려를 덜어줄 만한 아무런 통신도 이어져 있지 않소. 전화 같은 문명기기가 우리 같은 처지의 인간에게는 그림의 떡일 뿐인 무용지물에 불과하오. 그래서 때때로 소외된 인간들이 문명은 차라리 없는 것보다 못한 저주의 대상이 된다고들 하소연하고 울부짖기도 하는 이유를 이제야 이해할 만하오.

어제 면회에서 당신은 모 일간지에 실린 한 소설가의 칼럼을 소개했소. 글인즉, 제목 그대로 나에 대한 일종의 '변명사(辨明詞)'였소. 당신은 투명창 너머로 글의 대의를 전해주었소. 모두가 외면해도 할 말이 없는 나 같은 수인의 편을 들어 '변명'한다는 것은 어떻게 보면 상식 밖의 일이고, 위험을 무릅쓴 일이 아닐 수 없는 형국이고보면 실로 놀랍기도 하고 고맙기도 한 일이오. 그도 글에서 말했지만 우리 사이에는 일면식도 없소. 그가 누구인지, 이름 석자가 무엇인지, 전혀 알지 못하는 분이오. 그러나 대의만 들어봐도 그는 소설가이기에 앞서 한 지성인이고, 그래서 그의 양식을 진솔하게 토로한 것 같소. 그는 내가 민족사의 위상 정립을 위해 나름대로 학문 연구를 해온 사실과 그 과정에서 이룬 자그마한 성과를 그대로 헤아려주었소. 몇년 전에 출간한 졸저 『신라·서역교류사』를 꼼꼼히 독파하고 내린 평가는 너무나 분에 넘치는 평가였소. 처지가 처지이니만치 누구의 관심 속에 있다는 것 자체가 나로서는 여간 반가운 일이 아닐 수 없소. 기회가 닿으면 나의 인사를 전해주오.

이제 여러분의 관심에 보답하는 길은 학문에 더더욱 정진하여 무언가 확실한 열매를 따내는 것이오. 물론 언제까지일는지는 모르겠지만, 갇혀 있는 처지가 학문 연구에 많은 애로와 난관을 가져다주는 것은 말할 나위 없이 자명한 사실이오. 모든 것이 불비(不備)하고 여의치않으니 말이오. 그러나 나는 결코 좌절하지 않소. 정말로 처절한 고행자로 자임할 것이오. 거듭 강조하지만 학문의 총림에서 결코 무위의 낙과는 되지 않을 것이오.

근간에는 나의 전공인 문명교류학에서 핵심분야를 이루는 씰크로드의 학문적 정립에 돌입했소. 새로운 국제적 학문이오. 씰크로드에 관해 연구가 이루어진 지는 1백여년이나 되지만 워낙 방대하고 복잡한 영역이라서 모두가 시도에만 그치고, 여태껏 그 어느 나라, 그 누구도 학문적으로 체계를 세워 정립하지는 못했소. 나는 초야(草野)를 일군다는 비장한 결심으로 임하고 있소.

역사가 보여주다시피 겨레의 저력은 학문에서 발원되고, 겨레의 미래는 학문에 의해 담보되는 것이오. 바로 이러한 저력과 미래를 마련하기 위해 학문에서도 치열한 앞다툼이 벌어지고 있는 것이오. 이를테면 선의의 경쟁이겠소. 앞서지 않으면 뒤처질 수밖에 없는 것이 학문의 생리일진대, 우리의 선택은 오로지 하나, 앞섬을 위한 분발뿐이오. 아직은 뒤처져 있기에

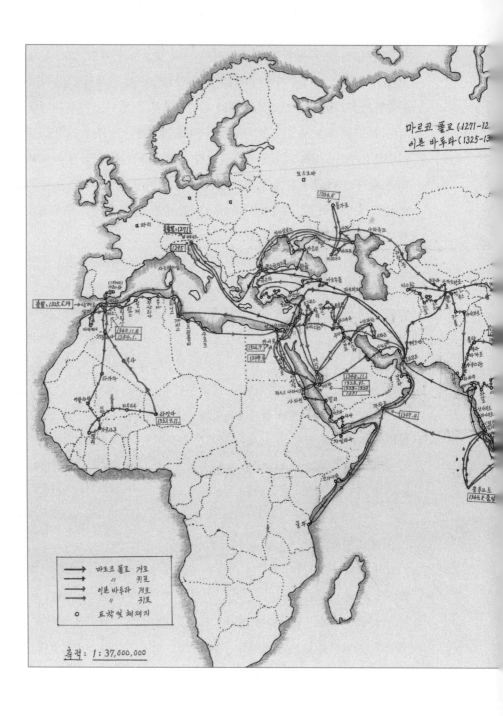

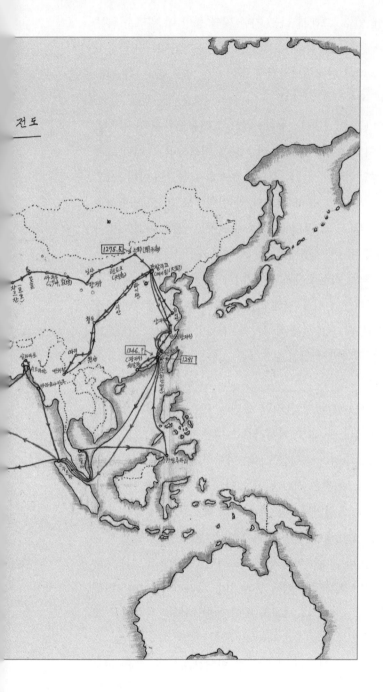

전도

『이븐 바투타 여행기』
완역 메모작업을 하면서
세계적 대여행가인
마르꼬 뽈로와
이븐 바투타의 여행로를
비교해 그린 지도.
이 지도는 자투리종이를
이어붙여 그렸다.

앞섬의 비결은 분발에 있소. 그래서 나는 지난 몇달 동안 이 새로운 학문 개척에 관해 사색을 거듭해오던 끝에 마침내 연초에 총 7장으로 된 학문적 얼거리를 엮어내고, 곧이어 연구메모작업에 들어갔소. 앞으로 1년쯤 걸려야 마무리될 것 같소. 옥살이를 하면서 이 하나의 새로운 학문만을 내 것으로 내놓아도 훗날 나는 이 한때를 무위도식으로 허송세월은 하지 않았다고 말할 수 있을 것이오. 이것이야말로 이 시대를 어렵사리, 그러나 보람 있게 살아가는 한 지성인으로서 시대의 소명에 부응하는 참길이 아니겠소?

같은 맥락에서 나는 『이븐 바투타 여행기』의 번역메모작업도 병행하고 있소. 물론 지금은 '씰크로드학' 정립에 더 무게를 두고 있소. 어제 이박사가 편지와 함께 영어로 된 이 여행기의 간략번역본과 주석본 두 권을 보내와 감사히 받았소. 역시 학문에 눈뜬 사람이라서 필요한 책을 제격 구해서 보내왔구먼. 고맙다는 인사를 전해주오. 중세가 낳은 세계적인 아랍의 대여행가인 이븐 바투타가 30년간 아시아와 아프리카, 유럽의 3대륙 10만여km를 종횡무진 편력하면서 직접 보고들은 것을 기록한 것이 바로 이 여행기요.

지난해 미국의 『라이프』(*Life*)지는 지난 천년을 만들어낸 세계적 위인 100명을 순위별로 선정했는데, 그중 여행가로는 이븐 바투타와 마르꼬 뽈로 두 사람이 들어 있소. 그러나 순위상으로는 바투타가 44위로 49위인 마르꼬 뽈로를 앞서고 있소. 이것은 지난 천년 동안의 가장 위대한 여행가는 이븐 바투타라는 말이오. 유럽인들은 흔히 마르꼬 뽈로를 빛이 약한 하찮은 뭇별(기타 여행가들을 지칭) 속에서 우뚝 솟아 빛을 발하는 보름달에 비유하오. 그러나 일단 이븐 바투타의 여행기를 읽고나면, 마르꼬 뽈로를 보름달이라 부르는 것은 한낱 예술적 윤색에 불과하며, 차라리 이븐 바투타를 언필칭 보름달에 비유하는 것이 더 사실적 조영(照影)이라는 독후감에 젖게 될 것이오.

19세기 초에 이 여행기의 사본이 발견된 후 완역본으로는 프랑스어로 된 역본이 유일한 것으로 알고 있소. 이박사가 보낸 영어번역본도 간략본 (초역본)으로서 분량이 원문의 절반이 될까말까 하오. 일본에서는 1950년 대에 일본어간략본이 나온 후 지금은 절판이라고 하며, 중국의 경우는 1980년대에 북경대학시절의 은사이신 마금붕(馬金鵬) 교수께서 번역하셨는데, 전설이나 신화, 그리고 어려운 곳들은 제외해 역시 완역본이라고는 보기 어렵소. 아무튼 한글로의 완역은 퍽 유의미한 일이라고 믿소. 나는 완역을 목표로 번역메모작업을 이미 절반 이상 해냈소. 앞으로 6개월쯤 더 하면 끝낼 것 같소. 나로서는 야심찬 작업이오.

이 모든 것은 당신의 헌신적인 옥바라지와 떼어놓고 생각할 수 없소.

피로 쓴 책만을 좋아한다

1998. 9. 13.

달력에 나와 있는 날짜를 보면 지금은 분명 초가을이오. 그런데 한나절의 햇빛을 쐬다보면 한여름의 뙤약볕 그대로이오. 밤이면 또 밤대로 흡사 아열대야(亞熱帶夜)를 연상케 하오. 이틀 전 서울의 낮기온이 올 들어 최고치이고, 같은 날 기온으로는 50년 만에 처음 있는 일이라는 보도를 읽었소. 여름내내의 짓궂음을 이은 이번의 연속이오. 그러나 신명이 제아무리 이번의 모질음을 쓴다고 해도 도도한 대자연은 제뜻대로 돌고 또 돌 것이오.

오늘은 전번 편지에 이어 내가 지금 뜻을 세워 몰두하고 있는 '씰크로드학'의 학문적 정립에 관해 좀 덧붙이려고 하오. 주지하다시피 씰크로드는 자고로 문명을 소통해주는 동맥이고 교량이었소. 그것이 없었다면 인류는 오늘과 같이 서로가 문명의 혜택을 누리는 문명의 공유시대를 맞이하지 못했을 것이오. 그래서 이 길의 실체를 늦게나마 추인(追認)한 후 지난 한 세기 동안 동서양학계에서는 다양한 연구가 꾸준히 진행되어왔소. 그동안 적어도 세 번의 연구붐이 일어났소.

이렇게 지난 한세기 동안 씰크로드에 관한 연구가 이어져왔지만, 아직까지 학문적 정립은 미완의 과제로 남아 있소. 그 주된 원인은 연구자들의 자질미흡이오. 외국연구자들과 담론해보면 모두가 이 학문의 중요성과 학문적 정립의 필요성에 대해서는 한목소리로 공감하지만, 이 학문 자체의 특성에서 오는 난점 앞에서는 저마다가 기죽은 빛을 감추지 못하오. 그 난점이란 우선 동서문헌을 섭렵할 수 있는 다양한 언어수단을 소유해야 하고, 동서양의 역사문화에 대한 폭넓은 지식을 두루 갖추어야 한다는 점이오. 그런데 작금 이러한 자질을 겸비한 연구자들은 별로 많지 않소. 특히 동서양의 중간에서 가교역할을 하는 아랍·이슬람문명까지 파악해야 연구의 완결성을 기할 수 있는데, 현실적으로 동서양 어디에도 이러한 복합적 자질을 갖춘 연구자는 별로 없다고 해도 과언이 아니오.

일찍부터 이러한 난점과 한계성을 간파한 나는 그나마도 나에게 이러한 난점과 한계성을 극복할 수 있는 여건이 어느정도 마련되어 있다고 자부하였기에 감히 이 새로운 국제적 학문의 개척과 정립에 자신있게 도전장을 내밀었던 것이오. 지난 40여년간의 연구과정은 이러한 나 자신을 시험하는 과정이었으며, 그 과정에서 부단한 도전에 응전하면서 '해야 한다'는 사명과 '해볼 만하다'는 전망, 그리고 '할 수 있다'는 자신감을 갖게 되었소.

분명한 것은 21세기야말로 미증유의 교류확산시대라는 사실이오. 국제화·지구촌·정보화니 하는 것들도 결국은 서로간에 활발한 교류가 이루어져야 실현가능한 것이오. 교류 없이는 그 모든 것이 공염불에 지나지 않소. 문명의 공유성과 상호의존성을 그 어느 세기보다도 절감한 20세기는 이제 15개월밖에 남지 않았소.

ⓒ성연아

옥은 다듬지 않으면 그릇이 되지 못하는 법.
출옥 후 4년간 『씰크로드학』을 비롯해 저서 및 역주서 여덟 권을 출간했다.

학문은 문명의 척도이며, 겨레의 저력은 학문에서 비롯되고, 겨레의 미래는 학문에 의해 담보되오. 그래서 학문은 가장 숭고하며, 학문에 대한 투자는 '이윤이 가장 높은 투자'라고 하오. 학문의 가치를 인정하여 2천여 년 전에 그리스의 철학자 플라톤은 세상을 향해 "돈을 가장 밑바닥에, 힘을 중간에, 그리고 지식을 맨 윗자리에 놓으라"고 호소했소. 바로 이런 가치 때문에 나는 일찍이 '씰크로드학'을 비롯한 문명교류학 전반을 개척자의 입장에서 학문적으로 정립하려고 작심했던 것이오. 어떤 유혹에도 빠지지 않고, 어떤 일에도 한눈팔지 않고, 오로지 이 한길에서 정진해왔소. 못다함에 아쉬움은 있어도, 택한 길에 여한은 없소.

옥은 다듬지 않으면 그릇이 되지 못하는 법이오. 지금 나는 나 자신을 '옥돌'로 여기고, 그것을 다듬어서 '씰크로드학'이란 하나의 '그릇'을 만들어내려고 하오. 옥돌이 다듬어져서 하나의 훌륭한 그릇이 되기까지에는 각고의 노력과 아픔이 뒤따르게 마련이오. 지금과 같이 여의치 못한, 아니 어찌보면 허황하기까지 한 여건하에서는 더더욱 그러할 것이오. 그러나 나는 그럴수록 더욱 분발하고 오기를 발휘해 쉼없이 자신을 쪼고 갈고 닦고 하면서 마침내는 '씰크로드학'이란 완성품을 빚어낼 것이오.

독일의 유명한 철학자이자 시인인 니체는 "모든 책 중에서 그 사람의 피로 쓴 책만을 좋아한다"라고 했소. 진정 땀과 피로 이루어낸 것만이 그 사람의 진짜 혼과 얼이 배어 있는 값진 소산이기 때문이겠지. 갇혀 있는 신세에 주제넘는 일 같지만, 솔직히 말해서, 이렇게 내가 최선을 다해보려는 것은 결코 개인의 '이름이 역사에 길이 빛남〔名垂竹帛〕'을 기대해서가 아니라(물론 기대할 수도 없지만), 비록 그 결과가 '보잘 것 없는 글이나 작품〔冗文駄作〕'이라 할지라도 시대의 소명에 부응한 한 지성으로서 이 나라, 이 겨레를 위해 무언가 남겨놓고 싶은 절절한 심경에서 비롯된 것이오. 지금 하고 있는 작업을 1년 내에 마치게 되면 곧이어 '문명교류사사전' 메모작업에 들어가려고 하오.

지난 천년의 역사를 만든 가장 위대한 인물로 미국의 『라이프』지가 선정한 대발명가 에디슨은 "책은 위대한 천재가 인류에게 남겨주는 유산"이라고 했고, 또 누군가는 "책은 생명의 나무"요, "낙원의 강"이라고 했소. 물론 천재만이 책을 남겨놓는 것은 아니지만, 천재가 남겨놓는 책이야말로 좀더 값지겠지. 책은 인간의 삶과 앎을 충족시켜주기 때문에 생명을 심어주는 나무와 생명을 키워주는 '낙원의 강'과 진배 없겠지. 그래서 책, 특히 위대한 천재가 쓴 책은 후세에게 남겨주는 거룩한 유산이 아닐 수 없는 것이오.

이러한 구상을 무르익혀가면서도 늘 마음 한구석을 무겁게 짓누르고 있는 것은 그간 대학(학부와 대학원)에서 어렵사리 개설해놓은 '문명교류사' 교과목이 나로 인해 폐강되고, 이 새로운 학문의 개척에 뜻을 함께했던 대학원생들에게 실의를 안겨준 점이오. 이 나라의 학문 발전을 위해 언젠가는 다시 복강하고 전공자들도 생겨 초장에 좌초된 '문명교류사호'가 다시 닻을 올려 목표대로 저 피안으로 항진했으면 하는 것이 나의 간절한 소망이오. 그나마도 배군이 중도하선하지 않고 조타수로 자임하면서 박사과정을 마치고 학위논문 준비에 매진하고 있는 것은 퍽 다행스럽고, 나로서는 한량없이 반가운 일이오. 그에게 더 열심히 하라는 나의 당부를 전해주오.

삶의 화두

1998. 10. 5.

지금은 한가위밤 삼경(三更)이오. 휘영청 보름달이 하늘가에 두둥실 떠 있으련만, 운신의 폭을 조이고만 있는 이 공간에서는 도시 바라볼 수가 없구려. 희미한 달빛이 철창살에 어설픈 몇오리의 그림자만을 던져줄 뿐이오. 그렇지만 저 별천지에서 이 어수선하고 가년스러운 인간세상을 너그러이 굽어보는 그 한가위 달이 발하는 빛(기실은 제 빛이 아니라 태양의 반사광이지만)이기에, 어릴 적 "달아 달아 밝은 달아"라고 속삭이면서 우러르던 그 달의 빛 그대로이기에, 못내 정겹기만 하고 그래서 한가슴 뿌듯이 받아안고 싶기만 하오.

옛 성인들은 "고요한 가운데 생각이 맑으면 마음의 본체를 볼 수 있다〔靜中念慮澄徹 見心之眞體〕"라고 했소. 그래서인지 2년 전 바로 이 시각, 고요 속에서 마냥 내 마음의 본체라도 찾은 듯, 시 한 수를 지었지. 그러나 시작(詩作)이 허용되지 않아 당신에게 띄울 수는 없었소. 그런 기억이 되살아나면서 나는 또다른 오늘의 고요 속에서 내 마음의 본체를 다시 찾으려는 듯 맑은 명상에 잠겼소. 실타래같이 얼기설기 얽힌 내 인생역정을 조타(操舵)한 삶의 화두(話頭)를 정리하는 명상에 말이오.

알다시피 불교에는 화두니 공안(公案)이니 하는 견성오도(見性悟道, 본래의 심성과 불도의 진리를 깨달음)의 한 방편이 있소. 비록 일부에서는 불가론을 제기하고 있지만, 상당한 호응력을 가지고 있는 것만은 사실이오. 문자 그대로 해석할 때 공안이란 부처님의 언어와 동작이고, 화두란 부처님을 포함한 대덕고승들의 언어와 동작인데, 그것을 수행의 방편으로 삼을 때는 그러한 언어와 동작의 참뜻을 증득(證得, 깨달아 얻음)함으로써 급기야는 견성오도에 도달하는 것을 말하는 것이오. 그리하여 화두(공안) 하나를 붙잡고 벽을 마주대고 앉아 참선하는 면벽참선(面壁參禪) 같은 고행으로 평생 동안 수련에 수련을 거듭하다가 정말로 깨친 수행자(스님)가 있는가 하면, 종신토록 끝내 깨치지 못하는 사람도 있는 것이오. 화두의 제재(題材)는 다양한데, 그 대부분이 초세속적인 신묘한 것들이오.

불가에는 많은 화두가 있고 화두모음집도 나와 있소. 최고의 화두는 '세존이 꽃을 들자 가섭이 미소를 지은 뜻'이 무엇인가를 증득하는 화두라고 하오. 그 내용을 보면, 방광거사(方廣居士)라는 분이 부처님께 황금빛 '바라'라는 큰 연꽃을 올리니 부처님은 아무 말도 없이 법상(法床)에서 그대로 내려와 대중들 속으로 들어갔소. 이때 대중들은 영문을 몰라 모두가 어리둥절했지. 장로 마하가섭(摩訶迦葉)만은 부처님의 꽃법문(法問)을 알아듣고 확연히 깨쳐 엄숙한 표정을 풀고 빙그레 미소를 지었소. 부처님은 가섭을 보시고 "과연 그렇다"고 그의 견성오도를 긍정했소. 부처님이 행한 최상의 법문이라는 이 말없는 꽃법문을 보고 가섭이 깨친 것은 무엇일까 하는 것이 많은 수행자들의 화두가 된 것이오. 이와 유사한 화두들이 오늘날까지도 많이 전승되어 수행자들이 그 깨침에 정진하고 있는 것이오.

물론 불가의 화두와는 그 신묘함에서 비견이 안될지는 모르겠지만, 범부들도 저마다 삶의 참뜻을 깨치려는 '화두' 하나씩을 가지고 애쓴다면 이 세상은 많이 달라질 것이오. 흔히들 좌우명을 말하는데, 그것은 삶에서 반성과 독려의 잣대나 거울에 지나지 않지만, 삶의 참뜻이 무엇이고 그것을 어떻게 깨쳐 실천하겠는가 하는 화두는 좌우명을 포함해 인간의 삶을 가꾸는 좌표이고, 가치를 가늠하는 지표이며, 지혜를 다듬는 숫돌인 것이오. 사람들은 누구나가 자신이 처한 구체적인 환경과 여건 속에서 나름대로의 화두를 찾아 평생 깨치고 그것을 행동으로 옮겨나갈 때, 자리매김이 확연한 인생으로서의 보람을 누리게 될 것이오. 물론 그러한 화두를 어떻게 제대로 깨치고 실천하는가 하는 것은 사람에 따라 다르겠지만, 아무튼 화두 하나라도 잡고 있다는 그 자체는 인간의 삶에서 매우 의미있는 일이라 아니할 수 없소. 바른 인간이라면 대체로 그것이 성문율(成文律)이든 불문율(不文律)이든 간에 탄탄한 화두 하나씩은 가지고 있다는 사실을 우리는 역사 속에서 발견하게 되오.

나는 내 삶의 화두에 관해 일찍부터 사색을 거듭해왔소. 나는 그 화두를 어느 누구에게서 받은 것도 아니고, 무슨 화두집에서 따낸 것도 아니며, 또한 어느날 갑자기 화두랍시고 열성을 부린 것도 아니었소. 다만 기구한 인생역정에서 스스로 터득하고 가려내서 꼭 붙잡고 깨치며 실천하고 또 실천하며 깨치려던 제재였소. 돌이켜보면 고등학교시절을 기점으로 대학교시절까지는 인생관과 세계관의 형성기였으며, 유학기와 외교사업기간은 그 정착기였다고 말할 수 있소. 중요한 것은 정착기에 환국(還國)을 실현함으로써 화두의 깨침과 실천에서 일대전환을 맞았다는 점이오. 그것이 없었다면 내 화두는 화두임을 그만뒀을 것이오. 물론 환국 후 오늘에 이르기까지도 화두는 내 삶의 조타역할을 톡톡히 하고 있소.

아마 그동안 당신에게 띄운 편지들에서 그것을 한두마디로 압축하지 않아서 그렇지, 곳곳에서 직설적이건 암묵적이건 간에 거의 다 털어놓았던 것 같소. 사실 그것은 엽서전반을 뚫고 흐른 물줄기였지. 이제 한가위 달밤의 그윽함 속에서 맑은 마음으로 새삼 흘러가고 흘러올 삶의 언어와 동작을 반추하면서; 나는 내 삶의 화두를 '시대와 지성, 그리고 겨레'라는 단구(短句)로 묶어보오. 이 단구를 완결문으로 풀면 '시대의 소명에 따라 지성의 양식(良識)으로 겨레에 헌신한다'라는 내용이 되겠소.

이쯤 되면 당신도 가히 짐작하리라고 믿소. 단언컨대 이러한 화두가 아니었다면, 나는 오늘과는 전혀 다른 길을 걸어왔을 것이오. 두메산골에서 돌밭과 씨름하는 촌로(村老)로 어렵사리 한 생을 마칠 수도 있었고, 외교관으로서 세상을 주름잡을 수도 있었을 것이오. 그러나 나는 이 모든 것과는 인연이 닿지 않았소. 그것은 차라리 운명의 장난이라기보다는 내 삶의 화두에서 비롯된 당위라고 나는 감히 말하오. 그리고 오늘에 이르기까지 내 인생역정의 굽이마다에서 나를 지탱케 한 것이 바로 이 화두이고, 따라서 이 화두야말로 제구실을 해왔고, 또 하고 있다고 나는 감히 자부하오.

가파른 삶의 오르막길을 숨가쁘게 톺아오르면서 '운명의 여신'과 이래저래 숨바꼭질을 해온 내 '소설 같은 인생'은 오로지 이 화두로써만 그 설명과 이해가 가능할 것이오. 요컨대 이 화두야말로 삶에 대한 나의 인식이고 지향이며 이상이었소. 그러기에 그 어떤 역경 속에서도 삶의 버팀목이 되고 활성소가 되어 나에게 힘과 용기, 지혜와 신심을 안겨주었소. 그렇다고 여태껏 이 화두를 제대로 깨친 것도 아니고, 제대로 실천하고 있는 것은 더더욱 아니오. 앞으로도 여전히 내 삶의 화두로서 끊임없이 완벽한 깨침과 실천으로 나를 밀어주고 지켜줄 것이오. 이 화두가 있는 이상 내 삶은 궤도에서 이탈하지 않을 것이오. 다음 엽서에는 이 화두에 관해 좀더 구체적으로 하나하나 이야기해보려고 하오.

추석연휴 첫날(3일) 동서가 면회를 와서 투명창 너머로나마 반갑게 만났소. 처제는 그만 신분증을 휴대하지 않은 통에 면회가 불허되어 아쉽게도 못 만났소. 민수도 함께 왔다는데 못 봤구먼. 그애 키가 벌써 170cm라니, 그간 세상도 그만큼 변했겠지. 동서와 처제에게 고맙다는 인사를 전해주오. 그럼, 몸 성히 잘 있소.

시대의 소명

1998. 10. 12.

중추가 지난 지도 일주일이 넘어서 가을이 한창일 텐데, 아직 색바람만이 솔솔 부는 것을 보니 올가을은 좀 더디게 지나가는 것 같소. 연일 쾌청한 날씨에 한나절에는 제법 따스함까지 느껴지니 말이오. 그러나 때가 때이니만치 이제 단풍도 백두대간을 곱게 물들이면서 저만치 내려오고 있겠지. 우리네 가을이야말로 가위 '사람으로 하여금 정신과 몸을 모두 맑게 하는[使人神骨俱淸]' 가절이라 할 수 있소.

옛날부터 봄에는 한해 동안 해야 할 일의 얽어짜임을 해야 하니 걱정과 시름이 생기지 않을 수 없으며, 가을에는 해놓은 일의 걷이를 하고 한해 일을 마무리해야 하니 회고와 사색이 따르게 되는 법이라고 했소. 그래서 속인(俗人)은 봄을 즐기지만, 철인(哲人)은 가을을 즐긴다고 하였나보오. 아무튼 봄은 봄대로, 가을은 가을대로 경색(景色)과 철학이 따로 있으니, 이것이 자연의 이치이고 자연과 인간의 상생적인 관계인 것이오.

전번 한가윗날(10월 5일) 월삼경(月三更)의 고요 속에서 맑은 생각으로 마음의 본체를 볼 수가 있어서 내 삶의 화두에 관해 사색한 것을 편지에 담아 띄웠소. 받아봤는지? 그 편지에서는 화두를 갖게 된 동기나 그 의미에 관해서 개괄적으로 이야기했소. 오늘은 세부에 들어가 '시대의 소명에 따라'라는 주제를 걸고 이야기할까 하오.

누군가가 이런 비유를 했소. 세계를 한 권의 책이라고 하면, 인간은 그 속에 있는 개개의 글자이고, 시대는 책장(冊張)이라고 말이오. 책장이 넘어가면 책장에 박혀 있는 글자는 으레 따라 넘어가게 마련이지. 그리고 책장마다에는 그에 걸맞은 글자와 문장이 있어야 하는 법이오. 있어야 할 글자나 문장이 그 책장에 있지 않고 다른 책장에 가 있다면 그것은 이미 책이 아니라 잡기(雜記)나 낙서에 불과한 것이지. 이렇게 한 책장과 그 속에 담겨져 있는 글자가 마냥 시대와 인간의 관계라면, 그 책장에는 그에 걸맞은 글자가 있어야 하는바, 그것은 흡사 시대에는 그에 걸맞은 인간이 있어야 한다는 뜻이며, 이것은 인간에 대한 시대의 부름과 같은 것이오.

이처럼 인간은 시대와 더불어 그 속에서 살다가 그 속에 파묻혀버리는 것이오. 시대가 인간을 만들고 시대가 인간을 요리하니 시대를 떠난 인간이란 결코 존재할 수가 없는 것이오. 제아무리 시대를 주름잡는 일세의 영웅호걸이라 할지라도 그저 시대의 소명에 순응하는 인간일 뿐, 그 이상도 그 이하도 아니며, 결코 시대 위에 군림하여 시대를 호령할 수는 없는 것이오. 요컨대 인간은 시대의 피조물로서 시대의 소명에 따를 수밖에 없는 것이오.

시대는 어차피 그 시대만의 소명이 있는 법이오. 왜냐하면 시대는 간단없이 변하고, 변하는 시대에는 변하는 일만이 일어나기 때문이오. 시대의 소명에 부응하는 자만이 시대의 선구자로서 그 시대에 기여할 수 있으나, 그것을 거역하는 자는 시대의 낙오자로서 폐물이 되어버리는 법이오. 이렇게 시대의 부름에 따르는 것이 그 시대를 사는 인간의 사명이고, 이러한 부름에 따라야겠다고 생각하는 것이 사명감이며, 그러한 생각을 하는 사람이 곧 사명인(使命人)인 것이오. 사명인만이 진정한 '시대인'이 될 수 있는 것이오.

소명에 따른 사명을 자각하는 것은 인간이 간직할 수 있는 최고의 지각이고, 그 사명을 수행하는 것은 인간에게 최상의 영예라고 나는 믿고 있소. 동서고금을 막론하고 위인이라고 기리는 사람들은 예외없이 모두가 시대의 소명에 따른 사명을 투철하게 자각하고 그것을 충실하게 수행한 사람들이오. 소명과 사명의 조화야말로 세상에서 가장 값진 조화인 것이오. 물론 그것은 시대의 소명에 따른 사명을 훌륭하게 수행했을 경우를 놓고 말하는 것이지. 내 삶의 화두에서 '지성의 양식으로 겨레에 헌신한다'는 것은 시대의 소명에 따라 자각한 나의 사명인 것이오. 이렇게 보면 삶의 화두는 삶의 신념이기도 하오.

당신도 지켜봤겠지만, 나는 법정에서의 최후진술에서 이역땅에서 망국의 설움이 채 가시기도 전에 분단이라는 또다른 민족적 수난에 조우하여 오로지 통일을 실현하는 것이 이 시대의 소명이라는 일념을 안고 조국의 품에 돌아왔다고 말했소. 5천년 민족사에서 이 시대가 우리에게 요구하는 것, 즉 이 시대의 소명은 과연 무엇이겠소? 한강토에서 한핏줄로 세세연년 오순도순 살아오던, 그래서 영원히 그렇게 살아갈 것으로 믿어오던 우리 겨레가 이 시대에 와서 두 동강 나 서로 반목하고 갈등함으로써 통일민족사에 치욕만을 남겨놓았으니, 이 분단의 비극을 끝장내고 다시 하나가 되는 것이야말로 이 시대가 우리에게 하달하는 지상명령(至上命令)이 아닐 수 없소. 우리에게 내려진 이 시대적 소명을 외면하거나 무시하면 반드시 시대와 역사의 비웃음을 사고 버림을 받게 될 것이오. 우리는 역사에서 이러한 전례를 숱하게 봐왔소.

시대의 소명이란 결코 추상적인 개념이 아니며, 그에 부응하는 것은 제멋대로의 선택이 아니오. 누구나가 실생활에서 몸과 마음으로 부대껴야 하는 현실과제인 것이오. 나는 학문 연구를 천직으로 받아안은 사람이오. 흔히들 학문은 '초시대적'이라고 하는데, 그것은 참된 학문은 시대를 초월하여 빛을 발하며, 미래지향적으로 학문을 추구해야 한다는 뜻이지, 초연(超然)하게 시대의 소명을 떠나 학문이 존재할 수 있다거나, 시대의 소명을 무시한 채 상아탑 속에서 학문을 하라는 뜻은 결코 아니오. 넓은 의미에서 보면 시대의 소명을 떠난 학문이란 있을 수 없으며, 시대의 소명에 충실히 따른 학문만이 참 학문으로서 크게 자라서 크게 기여할 수 있으며, 또한 시대를 뛰어넘는 빛을 발할 수도 있는 것이오.

나는 애초 역사학 일반을 공부하면서 무엇을 전공으로 삼을 것인가 하고 숙고를 거듭해왔소. 그러던 끝에 원래 인간은 서로가 만나고 어울려서 살아왔고, 더구나 이제부터는 이러한 만남과 어울림이 인간생존의 필수로 되고 있으니, 그 만남과 어울림의 학문, 즉 교류학을 연구하는 것이 바로 이 시대의 부름이라는 자각에서 이 새로운 학문의 개척에 몸담게 된 것이오. 그러면서 민족사의 견지에서 보면, '세계 속의 한국'이라는 민족사의 위상 정립이 이 시대의 절박한 소명이기 때문에 우리 겨레의 교류사에 연구의 촛점을 맞춰왔던 것이오. 내가 씰크로드의 한반도연장설을 주장하는 것도 무지한 서양인들이 업신여겨 붙여놓은 '은둔국(隱遁國)'이라는 누명을 벗겨버려야만 겨레의 존엄을 되찾고 '동방의 등불'로 다시 웅비할 수 있다는 시대의 요청에 따른 것이오. 나는 체험을 통해 시대의 소명에 따르는 것만이 참 삶의 길이고, 참 앎의 길이라는 것을 깊이 깨달았소.

지난 3일 면회를 왔을 때 처제가 교도소 민원실에서 쓴 편지와 영치금 3만원을 감사히 받았소. 고맙다는 인사를 전해주오. 한가지 기특한 것은 민수가 그 쪽지끝에 제법 "P.S 이모부 건강하세요"라고 추신(追伸)이라는 영어약자까지 써놓은 것이오. 영어시험에서 100점을 맞았다는 이야기도 동서에게 들었소. 축하한다고 전해주오. 단 한가지, 'P.S'에서 'S' 뒤에 점 하나를 빠뜨렸소. 응당 'P.S.'라고 써야 한다고 알려주오. 어쨌든 대견스럽소. 그럼, 내내 잘 지내기를 바라오.

지성의 양식

1998. 10. 25.

1,400km나 되는 백두대간을 주름잡아 남으로 남으로 쉼없이 내려오는 가을의 진객(珍客) 단풍이 지금은 그 끝자락인 지리산 피아골

쯤에서 산홍(山紅)·수홍(水紅)·인홍(人紅)의 3홍(紅)으로 막 불타고 있겠지. 오늘은 그날의 3홍도 기억에 새로운 우리들의 첫 만남이 있었던 날이오. 장충단기슭, 그 아늑한 곳에서 커피 한잔의 나눔으로 우리네 해로(偕老)의 열차표를 끊었던 바로 그날이오.

기려야 할 그날을 이렇게 한자리에서의 나눔없이 지내는 것이 사뭇 야속하기만 하오. 그저 마음속에서의 나눔으로 그날을 기릴 뿐이오. 그 나눔이야말로 우리 삶의 나눔이기에, 오늘은 전번 편지에 이어 내 삶의 화두 중에서 '지성(知性)의 양식(良識)으로'라는 주제에 관해 이야기하려고 하오. 앞 편지를 읽어봐야 뜻이 이어질 것이오.

나의 삶에 대해 말하자면, 시대의 소명에 따르는 것은 삶의 출발점이고, 지성의 양식으로 행동하는 것은 삶의 방도이며, 겨레에 헌신하는 것은 삶의 목적이라고도 할 수 있소. 결국 이 삶의 출발점과 방도, 목적의 삼위일체가 바로 내 삶의 화두인 것이오. 나는 법정진술에서도 밝혔지만, 나 자신을 분단시대의 한 민족적 지성인으로 감히 자리매김했소. 지성 혹은 지성인이란 도대체 무엇인가에 관해서는 저마다 나름대로의 정의를 내리고 있소. 시각에 따라서는 큰 차이를 보이고도 있소. 나는 세계와 우리나라의 지성사, 특히 오늘을 살아가는 지성인들의 삶과 성향을 훑어보고 분석하면서 지성인에 대한 나름의 개념 정리를 해봤소. 즉 지성인이란, 시대의 소명을 자각하고 미래지향적인 이상 속에 시대와 사회에 지적 기여를 하는 지식인을 일컫는다고 정의를 내려보오. 따라서 지성인은 그저 객관적 지식만을 소유하고 초연(超然)히 살아가는 지식인과는 엄연히 구별되는 개념인 것이오. 이에 관해서는 전번에 보낸 어느 편지에서 논급한 것 같소.

'양식'이란 사물을 정확하게 판단하는 식견과 능력을 말하는 것이오. 그렇다면 '지성의 양식'이란 무엇이겠소? 그것은 곧 지성인이 소유해야 할 식견과 판단력을 뜻하는 것이오. 내 경험에서 보면, 이러한 지성의 양식을 갖추는 데서 중요한 것은 우선 사명감을 갖는 것이오. 사명감이란 시대의 소명에 따라 무엇을 해야겠다고 하는 생각과 의지인 것이오. 지적 축적과 양식을 자부하는 지성인이지만, 자신에게 주어진 응분의 사명을 제대로 식별하고 자각한다는 것은 말처럼 그렇게 쉬운 일은 아닌 것이오.

이러한 사실은 우리의 역사에서 그 전형을 찾아볼 수 있소. 1910년 경술국치를 당하자 시골에 칩거해 있던 반골선비 매천(梅泉) 황현(黃玹) 선생은 "나라가 선비 기르기 5백년인데, 나라가 망하는 날 한 사람도 죽는 자가 없다면 어찌 통탄스럽지 않으랴"라고 절규하면서 "망국 선비로는 못산다"라는 유언과 함께 그 유명한 「절명시(絶命詩)」 4수를 남기곤 더덕술에 아편을 타마시고 자결했소. 매천은 3수에서 이렇게 읊조리고 있소.

새와 짐승도 슬피 울고 강산도 찡그리니 　　　　　鳥獸哀鳴海岳嚬
무궁화 온 세상이 이젠 망해버렸어라 　　　　　　槿花世界已沈淪
가을등불 아래 책 덮고 지난날 생각하니 　　　　　秋燈掩卷懷千古
인간세상에 지식인노릇하기 어렵기도 하구나 　　　難作人間識字人

세상과 나라에 대한 사명을 뒤늦게 깨달은 매천의 원통함이 그대로 스며 있으나, 오히려 자결로 그 사명을 다하는 비장함과 떳떳함이 더더욱 돋보이오. 여기서 매천이 말하는 '지식인'은 분명 '지성인'인 것이오. 매천은 자신의 경험을 통해 지성인이 되기란 어렵다고 실토하고 있소. 그러면서 그는 4수에서 "내 일찍이 나라를 버티는 일에 서까래 하나 놓은 공도 없거늘〔曾無支廈半椽功〕"이라고 대의명분을 중시하면서도 적극적인 행동에 나서지 못하는 지식인(선비)의 한계를 스스로 고백하고 있소. 그렇소, 글만 읽던 선비가 망국에 통탄하여 자결한다는 것은 실로 쉬운 일이 아니었을 것이오.

또 한 분, 임시정부 제2대 대통령을 지낸 백암(白巖) 박은식(朴殷植) 선생은 자신을 '태백광노(太白狂奴)', 즉 백두산이 있는 도도한 나라의 사람으로서 망국을 슬퍼하며 미쳐서 돌아다니는 노예라고 자처하고, 또 '무치생(無恥生)', 즉 나라를 잃고도 살아 있으니 부끄러움을 모르는 인간이라고 자책하면서 고고한 지성인의 고결한 정신을 보여주었소. 망국을 통탄하는 유명한 역사책 두 권을 써낸 백암의 이러한 자처(自處)나 자책은 모두가 지성인으로서 나라를 되찾아야 한다는 사명감에서 우러나온 것이었소.

지성의 양식을 갖추는 데서 다음으로 중요한 것은 시대와 사회에 지적 기여를 하는 실천력을 발휘하는 것이오. 원래 지식이니 지성이니 하는 '지(知)'자는 '화살 시(矢)'자와 '입 구(口)'자를 합친 글자로서 '입으로 말하는 것을 화살로 쏘다'라는 '언행일치'의 뜻으로 해석해봄 직하오. 여기에서 '말'은 앎이고, '행동'(화살로 쏘는 것)은 삶이라고 말할 수 있소. 이렇게 보면 지성이란 앎과 삶을 일치시키는 것이오. 자형적(字形的) 해석치고는 너무나 신통한 해석이오. 아무튼 지성인은 앎뿐만 아니라, 그것을 삶속에서 실천하는 사람이어야 한다는 것이오. 앎을 행동으로 실천하는가 하지 않는가에 따라 지식인과 지성인이 나누어지는 것이오.

우리나라 실학의 디딤돌을 챙겨놓은 이익(李瀷) 선생은 자신을 글만 읽는 서생일 뿐, 실오라기 하나, 곡식 한 톨도 제힘으로 만들어내지 못하는 한 마리의 '좀벌레'라고 양심적인 자성을 한 바 있소. 현실대응에 너무나 무력함을 통탄하는 자성이지. 근간에 어느 스님은 '사색이 따르지 않는 지식'이나 '행동이 없는 지식'은 아무 쓸모도 없다고 하면서, 이러한 지식인은 인간의 탈을 쓴 무기력한 '인형'에 불과하니, 그 탈을 벗어던져야만 자신의 사명을 다할 수 있다고 했소. 스님의 '인형론' 일갈(一喝)에 동감이오.

지적 기여를 하는 실천력을 키우려면 이러한 앎과 삶의 일치를 실현하는 것과 더불어 지적 무장을 튼튼히 해야 하는 것이오. 지성인의 첫째 징표가 앎, 즉 지식의 소유일진대, 제구실을 하려면 지식을 부단히 확충해야 하는 것이오. 작금 지성계의 큰 폐단 중 하나는 좀 안다고 하여 자만에 빠져 지적 충전을 게을리하는 경향이오. 장자(莊子)는 "앎이 알지 못하는 데 머물러 있는 것이 최고의 앎이다〔知止其所不知至矣〕"라는 유명한 말을 남겼소. 좀 난삽한 말 같은데 음미해보면, 알았다고 자만하지 말고 늘 모자란다고 생각하면서 배움에 정진하라는 뜻이 되겠소.

끝으로, 지성인의 양식을 갖추려면 미래지향적인 높은 이상을 갖고 시대의 선구자가 되어야 하는 것이오. 요즘 신문지상에서 자주 참 지성인의 부재를 개탄하는 글을 읽곤 하오. 필자들은 한결같이 깨끗한 지성인들이 많이 나타나 시대의 횃불, 난세의 키잡이가 되어주기를 간절히 고대하고 있소. 이것은 우리만의 일이 아니오. 혼탁한 이 한세기를 보내는 지구촌 모든 사람들의 똑같은 염원이기도 하오. 이 싯점에서 시대의 선구자가 되려면 정말로 '얄팍한 술수나 소아(小我)의 타산에 사로잡히지 말고 멀리 앞을 내다보면서 우직하게 걸어가는〔直道能行 要自愚〕' 몸가짐이 필요한 것이오.

이렇게 사명감을 갖고 지적 기여를 통한 실천력을 발휘하여 시대와 사회의 선구자가 될 때 지성인은 비로소 지성인다운 양식을 갖추었다고 말할 수 있을 것이오. 그런데 동서고금의 지성사, 특히 격동기의 지성사를 훑어보면, 이러한 양식을 가진 지성인들은 나라나 겨레에 대한 충정(衷情)에서 출발하여 미래지향적인 이상을 품고 그 실현을 위해 여의치않을 수밖에 없는 현실과 조우(遭遇)하게 되오. 그러다가 대체로 그 현실의 버림을 받고 폄하되거나 묻혀버렸다가 후세에 의해 비로소 그 행적이 추인(追認)되어 역사의 정당한 평가를 받게 되오. 그래서 나는 '충정─이상─조우─추인(역사적 평가)', 이것이 지성인 고유의 인생패턴이며, 그들 삶의 공유성(共有性)이라고 결론지어보오.

우리나라의 지성사에는 신라의 최치원(崔致遠)을 비롯해 이러한 인생패턴의 궤도를 걸어온 지성인들이 수두룩하오. 외국의 지성사에서도 마찬가지요. 저 희세의 거유(巨儒) 공자는 현실과의 조우 속에서 실로 불우한 생을 보냈소. 아들이 죽었을 때 관을 장만할 돈이 없었고, 수제자는 영양실조로 죽었으며, 공자 자신도 세상을 떠날 때 사람들로부터 '인생의 실패자'라는 손가락질을 받았소. 올해 초 프랑스에서는 이색적인 행사가 치러졌소. 꼭 1백년 전에 사실을 날조하여 한 유대인 장교에게 유죄판결을 내린 불법에 대해 대통령에게 공개장까지 보내며 정의를 위해 싸우다가 망명지에서 타계한 작가 에밀 졸라(Emile Zola)를 '지성의 귀감'으로 기리는 성대한 국가적 행사였소. 불의와 조우하다가 사라진 한 지성인에게 내려진 공정한 역사의 평가이지. 역사, 진정 역사야말로 시간에 구애됨이 없이 참됨과 그릇됨을 냉정하게 가려내는 지고의 판관인 것이오. 그래서 역사 앞에서는 허심해야 하고, 또 역사를 두려워할 줄 알아야 한다고 역사에 무지한 자들에게 경고를 보내는 것이오.

오늘은 이렇게 내 삶의 화두 중에서 삶의 방도라고 할 수 있는 '지성의 양식' 문제에 관해 듬성듬성 간추려서 이야기했소. 나 자신이 꼭 그렇게 살아왔다는 이야기는 아니고, 삶의 화두로 삼았으니만치 적어도 그렇게 살려고 노력해왔으며, 앞으로도 그렇게 살아가겠다는 자기고백이나 다짐쯤으로 받아주오.

일전에 함께 면회온 두 분께 인사를 전해주오. 당신의 얼굴이 말이 아니게 핼쑥해졌더구먼. 추석에도 앓았다면서. 마음이 안 놓이고 근심만 쌓이오. 이제 한기도 일고 있으니, 아무쪼록 건강에 각별히 유념하오. 그럼, 내내 안녕히.

겨레의 소중함

1998. 11. 1.

세 번에 걸쳐 보낸 편지에서 내 삶의 화두 중 '시대의 소명에 따라'와 '지성의 양식으로'라는 주제에 관해 이야기했소. 오늘은 '겨레에 헌신하다'라는 나머지 부분에 관해 이야기를 이어가겠소. 나는 법정진술과 그간 당신에게 보낸 편지들에서 이 화두를 이러저러한 표현으로 풀이했소. 어찌보면 너무나 평범하고 당연한 이야기 같지만, 인간의 구체적인 사유나 행동과 결부해 볼 때는 결코 그렇지만은 않소. 더욱이 일부이기는 하지만, 이른바 '세계화'의 물결 속에서 겨레나 민족을 진부한 개념으로 매도하는 현실에서 '겨레에 헌신'이라는 화두 자체가 자칫 비아냥이나 논란의 대상이 될 수도 있는 것이오.

'겨레 사랑'과 '겨레 위함'은 나의 삶을 이끌어가고 밀어주며 받쳐주는 내 심령의 근원적인 바탕이고 원동력이었소. 그것이 없었다면, 그것이 아니었다면, 나의 인생역정은 오늘과 궤를 달리했을 것이오. 나는 '겨레의 다시 하나됨'이라는 시대적 소명과 이상이 가혹한 분단현실과 조우했을 때 갈등과 고뇌에 몸부림치기도 했소. 그러나 역설적으로 이러한 현실은 나로 하여금 진정한 겨레(민족)의 의미와 소중함을 더 깊이 터득케 했으며, '민족의 위상 정립'이라는 나의 학문적 의욕과 집념을 한층 더 가다듬게 했소.

원래 겨레란 그에 속한 개개인의 모체인 것이오. 그래서 겨레가 모여사는 곳을 '모국'(어머니 나라)이요, '조국'(조상 때부터 살던 나라)이라고 하는 것이오. 어머니 없는 자식과 조상 없는 후손이 있을 수 없듯이 겨레 없는 나란 도대체 존재할 수 없는 것이오. 겨레와 나는 한핏줄이기에 결코 끊어버릴 수가 없는 것이오. 겨레야말로 내 삶의 터전을 마련해주고 키워주며,

입에 맞는 음식과 몸에 맞는 옷을 마련해주는 어버이인 것이오. 겨레가 있기에 우리는 가족과 집, 친지와 친구, 동네와 고향 같은 인간만이 지닐 수 있는 아름다운 관계와 어울림, 그리고 동포애 같은 숭고한 정감을 비로소 간직할 수 있는 것이오.

우리가 이땅에서 겨레와 더불어 영원무궁토록 살아가야 하는 것은 우리의 숙명이고 자연의 섭리인 것이오. 기백번의 천지개벽이 일어나도 우리는 우리의 삼천리 강토에서 우리네 흙을 파먹고, 우리네 물과 공기를 마시며, 겨레끼리 손잡고 살아갈 것이며, 결코 집시처럼 정처없이 떠돌거나 줄줄이 이민선(移民船)에 오르지는 않을 것이오. 오히려 '잎이 지면 뿌리로 돌아가(落葉歸根)'듯이, 이역에서 나고 자라 누릴 수 있는 영화도 마다하고 겨레의 품을 찾아오는 사람이 있는가 하면, 유골이라도 고국땅에 묻어달라고 '수구초심(首丘初心)'의 유언을 남기는 쓸쓸한 타향살이 나그네도 있는 것이오. 여우는 죽을 때 제가 살던 언덕쪽으로 머리를 향한다고 하여 '수구초심'이란 말을 쓰는데, 고향을 그리워하는 마음이나 근본을 잊지 않고 있음을 비유하는 말이오.

이것은 우리네 민족사에만 국한된 일이 아니오. 동서고금을 막론하고 무릇 인간이 만들어낸 역사라면 너나없이 비슷하오. 단, 우리 겨레는 남보다 그 소중함을 더 뼈저리게 체험하고 더 깊이 간직해왔다는 것이 다르다면 다른 것이오. 우리 겨레는 오늘날까지 수많은 외침을 받아왔지만, 끄떡도 하지 않고 우리의 피와 강토, 우리의 말과 글의 하나됨을 굳건히 지켜왔소. 우리는 세계 어느 민족에게서도 찾아볼 수 없는 1천여년의 통일민족사를 가지고 있소. 이것이야말로 우리 겨레의 가장 큰 자랑이고 밑천인 것이오. 우리에게 겨레의 의미와 소중함은 과거의 일로만 그치는 것이 아니라, 오늘의 현실에서 더더욱 중요하며, 미래에도 결코 무시할 수는 없을 것이오.

나는 민족우선주의를 지향하면서 "민족이 계급이나 이념, 권력에 우선하고, 남북간의 화해를 가능케 하는 접점과 공통분모는 무엇보다도 민족의 일체성이며, 통일은 어디까지나 겨레 모두가 공생공영하는 범민족적 문제"라고 법정진술에서 엄숙히 밝힌 바 있소. 그렇소, 우리에게 '우리는 한핏줄'이라는 겨레의식이 약동하는 한, 우리의 다시 하나됨은 어김없을 것이고, 이러한 의식이 빛과 열을 발하면 발하는 만큼 그날은 앞당겨질 것이오.

그런데 작금 심히 우려되는 괴담이설(怪談異說)이 심심찮게 나돌고 있소. 이른바 '세계화'니 '국제화'니 하는 광풍에 얼과 혼을 빼앗긴 나머지 마치 민족이나 국가는 고루하고 진부한 '근대적 유물'로 단죄되고, 그것을 조금만 언급해도 '시대착오적 발상'인 양 매도되고 있소. 뿐만 아니라 외부로부터의 원심력작용을 '선진과 과학'의 이름으로 과장하는 반면, 내부로부터의 민족적 정서나 잠재적 구심력은 '후진과 미신'으로 냉소하는 풍조가 있소. 나는 내 전공분야인 문명교류학의 학문적 탐구와 세계 여러 지역에 대한 탐방을 통해서도 항시 민족은 역사와 문명 창조의 주체이고, 가장 민족적인 것이 가장 세계적이라는 것을 실감하며, 또 확신하고 있소. 이 점에서 나는 백범 김구 선생의 다음과 같은 탁견(卓見)에 공감과 찬사를 보내오.

세계인류가 네요 내요 없이 한집이 되어 사는 것은 좋은 일이요, 인류의 최고요 최후인 희망이요 이상이다. 그러나 이것은 멀고 먼 장래에 바랄 것이요 현실의 일은 아니다. 사해동포(四海同胞)의 크고 아름다운 목표를 향하여 인류가 향상하고 전진하는 노력을 하는 것은 좋은 일이요 마땅히 할 일이나, 이것도 현실을 떠나서는 안되는 일이니, 현실의 진리는 민족마다 최선의 국가를 이루어 최선의 문화를 낳아 길러서 다른 민족과 서로 바꾸고 서로 돕는 일이다. 이것이 내가 믿고 있는 민주주의요, 이것이 인류의 현단계에서는 가장 확실한 진리다. (「나의 소원」 중에서)

선생의 출중한 선견지명이기에 좀 길지만 그대로 인용했소.

물론 문을 열어서 선진문명이나 기술을 받아들이다보면 자연히 원심력이 커지겠지만, 이럴수록 민족적 전통과 저력에 바탕하여 내부중심을 잡아주는 구심력을 더욱 강화하여 기우뚱거리지 않게 균형을 잡아주면서 '가장 민족적인 것'을 창출해내야 하는 것이오. 이것이 우리네 선현들이 부르짖던 '동도서기(東道西器)'인 것이오. 오직 이럴 때만이 '세계와 함께' 하는, '세계 속'의 우리 겨레가 갖추어야 할 당당하고 의젓한 모습이 제대로 드러나게 될 것이오. 불행하게도 우리는 '동도서기'를 제대로 관철하지 못하였소.

지난 4월 스톡홀름에서 140개 회원국이 참석한 유네스코(UNESCO, 국제연합교육과학문화기구)회의에서는 '스톡홀름성명'을 채택했는데, 성명에서는 "오늘의 추세, 특히 세계화는 문화의 연계성을 한층 높이고 상호교류도 증진하지만, 인류의 창의성과 문화의 다원주의를 저해할 수도 있다"라고 지적했소. 그리고 유네스코 사무총장은 폐막연설에서 더 심각한 어조로 "세계화가 문화적 단일성을 낳고 궁극적으로 문화의 황폐화로 귀결될 수 있다"라고 경고하면서 이른바 '문명화된 세계화'가 필요하다고 역설했소. 최근에 일어난 '세계화 광풍의 피해를 적절하게 예단하고 그 차단을 호소한 것 같소. 역설적으로 '세계화'는 '단일화'가 아니라 '다양화'인 것이오. 다양한 문명과 가치관이 활짝 꽃필 때만이 진정한 보편사적 세계화가 이루어질 수 있는 것이오. 그 이전의 '세계화'는 일방적인 팽창주의의 허울에 지나지 않을 것이오. 따라서 무턱대고 '세계화'에 편승해서는 안될 것이오.

이러한 맥락에서 보더라도 얼마 전에 일어난 이른바 '영어 공용어론'은 얼빠진 사람의 허무맹랑하고 호들갑떠는 잠꼬대에 불과한 것으로, 일고의 가치도 없다고 나는 단정하오. 영어가 이미 국제공용어이니 우리도 그렇게 따라야 한다는 억지 같은데, 영어가 어찌하여 국제공용어란 말이오? 엄연하게 유엔이 공식적으로 정한 국제공용어에는 영어 말고도 5개어(프랑스어·에스빠냐어·러시아어·아랍어·중국어)가 더 있소. 긴 역사의 안목에서 보면 2백년 역사밖에 안되는 애송이미국이 어쩌다가 잠깐 행운을 잡아 활개를 치다보니 영어가 일시 '반짝'한 것뿐이오. 그 이상도, 그 이하도 아니오. 다음 세기에 미국이 계속 그러리라는 보장은 아무 데도 없소. 오히려 불원간에 그렇지 못하게 되리라는 것이 미래학자들의 중론이오. 게다가 언어학적으로 봐도 그렇게 어수룩한 영어가 어떻게 문명한 인류의 공용어가 될 수 있단 말이오? 하물며 오래전부터 에스페란토 같은 국제어 모색에 중지를 모으고 있는 판에 말이오.

아무튼 중요하고 소중한 것은 제 것, 즉 제 나라, 제 겨레의 것이오. 그렇다고 이것은 결코 하나만 알고 둘은 모르는 자들이 말하는 배타주의나 국수주의와는 전혀 무관한 것이오. 원래 인간이란 제 것이 넉넉할 때는 너그러워지고 마음의 문을 열어놓으나, 모자랄 때는 기가 죽거나 남을 시샘하면서 옹졸해지는 법이오. 입만 벌리면 무한경쟁시대라고 기겁하는 오늘의 현실에서 제 것을 굳건히 챙겨서 강해지지 않으면 패자가 될 수밖에 없는 것이오. 이럴진대 어찌 제 것을 중히 여겨 가꾸지 않을 수 있겠소?

오늘은 내 삶의 화두 중 '겨레에 헌신하다'라는 부분에서 겨레의 소중함에 관해 나름대로의 생각을 토했소. 사실 이 '소중함'은 이 화두를 푸는 데서 열쇠인 셈이오. 오늘은 여기까지만 쓰고 다음 편지에 이어가겠소. 환절기요, 아무쪼록 건강에 유념하오.

겨레에 대한 앎⑴

1998. 11. 9.

　　높이가 주벽의 네 곱은 실히 될, 아스라하기까지 한 몇그루
의 미루나무에서 노르끄레한 낙엽이 은빛 햇살에 실려 하늘하늘 춤을 추
며 사뿐히 땅에 내려앉소. 이를테면 나뭇잎이나 과실이 누렇게 되어 떨어
지는 '황락(黃落)'이지. 황락은 일견하여 자연현상이지만 거기에는 깊은
뜻, 즉 도(道)가 담겨져 있소. 최치원(崔致遠)은 「화개동(花開洞)」이라는
시에서 이렇게 읊고 있소.

봄이 오면　온 누리엔 꽃이 가득하고	春來花滿地
가을이 가면 하늘에 낙엽이 나부끼네	秋去葉飛天
지극한 도는 문자를 벗어나	至道離文字
본디 앞에 있는 것이라네	元來是目前

　뜻인즉, 봄에 꽃이 피고 가을에 낙엽이 지는 자연현상이 바로 '도(道)'라
는 것이오. 그러면 '황락'이 시사하는 '도'는 과연 무엇일까? 여러가지를
들 수 있겠지만, 그중 하나가 바로 '나뭇잎이 떨어지면 뿌리로 돌아가는
〔落葉歸根〕' 것처럼 인간은 나서 자란 고향의 품으로, 겨레의 품으로 돌아
오고 싶어하는 불변의 천성을 지니고 있다는 것이오.

　오늘은 '겨레 사랑'과 '겨레에 대한 앎'에 관해 이야기해보려고 하오. 물
론 겨레 사랑을 외면한다고 공공연히 말하는 사람은 없을 것이오. 심지어
겨레나 민족을 고루한 개념으로 백안시하는 사람들조차도 내놓고 '겨레
사랑'을 거부하지는 못하오. 그러나 시류에 잘못 편승하다보니 점차 '사
랑'이라는 말의 톤이 낮아지고, '사랑'에 바치는 정열이 식어가며, '사랑'이

발하는 빛이 바래지는 것만 같소. '겨레 사랑'은 겨레의 소중함을 피부로 느끼고 머리로 깨닫고 심장으로 받아들이는 데서 나오는 자연스러운 감성(感性)이고 지성(知性)임에는 틀림이 없소. 그렇지만 그 겨레를 제대로 알 때만이 겨레에 대한 사랑이 그만큼 착실해지고, 사랑하는 방도까지도 명백해지는 법이오. 겨레에 관한 앎이란 겨레의 어제뿐만 아니라 오늘도 알며, 또한 겨레의 광영뿐만 아니라 치욕도 더불어 아는 것을 말하오.

나는 세상을 향해 눈을 뜨기 시작한 그 시절부터 '우리 겨레는 과연 어떤 겨레일까'라는 또하나의 사색의 말머리를 던져놓고 애써 해답을 찾으려 했소. 특히 내가 찾으려고 한 것은 우리 겨레가 지니고 있는 고유의 가치관과 기질적 특성, 이른바 '민족성'이라는 것이었소. 이것이 우리 겨레를 이해하는 데서 가장 본질적인 문제라고 여겼기 때문이오.

인간의 사유와 행동을 규제하는 정신적 요인은 고유의 가치관이오. 가치관이 투철한 민족만이 살아남아서 행로의 고비고비를 슬기롭게 헤쳐나갈 수 있는 것이오. 왜냐하면 공통적인 가치관만이 민족의 저력을 결집해 세계 속에서의 자아를 확인하면서 민족의 생존과 번영을 기할 수 있게 하는 근원적인 정신력이기 때문이오. 국토분단과 혈육이산이라는 민족수난에 종지부를 찍고 민족의 다시 하나됨을 위해 7천만 겨레가 지혜를 모으고 있는 이 싯점에서 겨레의 고유한 잠재적 가치관을 조명해보는 것은 각별한 의미가 있다고보오. 특히 남북간에 날로 심화되어가는 이질성을 극복하면서 전래의 민족적 동질성을 회복하기 위해서는 이러한 가치관의 재확인과 재정립이 시급한 거족적 과제가 아닐 수 없소. 나는 지금까지의 관찰을 통해 우리 민족은 공동체 지향의식과 민족 수호의지, 그리고 숭문(崇文)정신의 3가지 특출한 고유가치관을 지니고 있다는 것을 찾아봤소.

한국인 개개인은 항상 집단 속에 매몰되어 집단과 사회, 주위를 의식하고 그 분위기에 영합하려고 하오. 혼자 살아도 '우리 집'이요, 홀로 있어도 '우리 아버지' '우리 학교'니, 언제나 '우리'가 '나'를 대신하는 것이지. 이러한 집단의식은 식속(食俗)에서도 잘 표현되고 있소. 서양인은 우선 자기 몫을 확보해놓고 먹는 데 반해, 우리는 한그릇에서 나눠먹으면서 마지막 고기 한점도 서로 양보하오. 서양인은 개인적인 식속에 맞춰 음식을 차리고 식성에 따라 선택해 먹지만, 한식에서는 개인의 식성이나 기호에 대한 고려는 별로 없이 우선 푸짐하게 차려놓고 여러 사람이 둘러앉아 나누어 먹지. 집단의 논리에 순종하고 집단 속에 개인의 이해를 해소할 수 있는 의식구조가 아니고서는 이러한 식성이 정착될 수 없는 것이오.

우리 겨레의 공동체 지향의식은 민족의 형성과 발달 과정에서 확고부동한 덕목으로 규범화된 효(孝, 가족의식)와 충(忠, 국가의식) 사상에서 뚜렷이 나타나고 있소. 이 두 사상의 위상문제를 놓고 논의가 있어왔지만, 대체로 충이 효보다 상위개념으로 정리되었을 뿐만 아니라, 서로를 잘 조화하고 있소. 어떤 이들은 우리의 충효사상이 유교에 의해 발생한 것으로 알고 있는데, 사실은 그렇지 않고, 이미 우리 민족의 형성과정에서 고유가치관의 하나로 생성되었던 것이오. 다만 유교에 의해 더욱 강화되었을 뿐이오. 신라의 명장 김흠춘(金欽春)은 아들에게 보낸 편지에서 "나라의 위급함을 보고 목숨을 바치는 것은 충효를 함께 하는 인간의 도리다"라고 했소. 신라의 신하로서 일본에 갔던 박제상(朴堤上)은 일본에 귀화하여 충성할 것을 강요당했으나 "계림(鷄林, 신라)의 개돼지가 될지언정 왜국의 신하는 될 수 없다"라고 의연히 버텼으며, 고려의 장군 강조(康兆)는 거란족의 침입 앞에 "나는 너희와 같은 오랑캐가 아니다. 나는 고려사람일 뿐이다"라고 끝까지 항변했소. 구한말 의병운동을 주도하다가 일본 쓰시마섬(對馬島)에 끌려간 최익현(崔益鉉)은 "왜의 땅에서 나온 것이라면 물 한방울도 마시지 않겠다"라고 하며 식음을 거부한 채 순국했소. 이러한 장거(壯擧)는 이들의 심성에 내면화되어 있는 나라와 민족, 조상에 대한 충효를 떠나서는 도대체 이해할 수가 없는 것이오.

우리 민족의 융성발전과 더불어 혈연적·지역적 공동운명체의식은 점차 외침을 막아 독립을 지키고 민족통일과 단합을 수호하며 세계 속에서 한 민족의 주체적 위상을 확립하는 민족 수호의지로 승화되어갔던 것이오. 한반도의 지정학적 위치는 주위로부터의 침략을 면할 수 없게 되어 있소. 자고로 종속관계를 목적한 북방 대륙세력과 병합관계를 추구해온 남방 해양세력의 침탈은 간단없이 지속되어왔소. 그러나 번번이 실패를 면치 못했소. 역사상 1,100여차례의 크고작은 외세의 침공과 간섭을 받았지만, 민족 수호의지에 불타는 우리 민족은 그때마다 분연히 일어나 침략자들에게 패배만을 안겨주었던 것이오. '끝까지 싸우다가 죽는 것이 우리의 할 일이다'라는 철석같은 의지와 필승의 신념을 가진 고구려인들의 저항 앞에서 수 양제(煬帝)의 백만대군은 살수(薩水)의 고배를 마시고 패퇴하였으며, 삼별초(三別抄)를 위시한 고려인들은 세계 제패로 위세가 등등한 몽골군의 일곱 차례에 걸친 침략을 30여년 동안이나 막아내면서 끝끝내 나라를 지켜냈소.

　흔히들 조선시대는 유교사상으로 인해 무(武)가 홀시된 문치주의(文治主義)시대라고 하오. 외견상 조선시대에 이르러서는 고려시대까지 이어져오던 낭가(郞家)사상이 사라지고 그 대신 선비사상이 대두해 마냥 문약(文弱)에 빠진 시대로만 비쳐져왔소. 그러나 외침을 막고 나라를 수호하는 데는 문무가 따로 없었고, 잊혀져가던 상무(尙武)정신이 회생함으로써 민족을 지켜야 한다는 고유가치관은 결코 사라진 것이 아니라, 면면이 맥을 이어왔던 것이오. 임진왜란과 병자호란을 비롯한 반일·반청 항전과 구한말의 반일의병투쟁이 그 대표적인 사례요. 세계 최초의 철갑선인 거북선을 만들어 왜적을 물리친 충무공의 구국정신이나, '싸움에서 지고 물러난 자는 목을 벤다〔臨戰退北者斬〕'라는 엄한 군율을 세워놓고 결사항전에 나선 의병들의 투쟁은 명실공히 애국애족의 귀감이었소.

　민족 수호의지와 관련해 한가지 특기할 것은 모든 외래사상도 일단 우리나라에 들어오면 우리 겨레의 이러한 의지에 감응되어 호국애족사상으로 변모한다는 사실이오. 신라의 원광법사(圓光法師)는 세속오계(世俗五戒)를 설파했는데, 그는 그중에서 어찌보면 파계라고 할 수 있는 "싸움에 임해서는 물러섬이 없어야 한다[臨戰無退]"느니, "살생을 함에는 가림이 있어야 한다[殺生有擇]"느니 하는 계율을 내세우면서 우리 겨레의 굳은 의지를 강조하고, 호국애족이 모든 것에 우선함을 보여주었소. 몽골침략군의 총사령관 살례탑(薩禮塔, 살리타)을 활로 사살한 승려 김윤후(金允侯)의 호국기백도 같은 맥락에서 평가해야 할 것이오. 조선시대 유생문반들이 의병의 80% 이상을 차지했다는 사실은 문치나 이성에 안주하던 조선시대의 유생들도 민족의 수난 앞에서는 주저없이 칼을 들고 일어났음을 입증해주오. 불과 1백년밖에 안되는 한국 기독교역사이지만 3·1독립선언서에 서명한 33인의 절반이 기독교인이며, 50여명의 목사가 항일성전에 목숨을 바쳤다는 것은 기독교인들 역시 호국애족의 고유가치관에 훈육된 신앙인임을 말해주오.

민족 수호의지는 외침으로부터 민족을 수호하려는 의지에서뿐만 아니라, 민족의 통일과 단합 및 동질성을 지키려는 의지에서도 나타나고 있소. 어떤 민족국가든지 일단 형성된 다음에는 민족구성원들의 통일과 단합 여하에 따라 그 존망이 결정되는 법이오. 우리 민족의 경우, 고구려·백제·신라·고려·조선 5대의 평균수명은 578년(최장 신라가 992년, 최단 고려가 475년)이나 되오. 이에 비해 이웃인 중국을 보면 거의 같은 기간인 8대(진~원대)의 평균수명은 203년(최장 한이 426년, 최단 진이 42년)에 불과하오. 세계에서 생명력이 가장 강하다고 하는 유대민족도 3천여년에 이르는 민족사에서 근 2천년간은 망국으로 유랑(Diaspora)의 신세였소. 국가의 건재는 민족 생존의 징표이며, 그 보존은 오로지 민족의 통일과 단합에 의해서만이 가능한 것이오.

민족의 통일과 단합을 이루는 데서 중요한 문제의 하나는 언어·지역·혈연·문화의 동질성을 확보하는 것이오. 자타가 공히 인정하다시피 우리 겨레는 한반도라는 천혜의 지역에서 하나의 핏줄·언어·문화·역사를 가지고 수천년 동안 공동운명체로서 공생공존해왔소. 이러한 우리 겨레의 동질성과 공유성은 세계 어느 민족에게서도 유례를 찾아보기 힘든 특유의 현상으로서, 이것이야말로 우리 겨레의 통일과 단합의 상징이며 그 튼튼한 밑천이라고 나는 확신하오.

우리의 민족 수호의지는 세계 속에서 자신의 위상을 당당히 정립하려는 의지에서도 나타나고 있소. 그러나 지난 시기 이러한 위상과 관련해 우리는 이러저러한 누명을 뒤집어써왔소. 세상을 등지고 사는 은둔국으로, '제것'과 '몸체'가 없는 아류(亞流)문화국·주변문화국으로 매도된 것이 바로 그 실례요. 이것은 무지에서 오는 남들의 비뚤어진 시각이기도 하지만, 일부 한국인의 몰지각한 자기비하이기도 했소. 원래 풍토학적으로 보면 3면이 바다인 반도인은 활달한 진취성을 천부적으로 체질화하고 있어 은둔이나 보수, 폐쇄와는 거리가 먼 사람들이오. 이러한 천부적인 기질에다가 슬기로운 지혜와 남다른 가치관을 겸비하고 있는 우리 겨레는 일찍부터 대외로 활발히 진출하고 남들과도 잘 어울림으로써 세계 속에서 자신의 위상을 확인하고 인류의 발전에 나름대로 기여해왔던 것이오.

쓰다보니 길어져서 규정된 매수를 초과했소. 오늘은 더이상 쓸 수 없으니 다음 편지에 이 주제(고유가치관)에 관한 이야기를 이어가겠소.

겨레에 대한 앎(2)

1998. 11. 10.

어제 보낸 편지에서는 '겨레에 대한 앎'의 주제 중에서 가치관의 두 가지 내용까지만 이야기하고 그쳤소. 같은 내용의 연속이니 오늘 곧바로 이어써서 보내오.

공동체 지향의식이나 민족 수호의지와 더불어 숭문정신은 우리 겨레가 일관되게 간직해온 고유의 가치관이라고 나는 믿소. 숭문(崇文)이란 문화를 존중하는 평화정신이오. 흔히들 숭문과 무를 숭상하는 상무(尚武)를 단순한 문무의 대치개념으로 이해하는데, 이것은 좁은 의미에서의 이해이고, 넓은 의미에서는 상보상조적 관계에 있는 것이오. 우리 겨레의 역사가 보여주다시피 양자간의 관계가 진정 보완관계로서 균형을 이룰 때 나라와 민족은 성운을 누리고, 그렇지 않을 때는 생존이 위협을 받는 불운에 빠지게 되오.

우리의 평화 애호적인 숭문정신은 국조(國祖)신화에서부터 찾아볼 수 있소. 서양의 국조신화에서 자주 보이는 천지개벽이나 홍수·영웅·전쟁 신화 같은 격동적이고 갈등적인 신화가 한국의 건국신화에는 별로 없소. 단군·주몽·혁거세·석탈해·김알지·김수로·왕건 등의 국조신화는 모두가 구조면에서 강림(降臨)·지모신(地母神)·창조 신앙, 천지융화 등 자연과의 대립이 아닌 융화 속에서 이루어진 신화요. 이러한 개조(開祖)정신을 물려받은 우리 민족은 결국 평화 애호적이고 숭문적일 수밖에 없는 것이오.

그리고 정신적 기질로 볼 때 서양인은 기사도(騎士道, chivalry)이고, 일본인은 무사도(武士道)인 데 비해 한국인은 선비도인 것이오. 이 선비도는 유교의 부산물이 아니라, 주로 우리 민족 본래의 숭문정신에서 비롯된 기질이라고 나는 보오. 이익이 되는 것을 보면 그것이 의리에 합당한가를 생각해보는 견리사의(見利思義)정신, 공을 앞세우고 사를 뒤로 하는 선공후사(先公後私)정신, 그리고 삶의 참길이고 근간이라고 할 수 있는 퇴계(退溪)의 공경함〔敬〕이나 율곡(栗谷)의 정성(精誠), 송시열(宋時烈)의 곧음〔直〕은 모두가 선비도로 대변되는 우리 민족의 고유가치관으로서 윤리도덕의 표본으로 전승되어왔던 것이오.

바로 이러한 숭문정신으로 훈육되었기 때문에 우리 겨레는 한번도 무모하게 남을 침략하거나 가해하는 일이 없었던 것이오. 자칫 이것을 민족의 나약성이나 문약에 빠진 폐단으로 해석할 수 있으나, 이것은 분명 역논리(逆論理)인 것이오. 왜냐하면 적어도 인간이 공히 추구해야 할 이상은 선린과 공존이고 호혜이기 때문이오. 이와 더불어 우리 겨레는 외래문화에 대해서 상당히 수용적이면서도 창조적인 자세를 취해왔소. 우리의 조상들은 불교를 하나의 이상종교로 받아들인 후 국리민복(國利民福)을 도모하는 종교로 변조하는 지혜와 창의성을 발휘했소. 그리하여 불교는 단순히 열반세계를 인식하는 내세관 추구에 머물지 않고, 고려 태조의 훈요십조(訓要十條)에 있는 바와 같이 불력으로 국가의 대업을 이루는 호국불교·구국불교로 기능화하였소. 유교의 경우도 고려 말엽부터 하나의 통치이념으로 받아들여졌으나, 조선시대에 와서는 우주와 인간의 질서나 근본을 이기론(理氣論)을 통해 하나의 통일적인 원리로 파악하는 성리학(性理學)이라는 새로운 교학으로 발전시켰던 것이오.

이상은 내가 나름대로 찾아낸 우리 겨레의 몇가지 고유가치관이오. 정곡을 맞혔는지는 두고봐야 할 일이오. 무슨 논문이나 설교 같은 딱딱한 이야기 같은데, 사실 이 주제는 일찍부터 내가 사색해오던 것이었소. 그러다가 3년 전 광복 50주년을 기념해 뉴욕에서 열릴 예정이던 국제평화대회에서 발표하려고 했던 글*에서 그 논리적인 전개를 시도했소. 중요한 주제이기 때문에 앞으로도 계속 연구해보려고 하오.

이어서 먼저 편지에 언급한 우리 겨레의 기질적 특성, 즉 '민족성'에 관해 이야기해보려고 하오. 그 가운데서 자타가 인정하는 근면성·강인성·낙천성 등 우리 겨레 특유의 우수성에 대해서는 많은 사람들이 논했고, 또 대체적인 공감대가 이루어졌기 때문에 더 부언할 필요가 없을 것이오. 나 역시 공감하고, 그로 인해 무한한 민족적 자부심과 긍지를 느끼고 있소. 그러나 문제는 우리 겨레가 공유하고 있는 기질적 허물이오. 다른 사람들에 비해 기질적으로 모자라고, 그래서 극복해야 할 점은 과연 무엇인가 하는 것이오.

인간사 일반과 마찬가지로 민족문제에서도 남다른 난제에 봉착했다면, 이것은 그 민족 고유의 민족성과 무관할 수 없소. 바꾸어 말하면 난제일 수밖에 없는 데는 역사적·정치사회적 요인 말고도 민족성적 요인, 특히 그 기질적 허물로 인한 요인도 배제할 수 없다는 말이오. 나는 통일문제를 포함해 우리 민족이 안고 있는 여러가지 내재적 문제점들을 성찰하는 과정에서 이러한 기질적 허물을 바로 찾아내어 그것을 극복하는 일도 중요하다는 점을 절실히 느꼈소. 더욱이 나는 문명교류사에 천착하면서 여러 민족문화들을 비교연구하는 과정에서 우리 민족만이 가지고 있는 기질적 특성에 대해 좀더 객관적인 이해를 도모할 수가 있었소. 나는 박변호사에게 보낸 어느 편지에서 유독 우리만이 아직 분단의 비극을 극복 못한 데는 우리 겨레에게 배어 있는 '기기묘묘한 살(煞)'도 그 원인의 하나가 아니겠는가라고 제언한 바 있소. 여기서 은유적으로 말한 '살'이란 바로 그러한 기질적 허물을 염두에 둔 것이오.

흔히들 가장 어려운 일은 '자기를 제대로 아는 것〔自我認識〕'이라고 하오. '자아인식'이 그토록 어려운 것은 주로 자신의 허물을 제대로 파헤치기가 꺼림칙하기 때문일 것이오. 하물며 겨레의 경우에야 더욱 그러하지. 그래서 그런지 겨레의 허물을 솔직하고 대범하게 파헤치는 참 겨레 사랑의 '진인(眞人)'은 이 세상에 그리 많지 않은 것 같소. 당신이 누구에게나 "우리 겨레의 허물이 무엇입니까?"라고 물어보면 아마 열이면 열사람의 대답이 다 다를 것이오. 개중에는 무답자(無答者)도 없지 않을 것이오. 나는 아직 우리의 어느 지성인도 겨레의 허물을 있는 그대로 따끔히 짚어보는 것을 읽거나 들어본 적이 없소. 세상만사는 힘을 보태 허물을 고쳐나가야만 더 나아지는 법이오.

우리의 분단현실이 바로 그런 경우가 아니겠소? 현인들은 "허물을 보면 그 어짊을 안다[看過斯知仁]"라고 하고, "수치스러움을 아는 자는 가위 용감한 자다[知恥近乎勇]"라고 했소. 돌이켜보면, 젊은 시절에 여러가지로 나의 성장에 영향을 끼친 사람 가운데는 근대 중국문학의 거장인 노신(魯迅)이 있소. 노신이 사망한 후 그의 관 위에는 '민족혼(民族魂)'이라는 세 글자가 씌어진 백포가 덮여 있었소. 잠자던 중화민족을 잠에서 깨어나 꿈틀거리게 한 노신의 거룩한 한생을 압축한 말이오.

내가 노신을 높이 평가하는 것은, 중화민족에게 도사린 허물을 누구보다도 정확하고도 신랄하게 파헤치고 통탄한 그야말로 자기겨레를 제대로 알고 있던 사람이기 때문이오. 그는 근대에 와서 중화민족이 남에게 당할 수밖에 없고, 남보다 뒤떨어질 수밖에 없으며, 남달리 후진에 허덕일 수밖에 없는 근원을 겨레의 기질적 허물에서 찾아냄과 동시에 그 극복방도까지를 제시했던 것이오. 여기에 바로 노신의 위대성이 있고, 이로 인해 그는 근대 중국문단의 거성으로 우뚝 서게 되었던 것이오. 그의 작품이나 전기를 한번 읽어보오. 일찍이 그의 이러한 예지가 겨레에 대한 내 사색의 한 자양분이 되었소.

내가 숙고에 숙고를 거듭한 끝에 초보적으로나마 우리 겨레의 주요한 기질적 허물로 찾아낸 것은 '천협(淺狹)'과 '이중성(二重性)'의 두 가지요. 천협이란 얕고 옹졸하다는 뜻인데, 바꾸어 말하면 도량이 작고 너그럽지 못하다는 뜻도 되겠소. 기질이 얕으면 자연히 옹졸해지고, 옹졸하면 얕아질 수밖에 없는 것이오. 천협은 한자투의 낱말로 흔히 쓰이는 말은 아니지만, 찾고찾던 어휘 중에서 내 사색과 의중에 가장 적중한 표현이라고 판단되어 이 낱말을 택했소. 말이란 처음에는 생경하다가도 자꾸 쓰다보면 익숙해지는 법이오.

우리 겨레에게 이러한 천협한 기질이 생기게 된 것은 지구의 끝머리에 있는 반도라는 지정학적 환경에다가, 대체로 남들에게 당하기만 하고 남들을 거느려보거나 남들과 어울려본 일이 별로 없는 농경민이었기 때문일 것이오. 어느 외국인은 분단의 비극 속에서 겨레끼리 핏대를 세우는 우리의 서글픈 현실을 보고 한국인은 "어쩌면 바보이거나, 아니면 가장 잔인한 민족"이라고 냉소를 보냈다고 하오. 우리로서는 듣기 거북한 혹평이고 직격탄이지만, 그의 의도 여하를 떠나서 허심탄회한 일고를 요하는 평판이라 하겠소. 우리의 천협으로 인해 남들에게 그렇게 비친 것은 아닌지를.

다음으로 우리 겨레의 허물인 이중성이란 의식구조의 이중성을 말하는데, 흔히 말하는 표리부동이나 은폐성, 허례허식이나 허세 따위가 바로 그것에 속하겠소. 어느 외국인이 한국인들의 'Yes'와 'No' 문화를 이해하자면 그들 속에서 수십년을 살아야 한다고 자신의 체험담을 전한 글을 읽은 적이 있소. 우리는 누가 초청하면 마음속으로는 응하면서도 '아니'라는 말부터 앞세워 마냥 사양이나 겸허의 예로 삼고 있지만, 남들은 그렇게 이해할 리가 만무하지. 문제는 이러한 사양과 겸허가 표리부동이나 허세 같은 폐단을 미덕이나 예의로 둔갑시킨다는 데 있소. 이러한 이중성은 장기간에 걸친 유교문화의 폐습 때문에 굳어진 것이라고보오.

나는 세속적인 정치이념이나 사회이론의 효용성을 거부하지는 않지만, 천협과 이중성이라는 우리 겨레의 기질적 허물이 고쳐질 때, 통일을 비롯한 우리 겨레만의 여러가지 문제와 자정(自淨)이 더 성공적으로 해결되고 이루어지리라고 확신하오.

겨레 사랑은 '겨레에 대한 앎'에 바탕해야 하기 때문에 원래가 두툼한 책 한 권으로 엮어도 모자랄 큰 주제이지만, 이렇게 나름대로의 생각을 간추려 적어보오. 나는 이곳저곳에서 살아오면서, 특히 문명교류사라는 내 학문분야를 갈고닦으면서 우리 겨레의 민족성 같은 문제에 늘 사색의 전파를 관류해보곤 하오.

그럼, 이만하고 다음에 계속하겠소. 안녕히.

추기(追記)

국제평화대회와 함께 뉴욕에 세워질 광복 50주년 기념비의 비문을 써달라는 한 목사님의 부탁을 받고 다음과 같은 비문을 써보냈지만, 이후에는 아무런 소식도 없었다. 그러다가 우연히 인터넷신문 뉴스파워 2003년 10월 14일자 기사에서 유엔본부 근처의 함마슐드광장에 2톤짜리 한반도평화기원탑이 놓여졌는데, 거기에 내 가명인 '무함마드 깐수'란 이름이 적혀 있다는 내용을 발견했다. 비록 가명으로 비문을 쓰지 않을 수 없었지만, 분단의 아픔과 통일에 대한 절절한 소원을 담아내려고 했다. 기회가 주어지면 한번 현지에 가서 확인하려고 한다.

한민족에게 20세기는 영욕이 부침되는 범상찮은 한 세기다. 겨레사상 초유의 망국이 분단으로 이어져 어언 반세기가 흘러갔다. 동강난 땅에서 겪는 겨레의 아픔과 슬픔이란 결코 숙명과 선택이 아니었기에 더 모질고 더 욕되다. 강산은 다섯 번 변해도 단 한가지 변하지 않는 것은 천손으로 물려받은 겨레와 나라의 하나됨이다. 억겁의 풍상에서 잠시도 비상의 날개를 접은 적 없는 한민족은 바야흐로 밝아오는 민족진운의 돛을 높이 올려서 통일과 번영의 대안으로 슬기롭게 항진하고 있다. 한민족의 통일은 마냥 지켜보는 이웃들의 성원 속에서 영글어갈진대, 여기 만방의 향심적 유엔광장에 개천국조의 제천성산인 마니산의 오석을 정성 모아 다듬어 7천만 한민족의 통일비원과 온 인류의 평화이념을 기리고자 이 비를 세운다. 뜻과 마음을 함께하는 벗으로서 삼가 이 글을 드린다.

문학박사 무함마드 깐수 씀

광복 50주년 분단 50주년 민족희년 1995년 8월 15일

겨레에 헌신

1998. 11. 16.

이제 꼭 일주일만 지나면 1순(旬)주년을 맞는 '그날'이오. 1
순, 즉 10년은 결코 짧지 않은 시간이오. 게다가 꺾이는 해라서 그런지 '10
년'은 단순한 시간적 계산 이상의 의미를 지니는 것 같소. 그나마도 경륜을
쌓을 수 있는 기간이라고 하여 오랜 세월을 두고 쌓은 공을 '십년공부(十年
工夫)'라고 하며, 오래전부터 사귀어온 친구를 '십년지기(十年知己)'라고
하는 것이오. '십년이면 강산도 변한다'라는 말도 같은 맥락에서 이해되오.

당신과 나, 우리의 동체적(同體的) 삶에서 지난 1순이 갖는 무게와 의미
는 과연 무엇일까. 그것은 한마디로 우리 자신에 대한 확인이라고 나는 생
각하오. 그러기에 비록 자리를 같이하여 '그날'을 맞이할 수는 없지만, 뜻
깊게 기리고 싶은 것이 내 심정이오. '사랑하는 사람에게 언제나 갚아야
할 빚이 있다고 느끼는 사람이야말로 진심으로 사랑하는 사람이다'라는 말
이 있소. 이것이 '그날'을 기리는 오늘의 내 마음의 고백이자 축사요. '갚아
야 할 빚'이 늘 내 가슴을 지지누르고는 있지만, 어쩐지 그 '누름'은 나를
위축하기보다는 오히려 분발시켜주고 있소. 이것이 바로 '사랑의 변증법'
이 아닌가 하오.

오늘은 이전 세 번의 편지에서 '겨레의 소중함'과 '겨레에 대한 앎'에 관
해 이야기한 데 이어, '겨레에 헌신'이라는 내용으로 내 삶의 화두 풀이를
계속하려고 하오. 사실 '겨레의 소중함'이나 '겨레에 대한 앎'은 '겨레에 헌
신'이라는 화두의 전제인 것이오. 헌신(獻身)이란 어떤 일을 위해 개인의
이해타산을 떠나서 몸과 마음을 다 바쳐 힘쓴다는 뜻이오. 가치관으로서
의 헌신은 어떤 대의명분을 위해 일신의 안일만을 꾀하는 편사적(便私的)
인 소아(小我)를 떳떳하게 버리는 것이오. 조국과 겨레를 위해서라는 대의

명분 앞에서 자신을 기꺼이 희생하는 것은 대소사를 막론하고 숭고한 장거로서, 동서고금의 역사에서 높이 평가하고 오래도록 기리는 것이오. 우리의 민족사에는 이러한 장거가 수두룩하오. 이러한 장거에 의해 우리의 민족사는 오늘로 빛나게 이어져왔던 것이오.

　동학농민전쟁의 선봉장인 녹두장군 전봉준(全琫準)은 체포된 후 일본놈들의 갖은 회유를 단호히 물리치고 생을 마감하는 형장에 나가기 직전에 다음과 같은 비장한 「절명시(絶命詩)」한 수를 남겼소. 그때 장군의 나이 41세였소.

때를 만나서는 천하도 힘을 합치더니	時來天地皆同力
운이 다하니 영웅도 어쩔 수 없구나	運去英雄不自謀
백성 사랑함이 정의이니 난 아무 잘못 없어라	愛民正義我無失
나라 위한 일편단심 그 누가 알아주리	爲國丹心誰有知

　나라와 겨레에 대한 장군의 숭고한 헌신과 충정의 절규이지. 그래서 우리는 그의 '나라 위한 일편단심'을 높이 헤아리고, 오늘도 장군을 이렇게 추앙하고 노래하면서 기리고 있는 것이 아니겠소?

　새야 새야 파랑새야
　녹두밭에 앉지 마라
　녹두꽃이 떨어지면
　청포장수 울고 간다

　여기서 '파랑'은 '팔(八)'자와 '왕(王)'자로 이루어진 '온전할 전(全)'자를 뜻하며, 그것은 곧 전봉준 장군을 상징하는 것이오. 그리고 '파랑새'는 장군을 따르는 민중을 일컫는 것이오. 후손들이 장군을 기리는 절절한 노래

녹두장군의 시를 메모해 두었다.

요. 이 노래는 근대 우리 가요의 효시라고 하오. 그러니 일제강점기 때는 금지곡이 될 수밖에 없었지. 서양에서도 사정은 마찬가지요. 18세기 프랑스혁명의 지도자 당뚱(G. I. Danton)은 "조국이 위기에 처했을 때 모든 것은 조국에 속한다"라고 하늘높이 절규하면서 단두대의 이슬로 사라졌소.

헌신에는 이러한 장엄한 헌신도 있지만, 잔잔한 일상생활을 통한 범상한 헌신도 얼마든지 있소. '장엄한 헌신'이 왕왕 격동기의 개별적 헌신이라면, '범상한 헌신'은 격동기에도 있지만 주로 평화시의 대중적 헌신에서 많이 찾아볼 수 있소. 따라서 '범상한 헌신'이야말로 보편적이고 항구적인 것으로서 더욱 요청되는 헌신이라고 말할 수 있을 것이오.

이러한 '범상한 헌신'의 예는 우리 겨레의 현대사에서도 얼마든지 찾아볼 수 있소. 금세 떠오르는 것이 당대의 세계적 육종(育種)학자였던 우장춘(禹長春) 박사요. 구한말 망명객의 아들로 일본에서 태어나 고아원에 맡겨질 정도의 불우 속에서 자라난 우박사는 전쟁이라는 지난(至難)한 환경도 마다하지 않고 사랑하는 가족들을 떠나 혈혈단신 환국해 근 10년간 독창적인 연구업적으로 이 나라 현대농업의 근간을 다져놓았던 것이오. 배추·무·양파·감자 등의 종자를 우리나라의 풍토에 알맞게 개량하고 씨앗의 자립을 이룸으로써 일대 농업혁명을 일으켜 우리의 밥상과 살림살이를 넉넉하게 해주었소. 만년에는 우리의 주식인 벼의 품종을 개량하는 연구에 몰두하기도 했소.

우박사는 이 시대 우리 겨레가 낳은 세계적인 탁월한 과학자였소. 그는 '종의 합성론'을 제시함으로써 다윈의 진화론을 수정·보완하여 세계적으로 이름을 떨친 우리의 자랑스러운 민족적 과학자요. 그래서 일본사람들은 "쯔시마섬은 내줄 수 있어도 우장춘은 내줄 수 없다"라고 했나보오. 그러나 그는 모든 유혹을 물리치고 생의 마지막을 조국에 바침으로써 삶에서의 '유종의 미'를 거두었소. "밟혀도 꽃을 피우는 길가의 민들레"가 되겠다고 결심한 그는 말 못할 민족적 멸시를 감내하면서 일본에서의 50평생을 한국식 이름 '우장춘'으로 꿋꿋이 살아왔으며, 조국이 필요로 할 때, 조국이 가장 어려울 때, 한몸을 던져 조국을 찾아왔소. 그에게는 조국이 가장 소중한 것이었소. 그러기에 운명을 앞두고 병상에서 서훈(敍勳, 훈장을 내림)되자 그는 평생의 소원을 이룬 듯 "조국은 나를 인정했다"라고 감격해했소. 어쩌면 그것이 그의 60평생 삶을 지탱해온 마음의 기둥이자 최고 목표일 수도 있었을 것이오. 그리고 그순간 그는 조국에 대한 헌신이 확인되었다는 데서 무한한 행복에 잠겨 일생의 여한을 일시에 풀었을 것이오.

정부에서는 그가 돌아오지 않을 것이 걱정되어 비자를 발급하지 않아 그는 사랑하는 처자식들이 있는 일본으로 다시 가볼 수가 없었다고 하오. 돌이켜보면, 이것은 인간을 제대로 읽을 줄 모르는 데서 온 기우에 지나지 않았다고보오. 그는 이러한 경조부박(輕佻浮薄)한 기우에 반해 꼭 다시 돌아왔을 것이라고 나는 확신하오. 왜냐하면 그는 다름아닌 '우장춘'이었기에. 우박사야말로 시대의 소명에 충실한 지성인으로서 이 나라, 이 겨레를 위해 헌신한 실로 '범상찮은 위인'이었소. 이러한 위인들이 있었기에 오늘의 우리가 있는 것이오.

그리고 며칠 전엔 남북한 음악인들이 한자리에 모여서 '윤이상(尹伊桑) 통일음악회'를 성공리에 열었다는 소식을 감명깊게 읽었소. 윤이상은 동서양음악을 융화·접목한 20세기의 세계적인 거장이었소. 분명 그는 겨레를 사랑했기에 우리의 음악을 세계에 빛냈고, 세계의 음악으로 우리의 음악을 풍부하게 함으로써 겨레와 조국에 헌신했던 것이오. 독일에 있는 그의 묘비에는 "어떤 곳에 있어도 물들지 않고 항상 깨끗하다〔處染常淨〕"라는 비문이 씌어져 있다고 하오. 고인의 지조였건 세인의 평가였건 간에, 그 비문은 그의 '겨레 사랑'과 '겨레에 헌신'이라는 '물들지 않고 깨끗한' 높은 뜻을 그대로 확언하고 부각시킨 것이라고 나는 믿소. 윤이상의 존재는 그 자체가 우리 겨레의 자랑이고, 그가 펼친 음악세계는 그 자체가 우리 공유(共有)의 소중한 자산인 것이오. 비록 그가 '운명의 여신'이 농간을 부리는 바람에 이역땅에서 본의아니게 유랑하다가 유명을 달리했지만, 그는 영원한 한국인으로 남아 있을 것이며, 나는 그렇게 되기를 바라고 또 믿고 있소. 그럴진대 그는 남북한 어느 한쪽의 윤이상이 아니라, 우리 겨레 모두의 윤이상인 것이오.

우리는 지금 국토가 두 동강 나고 혈육이 갈라진 욕된 시대의 아픈 현실을 살아가고 있소. 이런 시대, 이런 현실은 너나없이, 남이건 북이건, 우리 모두에게 조국과 겨레에 대한 헌신을 절체절명의 사명으로 요청하고 있소. 겨레란 하나의 물줄기와 같은 것으로서 바위를 만나면 갈라지기도 하고, 무른 땅을 지나면 스며들기도 하지만, 끝내는 하나의 물줄기로 합쳐져 도도히 흘러가는 법이오. 나는 15세기와 18세기에 한때나마 누렸던 우리 겨레의 르네쌍스(부흥)를 백미러(back mirror)로 비쳐보면서 겨레의 다시 하나됨으로 맞이하게 될 21세기의 새로운 르네쌍스를 부푼 심정으로 고대하고 있소.

오늘까지 몇차례에 나누어 내 삶의 화두인 '시대와 지성, 그리고 겨레'(시대의 소명에 따라, 지성의 양식으로, 겨레에 헌신한다)에 관해 대충 이야기했소. 불가에서는 평생 화두 하나를 잡고 정진하다가 깨우친 이는 깨우치고, 그렇지 못한 이는 미로에서 헤매다가 끝내 화두를 쥔 채 사라져가고 말지. 속세의 인간들도 참된 삶을 살아나가려면 삶의 화두 하나쯤은 잡고 평생 깨우치면서 실천하고, 실천하면서 깨우치고, 그리하여 종당에는 무언가 삶에서 진주 하나를 건져내어 삶의 마침표로 삼는 것도 크게 바람직한 일 같소.

그럼, 오늘은 이만 하겠소. 내내 몸 성하기를 비오.

'글자전쟁'에 부쳐

1998 12. 7.

절기로는 오늘이 큰 눈이 내린다는 대설(大雪)이고, 내일께는 손돌바람이 손돌이추위라는 매서운 한파를 몰아오는 때이고 보면, 이젠 제법 겨울철에 들어선 셈이오. 철창 너머로 앙상한 가지만 남겨놓고 시린 겨울바람에 부대끼면서 홀로 서 있는 한 그루의 오동나무가 오늘따라 유난히 쓸쓸해 보이오. 얼마 전까지만 해도 솥뚜껑만한 푸른 잎새들이 다붓하던 그 넉넉한 모습은 이제 온데간데없소.

쓸쓸해 보이는 것은 보는 사람의 마음에 그렇게 비칠 뿐이겠지. 기실, 그 '쓸쓸함'은 나무의 겨울나기 지혜인 동시에 인간에게 주는 자연의 메씨지이기도 한 것이오. 원래 나뭇잎은 태양빛을 이용해 공기 중의 이산화탄소와 뿌리에서 올라오는 수분을 합성해 탄수화물을 만들어냄으로써 나무를 살리고 키우는 역할을 하는 것이오. 그런데 겨울이 되면 물이 부족해지므로 나무는 수분 소실을 막기 위해 일부러 잎사귀의 기공(氣孔)을 막아버리지. 그렇게 되면 합성작용이 멈추면서 잎은 곧바로 말라 낙엽이 되고, 나무는 이제 거추장스럽게 된 잎옷을 훌훌 벗어던지고 간소하게 가지만을 거느리고 설한풍을 맞으며 봄을 기다리는 것이오. 그러니 그 앙상함은 미구에 있을 풍성함의 전주(前奏)이고 싹이 아니겠소.

또 생각해보오. 촘촘한 잎사귀를 그대로 둔다면 나무가 과연 세차게 불어대는 겨울바람에 견디어낼 수 있겠소? 그래서 '풀과 나무는 때를 안다〔草木知時〕'라고 했소. '때를 안다'라는 것은 삶의 지혜를 터득하고 있다는 뜻도 되며, 시대의 소명을 자각한다는 뜻과도 맥을 같이하는 것이오. 나무에게는 이렇게 겨울을 나기 위한 슬기뿐만 아니라, 옹골차게 자라는 요령과 본능도 가지고 있소. 잎사귀는 계절의 변화에 따라 크기가 다르고 색깔도 변하며 아예 떨어져 없어지기도 하지만, 뿌리와 줄기는 변함없이 뻗어가고 자라는 것이오. 그래서 우리는 잎새의 변화나 출몰에 유의하면서도 그것에만 연연해서는 안되며, 오히려 뿌리의 뻗음과 줄기의 자람에 주안점을 맞추고 그 의미를 찾아봐야 하는 것이오.

나무의 이러한 지혜가 우리 인간의 삶에 주는 메씨지는 자못 귀중하다고 하겠소. 나는 내 삶의 화두를 풀이하고 지켜나가면서 나무가 주는 메씨지를 진작 실감했소. 그 요체는 우리의 것 ──뿌리와 줄기── 을 어떻게 찾아내고 지키며 키워나가야 하는가 하는 것이오. 이에 관해서는 여러가지로 이야기한 바 있고, 또 더 많이 이야기를 할 수도 있겠지만, 오늘은 그중 근간에 접한 일 한가지만 들어 얘기해볼까 하오.

요즘 신문지상에서 심심찮게 이른바 '한글전용파'와 '한자혼용파'가 앞을 다투어 제 주장만을 옹고집하여 등재한 대문짝만한 광고들을 눈여겨보고 있소. 최근 들어 두 파가 서로 세몰이 조직체 같은 것까지 급조하여 거리서명운동을 펴면서 일전을 불사하겠다고 벼르고 있는 모습이 정말로 가관이오. 이를테면 전례 없는 '글자전쟁'이오. 서로가 한치의 양보도 없이 우격다짐하는 모양새가 마치 전쟁을 방불케 하오. 이를 계기로 이른바 '한글세대'와 '한자세대'라는 이분논리도 그 부산물로 등장하고 있소. 가뜩이나 동서남북이 올올이 갈라져서 한심스러운데 이제 세대간의 반목마저 엎친 데 덮친 격이 되니, 이 나라, 이 겨레의 꼴이 과연 말이 아니오. 심히 염려되는 바이오.

명분이야 다같이 제 것을 지키고 이어간다는 데 두고 있지만, 무엇이 제 것이고, 또 어떻게 그것을 지켜나가겠는가 하는 데서는 완연히 흑백논리에 사로잡혀 모두가 이상증세를 보이고 있소. 나는 웃지 못할 이런 괴현상을 지켜보면서 천협(淺狹, 얕고 옹졸함)함이 바로 우리 겨레가 안고 있는 큰 흠집의 하나라는 것을 새삼스레 절감하오. 나만의 영역은 누구도 범접할 수 없다는 옹고집이 이제는 도를 넘어서 불꽃을 튀기고 있으니 말이오. 쓸데없이 기세등등한 것을 일컬어 허세라고 하오.

의심의 여지없이 한글은 우리 겨레만의 우수한 글이기에 잘 가꾸어야 함은 너무나 당연한 일이오. 그런가 하면 우리의 말글에서 70~80%를 차지하는 한자도 분명 우리 글자이기에 잘 다듬어나가야 함을 부인해서는 안될 것이오. 한편, 글자를 포함해 언어란 것은 나뭇잎처럼 수시로 변하거나, 인위적으로 변경할 수 있는 것도 아니오. 언어에 돌연변이(突然變異)란 있을 수 없소. 언어는 장기간 쓰이면서 자연적으로, 습관적으로 굳어질 것은 굳어지고, 도태될 것은 도태되는 법이오. 타율적인 제약이나 강요에 의해선 결코 올바른 언어생활이 유지될 수 없소. 어느날 갑자기 법령 같은 것으로 제재를 가하거나 단절을 강요할 수는 없는 일이오. 오늘의 '글자전쟁'이 바로 그 명명백백한 증좌요.

내가 우려하는 것은 한글전용을 한답시고 우리의 말글에 들어 있는 숱한 한자에 대한 교육을 제대로 하지 않아 말글의 오용과 남용이 심하다는 것과, 우리의 전통문화 표현이 응축된 한자를 마치 남의 글자처럼 푸대접하면서 무턱대고 사용을 배척하거나, 심지어 그 사용을 '지식의 자랑'쯤으로 매도한다는 사실이오. 작가들을 포함해 이른바 '한글세대'들이 쓴 글들을 좀 보오. 허술하기 짝이 없고, 지질지질하기가 이를 데 없소. 늘여만 놓고 수습이 없소. 풀이만 있고 귀결이나 함축이 없소. 천편일률적이고 개성이 없소. 요요(嬝嬝)하기만 하고 강기가 없소. 이러한 폐단은 많은 경우 한자를 무시한 데서 비롯되었다고 생각하오. 차제에 한가지 꼭 짚고 넘어가야 할 것은, 이러한 폐단은 얼치기 서양어식 언어 구사와 작문법도 그 원인 제공자라는 사실이오. 외래어의 남용에다가 다짜고짜 늘여서 풀이해 쓰는 이른바 '서술식' 언어 구사와 작문법이 우리의 전통 말글법을 크게 해치고 있다고 나는 감히 단죄하오.

요즘 세태에서 쉬운 한글도 제대로 찾아서 쓰려고 하지 않는 판국에 황차 어려운 한자에야 손이 갈 리 만무하지. 쉽고 편안한 일만을 튕겨가면서 골라 하는 약삭빠른 현대인에게 어려운 한자공부야 짜증나고 민망스러운 일이겠지. 그러나 그것으로 우리네 조상들은 찬란한 문화를 창조하고 빛냈으며 오늘의 우리를 있게 하였거늘, 우리가 어찌 그것을 배워 알지도 않고 경망스럽게 부정하며 외면할 수 있단 말이오? 그래서 당신도 내가 쓴 편지나 글에서 쉬이 발견하겠지만, 나는 가급적으로 선현들의 지혜가 모아진 이른바 '한자투'의 격언이나 잠언, 용어 등을 서슴없이 많이 골라 쓰고 있소.

나는 한자를 결코 저버려서는 안된다는 것을 깨우쳐주려는 일념에서, 그리고 어쩌면 시대적 사명감 같은 발심(發心)에서 목적의식적으로 그렇게 하는 것이오. 하나만 알고 둘은 모르는, 좁고 얕은 쪽에서 올 수 있는 무지의 비난을 감수하면서도 말이오. 지금 우리에게는 종당에 역류일 수밖에 없는 이 혼탁한 시류(時流)를 '아니오!'라고 막아설 용기가 필요하오.

이 시대에 누군가는 이러한 짐을 걸머져야 하는 것이오. 그렇지 않으면 역사의 단절로 인해 옹골진 우리 문화에 흠집이 생길 수 있으며, 이로써 우리는 후세의 규탄을 면할 수 없게 될 것이오.

총체적으로, 그리고 긴 안목에서 보면, 지금 우리는 5천년 민족사에서 새로운 문명시대로의 전환기를 맞고 있소. 시대의 전환은 하루아침에 갑작스레 이루어지는 것이 아니라, 소정의 과도기를 거치게 마련이오. 지금 우리가 바로 그런 과도기에 처해 있소. 과도기니만치 과거와 현재를 두부 자르듯 일도양단(一刀兩斷)할 수는 없고, 또 그래서는 안되는 것이오. 과도기일수록 과거의 것을 제대로 알고, 그런 바탕에서 추려낼 것은 추려내고 버릴 것은 버리면서 과거를 현재와 잘 접목해 새로운 미래를 창출해야 하는 것이오. 과거에 대한 분별없는 부정은 곧 현재와 미래에 대한 부정이고 탈선인 것이오.

정말로 우리가 나무와 같은 자연의 섭생(攝生) 원리에서 만물의 영장다운 지혜를 얻고 터득한다면 '글자전쟁'을 포함해 겨레의 앞길을 가로막고 있는 여러가지 매듭들이 하나하나 슬기롭게 풀려나가리라고 나는 믿어 의심치 않소. '겨레에 헌신'이라는 내 삶의 화두가 뿌린 여운이라고나 할까, 오늘 또 이렇게 겨레와 관련된 이야기를 한두 가지 했소.

한해를 마무리하는 달이라서 이것저것 해야 할 일들이 많을 텐데, 아무쪼록 몸 성히 잘 지내기를 바라오.

호랑이해에 이룬 보람

1999. 1. 1.

새해를 알리는 보신각의 은은한 타종소리가 밤새껏 귓전에 맴돌았소. 높은 주벽으로 사방이 꽉 막힌 이곳까지도 전해진 그 메아리 속에서 어느덧 새해의 아침이 밝아왔소. 성에가 보슬보슬 긴 뙤창을 활짝 열어젖히고 새해의 첫 아침공기를 한가슴 가득 들이켰소. 해묵은 찌꺼기가 금세 오장육부에서 빠져나가는 것만 같았소. 송구영신(送舊迎新)의 신진대사라고나 할까? 새해가 새해다우려면 이런 신진대사가 있어야 하겠지.

이 해는 한 천년과 한 백년이 마무리되는 뜻깊은 해요. 부디 천백번 건승하여 묵은 천년과 묵은 백년을 보내고 새 천년과 새 백년을 맞을 꿈에 부푼 이땅의 모든 사람들과 더불어 묵은 것을 씻어버리고 새것에 도전하는 한해가 되기를 간절히 기원하오.

올해는 기묘년(己卯年) '토끼해'요. 지난해는 용맹과 호기의 상징인 '호랑이해'였다면, 올해는 슬기와 온유의 상징인 '토끼해'요. 용맹과 슬기, 호기와 온유를 잘 조화해 한해 한해의 이음새를 짠 우리네 조상들의 지혜가 여기서도 돋보인다고 하겠소. 그런가 하면 조선시대 말기의 민화에는 호랑이와 담배 피우는 토끼가 등장하는데, 이것은 평등에 대한 서민의 욕구를 반영한 해학적인 풍자로서 토끼의 상징성을 살린 선조들의 또하나의 기발한 발상이오. 우리네 민화에는 이렇게 익살스럽지만 품위있는 농담조의 해학이 적지않소.

유명한 철학서이자 길흉을 가리는 점서(占書)인『주역(周易)』에서는 '토끼해'가 '미소 띤 소녀의 해'이고, 이 해에 딸을 낳으면 미녀가 된다고 했소.『주역』의 풀이가 맞는지 어디 한번 헤아려보오. 사실 이러한 점서 같은 것을 잘못 풀이하거나 고지식하게 믿고 따르다가는 낭패를 보기 일쑤지.

가상해보오. 너나없이 12년 만에 한번씩 돌아오는 '토끼해'에만 딸을 낳겠다고 고집한다면 이 세상이 어떤 꼴이 되겠소? 물론 그렇게 될 수도 없거니와, 설혹 '토끼해'에 낳았다손 치더라도 다 미녀가 아닌 게 현실이 아니오? 점복이란 우연에 대한 집적된 지식이나 경험으로서 확률이 보장된다는 것은 어불성설이며, 그저 넘겨짚는 운세쯤으로 치부하는 것이 무난할 것이오. 광신은 금물이오.

쓰다보니 말이 '갈지자'로 나가버렸소. 다시 토끼이야기로 돌아오면, 토끼는 보기에 유약하지만 슬기와 순발력을 지닌 영특한 동물이오. 영리하고 꾀 많은 토끼가 『토끼전』에서 남해의 용왕을, 판소리 「수궁가」에서 거북이를 재치있게 따돌리고 죽음을 모면하는 그 지략이야말로 의아할 정도로 뛰어나지 않소? 그리고 토끼 하면 '민첩'이란 또하나의 상징성이 붙어 있지. '탈토지세(脫兎之勢)'는 '우리를 빠져 달아나는 토끼의 기세'라는 뜻인데, 이것은 동작의 잽쌈을 비겨 일컫는 말이오.

이렇게 토끼는 범상찮은 슬기와 온유, 민첩 등 그만의 속성을 지녔기에, 비록 속임수 같은 부정적 습성을 곁들고 있지만, 상서로운 동물로서 수많은 동물 중에서도 12간지의 하나로 등용되어 우리 인간과 주기적인 인연을 맺고 있는 것이오. 우리 전설에는 토끼의 상서로움을 전해주는 얘기가 적지않소. 고구려 태조왕 때 부여에서 온 사신이 뿔이 세 개 달린 흰 사슴과 꼬리 긴 토끼를 예물로 진상하자, 왕은 이 예물이 길한 징조를 지닌 동물이라고 해서 갇혀 있는 죄수들을 몽땅 풀어줬다는 고사가 전해오고 있소. 그때부터 1922년이 지난 올해, '토끼해'에 태조왕 같은 성군의 혜해(慧解, 지혜로 사리를 잘 해득함)가 도모되어, 이땅의 모든 애꿎은 수인들에게도 토끼의 그러한 상서로운 은전이 베풀어졌으면 하오.

우리가 지난해에는 호랑이의 용맹으로 이러저러한 어려움을 꿋꿋이 헤쳐왔다면, 올해에는 토끼의 슬기로 부닥치는 일들을 차근차근 풀어나가야 할 것이오. 돌이켜보면 전전해는 감옥살이 첫해이자 '소의 해'라서 우보천리하면서 수형(受刑)의 긴 터널을 빠져나갈 발판을 우답불파(牛踏不破, 소가 밟아도 깨어지지 않는 견고함)로 다져놓았소. 그러한 발판이 마련되었기에 비로소 '호랑이해'인 지난해에는 호보(虎步, 호랑이 같은 씩씩한 걸음)로 용맹 정진할 수 있었소. 그렇다면 올해에는 그 기세에다가 토끼의 지혜를 보태 좀더 균형잡히고 착실한 삶을 개척해나가야 할 것이오. 내가 말하는 균형은 안주 속의 균형이 아니라, 용진 속의 균형이오. 균형은 편향이나 편협을 막는 차단봉이오.

나도 나름대로 지난 한해를 보람있게 보냈소. 가장 큰 보람이라면 8개월 남짓(1998. 4. 20~12. 25) 걸려서 『이븐 바투타 여행기』의 완역메모작업을 마친 것이오. 학계와 후학들에게 일조가 되었으면 하오.

오늘은 새해의 첫날이오. 질주의 출발선에서 첫걸음을 떼었소. 우리의 질주는 화살같이 날아가는 시간과의 경주요. 어물어물하다가는 이 경주에서 낙오자가 되고 시간에 얹혀 허둥대는 미물이 되고 말 것이오. 들메끈을 단단히 조여매고 황소의 꾸준함과 호랑이의 용맹, 그리고 토끼의 지혜로 뛰고 또 뛰어야 할 것이오. 그럴 때 경주의 종착점에서는 월계관이 우리를 기다릴 것이오.

겨울밤 무쇠같이 찬 이불 속에서

1999. 1. 11.

새해도 벌써 열흘이나 흘러갔소. 여느 해와는 달리, 이 한해를 놓고 여러가지 이야기들이 오가는 것 같소. 그 한가지가 이른바 '밀레니엄(millennium, 천년)' 논의요. 즉 '올해가 지난 천년의 마지막 해이고,

내년(2000)이 새 천년이 시작되는 해인가? 아니면 내년이 지난 천년의 마지막 해인가?' 하는 논쟁이오. 조금은 아리송한 문제인데, 아직 누구도 이에 대한 확답을 주지 못하는 것 같소.

이 문제의 근원적 발단은 5세기 말까지도 '영(零)'이라는 숫자개념을 모르고 있던 서구인들이 예수가 탄생한 해를 무턱대고 서기 1년으로 정해놓은 무지와 오산에서 비롯된 것이오. 원래 '영'은 고대 인도인들이 발명했으나 별로 쓰이지 못하다가 8~9세기 아랍인들의 손에 의해 빛을 발하기 시작했소. 아랍인들은 '영'을 활용해 대수(代數)를 비롯한 수학에서 일대 '혁명'을 일으켰던 것이오. 중세 암흑기에 허덕이던 유럽인들은 자초지종도 모른 채 아랍인들로부터 숫자를 배워가서는 그것이 아랍인들이 만들어낸 것인 줄로 알고 '아라비아숫자(algorism, 아랍식 기산법)'라고 엉뚱하게 불렀소. 무지의 소치요. 의당 '힌두(인도)숫자'라고 해야 하지. 그러나 오늘날까지도 모두들 그렇게 부르고 있으니, 누구라고 찍어서 탓할 일은 아닌 것 같소. '틀림'과 '옳음'은 상대적 개념으로서, '틀림'도 관습화되면 '옳음'으로 둔갑되는 수가 있지.

밀레니엄 문제와 관련해 독자들의 문의가 쇄도하니 어느 일간지는 지난 밀레니엄의 마지막 해는 '감정적'으로는 올해고, '계산적'으로는 내년이라는 흐리멍덩하기 짝이 없는 궁색한 답변을 주고 있소. 일상에서 숫자는 절대적 단원(單元) 개념이오. 하나면 하나고 둘이면 둘이지, 하나가 둘이 되고 둘이 하나가 될 수는 없소. 한해를 놓고 이중적인 잣대로 가늠하는 것은 어불성설이오. 철학이면 모를까, 엄연한 숫자로 계산되는 햇수에 관한 한 양다리 걸치기란 있을 수 없는 일이오. 내 천견(淺見)으로는 '영'의 엄존을 인정하고, 모든 것은 '영'에서 출발한다는 과학의 혜안으로 보면, 분명 올해가 지난 밀레니엄의 마지막 해인 것이오. 그래서 나는 정초에 보낸 연하장에서 '한 천년과 한 백년을 마무리하는 뜻깊은 올해'라고 자신있게 표현했소. 아마 내 판단이 크게 어긋나지는 않을 것이오. 두고보오.

다음으로, 한 천년을 보내다보니 그 턱밑 해인 올해에 아홉수가 셋이나 겹치는 바람에 이를 놓고 점괘 같은 괴담들이 많이 떠돌고 있다고 하오. 가위 '아홉수의 의식구조' 문제라 할 정도로 설왕설래가 자자하오. 기실 여타 숫자와 마찬가지로 아홉수에 대한 해석은 나라마다, 민족마다 서로 다르오. 그도 그럴 것이, 그러한 해석이야말로 일종의 견강부회적인 '문명놀이'나 '심심풀이'에 지나지 않으니까 말이오. 남들이야 어떻게 풀이하든 관계없지만 자고로 우리에게는 아홉수가 최대, 최고, 완결의 길상(吉祥)한 숫자로 자리매김되어온 것만은 분명하오. 바둑이나 정치에서 9단은 최고수이고, 가장 큰 집은 99간 집이라고 하지 않소? 그래서 흔히 부정적인 뜻으로 사용되는 '아홉수 넘기기가 어렵다'는 말도 잘못 사용되고 있는 것이오. 여기서의 '넘기기가 어렵다'는 것은 소극적이고 부정적인 난관이 아니라, 목표나 지향이 최대·최고이니만치 '도달하고 넘어서기가 쉽지 않다'는 좀더 적극적이고 긍정적이며 고무적인 뜻에서인 것이오.

그럼에도 불구하고 어떤 호사객(好事客)들은 올해는 아홉수가 셋이나 겹친 해이니 무척 '넘기기 힘든 해'라고 점치면서 비관하고 있소. 상서로운 숫자가 셋이나 모였으니 그 어느 해보다도 더 상서로워야 하지, 어찌하여 더 불길한 해가 된단 말이오? 역설치고는 실로 허무맹랑한 역설이오. 목표가 대단히 높아서 '넘기 힘들다'는 것과 할 일이 마뜩찮고 갈 길이 험난해서 '넘기 힘들다'가 어떻게 같은 의미일 수가 있소? 전혀 차원이 다른 이야기지. 이렇게 말귀도 제대로 알아듣지 못하면서 가당치도 않은 말을 억지로 끌어붙여 무슨 '이치'에 발라맞추는 것을 견강부회(牽强附會)라고 하오. 이러한 억지를 자기에게 유리하게만 끌어오는 것을 아전인수(我田引水)라고 하오. '견강부회'와 '아전인수'는 이치를 거역하는 억지와 속임수의 쌍생아인 것이오. 둘 다 심히 경계해야 할 일이오.

밀레니엄이나 아홉수에 관한 망칙한 담론 외에도 해묵은 '종말론' 따위가 다시 꿈틀거리고 있소. 원래 '종말론'은 절대자의 심판에 의해 죄많은

이 세상은 끝장나고, 대신 죄없는 새로운 세상이 온다는 것을 주장하는 일종의 황당무계한 유설(謬說)이오. 난세 때마다 심심찮게 나돌던 구태의연한 망설로서, 지금까지 6천년 인류문명사에 한번도 그러한 '종말'이 와본 적이 없소. 물론 앞으로도 있을 수 없지. 지구는 태양의 궤도를 따라서만 돌고 돌 테니까. 일고의 가치조차 없는 허깨비낭설이오. 몇년 전에 있었던 이른바 '휴거(携擧)' 소동이 바로 그 일례지. 그러나 아직까지도 그 추종자들이 호들갑을 떨고 있으니, 정말로 어이가 없소. 따지고보면 그들 대부분은 사이비종교의 광신자들이오.

지금은 연중 가장 추운 때인 정월 초순의 야밤 삼경이오. 시계가 없으니 밤의 지샘을 시 단위로는 헤아릴 수 없고, 그저 육감으로 해가 진 후 초경, 이경, 삼경 등 경을 단위로 해서 어림잡을 뿐이오. 겨울철이면 추위에 거의 무방비상태로 노출되어 있는 이 감방에서의 기온이란 오로지 피부를 파고드는 한기의 쑤심정도에 따라 대충 가늠할 수밖에 없소. 이 시각 바깥은 영하 15℃쯤 되고, 이 방안은 한 생명보존체가 내뿜는 매지근한 온기에 상쇄되어 영하 6~7℃쯤 되는 것 같소. 감옥에서 첫 겨울을 나던 2년 전 꼭 이맘때, 멋모르고 방심하여 얼굴을 가리지 않았다가 그만 귀와 콧등, 볼, 손등에 동상을 입은 것이 지금도 여독(餘毒)으로 나를 괴롭히고 있소. 바깥세상에서는 육체와 대기를 차단하는 '차단벽'이 몇겹으로 두툼하게 에워싸고 있어서 제아무리 혹독한 추위라도 겹겹으로 굴절하다보니 그대로 감지할 수가 없지. 그렇지만 여기는 그러한 '차단벽'이 별로 없으며, 있다 해도 상당히 얄팍하기 때문에 추위는 가차없이, 굴절없이 육체로 직사(直射)하는 것이오.

요즘은 소한과 대한 사이라서 연중 제일 추운 시기요. 당초 올겨울에는 '라니냐'라는 미녀가 이름에 걸맞지 않은 살벌한 농간을 부려 심한 한파를 일찌감치 몰고올 것이라고 기상예보에서 으름장을 놓더니 빗나간 것 같소. 아직까지는 이상혹한이 나타나지 않았으니 말이오. 아마 그녀는 우리네의 의젓한 '동장군'에게 기가 꺾였나보오. 그렇다고 풀죽은 겨울을 기대하는 것은 아니오. 겨울은 역시 겨울답게 춥고 눈도 많이 와야 하는 것이오. 모든 일에서 '다움'(격에 맞음)이야말로 조물주의 본뜻으로서, 그것이 정상이고 정경(正經)인 것이오. 추울 때는 춥고, 더울 때는 더워야 한다는 것이겠소. 원래 자연에는 이러한 정상과 정경뿐이며, 따라서 인간은 그에 순응하는 과정을 통해 자기 개발을 완성해나가는 것이오. 그래서 인간에게 자연은 영원한 모성(母性)이고 위대한 교사인 것이오. 이러한 진리를 나는 이곳 생활에서 더 깊이 터득하고 있소.

이곳에서의 겨울나기는 명실공히 손발이 얼어터지는 추위를 견디어내는 인고(忍苦)의 과정이오. 이러한 인고는 설한풍 속에서도 새봄에 움틀 새싹을 깊숙이 품고 키워내는 겨울의 지혜와 비전 때문에 사뭇 가능한 것이오. 반일독립운동의 거장이고 대선사인 만해(卍海) 한용운(韓龍雲) 선생이 감옥에서 지은 한시 중에는 겨울나기의 인고에 관한 시가 여러 편 있소. 그중 「눈오는 밤〔雪夜〕」이란 시편을 보면, 선생은 눈내리는 밤 감방에서 "무쇠같이 찬 이불 속에서 재 되어 꿈꾸며〔衾寒如鐵夢如灰〕", 철창을 여러 겹으로 잠그고 자물쇠를 채워놓아도 "그 어디선가 밤 종소리 들려오누나〔夜聞鐘聲何處來〕"라고 차디찬 감방에서 겨울밤을 지새는 심경을 토로하고 있소. 또다른 편지에서 선생은 "북풍에 기러기도 자취를 감추는〔北風雁影絶〕" 엄동설한이지만 하늘가에는 "언제나 구름이 유유히 떠도네〔一雲萬古閒〕"라고 읊조리고 있소.

눈내리는 겨울밤 무쇠같이 찬 이불 속으로 파고드는 종소리, 기러기도 날지 못하는 추운 날씨에 함께 유유히 거닐고 싶은 구름, 이것은 겨울나기의 인고끝에 맞게 될 새봄의 희망과 자유에 대한 선생의 절절한 신념일 것이오. 이러한 신념을 굳건히 간직했기에 선생은 그토록 꿋꿋이 겨울을 이겨낼 수 있었던 것이 아니겠소?

선현들은 흔히 '추위의 괴로움〔寒苦〕'을 동연(凍硯, 얼음이 언 벼루)이나 가필(呵筆, 언 붓을 입김으로 불어 녹임)에 비유하고 있소. 실감 나오. 지금 나도 가필하고 있으니 말이오.

　동서와 처제의 연하장을 감사히 받았소. 그리고 전번에 먼 길을 마다않고 면회를 온 세 분 교수님들의 주소를 알려주오. 안부편지라도 보내려고 하니.

귀곡천계(貴鵠賤鷄)

1999. 2. 1.

　　　　오늘은 2월 초하루요. 영어에서 2월을 'February'라고 하는데, 원래 이 말은 라틴어로 '깨끗한 달'이란 뜻이오. 2월에 내리는 눈이야말로 '깨끗함'의 상징이니 그렇게 이름하였다고 하오. 산야에 빛나는 눈처럼 깨끗한 한달이 되어주기를 바라는 마음에서 그랬을 것이오. 자연에서의 '깨끗함'이란 파괴나 오염이 없이 자연 그대로를 보존하는 것이고, 사회에서의 '깨끗함'이란 부정이나 비리가 없이 서로 밝고 화목하게 살아가는 것을 말하는 것이오.

　그렇다면 사람에게서의 '깨끗함'이란 과연 무엇일까? 그것은 아마 '겉보기 깨끗함'과 '숨은 속 깨끗함'의 두 가지일 것이오. '겉보기 깨끗함'이란 바깥에 나타나는 외모, 즉 몸의 깨끗함이지. 몸의 깨끗함은 스스로의 건강이고 위생이니 지켜야 하고, 또 인간이란 집단 속에서 어울려 살아야 하니, 남을 위해서도 몸이 깨끗해야 하지 않겠소? 이에 비해 '숨은 속 깨끗함'이란 가슴속 깊이 간직하고 있는 내재(內在), 즉 마음의 깨끗함이지. 마음의 깨끗함은 스스로의 도야를 위한 근원이고 건전한 집단과 사회를 위한 전제이기도 한 것이오.

인간의 자아 완성이라는 견지에서 보면, '몸의 깨끗함'과 '마음의 깨끗함'은 곧 둘이 아닌 하나의 '깨끗함'인 것이오. 그러나 어디까지나 '마음의 깨끗함'이 구심적이고 본질적인 것이오. 그것은 마음이 깨끗해야 몸이 깨끗해질 수 있기 때문이지. '마음의 깨끗함'이란 눈처럼 흰 깨끗함이어야 하니, 한자로는 결백(潔白)이라고 하오. 현인들이 이르기를 "한치 마음의 결백은 향기로운 이름을 백대에 밝게 드리운다〔寸心潔白 可以昭垂百代淸芬〕"라고 했소. 말하자면 '마음의 깨끗함', 즉 결백은 향기로운 이름을 후손만대에 길이 남기게 한다는 뜻이겠소.

사실 '마음의 깨끗함'은 영광된 이름을 남기기에 앞서, 그 이름을 남기도록 인간에게 슬기와 의지를 키워주는 것이오. 이러한 귀감을 우리네 선현들 속에서 얼마든지 찾아볼 수 있소. 때마침 이달의 '문화인물'로 뽑힌 신라의 고승 혜초(慧超)가 바로 그러한 인물이오. 그에게는 오로지 구법(求法)이라는 일편단심의 깨끗한 마음이 있었기에, 16세의 어린 나이에 혈혈단신 당나라에 갔다가 4년 후 목숨을 걸고 불원만리 인도와 서역으로의 고행장도에 나섰던 것이오. 그러곤 불멸의 여행기를 남겨놓았소. 그의 이러한 깨끗한 마음이 한국의 첫 세계인으로서 그의 이름을 후세에 길이 남겨놓게 했소. 그의 여행기는 우리나라에서 가장 오래된 서책으로 명실상부한 국보급 진서인 것이오.

스님이 지닌 '마음의 깨끗함'은 나라 사랑에서 더더욱 두드러지게 나타나는데, 이역만리에서 사향(思鄕)의 눈물이 짙게 밴 시구가 바로 그것을 여실히 말해주고 있소.

달 밝은 밤에 고향길을 바라보니	月夜瞻鄕路
뜬 구름은 너울너울 돌아가네	浮雲颯颯歸
그편에 편지 한장 부쳐보지만	緘書添去便

바람 거세어 화답이 들리지 않는구나	風急不聽廻
내 나라는 하늘가 북쪽에 있고	我國天岸北
남의 나라는 땅끝 서쪽에 있네	他邦地角西
일남에는 기러기마저 없으니	日南無有雁
누가 소식 전하러 계림으로 날아가리	誰爲向林飛

　나는 혜초와 특별한 인연을 맺고 있는 사람이오. 대학시절에 한 일본학자가 쓴 불교 전파에 관한 책을 읽고 '아, 우리에게도 이런 고승이 계셨구나' 하는 감성에 젖은 적이 있소. 어떤 민족적 자부 같은 것 말이오. 그러다가 30여년 후 대만에 가서 동서문명교류사 관련사료를 뒤지다가 우연히 스님에 관한 몇편의 글을 발견했소. 그제서야 나는 '아차!' 하고 후손의 불초에 대한 자괴를 뼈저리게 느끼기 시작했소. 90여년 전 여행기를 발견한 건 프랑스인 뻴리오(P. Pelliot)이고, 그 저자가 신라의 고승 혜초라는 것을 알아낸 건 일본인 타까꾸스 준지로오(高楠順次郎)요. 원문에 대한 교감(校勘)과 역주도 독일·중국·일본에서 이미 오래 전에 해놓았소. 얼마 전 신문을 보니까, 중국에선 스님이 만년에 도량으로 삼았던 서안(西安)에 기념정자를 세운다고 하오. 요컨대 스님에 관한 이렇다 할 연구나 평가는 모두가 외국에서, 외국사람들의 손에 의해 이루어진 셈이오. 실로 부끄러운 일이 아닐 수 없소. 이것을 생각할 때면 자괴와 더불어 오기가 부글거리오.

　아직 우리는 역주본 하나 내놓지 못했소. 늘 마음에 걸리는 응어리요. 몇가지 역본은 나와 있으나 별로 신통칠 않소. 여행기를 제대로 이해하고 연구하자면 반듯한 역주본이 나와야 하오. 역주본 하나 없이 왈가왈부하는 것은 실로 염치없는 짓이오. 그런가 하면 스님을 기리는 일도 한번 제대로 해본 적이 없소. 어쩌다가 이번에 가까스로 '문화인'반열에 올라 별로 두드러지지도 않은 연례행사의 대상에 뽑힌 것이 고작이오. 만시지탄(晚時之歎)이 없지는 않으나 그나마도 불행 중 다행이오. 나는 8년 전 모 일간지

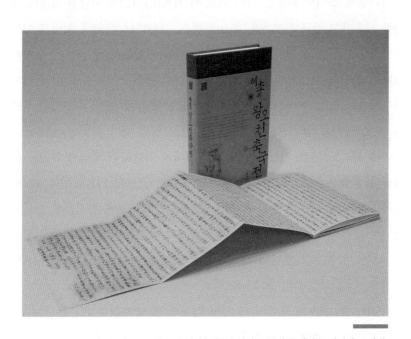

우리의 것을 소중히 여기고 빛내야 한다는 시대적 소명에
부응하려 작업한 혜초의 『왕오천축국전』 역주본을 2004년 4월 펴냈다.

에 '불초(不肖)'라는 제하의 칼럼을 쓴 일이 있소. 내용인즉, 후손으로서 선현인 혜초에 대한 여러가지 불초를 자괴하는 것이었소. 그 글에서 나는 이제 불초의 지난날을 앉아서 한탄만 할 것이 아니라, 분발해서 이 시대를 살아가는 후손답게 선현에 대한 응분의 도리를 다해야 한다고 강조했소. 그도 그럴 것이 '수치임을 알면 분발할 용기가 생기는 법〔知恥近乎勇〕'이니까 말이오.

그러면서 스님의 위훈을 기려 어느 서산(西山)기슭에 아담한 사적비 하나쯤 세우자고 절규에 가까운 호소를 했소. 그랬더니 이 글을 읽어본 어느 독자가 크게 감명을 받았다고 하면서 스님을 기리는 일에 기꺼이 동참하겠다는 편지를 보내왔던 일을 당신도 기억할 것이오. 나는 또 이 글에서 아무런 연고도 없는 빠리의 한 도서관에 쓸쓸히 유폐(幽閉)되어 있는 우리의 국보——여행기의 진본——를 돌려달라고 말할 때가 지금이 아닌가 하고 반문하기도 했소. 사실 몇년째 조선시대에 약탈해간 몇점의 유물을 돌려달라는 협상을 프랑스정부와 벌이고 있다는 소문이 나돌았는데, 그 반환목록에는 이 여행기가 아예 빠져 있소. 협상테이블에 둘러앉은 이들이 과연 이러한 진서가 있다는 것을 알고 있기나 한지? 참으로 안타까운 일이오. 나는 이 불초를 씻기 위해서라도 앞으로 꼭 여행기의 역주작업을 할 것이오.

1995년 초 나는 중국 서안에 가서 혜초의 옛 발자취를 더듬은 적이 있소. 대흥선사(大興善寺)와 천복사(薦福寺) 등 시내의 몇몇 유적지를 돌아본 다음, 서안에서 약 150리 떨어진 주지현(周至縣)을 찾아갔소. 기록에 의하면 당 대종(代宗) 때 비가 오지 않아 기우제를 지내야 했는데, 혜초가 황명을 받고 그곳 흑하(黑河)의 옥녀담(玉女潭)에서 기우제를 주재했다고 하오. 혜초는 역시 대덕고승이었나보오. 옥녀담은 큰 암석에 물줄기가 막혀 강물이 소용돌이치는 곳이었소. 강기슭에는 한대부터 내려오던 유명한 선유사(仙游寺)라는 절이 자리하고 있어 일견하여 명당임을 알 수 있었소.

그런데 곧 이 흑하를 가로막아 댐을 짓게 되면 선유사나 옥녀담은 수몰되고 만다는 것이었소. 그래서 안내원은 한국에서 온 사람으로는 내가 이 유적현장을 목격한 처음이자 마지막 사람이 될 거라고 하더군. 그 말을 들으니 무척 감개무량했소. 그러나 한편 서운하기도 했소. 선유사는 맞은편 강 언덕에 옮겨짓는다고 했소. 지금쯤 2천년간 세월의 풍상을 겪어온 그 절의 유지(遺址)는 물밑에 깔려 있을 것이오. 제아무리 유서깊고 값어치가 있는 유적이나 유물이라 할지라도 인간의 무절제한 욕심에는 당할 재간이 없는 가보오. 수몰되었을 선유사와 옥녀담의 고색창연한 모습이 지금도 눈앞에 선하오. 돌아와서 불교방송국 전담프로에 출연해 사진을 곁들여 현장 답사기를 이야기했소.

그리고 당신도 알다시피, 나는 1996년 초 한 불교서적 전문출판사가 기획하고 있는 '한국고승열전' 씨리즈의 첫권으로 '혜초전'을 쓰기로 출판사와 계약하고 계약금까지 받았지. 계획으로는 그해 겨울 인도와 중앙아시아 현지를 직접 답사하고 이듬해에 집필을 끝내려고 했소. 그러나 이 신세가 되다보니 모든 것이 무위로 돌아가고 말았지. 아쉽기만 하고, 출판사에 미안하기도 하오. 앞으로 여건이 허락하면 '혜초평전'을 써볼까 하오.

내가 '혜초'라는 화제를 종시 놓지 않는 것은 그가 역사에 남긴 거룩한 위훈이나 '마음의 깨끗함'에서 오는 사람됨됨 때문만은 아니오. 거기에는 우리 사이에 이역살이를 해온 동병상련(同病相憐)의 공감대도 한몫 하고 있소. 특히 나라가 망한 경우 타향살이꾼들에게 그러한 공감대는 '함께하는 감정'의 차원을 넘어서 '함께하는 생사'의 운명으로까지 이어지는 법이오. 이 점에서 나는 혜초를 떠올릴 때면 으레 고선지(高仙芝)라는 또다른 인물을 화제로 함께 다루곤 하오.

예나 지금이나 나라 잃은 설움을 누구보다도 깊이 통감하는 사람은 조국의 품을 떠나 낯선 땅에서 망국인으로서의 천대와 멸시를 이중삼중으로 받는 사람들이오. 그들은 조국이 그토록 소중하기에 몸은 비록 이역땅에 있어도 조국을 되찾으려는 성전에서 투혼을 불태우기도 하고, 영광된 고국의 얼을 그대로 살려 만방에 그 이름을 빛내기도 하는 것이오. 우리의 민족사에서 그러한 위인의 원형을 찾으라면 의문의 여지없이 우선 고선지를 꼽아야 할 것이오.

고구려 유민출신인 그가 당나라 수만대군을 거느리고 세계의 지붕 파미르고원을 네 차례나 넘나들며 단행한 서역원정은 그 규모나 전과에서 실로 전무후무한 일대장거였소. 그러나 희세의 맹장인 고선지의 생은 망국의 비분 속에서 심신을 연마해온 통한의 과정이었소. 그는 나그네신세로 어이없는 멸시의 눈총을 받으면서, 민족적 모멸이 섞인 짓궂은 욕설을 감수하면서, 간신의 모함으로 진중에서 참형을 당한 생의 마지막 순간까지도 고구려인의 숭고한 기상 그대로 바르고 떳떳하게 살았소.

혜초와 고선지는 세계위인전에 당당하게 자리매김되어야 할 '위대한 한국인'들이니, 우리는 그들을 영원토록 기려야 할 것이오. 고니를 귀하게 여기고 닭을 천하게 여긴다는 '귀곡천계(貴鵠賤鷄)', 즉 드물고 먼 것을 귀하게 여기고 흔하고 가까운 것을 천하게 여기는 것은 인간의 상정(常情)이고, 집 떠난 자식을 더 생각하는 것이 세간의 모정(母情)일진대, 나라 밖에서 우국헌신한 사람들을 더 반겨 맞아주고 그들과 함께 온전한 민족사를 엮어나가야 할 것이오.

책 18권을 반환하니 확인하고 찾아가주오. 사흘 후면 입춘이오. 인동(忍冬)끝에 봄은 어김없이 찾아오는구먼. 부디 건강하기를.

추기(追記)

2004년 4월 역주본으로 『혜초의 왕오천축국전』(학고재)을 출간하였다. 이 역주본의 '역주자 서문'을 "우리의 것을 소중히 여기고 빛내야 한다는 시대적 소명에 부응코자"라는 말로 맺음하였다. '혜초평전' 집필은 앞으로 여건이 허락하는 대로 구상해보려고 한다.

늙지 않는 비결

1999. 2. 7.

어제 면회에서 당신은 돋보기를 꺼내 쓰더군. 이제는 돋보기를 안 쓰면 글씨가 잘 보이지 않는다고 하니, 이것은 분명 무언가로의 변화이지. 돋보기는 한자투로 노안경(老眼鏡) 또는 노인경(老人鏡)이라고 하오. 흔히 노인이 되면 쓰게 되는 안경이라고 하여 붙여진 이름이오. 아마 '노인' 하면 당신은 금세 섬쩍지근할 터이지만, 엄연한 현실 앞에선 별수가 없지 않소? 이것은 인간이 나이를 먹어감에 따라 육체적·정신적 기능이 쇠잔해지는 이른바 '노화' 현상이오. 이것이야말로 인간에게는 어쩔 수 없는 숙명인 것이오. 숙명이니만치 다가오는 시간의 완급쯤은 어느정도 인위적으로 조절할 수 있겠지만, 그 '다가옴'을 아예 막거나 피할 수는 결코 없는 것이오. 속담에 "몸은 100냥이고, 눈은 90냥"이라고 했소. 그만큼 눈이 중요하다는 말이오. 벌써 노안경을 써서야 안되지.

이러한 불보듯 뻔한 이치 앞에서도 그 '다가옴'을 조금이라도 늦춰보려고 안간힘을 쓰는 것이 바로 우리 인간인가보오. 그러다보니 불로장생이란 허욕(虛慾)이 생겨나고, 작금에는 '건강교(健康敎)'가 사람을 현혹하고 있는 것이오. 이른바 '건강교'란 사이비교리처럼 건강에만 좋다면 추악이나 혐오를 가리지 않고 맹신맹종하는 것을 말하는데, 어찌된 영문인지 이러한 '건강교'가 우리 한국인들 속에서 더 기승을 부리는 것 같소. 우리에게 필요한 것은 이러한 사이비식 '건강교'가 아니라 건전한 건강법이라고 나는 생각하오.

그러면 도대체 건전한 건강법이란 어떤 것인가? 건강 전도사들이 일러주는 건강수칙이나 건강처방은 하도 번잡하여 통 종잡을 수가 없소. 좋게 보아 그럴 수밖에 없는 것은 인간의 체질이나 생활환경, 건강체험 등이 서로 다르기 때문이라고 할 수 있소. 그러나 뭐니뭐니 해도 자기의 체질과 생활환경에 알맞으며, 그래서 효험을 보는 것이 바로 건전한 건강법이오. 그래서 '사람의 목숨은 하늘에 맡겨졌으나 건강은 자신에게 달려 있다〔人命在天 健康在我〕'라고 하는 것이오.

우리가 군이 번거롭기까지 한 건강법을 만들어서 지켜야 하며, 또 누군가 '건강 제일주의'를 요란하게 부르짖어대도 나무라기는커녕 솔깃해하는 이유는 도대체 무얼까? 극히 상식적인 물음이지만 대답은 한결같지가 않을 것이오. 또 그 대답에 대한 묻는 자의 평가나 만족도도 각이할 것이오. 왜냐하면 사람들의 가치관과 인생관, 생활관이 서로 다르기 때문이오. 혹자는 자신을 위해서, 혹자는 자신과 가정을 위해서, 혹자는 자신과 가정, 나라를 위해서, 그런가 하면 혹자는 오래 살기 위해서, 일을 많이 하기 위해서, 행복을 위해서…… 건강해야 한다고 나름대로 답할 것이오. 물론 어느 것 하나 부정할 수는 없지만, 건강은 나를 위해서뿐만 아니라 남을 위해서도 필요하다고 한마디로 귀납할 수 있을 것 같소.

일반적으로 노화에 접어든 사람들이 건강을 제일 많이 챙기지. 그야 그럴 수밖에 없는 것이 노화와 건강은 절대적인 함수관계에 있기 때문이오. 물론 노화는 무엇으로든 막을 수는 없겠지만, 건강하면 육체적 기능이나 정신적 기능의 쇠약, 즉 노화를 그만큼 지연시킬 수는 있는 것이오. 노화가 어느 만큼 지연될 수 있는가 하는 것은 육체적 기능과 정신적 기능을 어떻게 유지하는가에 달려 있소. 그런데 여기서 더욱 중요한 것은 진취성이나 적극성, 인고정신이나 투지 같은 정신적 기능을 부단히 보강하는 정신적 건강인 것이오. 다른 사람들에게도 마찬가지지만, 특히 노화인에게는 정신적 건강이 육체적 건강에 아주 긍정적인 영향을 미친다고 하오. 그래서 서산대사는 "머리는 세도 마음은 늙지 않는다〔髮白心未白〕"라고 했나 보오. 마음만은 늘 젊게 살아야 한다는 뜻이 되겠소.

2차대전 때 유명한 에스빠냐의 반파시즘 투사이자 작곡가이며 지휘자였던 '첼로의 성자(聖者)' 빠블로 까잘스(Pablo Casals)는 고령에도 강인한 투지로 왕성한 활동을 계속해오다가 피할 수 없는 운명의 마지막 순간에 이런 말을 남겨놓았소. "지난번 생일로 나는 93세가 되었다. 물론 젊은 나이는 아니다. 그러나 나이는 상대적인 문제다. 일을 계속하면서 주위세계의 아름다움에 빠져든다면 사람들은 나이라는 것이 반드시 늙어가는 것만을 뜻하지 않는다는 것을 알게 될 것이다. (…) 나에게 있어서 인생은 더 매혹적이다."

이렇게 까잘스는 나이와 늙음에 대해 낙관에 찬 정의를 내리면서 늙음을 밀어내는 처방까지도 다음과 같이 밝히고 있소. "일을 하며 싫증내지 않는 사람은 늙지 않는다. 가치있는 것에 대하여 흥미를 가지고 일하는 것은 늙음을 밀어내는 가장 좋은 처방이다. 나는 날마다 거듭 태어나며 날마다 다시 시작해야 한다." 그러면서 그는 은퇴는 죽음을 의미하기 때문에 정신이 살아 있는 한 은퇴란 있을 수 없다고 단호하게 선언하고 음악활동을 계속해왔소. 이와 같이 까잘스는 삶의 참뜻을 터득하고 있었기에 어쩔 수 없이 더해가는 나이나 노화는 애당초 아랑곳하지 않고 영원한 젊음으로 그토록 오랜 삶을 보람있게 영위했던 것이오. 노화를 걱정하는 사람들에겐 하나의 훌륭한 귀감이오.

사실 노화는 육체적인 늙음을 말하는데, 그 늙음에서 가장 두려운 것은 '늙어서 죽는' 것보다는 '늙어서 낡아지는' 것이오. 인간에게 늙음은 피할 수 없는 숙명이지만, 낡음은 결코 그렇지 않소. 늙음과 낡음은 정비(正比) 관계도 아니고 동격어는 더더욱 아니오. 늙음이란 성숙이나 기여를 뜻하지만, 낡음이란 썩음이나 쓸모없음의 대명사요. 그래서 늙었다고 해서 낡아서는 안되며, 늘 새롭고 젊게 살아야 하는 것이오. 한마디로 '늙은 젊음'으로 살아야 한다는 것이오. 흔히 말하는 노익장의 본때겠소.

이만하고, 당신의 돋보기화제로 돌아갑시다. 당신이 돋보기를 써야 할 지경으로 시력이 급속하게 나빠진 것은 아마도 지난 3년간 모진 세파를 헤

가르며 동분서주하는 바람에 몸이 허약해지고, 그러다보니 당신의 초롱초롱하던 눈가에 어느새 노화기가 성하게 된 때문이겠지. 결국 그 원인 제공자는 나인 셈이오. 아무튼 죄송스럽소. 이제부터라도 눈을 잘 보호해야 할 것이오. 그러자면 그 바탕인 건강 유지에 각별히 유의해야 하오.

입춘도 무시한 채 요동치던 한파는 한풀 꺾였으나 아직 한기는 가시지 않고 있소. 그러나 봄은 어차피 다가올 것이오. 당신도 이젠 건강법 하나쯤 찾아내어 몸에 익혀야 할 것이오. 그럼, 유쾌하고 건강하게 명절을 보내기 바라오.

외삼촌이 들려준 천금 같은 이야기

1999. 2. 16.

오늘은 설날이오. 며칠째 때아니게 기승을 부리던 늦추위도 한결 누그러졌소. 그러나 아직 이 밤의 한기에 스산한 철창가에는 은빛 성에가 뿌옇게 서려 있소. '이 밤'이라기보다 차라리 '이 방'(감방)이라고 하는 표현이 더 적절한 것 같소. 시계가 없으니 어림짐작으로 자정이라 점치고, 바로 그 성에 긴 철창 너머의 북녘을 향해 정화수 한 그릇 떠놓고 옷깃을 여민 채 조상에게 차례를 올렸소. 여기서는 아침에 차례를 올리지만, 북녘 땅 고향에서는 자정에 올리는 것이 관례요.

이윽고 아침 햇살이 비껴들자 싸늘하기만 했던 성에는 가뭇없이 사라지고 내 마음에 온기가 피어나기 시작했소. 그 온기는 그날의 추억으로 하여 더욱 모락모락 피어오르는 것이었소. 인생에서 가장 아름다운 추억은 일회적으로 크게 빛났거나 충격받은 일보다는 늘 버릇처럼 해오던 일, 그래서 기다려지고, 지나면 아쉬워지고, 또 그래서 영영 기억에 남아 있는 늑진하고 예사로운 일이 아닌가 싶소. 비록 너나없이 다같이 행하는 예사로운 일이지만, 마음의 백지에 그려진(그려넣는 것이 아닌) 그림만은 서로가 다르기에 자기만이 소중하게 간직하고 있는 추억거리가 따로따로 있게 마련이오. 그러한 추억은 기억할 수 있는 한계까지 거슬러올라가면 올라갈수록, 바꾸어 말하면 어릴 적일수록 더 아름답게, 더 깊이 남아 있지. 그러한 추억이야말로 추억의 여운이라기보다는 추억 그 자체인 것이오. 이날을 맞아 그러한 추억 한 토막이 떠오르는구려.

내가 나서 자란 고장은 '명천촌(明川村)'이라고 하는 자그마한 두메산골 마을이었소. 모두가 함경북도 명천에서 살다가 왔다고 하여 붙여진 이름이오. 거개가 정씨(鄭氏) 성을 가진 가호라서 정씨 집성촌인 셈이지. 모두가 구한말과 일제강점 초기에 살길을 찾아 두만강을 건너 설한풍 휘몰아치는 북간도(지금의 중국 연변)땅에 와서 화전민(火田民)으로 정착한 망국 실향민들이오. 그러기에 서로가 의지하면서 오순도순 다정하게 살아가는 이웃들이었소.

그들에게 연중 가장 즐거운 때가 바로 설날부터 대보름 사이요. 째지게 구차한 살림에도 이때만큼은 잠시나마 모든 시름·걱정을 접어놓고 흥에 겹고 낙에 덩실거리며 한잔 막걸리에 춤판, 노래판을 벌이기가 일쑤지. 그런가 하면 한구석에서는 사냥이나 윷놀이로 낮에 밤을 이어가지. 예나 지금이나, 그리고 나라 안에서나 밖에서나 우리 겨레는 한결같이 타고난 낙천주의자들이오. 비관이나 좌절을 모르고 언제나 희망과 낙천에 겨워 신명나게 춤추고 노래부르는 민족이거든. 이것이 아니었던들, 우리 겨레는 온갖 간난신고(艱難辛苦)를 이겨내면서 오늘로 비상하지 못했을 것이고, 1,100여회나 되는 외침을 당해내지 못했을 것이오.

그 시절의 설맞이에서 나에게 가장 깊은 추억으로 남아 있는 것은 어머니를 따라 외가에 세배를 다녀오던 일이오. 어머니가 이고, 내가 지고 가

ⓒ이상

선열들의 투혼이 서려 있고, 학창시절 지나다니던 우람한 선바위.

는 세배품 중에는 꼭 어머니가 손수 빚은 소주와 두 손으로 켜낸 엿가락(주로 수수엿)이 들어 있곤 했지. 외가는 우리 마을에서 6~7리쯤 떨어진 명동촌(明東村) '동거우'라는 외진 곳이었소. 초하루나 초이틀은 집에서 가족·친지들과 함께 설을 쇠고는 초사흗날이 되면 외가나들이를 나서는 것이 거의 법칙처럼 되었던 것으로 기억하오. 때로는 함박눈으로 메워진 길 위에 어머니께서 발자국을 찍어놓으시면 나는 그 발자국을 오졸오졸 따라가곤 했지. 해마다 세밑이 다가오면 나는 이날을 애타게 기다렸소. 타지에 간다는 호기심과 외할아버지께 받게 되는 세뱃돈에도 적이 마음이 끌렸지만, 그보다도 외삼촌을 만나뵙고 싶은 마음이 더 간절했기 때문이었소.

외삼촌은 젊어서 그곳 명동중학교를 중퇴하고 몇번의 옥고를 치른 후 시골에 묻혀버린 우국지사였소. 명동중학교는 우리 한인들이 북간도에서 3·1운동 직후 세운 첫 한인중학교로서 민족교육과 더불어 젊은 반일투사들을 길러내는 양성소이자 독립운동가들의 활동근거지이기도 했소. 시인 윤동주나 늦봄 문익환 선생도 그 학교 출신들이오. 연세로는 외삼촌이 그분들보다 몇살 위요. 이 학교는 결국 일본놈들이 달려들어 불을 질러 태워버려서 폐교가 되고, 그 터전은 거기서 약 30리 떨어진 용정이란 곳으로 옮겨가고 말았소. 후일 용정에 세워진 몇몇 중학교들은 이 명동중학교의 후신으로서 많은 애국청년들을 배출했소. 내가 광복 후 용정에서 연변고급중학교에 다녔으니, 나와 명동은 30여년의 시간차를 두고 학연을 맺은 셈이지.

외할아버지와 외할머니는 "장손이 왔나" 하고 반겨주셨지만, 외삼촌만은 내내 "일이 왔나" 하고 맞아주셨소. 아버지까지 3대독자로 내려오다가 내가 4대장손으로 태어났으니 노인장들은 손귀한 집 자식이라는 뜻에서 그렇게 부르셨지만, 외삼촌이 나더러 '일(一)'이라고 부르신 데는 다른 까닭이 있었소. 한번은 그 까닭을 물었더니 빙그레 웃으시면서 "큰 사람이 돼야 할 사람의 이름 두자를 어떻게 그대로 부를 수가 있어!"라고 대답하시는 것이었소. 어린 마음에도 조금 쑥스럽기는 했지만 그 영문을 제대로 알 리가 만무했소. 그때는 그저 귀여운 조카에 대한 외삼촌의 한가닥 바람쯤으로만 그 뜻을 헤아렸지. 외삼촌의 그 바람이 담긴 부름이 내 뇌리에 굳게 각인돼서 그런지는 몰라도, 지금까지도 나는 가까운 사람들에게 띄우는 엽서 말미에는 꼭 '일'이라는 글자 하나로 서명을 대신하곤 하오. 당신에게 보내는 편지에서도 바로 그러하지.

외삼촌은 한학이나 고전에도 능해서 우리나라 고전들을 쉽게 풀어서 이야기해주시고는 평이나 소감 같은 것을 꼭꼭 덧붙이곤 하셨지. 우리 겨레가 걸어온 역사나 3·1운동, 특히 을지문덕에서 이순신, 홍범도에 이르기까지의 영웅들에 관한 이야기도 그렇게 재미나고 신나게 들려주실 수가 없었소. 몇번인가는 외삼촌의 이야기에 넋을 잃고 어머니를 먼저 돌려보내고 외삼촌 곁에 여러 날 더 묵은 적도 있었소. 외삼촌은 성격도 활달하시고, 두주불사(斗酒不辭)하는 호걸형이면서도 매사에 신중하고 자상한 분이셨소. 지금 생각해봐도 촌부로 시골에 파묻혀 있기에는 너무나도 아까운 분이셨소. 시대만 잘 만났더라면 한몫 단단히 할 위인이셨지. 지금쯤 저승에서 오늘의 나를 내려다보면서 무어라 평하고 소감을 말씀하실까? 설마 '일'의 뜻을 이루지 못한 이 소인을 질책이야 하지 않으시겠지.

한번은 외삼촌이 나를 데리고 외가에서 5리쯤 떨어진 '선바위'란 곳에 갔소. 이 바위는 이름 그대로 높이가 족히 100m쯤 되는 깎아지른 듯 우뚝 솟은 바위인데, 그 밑으로는 내〔川〕가 흐르고 앞에는 용정(龍井)으로 이어지는 도로가 나 있었소. 일본놈들이 북간도로 마수를 뻗치기 위해 일찌감치 두만강에서 북간도의 요지인 용정에 이르는 이 도로를 닦았는데, 어느 날 일본군 트럭이 그 길로 지나간다는 정보를 듣고 외삼촌은 일행 10여명과 함께 그 바위꼭대기로 한숨에 달려가 놈들에게 돌벼락을 안겼다고 말씀하셨소. 신명나서 그날의 광경을 생생하게 설명해주시던 외삼촌의 형형히 빛나던 눈동자가 지금도 선히 떠오르오. 그러한 외삼촌이었기에 늘 망국을 통탄하고 타향살이를 서러워하셨던 것이오. 광주 노(盧)씨인 외할아버지 일가도 우리 집과 동향인 함경북도 명천에서 살다가 역시 3·1운동 이후 그곳 명동으로 이주해와 우리 집과 인연을 맺게 되었던 것이오.

우리 모두는 망국에 쫓긴 한 많은 실향민이었소. 그간 내가 서울에 와서 한강이나 북한산을 찾을 때마다 나도 모르게 속으로 흥얼거리던 시조 한 수가 있소.

가노라 삼각산아 다시 보자 한강수야
고국산천을 떠나고자 하랴마는
시절이 하 수상하니 올동말동하여라

'삼각산'은 바로 서울의 북한산이오. 조선시대에 병자호란이 끝나고 항전을 주장했던 김상헌(金尙憲)이 심양으로 끌려가면서 부른 이 노래는, 우리 동포들이 정든 고국산천을 떠나 망향의 설움을 달래며 살길을 찾아 정처없이 북간도로 갈 때 부르던 단장의 이별가이기도 했지. 외삼촌이 나에게 자주 불러주시던 노래요. 그 시절 나는 그 참뜻은 미처 헤아리지 못한 채 그저 구슬피 따라부르기만 했소. 어머니도 알고 계셔서 가끔 곁들이곤 하셨소. 노래제목도 몰랐고, 또 이것이 가사인지, 아니면 시인데 외삼촌이 곡을 붙인 것인지 통 분간할 수가 없었소. 그러나 분명한 것은 속뜻 깊은 '흥얼거림'으로서 나에게 미지의 감흥을 불러일으켰다는 사실이오. 아마 일본놈들의 학정시대에 이런 노래들은 내놓고 부를 수가 없어서 어느새 '흥얼거림'으로 변했나보오. 어릴 적에 유사한 노래들을 적잖게 들었지.

외삼촌이 들려주시던 그 모든 이야기와 노래는 그 시절 어린 나의 가슴에 한가닥 불씨를 지펴주었소. 그가 나의 존경하는 외삼촌이고, 내가 그의 사랑을 듬뿍 받는 생질(甥姪)이었기에, 그 불씨는 더더욱 뜨거웠고, 그래서 내 가슴속에 오늘까지도 깊이 간직되어왔나보오. 선현들은 "한 사람의 훌륭한 말 한마디를 듣는 것이 천금보다 귀하다〔得人一語 勝千金〕"라고 했소. 또 이르기를 "좋은 말은 비단옷을 입히는 것보다 더 따뜻하다〔善言煖於布帛〕"라고도 했소. 외삼촌이 하신 말씀 한마디 한마디는 바야흐로 싹트고 순돋는 내 어린 마음의 바다에 별천지의 작은 쪽배를 띄워주었소. 온정이 가득 찼던 외삼촌의 이야기 하나하나는 수십년이 지난 오늘까지도 '비단옷'으로 나를 감싸주고 덮어주고 있소. 지금은 0°C를 밑도는 이 감방의 냉기를 녹여버리고 나를 덥혀주고 있소.

나는 외모나 성격이 외삼촌을 빼닮았다고 하오. 축구를 즐기는 나를 보고 어머니는 그것마저도 신통히 외삼촌꼴이라고 하셨소. 어머니와 손아래 동생인 외삼촌의 사이는 각별했소. 외삼촌내외는 어머니가 가시면 꼭 버선 한 켤레라도 미리 장만해두셨다가 드리고, 돌아오실 때면 멀리 동구 밖까지 나오셔서는 보이지 않을 때까지 손을 휘저으며 바래주시곤 하셨소. 그래서 나에게는 어머니에 대한 추억과 외삼촌에 대한 추억이 한 실타래로 엉켜 있는지도 모르겠소. 그러나 굳이 차이를 둔다면, 어머니에 대한 추억은 한없는 자식 사랑에 대한 추억이고, 외삼촌에 대한 추억은 한없는 나라 사랑에 대한 추억이라고 할 수 있겠소. 크게 보면 두 분의 사랑은 다를 바 없는 참사랑의 화신이라고 감히 말하오.

두 분에 대한 추억끝에 남은 것은 불효불초에 대한 자괴뿐이오. 추억은 애써 더듬어내는 것이 아니라 스스로 일어나는 영감인가보오. 영감이기에 정답고, 정답기에 마음이 훈훈해지는 것이오. 이것으로라도 감방에서 보내는 이 설날의 허전함을 달랠 수 있다는 것은 퍽 다행스러운 일이 아닐 수 없소. 부디 새해에 복 많이 받기를 다시 한번 기원하오.

3·1독립가를 되뇌며

1999. 3. 1.

언 땅이 녹기 시작하는 해토(解土)머리라서 아직은 날씨가 꽤 성크름하오. 내일은 대보름이고, 닷새 더 지나면 땅속에 들어가 있던 벌레들이 동면에서 깨어나 꿈틀거린다는 경칩(驚蟄)이오. 만물이 겨우내의 움츠림에서 꿈틀거리고, 소생하고, 튀어나오는 절기인 봄이 다가오고 있는 셈이지. 그래서 영어에서는 봄을 '튀어나오다'라는 뜻을 가진 'spring'이라고 이름하였나보오. 뜻글에 익숙해 있는 내가 소리글이라고 해서 별로 탐탁찮게 여기는 라틴어계통의 말에서도 이와 같이 재치있는 글자들이 가끔 발견되오.

봄의 '튀어나옴'치고 우리의 3·1운동처럼 우뚝 튀어난 봄맞이가 또 어디 있겠소? 오늘은 3·1운동 80돌이 되는 뜻깊은 날이오. 이 운동은 우리의 민족사에서 겨레의 운명이 경각에 달려 있을 때 그 얼과 넋을 지키기 위해 우리 겨레가 한마음 한뜻이 되어 분연히 일떠선 거족적 반일민족독립운동이었소. 그것은 '튀어나옴'을 넘어서 문자 그대로 활화산의 폭발이었소. 그러기에 3·1운동 때 불렸던 '3·1독립가' 1절에서는 이렇게 울부짖고 있소.

터졌고나 터졌고나 조선 독립성
십년을 참고참아 이제 터졌네
삼천리 금수강산 이천만 민족
살았고나 살았고나 이 한소리에
만세만세 독립만만세 만세만세 조선만만세

'독립만세' '조선만세'를 부르짖던 선열들의 천지를 진감(震撼)하는 그

함성, 그 터짐이 지금도 귓전에서 메아리치는 것만 같소.

이날을 맞으니 나는 그 시절의 감회에 젖어드오. 3·1운동은 몇몇 지방, 몇몇 사람들에게만 국한된 운동이 아니라, 삼천리 방방곡곡에서 2천만 우리 겨레 모두가 지펴든 불길이었소. 나의 조상 선대가 살던 곳은 함경북도 동해안에 자리한 '포하동'이라는 자그마한 포구였소. 할머니 말씀에 따르면, 의관(醫官)이던 할아버지는 이른바 '한일합방' 후 일본놈들이 들이닥치자 주변의 뜻있는 분들과 함께 모임도 자주 갖고, 어딘가에 다녀오시기도 했다고 하오. 그러다가 몇번 일본놈들에게 붙잡혀가기도 해서 의사일은 아예 손놓아버렸고, 어느날 갑자기 화병(火病)으로 돌아가셨다고 하오. 그러다가 2~3년이 지나서 3·1운동이 터지자 일본놈들이 들이닥쳐 온 마을을 불살라버렸다고 하오. 할 수 없이 그해 겨울 할머니는 반신불수인 증조부님과 일곱살난 선친, 연년생인 고모님을 이끌고 한 많은 두만강을 건너 북간도로 살길을 찾아떠났소. 이리저리 떠돌다가 동해안으로 뻗은 백두산줄기 자락의 한 오지에 화전민으로 정착하고 말았소.

놈들은 그곳까지 쫓아와 망국의 설움으로 살아가는 우리의 실향민들을 다시 들볶고 괴롭혔던 것이오. 그도 그럴 것이 그곳은 독립군들의 활동거점이었으니까. 아버지는 가끔 소년기였던 그 시절에 독립군을 따라다니던 이야기를 들려주시곤 하셨소. 놈들은 몇번이고 마을에 불을 지르고, 이른바 '집단부락'을 만들어 감시를 강화했소. 그러나 사람들은 굴할 줄 모르고 꿋꿋이 살아왔소. 3·1절이 되면 어김없이 뒷산에 모여 '만세 3창'을 외치곤 했는데, 그러다가도 발각되어 잡혀간 일이 한두 번이 아니라고 하오. 그래서 마을에서는 '만세사건'이라는 말이 유행했소. 그러다가 일본놈들이 망하고 해방이 되자 '해방만세'로 그날의 '독립만세'를 재현하고, 그 정신을 이어갔던 것이오.

광복된 다음해(1946)에 첫 3·1절을 맞던 광경이 지금도 눈앞에 선하오. 인근 10여개 마을에서 수천명의 '만세꾼'들이 손에 태극기를 들고 소학교

운동장에 모였소. 누군가의 열띤 연설에 이어 '독립가'를 부르고 역시 '만세 3창'을 외쳤소. 그 외침이야말로 마냥 막혔던 봇물이 터지는 듯한 우람한 '터짐'이었지. 나는 동리의 같은 또래 10여명과 함께 마치 출정에 나서는 용사의 기분으로 어른들 속에 끼여 외치곤 했소. 그날 부른 노래가 바로 '3·1독립가'로 기억되오. 오늘 한 일간지에 '3·1독립가'라는 제하에 2절의 가사가 소개되었소. 가사, 특히 앞에 인용한 1절의 가사를 접하니 그때 불렀던 그 가사라는 것이 곧바로 심중에 와닿았소. 물론 배우고 불렀던 노래이지만 50여년이란 세월 속에서 정확한 기억은 이미 허물어져버렸지. 하지만 후렴을 비롯한 몇구절은 아직도 생생하게 되뇌어지오.

광복이 되자 학교와는 별도로 몇몇 선각자들(모두 '만세사건'에 연루됐던 분들)은 마을에 야학을 개설하고 자신들이 직접 만든 『국어독본』『역사독본』『농민독본』같은 것을 교재로 삼아 우리의 글과 역사 등을 가르쳐주었소. 사실 광복 직후라서 학교에는 이런 것들을 가르칠 만한 교사들이 없었소. 그렇다고 교사자격도 없는 그분들이 교단에 설 수는 없었지. 그러나 그들은 말 그대로 그 시대의 선각자들이었으니, 뜻을 가지고 마을사람들에게 글을 가르쳐주었소. 그때 『국어독본』에 바로 이 '3·1독립가'(기억으로는 '3·1운동가')가 실려 있어 가사에 맞춰 노래를 익힌 기억이 나오.

오늘 '3·1독립가'의 가사를 눈앞에 놓고보니 그날의 감회가 새로워지오. 그 시절에야 3·1운동이나 독립가에 담겨 있는 참뜻을 헤아릴 리 만무했지. 그저 망국의 설움과 아픔을 체험한 터라 다시는 망국의 노예가 되어서는 안되며, 제나라가 굳건해야 한다는 단순한 생각이라고 할까, 의식이라고 할까, 아무튼 그러한 것이 가슴에 깊이 못박혀 있었소. 반세기라는 시차를 두고 오늘에 와서, 그것도 붉은 바탕의 수번(囚番)을 달고 어제와 오늘, 내일을 헤아려보는 이 감방에서 3·1절을 다시 맞고보니, 그 의미를 새삼 음미하지 않을 수 없소. 더욱이 그날의 뜻에 거역되는 민족분단의 비극으로 이 세기를 마감해야 하는 싯점에 서고보니, 그 의미를 더더욱 통절하게 되새겨보게 되오.

나는 결코 껍데기만 요란하고 거창한 말로만 3·1운동의 정신이니, 교훈이니, 의미니 하는 따위들을 구태여 중언부언(重言復言)하고 싶지는 않소. 다만 '세계화'니 '국제화'니 하는 시류에 들떠 민족을 하나의 진부한 개념으로 치부하면서 제 얼과 넋을 잃어버린 채 허겁지겁하는 개탄스러운 현실의 도전에 '나라 사랑'과 '나라 위함'으로 응전하는 것만이 3·1운동의 숭고한 정신을 기리고 계승하는 본새라고 확신하오. 그러한 '사랑'과 '위함'은 '3·1독립가'의 2절 가사에 그대로 응축되어 있고, 그것으로 이 시대를 사는 우리를 계발시켜주고 있소.

> 피도 조선 뼈도 조선 이 피 이 뼈는
> 살아 조선 죽어 조선 조선 것이라
> 한 사람이 불러도 조선노래
> 한 곳에서 나와도 조선노래
> 만세만세 독립만만세 만세만세 조선만만세

자신의 명(命)과 삶을 마련해준 나라와 겨레를 위해 일편단심 헌신하는 것은 지고의 영예이며 응분의 의무인 것이오. '3·1독립선언서'와 더불어 이 '3·1독립가'는 결코 쇼비니즘(chauvinism) 같은 협애한 민족주의가 아니라, 보편적인 애국애족주의의 소산인 것이오. 역사가 증명하다시피 가장 민족적인 것이 가장 세계적인 것이오. 제 나라 제 겨레를 떠나 '세계'를 논한다는 것은 일종의 허무이고 착란에 불과한 것이오. 나는 이러한 독립가의 정신이야말로 민족분단을 극복하고 우리 민족을 웅비시키는 원동력이며 비전이라고 굳게 믿고 있소. 그 정신이 그대로 발양될 때 "아, 신천지가 안전(眼前, 눈앞)에 전개되도다. 위력(威力)의 시대가 거(去)하고, 도의(道義)의 시대가 내(來)하도다"라고 한 '3·1독립선언'이 비로소 그 실현을 보게 될 것이오.

　참으로 우리 민족은 기백이 있고 저력이 있는 민족이오. 3·1운동만 놓고봐도 당시로서는 우리가 선구자였거든. 중국이나 인도, 심지어 저 멀리 이집트에서도 그 당시에 유사한 반외세독립운동이 일어났지만, 우리의 3·1운동이 단연 돋보였던 것이오. 그래서 인도의 시성(詩聖) 타고르(R. Tagore)는 우리를 동방의 등불에 비기면서 이렇게 읊었소.

　　아시아의 황금시기에
　　등불의 하나였던 코리아
　　그 등불 다시 켜지기를 기다리고 있네
　　동방의 광명을 위하여

　　In the golden age of Asia
　　Korea was one of its lamp-bearers
　　And that lamp is wating to be lighted once again
　　For the illumination in the East

　등불로 동방을 비쳐준 자랑스러운 선열들에게 부끄러운 일을 하지 말아야 할 텐데……

　환절기니 각별히 몸조심하기 바라오.

제 3부

세월은 사람을 기다려주지 않네

대전교도소에서

우환에 살고 안락에 죽다

1999. 3. 19.

간밤에 기온이 영하로 뚝 떨어졌다고 하오. 이 봄에는 느닷없이 꽃샘추위가 자꾸 찾아드는구면. 게다가 짓궂은 날이 많아서 봄볕은 한낱 무정한 과객에 불과하오. 겨울나기가 어지간히 벅찬 이곳 생활이고 보면, 추위 같지 않은 추위가 '추위'로 느껴지고 하찮은 추위에도 몸이 움츠러지기가 일쑤지. 그래서 가끔 '봄은 왔으나 봄 같지 않다〔春來不似春〕'라는 푸념까지 늘어놓곤 하오. 그러다가도 마음을 다잡고는 과민성 반응을 자인하면서, "꽃샘추위야 올 것이 오는 것이고, 봄비야 복비가 아닌가"라고 나 자신의 이율배반적인 허술한 사고를 나무라며 자기 부정에 빠지기도 하지. 일단 그렇게라도 하고 나면 마음에 새순이 돋는 것을 느끼곤 하오.

지난해 이맘때도 역시 꽃샘추위에 심경이 동해 당신에게 나름대로의 '꽃샘추위 넋두리'를 부렸던 기억이 나오. '꽃샘추위'는 한자투의 '화투연(花妬娟)'을 우리말로 옮겨놓은 것인데, '꽃의 아름다움을 몹시 샘내는 추위'라는 뜻이오. 이것은 어디까지나 봄꽃의 아름다움을 한결 추켜세우기 위해 나온 해학적인 형상어(形狀語)요. 물론, 대범한 자연이 자기 품속에서 키우는 꽃을 아름답다고 샘낼 리야 만무하겠지. 사실 여기에는 오묘한 자연의 섭리가 갈무리되어 있는 것이오. 추위를 보내 꽃나무를 더 억세게 키우고, 꽃을 더 아름답게 피우려는 자연의 웅심 깊은 사려와 신비지.

자연의 이러한 섭리는 인간의 삶에서도 그대로 투영되고 있소. 말하자면 인생에도 가끔 꽃샘추위가 있게 마련이고, 또 그것으로 인하여 삶은 더 아름다워지는 것이 아니겠소? 맹자는, 인간은 "우환에 살고 안락에 죽는다〔生於憂患 死於安樂〕"라고 했소. 삶에서 꽃샘추위 같은 우환, 즉 어려움이나 시련은 꽃샘추위가 꽃을 더 아름답게 피도록 하듯이 삶을 더 튼실하게, 더 보람있게 해주는 것이오. 반면에 안락은 자칫 인간을 안일한 무골충으로 만들어버리기 십상이오. 그래서 현인들은 "바람이 비껴불고 빗발이 급한 곳에서는 다리를 꿋꿋이 세워야 하고, 꽃이 만발하고 버들이 흐늘거리는 곳에서는 눈을 높은 곳에 두라〔風斜雨急處 要立得脚定 花濃柳艷處 要著得眼高〕"고 당부했소. 즉 역경에 처했을 때는 의지를 굳게 가다듬고 힘차게 살며, 순경(順境)에 처하여 영화를 누릴 때는 그 한때의 영화에 현혹되거나 만족하는 속물이 되지 말고 도덕의 높은 경지를 지향하여 숭고하게 살라는 뜻이 되겠소.

이제 한철에 불과한 꽃샘추위가 지나가면 봄꽃이 화사하게 피어나고 따스한 봄빛이 온 누리에 가득하게 될 것이오. 이렇게 꽃을 더 아름답고 옹골차게 피우기 위해 추위를 보내는 자연현상이야말로 그 자체가 하나의 도(道)인 것이오. 이것은 비단 자연의 도일 뿐만 아니라, 인간에게도 같은 이치를 깨우쳐주는 도이기도 한 것이오. 인간도 역시 역경 속에서 더 성숙해지는 법이니까. 그런데 그러한 성숙은 오로지 역경을 순경으로 바꿀 때만이 가능한 것이오. 그 바꿈이 인간의 최대 지혜인 것이오. 내로라하는 위인이나 현인들은 예외없이 역경과 시련이 거듭되는 '난세' 속에서 나타나 그 위용을 과시했던 것이오.

비록 시차는 자그마치 2,500여년을 헤아리지만, '삶의 도'는 여전히 한결같기에 공자의 예를 들어서 말하고자 하는 주제를 풀어보려고 하오. 공자가 살던 춘추시대 말엽은 한마디로 난세였소. 갑작스레 닥쳐온 물질문명이 사람들의 정신세계를 혼탁하게 만들었던 것이오. 철로 쟁기를 만들고 수차로 물을 대니 농사소출이 넉넉하게 되어 사회는 물질적으로 풍요로워졌소. 그러나 사레들린 물욕에 평화롭던 세상은 삽시에 뒤집어지고 벌어지는 것은 갈등과 싸움뿐이었지. 이러한 난세에 대처해 공자는 앙칼진 물질의 현혹에서 벗어나 윤리적으로 삶을 영위하며 서로가 다투지 않고 살아가는 이른바 '인(仁)'에 바탕한 협동적인 사회를 건설코자 동분서주했지만, 결코 뜻을 이룰 수는 없었소. 만년에 가까스로 제자 몇명을 데리고 서로 대화한 언행록이 바로 고전 중의 고전인 『논어』인 것이오. 공자는 평생 어쩔 수 없는 힘의 논리에 밀려 소외와 고독, 가난과 '추위' 속에서만 살아왔지. 만년에 아들이 죽자 관을 살 돈도 없었고, 수제자 안회(顔回)는 곁에서 영양실조로 숨을 거두었소. 공자가 세상을 떠났을 때 사람들은 그를 인생의 실패자라고 손가락질하였던 것이오.

이렇게 공자는 난세라는 시대상황에서 세상을 구해보려는 충정을 안은 채 미래사회의 이상을 제시하고 그 실현을 위해 나름대로 평생을 바쳤지만, 넘을 수 없는 현실과 조우하다가 끝내는 역사의 뒤안길로 사라지고 말았소. 그러나 후세에 와서 그는 위대한 성인으로 평가되어 추앙받게 되었소. 이것은 공자가 지성인 고유의 길을 걸었기 때문이오. 이 '길'이 바로 언젠가 내가 당신에게 보낸 편지에서 말한 모든 지성인의, 적어도 이 시대까지 지성인의 인생패턴인 것이오.

지금 우리는 새 밀레니엄을 코앞에 두고 있소. 누군가는 20세기를 '비이성과 광란'의 시대라고 혹평했소. 하도 많은 비이성적이고도 광란적인 사건들이 일어났으니 그렇게 못박았나보오. 바야흐로 그러했던 20세기를 넘어서는 이 순간에도 그 난세상은 좀처럼 가시지 않고 있소. 우리는 아직 5천년 민족사에 오점으로 남아 있는 분단의 아픔을 치유하지 못했고, 지구의 방방곡곡에서는 폭음과 전화(戰火)가 멎지 않고 있으며, 퇴적된 몰인정과 몰지각은 더이상 넘어설 수 없는 지경에 이른 것 같소. 아직은 다가오는 새 세기가 묵은 세기보다 나아지리라는 징조나 담보는 어디에서도 찾아볼 수 없소. 아무튼 난세의 격변기라서, 이제 우리 겨레나 이웃들, 뭇사람들에게 등불이 될 만한 이 시대의 '공자'가 나올 법도 한데……

이렇게 '바람이 비껴불고 빗발이 급한' 때일수록 우리는 마음 한복판에 무쇠기둥을 더 튼튼히 세우고 '다리를 꼿꼿이 세워' 힘차게 살아나가야 할 것이오. 아무튼 우리는 꽃샘추위 같은 범상한 자연현상에서도 삶의 뜻과 길을 관조할 줄 아는 슬기를 가져야 할 것이오. 슬기란 천부적일 수도 있지만, 많은 경우 일상생활에서 가꾸어지는 법이오.

청계산도량(서울구치소)에서 비슬산도량(대구교도소)을 거쳐 여기 계룡산도량(대전교도소)에 온 지도 어언 3주가 지났소. 나는 이곳 도량에서도 여전히 자아 도야에 일심정진할 것이오.

봄은 찾아왔지만, 세칭 IMF의 한파는 아직도 쌀쌀한 것 같소. 그 한기를 맞으며 노고를 아끼지 않는 당신에게 다시 한번 따뜻한 위로를 보내오. 아무쪼록 새봄에 피는 꽃과 더불어 활기를 얻기 바라오.

사제의 영원한 인연

1999. 4. 25.

어제 정양과 함께 다녀간 면회는 나에게 각별한 감회를 불러일으켰소. 당신도 곁에서 지켜봤겠지만, 나는 스승이랍시고 그에게서 큰절을 받았소. 곳이 곳이니만치 마룻바닥 그대로에서 말이오. 절을 받으면 으레 '절값'을 치러야 하는데, 그렇게도 못하고. 아무튼 먼 외국에서 잠깐 고국에 다녀가는 틈에 먼 길을 마다하지 않고 젖먹이까지 업고 찾아준 그 갸륵한 마음씨가 너무나 고마웠소. 곧 돌아간다고 하니 무사한 귀로와 온 가족의 행운을 비는 내 마음을 전해주오.

우리의 면회시간은 일각(一刻, 15분)에 불과했소. 그러나 그 일각은 길이만으로는 잴 수 없는 천금의 일각이었소. 이런 경우를 두고 '일각천금(一刻千金)'이라고 하는가보오. 나는 보통 시간이 귀중하다는 뜻에서의 '일각천금'을 느낀 것이 아니라, 그 짧은 일각이 담아낸 스승과 제자의 관계라는 큰 그릇 때문이었소. 나는 멀어져가는 그의 뒷모습을 지켜보면서, 그의 등에 업혀 새근거리는 아이를 그리면서, 돌아와서는 호젓한 독거방에서 여러가지 소회에 잠겼소. 스승으로서의 자신에 대한 성찰과 더불어 스승과 제자란 과연 어떤 관계이고, 또 어떤 관계여야 할까 하는 상념에 춘곤(春困)마저 잊은 채 오래도록 뒤척였소.

내가 나름대로 개척해나가는 학문(문명교류학)에 흥미를 갖고 나를 따라 '문명교류사호'에 동승한 대학원생들이 여럿 있었소. 그중에 정양도 있소. 그런데 나 때문에 그들은 중도하선할 수밖에 없었으니, 나로서는 실로 미안하고 안타깝기 그지없소. 나는 법정에서 원생들이 지켜보는 가운데 이 대목을 진술할 때 목이 메었소. 이 순간도 나는 스승으로서, 선학으로서 자책감에 가슴이 미어지는 듯하오. 향학열과 구지욕(求知慾)에 불타는 그들의 전도에 '소금'은 뿌려주지 못할 망정 찬물을 끼얹은 꼴이 되고 말았으니 말이오. 이 나라의 학문 발전을 위해 그들에게만이라도 '학문적 소생'의 기회가 다시 마련되었으면 하는 것이 내 간절한 소망이오. 설혹 그들에 의한 '소생'이 불가능해졌어도, 그 언젠가는, 그 누군가에 의해서는, 그 '소생'이 반드시 이루어지리라고 나는 믿어 의심치 않소.

흔히들 선생은 있으나 스승은 없고, 학생은 있으나 제자는 없다고 오늘의 교육현실을 개탄하고 있소. 뜻인즉, 지식과 기능만을 가르치는 꼬장꼬장한 선생은 있으나 인생을 가르치는 후더분한 스승은 없고, 지식과 기능만을 배우는 박제화(剝製化)된 학생은 있으나 인생을 배우는 지덕겸비의 제자는 없다는 것이오. 비뚤어진 사제관계의 현실을 놓고 애가 타서 하는 푸념쯤으로만 들어넘길 말은 아니오. 사실 가장 바람직한 것은 선생이자 곧 스승이고, 학생이자 곧 제자가 되는 그러한 관계겠지. 그러나 그것은 그렇게 쉬이 이루어지는 일은 아니오. 스승은 제자에게 지식과 기능뿐만 아니라 인생까지도 폭넓게 가르쳐주고, 제자는 스승에게서 지식과 기능뿐

만 아니라 인생까지도 두루 배워야 하니까 그럴 수밖에 없지. 역사에서의
위인들은 대체로 이러한 참 제자였다가 참 스승이 된 사람들이오. 이러한
참 스승들은 학식과 덕망이 높아 제자의 사표(師表)가 되고 사회의 기수가
되었던 것이오.

　자고로 인간관계에서 스승과 제자의 관계는 깊은 인연으로 맺어진 가장
숭고한 관계라고 하오. 그래서 '사제삼세(師弟三世)'란 말이 있소. 즉 스승
과 제자의 인연은 전세에서 맺어져 현세로 이어지고, 종당에는 내세까지
간단없이 영원히 존속되는 관계라는 것이오. 인류에서 끈끈한 관계라면
부모와 자식의 친자(親子)관계를 말하지만, 그것은 어디까지나 단명(短命)
의 생물적 관계에 불과한 것이오. 이에 비해 스승과 제자의 관계는 영구불
멸의 정신적 관계인 것이오. 그래서 불교에서는 스승과 제자의 만남을 절
대 필요시하는가보오. 스님들의 이력소개를 보면 출생지나 생년월일, 친
자관계 같은 세속사는 안 밝혀도, 누구의 문하에서 수계하고 득도했다는
사제관계만은 꼭 밝히거든. 요컨대 스님에게는 평생 누린 향년보다 스승
을 만나 득도해 납자(衲子)가 된 뒤부터 치는 법랍(法臘)이 절대 중요하
며, 그것이 이승에서 교역자(敎役者)로서의 그의 업(業)을 가늠하는 잣대
가 되는 것이오. 아마 그것은 깨달음은 스승과의 만남에서만 이루어지고,
스승과의 만남 자체가 곧 깨달음에 이르는 길이라고 믿는 불교 고유의 신
념 때문일 것이오.

　사제관계에서 문제는 서로의 자세인데, 제자보다 스승의 자세가 더 중
요하다는 것이 내 소견이오. 오늘의 제자는 스승을 사표로 삼아 내일의 스
승으로 자라나는 법이오. 사표가 스승의 숙명일진대, 스승은 정말로 사표
다워야 할 것이오. 당신도 생생히 기억하겠지만, 3년 전 내가 투옥되는 바
람에 중학교 국어교과서에 실린 내 글이 문제가 되어 삭제당하는 소동이
벌어졌지. 그 글은 몇년 전 내가 어느 일간지에 스승의 날을 맞아 스승의
자세에 관한 내 소신의 일단을 피력한 칼럼이었소. 스승은 학덕으로 제자

가 걸어갈 길을 앞에서 닦아주지만, 그 어느 땐가는 길 옆에 비켜서서 자신을 도약대로 삼아 도약한 제자가 자신을 추월하는 그 늠름한 모습을 지켜보게 되오. 제자가 추월하는 그 싯점에서 스승은 스승으로서의 보람을 만끽하게 되오. 왜냐하면 그래야 스승과 제자가 함께 걸어가는 그 길이 더 멀리 앞으로 이어질 수 있기 때문이오.

중국의 대문호 노신(魯迅)은 "청년들아, 내 어깨를 딛고 높이 오르라!"라고 절규했소. 그렇게 참 스승은 제자가 멀리 도약하는 발판이고, 높이 비상하는 받침대이며, 싱싱하게 성장하는 밑거름인 것이오. 이러한 도약과 비상, 성장으로 그 어느날 제자는 스승을 뛰어넘고 앞지르는 것이며, 또 반드시 그렇게 해야 하는 것이오. 이를 두고 '쪽(그 잎으로 남색물감을 만드는 풀)에서 나오는 푸른 물감이 쪽보다 더 푸르다[靑出於藍]'라고 하오. 제자나 후배가 스승이나 선배보다 더 낫다는, 또 나아야 한다는 뜻이 되겠소. 이렇게 쪽에서 우러나오는 물감이 쪽보다 더 푸르러야 쪽의 값어치가 살아남아 사람들은 계속 쪽을 재배하여 더 좋고 더 많은 물감을 만들어 세상을 화려하게 꾸며나갈 게 아니오? 이와 마찬가지 이치로 제자도 스승을 뛰어넘고 앞질러가야 사회나 학문이 발전하게 되는 법이오. 그래서 참 스승은 제자의 도약과 비상, 성장을 누구보다도 반가워하고 보람으로 여기는 것이오.

젖먹이아기를 포대기에 싸업고 먼 길을 찾아온 정양에게 다시 한번 고맙다는 인사를 전해주오. 투명창이라는 장막이 걷힌 곳에서 대면하니 당신의 얼굴이 말이 아니게 해쓱해지고, 어깨뼈가 으쓱하니 올라붙었더구먼. 부디 건강에 유의하기 바라오.

법고창신(法古創新)

1999. 5. 9.

5월은 초목에 파릇파릇 돋아났던 새잎이 봄볕에 부챗살을 펼치면서 푸른빛을 띠는 신록의 달이오. 3월의 바람과 4월의 비는 5월의 꽃을 가져다준다고 하오. 비바람이 있기에 꽃이 피니, 이 역시 자연의 섭리이기도 하고, 또 마냥 그 섭리로 인생의 여정을 비쳐주기도 하는 것 같소. 아무튼 신록과 만개한 꽃들이 어울리는 5월은 생기가 넘치는 축복받은 달임에는 틀림이 없소. 이러한 달의 한복판(16일)에 바로 당신의 생일이 자리하고 있으니, 이 어찌 복 중의 복이 아니겠소?

"생일을 축하합니다. 생일을 축하합니다. 기쁘고 행복한 당신의 생일을 축하합니다. 1년 만에 찾아오는 생일을 충심으로 축하해요. 두손 모아 당신의 생일을 축하합니다." 이것은 얼마 전 우연히 이곳 스피커에서 울려나온 생일 축하노래의 가사요. 처음 들어보는 노래라 정확할지 모르지만 기억에 남겨 이렇게 적어 보내오. 그것은 이 노래를 올해 당신의 생일선물로 하고파서요. 재작년에는 10년 전에 함께 담가두었던 두견주를, 작년에는 고향선배인 윤동주의 시 「서시」를 선물로 한 것 같소. 처지가 처지이니만치 생일선물이라야 그저 마음이고 상징일 뿐, 볼 수도 없고, 만질 수도 없으며, 더더욱 함께할 수도 없는 선물이라서 가뭇없는 먼발치의 그림자나 허울 같은 것에 불과하오. 그저 당신이 그 뜻을 헤아려 고마운 마음으로 받아주기만을 바랄 뿐이오.

원래 선물, 특히 축하선물이란 것은 모양새나 크기, 귀천에 관계없이 마음과 뜻만 담겨져 있으면 그만인 것이오. 엽서 한 장, 장미꽃 한 송이라도 마음에 따라 값진 선물이 될 수도 있으니까 말이오. 이런 의미에서 나는 이 보통엽서 한 장에 생일 축하노래 가사를 실어 보내는 것을 사뭇 흐뭇하게 생각하오.

사실 나는 이 노래를 듣고 깜짝 놀랐소. 아, 우리에게도 이렇게 좋은 생일 축하노래가 있구나 하고 말이오. 당신은 이미 알고 있는지 몰라도, 나는 처음 들어봤소. 가사도 포근하고 부드러우며 소박할 뿐만 아니라, 곡도 우리 고유의 리듬과 정서에 맞춘 정감있고 흥겨운 곡인 듯싶소. 모든 것이 내 마음에 와닿았소.

작금 우리는 때아닌 '혼'을 불러들이는 초혼곡(招魂曲)인지, 아니면 억지무드를 잡느라고 그러는지, 실없이 불을 껐다 켰다 하면서 '해피 버스데이'라는 꼬부랑말로 된 생일 축하노래를 부르는 것이 유행이 돼버렸지. 그것도 우리말에 꼬부랑말을 마구 뒤섞어가면서 말이오. '해피 버스데이'는 남들이 부르는 노래이지, 우리것은 아니지 않소? 하도 자주 불러대서 이제는 케이크에 촛대만 꽂아도 손뼉과 더불어 저절로 흘러나올 지경이 되었지만, 그래도 우리의 정서와 리듬에 걸맞은 노래는 아니지 않소?

물론 다른 사람들의 생일 축하노래 같은 것도 알기는 알아야 하지. 그래서 그들의 생일에는 그들의 말과 곡조로 불러주면 한결 다정스러워질 것이오. 설혹 그럴 경우라도 우리의 좋은 노래를 불러 축하해주면 그것 또한 별미일 것이오. 이것이 서로를 아끼고 존중하며 맞아주는 세상 사람들간의 참 만남이고 어울림인 것이오. 그리고 근간에는 축하모임에서 여러 손을 한데 모아 보기에도 섬뜩한 큰 칼로 케이크를 자르는 광경이 자주 눈에 뜨이오. 나로서는 그 유래를 알 수 없지만, 우리네 조상 전래의 관례가 아님은 분명하오. 차린 음식을 여럿이 골고루 나눠먹으려고 함께 먹거리를 자르는 데는 나름의 의미가 있어보여 굳이 나무랄 것까지는 못된다고들 할 것이오. 그러나 솔직히 말해 나에게는 어룽더룽 덧칠한 케이크보다는 무덤덤하지만 무게가 있어보이는 우리네 시루떡을 자르는 모습이 더 다정하고 더 미더워보이오.

원래 우리 풍토에서 유락업(乳酪業) 같은 것은 잘 맞지 않으니, 서양식

케이크가 만들어질 리 만무하지. 그러나 우리에게는 우리의 입맛에 맞는 우리식 '케이크'가 얼마든지 있지 않소? 물론 우리는 자기 것만을 고집하는 자폐증(自閉症) 환자가 되어서는 안되고, 남의 좋은 것은 적극 받아들여야 하오. 그러나 무턱대고 통째로 삼킬 것이 아니라, 맛을 보고 씹어보면서 구미에 어지간히 맞고, 또 능히 소화할 수 있는 것만을 골라서 받아들여야 할 것이오. 우리는 우리만이 가지고 있는 허물 때문에 근대에 와서 이러저러한 면에서 남들보다 뒤처진 것만은 사실이오. 그래서 때로는 조급성이나 열등감에 사로잡혀 남의 것을 마구 집어삼키는 폐단을 범하기도 하오. 설령 남의 것이 좋아서 받아들인다고 해도 우리에게 가장 소중한 것은 어디까지나 '우리의 것'이고, '우리의 것'을 살려나가는 일이오.

수백번 천지개벽이 일어난다 하더라도 우리는 이 삼천리 금수강산에서 변치않을 땅을 일구고, 그 물과 공기를 마시면서 세세연년 서로가 이웃하여 살아갈 것이오. 그러니 우리는 어차피 이땅에 깊이 뿌리내린 우리의 전통에 바탕하여 남의 것을 선택적으로 받아들이면서 우리의 새것을 의욕적으로 창조해나가야 할 것이오. 이것이 이른바 '법고창신(法古創新)'이오. '법고창신'이야말로 어길 수 없는 역사의 순리이고 발전의 기틀인 것이오.

요즘은 그 어느 때보다도 국제화·세계화·지구촌·개방 등의 낱말들이 난무하고, 그것이 시대의 주류인 양 비치고 있소. 그것을 마치도 운명의 여신처럼 과신하다보니 원심력에만 허무하게 들떠서 민족이나 국가, '자기의 것'은 죄다 뒷골방에 처박아넣어야 할 '시대적 유물'로 치부하고, 민족전통에 바탕한 구심력은 등한시하거나 아예 무시하는 편향이 상당한 것 같소. 언필칭 세상사를 궁리하고 짚어본다는 식자층에서마저도 '영어 공용어론' 같은 괴담이설(怪談異說)이 버젓이 나돌고 있으니, 한심하기 짝이 없소. 물론 역사의 흐름에서 원심력이 존재하며 그것이 부단히 커간다는 사실을 부정할 수는 없지만, 그렇다고 해서 이들 허무맹랑한 '세계주의자'들이 떠드는 것처럼 그것만을 절대시하고, 어서 빨리 자기를 그 속에 함몰시키려 해서는 안될 것이오.

원심력이 커질수록 우리는 중심을 잡아주는 축인 구심력에 더 많은 힘을 보태주어 명실공히 축의 역할을 할 수 있도록 해야 할 것이오. 이럴 때만이 진정한 국제화가 실현될 수 있는 것이오. 가장 민족적인 것이 가장 세계적이라는 것은 이를 두고 하는 말이오. 줄 것이 있어야 받아올 것이 있고, 가는 정이 있어야 오는 정이 있는 법이오. 이것은 40여년간 나와 남의 어울림을 다루는 문명교류학의 학문적 천착에 부심해온 나의 지론이고 확신이며, 미래에 대한 예단이기도 하오. 또한 그것은 나의 문명사관이기도 하오.

내친김에 말하다보니 딱딱한 정론이 돼버렸소. 그만 축하의 분위기를 잡친 것 같구려. 이만 각설하고 덕담으로 돌리면, 생일은 인생이 자라는 마디이고 걸어가는 이정(里程)의 단위라고 말할 수 있소. 1년에 한번씩 찾아오는 생일을 기점으로 사람은 나이를 한 살 더 먹게 되지. 그러면 육체적으로는 성장해서 노화로 한 걸음 다가서지만, 정신적으로는 내내 성숙해진다고 봐야 할 것이오. 어쩔 수 없는 이러한 현실 앞에서 사람들은 생일을 기해 나이를 먹는 것을 반기기도 하고, 못내 아쉬워하기도 하지. 그러나 인간이란 어차피 불로장생할 수는 없는 터라서 흘러가는 시간에 부득이하게 얹혀가야만 하니, 아쉬워한들 무슨 소용이 있겠소? 중요한 것은 나무의 나이테처럼 한해 한해를 해놓은 일로 표나게 하는 것이오. 지난해의 나이테 속에 채워넣은 것은 무엇인가를 돌이켜보고, 다가올 해의 나이테 속에는 또 무엇으로 채울 것인가를 곰곰이 생각해보는 것이 너나없이 생일을 맞는 참뜻일 것이오.

아무쪼록 뜻있는 하루가 되기를 바라면서, 다시 한번 생일을 축하하오.

분발, 분발, 또 분발

1999. 6. 8.

　　오늘 한 일간지에서 우연히 서해안 태안반도의 바닷가에 곱게 핀 해당화(海棠花) 사진 한 장과 만났소. 해당화, 우리 겨레의 정서를 흠뻑 머금고 있는 겨레의 꽃, 섬마을에 시집온 새색시의 비단결같이 맑고 부드러운 마음씨를 담아내는 마음의 꽃, 짙은 연분홍색 꽃잎에 노란 꽃술로 아련한 향기를 뿜어내는 계절의 꽃, 보기만 해도, 상상만 해도 탐스럽고 마음을 끄는 우리네만의 꽃이오.

　　이렇게 계절의 꽃 해당화가 스스로의 자태를 드러냈으니 절기는 분명 여름철에 접어들었나보오. 원래 계절의 오감(五感)이란 눈·귀·코·혀·피부의 오관(五官)으로 느끼는 데서 얻어지는 법이오. 이를테면 복합적인 계절감각으로 말이오. 그렇지만 이곳에서의 계절감각은 '복합감각'이 아니라, '단순감각'일 수밖에 없소. 시각(눈)·청각(귀)·후각(코)·미각(혀) 따위는 애당초 저만치 멀리 떨어져나가고, 고작 추위나 더위만을 직감하는 촉각(피부)만이 간신히 남아서 작동하니, 이 어찌 '단순감각'이 아니겠소? 어쩌면 인간의 본능을 상실한 지체장애아 같기도 하고, 또 어쩌면 자연의 품을 등지고 방랑하는 미아 같기도 하여 허무하고 불안하기까지 하오. 그러기에 나는 이 허무와 불안에서 잠시나마 탈출해보려고 그 한 장의 해당화 사진에 그나마 여진(餘震)으로 잠재해 있는 나의 오관을 총집결했던 것이오. 그러자 졸지에 본연의 복합적 계절감각을 되찾은 성싶었소. 자못 행복한 순간이었소.

　　어느덧 여름이 성큼 다가왔소. 이제 가차없는 천지신명은 우리를 더위에 쪼들리게 할 터이니 아무쪼록 무탈하게 이 한여름을 보내기 바라오. 일전에 함께 면회오신 정선생이 들여보낸 영치금과 책은 감사히 받았소. 먼 길에 찾아주고 늘 배려를 돌려주시는 데 대해 그분께 다시 한번 나의 고마움을 전해주오. 정선생은 지덕(知德)을 겸비한 분이오. 나라를 대표하는 고위관직에 봉직하면서도 학문에 정진하여 마침내 박사학위까지 취득하고, 지금은 정년을 맞았어도 여러가지 활동에 여념이 없나보오.

학문에는 정년이 없으니 인생의 종신동반자이지. 정년에 방황하는 사람들을 보노라면 학문의 저력을 새삼 실감하오. 정선생이야말로 학문의 묘미도 터득하고 선견지명도 갖춘 분이오. 그분과는 학위심사를 통해 학연(學緣)을 맺게 되었소. 관직에 어울리지 않을 정도로 소탈하고 겸손한 분이지. 이 시대를 사는 공직자들의 귀감이라고 나는 감히 말하오. 그간 일선에서 쌓은 귀중한 사업경험과 갈고닦은 학문으로 후배와 후학들을 바른 길로 이끌어주는 훌륭한 사표(師表)가 되리라 믿어 의심치 않소.

이렇게 묵묵히 학문을 닦아가는 예지의 학인(學人)들을 대견스럽게 지켜볼 때면, 가끔 학문에 관해 사색을 모아보곤 하오. 학문이란 도대체 무엇인가, 왜 우리는 학문을 해야 하는가, 학문을 어떻게 할 것인가 등 극히 평범하면서도 제대로 된 답안을 찾기 쉽지 않은 화두를 자문자답(自問自答)해보오. 여기서의 '우리'란 이 시대, 이땅에서, 이 겨레와 더불어 살아야 하는 주체인 우리를 가리키는 것이오. 학문은 시대의 소산이고, 학문을 하는 것은 시대의 소명인 것이오. 시대를 거슬러올라가보면 우리 겨레는 그나마도 찬란한 문화를 꽃피우면서 중세까지는 남 못지않게 살아왔소. 그러나 어찌어찌하여 근대에 와서는 별로 높지도 않은 '근대화'란 문턱을 종시 넘지 못한 채, 그만 주저앉아 뒤처지고 말았소. 급기야는 하찮은 남들에게 수모까지 당하게 되었으니, 언필칭 '근대의 비극'이라 하겠소.

이 '근대화'의 문턱에서 주저앉게 된 주된 원인의 하나가 바로 근대라는 시대가 요청하는 학문을 제대로 가꾸지 못한 데 있었소. 공교롭게도 근대 학문은 서양에서 일어나 도도한 시류로 번져나갔는데, 우리는 빗장을 걸고 그것을 제때 받아들이지 못했던 것이오. 이웃 중국은 중국 본래의 유학수고하는 당신에게.

　오늘 어느 한 일간지 지면에서 서해안 태안반도의 바닷가에 금계국 해당화와 사진 한 커트가 있었소. 해당화, 우리 겨레의 정서를 흠뻑 머금고 있는 겨레의 꽃, 섬아씨에 시집온 섬시가 맑고 부드러운 마음씨를 닮아내는 마음의 꽃, 길은 연분홍 꽃잎에 노란 꽃술로 아련한 향기를 뿜어내는 계절의 꽃, 보기만 해도 상상만 해도 탐스럽고 아름다운 우리네 꽃이지. 이렇게 해당화가 스스로 자라 꽃을 피웠으니, 계절로 보면 여름에 접어들었나 보오. 천리 계절과 오감이라는 눈, 귀, 코, 혀, 피부의 5관으로 느끼는 데서 헤아려지는 법이 아니오. 이를 테면 북방적인 '계절감각'으로 말이오. 그렇지만 이곳에서의 '계절감각'은 '북방감각'이 아니라 '단순감각'이지. 시각(눈), 청각(귀), 후각(코), 미각(혀) 따위는 서로 저만치 떨어져 나가고, 그각 촉각나 더위 냄새를 일러주는 촉각(피부) 만이 간신히 작동해서, 어쩌면 '단순감각'이 아니겠소. 어쩌면 인간의 본능에서 멀어진 것 같고, 또 어쩌면 자연의 품을 등진 것 같기도 하오. 그렇기에 나는 그 한 커트의 해당화 사진에 내 5관을 총집결시켰던 것이오. 즐기에 제대로의 '계절감각'을 되찾은 셈이오. 언제가 내가 당신에게 여기(어느 한겨울속에) 왔노라 한바와 같이, 나도 해당화를 굳이 사랑하는 사람이거든. 아울러, 늘 '북방감각'으로 호흡을 뭐하지 않느냐라고 나름대로 애쓰고 있소.

　어느듯 여름이 다가왔소. 이제 천지신명은 우리를 더위에 모를아 가게하고, 장마비도 뿌려줄터이나, 아무쪼록 몸성히 이 한 여름을 잘 지내기 바라오. 실천에 언제왔을때 점 대사가 들여보낸 영치금과 책(圖書수) 의 검사가 빨랐소. 먼저에 잊지 주고, 금 일없을 여겨를 비롯하여주는데 대하여 점 대사에게 다시한번 나의 고마움을 전해주오. 점 대사는 지덕(知德) 이 겸비한 출중을 보오. 점 대사와도 내가 외우고서(외국어부분) 시험과으로서의 첫 안약에 여겨 그의 박사학위논문을 심사하게 된데서 서로의 인연이 닿게되었던 것이오. 나는 그분을 더욱 존경하게 된것은 고지 외교관직에 봉

　　　　　　　　　　　　　　　　　　　　　　　　　TAE JEON

(儒學)을 중심으로 하여 서구문물을 받아들인다는 이른바 '중체서용(中體西用)'을 표방하고, 일본은 또 일본대로 자기의 정신을 바탕으로 하여 서양의 과학기술, 즉 서학(西學)을 수용한다는 이른바 '화혼양재(和魂洋才)'를 내세워 각각 앞선 서양의 학문과 기술을 큰 주저없이 받아들였소. 그리하여 이 두 이웃나라는 나름대로의 근대화에 성공했던 것이오. 요컨대 자기의 것을 기본으로 하여 남의 것을 잘 접목한 결과라고 하겠소. 시대의 도전에 대한 지혜로운 응전인 셈이지. 물론, 그 응전에 문제가 없었던 것은 아니나, 그래도 그것을 계기로 근대화라는 역사발전의 큰 흐름에 합류하게 되었던 것이오.

그러나 우리만은 유별났지. 쓸데없는 대의명분을 앞세우면서 문을 걸어 잠그는 통에 근대화에서 비켜서고 말았던 것이오. 우리에게도 '중체'나 '화혼'에 못지않은 바탕과 밑천이 있었음에도 불구하고 '서용'이나 '양재' 같은 기지(機智)에 둔감하다보니, 결국 그 꼴이 되고 만 것이오. 뼈아픈 역사의 교훈이지. 실로 우리 겨레의 5천년 역사에서 지난 2백년은 불행하게도 낙오와 수모, 분란으로 점철된 후회막급의 시기였소. 이제 우리는 이러한 역사의 누를 말끔히 씻어내고 동방의 주역으로 웅비해야 할 새 세기를 맞는 전환점에 서 있소. 다음 세기에 우리는 기필코 선진문명의 주역과 조타수가 되어야 할 것이오.

이러한 시대는 우리에게 그에 걸맞은 학문을 요구하고 있소. 근자에 와서 비록 뒤떨어짐을 깨닫고 우리 겨레 고유의 슬기와 오기로 학문의 가파른 언덕길을 숨가쁘게 치달아 올라왔지만, 아직은 나지막한 언덕에 올라섰을 뿐이오. 여전히 갈 길은 멀고 험난하오. 아직 우리에게는 노벨상 수상자가 없고, 남의 앞에 떳떳하게 내놓을 만한 이렇다 할 학설이나 발명품 하나 없소. 제2의 금속활자 같은 것 말이오. 인류의 보편가치를 담은, 그래서 훗날 그것이 국보가 되고 고전이 될 만한 저작물 하나 없소. 한마디로 근대학문의 어느 한 분야도 제힘으로 개척해놓은 것이 없는 형편이오. 그저 허겁지겁 남의 뒤만 따랐을 뿐이오. 혹자는 우리의 학문이나 기술이 그래도 이만큼의 수준에 이르렀는데, 너무나 심한 혹평이 아닌가 하고 언짢아할 수도 있겠지. 따지고보면 '이만큼의 수준'은 거개가 남들이 해놓은 것을 뒤쫓아서 비로소 도달한 것이고, 더욱이 미래의 주역이 되자면 지금의 학문수준이나 의식수준으로는 어림없다는 의미와 상황판단에서 나는 그러한 '혹평'을 내리지 않을 수 없소.

작금의 학문, 특히 인문학의 현실은 뒷북치기가 고작이오. 그것도 미처 따라가지 못하고 서툰 흉내나 겨우 내는 정도에 그치고 있소. 워낙 말장난에 능한 서양사람들이 하루아침에 쏟아내는 설익은 발상 속에 그 무슨 심오한 '이치'라도 묻혀 있는 성싶어서 줏대없이 맹신맹종하면서 정력을 낭비하고 시간을 허송하고 있소. 그네들 자신마저도 허구가 들통나서 저만치 물러서 있는데도, 우리는 아직 그것에 연연하고 있으니 한심하지 않을 수 없소. '포스트모더니즘'이니 '제3의 물결'이니 하는 따위가 바로 그러한 '빛좋은 개살구'들이오. 한마디로 우리의 인문학은 척박하고 터무니없는 추미주의(追尾主義)의 늪에 빠져서 허덕이고 있는 것이오. 이것이 바로 오늘 우리네 인문학이 직면하고 있는 위기의 본질이라고 나는 판단하오.

학문에서의 추미주의는 침체와 허무만을 결과하는 것이오. 지난 2백년간 우리의 암둔으로 인해 자초된 이러한 침체와 허무의 공백을 메우고 새 백년에 비상하려면 우리에게 요구되는 것은 오로지 분발뿐이오. '분발, 분발, 또 분발', 이것이야말로 이 시대를 살아가는 우리 지성인들에게 내려진 지상의 명령인 것이오. 지난날에 허물이 있었다고 해서 미래에도 그러리라고 생각하는 것은 일종의 패배주의요. 우리는 찬란한 문화전통을 창조하고 이어받은 개명하고 명석한 민족이오. 다시 의지만 가다듬으면 못해낼 일이 없을 것이오.

학문은 늘 새로워야 하는 법이오. 새것으로 도전하고, 새것으로 보충해야 하는 것이오. 그러자면 늘 제 머리로 사고하고, 제힘으로 만들어내며 써내야 하는 것이오. 이렇게 해서 군데군데 학문의 초야(草野)를 일구어낸 개척자들의 푯말에 우리의 이름 석자가 당당히 찍힐 때, 우리는 비로소 이 시대의 소명에 부응하는 학문을 가꾸어냈다고 말할 수 있으며, 우리의 학자들은 비로소 이 시대가 부여한 사명을 다했다고 자부할 수 있을 것이오. 이것이 이 시대의 학문과 학인에 대한 나의 소신이오.

시대인으로서의 나는 어차피 시대의 소명을 외면할 수 없고, 학문하는 사람으로서 나는 또한 어차피 학문이야말로 나에게 주어진 사명이라는 것을 망각할 수 없소. 결국 나에게 있어서 시대의 소명과 시대에 대한 사명은 학문이라는 한 점에서 접합(接合)되고, 이 한 점에서 오늘의 내 좌표가 설정되지 않을 수 없소. 나는 학문에 뜻을 두기 시작한 때부터 무언가 인류의 보편가치로 인정받을 수 있는 분야, 이 시대의 소명에 부응하는 분야, 그래서 시대인으로서의 사명을 다할 수 있는 분야를 개척해볼 꿈과 야망을 품었소. 그래서 '문명교류학'이라는 거의 전인미답의 길을 자진하여 선택했소. 비록 힘에 겨운 벅찬 길이지만, 지금껏 쉼없이 걸어왔소. 별로 해놓은 것 없이 이순(耳順)의 중턱에서, 그것도 몇년을 더 살아야할지 모를 이 감방에서, 올라가야 할 아득한 산꼭대기를 바라보고 있지만, 여기서 주저앉을 생각은 추호도 없고, 신들메를 더 단단히 조여맬 각오뿐이오. '군자는 만년에 다시 정신을 백배 가다듬어야 한다〔晩年君子 更宜精神百倍〕'라는 선현들의 일깨움을 깊이 명심하고 목표를 향해 그냥 일로매진할 것이오.

'학문'이란 말의 '학'자만 건드려도 저절로 감응되는 사람이라서 그런지, 연쇄반응이 일어나서 좀 장황하게 늘어놓았소. 내 학문세계의 이해에 도움이 되었으면 하오. 오늘은 이만 줄이고 못다한 학문이야기는 다음에 계속하겠소.

한가지, 이달부터는 면회가 한 달에 4회로 늘어났다고 하오. 좋다면 좋고, 번거롭다면 번거로운 일이지. 그럼, 하절기라 건강에 더욱 유의하기 바라오.

'학식있는 바보'

1999. 6. 22.

절기로는 오늘이 하지(夏至)요. 영어로는 'midsummer', 즉 '한여름'이라고 하오. 한여름은 만물이 가장 싱싱하고 푸르름이 절정에 달하고, 이때를 고비로 한해는 둘로 꺾이오. 이러한 자연의 섭리는 인생에도 그대로 반영되는 성싶소. 반영이라기보다 자연의 섭리에 대한 인생의 '따름'이라고 하는 것이 더 적절한 표현인 것 같소.

그래서인지 유럽에서는 이 '한여름'이 들어 있는 6월(June)을 생기와 젊음의 상징인 결혼의 달로 삼고 있소. 'June'이란 말의 어원부터 따져보면, 고대 로마신화에서 '여성의 수호신'이나 '결혼의 신'을 '유노(Juno)'라고 했는데, 그 '유노'에 대한 제례가 바로 '한여름'이 낀 6월에 행해졌기 때문에 젊은이들이 여기에 때맞추어 혼례를 올리는 풍습이 생겨났다고 하오. 그래서 6월의 결혼은 '행운의 결혼'으로, 6월의 신부는 'June bride'로 특별히 경하해 마지않았던 것이오. 이를테면 '6월의 푸르름'과 같은 생기 발랄한 인생이겠지. 또한 결혼은 인생에서 분명 하나의 '꺾임'이니, 이 역시 '한여름'에 의한 한해의 꺾임새와 같은 이치가 아니겠소? 아무튼 '유노'의 가호와 '한여름'의 푸르름이 늘 우리 모두와 함께하기를 기원하오.

오늘은 전번 편지에서 못다한 학문에 관한 이야기를 좀더 이어가려고 하오. 작금 나타나고 있는 폐단들을 실례로 들어서 학문을 어떻게 해야 할 것인가에 관해 몇가지만 이야기하겠소. 여기서 무엇보다 중요한 것은 학문에 대한 올바른 이해와 태도를 갖는 것이오. 학문과 지식은 다른 것이오. 비유하면 지식을 졸졸 흐르는 실오리 같은 냇물이라고 하면, 학문은 냇물이 줄줄이 모인 웅심깊은 호수라고 하겠소. 다같이 '물'이라는 데는 냇물이나 호수가 진배없지만, 그 모양이나 크기, 깊이에서는 확연히 구별되는 것이오. 같은 이치로 '앎'이라는 점에서는 학문과 지식이 다를 바 없지만, 그 폭이나 깊이에서는 학문으로서의 '앎'과 지식으로서의 '앎'은 엄연히 구별되는 것이오.

그런데 이러한 구별을 도외시한 채, 얄팍하고 겉도는 지식을 제법 학문으로 둔갑시키고 오만을 부리며 학문의 엄함과 깊음을 무시하는 데 심각한 문제가 있소. 원래 지식이란 임기응변의 방편이고, 세상만사의 근본을 다스리는 것은 오로지 학문에 의해서만 가능하오. 냇물은 지형에 따라 이리저리 흐름을 바꾸어가면서 어디에 조금만 부딪쳐도 호들갑스러운 소리를 내고 흘러가면 그만이지만, 많은 강물이나 냇물을 갈무리하고 있는 호수는 늘 의젓하고 도도하게 한자리에서 모든 것을 삼키고 감싸안으면서 생명수를 대주는 것이오.

요즘 지식인들을 보면, 몇편의 글만 대충 읽고나서는 무얼 좀 안답시고 함부로 자기를 과신하고 내세우면서 억지를 부리는 것이 다반사요. 이것이 지식인의 세태라고나 할까, 동서양 어디서나 마찬가지인 것 같소. 지난해 매스컴에서 꽤 인기를 모은 사람이 옥중에 있는 동안에 많은 책을 독파했다고 하도 너스레를 떨기에 계산해봤더니, 하루에 책 네 권씩을 읽어치운 셈이었소. 분량은 얼마고, 무슨 내용의 책들일까? 차라리 '읽었다'고 하기보다는 '봤다'거나 '만졌다'고 하면 그럴싸할 텐데…… 과장도 지나치면 속임수가 되오. 남을 속이는 것은 곧 자기를 속이는 것이오. 자고로 '도(道)를 기록하여 전하는' 책을 이런 식으로 접하면 학문은커녕 지식도 제대로 얻을 수가 없는 것이오. 그런데도 마치 '학문'이 트여 무슨 '득도'의 경지에 이른 양 설왕설래, 좌충우돌하니 서글프기도 하고 가엽기도 하오. 이것은 학문에 대한 모독이고, 학문 앞에서의 오만이며, 학문에 대한 무식인 것이오. 원래 참 학문을 하는 사람은 늘 부족함을 느껴 겸허해지는 법이오.

그런가 하면 근간에는 학문을 기능화하고 학자를 기능인(technocrat)시하는 고약하고 위험한 풍토가 일고 있소. 이것은 학문에 대한 무지의 소치이고, 한치 앞밖에 못보는 단견인 것이오. 무언가 당장 먹고사는 데 필요한 것만을 만들어내고, 돈벌이가 되는 '학문'만이 학문이며, 그래서 그러한 '기능'을 발휘하는 사람만이 '학자'라는 식의 심히 왜곡된 발상이오. 신성한 학문의 전당에도 목하(目下)의 손익만을 튕기는 '잡시장원리'가 틀고앉아서 돈벌이되는 '인기학문'만을 골라서 부추기고 있는 판국이오. 그러다보니 내재적으로 인간을 인간답게 만드는 인성교육을 전담하는 인문과학은 당장 돈벌이가 안된다는 이유 아닌 구실 때문에 이른바 '비인기학문'으로 홀대받는 형국이 벌어지고 있소. 학문에서 '인기'와 '비인기'를 가르는 그 자체가 백해무익한 흑백논리인 것이오. 사실 '인기학문'이건, '비인기학문'이건 언필칭 학문이라면 약삭빠른 상술로는 절대로 천착할 수 없는 법이오.

학문은 미시적이어서는 안되고 거시적이어야 하오. 교육이 백년대계라면 학문은 만년대계인 것이오. 더욱이 근현대의 2백년이란 긴 시간을 보람없이 허송한 우리로서는 선진문명의 반열에 올라서자면 눈앞에 맞닥뜨리는 일에만 쫄끔거리지 말고, 먼 앞날을 예견한 원대한 학문구상을 갖고 하나하나 실천해나가야 할 것이오. 학문하는 사람은 한평생 밤잠을 설치면서 잠심몰두(潛心沒頭)해도 이렇다 할 성과없이 육체적 명이나 학문의 생을 마감할 수도 있소. 어쩌면 그것이 학문인들이 타고난 운명인지도 모르겠소.

그러나 학문에 성실하기만 하면 그 어딘가에는 그가 남긴 발자국이 꼭 찍혀 있게 될 터여서, 학문이 자라날 밑거름이 되고 후학들이 도약할 발판이 되게 마련이오. 비록 몫이 적어서 한 홉의 거름이 되고 하나의 나사못이 되더라도, 그것은 길이 빛나게 될 일인 것이오. 학자는 그것으로 족하고, 그것에 보람을 느끼는 것이오. 그래서 학자는 어느날 자기가 뿌린 씨앗에서 싹이 트고 가지가 치며 꽃이 피어 열매가 맺을 것을 믿고, 자기 삶에 만족을 느끼면서 눈을 감게 되는 것이오. 이것이 바로 지성인으로서의 학자의 양식(良識)인 것이오. 이것이 학자의 길이고 양식인 이상, 어떻게 그 길과 양식을 방자한 오만이나 상술 같은 속물로 더럽히고 욕되게 할 수 있단 말이오? 어느 시대, 어느 곳에서나 학자가 학자임을 그만두기 전에는 끝까지 청정하고 꿋꿋해야 하는 것이오.

유사한 속물적인 작태로는 학위 남발이 있소. 학위, 특히 이른바 명예박사학위 남발은 가위 범세계적인 추태라고 할 수 있소. 미국의 인기코미디언 코스비(B. Cosby)는 명예박사학위가 무려 100여개나 되어 본인도 확실한 숫자를 기억 못한다고 하오. 가수 존슨(Johnson)은 올해 졸업씨즌에 한꺼번에 3개의 학위를 거머쥔다고 하오. 우리나라도 예외는 아니오. 몇년 전에 수십개의 '박사학위'를 선양하는 대(大)종교인 ᄉ측의 한 역인(役人)이 찾아와 유럽 어느 나라에 보낼 학위추천서에 서명을 해달라고 매달리기에 호되게 면박을 준 일이 있소. 미국의 죠지 부시(George H. W. Bush) 전 대통령은 우리네 3김 세 분의 학위수를 합친 것(28개)보다 더 많은 30개의 학위를 소유한 '대통령박사'라고 하오. 세상에 코미디치고 이보다 더한 코미디가 또 어디에 있겠소? 도대체 학위란 주자면 받는 사물(賜物)이고, 달라면 주는 공물(供物)인가? 무지나 모독, 남발도 유분수지, 어떻게 존엄할 수밖에 없는 학위를 놓고 이럴 수가 있단 말이오? 주고받는 행태도 희한하오. 졸업식장을 빛내는 '장식효과'용이 있는가 하면, 실세들의 전유물이기도 하오. 학위받는 날 단 하루밖에 '박사님' 칭호를 들을 수 없는 그 '명예'가 과연 무엇이 그렇게 환장할 정도로 값어치가 있어서 낯뜨거운 짓들을 서슴지 않는지 도무지 알다가도 모를 일이오. 정말로 이성에 대한 말세적인 난도질이 아닐 수 없소.

원래 박사학위는 대학에서 학문을 전문적으로 가르치고 연구할 수 있는 자격 소유를 인정하는 인증서로서, 특정한 분야에서 특출한 연구성과가 있는 학자에게만 주어지는 것이오. 그래서 학위는 신성시되고, 그 남발은 저주시되는 것이오. 이 점에서 나는 미국의 제3대 대통령 제퍼슨(T. Jefferson)을 존경하오. 그는 대통령을 지낸 후 버지니아대학을 설립하면서 몇가지 하지 말아야 할 일들을 정해놓았소. 그중 하나가 명예학위를 수여하지 않는다는 것이오. 그 이유는 학문적 업적보다는 정치적·종교적 이유로 학위를 남발하는 비학문적 폐단을 막기 위해서라고 했소. 그래서 이 대학은 그의 유지대로 지금껏 명예학위를 준 예가 없다고 하오. 학문의 순수성과 학위의 존엄성을 지켜온 귀감이라고 할 수 있겠소.

학문의 엄함과 깊음을 모르고 설쳐대며 기능인이 되어 지성의 양식을 저버리고 단견적이고 추잡한 매문(賣文)이나 인기영합에 눈이 어두워지면, 이는 '학식있는 바보'에 불과한 것이오. '학식있는 바보는 무식한 바보보다 더 어리석다'라는 말이 있소. 이러한 어리석음을 피해 명실상부한 학자가 되려면 시대의 소명에 따라 지성의 양식과 학문으로 자신을 있게 한 나라와 겨레를 위해 지와 덕으로 최선의 봉사를 해야 하는 것이오.

전번 면회에 함께 온 신박사가 들여보낸 영치물과 번역서를 감사히 받았소. 먼 길에 찾아주고 배려를 돌려주니 참으로 고맙소. 나의 고마움을 전해주오. 신박사와는 그의 박사학위논문 심사를 통해 학연을 맺었소. 우리나라의 유일한 이집트학 전공자인 신박사는 학문적 토대가 없는 우리나라의 형편에서 거의 독학으로 자수성가한 학자로서 타의 모범이 될 만한 귀중한 학인이오. 그럼, 내내 안녕히.

선과 악은 모두 나의 스승

1999. 7. 15.

기상예보대로라면 지금쯤은 장마가 걷힐 무렵이오. 근간에는 하도 이상기후가 기승을 부리는 통에 절기가 뒤죽박죽이 되고, 기상예보가 본의아니게 허보로 눈총받는 경우가 잦소. 그래서 장마가 언제쯤이나 물러갈는지는 두고봐야 할 일이오.

흔히들 장마를 짓궂은 일로만 여기고 있어 빨리 걷혔으면 하는데, 다 그랬던 것은 아니었나보오. 이북땅의 함경북도 갑산(甲山) 처녀들은 장마가 짧으면 마(麻, 삼)의 대를 잡고 흔들면서 눈물 지었다고 하오. 왜냐하면 장마가 짧으면 마가 덜 자라서 흉마(凶麻)가 되기 때문에, 삼베 몇필에 오랑캐에게 팔려갈 우려가 있기 때문이었지. 그래서 처녀들은 울면서 "마야, 어서 자라다오"라고 울부짖었는데, 여기서 '장마(長麻)'란 말이 유래되었다고 전하오. 그런가 하면 이남땅의 보은(報恩) 처녀들은 또 그녀들 나름대로 장마가 길면 슬며시 들창을 열고 눈물을 흘렸다고 하오. 왜냐하면 대추의 고장인 이곳에서는 대추가 시집갈 혼수 마련의 유일한 밑천인데, 긴 장마는 대추를 영글지 못하게 하기 때문이었지. 이렇게 같은 자연현상인 장마에 대해 인간이 펴는 대응은 때와 곳에 따라 크게 다를 수도 있소. 물론 '계속되는 비'라는 고유한 의미의 '장마'가 마냥 반가울 수야 없지.

나는 가끔 철창살을 부여잡고 주룩주룩 내리는 장맛비를 하염없이 바라보다가 손을 내밀어 흠뻑 적셔보기도 하오. 비탓에 바깥구경 한번 못하고 침침한 감방구석에 하루종일 갇혀 죽치게 될 때면 울화가 치밀어오르기도 하지. 그럴 때면 나는 왜 이러한 장마가 오고, 또 와야 할까? 짓궂고 해롭기까지 하지만, 어차피 오고야 마는 이 장마에서 무언가 터득할 만한 것은 없을까 하고 사색을 모아보곤 하오. 무심했던 지난날을 짚어보면서 말이오. 공자는 "착한 것이나 악한 것이나 다 나의 스승이다[善惡皆吾師]"라는 말을 했소. 착한 것은 착한 대로, 악한 것은 또 악한 대로 거기서 배워 얻을 바가 있다는 뜻이 되겠소. 그래서 공자는 사람뿐만 아니라 변화무쌍한 천지조화에서까지도 배울 것은 다 배워야 한다고 가르쳤소. 때로는 '악한 것' '불행한 것' '어려운 것'에서 더 많이, 더 좋은 것을 배우고 터득하는 것이 인간의 지혜인 것이오. 저 유명한 그리스의 철학자 소크라테스(Socrates)는 악처로 소문난 아내 크산티페(Xanthippe)를 일러 "인내를 가르치는 최선의 교사"라고 오히려 두둔하고 나섰소. 악처의 악다구니도 인내를 갖고 뒤집어 생각하면 삭일 만한 것이 있다는 뜻이 되겠소. 과연 철학자다운 혜안이지.

그렇다면 장마라는 곰살갑지 않은 자연현상에서 우리가 배우고 터득해야 할 것은 과연 무엇일까? 그 자연의 섭리가 인간의 삶에 던지는 의미는 또 무엇일까? 물리적으로 말하면, 장마는 서로 성질이 다른 두 공기덩어리가 만나면서 일어나는 자연현상이오. 남쪽의 뜨겁고 습한 북태평양기단과 북쪽의 차가운 오호쯔끄해기단이 만나면 그 사이에 하나의 전선이 형성되오. 대체로 두 공기덩어리의 힘이 엇비슷한 6월부터 7월 중순까지는 이 전선대가 한반도 부근에 계속 머물러 있으면서 내내 비를 뿌리는 것이오. 이때가 우리에게는 장마철이지. 이를테면 두 공기덩어리의 힘이 대치상태에 있을 때 비로소 장마라는 '이변'이 일어나는 법이오. 한쪽 덩어리가 밀려나거나 제압되면 장마는 일어날 수가 없는 것이오.

이러한 자연의 대치섭리가 인간의 삶에 하나의 이치로서 그대로 반영되고, 대입되며, 관철되고 있다는 것이 참으로 신기한 일이오. 인간이란 결국 자연에 의지하는 속물에 불과하니 그럴 수밖에 없겠지. 나는 얼마 전, 한 일간지에서 이 장마철에 희말쑥한 대학교수들이 피켓을 들고 가두시위를 하는 사진을 목격했소. 나로서는 처음 보는 일이라서 섬쩍지근하기까지 했소. 하기야 4·19혁명 이후 처음 있는 일이고보면, 이땅에서 교육과 학문을 가꾸는 사람치고 훌쩍 넘겨버릴 일은 아닐 것이오. 시위의 도화선은 이른바 'BK(두뇌한국) 21'에 대한 반발이라고 하오. 몇마디 기사만 읽고는 시비곡직을 가려낼 수야 없지만, 한가지 확언할 수 있는 것은, 'BK 21'을 이끄는 힘과 그것을 저지하려는 힘 사이의 대치에서 장마전선 같은 '대결전선'이 형성되어 급기야는 또다른 두뇌들의 시위라는 '장맛비'가 내리고 만 것이라는 사실이오. 두 힘 중 어느 하나가 밀려났거나 제압당했더라면, 또 두 힘간의 타협이 이루어졌더라면 '장맛비' 같은 대결의 시위는 결코 일어나지 않았을 것이오.

이러한 '대결전선'은 이른바 신자유주의 시장논리로 교육과 학문을 길들이는 것이 정당한가 하는 근본문제에서 비롯된 것 같소. 무슨 '주의'건간에, 섣불리 당면한 손익만을 따지는 시장논리를 교육이나 학문에는 절대로 끌어들일 수 없다는 것이 나의 일관된 소신이오. 자고로 싸구려상술이나 얼렁뚱땅 익히고 행세하는 기능인(technocrat)이나 양산하는 것이 대학 교육이나 학문 연구의 본연은 절대로 아니거든. 교육이나 학문은 나라의 미래를 대비한 대계(大計)이거늘, 어찌 코앞의 일이나 한두 푼 돈 되는 일에만 연연하여 그 본연을 망각할 수가 있겠소? 이것은 나라의 장래와 관련된 대단히 중차대한 문제인 것이오.

그리고 요즘 신문지상을 보면 이른바 '신지식운동'이라는 바람이 꽤 번져가고 있는 것 같소. 전하는 내용은 대저 '신지식인행정'이니, '지식행정'이니 하는 따위의 권력구조행정에 관한 것이오. 기왕 '지식'이나 '지식인'에 관련된 것이라면 교육이나 학문 분야도 으레 포괄했어야 하는데, 이에 관한 이야기는 별로 없소. 이른바 '신지식인'이라고 내세우는 면면들은 신통히도 모두가 애송이들이오. 여기서의 '애송이'란, '신지식인'치고는 지식면에서 '애티'가 난다는 뜻이지, 인간적으로 얕잡아 하는 소리는 아니오. 물론 내가 생기발랄한 젊은이들의 진취성을 무시하는 것도 아니고. 나는 그 누구 못지않게 미래를 떠메고 나갈 역군이고 동량인 우리네 젊은이들을 사랑하고 아끼며 귀히 여기는 사람이오.

　문제는 이 젊은이들을 어떻게 참다운 '신지식인'으로 키우는가 하는 것
이오. 젊은 패기로 한두 가지 기발한 일에 반짝거렸다고 해서 곧바로 '신
지식인'이 되는 것은 결코 안되오. 진정 새로운 지식을 탐구하고 실천하는
사람만이 '신지식인'의 반열에 오를 수 있는 것이오. 그리고 어느 시대에나
사회운동이란 것은 참되고 뚜렷한 목표 아래 광범위한 대중의 자각적 참
여가 있어야 의미있고 성공할 수 있는 것이지, 철학 없는 몇몇 책사(策士)
들의 선동이나 권력자들의 하향식 주입에 의해서는 애당초 유지 불가능한
것이오. 그럴듯하게 포장해서 띄워놓은 이 '운동풍선'이 과연 언제 어디까
지 날아갈지는 두고봐야 할 일이지만, 내 보기에는 단명일 수밖에 없을
것 같소. 현명한 두뇌가 나서서 바로잡기 전에는 말이오.

　사실인즉 '신지식인운동'이란 것은 새로운 것이 아니오. 마치 우리의 '독
창'인 것처럼 으쓱거리는데, 남들이 이미 경험한 일이오. 남들이 경험한 것
이라면 그중에서 우리에게 걸맞은, 그래서 유용한 것만을 골라서 받아들
여야 하는데, 그런 것 같지 않아서 자못 안타깝소. 미국만 봐도, 미국에서
여덟번째 큰 재벌인 매카서(MacArthur)재단이 이미 1978년부터 '신지식
인운동'을 벌여오고 있소. 1백명의 평가단이 매해 각 분야의 '신지식인'을
선정하는데, 그 선정기준은 "창의력과 상상력을 발휘하여 인류에게 도움
을 주는 것"이라고 규정하고 있소. 올해에는 32명의 '신지식인'을 뽑았는
데, 그들 중 인기 높은 '신지식인'은 25년째 브라질에서 사라져가는 원주민
의 언어와 문화를 연구해온 54세의 인류학자 겸 언어학자인 데니스 무어
이고, 최고령자는 66세의 역사학자이며, 최연소자는 28세의 물리학자요.
이들 모두는 지식은 물론, 생물학적 연령에서도 '애티'를 벗어난 중후한 사
람들이오.

　우리가 벌여야 할 참다운 지식인운동이 과연 어떤 것이어야 하는가를
예시(例示)하기 위해 미국의 일례를 들었소. 요체는 무슨 논리이건 운동이

건 간에 그 본연의 원리로 다스려야 한다는 것이오. 예컨대 교육이면 교육을 아는 사람이 교육원리로, 학문이면 학문을 아는 사람이 학문원리로 다스려나가야 그것이 참이고 바른 것이오. 이것이 바로 '교육은 교육으로!' '학문은 학문으로!'라는 명제인 것이오. 이러한 명제가 무시될 때는 기필코 교육과 반교육, 학문과 반학문이라는 대결적인 '장마전선대'가 교육이나 학문 분야에 형성되어 짓궂은 '장맛비'가 뿌려지게 마련이오.

내보낸 책 여덟 권은 찾아갔는지? 그제 또 여덟 권을 내보냈으니 찾아가기 바라오. 0.75평의 좁디좁은 감방에 간수할 수 있는 책은 20권으로 제한되어 있으니, 제때제때 빨리 회전시켜야 하오. 옆에 책을 쌓아놓고 맘대로 들춰보던 때가 그립구먼.

서늘맞이 [納凉]

1999. 7. 31.

지금은 한여름이고, 절기로는 삼복지간이오. 그래서 한여름 더위를 삼복더위라고 하는 것이오. 초복은 하지가 지난 후의 세번째 경일(庚日)이고, 중복은 네번째 경일이며, 말복은 입추가 지난 후의 첫번째 경일이오. 이렇게 삼복은 십간(十干) 중의 일곱번째인 경(庚)에 준해 헤아려지는데, 음양오행(陰陽五行)에서 이 '경'은 금기(金氣)를 뜻하는 것이오. 그런데 불을 두려워하는 이 '금기'는 불 같은 한여름날에는 엎드려 숨어버리기 때문에 삼복의 '복'자는 한자로 '엎드릴 복(伏)'자를 썼다고 하오. 한자의 오묘(奧妙)요.

유래야 어떻든간에 삼복지간이 연중 가장 더운 철임에는 틀림이 없소.

그래서 사람들, 특히 현대를 살아가는 사람들은 공연히 짜증을 부리면서 이 더위를 피한답시고(피서) 법석을 떨고 있지. 어느덧 '피서'는 이맘때의 통과의례가 된 것 같소. 말이 난 김에 한자풀이를 하나 더 하면, '피서(避暑)'에서의 '더울 서(暑)'자는 사람(者) 위에서 해[日]가 비친다는 글자로서, 낮에 햇볕이 내리쬘 때만 덥다는 뜻이오. 바꾸어 말하면, 해진 뒤의 밤에는 더위가 물러간다는 말이 되겠소. 그렇다고 보면 근간에 자주 나타나는, 낮과 별반 다를 바 없는 찜통 같은 열대야(熱帶夜)야말로 '서(暑)'라는 만고의 자연법칙을 어긴 이변이 아닐 수 없소. 정상이건 이변이건 간에 이제 세상이 그렇게 돌아가고 있으니, 인간은 그저 따라가고 감내할 수밖에 없지. '천자문시대'도 아닌데 딱딱한 한자풀이를 하니 좀 지겹지? 그러나 이것이 우리글의 바탕이고 우리 문화의 뿌리이니만큼 즐겨 알아야 하지 않겠소?

　나는 일상에 불과한 삼복더위라는 자연에서 나름대로 범상찮은 삶의 철학을 발견했소. 만약 이즈음에 삼복더위가 찾아오지 않는다면, 벼포기가 기를 펴지 못하고 채소가 시들거리며 과일이 제맛을 못낼 것이오. 이렇듯 우리에게 이 한 달간의 삼복더위는 그저 덧없는 짜증거리만은 아니고, 오곡백과를 영글게 하는 반가운 더위인 것이오. 또 이 더위끝에 찾아오는 가을의 시원함이야말로 이 더위로 말미암아 더 기대되고, 더 만끽하게 되는 것이오. 그래서 나는 비겁하게 엎드려 숨는 '엎드릴 복(伏)'자 대신에 우리에게 복을 가져다준다는 뜻에서 '복 복(福)'자를 써서 '삼복(三福)더위'라고 감히 일컬어보고 싶소. 어릴 적 이맘때 흙 묻은 손등으로 구슬땀을 훔치면서 김매고 쟁기질하던 아버지의 참 농심(農心)이 바로 여기서 비롯되지 아니하였을까 생각해보오. 그러한 농심만 간직했던들, 더위는 피부로 느끼기만 하는 것이 아니라, 마음으로까지 받아들이게 될 것이오.

　인생에서도 가끔 역정스러운 '삼복더위'를 겪게 되지. 악이 우리에게 선을 인식시켜주듯이, 괴로움은 우리에게 즐거움을 알게 해주는 법이오. 그래서 '괴로움은 즐거움의 어머니다〔苦者樂之母〕'라고 하는 것이오. 고생끝에 낙이 온다는 고진감래(苦盡甘來)도 같은 맥락의 잠언이오. 그래서 삶에서 일어나는 '삼복더위' 같은 괴로움은 어떻게 보면 '복(福)'을 채비해주기 때문에 은혜롭기까지 한 것이오. 따라서 그 앞에서는 엎드려 숨고 에돌아 피해갈 것이 아니라, 그 끝에 올 즐거움과 복을 기대해서 어엿하게 버티고 이겨내는 것이 마땅할 것이오. 이 또한 삶의 한 진리요.

지금은 한창 피서철이오. 여기는 곳이 곳이니만치 더위 같은 것은 피할래야 피할 길이 없소. 차라리 피한다고 하기보다는 맞받아나간다고 하는 것이 더 적절한 표현인 것 같소. 피하건 맞받아나가건 무더위에서 오는 시달림은 예나 지금이나 마찬가지인가보오. 그래서 자고로 사람들은 갖가지 피서묘책을 고안해냈던 것이오. 그중 우리네 조상이 짜낸 기발한 아이디어 하나가 있는데, 그것이 바로 납량(納凉)이란 것이오. 한자풀이로는 '서늘함을 받아들이다'인데, 뜻인즉 여름에 더위를 피하여 서늘한 바람을 쐰다는 것으로서 일명 '서늘맞이'라고도 하오. 그런데 그 '서늘맞이' 방법의 하나가 바로 귀신이야기를 들려주면 신경이 오싹하여 육신이 서늘해진다는 이상야릇한 방법이오. 이를테면 귀신이야기로 피서하는 것이 납량인 셈이오. 방법치곤 절묘한 방법이지. 우리네 세속에서 귀찮은 것을 물리치는 데는 도깨비나 귀신이 단골이오. 우리 속담에 "도깨비는 방망이로 떼고, 귀신은 경으로 뗀다"라는 말이 있는데, 이것은 무엇을 물리치는 데는 특수한 방법이 있다는 뜻이오. 그래서 귀신이야기가 더위를 식혀주는 데 특효가 있는 방법으로 둔갑했나보오. 사뭇 해학적이기도 하오.

'서늘맞이'에 돈 안드는 귀신이야기가 묘법이라고 하니 귀신이야기를 하나 들려주지. 그것은 '1999년 7월에 종말이 온다'라는 기겁하고도 남을 귀신이야기요. 지난 몇달 동안 지구의 이 구석 저 구석에서는 이 '종말론'에 육신이 오싹 얼어붙은 사람들의 광란이 이만저만이 아니었소. 7월 그믐을 한 시간 앞둔 이 시각, 그 광란은 아마 극에 달하고 있을 것이오. 그러나 분명한 것은, 이 시각에도 지구는 여전히 제 궤도를 따라 공전하고 있으며, 60억 인류는 건재해 있다는 사실이오. 한 시간 후도 꼭 그러할 것이오. 며칠 전에 진작 이 이야기를 했더라면 듣는 순간 납량효과가 있었을는지는 몰라도, 7월이 지난 후에 들었을 때는 그저 어이없어 혀만 끌끌 찰 것이오. 정말로 '귀신 씻나락 까먹는 소리'니 말이오.

이 '종말' 귀신이야기는 자그마치 4백년 전으로 거슬러 올라가오. 그때 프랑스의 노스트라다무스(Nostradamus)라는 은비주의자(隱祕主義者)가 이른바 「예언시」라는 것을 썼는데, 그 속에 1999년 7월이면 하늘에서 '공포의 대왕'이 내려와 지구덩어리를 짓뭉개버린다는 무시무시한 예언을 했다는 것이오. 이 정신착란자의 괴담은 인류를 장장 4백년간이나 농락해왔소. 이 황당무계한 '예언'에 관해 왈가왈부 해석이 분분하지만, 다 말장난에 불과한 것이오. 주로 서구인들이 만들어낸 이와 유사한 '종말론'은 이외에도 수두룩하오. 그러나 아직까지 한번도, 그 어디에서도 '종말'이 일어난 일은 없소. 단언컨대, 역사는 허구와 꾐수가 곧 '종말론'의 본질이고 독소라는 사실을 입증해주고 있소.

물론 우주도 물질인만큼 결국에는 어떤 변화가 일어나게 마련이지만, 그것은 어디까지나 몇만년 후를 두고 하는 말이오. 그것도 그때에 가봐야 알 일이지. 그런데 까마득한 앞일까지 지레짐작하여 공포에 질릴 필요는 없는 것이오. 그럼에도 불구하고 그것을 미끼로 '종말'이니 '말세'니 하는 따위의 허무맹랑한 소리로 인간을 불안에 떨게 하고 무기력하게 하는 것은 그 자체가 하나의 말세적인 언어도단이고 범죄인 것이오. 인간에게 더 중요한 것은 오늘을 살아가는 것이며, 따라서 오늘에 충실한 것이 제대로의 삶인 것이오.

원래 종말사상은 현세에 절망한 인간들이 하루빨리 현세에서 탈피하고자 하는 일종의 허망한 종교사상인 것이오. 그 기원은 자그마치 2,500여년 전으로 거슬러 올라가오. 기원전 6세기 이스라엘인들이 약 50년 동안 인근

바빌로니아에 포로로 잡혀갔는데, 이것을 역사상 '바빌로니아 포로시대' 혹은 '바빌로니아 유수(幽囚)'라고 하오. 요행히 그들은 고국에 돌아와 나라를 다시 세움으로써 잃었던 영광을 회복하려 했으나, 이러한 꿈은 외세에 의해 산산조각나고, 믿어왔던 유대민족의 '거룩함'이나 '신성함'은 이제 더이상 존재하지 않게 되었소. 그러자 실망과 좌절에 빠져 헤매던 끝에 어서 빨리 전지전능한 신의 재판으로 이 세상의 질서가 끝장나고 새로운 신의 지배와 메시아(Messiah) 시대가 오기를 꿈꾸었던 것이오. 이것이 종말사상의 싹이었소. 그러나 결국 그러한 시대는 도래하지 않았소.

그 시대에 하느님의 계시로 이러한 꿈과 기대를 시현(示現)한 것이 바로 묵시(黙示)라는 이름하의 이른바 묵시문학이나 묵시록인 것이오. 이렇게 종말과 묵시는 오늘에 대한 절망과 내일에 대한 기대에서 생겨난 쌍생아라고 말할 수 있소. 그러나 그것은 인간이 아직 체험해보지 못한, 체험할 수도 없는, 그러한 무형(無形)의 환상 속 쌍생아일 따름이오. 바로 이러한 환상에 매료되고 환장한 인간은 종말을 믿고, 거기에서 현세의 탈출구를 찾으려고 하는 것이오. 그런데 이러한 종말사상은 자신의 믿음보다도 남을 믿게 하려는 데 더 큰 피폐가 있는 것이오. 그래서 가정과 사회가 파탄나고, 재물이 탕진되는 것이오.

'종말' 같은 내일은 결코 없겠지만, 살다보면 어쩌다가 실망스러운 내일이 예정될 때가 있을 수도 있소. 설혹 그렇다손 치더라도 인간은 오늘을 포기하지 말고, 오히려 더 성실하게 살면서 내일을 준비해나가야 하는 것이오. 그러할 때만이 닥쳐올 내일의 불운을 가볍게 할 수도 있고, 아예 덜어버릴 수도 있는 것이오. 왜냐하면 오늘은 내일의 씨앗이고, 내일은 오늘의 연장이기 때문이오. 요컨대 오늘과 내일은 인과율의 관계인 것이오. 지금으로부터 3백여년 전인 17세기 중엽에 서구에서 '종말론'이 기승을 부려 사람들이 내일에 대한 절망 속에 당황하고 있을 때, 네덜란드의 철학자 스피노자(B. de Spinoza)는 "내일 세계의 종말이 올지라도 나는 오늘 한 그루의 사과나무를 심겠다"라는 유명한 말로 '종말'에 일갈(一喝)을 보냈소. 이 일갈에는 오늘에 대한 충실성이 내일에 대한 믿음과 함께하고 있다는 것을 시사해주오.

아이러니하게도 스피노자는 종말사상의 원조인 유대인출신의 철학자였소. 원래 그는 전통적 유대교의 세례를 받으면서 자랐으나, 청년시절에 데까르뜨의 영향을 받아 인문주의에 경도함으로써 끝내 '이단자'로 낙인찍혀 파문선고까지 받게 되오. 그러나 그는 신념을 굽히지 않고 '종말론' 따위를 여지없이 비판하고 자신의 철학을 꿋꿋이 펴나가오. 결국 그의 저서는 생전에 출판이 금지되고, 그의 철학은 사후 100년간이나 '죽은 개'처럼 파묻혀버리오. 그러나 그가 심어놓은 그 '한 그루의 사과나무'는 진창 속에서도 고사되지 않고, 세기를 두고 열매를 맺어 오늘의 '스피노자 철학'으로 우뚝 서서 빛을 발하고 있는 것이오.

이만 휴제(休題)하고, '종말' 귀신이야기에 '서늘맞이'가 좀 되었는지 모르겠소. 아무튼 한여름 더위에 조심하기 바라오.

어제 고기자가 보내온 『월간중앙』 8월호를 감사히 받아 일독했소. 나에 관한 취재기사가 실려 있더군. 주벽 너머에서 누군가가 잊지 않고 마음을 써준다는 것이 갇혀 있는 사람들에게는 못내 힘이 되어주는 것이오. 무척 고맙게 생각하오. 고기자와 취재에 협조해주신 여러 교수님들과 변호사님, 동료들에게 고맙다는 인사를 전해주오. 내가 따로 『월간중앙』 발행인 앞으로도 감사의 편지를 띄우겠소. 취재기 중 분에 넘치는 이야기에는 오히려 송구스럽기만 하오. 내용에는 몇군데 누락이나 오자가 있소.

이제 곧 새달이 밝아오오. 서구사람들은 8월(August)을 행운의 달이라고 하지. 우리 모두에게 행운이 가득하기를 두손 모아 기원해 마지않소.

'제2의 광복'을 끝내 이루지 못한 채

1999. 8. 18.

광복절이 방금 지나갔소. '잃은 빛을 되찾는다'라는 광복(光復)은 어둠으로부터의 밝음, 묶임으로부터의 풀림, 구속으로부터의 자유, 압제로부터의 해방, 망국으로부터의 국권 회복 같은 여러가지 복합적인 뜻을 지닌 낱말이오. 작금 우리 겨레에게 광복은 일제 식민지통치로부터의 해방, 그 통치에 의한 망국으로부터의 국권 회복을 의미하는 것이오.

그 뜻을 기리는 광복절, 그날을 맞아 우리——당신과 나, 그리고 주변의 여러분——는 한가닥 광복의 빛이 내 묶임을 풀어줄 것으로 어지간히 기대했지. 특히 당신은 기대 이상의 믿음에까지 다가섰지. 그런데 그 '빛'은 그만 비껴가고 말았소. 어쩌면 그 '비낌'은 당연하였고, 우리의 기대는 애당초 허망한 꿈에 지나지 않았을 수도 있지. 우리가 과연 허공에 대고 그림을 그린 것은 아니었는지. 물론 살다보면 기대나 꿈, 그림 같은 것을 무턱대고 나무랄 수야 없지. 다만 우리가 나무라는 것은 앞일을 제대로 정밀하게 헤아리지 못하는 요량미정(料量未精)이오. 그러나 우리가 예언자나 점쟁이가 아닌 이상, 그럴 수도 있지.

세상만사란 기대하는 대로, 꿈꾸는 대로, 그리는 대로 되는 법은 결코 없는 것이오. 오히려 때로는 기대에 어긋나는 일, 백일몽(白日夢)에 그치는 일, 그리다 말고 멎는 일이 일어나는 것이 어쩌면 당연하고 자연스럽고 다행스러운 경우가 종종 있소. 그래서 인생을 희비고락이 엇갈리는 새옹지마(塞翁之馬)라고 하는 것이 아니겠소?

이렇게 뜻이나 기대에 반하는 일이 일어났을 때, 그것을 달래고 치유하는 좋은 약은 인내인 것이오. 공자는 하직하러 온 제자 자장(子張)이 몸과 마음을 닦는 데 필요한 아름다운 말씀을 한마디 해달라고 부탁하자, "모든 행실의 근본 중에서 참는 것이 최상이다〔百行之本 忍之爲上〕"라고 하면서, "부부가 참으면 일생을 함께하게 되고〔夫妻忍之 終其世〕""자신이 참으면 재앙이 없게 될 것이다〔自身忍之 無禍害〕"라고 타일렀소. 이러한 참음〔忍〕 의 미덕은 서양에서도 마찬가지요. 영국에는 "인내는 모든 상처에 바르는 고약"이라는 속담이 있고, 『신약성서』에는 "고통은 인내를 낳고, 인내는 시련을 이겨내는 끈기를 낳고, 끈기는 희망을 낳는다"라는 말이 있소. 이 렇게 인내는 으뜸가는 행실로서 재앙을 없게 하고 아픔을 치유해주며 시 련을 이겨낼 수 있는 끈기를 낳게 함으로써 결국은 우리에게 희망과 행복 을 안겨다주는 것이오. 여기서 행복이란 그 자체가 곧 '긴 인내'라는 깨우 침이 나오게 된 것이오. 한마디로 고생끝에 낙이 오고, 인내끝에 복이 온 다고 줄여서 말할 수 있겠소.

아무튼 참음과 더불어 해가 가고 달이 지고, 또 그러고 나면 그 어느 때 인가에 가서는 인고도 끄트머리가 나타나게 마련이지. 너무 상심하지 마 오. 만사유시(萬事有時)라, 모든 일은 때가 있는 법이오. 때가 되면 '산사' 의 일주문(一柱門)은 스스로 열리게 될 것이오. 그때가 되면, 지난날의 온 갖 인고는 값진 교훈과 아름다운 추억으로 남게 될 것이오.

올해 광복절은 20세기의 마지막 광복절이라서 그런지, 맞고보니 감회가 유별나오. 우리 겨레가 그 지긋지긋한 일제 식민지통치의 쇠사슬에서 풀 려났다는 의미에서 이 광복절이야말로 겨레 모두가 경하해 마지않는 거족 적 명절임에는 의문의 여지가 없소. 그러나 우리는 이 광복의 불청객으로 날아든 '분단'이라는 또다른 묶임에서 벗어나지 못한 채, 그 묶임을 강요당 한 이 한스러운 세기를 보내고 있소. 우리에게는 겨레의 다시 하나됨이라 는 제2의 광복이 남아 있소. 우리의 숙원인 통일로 잃어버린 빛을 되찾았 을 때, 7천만 우리 겨레는 청사에 길이 빛날 또하나의 광복——마지막이어 야 할 광복——을 맞게 될 것이오.

이즈음 나는 지금으로부터 꼭 54년 전, 한없이 감격스러웠던 광복의 그날을 회상해보곤 하오. 그날(8월 14일) 저녁도 우리는 여느 때와 마찬가지로 마당에 멍석을 깔고 할머니, 아버지, 어머니, 두 누나들과 함께 햇감자며 풋옥수수를 삶아놓고 저녁식사를 하고 있었소. 한켠에서는 모깃불이 모락모락 피어오르고 있었소. 그런데 갑자기 어디선가 자지러지는 총소리가 초저녁의 정적을 깨뜨리는 것이었소. 알고보니 뒷산에 주둔하고 있던 일본군 수비대놈들이 천황의 항복소식을 듣고 줄행랑을 치면서 난사한 총소리였소. 이튿날 새벽 동트기 전부터 숨죽여 살아온 마을이 온통 환희에 들끓기 시작했지. 마을의 몇몇 어른들이 북과 꽹과리를 울려대면서 "해방이오! 해방이오!"라고 목청껏 외치며 집집마다 알리는 것이었소. 이윽고 2~3백명의 마을사람들이 냇가에 모여 "해방 만세!"를 목이 터져라 부르면서 줄을 지어 마을을 돌고 또 도는 것이었소. 모진 학정에 시달려온 촌부들의 얼굴마다에는 잃었던 광복의 빛이 환히 비쳐 생기가 돌고 힘이 솟구쳐, 그토록 소리높이 만세를 외치고 또 외쳤던 것이오. 반세기 이상의 마을사에 처음 있는 대경사였지.

다다음날에는 마을에서 7리쯤 떨어진 소학교 운동장에서 전 구(區, 면에 해당)민의 광복 경축대회가 치러졌소. 며칠 전만 해도 기세등등하여 거들먹거리던 구장이나 경찰서장, 교장, 협화회(協和會) 나리들은 어느 쥐구멍에 숨어버렸는지 온데간데없고, 임시로 차린 대회주석단에는 여러 마을에서 온 별로 알려지지 않은 어른들 10여명이 자리를 하고 있었소. 그중에는 평소 묵묵하기로 소문난 우리 마을의 이(李)씨 아저씨도 끼여 있었소. 저마다 손에 든 태극기 중에는 오랫동안 감추어두었다가 꺼낸 빛바랜 것들도 더러 눈에 띄었소. 나는 아버지들의 행렬을, 두 누나는 어머니들의 행렬을 따라 출전하는 용사마냥 의기양양하여 대회장으로 향했소. 운동장은 삽시에 수천명의 군중으로 꽉 메워졌소. 난생 처음 보는 인파였지. 광복의 함성은 천지를 진감하고 하늘높이 메아리쳐갔소. 사이사이에 '아리랑'이나 '도라지' 같은 귀에 익은 가락도 들렸지만, 무슨 진군가 같은 격조 있는 노래도 이곳저곳에서 터져나왔소. 덩실덩실 춤을 추는 할아버지, 할머니들의 얼굴은 그야말로 웃음바다였소.

두 달 후에 소학교가 다시 문을 열어 낯익은 교실에 들어섰더니 모든 것이 일변하였소. 출석 호명에서부터 왜정 때 창씨개명(創氏改名)된 '요시다께(善竹)'가 아니라 '정아무개'로 내 이름 석자가 그대로 불려지는 것이었소. '가나다라'도 처음 배우고, '애국가'나 '3·1운동가' 같은 우리 노래도 처음으로 목놓아 불러봤소. 5학년 후학기, 열두살 어린 소년의 마음에도 제 이름 석자와 제 나라 글자를 되찾았다는 것이 그렇게 뿌듯하고 감격스러울 수가 없었소. 그만큼 글을 익히는 속도가 빨라졌던 것이오. 1년 후 졸업을 앞두고, 그 감격을 엮은 작문이 학급담당 최덕현 선생님의 추천으로 학교벽보에 나붙었던 일이 지금도 기억에 생생히 남아 있소. 그리고 지금으로 말하면 졸업작품이라고나 할까, 6학년 졸업을 앞두고는 반일투사들이 마을주민들과 함께 일본 관공서와 경찰서를 습격하여 악질놈들을 몰살시키고 주민들 속에서 선무(宣撫)공작을 하는 내용의 단막극을 가지고 마을들을 찾아다니면서 '순회공연'하던 일도 잊혀지질 않소. 모든 것이 희한하고 즐거웠소.

삶에 구김살만 깊게 패었던 내 고향 화전민마을에도 광복은 문자 그대로 천지개벽을 가져왔소. 일단 묶임에서 풀려나면 신명이 나는 법이오. 일본놈들이 바꾸어놓았던 마을이름도 원래대로 '명천촌(明川村)'으로 환원되고, 강제로 해체되었던 품앗이도 되살아났지. 밤이면 남녀노소별로 조직된 야학방에서 흘러나오는 낭랑한 글읽는 소리가 희미한 간드레불빛을 타고 마을 구석구석에 퍼져나갔소. 까막눈이던 어머니도 그때에 비로소 '가갸'를 깨우치셨소.

돌이켜보면, 잃었던 제 것을 되찾는 광복이야말로 그 자체가 새삶이고 희망이었소. 그러기에 어둠속에서 구속과 압제를 당하면서 망국의 설움을 뼈에 사무치게 체험한 우리네 할아버지, 아버지들은 광복을 그토록 소중히 여기시어 우리더러 그것을 굳건히 지키고, 다시는 그 빛을 잃어서는 안 된다고 신신당부했던 것이오. 아니, 경고했던 것이오. 그러나 불초한 우리는 분단이라는 민족사의 얼룩점을 지워버리지 못하고, 통일이라는 제2의 광복을 끝내 이루어내지 못한 채, 격동의 20세기, 치욕의 20세기를 넘어서게 되었으니, 이 어찌 통탄스럽고 자괴할 일이 아니겠소? 이 통탄과 자괴는 무엇보다도 우리 기성세대가 제 몫을 다하지 못한 데서 비롯된 것이오.

광복의 참뜻을 다시 한번 깊이 되새기면서.

비명에 간 제자를 그리며

1999. 9. 19.

느닷없는 태풍이 몰고온 짓궂은 가을비가 스산하게 철창가를 적시니, 어쩐지 마음이 울적하고 소삼(蕭森)하여 짙푸름이 걷혀가는 먼 산발을 물끄러미 바라보고 있었소. 무슨 예감이었을까? 이윽고 한 장의 등기엽서가 날아들었소. 천만뜻밖에도 택호가 이승을 떠나 유명을 달리했다는 비보였소. 말 그대로 청천하늘에 날벼락이었소. 순간 우두망찰, 온몸이 전율하고 눈앞이 캄캄했소. 가까스로 의식을 되찾자 눈가에 서린 물기를 느꼈소.

그 멀리 싸우디아라비아에서 한 달에 한두 번씩은 꼭꼭 편지 아니면 전화로라도 집에 안부를 전해오던 그가, 지난 다섯 달 동안 소식을 뚝 끊었기에 퍽 궁금했지. 때로는 걱정도 생겼지만 그의 당당함과 활력을 믿고 마음을 놓곤 했소. 하여, 이런 불길한 일은 전혀 예상하지 못했소. 언젠가 한 번, 사업차 자주 출장을 다니는 그가 비행기사고를 당할 뻔했다고 하기에 내가 "조심하게!"라고 당부하자, 그는 그렇게도 태연자약하게 "저는 죽지 않으니 걱정 마십시오. 죽을 명이었으면 병약했던 그 시절에 진작 죽어버렸을 겁니다"라고 마치 운명의 예단자인 양 담담하게 대꾸하는 것이었소. 그의 눈에는 생기만이 번뜩거렸소.

그러던 그가 죽다니! 매사에 그토록 자신만만하던 그가 죽다니! 나는 도무지 믿어지질 않소. 며칠이 지난 이 순간에도 말이오. 공자는 "죽고 사는 것은 그 명에 달려 있다[死生有命]"라고 하였거늘, 택호의 '명'은 과연 불혹(不惑)에도 미치지 못하는 단명이었더란 말인가? 명을 다루는 주재자인 하늘이 너무나도 무심하고 야속하기만 하오. 노벨문학상 수상자인 포크너(W. Faulkner)의 말처럼 "인간의 혼, 즉 동정과 희생, 인내를 가능케 한 정신을 갖고 있는 사람"의 죽음을 과연 누가 감히 인정할 수 있단 말인가?

고인은 분계선 가까운 두메산골에서 태어나 어려서 어머니를 여의고 홀아버지슬하에서 숱한 고생을 하면서 자라났소. 상경해서는 고학을 하면서 신문배달, 구두닦기, 짐꾼, 호떡장사, 포장마차 운영 등 16가지 힘들고 궂은 일로 한푼두푼 손수 벌어서 고등학교와 대학(한국외국어대 아랍어과), 통역대학원까지 마친 뒤 싸우디아라비아 리야드대학 대학원 신학과에 유학하여 이슬람신학을 전공한 청빈고학도(淸貧孤學徒)였소. 그러기에 그는 어려서부터 사회의 저변에서 몸과 마음을 굳혀왔고, 어려운 사람들의 처지를 그 누구보다도 헤아려 어루만질 줄 아는 근면하고 의로운 젊은이였소. 그는 남다른 동정심과 희생성, 인내심, 영원히 죽지 않을 '인간의 혼'을 지닌 참 의인(義人)이었소. 그의 이러한 영생할 '인간의 혼'을 너무나 일찍이, 너무나 갑자기 저승에 빼앗기고 만 것이 이렇게 안타깝고 괴롭고 원통할 수가 없소. 그는 자연과 사회, 인간에 관한 지식을 '먹물'에 비유하면서, 늘 자신은 '먹물'이 짧아서 더 많이, 더 빨리 배워야겠다는 겸손을 잃지 않았던 참 학도였소.

그가 외대 대학원을 다닐 때, 나는 혼자 자취생활을 하고 있었소. 그때

선생님께 올립니다

오늘 선생님의 편지도 받았습니다. 너의 아버지 어머니 받고 흐뭇해하는
가 [?]고 빨간 봉사 간에게도 오여주었습니다. 따라 선생님을 직접 되고
싶습니다. 선에 말한 선관의 `기쁨`이라는 단어도 안[?] 사용하고
있습니다. 그러나 그중에 `별나다` 이 `기쁨`이라는 맛도 알 수 있을까요
선관한 기쁨과 슬기 거는 해서도 자녀 그리 제속 여겨 희어나는 그번일이
선관은 드러내는 흔연리하고짓어 기쁨이함 같았습니다. 제게는 선의니
[...] 흔들리 끝 빌어 끝습니다. [...] 지근에여 힘어나 흔어 가
왜요 그 [...] 으음 엄겨리속어 있습니다. 선언에서라 여연 선관에
[...] 그 그게면 여견 되어 온데 거러 이춤에 한둘이 실어온도 되어라
[...] 가리 [...] 선언에 엉의의 모음은 힘은 선의 전관에서
깨닫음 얻으려 스의 용명정진하는 모음 그리워엽습니다. 여연상황에
[...] 선임에여란 빌은과 존경은 흔들어온것이 있습니다. 이르나 여와
상황이라도 제 임은 항상 떡갈삼은것 있나다. 우리는 모두 행복하자
합니다. 우리의 행복온카요. 제 나트대로 걸여는 내비다면 임민이 막어니
뱃그리하는 선간에 흔어진리 있으나 행복한 상태는 흔재합니다.
그러면 행복과 상태는 무엇이나퀴여
아라는 그 상여와 [...] 빨으야 흔대합니다. 그 선여가 계속 지속하임이연하리
합니다. 선임보은 그리워하여 이빌게 거트 선언에 초우 있는 이번
[...] 게트 지트리이행이연 되나 다시 더요 빌으와 상태가 아닌 무어임은 들러서
긴음은 선언 망여리의 선임의러 온안 다측에 선언의 관게는 모두
그의 수순들이 모두 임히 [...] 저는 선임에 엉언은것은 [...] 여발
습니다. 항은 여러는 다라것이 있어 짝낭한만 되도 정관한 자스선
임리에 친국리라 않은 무당과 것들이 대도 중으 토리나 제게는 선언보니
모은 임은은 성언의 그 라서엽습니다. 너무 연리 나너는 그순에서
빨은것은 애엽습니다. 선언 보나 저의의 만음은 선임의 첫입니다.
님이 아감게세계에 대한 눈은 뜨게여주여 됩니다. 더임으 사랑하여 이들에게
여떻게 하여 이음은 국까 많장 생각합니다.

[...]

저는 임은 사람들에게 저 여어런에 대해 여끼기도 합니다
여어런들게서 다른 그거러할리면 제게 저 여어런은 흔엽엽습니다.
흔러가려리 언 이손엽이 잠님만은 의기르 여버녀선가온 하면 가슨이 저러리요
느서러여 느겨옵니다. 그님에 제게 주선오늘에 가장 면배스터운은 갱옥은
한는 중아는 [...] 넘엽습니다.

그는 1주일에 한두 번씩은 몇몇 대학원생들과 함께 꼭꼭 찾아와서 아랍어와 이슬람에 관해 전수받고는 어릴 적부터 익힌 요리솜씨로 며칠 분의 찬거리를 마련해놓곤 했소. 그리고 올 때면 얇은 호주머니를 털어서 내가 즐기는 콩자반이며 멸치조림 같은 것을 사들고 왔소. 게다가 워낙 부지런한 사람이라서 방안을 이리저리 살피다가 어디 손댈 곳이 있으면 그 자리에서 챙겨주기도 했소. 선반도 달아주고, 책장도 고쳐주고, 겨울엔 석유난로 심지도 갈아주곤 했지.

당신도 생생히 기억하겠지만, 싸우디아라비아에서 사업하면서 국내에 출장을 오기만 하면 그 바쁜 일정에도 빠짐없이 집에 찾아오곤 했소. 자정에 와서는 새벽녘까지 아랍식 커피나 홍차를 마셔가면서 이야기로 밤을 지새운 적이 한두 번이 아니었지. 그는 싸우디에서 올 적마다 아랍어원전을 몇권씩 들고 왔소. 『이븐 바투타 여행기』 아랍어원전도 그가 구해다준 것이오. 번역서의 첫 독자가 되겠다고 철석같이 약속까지 한 그가 이 세상에 없다니, 도무지 믿어지질 않소. 이제 번역서의 '역자서문'에서 원전의 제공자를 '노택호'에서 '고 노택호'로 바꾸자니 가슴이 찢어지는 것 같구려. 1994년 내가 싸우디에 들렀을 때도 그의 집에 1주일간이나 묵으면서 신세를 많이 졌댔소. 함께 메카와 메디나 등 이슬람성지들을 두루 순례하면서 많은 견문담을 나누기도 했소. 택호는 이미 자수성가(自手成家)하여 자식을 셋(2남 1녀)이나 둔 가장으로서 사업도 막 피어나고 있었소. 처도 이 시대의 현모양처로서 가정은 퍽 단란하고 화목했소. 미래에 대한 꿈도 많았소.

택호는 늘 대한민국에서 자기가 나를 제일 먼저 사사(師事)한 나의 '제1호 제자'라고 남들 앞에서 자랑삼아 털어놓곤 했소. 지금 내 앞에는 그가 저 멀리 싸우디에서 보낸 몇통의 편지가 놓여 있소. 이 정감어리고 진심이 흠뻑 밴 편지들이 그가 남긴 유서가 될 줄이야 어찌 꿈엔들 생각이나 했겠소? 편지마다에는 이 변변치 못한 스승에 대한 제자로서의 변함없는 존경과 의리, 신뢰가 듬뿍 담겨져 있소. 고인은 지난해 12월에 보낸 편지에서 "어떤 상황에서도 선생님에 대한 믿음과 존경은 흔들려본 적이 없습니다. 지금보다 더한 상황이라도 제 믿음은 항상 똑같을 것입니다"라고 하면서, 나름의 행복관을 이렇게 피력하였소. "선생님을 그리워하며 이렇게 계속 선생님께 글을 쓰고 싶고, 이런 상태가 계속 지속되었으면 하니, 이것이 바로 행복한 상태가 아니고 무엇이겠습니까"라고 애틋한 심정 그대로를 토로했소. 중형에 처해진 한 수인(囚人)에 대한 범인(凡人)의 의리와 믿음 치고는 실로 범상찮다고 아니할 수 없소. 나는 행동으로 보여준 이 진정어린 믿음을 굳게 믿고, 그대로 받아들였소. 그러면서 나 역시 무한한 행복감을 느꼈소.

그의 애절한 요절 앞에서 그와의 지난날을 돌이켜보게 되오. 나는 스승으로서 고인에게 베푼 것이 너무나 적었소. 너무나 부족했고 짧았소. 한가지 베푼 것이 있었다면, 그것은 아랍어와 이슬람의 본연(本然)을 터득토록 계도하고, 같은 맥락에서 참 아랍어와 참 이슬람을 알려면 어렵더라도 미국이나 유럽이 아닌 아랍 현지에 가서 공부하고 체험해야 한다는 이치를 깨우쳐준 것이오. 그는 아랍 현지에서 이 깨우침이야말로 지당하다는 것을 누누이 확인하였다고 했소. 그래서 그는 나를 더 따랐는지도 모르겠소. 그러나 역설적으로 오늘 이 비경(悲境)을 당하고보니, 그 '깨우침'이 오히려 회한으로 남게 되어 마음이 더더욱 아프오. 운명을 예단 못하는 것이 인간의 한계라는 것을 다시 한번 절감하게 되오.

택호는 성격이 호방하고 담대한 헌헌장부(軒軒丈夫)로서 지략이 뛰어나고, 친화력과 교제성도 출중하여 무엇에서나 대성할 재목이었소. 이것을 그 역시 자신하고 있었지. 특이하게는 아랍과 이슬람 세계에 대해 몸과 마음으로 다가서면서 깊이 파고들다보니 그 세계에 대한 애정이 남다르고, 무슬림으로서의 신앙심도 돈독했소. 그러기에 그는 이슬람성지 메카에 안장해달라는 유언까지 남겼다고 하오. 고인은 자신의 지혜와 근면성, 대담

성과 포용력으로 아랍세계에 '한국인의 얼'을 심어놓기 위해 늘 몸을 사리지 않고 실천해나갔던 진정한 한국인이었소. 아마, 그의 목숨을 앗아간 불의의 사고도 이러한 '얼'의 과도한 발산에서 비롯된 용맹, 혹은 '만용'이 아니었을까 생각도 되오. 그는 일신의 위험을 무릅쓰고 무슨 실험을 하다가 폭발사고가 일어나 심한 화상을 당했다고 하오.

고인은 나와 함께 14세기의 아랍 대여행가 이븐 바투타가 답파한 여행길을 따라 한반도에서 아프리카 서북단까지의 이슬람세계를 일주 여행하여 '제2의 이븐 바투타 여행기'를 남기는 것이 평생의 꿈이라고 했소. 지금 그가 하고 있는 모든 일은 이 장거를 위한 하나하나의 채비라고 했소. 한 10년쯤 준비해서 1년간 여행하자는 계획까지 밝혔소. 나더러 구체적인 노정을 짜놓으라고 당부하면서, 사막을 달리는 데 가장 적합한 차종도 지금부터 고르고 있다고 했소. 어느 편지에서는 내가 운신을 못하면 업고서라도 반드시 이 대장정을 함께 성공시켜, 한국과 아랍·이슬람세계의 관계사에 빛나는 한 페이지를 수놓겠다고 다짐까지 했소. 그가 있는 한 꼭 그렇게 되리라고 나는 굳게 믿어왔소. 고인은 저승에서도 이 포부만큼은 잊지 않고 고이 간직하고 있을 것이오.

예로부터 자식이 부모보다 먼저 죽으면 불효라 했고, 제자가 스승에 앞서 요절하면 부도(不道)라고 했소. 여기서의 '불효'나 '부도'는 비명에 간 자식이나 제자에 대한 꾸짖음이나 나무람이라기보다는 아낌이고 아쉬움인 것이오. 제자는 스승을 먼저 보내고 스승이 못다한 일을 이어가야 하는데, 그렇지 못하고 역행했으니 도리에 어긋난다고 하여 '부도'라고 하는 것이지. 그리고 '사제삼세(師弟三世)'라는 말이 있소. 즉 스승과 제자의 인연은 전세·현세·내세에까지 계속되는, 그래서 그 어떤 인연보다도 깊고 영원한 인연이라는 뜻이 되겠소. 믿건대 '부도'한 택호와의 인연은 무정한 현세를 넘어 저 부절(不絶)의 내세에서까지 길이 이어질 것이오.

이제 고인은 저승의 안식처에 안거하고 있겠지만, 유족들은 이승에서 사랑하는 사람을 잃은 슬픔과 고독, 그리움으로 나날을 보내고 있겠지. 미망인은 이제 홀로 모진 세파를 헤가르며, 가장으로서 아이들을 아버지의 뜻을 이어받은 훌륭한 2세로 키워나가야 할 것이오. 어린것들을 데리고 고생이 막심하겠지. 그러나 현부(賢婦)로서 고인에게 부었던 사랑과 정성을 이제는 현모(賢母)로서의 사랑과 정성으로 바꾸어 가정을 잘 꾸려나가리라고 나는 굳게 믿으면서, 또 그렇게 되기를 마음속 깊이 기원하는 바이오.

나는 먼 훗날, 이 편지가 고인의 자식들이 아버지에 대한 아름다운 회상의 한토막이 되고, 고인이 나에게 보낸 편지들이 자식들이 아버지를 그리는 한폭의 화상(畵像)이 되었으면 하오. 그래서 나와 고인의 인연이 영생하기를 빌어 마지않소.

우리 모두 고인의 명복(아랍어로는 '라흐마툴 라')을 머리숙여 빕시다.

삼궤고(三机苦)를 덜다

1999. 9. 27.

추석명절은 어떻게 보냈는지. 고향에 다녀왔으니 그런대로 뜻있게 보냈겠지. 고향에 계신 어르신네 일가제절(一家諸節)도 다 무고하시겠지.

추석은 우리 겨레의 큰 명절 중 하나요. 이땅에서 난 햇쌀로 송편을 빚고 햇과일 따위로 음식을 장만하여 조상의 은덕에 고마움과 효도를 표하기 위해 정성들여 차례를 올리고 벌초와 성묘를 하는 명절이지. 이땅에서 난 신토불이(身土不二)의 햇쌀과 햇과일만을 차례상에 올려놓을 때, 우리는 비로소 거룩한 조상들의 참 후예라고 감히 자부할 수 있을 것이오.

음력 8월 보름의 추석달은 연중 가장 밝고 맑은 달이어서, 그 달을 우러러 복을 빌고 소원성취를 바라기도 하지. 그래서 여러가지 달맞이행사가 있는가 하면, 달에 관한 이야기도 구구하오. 전설에 부부간의 인연을 맺어주는 사람을 '월하빙인(月下氷人)' 또는 '월하노인(月下老人)'이라고 하는데, 달빛이 있어야 그러한 사람이 나타난다고 하오. 그런데 올해는 심술궂은 태풍이 북상하는 바람에 여기서는 보름달을 통 볼 수 없었소. 혹여나 하여 철창 너머로 먼 하늘을 눈여겨 쳐다봤지만 우중충한 먹구름만 잔뜩 깔려 있어 종시 보름달맞이는 허탕만 치고 말았소. 나 자신의 특별한 복이나 소원 빌기를 위해서가 아니라, 뭇사람들이 1년에 한번이라도 보고 싶어 하는 항아(姮娥, 달 속의 선녀)의 요염한 교태를 가려버렸기에, 저 하늘이 그저 무정하고 야속하기만 했소. 무슨 배반이라도 당한 기분이었거든.

예로부터 춘화추월(春花秋月)이라, 봄의 꽃과 가을의 달로 이 나라의 아름다움을 자랑해왔소. 가을의 달치고 으뜸은 역시 추석달이지. 얼마나 이날의 밝은 달을 기원했으면 꼭 송편을 빚어 이날을 맞이했겠소? 송편은 둥근달의 모습을 본뜬 이날의 명절음식인데, 펴면 보름달이고 접으면 반달이나 초승달 모양이 되는 우리네만의 고유음식이지. 쌀가루로 빚어 솔잎을 깔고 쪄내면 향긋한 솔잎냄새가 풍긴다고 하여 '송편'(송병松餠)이라 이름하였다고 하오. 돋보이는 선조들의 슬기지. 그래서 송편은 추석음식의 단골인데도 여기서는 맛도 보지 못하고, 게다가 달맞이마저 무산되니 올 추석날은 좀 허전하고 쓸쓸했소.

우리는 추석을 '한가위'라고도 하오. 한가위란 '큰 놀이'라는 뜻의 순 우리말로 신라의 가배(嘉俳)에서 유래하였다고 하오. 가배라는 것은 멀리 거슬러 올라가보면, 신라 3대 유리왕(儒理王) 때 궁전에서 즐겨놀던 일종의 놀이인 것이오. 음력 7월 16일부터 한 달간 나라 안의 아낙네들을 모아놓고 두 편으로 나누어 길쌈내기를 시켜 추석날까지 많고 적음을 견주었는데, 8월 15일에 진 편이 이긴 편에게 음식을 대접하고, 서로 어울려 노래부르고 춤추며 여러가지 유희를 즐기는 놀이였다고 전해오오. 비록 궁전놀이에서 비롯되어 당초에는 몇몇 아낙네들의 놀이에 불과했지만, 차례나 성묘, 달맞이 같은 우리 겨레만의 미덕이 가미되어 민속화되다보니, 근 2천년 동안이나 우리네 고유의 미풍양속의 하나로 굳어져 줄곧 이어내려왔던 것이오.

원래 우리 겨레는 농경사회에 뿌리를 박고 살아온 터라서, 1년 중 여유가 있는 건 봄과 여름 내내 땀흘려 가꾼 오곡백과를 거두어들일 때를 바로 앞둔 이 추석무렵뿐이었소. 계절로서도 쾌적한 초가을이오. 이 천혜의 명절은 그 어느 명절보다도 나서 자란 고향땅을 사모케 하고, 또 밟아볼 수 있는 기회와 여가를 마련해주는 것이오. 그리하여 산업사회의 문턱에 바싹 다가선 이날까지도 이땅의 사람들은 추석과 귀향을 등식으로 일치시키고 있는 것이오. 이념으로만이 아니라, 실천으로서 말이오. 그래서 '민족 대이동'이 일어나는 것이오. 그 소용돌이에 조금은 지체되고 짜증나도 귀향길은 항시 즐겁고 기다려지는 길이지. 이 길에서 부모는 자식들에게 할아버지와 그 할아버지, 할머니와 그 할머니, 그리고 이땅의 어제와 그 어제를 깨우쳐주는 것이오. 이 길이 바로 어제와 오늘, 내일을 이어주는 길이오. 고향을 사랑하는 것이 곧 나라를 사랑하는 것이기에, 고향으로 가는 이 길은 곧 나라로 가는 길이오. 그래서 애향과 애국은 둘이 아닌 한마음인 것이오.

내 처지에서 귀향이란 것은 상상조차 할 수 없는 일이지만, 나는 어쩐지 내내 귀향인과 속에서 함께 부대끼는 기분이었소. 실은 기분이라기보다 고향에 대한 향수와 추억이라고 해야겠지. 나서 자란 고향이 도대체 나에게 무엇이기에, 그 고장을 떠난 지 반세기가 넘는 이날까지도 그러한 향수와 추억에 젖어들곤 할까.

고향에 대한 짙은 향수는 내 인생의 굽이굽이마다에서 늘 활력소가 되어주었소. 그중에서도 내가 고향을 아끼고 잊지 못하는 것은, 그 고향땅이 내 가슴속 깊은 곳에 겨레 사랑과 나라 사랑의 첫 씨앗을 심어주었기 때문이오. 내 고향은 일찍부터 반일독립운동의 한 근거지였소. '한일합방'을 전후해 두만강을 건너온 항일투사들의 첫 기착지로서 명동(明東)중학교 같은 애국청소년들의 양성기관도 이곳에 처음 세워졌소. 심산계곡은 투사들의 활동에 안성맞춤한 지형이기도 했소. 어린 시절 일본 군경놈들이 미친 듯이 마을초가에 불을 지르고 무고한 사람들을 마구 잡아가던 잊지 못할, 잊어서는 안될 참상이 지금도 눈앞에 선하오. 내가 나서 자란 집도 불타버린 잿더미 위에 다시 지은 집이었소.

불지르고 털어가고 잡아가는 놈들의 귀축 같은 만행을 목격하면서, 어린 마음에도 치가 떨리고 분을 참을 수가 없었소. 이 모든 것이 나라 잃은 탓이라는 것을 깨달으면서 망국의 설움과 한을 뼈저리게 통감했소. 나라의 독립과 부강만이 마을사람들을 건지는 길이고, 겨레가 살아갈 수 있는 길이라는 진리를 차츰 깨닫게 되었던 것이오. 이것이 고향이 나에게 안겨준 가장 값진 선물이며, 또 그것으로 인하여 나는 평생을 두고 고향에 감사하고, 그 보답을 꼭 갚아야 할 빚으로 생각하면서 자신을 늘 채찍질해왔던 것이오. 그러기에 고향은 어느 한순간도 내 마음에서 떠난 적이 없었고, 나는 오늘도 내일도 고향을 영원히 잊을 수가 없는 것이오.

이러한 고향인데, 나는 과연 그 '고향사람'답게, 그 고향사람들이 기대하던 대로 살아왔는지, 가끔 향수에 젖은 추억 속에 자신을 돌이켜보곤 하오. 나는 극빈한 화전민의 자식으로서 명문사족이나 번화한 도시출신은 아니지만, 근면과 성실로 의젓하게 살아오신 부모님을 무한히 존경하고 자랑스럽게 생각하오. 또한 일찍이 참된 삶을 깨우쳐준 내 고향을 끝없이 사랑하고 자부하오. 그래서 명이 다할 때까지, 고향에 대한 향수만큼은 가장 아름다운 정감으로 남아서 딱딱한 내 인생을 늘 녹녹히 축여줄 것이오.

향수는 늘 부모형제들에 대한 추억과 맥을 같이하는 법이오. 고향에 부모형제들이 있기에 향수가 더 짙어지는 것이 아니겠소? 오매불망 생존해 계시기만을 기원하는 어머니와 형제 5남매가 아직도 고향땅과 고향집을 지키고 있으리라고 생각하니, 당장 달려가고 싶은 마음이 굴뚝 같고, 그날의 추억들이 더더욱 새로워지오. 인간에게 추억, 그것도 향수 속의 추억이 있다는 것은 실로 행복한 일이오. 추억을 만들어내지 못한 인간은 식물인간에 불과하오. 추억의 축적이 곧 삶이며, 사람은 추억을 먹고산다고 하오. 진정 고향을 잊고 사는 사람은 미아이고, 고향을 버리고 사는 사람은 배은망덕자인 것이오.

한가위 향수를 더 타는 이곳의 연휴는 말 그대로 적막 속의 연속이었소. 그나마도 당신과 동서, 처제, 민수가 연휴 첫날 이곳에 들렀기에 잠시나마 그 적막의 고리가 부서져나가기는 했지만, 그러고 나서는 다시 적막 속에서 글쓰기로 사흘을 흘려보냈소. 역설적으로, 이러한 한갓진 적막이 책과 씨름하기에는 좋은 기회거든. 어쩌면 감옥 안에서만 건질 수 있는 '특수'인 셈이지. 지난 몇년 동안 나는 이러한 '특수'를 최대한으로 활용하여 불편 속에서도 쓰고 또 써왔소. 그런데 요즘에는 글쓰는 데 한가지 편리한 점이 생겨서 여간 반갑지 않소.

얼마 전에 자그마한 앉은뱅이상(약 45×35×25cm의 크기)을 하나 얻었소. 어떤 독지가의 배려라고 하오. 원래 이곳에서는 소반이니, 책상이니, 평상이니 하는 '상(床)' 개념이 아예 없소. 무엇을 받쳐놓고 식사를 하거나 글을 쓴다는 것은 애당초 '호강'에 속하기 때문에 이곳에서는 허용이 만무했었나보오. 밥은 바닥에 놓고 허리를 80도 각으로 굽혀가면서 먹어도 괜찮은데, 쉴새없이 글을 써대는 나에게 받치고 쓸 것이 없다는 것은 큰 곤욕이 아닐 수 없었소. 더구나 무릎인대가 늘어나고 슬관절에 이상(정확한 진단은 못 받음)이 생겨 다리가 부석부석 부어 있는 상태에서 두 다리를 포갠 채 바닥에 엉덩이를 붙이고 앉아 아무 데나 대고 쓴다는 것은 고문과 별반 다를 바 없는 고통의 연속이었소. 그렇게 두세 시간 쓰고나면 다리에 피가 통하지 않아 발등은 희끄무레하게 변색되고, 하체는 거의 마비상태여서 고목처럼 꼬집어도 별 감각이 없거든. 그럴 때면 가까스로 일어서서 어정어정 걸음마를 떼면서 다리에 생기가 감돌기를 기다렸다가 다시 앉아서 쓰곤 하지. 시간이 갈수록 이런 일을 자주 반복해야만 했소.

그렇다고 가중되는 고통을 그대로 감내하면서 쓰기작업을 계속할 수는 없었소. 왜냐하면 인고에도 한계가 있고, 더구나 쓰기가 점점 막막해지기 때문이었소. 막다른 골목에서는 꼼수도 수인가보오. 궁리끝에 '반칙'으로까지는 몰리지 않을 꼼수가 떠올랐소. 이른바 '삼궤(三机)', 즉 세 가지 책상을 만들어쓰는 발상이었소. 애벌 발상은 무릎 위에 넓적한 책을 고여놓고 쓰는 '궤궤(跪机, 무릎상)'였으나 오래 지탱할 수 없는 결함이 있었소. 그리하여 화장용수 물통(지름 약 20cm)을 뒤집어놓고 쓰는 '통궤(桶机, 물통상)'나 임시로 책을 쌓아놓고 쓰는 '퇴궤(堆机, 책무지상)'로 발상이 진일보했던 것이오. 이런 경우를 두고 '하늘이 무너져도 솟아날 구멍이 있다'고들 하는가보오. 이제까지는 이 삼궤를 엇바꾸어가면서 효용했던 것이오. 말이 좋아 '궤'요 '효용'이지, 그 불편함이란 이루 다 형언할 수가 없소. 물통에는 시간대마다 나오는 물을 받아두었다가 써야 하고, '책무지'는 수건이나 옷가지를 이어 묶었다가는 밤이 되면 다시 풀어놓아야만 했으니 말이오. 그러나 그것이라도 없었다면, 내 글쓰기는 전혀 불가능했을 것이오. 이 점에서 '삼궤'는 나름의 기발한 발상이며, 그 기여는 무시할 수가 없었소.

원시적인, 그것도 지극히 원시적인 순수 '1차 가공품'에 불과한 이 '삼궤'에 그저 의지해오다가 이번에 네 발 달린 상 하나가 생겼으니, '삼궤고(三机苦)'를 드디어 덜 수 있게 되었소. 어려움과 괴로움을 덜었다는 의미에서와 앞으로의 파급효과를 생각할 때, 이날은 영어생활 4년 중 가장 기쁘고 기억에 남는 날이 될 것이오. 이제 글쓰기가 편리해진 것은 물론이고, 글쓰기 속도에 날개가 돋게 됐소. 생산도구가 생산력의 발전에서 중요한 역할을 한다는 경제학원리를 체험으로 거듭 깨닫게 된 셈이오.

'삼궤고'는 물러갔어도 겨울에 맞다드는 가필(呵筆) 같은 역경은 여전할 것이오. 그러나 이제는 극복과 인내의 노하우도 어지간히 터득한 터라서 큰 걱정은 안되오. 아무튼 '조선시대의 유배지는 학문의 산실이었다'는 아이러니한 역사적 사실 앞에서 그 산고(産苦)의 주역들을 다시 한번 우러러 보며 귀감으로 삼고 있소.

단풍인생

1999. 10. 21.

　　　　　뒤뜨락에 외로이 서 있는 사과나무 한 그루에 다붓이 맺혀 있던 잎사귀가 며칠 전만 해도 그런대로 푸르름을 아끼고 있는 성싶더니, 어느날 밤 갑자기 찬 서리를 맞자 시드럭부드럭하기 시작하는 것이었소. 그날부터 푸르름 사이로 한두 잎씩 붉은 빛깔이 햇살에 점점이 어른거리는 것이 못내 계절의 의미를 속삭여주고 있소. 이제 가을은 저만치 밀려가고 겨울이 곧 닥쳐온다고. 그래서 단풍은 '눈물 속에 핀 꽃'이라고 하는가 보오.

　주벽 너머 먼 언덕바지에 늘어선 은행나무에도 뒤질세라 누르스레한 빛깔이 아스름히 피어나고 있는 것 같소. 붉은색 단풍은 붉은 색소가 많아서 그렇고, 노란색 단풍은 또 제 딴엔 노란 색소가 많아서 그럴 수밖에 없다고 하오. 이것이 자연의 신비이고, 자연이 인간에게 베푼 배려이지. 생각해보오, 붉은색 일색이라면 누가 단풍을 즐기겠소.

　단풍을 놓고 말하면, 우리는 천혜의 수혜자이지. 세상 어느 곳치고 우리의 금강산·설악산만큼 아름다운 단풍으로 이 한철을 아롱다롱 물들이고 있는 곳은 없소. 단풍으로 온 산악을 곱게 물들였다고 하여 풍악산(楓嶽山)이라 이름하기도 하는 금강산의 이맘때 경치야말로 문자 그대로 비경(祕境)이오. 봄이면 봄대로, 여름이면 여름대로, 가을이면 가을대로, 또 겨울이면 겨울대로 속세의 비경을 이루는 금강산은 우리 겨레가 천만대를 두고 자랑하고 알뜰히 가꾸어야 할 보물 중의 보물이오. 금강산은 우리 겨레 모두에게 내려진 천혜의 보물이기에, 너나없이 모두가 주인이고 수혜자인 것이오. 그러기에 이제 가까스로 분단의 막힘이 뚫려 누구나 그 비경을 만끽할 수 있게 되었으니, 실로 천만다행한 일이 아닐 수 없소. 이름만 불러도 가슴이 설레고 한없이 그리워지는 금강산, 이제쯤 그곳 단풍은 막바지에 이르러 겨울의 새옷으로 갈아입을 채비를 하고 있겠지.

우리나라에서 가을단풍은 북녘에서부터 하루에 수십킬로미터씩 남하한다고 하오. 9월에 시작된 백두산의 단풍은 백두대간을 타고 개마고원과 묘향산, 금강산을 물들여놓고나서는 이제 막 설악산에 울긋불긋 빛을 뿌려놓기 시작했을 것이오. 그러곤 서서히 남녘의 산하를 태우기 위해 불꽃심지를 돋우어갈 것이오. 그 단풍의 불꽃이 오대산·월악산·속리산을 불태우고나서 이곳 계룡산자락까지 미치자면 아마 다음달 초순쯤이나 돼야 할 것 같소.

붉은빛으로 한잎두잎 물들어가는 뒤뜨락의 사과나무 잎사귀를 유심히 살펴보니, 불그스레한 이파리 속을 실오리 같은 파란 잎줄거리가 몇오리씩 퍼져 있다가도 다음날이나 다다음날에 보면 어느새 파랬던 잎줄거리마저 붉은빛으로 물들어서는 금방 낙엽을 채비하는 것 같소. 낙엽은 어엿이 뿌리로 돌아가서는 마침내 흙으로 변하고, 그것이 다시 거름이 되어서는 그 나무를 더 키워주는 것이오. 그렇다고 생각하니 단풍든 이 이파리는 뿌리로 돌아가 흙이 되기 위해 울긋불긋한 '수의(壽衣)'로 옷을 갈아입었다고 봐야 할 것 같소.

이렇게 끝내는 '수의'로 갈아입고 흙이 되어버릴 잎사귀들이 최후에 그토록 아름답게 단풍으로 장식하는 이유는 과연 무엇일까? 자기를 예쁘장하게 키워준 하늘과 땅에 대한 고마움의 표시이고 답례일까, 아니면 자기가 흙으로 돌아감으로써 자기를 있게 한 나무가 더 잘 자라달라는 기원이고, 그를 위한 자기희생일까? 단풍 속을 거니는 무심한 유객들이여, 그저 아름다운 자연에로의 소풍쯤으로만 희희낙락하지 말고, 단풍에서 낙엽으로 이르는 자연의 섭리가 인간에게 주는 메씨지를 한번쯤 곰곰이 되새겨 보시라.

인간은 나뭇잎처럼 푸르싱싱하게 살다가 단풍으로 옷을 갈아입고 저 북망산(北邙山)에 떨어진 낙엽처럼 한줌의 흙이 되는 것이 피하려야 피할 수 없는 본연의 길인 것이오. 그렇다면 문제는 어떻게 아름다운 단풍으로 인생을 마무리할 것인가 하는 것이오. 푸르러보지도 못하고 시들어버린 인생, 단풍이 물들기 전에 조락(凋落)한 인생, 약간 발그스레하고 노르스름하게 초벌 단풍빛이 들다가 낙엽지고만 인생, 그런가 하면 제법 단풍으로 무르익어 자연히 낙엽으로 진 인생…… 이렇게 단풍에 비유되는 여러가지의 인생살이가 있는 것이오. 이른바 여러 유형의 '단풍인생'이라 일컬을 수 있겠소.

단풍가절인 10월은 한창 가을이오. 선현들은 "속인(俗人)은 봄을 즐기지만, 철인(哲人)은 가을을 즐긴다"라고 했소. 봄날은 화창하여 기상이 난만하므로 사람들을 즐겁게 하지만, 한편으로는 사람들의 마음을 유혹하여 번뇌를 일으키고 애수에 젖게 하거든. 이에 비해 가을은 맑게 갠 하늘과 맑은 물, 서늘한 바람, 아름다운 단풍, 황금벌판으로 운치가 그윽하고도 맑아 사람들의 정신과 육신을 깨끗하게 만들기 때문에 청정과 사색을 즐기는 철인(현인)들이 즐기는 계절이라는 뜻이 되겠소.

가을을 맞고보니 학문하는 사람으로서 늘 자숙하고 자성해야 한다는 멋진 잠언 하나가 떠오르오. 학자는 자칫 '유추살 무춘생(有秋殺 無春生)'할 수 있으니 방심하지 말고 경계하라는 말이오. 가을기운은 엄숙하여 만물을 기죽게 한다는 것이 '추살'이고, 이에 반해 봄기운은 화창하여 만물을 소생시킨다는 것이 이른바 '춘생'이오. 이 말을 풀이하면, 학문하는 사람은 근엄하여 매사를 경계하고 신중해야 하지만, 한편으로는 도량을 넓혀 자질구레한 일에 구애받지 않는 활달한 성품과 남의 기를 살려주는 부드러운 마음을 지녀야 한다는 뜻이오. 이를테면 엄함과 부드러움, 강함과 연함을 두루 함께 지녀야 한다는 말이오. 엄격함과 청백(淸白)에만 치우치고 고고함만을 강조한다면, 그것은 가을의 숙살(肅殺, 쌀쌀한 가을기운이 초목의 기를 꺾어버림), 즉 '추살'과 같을 뿐, 봄의 화기 같은 온정이나 생기는 없을 것이오. 요컨대 학자는 춘추(春秋)의 조화를 잘 이루어 성품에서 불편부당함이 없어야 한다는 것이오. 참으로 선현들의 슬기로운 깨우침이오.

지금까지의 통념으로는 학자라면 으레 '추살'같이 쌀쌀하고 근엄하며 고집스러울 뿐만 아니라, 책상머리만 지키는 해말쑥한 선비식 인간으로 박제화(剝製化)하기가 일쑤지. 그러나 이것은 시대와 저만치 동떨어진 고루한 통념에 지나지 않소. 사회는 학자를 그러한 사안(斜眼)으로 봐서는 안되며, 또 그렇게 요구해서도 안되는 것이오. 물론 학자도 자신을 그렇게 자리매김해서는 안되지. 이 시대는 '추살'같이 엄하게 학문에 천착하면서도 따뜻한 정을 지닌 '춘생'의 자세로 사회를 위해 헌신하는 그러한 학자를 요청하고 있소. 이런 시대적 요청에 부응하는 학자만이 참 학자이고, 그것이 참 지성인의 길이라고 말할 수 있는 것이오.

한가지 부탁은, 지난 7월에 내보낸 책들 중에서 『산스끄리뜨의 기초와 실천』(스가누마 아끼라 지음, 이지수 옮김)이란 책이 필요하니 다시 보내주기 바라오. 불경 원전을 공부하고 라틴어의 조어(祖語)를 알아내는 데는 산스끄리뜨가 필수이기 때문에 얼마 전부터 독학을 하고 있소. 법적으로 감방에 간수할 수 있는 책 권수(20권)가 넘쳐서 전번에 내보냈는데, 다시 필요하오. 외국어는 아는 만큼 세상이 넓게 보이오.

단풍가절에 인생의 의미를 다시 한번 되새기면서.

1999. 10. 31.

오늘은 이달의 마지막 날이자 일요일이오. 밖에서는 가을의 마감을 재촉해서인지 스산한 가을비가 종일 내리고 있소. 촉촉이 내리는 빗소리건만 듣기만 해도 몸이 오싹거리오. 가을비는 추위를 몰고오게 마련이어서 마침내 기온을 영상 가까이로 뚝 떨어뜨리고 말았소. 이곳 생활에서는 변하는 날씨에 대해 몹시 민감할 수밖에 없소. 계절이 바뀌어 어차피 추위가 한걸음씩 다가오는 것은 자연의 불가항력적인 조화이지만, 그 조화에 능동적으로 대처할 수 없는 이곳 생활이고보면, 추위란 애당초 없었으면 하는 것이 이곳 사람들의 상정(常情)이 아닌가 하오. 그러나 바람은 바람일 뿐, 결코 현실은 아니오. 현실은 어김없이 냉엄하게 찾아오는 추위요. 이제 몇번의 겨울을 지내고나니 추위에 대한 인고에도 얼마간의 이력이 나서 별로 걱정되지는 않소. 인고의 진정한 의미는 그 뒤에 오는 즐거움에 있소.

이제 늦가을에 접어드니 '눈물의 꽃' 단풍도 저만치 물러가고 낙엽이 흩날리면서 계절이 바뀌어감을 알리고 있소. 엉성한 철창가 틈새로 한기가 스며드는 것이 피부로 느껴지니, 진정 절기가 바뀌었음을 실감하오. 이를테면 겨울에로의 환절기라 하겠소.

며칠 전 면회왔을 때 보니, 당신은 입이 부르트고 얼굴과 손등에는 마냥 낙엽진 나뭇가지의 앙상함만이 남아 있는 것 같았소. 병마란 놈은 항시 인간의 곁을 떠나지 않고 맴돌면서 기회만 노리다가 틈만 생기면 얼씨구나 하고 불의에 범접하는 법이오. 대책은 항시 예방에 만전을 기하는 것뿐이오. 내가 늘 강조하지만 건강은 삶에서 무엇과도 바꿀 수 없는 가장 소중한 자산이오. 어려움에 처하였을 때는 더더욱 그러하지.

10월은 '문화의 달'이오. 이달 안에 개천절(3일), 한글날(9일), 체육의 날(15일), 문화의 날(20일) 등 문화와 관련된 여러 날들이 줄줄이 이어져 있소. 이 모든 문화구조는 단군조상 이래 우리 겨레가 고스란히 가꾸어온 것이오. 그러기에 우리 문화의 뿌리는 당연히 단군시조에 두고 있는 것이오. 그래서 단군이 이 나라를 세운 개천절은 여러 문화의 날들에 앞서 3일로 되어 있나보오. 당연한 귀결이지. 그런데 근간에는 단군상을 훼손하는 저주받을 일이 자주 일어난다고 하니, 아연실색할 수밖에 없소. 아무튼 제 조상과 제 문화의 뿌리를 말살하려는 무지막지한 그 인간들이야말로 지옥의 나락에 떨어지고야말 민충들이지. 그네들은 단군시조는 더 말할 나위가 없거니와, 자기네 몇대 조상마저도 나 몰라라 하고 내동댕이친 불효막심한 미물·속물들이오.

'문화의 달'이니 화제를 문화로 돌려봅시다. 원래 우리 동양에서 문화라는 말은 '문치교화(文治教化)'의 준말로서 왕이 문덕(文德)으로 백성을 다스리면서 계도하는 것을 뜻했소. 이렇게 보면 본디 문화는 일종의 통치방법을 대변하는 정치용어로서 우리 동양에서 약 2천년 동안 써내려왔던 것이오. 그러다가 근세에 이르러 일본사람들에 의해 그 개념이 근대화된 것이오. 한자문명권에서 서양의 근대 학문과 기술을 받아들이는 데 선도적 역할을 한 일본사람들은 서양어의 'culture'(본래 라틴어로는 경작, 재배, 양육이라는 뜻)라는 단어를 일본어로 번역할 때 적합한 단어를 찾지 못해 고심하던 끝에 '문화'로 번역해버렸소. 중국이나 한국에서는 별 고려없이 그것을 그대로 받아들였던 것이오. '문명'이니 '철학'이니 하는 따위의 적지않은 학문적·문화적 낱말들도 사정은 마찬가지요.

그렇다면 문화란 도대체 무엇인가? 동서양 어디서나 문화라는 말은 이제 일상용어가 되다시피 하고 있소. 그러나 그 개념은 각양각색이오. 학문적으로도 그 개념을 정립하려고 오랫동안 수많은 시도를 했으나 아직까지도 이렇다 할 정의는 내려지지 않고 있소. 지금까지 동서양학계에서 내려진 정의만도 자그마치 170여 가지나 되오. 각자가 나름대로 자기의 시각에 촛점을 맞추어 시도하다보니 그럴 수밖에 없지. 나도 문명교류학이라는 시각에서 나름대로의 정의를 내려보고 있소. 어쩌면 누구나가 수용할 수 있는 하나의 합일된 정의를 내린다는 것은 영영 불가능한 일일지도 모르겠소. 이것이 '문화인류학'에서의 한 고민이지.

정의나 개념이야 어떻든간에 현대를 살아가는 사람치고 누구나가 다 문화를 알고 문화생활을 누리고 있는 이상, 중요한 것은 정의나 개념보다는 어떤 것이 참 문화이고 어떻게 문화생활을 누려야 하는가 하는 것이오. 이 달에 있은 문화행사의 한 실례를 들어 이 점을 짚어보려고 하오. '문화의 날'에 즈음해 한 일간지가 전한 기사보도에 따르면, 서울 시내 몇몇 곳에서 여러가지 행사가 치러졌는데, 독특한 것은 대학로와 인사동, 홍대 앞, 신당동 등지에서 벌어진 이색적인 파티류들이라고 하오. 그중에 무슨 '힙합 라이브 레이브파티'라는 긴 이름의 이색적인 파티가 있었다고 하오. 이름부터가 생경하기 짝이 없소. 분명 우리 문화는 아닌 성싶소. 적어도 나에게는 그렇게 여겨지오. 파티의 구호는 '젊은 문화네트워크', 즉 기성세대와는 다른 문화를 열어가자는 것이었다고 하오. '기성세대의 문화'를 떠난 '젊은 세대의 문화'란 과연 무엇인가? 그러한 문화가 도대체 존재할 수 있는가? 참 문화는 그 내용에서 단절이 있을 수 없고, 오로지 전승뿐이오. 물론 그 형식에서는 시류에 걸맞게 변형이 있을 수는 있으나, 이 경우도 어디까지나 전통에 바탕한 형식의 변화가 이루어져야 하는 것이오. 전통을 무시하면 허무주의의 생포로가 되게 마련이오.

기자는 이 행사를 소개하면서 "무대는 테크노디제이들이 나와서 추억의 가요와 팝송을 리믹스해 레이브파티를 열었다"라고 보도했소. 한두 마디에 지나지 않는 이 짤막한 글에서 주제어는 몽땅 양(洋) 말이오. 무슨 말인지 알아차릴 사람이 과연 얼마나 될까? 이것이 이른바 '젊은 문화네트워크'의 창조란 말인가? 이것이야말로 지금 막 설쳐대는 이른바 '국어 영어

화주의자'들의 얼빠진 망령이 작동한 결과라 아니할 수 없소. 언론은 사회를 깨우치는 목탁이라고 할진대, 이것은 목탁소리가 아니라 아무도 알아듣지 못하는 들판의 찌르레기소리에 불과하다고 하면 지나친 혹평일까? 하필이면 아름다운 우리의 전통문화와 언어를 두고도 주소불명(기실은 주소가 서양임이 분명함)의 문화답지 못한, 차라리 문화 아닌 문화로 우리의 고유문화와 언어를 그토록 어지럽히고, 퇴색시키고, 난도질하고 있단 말인가? 정말로 이것은 용서할 수 없는 일종의 '문화범죄'로서 엄히 단죄되어야 한다고보오. 망령이나 범죄는 제때에 다스려야 하는 법이거늘, 제재는 하지 못할 망정 오히려 홍보하는 것은 더 중한 망령이고 범죄가 아닐 수 없소. 매체들의 각성을 촉구하는 대목이지.

특히 우리네 젊은 세대들이 이러한 망령이나 범죄의 구렁텅이에 빠져들어가고 있는 현실이 못내 안타깝고 한스럽소. 그들에게 우리의 올바른 문화관을 심어주는 것이 무엇보다 중요하오. 제 땅에서 제 물을 머금고 제 공기를 마시면서 자란 문화가 가장 소중하고 값있는 참 문화인 것이오. 어느 한 특정인종의 특정문화가 아니라, 저마다 제 문화를 잘 가꿈으로써 마침내 지구촌 처처에서 갖가지 문화의 꽃이 찬란하게 만개해 개성있는 꽃동산이 꾸려질 때, 비로소 세계는 문자 그대로 '문화의 세계'로 변하게 될 것이오.

이 '문화의 달' 속에는 당신과 나만의 특수한 '문화의 날'인 25일이 끼여있소. 그날은 우리가 처음 만난 날이지. 특히 이성간의 만남은 그 자체가 문화, 이를테면 '만남의 문화'인 것이오. "인생이란 만남이고, 그 초대는 두번 다시 되풀되는 일이 없다"라는 한 독일작가의 말이 기억나오. 그렇소, 만남이 없는 인생이란 있을 수가 없지. 그날도 사방으로 뻗은 남산자락의 장충동 네거리에는 단풍진 낙엽이 우리의 만남을 축하하고 증언이라도 해주듯이 우리의 옷자락을 번갈아가며 스쳐지나갔지. 만남에서 마음의 화합, 마음의 화합에서 백년해로의 다짐, 거기서 다시 결혼으로 이어져 가정을 이루는 것이 이성간의 만남에서 비롯된 문화인생의 변천과 성숙과정이라고 말할 수 있소. 기쁨과 아픔을 함께해온 이 과정의 연장선상에서 우리는 '문화의 달'에 있은 그 '만남의 날'을 영원토록 기리면서, 그 만남에서 숙성한 결실을 꼭 함께 따내도록 합시다.

『하루에 하나의 영어 명언 365일』이라는 책에 실린 오늘의 명언은 19세기 영국의 젊은 시인 존 키츠(John Keats)의 다음과 같은 시구요.

아름다운 것은 영원한 기쁨이니,
그 사랑스러움은 더더욱 불어나,
무(無)로 돌아가는 일은 절대로 없다

A thing of beauty is a joy forever,
Its loveliness increases,
It will never pass into nothingness,

이 명언을 인간의 만남에 견주어 풀이하면, 아름다운 만남은 영원한 기쁨으로 남아 있으면서, 그 만남에 대한 애착과 기림은 날이 갈수록 더욱 커져서, 결국 영원토록 남아 있게 된다는 뜻이 되겠소. 지당한 말이오. 아름다움에 대한 사랑과 기억은 영생불멸하는 법이오.

겨울이 다가오고 있소. 월동 준비에 만전을 기하기 바라오.

서리 속의 호걸, 국화

1999. 11. 18.

　　　　　뒤뜨락 주벽가에는 아직도 몇그루의 노란 국화꽃이 탐스레 피어 있소. 늦가을에 몇번의 찬 서리까지 맞았지만, 저렇게 의젓하고 꿋꿋하게 피어 있는 국화(菊花). 봄, 여름 내내 흐드러지게 피던 그 뭇 꽃들과는 사뭇 다른 기상을 뿜어내는 저 국화. 오늘처럼 국화의 아름다움과 더불어 그 고고한 기상을 느껴본 적은 일찍이 없었소.

　문득 18세기 영조(英祖) 때 이정보(李鼎輔)가 지은 시조가 떠오르오.

　　국화야, 너난 어이 삼월 춘풍 다 지내고,
　　낙목한천(落木寒天)에 네 홀로 피었나니,
　　아마도 오상고절(傲霜孤節)은 너뿐인가 하노라

　이 한 수의 시에서 국화가 그토록 사람들의 칭송을 받고, 내 마음을 사로잡는 까닭을 가히 짐작할 수 있을 것이오.

　국화는 가을을 대표하는 상징적인 꽃이오. 국화는 뭇 꽃들이 다투어 피는 봄이나 여름에는 그 범상한 꽃무리 속에 섞이지 않고 비켜섰다가는 가을이 오면 보란 듯이 그 고고한 자태를 드러내지. 날씨가 추워져 낙엽지는 늦가을이나 초겨울까지 싸늘한 무서리를 맞으면서도 오히려 더 곱게 홀로 피어나는 것이오. 그래서 국화에게는 '오상고절'이니, '상하걸(霜下傑, 서리 속의 호걸)'이니, '은일화(隱逸花, 속세를 피해 숨은 꽃)'니 하는 별칭이 붙여졌고, 우리네 선현들은 국화를 매화·난초·대나무와 더불어 사군자(四君子)로 자리매김했던 것이오. 무릇 가을의 풍경화라면 추국도(秋菊圖, 가을국화 그림)가 빠질 리가 없었거니와, 고결함이나 도도함을 상징할 때도 늘 국화

국화야, 아마도 오상고절은 너뿐인가 하노라.

가 등장했던 것이오.

우리 겨레의 근대사에 큰 발자국을 남긴 대선사이며 3·1운동의 거장인 만해(卍海) 한용운(韓龍雲) 선생은 투옥되어 갖은 고초를 겪게 되오. 그러다가 함께 복역하던 요수(僚囚)가 먼저 출옥하자 「증별(贈別, 헤어지면서 드림)」이란 한시를 지었소. 선생은 그와의 옥중 만남과 헤어짐을 기연(奇緣)에 빗대면서 다시 만남을 이렇게 기약하고 있소.

하늘 아래서 만나기 쉽지 않은데	天下逢未易
감옥 속 이별은 기연이기도 하네	獄中別亦奇
옛 맹세는 아직도 안 식었으니	舊盟猶未冷
국화 필 적 만남을 잊지나 말게	莫負黃花期

마지막 시행에서 국화 필 때 만나기로 한 약속을 잊지 말라고 한 것이 가을철에 있을 출옥을 앞두고 한 사실적인 묘사인지는 시문을 보고서는 알아낼 수 없소. 그러나 나는 선생이 그 동료와 국화처럼 '오상고절'의 인고와 의젓함 속에서 헤어지고 다시 만날 것을 기약하는 차원높은 시상(詩想)이 아닌가 하고 생각해보오. 아무튼 국화는 우리의 영혼을 값지게 해주는 상징물임에는 틀림이 없소.

요즘 매일 운동시간이면 꼭 한번씩은 주벽 밑에 어엿이 핀 몇그루의 국화 옆에 다가가 넋을 잃고 한참 바라보곤 하오. 그 높디높은 주벽가 음지에 피어난 몇그루의 국화는 비록 외로워보이기는 하지만, 수심과 인고, 그리고 기대 속에서 몸부림치는 이곳 사람들에게는 정녕 사군자나 추국도 이상의 메씨지를 안겨주고 있는 성싶소. 절기로는 입동이 지난 지 열흘이나 되는 초겨울이고, 이곳 수은주는 영하로 떨어졌건만, '오상고절'의 국화는 어제와 조금도 다름없이 그 아름다움과 고고함을 잃지 않고 있소. 원컨대 그 용모와 자태 그대로 변함없이 내 곁을 지켜주기를!

며칠 전 나는 생일을 맞았소. 평생 생일이라곤 별로 챙겨본 적이 없는데도, 이곳에 와서는 이상하리만치 생일을 운운하오. '인명재천(人命在天)'이라, 사람의 목숨은 하늘에 맡길 일이지만, 사람으로서 해야 할 일은 스스로 찾아서 해야 하는 법이오. 사람의 생명이 시간과 더불어 한해 두해 줄어드는 것은 어쩔 수 없는 일이지만, 그 줄어드는 것만큼 삶의 보람을 늘이는 것은 또한 인간 본연의 몫인 것이오. 누군가는 이런 말을 했소. "인생은 짧은 이야기와 같다. 중요한 것은 그 길이가 아니라 값어치다"라고. 그렇소, 십년을 헛되이 사는 것보다 하루를 보람있게 사는 것이 참 인생이오.

나무는 자라면서 한해씩의 흔적으로 나이테, 이른바 연륜(年輪)을 남겨놓소. 인간의 삶에도 그러한 나이테가 새겨지게 마련이오. 그렇다면 나의 삶에서 지난 한해를 헤아려볼 수 있도록 남겨 놓은 흔적은 과연 무엇일까? 마침 내 생일은 국화가 한창일 때에 있소. 국화에서 국화로의 한 바퀴가 내 삶의 한 나이테라고 한다면, 그 흔적은 의당 국화에서, 아니 국화다운 삶에서 찾아봐야 할 것이오. 낙목한천에 된서리를 맞으면서도 아름답게 피어나는 저 국화의 이파리조각으로라도 그 흔적을 돋을새김하고 수놓았는지를 돌이켜보게 되오. 이곳 생활의 좌우명인 '수류화개(水流花開)' 속에서 국화 몇잎을 더 피웠는지? 그래서 줄어드는 자연의 수명을 얼마만큼의 삶의 보람으로 상쇄했는지? 이런 돌이킴으로 나는 그날을 맞고 보냈소. 이 또한 뜻있는 기림이 아니겠소?

국화의 참뜻을 거듭 되새기면서.

추기(追記)

국화에 관한 한 흔히들 중국 당대의 시인 백거이(白居易. 백낙천白樂天의 호)의 다음과 같은 시구를 인용하면서, 마치 우리 국화와 중국 국화의 상징성이 일맥상통한 것으로 간주하는데, 이는 오해라고 본다.

밤새 기방에 무서리 가볍게 내려	一夜新霜著瓦輕
파초 잎새가 연꽃을 이울어지게 했어도	芭蕉新節敗荷傾
추위를 이긴 건 동쪽 울타리의 국화뿐	耐寒唯有東籬菊
계화(桂花)꽃도 피어 새벽을 더 밝게 하네	金粟花開曉更清

취음선생(醉吟先生)이라는 호가 말해주듯이, 백낙천은 취기를 읊는 데 장기를 가진 시인이다. 기생집〔瓦〕에서 밤새 취흥(醉興)에 흥청거리던 그의 눈에 비친 국화는 고작 된서리도 아닌 무서리 같은 추위나 견디어내는 모습이다. 이것이 어찌 이정보의 '낙목한천(나뭇잎 떨어지는 추운 계절)'에 피어 '오상고절(서릿발 속에서도 굴하지 않고 홀로 꿋꿋하게 지키는 절개)'하는 우리네 국화의 도도한 기상과 견줄 수 있겠는가? 그럼에도 불구하고 우리 시단에서는 이러한 참뜻은 외면(혹은 무지)한 채, 엉뚱하게도 다음과 같이 오역까지 하고 있다. "간밤에 지붕에 무서리 내려, 파초 잎새 이울었는데도, 추위를 이기고 동쪽 울타리에, 금빛 꽃술 환히 열고 해맑게 피어난다." 원문의 뜻과 얼마나 천양지차인가?

인생에 만남은 단 한번

1999. 11. 30.

　　　　지난 토요일 당신이 찾아온 날 저녁, 이곳에는 첫눈이 내렸소. 제법 대지를 은백색 옷으로 갈아입혀놓았고, 나뭇가지에도 새하얀 눈꽃이 피었소. 멀리 바라보이는 구봉산(九峯山) 등성이에는 오늘까지도 흰빛이 아련히 반짝이오.

　나는 서설(瑞雪)을 반겼소. 눈은 삽시에 대지를 고르롭게 일색으로 단장하고, 차디찬 땅속에서 웅크리고 있는 생명을 감싸주며, 생명수를 저장해주는 것이오. 게다가 오염된 자연을 맑게 하고, 갑갑하고 흐리멍덩한 사람의 마음을 상쾌하게까지 해주는 것이오. 그래서 '설유덕(雪有德)', 즉 눈에는 덕이 있다고 하는 것이오. 또 우리는 상서롭게 내리는 눈을 '서설'이나 '복눈'이라고 하는 것이오. 그 덕과 복을 바라고 누리고 싶어하는 것은 모든 인간들의 상정이겠지만, 이곳 사람들에게는 더더욱 간절하오. 그러기에 첫눈이 내릴 때면 여기저기서 "눈이다!"라는 감격에 겨운 목소리가 터져나오곤 하지.

눈이 내린 지 며칠이 되고 기온도 연일 영하를 맴돌지만, 주벽가의 몇그루 국화는 아직도 저렇게 오상고절(傲霜孤節)을 지키고 서 있는 것이 마냥 신기롭고 탐스럽기만 하오. 눈꽃 속에 핀 국화, 국화 속에 핀 눈꽃, 눈을 머금고 더 노오랗게 피어난 국화. 그 경색과 기상은 가위 대자연의 신비로운 조화라고 아니할 수 없소.

전번 편지에 국화이야기를 하면서 만해 선생의 한시「증별(贈別)」을 인용한 바 있지. 그런데 마침 박시인이 그 시의 제목을 물어왔다고 하니 참 신통한 일이오. 무슨 텔레파시가 통했나보지. 박시인은 대구교도소에서 공안수로 함께 복역하다가 지난해 광복절특사로 출옥했소. 출옥 전날 만해 선생의 그 시가 뇌리에 떠올라서 떠나는 그에게 나지막이 읊어주었소. 그때는 아마 출옥을 앞두고 경황이 없어서 무심코 들었지만, 시인의 남다른 감수성으로 인해 무언가 감명을 받았던 모양이지. 출옥 후 곰곰이 되새겨보니 평범한 한 요수(僚囚)로부터의 '증별(贈別)' 이상의 그 어떤 의미가 안겨왔던가보지. 그래서 그 한시의 제목을 알려달라고 당신에게 부탁한 것 같소. 전번 편지에 전문을 써보냈으니 그대로 전해주오. 시의 마지막 행처럼 부디 "국화 필 적 만남을 잊지나 말게〔莫負黃花期〕"라고 일러주오. 단, 어느 해의 국화철인지는 알 수 없다고 말해주오. 지금쯤 박시인은 시집 한 권쯤 냈을 법한데……

만해 선생이 읊은 것처럼 박시인을 비롯한 일면여구(一面如舊)의 여러 요수들과의 만남은 쉽지 않았고〔逢未易〕, 헤어짐은 역시 기연〔別亦奇〕이었소. 사실 넓디넓은 하늘 아래서 일면식도 없는 인간들이 서로 만난다는 것은 쉽지 않은 일이지만, 인연이 닿으면 만나게 되어 있소. 무릇 인간사회란 인간들간의 만남으로 이루어지고, 또 그로써 지탱해나가는 법이오. 계기나 친분 여하를 불문하고 인간들의 만남이란 소중한 것이오.

'일기일회(一期一會)'란 말이 있소. 인생에 만남이란 단 한번밖에 없다는 뜻이오. 사랑의 만남이건, 우정의 만남이건, 우연의 만남이건 그 만남이란 오로지 한번밖에 없는 것으로서 반복될 수 없는 법이오. 그래서 우리는 그 만남을 소중히 간직하고 가꾸어나가야 하는 것이오. 행복한 만남은 부르지 않아도 스스로 찾아오며, 밀어낼수록 더욱 다가온다는 누군가의 말이 기억나오. 참된 사랑이나 우정 같은 데서 오는 만남이 바로 그러한 만남이 아니겠소? 행복한 만남은 아름다운 추억을 남기고, 아름다운 추억은 그 만남을 잊지 않고 기리게 해주오. 인간들간의 참된 사랑은 인연에서 비롯된 단 한번의 만남에서 시작되어, 그것이 점차 성숙되어 행복으로, 성취로, 영예로 이어지는 법이오.

지금 세상에는 만남의 소중함을 망각함으로써 일어나는 불행과 고통이 얼마나 많소? 특히 이곳에서는 수감되었다는 단 한가지 이유만으로 백년해로의 다짐이 헌신짝처럼 내동댕이쳐지는 불행한 일이 비일비재로 일어나고 있소. 그 때문에 한숨짓고 낙담하며 실의에 빠져 자해까지 하는 젊은이들을 볼 때면, 이 세상이 야속하기만 하오. 만남 중 사랑의 만남이 가장 소중하거늘 그렇게 쉽사리 저버릴 수가 있을까? 누구나가 만남의 소중함을 굳건히 간직하고 지켜나간다면 '배신'이나 '배은망덕' 같은 낱말들은 애당초 사전에 오르지 않았을 것이며, 인간관계에서 나타나는 여러가지 폐단도 크게 줄어들게 될 것이오.

물론 어떤 만남이든 영원할 수는 없소. 긴 만남이건 짧은 만남이건 만남은 일회적일 수밖에 없고, 그 끝은 헤어짐이오. 불교에는 '태어난 자는 반드시 죽게 되고, 만나면 헤어지게 되어 있다(生者必滅 會者定離)'라는 말이 있소. 여기서의 '헤어짐'은 또다른 만남을 위한 헤어짐이오. 이렇게 보면, 만남의 연속이 곧 인생이라고 말할 수 있소.

만남의 소중함은 인간관계에서뿐만 아니라 사회현상 전반에서도 마찬가지요. 나는 평생 문명교류학이라는 학문과 씨름하면서 이 점을 절감하고 있소. 지난 수세기 동안은 서양문명이 일방적으로 설쳐대는 바람에 동서간에는 '벙어리 만남'만이 있어왔지만, 금세기에 와서는 서로가 '주고받는 만남', '부르지 않아도 스스로 찾아오는 만남'의 장이 열리기 시작하였소. 다가오는 새로운 세기는 이러한 만남이 더욱 확대되고 자리를 굳혀가게 될 것이오. 그래서 지구의 모든 인류가 '한마을 시대'로 한걸음 더 다가서게 될 것이오. 이것이 새 세기를 바라보는 내 소견이고 예단이오. 어쩌면 그것이 내 학문의 과녁인지도 모르겠소.

어느덧 올해도 한달밖에 남아 있지 않소. 아무쪼록 건강하고 뜻있게 이 해를 잘 마무리하기 바라오.

눈덮인 분단의 철책 걷히지 못한 채

1999. 12. 16.

기묘년(己卯年) '토끼해'도 이제 가물가물 저물어가고 있소. 이 해의 덕목은 토끼의 슬기였지. 돌이켜보면 당신과 나, 우리 모두는 나름대로 슬기롭게 이 범상찮은 한해를 보냈다고 자부해 마지않소. 이즈음에 입버릇처럼 하는 '다사다난한 한해'란 말은 올해 같은 해를 두고 하는 말 같소. 세기의 말미이고, 천년의 마지막 해라서 그랬던지, 이 해는 지구촌 어디에서나 유난히도 일도 많고 어려움도 많았소.

올해는 신통히도 '9'자가 세 개 겹친 해였소. 원래 '9'자는 완결의 수로서 넘기 어렵다는 속설이 있소. 그래서였을까, 4백여년 전 프랑스의 노스트라다무스는 올해 7월에 이른바 '지구의 종말'이 온다는 무시무시한 '예언'을 내뱉은 바 있소. 그러나 지구촌의 모든 식구들은 우리네 「토끼전」이나 「수궁가」의 주역인 토끼의 지혜와 민첩성, 그리고 부지런함으로 이 넘기 어렵다는 '999'년을 그런대로 무난히 넘어섰고, 일순이나마 공포에 들뜨게 했던 '종말론'을 터무니없는 허구로 단죄하고 멀찌감치 날려보냈던 것이오.

옥에 갇혀 있는 사람들에게 이 해는 특별한 기대의 한해였는지도 모르겠소. 그것은 비록 현실성은 전무하지만, 전해오는 토끼의 슬기를 믿고 싶어서였겠지. 전번 어느 편지에서도 이야기했지만, 근 2천년 전(기원 77년) 고구려 태조왕은 부여의 사신이 뿔 세 개 달린 흰 사슴과 꼬리 긴 토끼를 선물로 바치자, 이것들이 상서로운 동물이라 하여 전국의 죄수들을 몽땅 풀어주어 감옥을 텅 비웠다고 하오. 갇혀 있는 죄수들에게는 얼마나 솔깃한 이야깃거리요? 이 해가 아직 보름이나 남았소. 토끼의 상서로움과 슬기로 유종의 미를 거두었으면 하오.

이 한해, 아니 이 백년과 이 천년을 보내자고 하니, 그 현실 앞에서 못내 당황해지고 가슴이 부풀어오름을 금할 수가 없구려. 백년 앞에서, 천년 앞에서 한해는 너무나 왜소하고 무의미해 보이기도 하지만, 따지고보면 백년도 천년도 한해 한해가 쌓여서 이루어지는 것인만큼 한해라고 해서 결코 무시할 수야 없지 않소? 인간이 백년을 사는 것은 드문 일이기에 백년을 넘어선 체험적인 회고는 결코 흔하지 않소. 당신이나 나는 50~60 평생으로 지난 백년을 꺾어버리고 새 백년의 문턱을 넘어서게 되오. 이 새 백년에 우리는 남은 생을 마무리할 터, 그 길이는 과연 얼마나 될까?

돌이켜보면, 이 시대, 이 나라, 이 겨레의 운명과 더불어 찍어놓은 우리의 발자국마다에는 그야말로 새옹지마의 희비고락이 얼룩져 있소. 물론

나 자신이 수인의 신세로 이 '999'년, 이 백년, 이 천년을 넘겨보내야 하는 것은 개인사로 보면 한낱 비극이 아닐 수 없지만, 나로서는 그보다 더한 안타까움과 쓰라림으로 이 뜻깊은 한해를 넘겨보내고 있소. 내가 시대의 소명에 부응해 그토록 염원하던, 그래서 그 실현을 위해 용약 몸을 던졌던 통일의 성업은 이루어지지 못한 채, 눈덮인 분단의 철책이 걷혀지지 못한 채, 이 벅찬 한때를 넘겨보내야 하는 아픔과 자책이 내 가슴을 지지누르고 목조이고 있소.

찬란한 5천년의 통일민족사를 분단·이산·상잔이라는 오점으로 점철한 이 백년이 우리 겨레에게는 정녕 불행한 백년이고, 저주받아 마땅한 백년이오. 민족사상 초유의 식민지라는 민족적 수난을 제쳐놓고서라도 말이오. 이 백년을 살아온 우리 모두는 가슴에 손을 얹고 자신의 불초와 불성(不誠)을 깊이깊이 자성해야 할 것이오. 아직껏 지구상에서 유일무이하게 혈육이 갈라져 아웅다웅 반목하는 목불인견(目不忍見)의 꼴로 이 한세기를 넘겨야만 하니, 진정 남 보기에 부끄럽고 민망스럽기 그지없소.

흘러간 세월을 되돌려놓을 수는 없고, 문제는 미래요. 미련없이 한 백년을 보내고, 그 터전 위에서 겨레의 힘과 용기, 지혜를 한데 모아 다시 하나됨을 이루어내야 할 것이오. 이것이야말로 역사의 순행(順行)이고, 시대의 소명이며, 흘러간 백년의 모자람을 보상하고 오점을 씻어버리는 대오각성의 길인 것이오. 나는 우리 겨레의 무진장한 잠재력을 확신하고 있소. 새 세기에는 우리 7천만 겨레가 의젓한 민족공동체로서 웅비의 날개를 활짝 펴고 우주창공을 비상하면서 선진미래의 주역이 되리라 믿어 의심치 않소. 우리의 후손들은 이 백년, 이 천년에 있었던 불미스러운 일들은 한낱 역사의 연기(緣起)로 평가하고 너그러이 수긍하면서 새 백년, 새 천년의 새 역사를 당당히 창조해나갈 것이오.

지금쯤은 모두들 새 백년, 새 천년을 맞는 흥분에 겨워 있겠지. 이제 막 '뉴 이어즈 이브(New Year's Eve, 섣달 그믐날)'의 종이 울리겠지. '낡은 것을 종을 울려 보내고, 새것을 종을 울려 맞다'라고 하는 그 서양식 종 말이오. 그 종의 울림이 우리 동양식 표현으로는 '묵은해를 보내고 새해를 맞다'라는 송구영신(送舊迎新)의 메아리겠지. 표현은 좀 달라도 뜻은 그것이 그것이오.

부디 토끼의 슬기로 차분하게 이 한해를 잘 마무리하기 바라오. 무슨 일이든 시작보다 마무리, 이를테면 유종의 미가 더 중요하지. 모든 일에서 우리가 바라는 것은 마무리에서 오는 결과물인 것이오. 봄에 씨앗을 심어 시작하는 농사는 가을에 풍성한 수확물을 거두는 데 그 목적과 보람이 있는 것이 아니겠소? 나도 이러한 심정으로 이 한해를 마무리하겠소.

달아나지 않고 남아 있는 과거

2000. 1. 1.

방금 저녁 5시 39분 45초, 흑산도 상라봉에서 이 즈믄해(천년)의 햇님이 석별의 마지막 낙조를 저 서해 바닷가 지평선 위로 던졌소. 상라봉은 우리나라에서 해가 가장 늦게 지는 곳이오. 이제 우리네 삼천리 금수강산을 즈믄해 동안 비추어오던 햇님은 새 즈믄해를 동트게 하는 어둠속에 서서히 묻히고 있소. 6천년 인류문명사에서 그야말로 문명의 역사를 뚜렷한 나이테로 각인한 이 천년의 만종(晩鐘)이 바야흐로 그 메아리를 온 누리에 은은히 뿌리고 있소. 천년과 더불어 이 한 백년도 가고 있소.

천년이건 백년이건 그것은 멈춰세울 수 없는 시간의 흐름이오. 시간은 '우리 위에 그림자만 남기고 미래의 영원으로 날아가는 화살'이기에, 자칫 우리들에게 허무만 남겨놓고, 낙조 뒤의 어둠마냥 백주(白晝)의 모든 것을 삼켜버리고 묻어버릴 수가 있지. 이렇게 시간은 '날아가는 화살'처럼 무심하게 언뜻언뜻 스쳐지나가는 것 같지만, 그 속에서 '평범하지 않은 과거는 달아나지 않고 현재에 남는 법'이오. 그래서 그 '평범하지 않은 과거'는 비록 지나간 일이지만 잊으려야 잊히지 않고, 지우려야 지워지지 않은 채 오늘로 이어지고 오늘에 살아있으며, 어쩌면 미래로까지 이어지고 미래에 살아있을 수도 있는 것이오. 인간의 삶은 시대의 세례와 규제를 받기 때문에 그 '평범하지 않은 과거'는 어차피 '평범하지 않은' 그 시대의 소산일 수밖에 없소.

지난 20세기는 문자 그대로 격동의 한세기로 인류사에 기록될 것이오. 그러나 격동치고 우리 겨레가 겪어야 했던 격동이야말로 가위 희대미문(稀代未聞)의 격동이라 하겠소. 우리는 자의반 타의반 망국과 분단이라는 파고높은 격랑에 휩쓸려야만 했소. 아직도 우리는 분단이라는 허둥대는 난파선에 몸을 맡긴 채 사력을 다해 격랑을 헤집고 있는 조난자의 신세를 면치 못하고 있소. 이러한 고달픈 난항(難航)이 어언 반세기를 넘었소. 이것은 분명 우리 겨레의 '평범하지 않은 과거'라 하지 않을 수 없소. 아프지만 지울 수 없는 과거이지. 이 끝나지 않은 치욕의 과거는 '달아나지 않고' 오늘에로 이어져서 여전히 가쁜 숨을 몰아쉬고 있소. 분명 이것은 하나의 비극이오.

이러한 난항을 순항(順航)시켜야 한다는 이 시대의 절박한 소명에 부응하여 지성의 양식으로 겨레를 위해 헌신코자 하는 참 지성인들의 삶이란 어차피 '조난자'의 삶일진대, 결코 평범하고 순탄할 수야 없지. 국토가 동강이 나고 혈육이 갈라진 비경(悲境)에서 겨레붙이치고 그 누구도, 더더욱 지성인치고 그 누구도 이 시대가 부과한 사명에 등을 돌릴 수 없고, 양식(良識)의 가책과 민족사의 저주에서 자유로울 수가 없는 것이오. 바로 이것으로 인하여 겨레와 운명을 같이하는 한 인간의 과거는 결코 평범할 수가 없지. 이 '평범하지 않은 과거'는 시간의 어둠속에 묻혀버리거나 시간의 화살에서 비껴 달아나지 않고 오늘의 현실로 남아 있으면서 미래를 향해 그 '과거'에서 환골탈태한 새로운 과거를 만들어내는 것이오. 언필칭 분단의 비극이라는 '평범하지 않은 과거'가 달아나지 않고 오늘로 이어지고 있는 이상, 그 과거의 종언(終焉)에 헌신코자 했던 나 자신이, 그 과거의 사슬에서 벗어나지 못한 채 이렇게 영어(囹圄)의 몸이 된 것은 어찌보면 있을 법한 일이라 아니할 수 없소. 이를테면 '평범하지 않은 과거'의 응보나 자업자득이라 하겠소. 그래서 이 모든 것을 자진 감수하는 것이 아니겠소?

새 백년이 얼마 가기 전에, 오늘로 이어진 이 '평범하지 않은 과거'——불행한 분단의 비극——에 미래과거형 종지부가 찍힘으로써 하나된 우리 겨레가 새 세기의 당당한 주역으로 웅비하리라는 것을 나는 확신하오. 새 백년의 만종이 울릴 때면 오늘과 같은 '평범하지 않은 과거'는 기필코 재연되지 않을 것이오. 그즈음이면 역사는 오늘의 우리를 바르게 평가할 것이오. 나는 감상적인 '미래주의자'가 아니라, 실사구시하려는 역사가요.

지금 나는 이러한 심정으로 이 어둠과 적막이 흘러감을 지켜보고 느껴보면서 낡은 즈믄해의 멀어감과 새 즈믄해의 다가옴을 카운트다운하고 있소. 이곳은 여느 곳에 비해 깊어가는 어둠에 제곱 배가 넘는 적막이 짙게 감도는 곳이오. 반딧불 하나 얼씬 안하고, 인기척 하나 들리지 않는 동떨어진 부동의 격폐세계요. 비록 그러하지만, 이 적막 속의 사람들은 저 바깥세상의 열광하는 사람들 못지않게, 아니 어쩌면 그들보다도 더 웅심깊고 뜨겁게 과거의 회한이나 환희에 잠기며 미래의 꿈에 부풀어 있을 수도 있을 것이오.

나는 어느덧 깊은 명상에 사로잡혔소. 시간이 얼마나 흘렀는지, 하얗게 서리낀 철창을 뚫고 어디선가 아련히 들려오는 축포소리에 그만 명상에서 깨어났소. 얼결에 창가에 다가섰으나 제한된 시야에는 아무것도 반사되지 않았소. 그저 멀리서 울려오는 축포소리만이 밤의 고요에 금이 가게 할 뿐이오. 그것은 분명 새 천년, 새 백년의 시작을 고하는 신호였소. 드디어 새 천년, 새 백년의 첫해, 경진년(庚辰年)이 우리 앞에 냉큼 다가왔소. 우리 모두 행운만이 가득한 한해가 되기를 두손 모아 기원합시다.

새해 경신년은 비상하는 미르(용)의 해요. 우리 모두 더 높은 곳, 더 먼 곳을 향해 미르처럼 비상해봅시다. 그리고 2000년 새해는 '영(0)'이 세 개나 겹친 해요. 둥근 '영'은 원만·화합·관용의 상징이오. 영물인 미르의 가호 아래 지구인 모두가 서로 관용을 베풀어 화합하면서 원만히 소원성취할 수 있도록 정성 모아 함께 기원합시다.

어제 당신과 함께 배군이 면회를 왔지. 3년간의 방황을 접고 다시 막바지 박사과정에 되돌아오겠다는 배군의 작심이 정말로 고맙고 대견스러웠소. 어떤 텔레파시가 오갔는지, 세모에 갑자기 그의 생각이 간절해서, 전날 어렵사리 구한 연하장에 "극세척도(克世拓道, 세상을 이겨나가며 길을 개척함)의 기백으로 사업에서의 큰 성과와 더불어 학업에서도 유종의 미(박사학위 취득)를 거두기를 이 스승은 간곡히 바라네"라는 격려의 글귀를 적어 보냈소. 이렇게 나는 그의 학업복귀를 믿어왔소. 배군과 같은 후학이 있어야 사자상승(師資相承, 스승이 제자에게 학예를 이어전함)이라, 내가 개척에 고심하는 문명교류학의 학문적 계승, 이를테면 학통(學統)이 성사가능하며, 어느 월간지의 표제처럼 '동서교류사호'의 항진이 중단없이 계속될 수가 있는 것이오. 학통이란, 학문의 맥으로서 그것이 없이는 학문이 이어질 수가 없소. 학문에는 단절이란 있을 수 없으며, 오로지 학통에 의한 전승만이 있소.

새 세기를 맞은 이 나라의 학문비전을 위해서라도 누군가가 반드시 이 새로운 국제적 학문의 왕양대해(汪洋大海)에서 '교류사호'를 항진시킬 조타수가 되어, 저 멀리 피안에 안착시켜야 할 것이오. 원래 학문이란 사자상승할 뿐만 아니라, 스승과 제자가 한마음으로 연구하는 사제동행(師弟同行)이 되어야 비로소 개척되고 발전하며 학맥이 이어지게 되는 법이오. 아무튼 배군의 '복귀'는 내가 받은 새해의 최대 선물이오. 꼭 성공하기를 바라는 바이오.

　이 편지는 지난 즈믄해의 마지막 낙조로부터 새 즈믄해의 열림까지 장장 6시간에 걸쳐 띄엄띄엄 썼소. 그만큼 깊은 소회를 담았다는 뜻이겠소.

　여러 지인들에게 새해 인사를 전해주오.

제구실을 못한 기성세대

2000. 1. 30.

　　　　새 천년, 새 백년이 동튼 지도 벌써 한 달이 되었소. 무슨 큰 돌변이라도 일으킬 성싶던 인간들의 열광은 이제 가뭇없이 사라져가고 있소. 모든 것이 자연과 이성 그대로요. 그저 여느 천년, 여느 백년의 꺾임과 크게 진배없이 해는 뜨고 달은 지고 있소.

　올해는 경진년(庚辰年) 용(龍)의 해요. 우리 동양인들에게 용은 봉황·기린(騏驎, 하루에 천리를 달린다는 말)·거북과 함께 끔찍이 섬기는 신령스러운 동물 중의 하나요. 물론 거북을 빼고는 실존동물이 아니라 상상 속의 상징동물들에 불과하지. 용으로 말하면, 대체로 호랑이의 머리에 뱀의 몸뚱이, 독수리의 발톱, 사슴의 뿔 모양새를 두루 섞어놓은 실로 기괴한 영물이오. 그래서인지 그 상징성도 여러가지요. 중국 같은 데서는 용이 주로 황제를 비롯한 절대권력의 상징이기도 하지만, 우리나라에서는 자고로 이러한 일면과 더불어 서민들의 애환을 달래주고 꿈을 실현해주는 상징적 영물로도 우리 겨레와 오랫동안 가까이에서 함께 살아왔지. 그런가 하면 구만리 창천을 자유자재로 솟구치고 비구름을 마음대로 일으키는 문자 그대로 무소불능(無所不能)의 용은 우리에게 힘과 용기를 북돋아주는 상징임에도 틀림이 없소.

용의 비상이야말로 이 새 천년, 새 백년을 맞아 세계의 주역을 꿈꾸는 우리 겨레의 기상이어야 할 것이오. 천년과 백년을 새롭게 하는 '새'자 두 자가 겹붙은 이 해에 우리 삶에서도 무언가 새로운 것이 거듭거듭 있어야 하지 않겠소? 설사 이렇다 할 '새것'을 만들어내지 못하더라도, 늘 '새것'을 꿈꾸고 그 창조에 애쓰는 기상만큼은 단단히 간직하고 이 한해를 보내야 할 것이오. 요컨대 용의 힘과 용기, 비상으로 이 한해의 코스를 완주합시다.

현인들은 일컬어 "하루의 계획은 새벽에 있고, 한해의 계획은 봄에 있으며, 일생의 계획은 부지런함에 있다[一日之計在寅 一年之計在春 一生之計在勤]"라고 했소. 며칠 있으면 절기로는 봄이 시작되는 입춘이오. '한해의 계획은 봄에 있다'라고 했으니, 입춘과 더불어 올해 해야 할 일과 할 수 있는 일들을 잘 가려내서 설계하고 안배하여 하나하나 이루어나가야 할 것이오. '세상만사는 때가 있는 법[萬事有時]'이라, 이때가 한해의 계획을 세우기에는 적기요.

물론 계획은 치밀하게 실현가능한 것으로 세워야겠지만, 실천에서는 빗나가고 어긋나는 일이 없지 않소. 뜻밖의 일, 뜻에 맞지 않는 일들이 종종 발생하여 발목을 잡지. 문제는 난관을 어떻게 뚫고나가는가 하는 것이오. 방책은 있소. 평생의 계획인 '부지런함'에 용의 힘과 용기, 비상을 덧보탠다면 극복 못할 난관은 없을 것이오. 별다른 행운을 바라지 말고 초지일관하게 황소의 걸음과 토끼의 슬기, 용의 힘으로 이 한해도 보냅시다. 과욕을 부리지 말고 인내하면서 말이오. '모든 것은 기다릴 수 있는 사람에게 돌아가게' 마련이오.

어제 이군이 약혼녀와 함께 면회를 왔소. 한 달 만에 보는 얼굴이지만 그렇게 반가울 수가 없었소. 불과 한 달 전만 해도 우리는 감방을 마주한 요수였지. 그가 이곳을 떠날 때 나는 그지없이 반가웠지만, 막상 떠나고 난 후에는 그렇게 허전할 수가 없었소. 지금도 이군과 함께 보낸 나날들이 눈앞에 삼삼히 떠오르고 있으며, 잊힐 수 없는 아름다운 추억으로 영원히 내 뇌리에 남아 있게 될 것이오. 그가 오늘은 자유의 몸으로 예쁘고 믿음 직한 생의 반려자와 함께 비록 투명창 너머에서지만, 그 준수하고 늠름하며 활기찬 모습을 보여준 순간 나도 모르게 눈시울이 뜨거워지더군. 여기서 나를 돌봐주느라고 수고를 아끼지 않더니, 바깥세상에 나가서도 여전했소. 참으로 고맙게 생각하오. 나의 고마움을 전해주오.

이군은 명석하고 의협심(義俠心)이 강하며, 정이 많고 다재다능한 젊은이요. 이 나라, 이 겨레의 동량지재(棟樑之材)라 믿어 의심치 않소. 그가 복학하게 되었다니 퍽 다행스러운 일이오. 더욱이 짓궂은 옥바라지로 참된 사랑을 더욱 참되게 한 이군의 반려자가 그렇게 미덥고 대견스러울 수가 없었소. 그런 참된 사랑이기에 급기야는 약혼에서 결혼으로까지 이어지게 된 것이 아니겠소? 나의 진심이 담긴 축하를 전해주오. 뜻과 마음으로 다진 사랑, 영원히 꽃으로 피고 열매로 맺어지기를 기원한다고.

이군의 부모님도 훌륭하신 분들이오. 어디선가 어머니에 관한 글을 읽은 적이 있는데, 가위 자랑스러운 우리네 한국 어머니의 전형 그 자체라고 하겠소. 자식 사랑과 나라 사랑을 한몸에 체현하신 분들이지. 두 분께 나의 인사를 전해주오. 내가 언젠가 이군에게 먼저 출옥하는 요수에게 "국화 필 적 만남을 잊지나 말게〔莫負黃花期〕"라고 한 만해 선생의 시구를 들려준 일이 있소. 그것에서 영감을 얻었는지, 그는 나와 작별하면서 "진달래꽃 필 적 다시 만납시다"라는 마지막 인사를 남기고 이곳을 떠났소. 그의 마지막 인사는 큰절이었소. 진달래가 한 번 피고, 두 번 피고, 또 몇번 더 피고나면, 언젠가는 우리의 다시 만남이 이루어지겠지. 주벽 너머 세계에서의 만남 말이오.

나는 이곳저곳에서 이군처럼 한창 날개를 펼치고 배우며 자유분방할 나이에 옥고를 치르는, 한결같이 똑똑하고 굳센 젊은이들을 많이 만나봤소. 그들 모두는 비록 몸은 묶여 있어도 주눅들지 않고 생기발랄하며 희망에

찬 씩씩한 젊은이들이었소. 내가 그네들과 만날 때마다 으레 구두선(口頭禪)처럼 하는 말 한마디가 있소. "우리 기성세대가 제구실을 못해서 자네들이 이렇게 고생을 하네"라는 말이오. 위로에 앞서 자책의 말이지. 이 자책이 그들에게 위로가 되고 격려가 되었으면 하오. 그렇소, 남이나 북에 있는 우리 기성세대가 제 할 바를 다 못해서 분단이라는 민족적 비극이 자초되고, 또 그것이 오늘로 이어지고 있으며, 이 나라 젊은이들의 불우(不遇)가 양산되고 있는 것이 아니겠소?

장본인은 우리 기성세대요. 이들 젊은 세대들에게는 아무런 지워야 할 책임도, 따져야 할 잘못도 없는 것이오. 이러한 비극에서 비롯된 모든 고통과 불행은 의당 우리 기성세대가 두말없이 감수해야 마땅한 일이오. 그래서 나는 이들 젊은이들을 볼 때면 체면이 안 서고 자괴에 빠지게 되오. 이제 분단의 비극에서 오는 모든 고통과 불행은 우리 같은 기성세대로 족하고 끝나서, 새 세대들에게 넘겨져서는 안된다는 것이 내 일관된 소신이고 절절한 소망이오. 어쩌면 그것을 위해서 오늘의 내가 있다고 해도 과언이 아니오.

나는 이러한 소신과 소망을 몇년 전 법정최후진술에서도 밝힌 바 있소. 그리고 지난 10일 '민족화해협력범국민협의회'가 보내온 연하장에 대한 답장에서도 "시대적 소명에 따라 지성의 양식으로 겨레의 다시 하나됨을 위해 헌신코자 했던 한 사람으로서 민족통일과 번영을 위한 귀회의 활동에 지지와 성원을 보내면서, 새 세기가 얼마 가기 전에 이 나라, 이 겨레가 다시 하나되기를 간절히 소망합니다"라고 썼소. 진정 이 새 세기가 얼마 가기 전에 제구실에 허술했던 우리 기성세대가 마지막으로 지켜보는 가운데, 동강난 국토가 다시 하나로 이어지기를 나는 마음속 깊이 기원하고 또 기원하는 바이오.

며칠 있으면 설날이고, 설날이 지나면 곧 입춘이 뒤따르오. 새봄의 시작과 더불어 즐거운 나날들이 이어지기를 바라오.

얼과 넋이 살아숨쉬는 우리의 민속놀이

2000. 2. 29.

　　　　　　오늘은 정월 대보름날이오. 지금 막 휘영청 밝은 대보름달이 무주창궁(無柱蒼穹)에 솟아올라 우리의 머리 위에 축복을 얹어주고 있겠지. 일각이라도 먼저 보면 그만큼 축복이 커진다는 어른들의 말씀에 귀가 솔깃해서 앞을 다투어 뒷동산에 뛰어올라가 빵긋이 내미는 첫 보름달을 맞던 어린 시절이 눈앞에 삼삼히 떠오르오.

　오늘 이곳에서 그것을 한낱 추억으로만 간직하기에는 너무나 큰 아쉬움으로 남소. 조각 철창으로 저 창공에 두둥실 떠 있을 찬달[滿月]을 찾아보기에는 안타깝게도 시야가 제한되어 있어 도무지 눈에 띄지 않는구면. 그러나 좁은 내 가슴팍에는 예나 지금이나 다를 바 없는 그 밝고 둥근 달이 넓고 깊게 자리하고 있소. 물론 월만즉휴(月滿則虧)라, 달도 차면 이지러지게 마련이지만, 언제나 그 찬달로 이곳의 어둠과 적막을 비춰주기만을 간절히 비오.

　대보름날[上元]은 옛적부터 내려오는 우리네 전통명절이오. 전통명절인 만큼 두고두고 기리는 것은 당연한 일이 아니겠소? 전통적인 것이라면 무턱대고 진부하고 고루한 것으로 치부하는 병폐가 어지간히 만연한 오늘의 현실이고보면, 자칫 대보름날 같은 전통적 민족명절쯤은 홀대하거나 잊기가 십상이지. 섬뜩한 칼로 케이크를 자르고, 광기로 샴페인을 터뜨리는 것만이 명절이나 축제의 단골행사로 둔갑한다면, 이것이야말로 인간의 삶에 대한 말살이며, 앎에 대한 무시가 아닐 수 없소. 우리는 언제나 다양 속에서 인간의 참 삶과 참 앎, 그리고 참 문명을 추구하고 창조해나가야 하는 것이오. 이러한 다양성은 각자(각 민족)에게 있을 수밖에 없는 각이한 전통이 살아서 계승될 때만이 비로소 실현가능한 것이오. 문명에서 다양성은 생명이고, 획일은 죽음이오.

돌이켜보면, 어린 시절에 보낸 명절 중에서 대보름날이 가장 추억깊게 남아 있소. 그도 그럴 것이 이날만큼은 낮에 밤을 이어 가장 많은 명절놀이, 이를테면 경축행사가 펼쳐지기 때문이지. 물론 한해의 명절 가운데서 설날이 가장 큰 명절이기는 하지만, 설날에는 차례니, 세배니, 나들이니 하는 '공식'행사가 두루 겹치다보니 괜히 분주하기만 하고, 사실상 놀이를 겸한 즐거움은 누릴 겨를이 없는 것이오. 그래서 설을 쇠고나서야 새해를 맞는 기분 속에 대보름날까지 연중 가장 긴 '명절'이 이어지게 되는 것이지.

시골이라서 대보름날이 지나면 농사 채비에 들어가야 하니까, 이 기간이 마지막 농한기인 셈이지. 가난에 쪼들리는 살림이지만, 이 보름 동안만은 모든 시름·걱정을 접어두고 애써 마음의 넉넉함으로나마 한해를 시작하려는 것이 우리네 조상들의 한결같은 마음씨요. 그러한 나날들의 절정과 결산의 날이 바로 대보름날이거든. 그러다보니 여러가지 명절 행사와 놀이가 이날 하루에 집중될 수밖에 없지. 그래서 우리 겨레 고유의 명절문화, 놀이문화가 이날을 맞아 크게 빛을 발하게 되는 것이오. 이날이 있었기에 이러한 문화가 계속 전승될 수 있었다고 생각되오.

이른 아침에 귀가 밝아지거나, 그해에 좋은 말만 들으라고 하여 '귀밝이술〔耳明酒〕'을 한 잔 마시고, 일년 내내 부스럼을 앓지 않게 된다고 하여 부럼(밤·잣·호두·땅콩 등)을 까먹기도 하지. 한해의 행운과 무탈에 대한 간절한 기원이오. 아침 밥상에는 진채(珍菜, 진귀한 나물)와 쌀·보리·조·콩·기장의 다섯 가지 곡식으로 지은 '오곡밥'이 꼭 오르지. 지금도 대보름날이 되면 어머니께서 정성들여 맛깔스럽게 지어주시던 진채(진채라야 고작 산나물이나 명태조림, 닭백숙)와 오곡밥 생각이 제일 먼저 떠오르곤 하오. 어떻게 장만하셨는지 오곡밥에서만큼은 우리에게 이팝(쌀밥)을 구경시켜주시던 어머니의 그 사랑과 정성이 이날을 맞아 새삼스레 고마워지오. 그러시던 어머니, 지금쯤 어디서 생전이신지? 불초소생은 머리숙여 불효를 고백합니다.

또 이른 아침에 누구든 만나는 사람에게 "내 더위"라고 말하여 상대방에게 더위를 팔아넘기기만 하면, 그해에는 더위를 먹지 않는다는 이른바 '더위팔기〔賣暑〕' 같은 해학(諧謔)이 있는가 하면, 달밤에 쥐를 쫓는다는 뜻에서 논둑이나 밭둑에 불을 놓는 '쥐불놀이'와 지신을 위한다고 하여 음식을 차리고 풍악을 울리는 '지신밟기', 재앙을 물리친다고 하여 다리를 밟는 '다리밟기〔踏橋〕', 자선을 위해 사자의 탈을 쓰고 마을을 돌면서 금전이나 곡식을 거두는 '사자놀이〔獅子伎〕', 달맞이할 때 생솔가지 등을 묶어 집채처럼 만든 무더기에 불을 질러 지상에 또하나의 '달'을 만들어 주위를 더욱 밝게 하는 '달집 태우기' 등등이 이날에 치러지는 대표적인 명절놀이들이지. 그밖에 그네나 널뛰기, 윷놀이 같은 놀이들도 곁들이지. 하나하나가 다 뜻을 담은 우리만의 질박한 놀이들이오. 그리고 하나같이 여러 사람들이 어울려서 즐기는 집단놀이들이오.

내가 좀 장황하게 대보름날에 행해지는 갖가지 민속놀이들을 이야기한 것은, 그 속에 우리 겨레의 얼과 넋이 살아숨쉬고 있기 때문이오. 보시오, 어느 것 하나 새해에 즈음한 아름다운 기원과 벽사진경(辟邪進慶)의 소망을 담지 않은 것이 없지 않소? 여기에 바로 명절맞이나 민속놀이를 비롯한 전통을 계승해야 할 당위성과 의미가 있는 것이오. 물론 시대의 변화에 따라 그에 걸맞은 새로운 명절문화나 민속문화를 발전적으로 만들어내야 하오. 그러나 그것도 어디까지나 우리의 전통에 바탕한 것이어야 하지, 허공에서 따올 수는 없는 것이오. 이것이 바로 법고창신(法古創新)이오. 우리에게 가장 소중한 것은 우리의 전통에 뿌리내린 제 것인 것이오. 제 것이 군건할 때만이 남의 것도 쓸모있게 받아들일 수 있으며, 인류문명의 공유에 공히 기여할 수 있는 것이오. 이러한 '제 것' 알기와 가꾸기는 바로 명절맞이나 민속놀이 같은 일상의 작은 것, 그러면서도 가장 끈끈한 것부터 제대로 알고 지켜나가는 데서 시작되어야 하는 것이오. 일상에서는 가장 작은 것이 가장 큰 법이오.

달 속에는 항아(姮娥)라는 선녀가 사는 궁전, 이른바 월궁(月宮)이 있다고 하오. 그래서 절세미인을 '월궁항아'라고 일컫기도 하지. 부디 이날을 맞아 대보름달같이 밝고 둥근 마음으로, 우리의 마음속 깊은 곳에 항시 항아의 월궁이 자리하기를 기원하고 또 기원해봅시다. 이것이 내 시상(詩想)일진대, 한 수 지어 보낼 수 없는(감옥에서는 시작詩作이 불허됨) 것이 못내 아쉽기만 하오.

시상을 발산할 수 없는 아쉬움을 달래면서.

할 일에 날짜가 모자라는구나

2000. 3. 16.

철창가로 스며드는 봄날의 따스한 햇살이 수면제처럼 육신을 나른하게 하고, 노곤한 졸음을 몰아오고 있소. 겨우내 냉방에서 움츠리다 못해 쪼그라지기까지 한 몸이라서 더더욱 그러한가보오. 음산하기만 하던 주벽가에도 이름 모르는 풀들이 얼었다가 녹아난 부슬부슬한 땅을 헤집고 파릇파릇 돋아나고 있소. 정녕 봄이 왔나보오.

올봄은 제법 '봄다운 봄'인 것 같소. 왕년에는 그렇지 않았는데, 이 몇해 동안은 '봄 같지 않은 봄'이 찾아와 노상 투덜대곤 했지. 어쩌면 그것은 엄동설한에 그대로 노출될 수밖에 없는 한 인간의 봄에 대한 지나친 기대나 과민에서 비롯된 것인지도 모르겠소. 허나 올봄만은 그럭저럭 절기에 맞춰 '봄의 행진'이 제법 이어지는 것 같소. 아직까지는 별다른 이변이 없이 '봄다운 봄'을 선보이고 있으니 말이오. 간밤에는 봄비까지 촉촉이 내려

봄기운이 한결 완연하오.

봄은 꿈의 계절이오. 녹작지근한 졸음을 이기지 못해 짧은 낮잠에 빠졌을 때 가끔 꿈이 찾아드는데, 이런 꿈을 춘몽(春夢)이라고 하오. 그런데 그 꿈이 하도 짧다보니(기실 꿈에 무슨 장단이 있겠소!) 덧없는 꿈이 되고 말지. 그래서 흔히 실현불가능하고 공상에 가까운 꿈(계획이나 욕망)을 일장춘몽(一場春夢)이라고 하오. 이것은 어디까지나 춘곤(春困)을 이기지 못해 눈을 감고 잠시 꾸는 '억지꿈'에 지나지 않소.

그러나 이와는 달리 춘흥(春興, 봄의 흥취)에 겨워 눈뜨고 길게 꾸는 '산 꿈'이 또 있소. 그것이 바로 한해를 내다보는 설계와 구상의 꿈인 것이오. 이 꿈만은 대저 길몽이고, 해몽가능한 꿈이지. 선현들이 "한해의 계획은 봄에 있다〔一年之計在春〕"라고 말한 것은 바로 이러한 꿈을 두고 하는 말이오. 봄에 씨앗을 뿌리고 여름에 가꾸어 가을에 수확한 다음 겨울에 쓸 데 쓰는 농사짓기는 인간사에도 그대로 대응되는 삶의 원리인 것 같소. 봄에 한해를 어떻게 설계하는지, 즉 무슨 방법을 써서 어떤 결과를 얻어내겠다는 설계만 봐도 그해의 성취를 미리 예단할 수 있는 것이오. 그래서 계획(꿈)이 중요하다고 하는 것이지.

올해의 내 '산 꿈'은 이곳에서 짜놓은 설계구도에 따라 '문명교류사 사전'의 메모작업을 일단락 짓는 것이오. 이 작업은 이미 정초에 시작했소. 지난해에는 계획대로 '씰크로드학'의 연구메모작업을 마무리했소. 그 바탕 위에서 올해에는 이 사전작업을 하는 데 힘을 모아볼까 하오. 아직 어느 나라에서도 이런 유의 사전은 나온 적이 없는 것으로 알고 있소. 이것은 내 평생의 학문적 과녁인 '문명교류학'의 학문적 정립을 위한 하나의 정초작업이 되겠소. 학문에 관한 한 나는 지금 전인미답의 길을 걷고 있다고 감히 자부하오. 학문에서 나는 '세상을 이겨가며 길을 개척한다'는 '극세척도(克世拓道)'의 좌표를 스스로 택했소. 미력하나마 명이 다하는 날까지 나는 오로지 이 한길을 우직하게 걸어갈 것이오. 내가 원해서, 보람을 찾아서 하는 일인 터라, 지금보다 더한 역경에 맞닥뜨려도 그것에 짓눌리거나 막혀버리지 않고 한달음으로 올곧게 매진할 것이오.

　나는 익은 감이 저절로 떨어지기를 기다리는 숙시주의자(熟柿主義者)가 아니오. 내가 평생의 화두를 걸고 무언가 해놓아야 하는 이 시대의 지성임을 그만두기 전에는 결단코 그런 수동적인 미물인간이 될 수는 없소. 워낙 학문의 길이란 어려운 길이오. 거기에 무엇을 새로이 터놓는다는 것은 더더욱 어려운 일이오. 수많은 학인들이 필생의 진력에도 불구하고 그저 학문의 언저리에서 맴돌다가 덧없이 가버렸지. 가끔 나는 기로(耆老, 예순이 넘은 노인)에 선 내가 학문초야를 개척하며 과연 어느만큼의 걸음을 내딛을 수 있을까 하고 자문도 해보오. 그럴 때면 그것이 한낱 기우로 그치기를 바랄 따름이오. 내가 못다하면 '사자상승(師資相承)'이라, 어디서든 후학들이 이어갈 것이 아니오? 왜냐하면 언젠가는 꼭 누군가에 의해 천착되어야 할 학문분야이기 때문이오.

　나는 시대의 부름에 따라 이 시대가 필요로 하는 새 학문의 개척에 밑거름이 되고, 후학들이 도약하고 비상하는 디딤돌이 되면 그것으로 만족할 것이오. 그것에서 보람을 만끽할 것이오. 여기서의 '시대의 부름'이란, 이 시대가 그러한 학문의 개척을 요청한다는 뜻이오. 나는 21세기를 '미증유의 교류확산시대'라고 나름대로 시대상을 정의해보오. 흔히 말하는 '정보화시대'란 것도 결국은 서로가 정보의 기능과 결과를 주고받아 공유하는 시대인 것이오. 또 '세계화'니, '국제화'니, '지구촌시대'니 하는 것도 그 실현의 전제는 부단한 교류인 것이오. 새 세기에 대한 진단에서 구두선처럼 나도는 충돌이니, 화해니, 협력이니 하는 예측적이고 미래 지향적인 모든 사상(事象)이 궁극적으로는 서로의 만남과 나눔, 즉 교류 속에서 일어나고 해소되며 성사될 것이오. 그래서 교류사 연구, 특히 그 학문적 정립을 미룰 수 없는 절박한 시대적 요청이라고 하는 것이오.

　다가오는 새 시대를 바르게 감지하고 진단하는 지성적 학자라면 이러한 시대적 요청을 외면할 수는 없을 것이오. 진작 개척했어야 할 학문분야인데도 여태껏 '초야'니, '새 학문'이니 하고 운운해야 하니 실로 만시지탄을 금할 길 없소. 이것이 작금 동서양학계의 다를 바 없는 실태이고보면, 이 분야만큼은 우리가 솔선하여 일궈놓음으로써 남들이 우리를 보고 '눈높이'를 맞추는, 그러한 경지에 이르자는 것이 내 욕심이고 목표요. 설혹 과욕으로 비쳐져도 나는 상관하지 않고 내 갈 길을 갈 것이오. 그 길에서 쓰러지는 한이 있더라도 말이오.

　내가 자청해서 짊어진 이 '개척의 멍에'에 더 큰 중압감을 느끼는 것은 그 무게 때문만은 아니고, 내가 과연 '제대로의 길'을 걷고 있는가 하는 우려와 자성에서요. 그럴 때면 언젠가 당신에게 띄워보낸 서산대사의 그 유명한 시구가 귀감으로 떠오르곤 하오. 그렇소, '내가 찍어놓은 발자국을 따라 후학들이 걸어갈 터니, 결코 내 발길이 흐트러져서는 안될 것이오.' 가장 곧고, 가장 값있고, 가장 안전하고, 그래서 가장 올바른 길을 닦아놓아야 한다는 깨우침이고 경고요. 읊고읊어도 늘 그 뜻이 새로워지는 명시요. 남보다 앞장서서 길을 개척하는 것은 힘든 일이오. 전투에서 선봉장은 죽음을 각오해야 하는데, 이는 학문에서도 마찬가지요. 개척자는 노고와 난관, 심지어 희생까지도 각오해야 하오.

　나는 지금 이 모든 것을 한 평도 채 안되는 이곳 격폐된 공간에서 구상하고 설계하며, 꿈꾸고 행하며 실토하고 있소. 나는 조선시대에 유배지가 학문의 산실이었다는 아이러니한 역사적 사실 앞에서 그 산고(産苦)의 주역들을 우러르면서 내내 거울로 삼고 있소. 그러다보니 이곳 생활치고는 좀 파격적인 이야기 같지만 정말로 '할 일에 날짜가 모자라서〔惟日不足也〕' 분초를 쪼개고 있소. 보람이란 게 별것이겠소? 하고픈 일을 시간가는 줄도 모르고 신바람나게 해내는 거겠지. 시간의 모자람을 느낀다는 것은 시간과의 경쟁에서 이긴다는 것이고, 시간의 넉넉함을 바라는 것은 그 경쟁에서 지고 있음을 뜻하오. 시간과의 경쟁에서 이기는 자만이 성공한 삶을 누릴 자격이 있소.

환절기요. 신외무물(身外無物)이라, '몸 빼고는 아무것도 없으니' 건강이 제일이오.

겨레붙이를 중심에 놓고

2000. 3. 28.

간밤에 촉촉이 내린 봄비에 새싹들이 생기를 더해가고 있소. 약간은 아스스하나, 그래도 바람은 어언 한기가 빠져 훈기가 감도오. 정녕 봄은 가까이에 왔나보오. 오전에 뒤뜨락에서 운동을 마치고 돌아오는 길에 난데없이 까치가 한 마리 내 앞을 가로질러 날아가는 것이오. 뒤에서 지켜본 요수 학생이 "선생님, 오늘 희소식이 있을 법합니다. 누가 오실 것 같습니다"라고 마냥 점괘를 보듯 넘겨짚는 것이었소. 누구래야 당신밖에 없을 텐데…… 늘 주말에 이곳에 행차하는 당신이기에 주초인 오늘에야 설마 하는 생각이 들었소. 겉으로는 아닌보살했지만, 왠지 그의 말이 자꾸 마음 한구석에 걸려 있었소.

아니나 다를까 오후에 당신과 함께 박선생이 이곳에 찾아왔소. 우리에게 까치야말로 길한 일을 미리 알려주는 길조임을 다시 한번 경험한 셈이지. 이렇게 까치는 기쁨을 가져다주는 새라고 해서 일명 희작(喜鵲)이라고도 하오. 아무튼 그 길조 희작의 예시대로 당신도 여러가지 반가운 소식을 알려왔지만, 박선생의 내방은 천만뜻밖의 일이었소. 불의의 상고(喪故)로 머나먼 하늘끝 카이로에서 잠깐 다녀가는 촉박 속에서도 이곳까지 찾아준 박선생의 그 갸륵한 마음씀씀이가 정말로 고마웠소. 박선생과는 1989년

경주에서 출토된 유리물병과 똑같은 물병을 순식간에 만들어낸 이집트 카이로의 한 유리 장인. 1993년에 찍은 사진인데, 두 지역의 교류를 시사한다.

겨울 내가 카이로에 들렀을 때 처음 만났소. 문학도인 부부는 카이로대학 아랍어문학과에서 함께 석사과정을 밟고 있었소. 실로 서로가 동연지반(同硯之伴, 한 벼루를 가는 반려)이오. 한눈에 그들이야말로 진지한 반려 학인(學人)임을 확인할 수가 있었소.

  남들은 몇년씩만 공부하고는 '작은 성취〔小成〕'에 만족해 돌아왔지만, 그들 부부만은 근 20년 동안이나 자력으로 넉넉지 못한 살림을 꾸려나가면서 문명고국 이집트에서 학문의 큰 뜻을 묵묵히 키워가고 있소. 나는 그들의 '큰 성취〔大成〕'를 믿어 의심치 않소. 지금도 이 나라에서 진정한 '아랍통'을 뽑으라고 하면, 나는 주저없이 그들을 첫자리에 내세우겠소. 학구력만큼이나 인간미도 깊은 사람들이오. 그후 카이로에서 한두 번의 만남이 더 있었소. 모 방송사 취재팀과 함께 3부작 다큐멘터리 제작을 위해 이집트에 갔을 때도 박선생의 도움을 많이 받았소. 그런 그가 이렇게 먼 길을 마다않고 찾아주니 그 반가움이란 이루 다 형언할 수가 없었소. 비록 투명창을 사이에 둔 10분도 채 안되는 짧은 만남이었지만, 나에게는 또한번의 깊은 인상을 각인시켜주었소. 그 각인은 영원히 지워지지 않을 것이오. 그들 부부의 앞길에 행운만이 가득하기를 마음속 깊이 기원하는 바이오.

이와 더불어 당신이 전해온 고마운 소식 하나는, 어제 어느 일간지에 실린 작가 서선생의 칼럼이었소. 당신은 그 글을 스크랩해서 투명창 너머로 나에게 보여주었지. 생면부지의 작가는 '책의 발견'이란 괄목할 제하에 졸저 『신라·서역교류사』에 관해 나름의 독후감이라고나 할까, 서평이라고나 할까, 아무튼 작가다운 예리한 관찰과 박력있는 필치로 분에 넘치는 평을 내렸소. 천만뜻밖이었소. 그 글을 읽어본 여러 독자들이 당신에게 격려의 전화를 걸어왔다고도 하지.

내가 필자에게 몹시 고마움을 느낀 것은 졸저에 대한 그의 벅찬 찬사나 호평, 선의 같은 것 때문이 아니라, 내 책의 저변에 깔려 있는 속내를 작가인 그가——어떻게 보면 작가이기에——모처럼 바르게 갈파하고 뜨거운 가슴으로 받아들여줬기 때문이오. 필자는 씰크로드나 동서문명교류에 관해 이미 나온 책들을 "제아무리 되작거려봐도 가슴속에서는 여전히 허전함이 떠돌았으니, 어느 책도 우리 겨레붙이를 중심에 놓고 엮어가는 이야기가 없다"라고 개탄하면서, 바로 이러한 "기갈(飢渴) 위로 가히 사막의 모래바람 하르마탄 같은 열풍이 몰아쳐왔으니" 그것이 바로 졸저라는 일성을 머리글로 앉혔소. 너무 호탕한 일성이기는 하나, 그중 "우리 겨레붙이를 중심에 놓고 엮었다"라는 한마디만은 가위 정곡(正鵠)을 찌른 것이라고 하겠소.

그렇소, 당신에게도 거듭 밝혔듯이, 내 평생의 학문 연구는 '민족사의 위상 정립'에 촛점이 맞춰져 있소. 그래서 나는 졸저에서 시종일관하게 우리 겨레를 중심축으로 놓고 동서문명의 교류과정을 엮어나가려고 했던 것이오. 따라서 졸저의 궁극적 과녁은 문명교류의 대동맥인 씰크로드의 동방종착점이 작금의 통설처럼 중국의 어느 곳이 아니라 한반도였다는 사실을 규명하여, 우리가 일찍부터 '세계 속의 한국'이었다는 역사적 사실을 복원하는 것이오. 필자는 작가로서의, 아니 작가 이상의 예리한 안목으로 이 점을 꿰뚫어본 것 같소.

지금껏 우리는 '문명 한국'을 부르짖으면서도 불학무식(不學無識)한 서양인들이 낙인한 '은둔 한국'에 분별없이 동조하고 안주해왔소. 사실 '문명 한국'과 '은둔 한국'은 이율배반적인 지칭인 것이오. 근간에 와서 이 모순된 지칭의 해명에 이 작가를 포함한 우리 모두는 기갈을 느껴왔던 것이 사실이오. 그나마도 졸저가 이제 그 기갈의 해소에 가까스로 일말——하르마탄 같은 열풍은 되지 못해도——의 기여를 한 듯해서 퍽 다행으로 생각하오.

작가의 온정이 흠뻑 담긴 한마디 한마디에 대해 구태여 사족을 달려고는 하지 않소. 단, 내가 '민족사의 복원'이라는 웅지를 품고 '겨레붙이를 중심에 놓고 엮으려' 했지만, 뜻대로의 유종의 미는 거두지 못한 어설픈 책이라고 졸저의 '머리말'에서 자평한 바를 상기하고자 하오. 비록 학문의 총림(叢林)에서 한 초야를 일구어놓기는 했지만, 퍽 미흡한 책이오. 그의 과분한 찬사는 작가로서의 있을 법한 윤색이나 가미로서 그 요량도(料量度)를 낮추어서 받아들였으면 하오. 차라리 '책 어느 갈피에 이러이러한 허튼소리가 끼어 있다'는 식의 냉철한 학문적 비판이나 질정(叱正)이 있었더라면 더 고마웠을 텐데. 그러나 이것은 어디까지나 전공학자들만이 감당할 수 있는 몫이 아니겠소? 작가는 사마천(司馬遷)에게 궁형(宮刑)을 내린 건 "그가 『사기』를 쓸 수 있는 가능성을 믿은 왕조시대의 오지랖에 있었을 터이다. 정녕 우리는 그보다 못할 것인가"라는 의미심장한 말로 글을 마무리하고 있소.

지금으로부터 2천여년 전 중국 전한(前漢)시대의 사마천은 흉노에게 투항한 이능(李陵)을 두둔한 죄로 한무제(漢武帝)에게 극형에 버금가는 궁형(성기 절단형)을 받고 옥에 갇히오. 그는 옥사장이들의 갖은 구박을 받아가면서 사서 중의 사서요, 대작 중의 대작이라는 『사기』를 써냈던 것이오. 그 무시무시한 전제치하에서도 옥중집필은 허용되었던 것이오. 그렇지 않았다면『사기』라는 불후의 명작은 이 세상에 태어나지 못했을 것이오. "정녕 우리는 그보다 못할 것인가"라는 한 지성작가의 이 끝말은 나에게 깊은 여운을 남겨놓고 있소. 정말로 우리는 사마천의 시대보다 더 나은 시대를 살아가고 있는가……

옥담 너머의 누군가가 관심을 가져주고, 호흡을 같이한다는 것이 수인으로서는 하나의 큰 행운이 아닐 수 없소. 이제 글로 가까워진 그분께 나의 인사를 전해주오. 책이나 학설은 대체로 후세에 가서 그 진가가 가늠되고 시비가 가려지는 법이오. 진정한 학인은 자신이 써낸 책이나 내세운 학설에 대한 오늘의 평판에는 별로 연연하지 않고, 오로지 학인의 양식으로 일심정념(一心正念)하고 일로매진하는 것뿐이오.

지난 3월 15일 '빠른 우표'(340원)와 새 우편번호로 보낸 엽서는 받아봤는지 궁금하오. 다람쥐 쳇바퀴 돌 듯 일상이 반복만 되는 여기 생활에서 가장 부러움을 사는 것은 자그마한 것일지라도 색다른 변화가 일어나는 일이오. 몇년간 한결같이 보통우표만 사서 딱 정한 자리에 붙이곤 하다가 갑자기 크기도 다르고 모양도 다른 '빠른 우표'가 나타나니, 이것이야말로 개벽(開闢)일 수밖에 없고, 그래서 호기심을 자극하기에 충분했소. 나 역시 무심결에 당했소. 보통우표로 나가나, 빠른 우표로 나가나 여기서는 그것이 그것인 줄 뻔히 알면서도 말이오. 일상의 반복에 찌들리고 쪼들리는 이곳 사람들에게 변화는 크건 작건 간에 그 자체가 활력소이고 희망인 것이오. 그들에게 변화는 하나의 유혹이기도 하오. 그래도 사소한 변화라도 있어야 자칫 침체와 무관심에 빠질 수밖에 없는 이곳 사람들에게 생기와 활력을 불어넣을 수가 있는 것이오.

새봄은 약동의 계절이고 변화와 유혹의 계절이오. 부디 활기찬 하루하루가 되기를 바라 마지않소.

나무의 참 테마

2000. 4. 17.

봄이 한창 무르익어가고 있소. 그야말로 방춘화시(方春和時, 봄이 한창 화창할 때)요. 흔히들 만개한 봄꽃을 보고 이때를 헤아리지만, 여기는 도무지 그럴 수가 없구먼. 꽃이래야 옥담가에 가냘프게 피어난 몇포기 민들레꽃과 이름 모르는 야생화뿐이니까. 땅바닥에 바싹 가라앉아 핀 민들레꽃, 이땅 어디서나 흔하고 별로 예쁘지도 않은 꽃이기에 자칫 꽃 축에 끼워주지도 않는 들꽃이련만, 나에겐 예나 지금이나 그렇게 아름다울 수가 없소. 그것은 비단 그것밖에 볼 수 없는 이곳의 닫힘에서가 아니라, 그 꽃이 품고 있는 갸륵한 속성 때문이지. 언젠가 이맘때 당신에게 보낸 편지에 '민들레 송(頌)'을 열변한 바 있었지. 다시 그 '송'을 되풀이하지는 않겠소. 그 편지를 아직 간수하고 있다면 한번 꺼내서 다시 읽어보기 바라오.

자꾸 화사한 것과 멀어져가고 둔감해지는 인생이라서 그런지, 아니면 이 옥죄는 처지에서 벗어나고픈 심경이라서 그런지 가까이에 있는 꽃의 화사함보다는 차라리 먼 산발치에서나마 웅심깊게 다가오는 나무의 푸르름이 더 마음에 와 닿고, 더 으늑한 여운을 가슴속에 오래도록 남겨놓고 있소. 그래서인지 근간에 큰 산불로 그 푸르싱싱한 나무들이 타죽어가는 참경이 그토록 애처로이 내 눈앞에서 어른거리오. 화마가 핥고 간 고성과 강릉 일대의 백두대간은 지금 모진 화상에 모질음을 쓰고 있다고 하오.

인간이란 자연에 대해 너무나 비정하고 무자비한 존재인가보오. 인간과 운명의 상생관계에 있는 나무를 타죽게 하는 산불 하나만 봐도 그렇소. 물론 산불에는 자연화(自然火)도 있겠지만, 거개가 의식적이건 무의식적이건 간에 인간의 방화에 기인한다는 사실 앞에서 우리는 더이상 무엇을 변명하겠소? 나무는 인간의 배신에 분노할 것이오.

오로지 짙어가는 나무의 푸르름으로만 이 봄을 헤아려가는 터에, 이달엔 식목일을 맞았고, 게다가 연일 산불로 겪는 나무의 참변을 접하고보니, 자연히 나무라는 피조물이 인간에게 주는 메씨지와 그 존재가치에 관해 한번 사색을 모아보게 되오. 이곳에서 살다보면 어떤 '계기'라는 것이 의외의 의미를 가지고 있음을 절감하오. 비록 그것이 내가 부딪치는 현실이 아니고 상상 속의 것이라도 말이오. '계기'는 내 머리에 녹이 스는 것을 미리 막는 방부제고, 시들어가는 사유(思惟)세포를 재생하는 활성제요. 물론 이것은 '계기' 포착이라는 인간의 능동성을 전제로 하고 있소. 그래서 식목일과 산불, 그리고 옥살이라는 '계기'가 나로 하여금 나무의 참 테마를 한번 진지하게 사색해보게 하고 있소.

식목일에 즈음해 한 일간지에는 이른바 나무를 '테마'로 다루는 칼럼이 한 편 실려 있더군. 필자는 내로라하는 칼럼리스트요. 그는 이 글에서 부처가 그 아래에서 성도(成道)했다는 부다가야의 보리수나, 세종이 즐겨 경복궁 담벽둘레에 잔뜩 심었다는 앵두나무, 사랑을 못 이루고 죽은 원혼(冤魂)에서 돋아났다는 월성의 용등(龍藤) 같은 데서 나무의 의미, 즉 '테마'를 찾고 있소. 그러나 내가 보기에는 그 대부분의 이야기는 한낱 인간의 편익을 좇는 데서 나온 얄팍한 껍데기속설에 불과하고, 제대로의 나무테마에는 크게 못 미치는 것 같소. 좀더 깊이 나무의 참 속내를 들여다봐야 할 것 같소.

인간은 다분히 나무가 주는 진정한 메씨지는 아랑곳하지 않은 채, 그저 자기가 쓸 목재를 마구 찍어낸다든가, 자기가 사는 땅의 풍화를 막는다든가, 아니면 입맛나는 열매나 시원한 숲의 풍경 따위를 바라는 사욕과 이기심에서 나무를 심고 가꾸는 성싶소. 새싹을 틔우고 잎을 펼치며 열매를 맺다가도 때가 되면 훨훨 털어버리고 삭풍(朔風)도 마다하지 않는 그 의젓함, 비바람이 몰아쳐 설령 가지 몇개쯤 꺾여도 뿌리와 줄기는 끄떡없는 그

의젓함과 강직함, 도도함과 너그러움, 낙엽귀근의 정신이 나무의 참 테마다.

강직함, 나비들이 아양을 떨며 찾아드는 요염한 백화(百花)를 곁에 두고도 전혀 시샘하지 않는 그 도도함, 한여름 길손에게 시원한 그늘을 드리워주면서도 댓가 한푼 안 받는 그 너그러운 음덕(陰德), 여기에 낙엽귀근(落葉歸根) 같은 심오한 삶의 철학 등, 진정 나무는 이 모든 것을 가지고 있고, 이 때문에 나는 나무와 가까이하고 싶은 것이오. 나는 이것이야말로 나무가 인간에게 주는 메씨지고, 나무가 주는 참 테마라고 생각하오.

그렇다면 우리는 한 그루의 나무라도 고마운 마음으로 아끼고 사랑하며 가꾸어나가야 할 것이오. 자연은 우리 인간을 한품에 안아 먹여살리고 키우는 영원한 모성(母性)이고, 우리에게 삶과 앎의 진리를 가르쳐주는 위대한 교사인 것이오. 이런 자연을 함부로 갉아먹고 멋대로 난도질하며 무심코 불태워버리는 것은 죄치고도 대죄가 아닐 수 없소.

인간에게 주는 메씨지나, 지니고 있는 테마만큼이나 나무가 인간에게 주는 혜택은 또한 큰 것이오. 나무를 떠난 인간의 생활이란 상상할 수 없소. 그런데 수혜자인 우리 인간은 가끔 그 혜택을 제대로 가려내지 못하는 것이 탈이지. 우연찮게 요즘 '문명교류사 사전'의 연구메모작업으로 인쇄술에 관한 자료를 수집하면서 이 점을 새삼 느끼곤 하오. 일반적으로 인쇄라고 하면 나무판에 글자를 새겨 찍는 목판인쇄나 금속판에 글자를 새겨 찍는 활자인쇄의 두 가지를 말하는데, 목판인쇄는 앞 단계이고 활자인쇄는 뒷 단계인 것이오.

인쇄문화에 관해선 우리가 큰 민족적 긍지와 자부를 간직하고 있소. 왜냐하면 우리가 세상에서 제일 먼저 목판인쇄를 시작했고, 또한 역사상 가장 위대한 발명품의 하나라고 하는 금속활자도 우리 조상들이 처음으로 만들어냈기 때문이지. 그러나 이러한 민족적 긍지와 자부는 지금 새로운 도전에 직면하고 있소. 지금까지 우리는 경주 불국사에서 발견된 '무구정광대다라니경(無垢淨光大陀羅尼經, 국보 126호)'이 706년에 목판인쇄된 것으로서 세계에서 가장 오래된 목판인쇄물이며, 따라서 인쇄문화는 우리로부터 시원되었다고 믿어왔소. 그런데 근간에 중국사람들이 느닷없이 이 '다라니경'은 자기들이 몇년 전(702)에 만든 것을 신라가 수입했다는 반론을 들고 나오는가 하면, 여기에 한술 더 떠서 우리보다 10년 전(690)에 자기들이 세상에서 제일 먼저 낸 불경을 목판인쇄했다는 주장을 내놓고 있소. 여기에 편승해 일본사람들은 또 자기들 나름대로 우리 '다라니경'의 제작연대가 '불분명'하다는 이유를 들어 의심을 표할 뿐만 아니라, 자기네가 세상에서 맨처음(770)으로 불경을 목판인쇄했다고 '뒤집기'에 부채질하고 논란에 쐐기를 박고 있소.

이 문제와 관련해 지난해 서울에서 있은 한·중·일 학자들의 학술씸포지엄에서 우리 학자들이 반격을 가했지만, 워낙 인쇄술(원시적 단순 인쇄술 포함)을 자기네 4대 발명품의 하나로 자신하고, 또 국가적 과제로 그것을 고수하려는 중국사람들이고보면, 그렇게 호락호락 굽혀들 리 만무하지.

그리고 목판인쇄와 관련한 우리의 주장이 아직 국제학계의 공인을 얻지 못하고 있는 형편이오. 그런가 하면 우리네 금속활자에 관해서도 중국이나 미국 학자들은 그것이 중국사람들이 진흙으로 만든 활자를 개량해서 만든 것에 불과하다고 우리의 독창적인 발명을 무시하려고 하오. 그밖에 이러저러한 일에서 우리더러 비껴서라는 도전이 만만찮소. 그러나 우리는 줏대없이 호락호락 비껴서거나 물러서서는 안될 것이오.

한마디로 우리는 지금 민족적 긍지와 자부가 걸려 있는 문화영역에서 협공적인 도전에 직면하고 있는 셈이오. 출로는 오직 하나, 당당하게 응전하여 압도하는 것뿐이오. 그런데 문제는 우리의 학문적 대응능력이 미약하다는 점이오. 사실 말로만 '우물 안 개구리'식으로 이러쿵저러쿵하지만, 제대로 연구를 축적한 전문가는 별로 없소. 더욱이 중국을 비롯해 서구나 일본의 인쇄술을 연구한 사람은 거의 없소. 이런 형편에서 어떻게 남들로부터의 반박논리에 맞설 수 있단 말이오? 좀 뒤늦기는 하지만 낙심하지 말고 분발, 또 분발해서 학문적 논리를 개발하고 대응능력을 키우는 일밖에는 딴 길이 없소.

원래 나는 1992년에 출간한 『신라·서역교류사』에 이어 집필을 계획한 『고려·서역교류사』(1998년 출간 계획)에서 민족사의 위상 정립과 관련해 중요한 의미가 있는 우리나라의 인쇄술과 그 교류문제를 주요한 주제로 다루려고 했소. 그러나 수감되는 통에 이 계획은 무산되고 말았소. 계획의 무산과 더불어 이 문제가 새로운 국제적 논제로 등장하고 있으나, 대응에 나설 수 없는 이 처지가 안타깝고 원망스럽기만 하오. 언젠가는 이 중차대한 문제를 학문적으로 똑 부러지게 구명하고야 말 것이오. 그리하여 의젓함과 강직함, 도도함과 너그러움, 그리고 낙엽귀근의 참 테마를 지닌 만고상청(萬古常靑)의 나무처럼, 우리의 민족사를 영원히 빛내는 데 한 홉의 밑거름이 되고, 한 알의 씨앗이 될 것이오.

나무의 참 테마로 그날을 기대하면서.

얼마간 부족한 것이 행복의 필수조건

멀리 구봉산(九峯山)등성이에 듬성듬성 핀 진달래꽃 무더기가 마냥 희끔희끔 도장을 찍어놓은 듯싶소. 짙어가는 푸르름 속에 묻혀 있는데다가, 아스라이 먼 곳에서 바라보니 연분홍 꽃색깔이 희끄무레하게 비치니 그러하겠지. 우리 강토를 금수강산으로 만드는 데는 진달래가 한 몫 단단히 하고 있소. 진달래는 동서남북, 이땅 어디서나 피어나는 '나라꽃'이오. 희한하게도 봄이 오면 남녘으로부터 시차를 두고 막힘없이 일렁이듯 '꽃띠'를 이루면서 북상해서는 겨레의 성산 백두연봉에서 '띠'가 풀려 끝봄을 맞는 것이오.

내가 나서 자란 고장은 바로 동해로 뻗은 백두산줄기 자락에 자리한 저 북녘의 땅이오. '천지꽃'이라고 부르는 고향땅 진달래는 5월 상순이 한창이오. 백두산 천지와 한 수맥(水脈)을 이룬 맑디맑은 삼지연(三池淵)가나 두만강가에 소복소복 소담히 피어난 진달래는 다름아닌 우리 겨레의 해맑음과 정갈함 그 자체요. 남북을 아우르는 진달래의 '꽃띠'야말로 우리 겨레를 하나로 되게 하는 끈끈한 유대이지. 그 '꽃띠'가 세세연년 이땅을 수놓아갈진대, 우리 겨레는 영원무궁토록 갈라짐이나 흐트러짐 없이 하나의 '강강수월래' 유대에 묶여, 한마음 한뜻으로 살아갈 것이오. 이 시각에도 진달래 '꽃띠'는 쉼없이 오롯한 자국을 찍어놓으며 고향땅 그곳으로 옮겨 가고 있겠지. 이것이 이 순간 나의 '진달래 명상'이오.

생활에서 명상은 추억을 돋을새김하기 때문에 아름다운 것이오. 그러나 자칫 명상에 중독되면 허깨비에 사로잡혀 쓸데없는 염세나 복고에 빠질 수가 있소. 좋은 것은 좋게 써야 약이 되지, 나쁘게 쓰면 악이 되는 법이오. 여기서 중요한 것은 명상의 렌즈를 현실로 클로즈업(close-up)하여 지금의 자기모습을 입체적으로 현상(現像)하는 것이오. '진달래 명상'도 아름답기는 하지만, 명상만으로는 부질없을 수도 있소. 더 의미있는 것은, 그 아름다움으로 이땅의 오늘을 투시하고 그를 좇아 살아가는 것이오.

며칠 전 이곳에 면회와서 당신은 내가 그동안 영치금을 푼푼이 모아둔 사실을 어떻게 알아채곤 나무랐지. 사실 그동안 당신과 지우들, 그리고 몇몇 후원단체에서 성의껏 보내온 영치금만큼은 소중히 여겨 극력 아껴쓰다 보니 나도 모르게 얼마쯤 모아진 것 같소. 이곳에 있을 때의 불의지변(不意之變)에 대비하고, 출소 후에라도 요긴하게 쓸 데가 있을까 싶어 함부로 다칠 수가 없었소. 한마디로 극히 소액이지만, 유비무환의 뜻에서였소.

당신도 감지했겠지만, 원래 나는 돈이나 재물에 별반 신경을 쓰지 않고 근검절약을 하나의 생활신조로 삼는 사람이오. 구차한 농부의 자식이란 숙명에서부터 시작해, 어린 시절에 받은 사회교육과 처한 환경 등은 애당초부터 이러한 신조를 몸에 배게 했던 것이오. 20대 초반 카이로대학 유학 시절에 중국의 국가장학금을 받아 공부하고 돌아올 때, 쓰고 남은 돈을 자진해 국가에 돌려준 것을 나는 지금까지도 미덕으로 자부하오.

언젠가 내가 당신에게 보낸 편지에서 '너그러움과 검소함(恕儉)'을 가훈으로 삼자고 했지. 사실 그 말은 '너그러우면 불평이 없어 화목하고, 검소하면 저축이 있어 여유가 있다(惟恕則情平 惟儉則用足)'라는 숙어에서 나온 것이오. 검소함은 절약의 동의어격이오. 검소하면 절약하게 마련이고, 절약하다보면 자연히 검소하게 되는 법이오. 한편 근면과 절약도 이러한 동의어관계라고 말할 수 있으며, 다같이 행복과 유족함의 열쇠인 것이오. 그래서 "근면은 행운의 오른손이고, 절약은 그의 왼손이다"라는 영국속담이 나왔나보오. 사실 근면은 더 말할 나위가 없거니와, 검소와 절약도 모두가 이를 데 없이 고상한 미덕임이 분명하오. 그런데 사회에 물신주의와 배금주의 풍조가 만연하고, 언제부터인가 인간이 수전노(守錢奴)로 전락하다보니, 이러한 미덕이 제대로 대접받지 못할 뿐만 아니라 오히려 우롱

당하고 있는 것이 현대사회의 큰 병폐 중 하나이지. 그래서 우리는 현대사회의 도덕성에 의문을 던지는 것이오.

얼마 전 바깥에서 운동을 하다가 한 요수 젊은이를 만났는데, 그는 내가 기운 런닝셔츠를 입고 있는 것을 보고서는 "교수님, 왜 기운 옷을 입고 계십니까? 없으시면 제가 한 벌 드리겠습니다"라고 하는 것이었소. 그래서 그 마음씨는 고마웠지만, "여보, 젊은이, 우리 모두는 갇혀 있는 수인들이오. 수인이라면 수인답게 검소하게 살아야지. 바느질도 하고 옷도 꿰매 입는 것이 생활에서는 필요한 일이거든. 차제에 한번 다 해보는 것도 좋아"라고 타일렀더니 퍽 계면쩍어하더군. 이곳 사람들, 특히 젊은이들은 알고 보면 다들 착한 사람들이오. 거개가 밑바닥인생들로서 본의아니게 삶에 찌들다보니 순간적으로 실수를 하여 한때나마 청춘의 날개를 접질리고만 젊은이들이오. 바른 세상을 만났더라면 그들 역시 바르게 사는 사람들이었으련만. 저마다의 사연을 들을 때마다 나는 이러한 아쉬움과 미련을 절감하고 있소.

이곳에 기거하는 사람들은 모두가 나처럼 일전 한푼 벌지 못하고 누군가에 얹혀서 기생하는 '땡땡이'들이오. '기생'하면 기생하는 자로서의 마땅한 처신이 있어야 하지 않겠소? 자숙하고 검소하며 절약하는 자세 말이오. 문제는 자각이오. 자각이 있어야 자성과 자제가 생기는 법이오. 자각없는 타율은 일시적 방편에 불과하오.

나는 옥중생활을 시작한 첫날부터 '밥그릇 비우기'를 작심하고, 오늘까지도 그대로 실천하고 있소. 비록 까슬까슬한 밥에다가 변변찮은 반찬이지만, 그것으로 족히 허기를 채우자는 것이오. 주어진 여건을 최대한 유용하는 것이 바로 동물과 다른 인간의 슬기인 것이오. 인간의 욕망, 특히 물질에 대한 욕망은 일단 이성을 잃게 되면 걷잡을 수 없이 부풀어지는 법이오. 부질없는 욕망에 대한 절제가 동물과 다른 인간의 또하나의 슬기인 것이오.

참, 지금도 돈이요, 재물이요 하면 금세 뇌리에 떠오르는 것이 러시아의 대문호 똘스또이의 유명한 말이오. 학생시절 나는 『소년시대』 『전쟁과 평화』 『안나 까레니나』 『부활』 등 그의 주옥 같은 작품들을 밤을 새워가면서 탐독했소. 똘스또이는 대작 『안나 까레니나』를 완성하고는 죽음의 공포라든가, 인생의 무상에 관해 고민하기 시작하면서 타락한 세속에 대해 이러한 절규를 보내오. "아아, 돈! 돈! 이 돈 때문에 얼마나 많은 슬픔이 이 세상에서 일어나고 있는가!" 그는 또 이렇게 날카로운 비유를 하고 있소. "재산은 똥과 오줌과 같다. 그것이 쌓였을 때는 악취가 풍기지만, 뿌려졌을 때는 흙을 기름지게 한다." 정말로 대문호이자 위대한 문명비평가이며 사상가다운 일갈(一喝)이오.

똘스또이 자신은 돈이나 재산 폐지론자가 아니오. 나 역시 돈이나 재산 무용론자는 아니오. 다만 이기적인 욕심을 버리고 필요한 만큼 얻어서 필요한 데 쓰자는 것이오. 부는 사용하기 위한 도구일 뿐, 결코 숭배하기 위한 신은 아니오. 광신의 대상은 더욱 아니오. 그럼 얼마만큼이 '필요한 만큼'이고, 또 '사용하기 위한 도구'가 될 것인가? 답은 간단하지 않소. 누군가는 이에 대해 "남이 부러워하기에는 너무 적고, 남이 멸시하기에는 너무 많은 정도의 재산"이라고 아주 유머넘치고 재치있는 대답을 했소.

살다보면 부의 결핍이나 부족에 시달릴 때가 없지 않게 되오. 영국의 철학자 러쎌(B. Russell)은 "얼마간 부족한 것이 행복의 필수조건이다"라고 '행복론'을 피력한 바 있소. 그런가 하면 미국의 사상가인 에머슨(R. Emerson)은 역설적으로 "역사상 가장 위대한 사람은 가장 가난한 사람이었다"라는 명언을 남겼소. 이것은 '가난에 초연하여 편안한 마음으로 도를 즐긴다〔安貧樂道〕'라는 우리네 동양사상과 맥을 같이하는 말들이겠소.

모자람의 의미를 되새기면서.

세월은 사람을 기다려주지 않네

2000. 5. 5.

오늘은 자연의 절기로는 여름이 시작된다는 입하(立夏)이
고, 인간사로 보면 어린이날이기도 하지만, 개인적으로 경사롭게는 당신
의 생일이오. 올해 당신의 생일을 축하하는 표시로 무엇을 삼을까 하고 곰
곰이 생각하던 끝에 몇푼의 축하금을 보내기로 했소. 그간 한푼두푼 모아
둔 영치금이 좀 남아 있어 어제 그것을 당신에게 우송하도록 조처를 취했
는데, 얼마 되지 않으니 성의로만 알고 건강에 필요한 영양제 같은 것을
사서 쓰기 바라오. 그저 마음뿐이오. 영치금이래야 그 대부분은 당신이 보
내온 것이 아니오?

자라는 나무에 한해씩 나이테가 둘러지듯, 사람에게도 한해를 넘기는
생일이라는 것이 찾아와서는 나이 하나를 더 보태주곤 하지. 어릴 적에는
나이를 빨리 먹었으면, 젊어서는 그대로 멈춰 있었으면, 늙어서는 더 먹지
않았으면 하는 것이 인간의 상정이오. 나이를 강요하는 똑같은 시간의 흐
름에 대해 인간은 이렇게 기대하기도 하고 원망하기도 하지. 그러나 인간
의 뜻과는 달리 가는 세월을 붙잡아두는 힘은 이 세상 어디에도 없소. 전
지전능한 신도 '흐름'만을 창조했을 뿐 '정지'에는 무능한가보오. 그래서
유명한 중국 송대의 시인 도연명(陶淵明)은 이렇게 읊조리고 있소.

청춘은 가면 다시 오지 않고　　　　　盛年不重來
하루에 새벽은 두 번 없네　　　　　　一日難再晨
때맞춰 열심히 해야 하거늘　　　　　及時當勉勵
세월은 사람을 기다려주지 않네　　　歲月不待人

자연의 추이 속에서 인생의 진실을 추구하는 도연명 고유의 시풍(詩風)을 잘 보여주는 오언시(五言詩)요. 세월은 한번 흘러가면 그만으로 사람을 기다려주지 않으니, 앉아서 세월타령만 할 것이 아니라 때를 놓치지 말고 열심히 노력하여 무언가 성취해야 한다는 뜻이겠소. 인생의 나이테 한 바퀴가 하나의 '때'라고 할 때, 우리는 어디서 무엇을 하던간에 그 '때' 하나하나를 허송하지 말고 최선을 다해 보람으로 수놓아야 할 것이오. 이곳에서 한번은 당신의 생일 축하로 고향선배인 윤동주 시인의 시를 헌시(獻詩)했는데, 오늘은 또 이렇게 도연명의 시 한 수로 같은 뜻을 새겨보오.

　　생일날에는 덕담으로 축하의 뜻을 표하는 것이 상례이나, 곳이 곳이고 때가 때이니만치 그렇지 않은 얘기를 하지 않을 수 없음을 양해해주오. 이야기인즉, 내가 집필한 『고대문명교류사』의 원고를 컴퓨터에서 출력하는 문제인데, 어찌된 영문인지 아직껏 제대로 되지 않고 있다니 안타깝기만 하오. 당신도 알다시피, 그 원고는 내가 검거되기 전에 집필하여 컴퓨터에 입력해놓고 그해에 출판하기로 ㅎ출판사와 약속까지 했소. 그 책은 내가 '문명교류학'의 학문적 정립을 위해 집필한 첫번째 책일 뿐만 아니라, 아직 그 어느 나라에서도 동류의 책이 나오지 않은 것으로 알고 있소. 이를테면 초창적 의미를 지닌 책인 셈이지. 학자는 무엇보다도 자신의 저서를 애지중지하는 법이오.

　　그래서 나는 법정진술에서 학계와 후학들을 위해서 그 원고만은 압수된 컴퓨터에서 출력해 살려주었으면 하는 간절한 소망을 피력했소. 며칠 후 담당검사에게 불려가서 몇시간 동안 수갑을 찬 채 그 원고를 확인하고 정리했소. 그때 검사는 재판이 끝나면 담당변호사를 통해 원고를 돌려주겠다고 했소. 나는 그날을 학수고대해왔소. 그런데 돌려받은 컴퓨터에는 원고제목만 있고 내용은 없다고 하니, 나로서는 정말 청천벽력이 아닐 수 없소. 몇년간의 노고가 물거품이 되었으니 말이오.

　　정녕 그대로를 믿어야 하는지? 혹여 컴퓨터가 이손저손을 거치면서 수난을 당하다보니 어딘가 고장이 나서 작동하지 않는 것은 아닌지? 다시 한 번 기술자에게 의뢰해 확인해보오. 만일 정말로 원고가 증발했다면, 할 수 없이 재생의 방도를 찾아야겠지. 지금으로서는 자필초고를 찾아내는 것이 최선이오. 몇년 전 일이라서 기억은 아리송하지만 아마 누르무레한 16절지 종이에 손으로 쓴 초고를 장별로 묶어 당시 책상 위 왼쪽 모퉁이에 쌓아둔 것 같소. 그간 몇번이고 뒤져졌을 터라, 그 자리에 그대로 있을 리야 만무하겠지. 아무튼 찾아보고 있으면 잘 간수해두오. 언젠가 주인을 만나면 다시 정리되고, 입력되고, 출력되고, 그리하여 급기야는 책으로 엮어져 햇볕을 볼 날이 오겠지!

세월은 사람을 기다려주지 않지만, 그 초고만은 나를 영원히 기다려줄 것이오.

추기(追記)
처음에는 돌려받은 컴퓨터 작동에 오류가 생겨 그러했는데, 수리를 거쳐 원고 전체를 출력했다고 한다.

수의환향(囚衣還鄉)

2000. 5. 21.

이번 면회는 연락에서 혼선이 빚어져서 오후 마지막 시간에야 가까스로, 그것도 단축되어 이루어졌소. 늦은 시간에 이곳을 떠났는데, 귀로에는 별고가 없었는지. 허전함을 달래며 쓸쓸히 문을 나서던 당신의 뒷모습이 지금도 눈앞에 어른거리오.

5월은 '가정의 달'이오. 이달에는 근로자의 날, 어린이날, 어버이날, 스승의 날, 성년의 날, 그리고 석가탄신일까지 겹쳐 기려야 할 날들이 줄줄이 이어져 있소. 어린이날과 성년의 날은 미래를 향한 성장과 희망의 날이고, 어버이날과 스승의 날은 효도와 사표(師表)를 함양하는 근엄한 날이며, 근로자의 날은 근로를 신성시하며 그 의미를 되새기는 날이오. 나는 이런 날들 중에서 근로자의 날을 가장 반기오. 왜냐하면 나는 영원히 근로하는 사람으로 남아 있고 싶기 때문이오. 사실 이날은 어릴 적부터 내 뇌리에 깊이 각인되어왔소. 그때는 '메이데이'니 '노동절'이니 하는 이름으로 불리었지. 이름이야 어찌 되었던간에 망치와 낫, 붓으로 상징되는 근로자들의 명절이지.

근로야말로 만물의 원동력으로서 가정을 지키고 사회에 헌신하는 길이오. 그래서 정신노동이건 육체노동이건, 노동은 가장 신성하다고 하는 것이오. 신성한 만큼 우대되어야 하는데, 우대는커녕 도리어 천대받는 것이 인간이 아직까지 극복 못한 가장 큰 병폐의 하나인 것이오. 바로 이러한 병폐 때문에 근로는 마냥 못가진 자의 '전유물'로 전락하고 말았소. 그래서 근로자의 날은 바로 이러한 병폐를 씻어버리려는 날이기도 하오.

가정은 사람들의 포근한 보금자리일 뿐만 아니라, 사람됨을 가르치는 수련의 도량이기도 하오. 불교의 법어에는 "가정에 참 부처가 있다[家庭有個眞佛]"라고 했소. 참다운 도란 딴 곳에 있는 것이 아니라, 바로 평범한 일상의 가정생활에서부터 이루어져나간다는 뜻이 되겠소. 가족끼리 서로 사랑하고 아끼며 관용하고 화합하며, 이웃과도 화목하고 다정하게 지내면, 그것이 곧 성불성도(成佛成道)인 것이오. 극히 평범한 진리이지.

공교롭게도 근엄한 어버이날과 스승의 날이 이어지는 요즘을 나는 범상찮은 자기 회상 속에서 보냈소. 그 회상은 '어버이로서의 나'와 '스승으로서의 나'를 겨레의 수난사와 더불어 좀더 냉철하게 돌이켜볼 수 있게 했소. 아마 당신도 얼마 전 신문들이 연일 중국정치협상회의 부주석 조남기(趙南

起)씨의 내한에 관해 대서특필한 기사들을 접했을 것이오. 그는 62년 만에 고향인 청원 태성리에 금의환향(錦衣還鄕)했다고 일제히 보도했소. 중국에 사는 조선족 가운데서 최고위급 인사로서, '조선족의 우상'으로까지 추앙되고 있다고 하오. 그래서인지는 몰라도 국빈대우를 받으면서 그의 환국·환향은 화려한 장식으로 꾸며졌소. 대학들은 앞을 다투어 군인출신인 그에게 명예경제학박사학위와 명예교수직을 주고, 고속전철측은 그에게 시승의 영예를 안겼으며, 한 산업단지는 그로부터 투자유치 약조도 받아냈다고 하오. 명소관광이나 기자인터뷰, 연회, 그 모든 것이 금의환향의 존영(尊榮) 그대로였소. 물론 우리의 해외유민(海外流民)들 속에서 조씨와 같이 현지에 잘 적응한 인물들이 배출된다는 것은 겨레로서의 반가움이나 자랑이 아닐 수 없소.

그러나 그 배면(背面)에는 또다른 역사가 흐를 수도 있다는 사실을 간과해서는 안될 것이오. 그것은 개인사나 민족사의 경우가 다 마찬가지요. 중국에 유입된 조선족의 현대사에서는 물론, 그것을 압축해서 조씨와 우리 — '우리'라는 말에 유의하기 바라오 — 의 경우를 대비해보면, 또다른 그 배면의 실상이 극명하게 드러나오. 현대사에서 재중 조선인들의 정치사회활동계보를 훑어보면, 1930년대에는 1세대가, 50년대에는 2세대가 그 계보를 이어갔다고 볼 수 있소. 그렇게 보면 조씨는 1.5세대이고 나는 2세대(광복 후의 1세대)에 속한다고 하겠소. 중요한 것은 나이에 따르는 계보가 아니라, 이 시대를 엮어가는 민족사의 대세에 어떻게 영합하는가에 따르는 계보인 것이오. 물론 우리 모두는 일제의 등쌀에 못 견디어 "가노라 삼각산아 다시 보자 한강수야, 고국산천을 떠나고자 하랴마는……"이라는 단장의 망향가를 부르면서 설한풍 휘몰아치는 만주땅에 간 망국유민의 후손들이오. 거기서 우리는 일찍이 망국의 한을 달래면서 오로지 이 세상에 하나밖에 없는 조국과 겨레에 대한 사랑을 키워갔소. 모두의 철석같은 이념은 조국애와 민족애였고, 지향은 그 실천을 위한 환국이었소.

그러나 거대중국이 부상함에 따라 이러한 이념과 지향에는 후천적인 이반(離叛)이 생기기 시작했소. 돌이켜보면, 1950년대 초반부터 60년대 중반, 중국에서 '문화대혁명'이 일어나기 전까지의 약 15년 동안은 조선족 식자층 속에서 이른바 '환국파'와 '잔류파'가 나뉘어 격론을 벌이던 시기였소. 그 시기는 마침 내가 북경대학을 마치고 카이로대학에 유학하고나서 중국외교부에 근무하다가 환국을 결행하던 시기와 일치하오. 내 인생역정에서도 하나의 전환기였지. 당시 북경 소재 중앙정부급 기관에 재직하고 있던 조선족출신 간부는 나를 비롯해 몇명밖에 안되었으며, 재중 조선족 가운데서 최고위급 인사는 중앙민족사무위원회의 고위직에 있는 문씨였소. 그는 광복 직후 연변에 첫 조선족 자치기구를 발족하는 등 민족이념이 비교적 투철한 분이었소. 그즈음 기라성 같은 열혈청년들이 미래를 향한 꿈을 키우고 있을 때, 조씨는 변방인 연변의 한 중급 군사간부였소.

　당시 시대의 소명에 각성한 일군(一群)은 연변고급중학교 1, 2기 졸업생(나는 2기)으로서 중국대학(주로 동북지방의 각 대학)에 진학하여 고급 인텔리로 성장하던 50~60명의 지성인들을 필두로 하고 있었소. 우리는 상시적인 연락을 유지하면서 뜻을 한데로 모아갔소. 우리의 종국적 지향점은 두말할 나위없이 조국에 돌아와 조국 건설에 헌신하는 것이었소. 그 과정은 '잔류파'들과의 치열한 논쟁의 과정이기도 했소. 이번에 조씨는 '성격에 맞지 않아' 환국하지 않았다고 한 기자와의 인터뷰에서 털어놓았소. 이것저것 '맞지 않는다'는 것이 당시 '잔류파'들이 들고나온 주요한 변의 하나였소. 우리는 이 변에 여지없는 통박을 가하면서 귀국의 당위성을 시종일관 견지했소. 1960년대를 기해 우리 '환국파'들은 대부분 뜻을 이루었소. 두 파의 시비와 곡직(曲直)은 역사가 냉정하게 판단할 것이오.

　나는 이 격동의 시대를 그나마 의미있게 장식했던 여러가지 비사(秘史)를 글로 엮어 후대들에게 전하고 싶소. 나아가 우리의 할아버지, 아버지들이 고국산천을 떠나 저 낯설고 거친 간도땅에 흘러간 유랑의 비사(悲史)도

책으로 묶어 후세에 전하고 싶소. 왜냐하면 그 모든 것은 우리 겨레가 겪어온 현대사의 한 장면이며, 그 속에서만이 어제의 내 자화상을 바르게 그려낼 수 있기 때문이오.

나는 지금 수인복을 번갈아 입어가는 '수의환향(囚衣還鄕)'으로 조씨의 화려한 금의환향을 지켜봤소. 물론 원적으로 보면 내 고향은 몇대 조상의 뼈가 묻혀 있는 함경북도 명천이지만, 환국한 나에게는 이땅의 어드메든 다 나의 고향이오. 40여년 전의 '잔류'와 '환국'이라는 두 상극(相剋)이 조씨의 '금의환향'과 나의 '수의환향'이라는 오늘의 또다른 상극으로 이어진 것은 하나의 역사적 아이러니가 아닐 수 없지만, 그 역시 엄연한 역사적 사실이오. 이 아이러니에 대한 판정도 나는 역사에 맡기오.

단, 나는 그 상극의 대국(對局)을 주도한 내 행동의 정당성이나 당위성을 오늘까지도, 아니 영원히 시종여일(始終如一) 확신하고 있으며, 오늘의 내 처지를 결코 비감해하지 않소. 오히려 나는 이 시대에 누군가는 감당해야 할 짐과 아픔을 내 스스로 맡았다는 데서 크나큰 자부와 긍지를 느끼오. 그러기에 나는 눈부신 비단차림의 '금의환향'을 부러워하지 않고, 허술한 차림의 '수의환향'에 내심 자족(自足)하고 있으며, 한 평도 채 안되는 감방에서 오늘도 그날부터의 내 삶의 화두를 실현코자 여념없이 정진하고 있소.

오늘도 수의환향에 묻혀.

겨레의 다시 하나됨을 위해

2000. 6. 18.

　　　　　　제법 성하기(盛夏期)에 접어들었소. 우기도 곧 다가온다니 무더위에 장마가 겹치지나 않을까 걱정이 되오. 두려운 것은 근년에 자주 일어나는 이변이오. 정상과 관행에 익숙해 있는 인간에게 이변은 항시 치명적일 수밖에 없지. 탈출구는 대비책을 마련하는 것뿐이오.

　며칠 전 이곳에서 보낸 '의료통지서'를 받아보고 깜짝 놀랐다고 했는데, 알고보면 별일이 아니오. 수감자들이 고혈압이나 당뇨병, 심장병 같은 요주의(要注意) 질환에 걸리면 감옥측이 예고차원에서 이러한 통지서를 보호자에게 보낸다고 하오. 요즘 내게 부정맥이라는 심장질환이 생겨나 그런 통지서를 보낸 모양이오. 사실 지난 초겨울부터 경미하기는 하나 부정맥이 자주 나타나 약을 복용하면서 그럭저럭 지내왔는데, 여름철에 접어들면서 좀 심하게 나타나고 있소. 이 병에는 별 치료대책이 없는가보오. 다음주에 지정병원인 건양대 병원에 가서 진찰을 받기로 했소. 별 문제가 없을 터이니 너무 걱정 마오.

　기계도 과부하가 걸리면 이상이 생기는데, 하물며 유약한 사람이야 더말할 나위가 있겠소? 아마 피곤과 신경과용이 누적되어 그런 것 같소. 지난 4년간 육신에 만부하(滿負荷)를 걸지 않은 날이 없었으니 말이오. 특히 지난해에는 방대한 '씰크로드학'의 메모작업을 계획대로 마무리하기 위해 만부하+α, 즉 초만부하를 걸었으니 고장이 날 법도 하지. 그래서 요즘은 잠도 넉넉히 자고 단전호흡 같은 민간요법에도 신경을 쓰고 있소. 너무 걱정하지 마오. 중요한 것은 고장난 줄을 아는 것이니까, 고치면 될 것이오. 치료환경이 여의치않은 것이 우려되지만 어떻게 하겠소, 환경이야 임의로 바꿀 수 없는 터, 주어진 환경을 최대한 선용(善用)하는 것이 지혜가 아니겠소?

전번에 서선생과 홍선생 두 분이 이곳까지 찾아준 데 대해 정말로 고맙게 생각하오. 두 분께 고맙다는 인사를 전해주오. 그리고 나를 위해 애쓰시는 문인 여러분께도 연락이 닿는 대로 인사를 전해주오. 우리는 그날 서로에게 힘이 되는 좋은 말들을 많이 나누었소. 역시 이 시대의 지성인들답게, 시대의 소명에 충실한 선각자들답게 주고받은 이야기들이 퍽 유익하고 희망적이었소. 내가 구상하고 있는 학문적 비전에 대해 널리 이해하고 격려해준 데 대해 나는 무척 반가웠소. 내가 거듭 강조한 것은, 세계 속에서 우리 겨레가 차지해야 할 위상을 제대로 세우면서 이제는 '받는 학문'에서 '주는 학문'으로의 세기적 전환을 이루어야 한다는 것이었소. 그러자면 새로운 학문분야에 과감히 도전해야 한다는 점을 지적했소.

나는 요즘 신문지상으로나마 남북정상들의 만남을 지켜보면서 남다른 감회에 젖었소. 장면장면이 다 그러했지만, 특히 두 정상이 포옹하는 장면은 정말로 감격스러웠소. 그 포옹이 한낱 일회적인 의례행사에 그치지 말고 넓은 통일의 광장에서 7천만 우리 겨레가 얼싸 부둥켜안는 그날로 이어져나가기를 간절히 기대하오. 나는 개인의 양양한 전도도 미련없이 뒤로하고, 학문으로 이루려던 대성(大成)의 꿈도 기꺼이 접어놓고, 오늘에 있게 될 이러한 겨레의 만남을 위해 나 스스로가 '통일의 험로'를 택했던 것이오. 가시밭에 들어서서 고행의 십자가를 짊어지고, 오로지 '겨레의 다시 하나됨'이란 일념에 지난 20여년을 불태웠던 것이오. 굳건한 제 나라가 있어야 개인의 전망도 있고, 개인의 재능도 꽃피울 수 있다는 것이 역사의 가르침이고, 시종일관 내가 간직하고 있는 신념이오.

우리 7천만 겨레는 숙명적으로 갈라질 수 없는 일체(一體)인 것이오. 김 대통령은 '통일기원방명록'에 "우리는 한민족 한핏줄 운명공동체입니다"라는 뜻깊은 말을 남겼소. '운명공동체'이니만큼 너와 내가 따로 있을 수 없으며, 서로가 애환을 함께 나누어야 하는 것이오. 분명 우리는 한핏줄을 이어받은 한겨레붙이요. 피는 물보다 진하고 희석할 수가 없소. 두 정상의 만남은 이러한 겨레붙이 일체성을 인정하고 통일로의 디딤돌을 마련하며 이정표를 세워놓은 셈이오. 모처럼 마련된 큰 만남이 계속되었으면 하오.

우리는 지구상에서 마지막 분단국이다보니 가끔 남들의 비아냥거림이나 업심 같은 것을 받기도 하오. 그렇지만 우리 민족은 슬기롭고 저력이 있으며 호기(豪氣)에 찬 민족이오. 우리는 기필코 머지않은 장래에 반만년 민족사의 한 싯점에서 본의아니게 찍혀버린 분단의 오점을 말끔히 가셔내고, 다시 하나가 되어 21세기의 당당한 주역으로 웅비할 것이오. '다시 하나됨'은 '다시 태어남'이며, '다시 태어난 자'만이 역사에서 승자가 될 수 있소. 나는 갈라진 우리의 '다시 하나됨'을 숙명으로, 필연으로 믿고 있소.

두 정상의 만남과 회담 후의 선언은 남북간의 화해와 협력, 교류를 확인하고 그 추진을 약속함으로써 통일로의 큰 길이 열리기 시작했다고 말할 수 있을 것이오. 물론 55년이라는 긴 분단의 역사가 남겨놓은 상흔(傷痕)의 골은 상당히 깊소. 그렇지만 그것을 치유하는 길에 이제 거보를 내딛었으니, 그 걸음을 멈춰서는 안될 것이오. 바야흐로 통일의 서광이 비치고 있는 것 같소. 지금 세계는 놀라운 눈으로 우리를 지켜보고 있소. 우리네 겨레다움의 본때를 한번 보여줄 때가 된 것 같소. 정말 우리만의 신명을 한번 크게 떨쳐서 새 세기가 얼마 가기 전에 통일의 여명이 활짝 트이도록 했으면 하오.

겨레의 '다시 하나됨'을 거듭거듭 기원하면서.

내 고향 칠보산

2000. 6. 24.

간밤에 주룩주룩 빗소리가 그치지 않더니 바둑판만한 뒤뜨락이 온통 물바다로 변했소. 여기는 지반이 암석이라서 물이 스며들지 않고 고여 있기 때문에 한번 비가 오기만 하면 자연증발할 때까지 내내 흙탕물로 뒤범벅이오. 인간사도 마찬가지요. 스며들 것은 스며들어서 간직되어야지, 겉돌기만 하면 마음의 싹이 돋을 여지가 없게 되는 법이오.

장마철이라서 며칠간 비가 오락가락하더니 날씨가 무척이나 후텁지근하오. 게다가 어쩐지 애써 원기를 돋우어보려고 해도 자꾸 호졸근해지기만 하는구먼. 아마 무더위에다가 불청객 병마가 범접한 탓인가보오. 그제 의사들의 폐업난 북새통에 간신히 여기 건양대 병원에 가서 진찰을 받았소. 두세 시간 동안 심전도와 혈액 검사, 엑스레이 촬영 등 몇가지 검진을 전격적으로 받았소. 역시 부정맥이 검출되면서 초보적인 진단은 '심실성 기외수축증'이란 긴 이름의 병이라고 하오. 무슨 내용의 병인지는 의사의 구체적인 설명이 없어 자세히 알 수는 없으나, 짐작컨대 부정맥과 관련된 어떤 병고인 것 같소.

세가지 약을 주면서 복용 15일 후 다시 와서 초음파검사를 해야 한다고 하오. 그때 가서야 최종진단이 내려지는가보오. 이곳에서 한번 외출한다는 것은 굉장히 번거로운 일인데, 이렇게 자꾸 호출하니 이것저것 마음만 쓰이오. 그리고 운동을 삼가라고 하니, 이거야 원 '사형선고'나 다름없지.

사실 이곳 일과에서 가장 즐거운 때는 운동시간이오. 신선한 바깥 공기를 마시면서 체력을 단련하니 좋고, 다음으론 벽 하나를 사이에 둔 이웃도 만나서 이야기 한마디라도 나눌 수 있으니 말이오. 그래서 운동이 없는 날은 제일 우울한 날이오. 만약 이 한 시간씩의 운동이 없었더라면 오늘의 나를 상상하기 어려울 것이오. 게다가 나는 워낙 운동을 즐기는 편이지. 운동시간만큼은 일분도 빼앗기려 하지 않소. 요즘 병고에 시달리면서도 운동을 하면 나을 거라 믿고 더 드세게 해왔소. 그런데 운동을 하지 마라, 정 하고 싶으면 '산책식 운동'이나 하라고 하니, 속된 말로 미칠 지경이오. 그러나 어찌하겠소, 의학을 믿고 의사가 하라는 대로 해야겠지. 대신 지압이나 기공 같은 심신 수련법에 열중해볼까 하오.

평생 건강만큼은 어느정도 자신있던 내가 지금은 곳이 곳이고 나이가 나이니만치 마냥 장담할 수만은 없다는 것을 차츰 실감하고 있소. 하늘과 땅, 공기 속에서 자유로워야 할 인간이, 그 자유가 제한받는 환경 속인데도 그것에 아랑곳하지 않고 여전히 과신과 오기, 무모를 버리지 않은 채 오히려 육신에 초만부하를 가차없이 걸었으니 어찌 건강에 이상이 아니 생길 수가 있겠소? 일단 걸리고보니 유의할걸 하는 후회가 좀 드오. 싫든 좋든 간에 일단 이 점을 자인한 이상, 이제 병은 절반쯤 고친 셈이오. 왜냐하면 마음먹고 의식적으로 대비할 수 있으니까. 그저 당신에게 걱정을 끼치는 것이 민망스러울 따름이오.

이럴 때면 영국의 철학자 베이컨(F. Bacon)이 한 유명한 말이 떠오르오. "아내는 젊은이에게는 연인이고, 중년 남자에게는 반려자이며, 늙은이에게는 간호사다. 그러니 남자에게는 연령에 관계없이 결혼하는 구실이 있다." 마치 남자의 결혼구실을 대변하는 말 같지. 이것은 근 4백년 전의 사고방식이지만, 해석하기에 따라서는 오늘에도 크게 나무랄 데가 없는 그럴싸한 말이오. 남녀 상대를 엇바꿔놓고 말해도 무방할 것 같소. 이 말 중에서 내 마음에 걸리는 것은 아내가 '늙은이에게는 간호사'라는 말이오. 당신에게는 별로 부담이 안되는 일일 수도 있지만, 또 어찌보면 지긋지긋한 일일 수도 있을 것이오. 최선은 서로가 끝까지 건강을 유지하여 일방적인 간호를 피하고 서로가 서로를 간호하는 길이겠지.

건강은 식성과 크게 관계가 있소. 식성만은 나무랄 데가 없다던 내가 요

내 고향 명천에 자리한 명산 칠보산.

즘 들어 가끔 '식불감미(食不甘味)'라, 음식을 먹어도 맛을 잃을 때가 있소. 이럴 때면 나는 『명심보감』에 나오는 말을 되뇌면서 입맛을 되찾으려 애쓰고 있소. "차라리 병이 없어 거친 밥을 먹을지언정, 병이 있으면서 좋은 약을 먹지 말지어다〔寧無病而食麤飯 不有病而服良藥〕"라는 말이지. 요즘 꽤 비싼 약을 사먹으면서 자꾸 이 말이 되씹어지오. 아무리 진약·보약이라도 밥그릇을 비워오던 이곳의 거친 밥보다는 진정 못하구면. 오호, 진의(眞矣, 참 그렇구나)요!

며칠 전 한 일간지에서 우연히 내 고향 명천에 있는 명산 칠보산(七寶山)의 전경을 소개하는 사진을 봤소. 동해 바닷가에 자리한 수려한 칠보산은 이북의 4대 명산 중의 하나요. 일곱 개의 보석산으로 이루어졌다고 하여 '칠보산'이라는 이름이 붙여졌는데, 금강산과 마찬가지로 내칠보산, 외칠보산, 해칠보산의 3개 부분으로 되어 있소. 산 전체가 기암괴석이고 동해 창파가 자락을 적시니, 그 절경이야말로 가위 '제2의 금강산'이라 일컬어 추호의 하자가 없소. 그 속에는 1,100여년 전에 지은 개심사(開心寺)라는 명찰도 아늑히 자리하고 있어 명산에 품위를 더해주고 있소. 간밤의 꿈속에서 그 경관을 만나봤소. 꿈에 보는 칠보산은 더욱 황홀했소.

중국 간도땅에서 나고 자라던 나는 여덟살이 되던 해(1942)의 겨울방학 때 할머니 손에 끌려 처음으로 고향땅을 밟았소. 아버지까지 3대독자로 내려오다가 4대에 장손이 된 나를 할머니는 어릴 적부터 무척 사랑해주셨소. 엄동설한에 할머니는 먼 길을 마다않고 굳이 나만을 데리고 가시는 것이었소. 선영(先塋)이 있는 곳은 명천군 상고면 포하동으로 동해 바닷가의 자그마한 어촌이오. 흩어져 사는 친척들을 찾아뵙는답시고 칠보산 이곳저곳을 며칠간 돌아다녔지. 할머니는 선산과 옛 집터도 하나하나 가르쳐주셨소. 어느날은 동해가 한눈에 펼쳐보이는 언덕위 바윗돌에 머리보를 풀어헤쳐놓고는 나를 그 위에 앉히시는 것이었소. 그러곤 고향땅을 등지고 낯선 간도로 유랑하게 된 구슬픈 사연을 쭉 들려주셨소.

이야기 대목마다에서 긴 한숨을 연거푸 내쉬시면서 옷고름으로 눈물을 연방 찍어내시던 할머니의 그 측은한 모습이 지금도 눈앞에 선하오. 할머니의 말씀 한마디 한마디가 어린 나의 가슴에 나라잃은 설움과 일제에 대한 증오심의 씨앗을 깊이 뿌려주었소. 그후 두번째로 고향을 찾아간 것은 환국 후였는데, 일정에 쫓겨 차를 타고 한 바퀴 휑하니 돌아보는 주마간산(走馬看山) 격이었지.

고향은 고고지성(呱呱之聲)을 울린 곳이고, 생명의 첫줄인 태를 묻은 땅이며, 걸음마를 익혀준 조련장이오. 이렇게 인간에게 고향은 삶의 뿌리이기에 저 멀리 지평선 너머에 가서도 오매불망 그리는 곳이 바로 고향이오. 타향살이를 하다가도 수구초심(首丘初心, 여우가 죽을 때 머리를 자기가 살던 언덕쪽으로 향한다는 말로서 고향을 그리워하는 마음을 일컬음)을 품은 채 고향땅에 묻어달라고 유언을 남기는 나그네들이 그 얼마나 많소? 이것을 두고 낙엽귀근(落葉歸根)이라고 하며, 실향민의 향수병(鄕愁病)이라고도 하오. 향수병이 동서고금을 막론하고 만민의 공통병이라고 하는 이유가 바로 여기에 있소. 그러면서도 모질게 아픈 것은 한나라 안에서 수많은 실향민이 생겨 반세기가 넘도록 고향을 지척에 두고도 향수병에 시달리고 있는 우리의 억울한 현실이오. 향수병치고 이보다 더 처절한 향수병이 또 어디에 있겠소?

고향을 사랑하는 것이 곧 나라와 겨레를 사랑하는 것이오. 그래서 애국과 애족, 애향은 불가분의 삼위일체로서 어느 것 하나 소홀히 할 수 없소. 나는 비록 중국에서 나서 자랐지만, 그곳은 어디까지나 이역이고 제2의 고향일 뿐, 내 영원한 마음의 고향은 칠보산 명천이오. 그곳에 내 조상들의 뼈가 묻혀 있고, 그곳에서 나서 자란 부모님(어머니의 고향도 같은 곳)으로부터 한핏줄을 이어받았으며, 그곳에서 처음으로 내 나라 금수강산을 체감하고 나라와 겨레의 참뜻을 깨우치기 시작했소. 그러기에 나는 타향살이를 주저없이 접고 고국의 품에 안겼으며, 그 품에 안겼기에 비록 수의환향이지만 오늘을 여한없이 살아가고 있소.

　실향민의 향수를 달래주는 그날이 하루빨리 다가오기를 기원하면서.

양심을 가진 학문

2000. 7. 17.

　　　　　　태풍에 이어 장마전선이 북상하면서 찜통더위를 어디론가 몰아내고, 요 며칠 새는 그나마도 짜증을 얼마간 털어주는구먼. 사위가 온통 쇠붙이로 이루어진 이 공간이 받는 열도는 언필칭 가중치(加重値)로 계산해야 할 것이오. 크게 덥다는 대서가 며칠 앞으로 다가오니, 이제 더위는 더 기승을 부릴 테지. 아무쪼록 더위에 부대껴 몸 상하지 않기를 바라오.

　며칠 전 이박사와 배군이 이곳에 다녀갈 때, 우리는 학문에 관해 여러가지 이야기를 나누었소. 이야기 중 지금까지도 머릿속에서 맴도는 것은 "교수님은 학문에서만큼은 좀처럼 칭찬을 안하신다"는 배군의 말이오. 그렇소, 나는 나를 포함해서 학문을 하는 사람들에 대해 웬만해서는 칭찬을 삼가는 편이오. 왜냐하면 우리 모두는 아직 학문에서 미숙아들로서 칭찬받을 만한 일을 성취하지 못했기 때문이오. 더욱이 배군에 대해서는 늘 지적이나 하고 과중한 과제만 제시할 뿐, 칭찬만은 아껴왔소. 오로지 엄격함뿐이었소.

　선학들은 "스승의 엄격함은 아버지의 관대함보다 훨씬 유용하다"라고 했소. 내가 누구의 스승이라고 할 때, 나는 그에게 학문적으로 엄격할 수밖에 없소. 한순간의 해이나 늑장도 용서할 수가 없소. 나는 나 자신의 학문에 대해서도 일관되게 엄격성을 유지하는 것을 하나의 학문적 신조로 삼고 있소. 하물며 아직은 학문이라는 왕양대해의 얕은 물가에서 허우적 거리는 그네들에 대해서는 엄격하고 빈틈없는 수련과 탁마(琢磨)를 강요하지 않을 수 없소. 그래야만이 그네들은 학문의 격랑을 슬기롭게 헤치고 피안에 무사히 당도할 수 있을 것이오.

지난 4월 나는 한국외대 김교수께 보내는 편지에서 한국 이슬람학의 발전을 위해 허술한 학문 연구자세에 대해 쓴소리를 한마디 했소. 한국이슬람학회가 펴낸 연구논총에서 한 논문을 실례로 들어 그러한 자세에 일침을 놓았소. 나는 그 논문의 한 절을 뽑아서 문제점들을 하나하나 구체적으로 분석·지적했소. 그러면서 엄밀한 논리구조를 가지고 있는 학문을 제멋대로, 천방지축(天方地軸)식으로 재단할 수 없으며, 학문의 생명은 실사구시(實事求是)에 있고, 학문에서 억지나 꼼수는 설자리가 없다는 점 등을 강조했소. 특히 남들이 모를 거라 판단하고 함부로 내뱉는 학문적 횡포에 대해 따끔하게 비판했소. 글이란 늘 스승 앞에서 쓴다는 마음가짐으로 신중하게 써야 하는 것이오. "학문하는 사람에게는 일단의 두려워하고 삼가는 마음이 있어야[學者要有段兢業心思]" 하는 것이오. 이것은 학자야말로 사실을 두려워하고 억지를 부리지 말며 신중하라는 뜻이 되겠소. 이러한 마음과 자세를 지니려면 자신에 대한 학문적 요구가 엄격해야 하는 것이오.

나는 길고긴 역사의 한 싯점에서 학문을 하면서 늘 학문 연구의 목적 지향성과 우리 학문의 선진수준으로의 발돋움에 관해 깊이 사색하고 그 길을 모색해왔소. 이 시대에 우리의 학문 연구가 지향해야 할 목표는 무엇보다도 먼저 나라와 겨레에 대한 봉사에 두어야 할 것이오. 그래서 나는 시종일관 내 학문 연구의 촛점을 민족사의 위상 정립에 맞춰놓고 있소. 이러한 목적 지향성은 우리 학문의 수준을 선진수준, 세계수준으로 끌어올릴 때만이 실현가능한 것이오. 그래서 나는 내 전공분야인 '문명교류학'만큼은 세계수준으로, 아니 그 이상으로 끌어올리려는 야망과 비전을 품고, 그 달성에 일심정진하고 있소. 나는 이미 연구메모를 완성한 '씰크로드학'을 앞으로 문자화해서(물론 출소 후) 영어·중국어·일본어 등 외국어로 역출(譯出)해 국제학계에 내놓을 작정이오. 그것이 국제학계에서 공인될 때, 우리의 문명교류학 연구는 그만큼의 개척성과 눈높이를 인정받게 될 것이오.

"양심이 결여된 학문은 정신의 황폐에 지나지 않는다"라는 잠언이 있소. 그렇다면 이 시대에 양심을 가진 학문이란 과연 어떠한 학문이어야 하는가? 그것은 바로 나라와 겨레에 봉사하는 학문, 선진수준으로 발돋움시키는 학문, 지성의 양식으로 엮어내는 학문이라고 나는 믿소. 그것은 또한 이 시대의 소명에 부응하는 학문이기도 한 것이오. 학문하는 사람은 이러한 시대적 소명을 자각하고, 그에 걸맞은 학문 연구의 자세를 항시 가다듬어야 할 것이오. 작금 우리의 학문, 특히 인문사회학은 후진성을 면치 못하여 겨우 남을 뒤좇는 데나 머물고 있는 형편이오. 남이 새것이랍시고 내놓으면 무턱대고 기웃거리면서 고작 해석하는 데 급급할 뿐이오. 그것도 제대로 해석하지도 못하면서 말이오. 우리가 해석하느라 낑낑거릴 때면 저네들은 이미 저만치 달아나고만 뒤요. '포스트모더니즘'이니, '제3의 물결'이니 하는 흥행물들이 다 그런 것이 아니겠소? 그러다보니 인문사회학을 비롯한 학문전반에서 '내것'이라고 남들 앞에 떳떳하게 내놓을 만한 것이 거의 없는 실정이오. 우리는 이 점을 겸허하게 인정하고 허풍이나 자만을 부리지 말아야 할 것이오.

동서고금을 막론하고 일국의 발전이나 문명수준을 가늠하는 잣대는 학문이오. 새 세기에 우리가 웅비하려면 하루빨리 학문에서 후진과 추미(追尾)를 탈피하고, 선진과 추월(追越)을 실현해야 하는 것이오. 그러자면 남들의 선진학문을 받아들이는 것도 필요하지만, 근본적인 첩경은 우리 손으로 새로운 선진학문을 개척하는 것이오. 이를 위해서는 학문하는 사람들이 자신에 대한, 스승이 제자에 대한, 선학이 후학에 대한 학문적 요구에 엄격해야 하오. 따라서 그 과정이야말로 만족을 모르고 칭찬보다 죽비(竹篦)를 거듭 맞아가는 고행임을 자각해야 할 것이오. 고행은 종교 수행에만 있는 것이 아니라, 절차탁마(切磋琢磨)해야 하는 학문에도 그에 못지 않은 고행이 뒤따르게 마련이오. 오로지 이러한 고행을 감내하는 자만이 종당에는 학문에 천착하여 월계관을 쓰게 되는 것이오. 학문하는 사람에게 이것은 절체절명의 명제요. 초야의 개척에 뜻을 둔 자는 더 혹독한 고행을 각오해야 하는 것이오. 나는 내 학문인생에서 날이 갈수록 이 점을 더욱 실감하고 있소.

학문에서 만족은 금물이며, 자만은 독약이오. 자만과 자족에 빠지면 소인배가 되어 소성(小成)을 대성(大成)으로 착각하고 오만과 해이의 늪에 빠지기가 십상이오. 일단 그렇게 되면 그의 학문적 생명은 끝장나는 것과 다를 바 없게 되오. 학문은 끝없는 바다와 같소. 몇홉의 물을 퍼냈다고 해서 바닷물이 줄어들 리 만무하고, 몇마일 항해했다고 해서 저 멀리 피안에 가까워졌다고 하는 것은 착각이오. 학문은 끝없는 탐구심으로 파고 또 파야 하는 것이오. 파되 한 우물을 파야 하오. 학문에는 팔방미인이 없소. 이 것저것 파다가는 어느 것 하나 제대로 팔 수가 없소. 내가 제일 싫어하는 것이 인기몰이식 팔방미인이오. '학자'라고 하면서 정착된 전공도 없이 좌충우돌식으로 왔다갔다하는 사람들을 가끔 보게 되는데, 가소롭고 가련하기 짝이 없소. 그리고 학문에는 속성(速成)도 없소. 오로지 황소걸음의 꾸준함만이 요망되오. 이 또한 학문의 양심이고, 학문에서의 성공비결이며 열쇠요.

이제 장마가 걷히면 햇볕이 쨍쨍한 늦여름이오. 바다로의 피서가 어른거리오.

죽부인(竹夫人)

2000. 7. 31.

　　　　오늘은 7월의 마지막 날이오. 늘 마음속에서 애써 지워버리려고 하는 7월이오. 지워버리려는 것 자체가 한낱 무모한 일일는지도 모르겠소. 바로 4년 전의 그 '악몽의 7월' 말이오. 그러나 그 악몽의 흔적과 증좌가 오늘까지도 또렷이 남아서 내 마음을 자꾸 들쑤셔놓으니, 좀처럼 지워지질 않는구려. 언제까지 그 악몽이 지속될는지.

　당신은 가끔 내가 절룩거리면서 몸의 균형을 잃어가는 것을 가슴아프게 지켜봤지. 그럴 때면 나는 나대로 당신이 보는 데서만큼은 내 추한 모습을 가리려고 안간힘을 썼고, 면회시에는 늘 별일 없는 것으로 넘겨버렸지. 그러다가 얼마 전 특별면회시 당신이 너무 걱정하는 바람에 부석부석한 오른쪽 다리를 슬쩍 내비쳤더니 당신은 크게 놀라더구먼. 희묽게 변색된 왼쪽 다리는 차마 드러내 보일 수가 없었소. 나만 아니라 당신까지도 그 악몽에 다시 한번 시달리는 것이 너무나 민망스러워서 말이오.

　날씨가 몹시 무덥소. 중복과 말복 사이가 가장 덥지. 찜통더위니 열대야니 하는 불청객들은 거개가 이 기간에 찾아들지. 날씨야 어떻든 무더위를 이겨내야 오곡이 무르익고 백과가 결실해서 맑고 시원한 가을에 풍성한 수확을 거두게 되는 것이오. 인생의 도리도 마찬가지지. 그나마도 이러한 도리를 깨달았기에 무더위, 그것도 이곳 '철통' 속의 무더위를 참아가는 것이 아니겠소? 물론 이곳에서 더위를 이겨내는 방법을 어느정도 습득하기는 했지만, 그래도 이곳에서는 더위에 고스란히 당할 수밖에 없소. 더위를 피하기란 애당초 불가능한 공간이라서 묵묵히 인고할 수밖에 없소.

　매해 이맘때면 피서가 절정에 이르지. 피서문화에 관한 한 우리네 선조들은 남다른 일가견을 가지고 있었소. 오늘날 피서라면 더위에 쫓겨 허둥

지둥 물가나 계곡을 찾아 헤매고 에어컨이나 틀어놓는 것이 고작이지만, 우리네 선조들의 피서방법은 실로 다양하고 기발했소. 전번 어느 편지에서 말한 귀신이야기로 피서를 하는 이른바 납량(納涼, 서늘맞이) 말고도 여러가지 신통한 방법이 동원되었소. 그들은 무턱대고 짜증을 부리면서 더위를 피하는 소극적이고 수동적인 피서에 급급한 것이 아니라, 눈·귀·코·혀·손·몸의 육감(六感)으로 피서를 오히려 적극적이고 능동적으로 즐기는 슬기를 발휘했소.

눈으로 하는 피서는 활짝 열어젖힌 문에 대발이나 모시발을 쳐놓고 밖을 내다보면서 발 사이로 들어오는 시원한 자연의 바람을 눈으로 맞는 것이오. 문을 걸어닫고 에어컨바람을 쐬는 오늘의 피서와는 사뭇 대조적이지. 귀로 하는 피서는 옥계청류(玉溪淸流, 옥같이 깨끗한 계곡에서 흐르는 맑은 물)가 흐르는 소리, 풍경소리, 대숲 바람소리, 솔바람소리들을 시원스레 듣는 것이오. 이 모두는 자연 그대로의 소리지. 오늘의 시끄러운 '인공소리'로는 피서는커녕 되레 귀를 찌들게 만들기가 일쑤지. 코로 하는 피서는 맑고 시원한 바람과 공기를 들이켜는 것이오. 아름다운 이 강산 천지에는 한여름이라도 늘 산들바람이 불고 산뜻한 공기가 감돌아 들이켜기만 해도 일순에 더위의 짜증을 덜어주지. 흐리터분한 공해 속을 헤집는 오늘의 바람이나 공기는 들이켜면 피서는 고사하고 오히려 숨통을 조이게 하지.

그런가 하면 혀로 하는 피서는 찬물에 담근 수박 같은 시원한 음식물을 먹는 것이오. 옛적의 음식물이 죄다 자연 무공해식품이라면, 오늘의 아이스크림 같은 피서식품은 예외없이 공해 속의 가공품이지. 손으로 하는 피서는 손에 잡은 부채로 바람을 만들어내는 것이오. 부채는 동양특유의 피서용구이자 풍류의 상징이기도 하오. 그중에서도 우리네 부채는 또다른 독특한 멋이 있소. 보기만 해도 시원한 화조풍월(花鳥風月, 꽃과 새, 바람과 달, 곧 천지자연의 아름다운 경치)에 멋들어진 글월을 곁들인 부채야말로 메마른 철망 속에 갇혀 윙윙대는 선풍기로는 엄두도 낼 수 없는 정취를 자아내기까지 하지.

끝으로, 몸으로 하는 피서에는 찬물에 발 담그기, 평상에서 삼베이불 덮고 자기, 죽부인(竹夫人) 안고 자기 등 여러가지가 있소. 선현들의 피서에서 운치와 해학, 그리고 실효성을 두루 갖춘 방법의 하나가 바로 이 '죽부인과의 동침'이오. 죽부인은 1~1.5m 정도의 긴 대오리를 원통형으로 엮은 취침용구인데, 껴안고 잔다고 해서 '죽부인'이란 이름이 붙여졌다고 하오. 구멍이 나도록 얼기설기 엮은 터라서 대나무의 서늘함과 더불어 구멍 사이로 시원한 바람이 솔솔 스며들어 잠자리에서의 더위를 덜어주는 것이오. 고대에는 죽협슬(竹夾膝)이라고 알려진 이 죽부인이 중국 남방에서만 유행한 것으로 알고 있었는데, 언젠가 서울 인사동에 가니 죽제품상점에 바로 그것이 있더군. 이것이 바로 환경은 달라도 같은 현상이 생길 수 있다는 문명의 보편성이오. 죽향(竹鄕) 담양(潭陽)에는 흔하다고 하오. 아무튼 우리 선조들이 기발하게 창출한 피서방법은 가위 피서문화의 선구라고 자부하게 되오. 우리 문화 고유의 지혜와 풍류성이 돋보이는 대목이오.

삶의 권리와 삶에서의 풍류를 함께 생각하면서.

40년 만에 만난 동생

2000. 8. 11.

오늘 동생을 만났소. 꼭 40년 만에 막내동생을 만났소. 아직까지도 꿈인지 생시인지 통 분간이 안 가오. 진정 꿈 같은 현실이오. 동생이 여덟살 때 헤어진 후 어언 40년이란 세월이 흘러서 이렇게 초로가 된 그와 극적인, 실로 극적인 만남이 있으리라고는 꿈에도 상상하지 못했소. 같은 피가 흐르는 얼굴을 보니 영락없이 내 막내동생 승길이었소. 어딘가 모르게 어릴 적 모습도 묻어 있었소. 그러나 고된 노동에 시달려 가무잡잡해진 얼굴에는 앙상한 뼈만 남아 있었소. 화상 입은 상흔도 군데군데 보이오.

동생은 중국 연변 용정(龍井)에서 네 식구를 거느리고 사는데, 3년 전에 돈이나 벌어보려고 한국에 와서 인천에 있는 한 금속공장에서 도금공으로 일한다고 하오. 지난 7월로 만기가 되어 돌아가야 하는데, 몇푼 더 벌겠다고 체류기간을 10월까지 3개월간 연장했다고 하오. 그러던중 요즘 신문과 텔레비전에서 심심찮게 나오는 나에 관한 뉴스를 보고 형님이 아닌가 하여 며칠간 일손을 놓고 각방으로 뛰어다니며 탐문했다고 하오. 그러다가 마침 관계기관에 찾아가 확인하곤 내가 이곳에 있다는 것까지 알아냈소.

40년 만의 만남이지만 우리는 손 한번 잡을 수가 없었소. 두툼한 투명창이 우리 사이를 비정하게 가로막고 있었으니까. 나는 만나자마자 생존을 기대하며 어머니의 안부부터 물었소. 어머니의 생존 소식을 마지막으로 전해들은 것은 11년 전이었소. 오매불망 어머니의 생존을 기원해오던 터라 대뜸 어머니의 안부부터 물었소. 그러나 4년 전에 어머니께서는 이 불효자식의 이름 두 자를 간신히 부르면서 몇번이고 눈을 떴다 감았다 하시다가 끝내 운명하셨다고 하오. 나는 그만 불효에 흐느끼고 말았소. 오래오래 통곡하고 싶었소.

나는 맏이면서도 양친의 마지막 길을 지켜드리지 못했소. 일찍이 돌아가신 아버지의 기일조차도 모르는 불초소생이오. 나는 지난 5년 동안 옥살이를 하면서 단 하루도 생존해 계실 어머니를 잊어본 적이 없소. 곳이 곳이라서 그런지, 시간이 갈수록 어머니에 대한 그리움은 더 간절해지기만 했소. 언젠가 출소하면 제일 먼저 어머니부터 찾아가 못다한 효행을 해드리려고 했소. 어찌보면 그날을 위해 모든 것을 감내했는지도 모르겠소. 이제 이 애타는 바람은 허무로 돌아가고 말았소. 그토록 그리던 어머니는 이세상 우리의 곁을 영원히 떠나시고 말았소. 아, 무엇으로 아버지와 어머니, 두 분에 대한 불초의 죄를 씻을 수 있을까!

　내가 나서 어린 시절을 보낸 고향집은 세월의 풍진(風塵) 속에 이미 허물어지고, 그 터전 위에 새로 초가집을 짓고 큰 동생이 가계를 이어 살고 있다고 하오. 장손인 내가 할 일을 동생들이 대신 맡아 하는 것이지. 돈 몇 푼 벌겠다고 사랑하는 처자식을 두고 낯선 이역에 와서 품팔이하는 동생의 지친 모습을 보니 너무나도 가슴이 아팠소. 알고보니 동생 셋(남동생 둘, 여동생 하나)은 모두가 시골에서 학교도 제대로 다니지 못하고 부모님을 도와 농사일만 해왔다고 하오. 돌이켜보면 나는 그들과 함께 보낸 시간도 얼마 되지 않거니와, 그들의 성장에 보태준 것이라고는 아무것도 없소. 그래도 어릴 적 그들은 이 큰 형을 태산처럼 믿고 미래를 걸었지.

　38년 전 내가 환국을 앞두고 고향에 찾아갔을 때, 환국의 대의를 기꺼이 받아들이신 아버지께서는 헤어지는 날 아침, 두고두고 새겨오시던 한 말씀을 하시는 것이었소. "동생들을 잘 거두어달라"는 말씀. 돌이켜보면 그것은 분명 아버지의 간절한 유언이었소. 그러나 이유야 어떻든간에 나는 그 유언을 지키지 못했소. 그동안 동생들과 편지 한장 주고받을 수가 없었으니 말이오. 오히려 내 환국이 '죄'가 되어 그들이 본의아니게 피해를 당했다는 소식도 후일 전해들었소. 이날 이때까지 무언가 한답시고 부모형제들에게 할 도리를 다하지 못한 일들…… 동생을 보니 이 모든 지난 일들이 주마등처럼 스쳐지나가면서 형으로서 제구실을 못다한 자책에 가슴이 미어지는 것만 같았소. 이것이 바로 이 시대를 살아가는 우리 겨레가 겪는 이산의 아픔이고 민족사의 비극이 아니겠소?

　이런 아픔은 오늘의 면회장에서도 그대로 나타났소. 40년 만에 만난 혈육의 손조차 한번 만져볼 수 없는 이 비정한 현실, 그 자체가 슬픔이고 허탈이었소. 그 시절 가문의 '기대주'였고 '우상'이었으며, 늘 어디서나 대접을 받으면서 살아가고 있을 것으로 믿어왔던 내가 40년이 지난 이날 이 나이에 수의(囚衣)차림으로 앞에 나타났을 때, 동생은 얼마나 실망하고 마음이 아팠으며 심경이 착잡했겠소? 그래도 그는 어른답게 애써 태연해하면서 되레 이 형을 위로하고 격려해주었소. 피는 물보다 천백번 진한 법이오.

한정된 시간에 쫓긴 내가 자리에서 일어나자 동생은 다시 찾아오겠다면서 일어나 문지방까지 뒷걸음질치는 것이었소. 일순이라도 더 보고픈 마음에서였겠지. 아스름한 투명창을 사이에 둔 우리 형제의 40년 만의 만남은 이렇게 일각(一刻)으로 끝나버렸소. 축 처진 어깨에 힘없이 무거운 발걸음을 옮기는 동생의 등에 내 측은한 마음과 재회의 희망을 실어보냈소.

피붙이들의 헤어짐이 지난날의 아픈 역사였다면, 그 만남이 내일이 아닌 오늘의 영광된 역사로 남아 있기를 간절히 기원하면서.

잉크 값어치나 했으면

2000. 8. 14.

내일은 광복절이오. '잃은 빛을 되찾는다'는 광복(光復)은 묶임에서의 풀림을 뜻할진대, 그날을 앞둔 출옥에 그 한가닥 빛이 비쳤나 보오.

3년 전 당신은 내가 서울구치소에서 대구교도소로 이감하기 전날 면회하러 와서 "입산수행하는 셈치고 마음 편히 보내세요"라고 부탁말을 건넸지. 청계산과 비슬산, 계룡산 도량을 두루 옮겨다니면서 나름대로 부심(腐心) 수행하고 이제 일주문(一柱門)을 나서서 하산길에 들어서게 되었소. 더이상 동안거(冬安居)의 죽비세례도 안 받게 되었소. 속세로, 저잣거리로의 하산길이라서 그런지, 결코 입산길보다 발걸음이 가볍기만 한 것은 아닐 것 같소. 그리던 '주벽 너머의 세상'이 현실로 다가오고 있소. 우리 사이를 가로막던 투명창도 이제 가뭇없이 걷히게 되었소. 남은 것은 육중한 옥문이 열리는 순간뿐이오.

그런가 하면, 그간 이어왔던 옥중편지도 이것으로서 마무리될 것이오. 이것이 마지막으로 띄우는 편지라고 펜을 드니 어쩐지 휘엉하기도 하지만, 한편 어떤 중압감 같은 것도 느껴지오. 이때까지 보낸 편지가 정말로 제대로 된 편지였나 하는 걱정에서 말이오. 인도의 저명한 독립운동 지도자 네루(독립 후 인도의 초대총리를 지냄)는 생애에 모두 아홉번 투옥되었는데, 그중 여섯번째 투옥기간(근 3년간)에 열세살의 무남독녀인 인디라 간디(그녀 역시 후에 총리가 됨)에게 무려 196통의 편지를 보내어 주로 세계사 교육을 했소. 네루는 출옥을 앞두고 쓴 마지막 편지에서 딸을 위해 그토록 많은 편지를 써온 것을 "쉬지 않고 달려온 긴 여로"에 비유하면서, 숱한 잉크와 종이를 써서 산더미 같은 편지를 썼는데, 과연 그만한 가치가 있는 일을 했는지 걱정이 되며, 또한 그 내용이 딸의 마음을 풍요롭게 해주었는지 궁금하다고 말했소.

내가 당신에게 띄운 편지는 네루의 그것에 비하면 '쉬지 않고 달려온 긴 여로'라고는 감히 말할 수 없소. 그러나 마무리를 놓고 걱정과 궁금증에서 오는 중압감은 서로가 맥을 같이하는 것 같소. 나 역시 보낸 편지가 잉크나 종이의 값어치를 하고, 또한 당신의 마음을 풍요롭게 했으면 하는 바람뿐이오. 그나마도 편지라는 매체가 있어서 옥담 너머의 그쪽에 나를 알리고 싶은 충동이 일어났고, 또 그래서 '텅 빈 충만' 속에서 자신을 재확인하고 수의환향(囚衣還鄕)의 참뜻을 되새겨보게 되었으니, 사뭇 다행스러운 일이 아닐 수 없었소.

그간의 편지에서 나는 넓게는 내가 걸어온 길과 삶에 관한 나의 생각(인생관), 세상사에 관한 나의 견해(세계관)에서부터 좁게는 지금의 옥살이에 이르기까지 계기마다에 이것저것 적지않은 것을 술회하고 논하기도 했소. 물론 빠진 것도 있고 미흡한 것도 적지않으며, 게다가 환경이 환경이니만

© 이시우

옥중에서 진행한 각종 메모작업을 정리한 원고뭉치.

치 다 말할 수 없는 한계나 제약도 있었소. 그렇지만 나름대로의 좌표를 따라 나를 한번 정리해봤다는 데서 의미를 찾고 일말의 자위를 느끼오. 이로써 조금이나마 중압감이 상쇄되는 듯싶소. 그러면서 자연히 이곳에서 5년간 보낸 영어(囹圄)생활의 갖가지 환영(幻影)이 주마등처럼 눈앞을 스쳐지나가오.

한마디로, 나는 이 영어의 도량에서 삶과 앎의 심조(深造, 심오한 이치를 깨닫는 깊은 조예)를 터득하고, 그 실천에 심혈을 기울였소. 나는 우선 '시대와 지성, 그리고 겨레'(시대의 소명에 부응해, 지성의 양식으로, 겨레에 헌신한다)라는 내 삶의 화두를 풀이하고 점검해봤소. 분단시대를 살아가는 우리에게 시대의 요청으로 주어진 신성한 사명을 나 자신의 처신과 결부해 숙고하고, 자신을 분단시대의 한 지성인으로 자임하면서 세계지성사를 통관한 지성인 공유의 인생패턴을 도출해보기도 했소. 특히 나는 '겨레 사랑'이나 '겨레 위함'이라는 주제에 오랜 사색을 모으면서, 이 시대에 겨레가 갖는 의미와 우리 겨레의 실체도 아울러 짚어봤소. 이러한 것들이 내가 삶의 심조를 위해 애써 탐구해보고자 했던 것이오. 이러한 탐구는 필연적으로 이곳에서의 삶을 밀어주는 원동력으로 기능했소.

이와 더불어 앎의 심조를 위해서도 각고의 노력을 경주했소. 이제 학문으로 이 나라, 이 겨레를 위해 봉사해야겠다는 사명감과, 비록 영어의 몸이 되었지만 학문의 총림에서 결코 무위의 낙과가 될 수 없다는 분발심, 뒤처진 우리의 학문을 추켜세워야 한다는 사명감과 오기에서 감옥이라는 처절한 환경에도 불구하고 나는 학문 연구에 문자 그대로 잠심몰두했소. 정말 나에게는 '할 일에 날짜가 부족(惟日不足也)'했소.

그간 써낸 집필물의 양을 합치면 2백자 원고지로 어림잡아 2만 5천매쯤 될 것 같소. 참고자료를 마음대로 이용할 수 없는 여건에서 쓰고 메모한 것들이라서 미흡한 점이야 적지않겠지. 그러나 그 모든 것은 내 심혈의 결정체이기 때문에 나에게는 더없이 소중하오. 특히 문명교류학 연구의 핵심인 '씰크로드학'의 학문적 정립을 위한 메모작업을 완성했다는 것을 나로서는 가장 큰 성과와 보람으로 생각하오. 그것이 신생학문으로서 초창적 의미가 있다는 데서 더더욱 그렇소.

새벽 한기에 손발과 귀가 얼어터지는 줄도 모른 채 신명을 내서 낮에 밤을 이어갔소. 흔히들 감옥에서의 한때를 '잃어버린 시간'으로 개탄하지만, 나로서는 항시 '세월은 사람을 기다려주지 않는다〔歲月不待人〕'라는 경종을 울리면서, 일각을 천금으로 여기고 시간을 무자비하게 혹사하면서 1분을 2분 맞잡이로 쓰다보니 오히려 그만큼 '얻은 시간'이 되었소.

그간의 영어생활 속에서 나는 삶의 소중한 지혜를 여러모로 터득했소. 삶의 지혜에 관해서는 시각에 따라 여러가지로 운운할 수 있겠지만, 내가 터득한 최상의 지혜는 역경을 능동적으로 극복하는 자세와 의지라고 생각하오. 누군가가 "부(富)는 그쪽에서 찾아오는 수도 있지만, 지혜는 항상 이쪽에서 다가가지 않으면 안된다"라고 했소. 그렇소. 재화 같은 것은 우연히 거머쥘 수가 있지만, 지혜는 앉아서 생기는 것이 아니라 발벗고 다가가서 낚아채지 않으면 지닐 수가 없는 것이오. 지혜란 따로 없소. 어떤 역경 속에서도 낙심하지 말고 신심 가득 분발하여 헌신한다면 그것을 소유할 수가 있는 것이오. 아마 이러한 지혜 때문에 나는 사형을 구형받은 그 '마(魔)의 2주'도 슬기롭게 넘겨보낼 수가 있었던 것 같소.

인생은 투옥과 출옥 같은 상극(相剋)의 어울림 속에서 일렁이는 물결을 헤쳐가는 일엽편주(一葉片舟)와도 같은가보오. 출옥 후 무엇을 어떻게 할 것인가에 관해서는 아직 구체적으로 구상한 바가 없소. 그러나 한가지 분명한 것은, "죽는 날까지 하늘을 우러러 한점 부끄럼이 없기를 (…) 그리고 나한테 주어진 길을 걸어가야겠다"는, 즉 명이 다할 때까지 이 시대를 살아가는 슬기로운 민족적 지성인답게 주어진 길을 끝까지 꿋꿋이 걸어가겠다는 불변의 사실이오. 이 길은 나 혼자만의 길이 아니라, 이 나라, 이 겨레와 운명을 같이하는 길이오. 그래서 추호의 일탈도 허용될 수가 없소.

그간 당신의 노고는 이루 다 헤아릴 수가 없소. 글로 쓰기에는 너무나 모자라오. 그저 이 한마디로 내 고마움을 표하오.

우리에게 감옥은 한낱 외로움과 괴로움의 공간만은 아니고, 서로의 사랑과 믿음, 연대를 확인하고 굳히는 공간이기도 하오. 그간 주위 여러분 모두의 따뜻한 보살핌은 나에게 큰 힘이 되어주었소. 그분들의 혜려에 진심으로 깊이 감사하는 바이오.

옥문이 열리는 순간 정다운 얼굴들과의 재회를 기다리면서.

추기(追記)

출옥 후 2001년에 『씰크로드학』을 펴내면서 책의 서론을 이런 말로 마무리했다. "이제 사계(斯界)의 꾸준한 보양(保養) 속에 '씰크로드학'이란 태아는 간단없는 발육의 연동(蠕動)을 거듭하던 끝에 마침내 준삭(準朔)을 맞아 산고를 무릅쓰고 앳된 고고(呱呱)의 첫소리를 감히 울리게 되었다."